아내가 돌아왔다

이보나 장편소설
아내가 돌아왔다
SHE IS BACK
가하

아내가 돌아왔다

지은이 이보나
펴낸이 이형기
펴낸곳 도서출판 가하

초판인쇄 2018년 4월 6일
1판 2쇄 2018년 7월 16일
출판등록 2008년 10월 15일 제 318-2008-00100호

주소 서울 영등포구 양평로 67, 1209 (당산동5가, 한강포스빌)
전화 02-2631-2846 **팩스** 02-2631-1846

www.ixbook.co.kr

ISBN 979-11-300-2876-7 03810

값 13,800원

copyright © 이보나, 2018

이 책은 저작권법의 보호를 받는 저작물입니다.
무단전재와 무단복제를 금합니다.
잘못된 책은 구입하신 곳에서 바꾸어 드립니다.

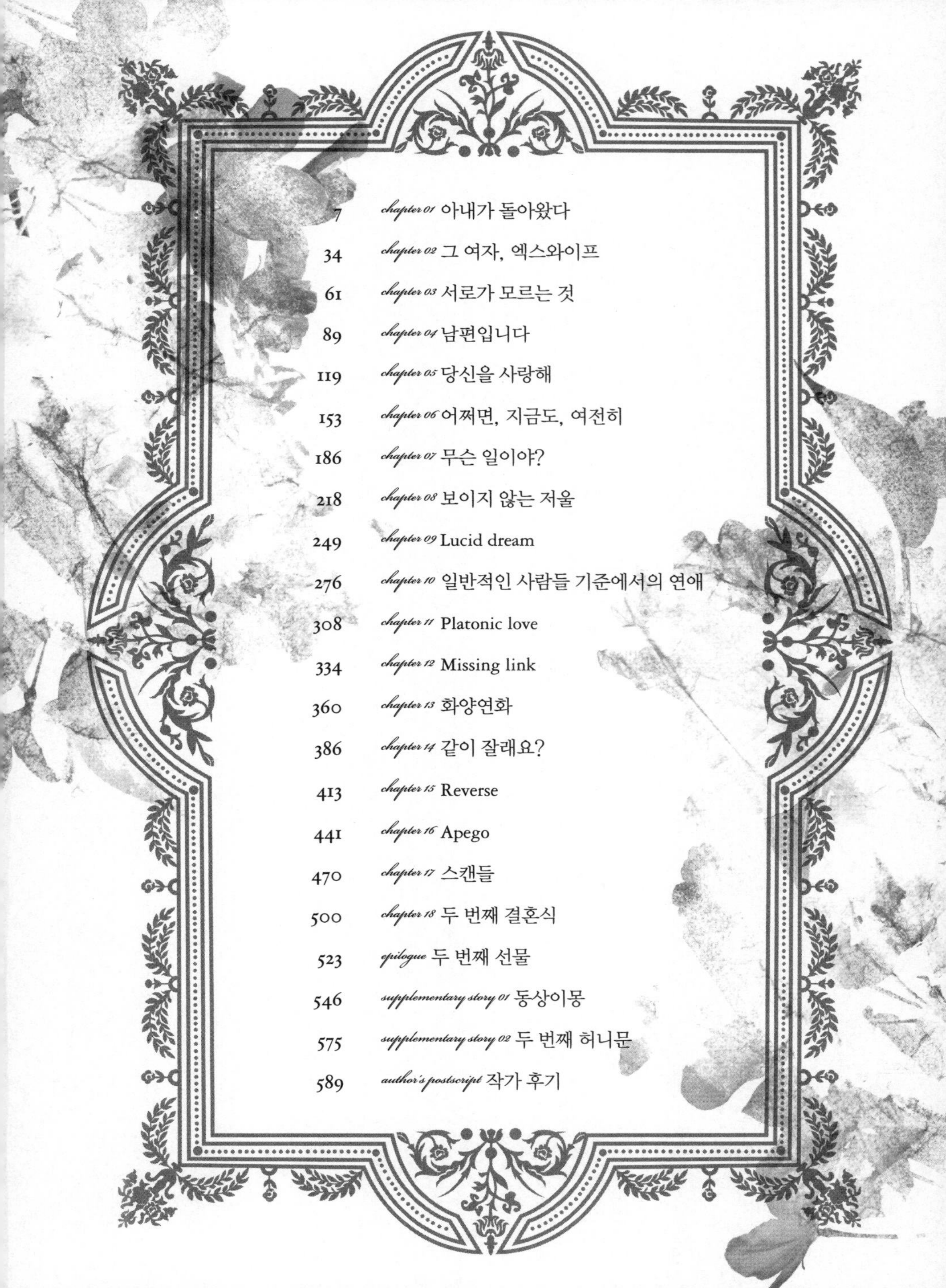

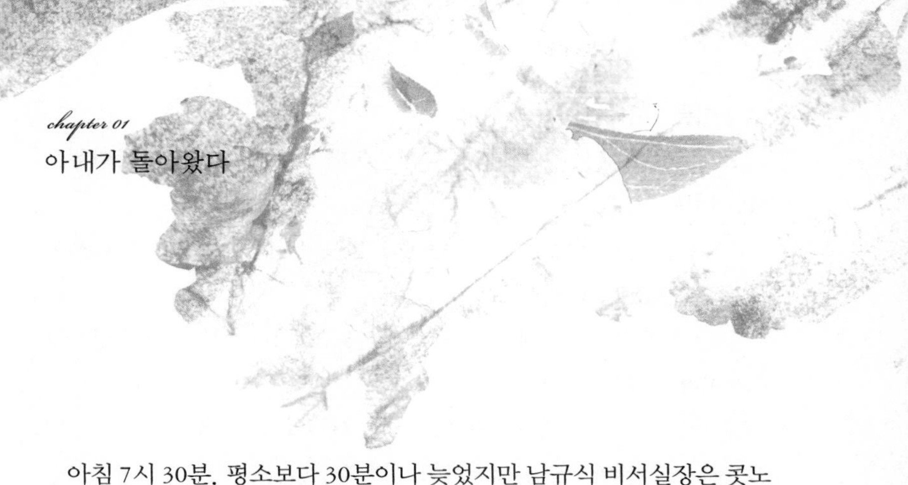

chapter 01

아내가 돌아왔다

아침 7시 30분. 평소보다 30분이나 늦었지만 남규식 비서실장은 콧노래까지 흥얼거리며 출근을 했다.

성원백화점 직원들의 피를 말렸던 2주간의 '코리아 세일 페스타'가 이틀 전에 끝났겠다, 행사기간 내내 매출실적으로 직원들을 닦달했던 대표이사도 어제부터 일주일 예정으로 홍콩 출장을 떠났다. 대표가 홍콩행 비행기에 오르자마자, 다들 이때를 기다렸다는 듯이 회식을 잡았다.

비서실도 예외는 아니었다. 남 실장은 회식자리에서 30분 늦은 출근을 허락했다. 어차피 대표의 홍콩 출장은 처음도 아닌 데다가 베테랑 수행비서인 김 비서가 따라갔으니 문제 될 상황은 아무것도 없었다. 아침 해장을 구내식당의 라면으로 하느냐, 백화점 근처 식당의 순대국밥으로 하느냐 외에는.

그러나 힘차게 비서실 문을 여는 순간, 남 실장의 콧노래가 딱 멎었다. 아무도 없을 것이라 생각한 사무실에 누군가 있다! 그것도 지금 이 순간, 절대 이 자리에 있어서는 안 되는 사람.

남자는 긴 다리를 꼬고 앉은 채, 비서실 소파에 앉아 신문을 보고 있었다. 남 실장은 헛것이라도 본 마냥 눈을 비볐다. 유감스럽게도 눈앞의 남자는 허상이 아니었다.

"최, 최무원 대표님!"

맙소사. 홍콩에 있어야 하는 사람이 왜 여기 있는 것일까. 그것도 이렇게 이른 아침부터.

“호, 홍콩에 계신 것 아니었습니까? 어제저녁에 김 비서와 통화했을 때만 해도…….”

185가 넘는 훤칠한 키에 짙은 눈썹과 반듯한 이목구비를 갖춘 대표이사가 보고 있던 신문에서 시선을 들었다.

“조금 전에 귀국했습니다. 그렇지 않아도 김 비서가 남 실장이 감감무소식이라고 발을 구르더군.”

남 실장은 그제야 배터리 문제로 잠시 꺼두었던, 어쩌면 고의로 외면했을지 모르는 업무용 휴대전화에 생각이 닿았다. 아, 하필이면! 남 실장은 기막힌 타이밍을 저주했지만 이미 엎질러진 물이다.

“그런데 이렇게 일찍 어쩐 일이십니까? 분명 귀국은 일주일 후로 알고 있었습니다만…….”

“아직 상황파악이 안 됩니까?”

무원은 차가운 목소리로 일갈하면서 보고 있던 신문을 테이블에 집어던졌다. 1면이 성원백화점 입점계약 비리를 다룬 기사였다.

남 실장의 얼굴은 순식간에 흙빛으로 변했다.

“이게, 이게 어떻게…….”

“지금 비서실장이 대표인 나한테 묻는 겁니까?”

잡아먹을 듯 노려보는 시선이 내리꽂혔다. 남 실장은 마른침을 삼켰다.

“아, 아닙니다. 죄송합니다.”

“삼십 분, 주겠습니다. 임원회의 소집시킵시오.”

30분? 남 실장은 정신이 아득해졌다. 어제 임원들의 회식자리가 새벽 3시가 되어 파했다는 것은 데스크 보고를 들어 알고 있었다. 시체가 되어 기사들에게 업혀 나간 사람도 몇 된다고 했다. 그런데 30분 만에 회의를 소집하라고? 그러나 여기서 못 한다고 말했다가는 날아가는 것은 자신의 목이다.

그는 무원이 집무실에 들어가는 것을 확인하자마자 서랍부터 뒤졌다. 몇 달 전, 새 대표의 비서실장이 된 뒤로는 항시 떨어져본 적 없는 청심환이 손에 잡혔다. 남 실장은 청심환 껍질을 벗긴 다음 입안에 밀어넣고, 재빨리 비서실 비상연락망을 가동시켰다.

비상신호가 전 임원 비서진의 메신저를 뒤흔들었다. 말 그대로 죽느냐 사느냐의 기로였다.

회의실 스크린에서는 뉴스가 숨가쁘게 성원백화점 바이어들의 입점계약 비리에 대해 떠들어댔다. 바이어들의 입점계약 비리 건은 지난 분기 성원그룹 내부감사에서 불거진 문제였다. 덕분에 고위급부터 말단에 이르기까지 협력업체와 관련한 직원들은 주머니의 먼지까지 털릴 기세로 고강도 조사를 받았다. 그 과정에서 새로운 대표이사로 선임된 것이 성원그룹 최중원 회장의 외아들이자 성원건설 상무인 최무원이었다.

어째서 차기 권력의 중심인 그가 큰어머니인 윤은미 전 대표를 밀어내면서까지 주력 계열사도 아닌 백화점을 맡았는지 대표의 의중을 아는 사람은 아무도 없다. 그리고 그의 신속한 수습능력에 혀를 내두르지 않은 사람도 없었다.

팀장급 두 명이 책임을 지고 사퇴했고 관련된 바이어들은 전부 정직처분을 받았다. 인사팀에서는 헤드헌터들과 후임자를 스카우트했으며 영업부에서도 비리 관련업체 대신 새로운 계약업체들과 물밑작업을 시작했다. 그 과정에서 어떤 언론 노출 없이, 표면적으로는 아무런 문제 없이 넘어가는 듯 보였다. 이렇게 꺼진 불에 기름이라도 붓듯이 터져 나온 기사만 아니었다면 말이다!

대체 어디서 흘러나간 거야? 어제 늦은 회식의 여파가 그대로 남은 이사들의 얼굴에 낭패의 기색이 떠올랐다. 무원은 무표정했다.

"어디서 새어나갔는지 파악했습니까?"

아무도 선뜻 입을 열지 못했다. 힘들게 침묵을 깬 것은 법무이사였다.

"죄송합니다. 아직 파악하지 못했습니다."

"전 대표 쪽은?"

전 대표인 윤 여사가 20년 군림한 '왕국'을 조카에게 뺏기고 가만있을 사람이 아니라는 건 이 자리의 모두가 안다. 그러나 서로 눈치만 볼 뿐 입을 떼는 사람은 없었다. 무원의 눈썹이 추켜올라갔다.

"참 빌어먹을 일처리군요. 매년 억대 연봉액을 경신하시는 분들이. 그 빌어먹을 일처리의 일관성을 내년 연봉협상 테이블에서 부디 유지하시길 바랍니다."

그는 내뱉듯이 말하며 리모컨으로 뉴스를 껐다. 다시 회의실 안은 침묵에 휩싸였다.

"임원진들은 전부 개인라인 가동해서 기사 출처 파악하고 더 이상 뉴스에 나가는 것 막으세요. 홍보실은 내부에서 자체 조사 끝났다고 발표하고 보도자료 돌리십시오. 법무팀은 빨리 내부유출자 찾아서 조치하고 정직된 바이어들에 대한 민사소송 준비하세요. 인사팀은 후임자들 최대한 빨리 현장 투입시킬 것. 어차피 경력 10년 차 이상들로 뽑았으니 인수인계는 필요 없을 겁니다."

회의실 안의 시선이 전부 무원에게 쏠렸다. 올해 서른넷의 젊은 대표이사는 일을 추진하는 데 거침이 없었다.

"그리고 영업부, 물의를 일으킨 바이어들이 담당했던 업체들 전부 계약해지 통보하십시오."

각 부서 책임자들에게 급히 업무지시가 이어지는 가운데 영업부 부장이 화들짝 놀란 얼굴로 되물었다.

"담당했던 업체 전부 말입니까? 하지만 이 일과 상관없는 업체들도 있습니다."

"비리사건에 직접 개입된 업체가 아니라 해도, 문제가 있는 바이어들이 체결한 계약인 이상 이대로 이끌고 갈 수는 없습니다."

"업체들 반발이 심할 겁니다. 지금 매장공사가 끝나가는 곳도 있는데……."

"요즘 청탁방지법으로 시끄러운 것 아시죠? 뉴스까지 나온 이상 업체 사정까지 고려할 여력은 없습니다. 일주일 안으로 전부 해지 통보하세요."

관련업체는 어림잡아 20여 곳. 수심이 차오르는 영업부장의 얼굴을 보며 남 실장은 보이지 않게 한숨을 쉬었다.

"어휴. 여기저기서 죽는다는 소리 속출하겠네요."

법무이사를 따라온 송 비서는 탕비실에서 호들갑을 떨었다.

임원회의가 끝나자마자 대표는 영업부 부장과 법무이사를 집무실로 불러들였다. 지금 집무실 안에서는 계약업체들을 어떻게 하면 뒤탈 없이 잘라낼 수 있을지 한창 논의 중일 것이다.

사십 대 골드미스인 송 비서는 백화점 전체의 여비서 중 최고참답게 지금 돌아가는 상황에 대한 파악이 아주 빨랐다.

"그 '여기저기서' 걸려오는 항의전화 받으려면 우리가 먼저 죽을걸."

"그나저나 아침에 연락받고 얼마나 놀랐는지 아세요? 어떻게 홍콩에 계신 분이 우리보다 정보가 빠르대요?"

남 실장은 지끈거리는 관자놀이를 꾹꾹 누르며 대답했다.

"예전부터 대단한 정보통이 뒤를 봐준다는 소문이 있잖아."

최무원으로 말할 것 같으면 성원백화점 대표이기 이전에 성원그룹의 차기 후계자로 확정된 사람이다. 비호하는 세력이 따로 있다고 해도 놀랍지 않은 일이다.

그보다 당장 걱정되는 것은 지금 대표실의 상황이었다. 영업부장이 대표를 설득하지 못하면 당장 전화 코드 하나는 뽑아야 한다.

마침 차를 가지고 들어갔던 막내 정 비서가 탕비실로 들어온다. 남 실장은 대표실을 가리켰다.

"안쪽 분위기 어때?"

정 비서는 고개를 설레설레 저었다.

"얼어 죽을 것 같아요. 영업부장님이 전체 계약해지는 너무 심한 처사라고 버티고는 계신데, 씨알도 안 먹힐 것 같아요. 대표님 표정이 완전 시베리아 벌판이거든요."

송 비서가 고개를 끄덕거렸다.

"그렇겠지. '가위손'이란 별명이 괜히 붙었겠어."

남 실장이 그녀를 바라보며 물었다.

"무슨 소리야?"

"어머, 남 실장님. 그 이야기 모르세요? 성원건설 구조조정 때 스물여덟 살짜리 새파란 상무로 들어가선 철밥통 임원들 다 잘라버렸잖아요. 그때 붙은 별명이 가위손이에요. 하도 싹둑싹둑 잘 자른다고. 문제 되겠다 싶으면 계약도 잘 자르지, 직원도 잘 자르지, 부인도 잘 자르지……."

입사 3개월 차인 정 비서는 눈을 깜박거렸다.

"부인도 잘라요?"

"이혼 말이야. 대표님, 이혼남인 거 몰라?"

"이혼하신 거야 알죠."

대표이사인 최무원은 늘 엄청난 소문을 몰고 다녔다. 소싯적에 주먹질로 사고깨나 치고 다녔다는 소문에서부터 인물, 머리, 배경까지 다 타고났는데 싸가지 하나만 빼놓았다는 우스개와 구조조정 때 눈 하나 깜짝 않고 아버지뻘 개국공신 임원들 책상을 죄다 빼버렸다는 무용담까지.

그중에서도 호사가들의 흥미를 자극하는 것은 그의 이혼이다. 대표는 3년 전, 결혼 2년 만에 파국을 맞았다. 이혼사유는 '성격 차이'였지만 애초에 연애결혼도 아닌 정략결혼에 성격 차는 무슨. 그 말을 곧이곧대로 믿는 사람은 아무도 없었다.

"원래 우리 대표님이 회장님 외아들이긴 하지만 진짜 후계자는 아니었거든. 장손인 최이원 전무가 있으니까."

현 최중원 회장은 전 회장의 차남으로 장남이 교통사고로 급사한 바람에 회장 자리를 이어받았다. 그렇기 때문에 당연히 차기 회장은 장남의 아들인 최이원일 것이란 생각이 지배적이었다. 20년 넘게 재혼도 않고 아들 뒷바라지만 해온 윤은미 여사의 오랜 숙원이기도 했다. 실제로 이원은 우수한 인재인 데다가 자라면서 말썽 한번 일으키지 않았고 성품이 반듯하기로 유명했다.

그러나 어린 시절 싸움꾼으로 언더도그(underdog) 취급당하던 무원이 스탠퍼드를 우등졸업하고 MBA까지 땀으로써 확고한 후계구도에 금을 내기 시작했다. 특히 모두 불가능이라고 했던 성원건설 구조조정을 성공시키며 무원은 단번에 이원의 대항마로 올라섰다.

한동안 팽팽하던 경쟁관계가 무너진 건 두 사람의 '결혼' 때문이었다. 이원이 쏟아지는 혼처를 전부 마다하고 사랑 하나로 집안 반대를 무릅쓴 반면, 무원은 후계자 자리에 확실하게 힘을 실어줄 수 있는 정략결혼을 선택한 것이다.

"그런데 최이원 전무가 생각지도 않게 평범한 간호사와 결혼했잖아. 덕분에 대표님이 처가 힘을 빌어서 최이원 전무를 누른 거고. 그러고 나니 더 이상 처가가 필요 없어진 거야. 토사구팽 알지? 사냥에서 토끼를 잡으면 사냥개를 삶아 먹는다는 말."

"설마 그렇게까지……."

"유감스럽지만 팩트야. 내 후배 하나가 성원건설 비서실에 있거든. 이혼절차는 전부 그쪽에서 처리한 모양이던데? 재산분할은 물론 위자료 한 푼 없이 깨끗하게 정리했대."

송 비서는 전국 유부녀 협회 회장이라도 되듯 호들갑을 떨었다. 대표의 집무실은 방음이 철저했지만 남 실장은 혹시나 하는 마음에 눈총을

주었다. 그녀는 야단맞은 어린애처럼 혀를 날름 내밀었다.

얼마 지나지 않아 어깨를 축 늘어뜨린 영업부장이 집무실을 나왔다. 그 뒤를 법무이사가 뒷목을 주무르며 나왔다. 두 사람의 표정을 보아하니 어떤 결론이 나왔는지는 불 보듯 뻔했다. 송 비서는 의기양양한 눈빛을 던지며 재빨리 상사의 뒤를 따랐다.

사무실을 나서는 그들과 바통 터치를 하듯 총무부장이 들어왔다. 입사 동기이기도 한 남 실장은 흡사 도살장에 끌려오는 소를 연상시키는 그의 눈을 슬쩍 피했다.

그 후 일주일, 성원백화점은 수습에 혼신의 힘을 다했다. 전 직원이 정기세일 때처럼 야근을 했다. 특히 대표이사의 스케줄에 맞춰 움직이는 비서실은 기존의 7시 출근을 30분 앞당겼으며 퇴근은 무조건 매출집계표가 나오는 10시 이후에 했다. 비서실 전체가 앓는 소리와 링거액을 달고 사는 판에 멀쩡한 것은 대표뿐이었다. 멀쩡하다 뿐이랴. 그는 업무 중에도 시간을 내서 운동까지 했다.

– 영업부에서 넘긴 업체리스트 가지고 들어오세요.

늦은 점심 겸 저녁을 겨우 샌드위치로 때운 남 실장은 미심쩍은 눈빛으로 서류를 챙겼다.

'사람 생기라도 빨아 먹는 거 아냐?'

그렇지 않고서야 불려간 사람들은 하나같이 죽을상을 하고 기어 나오는데 본인만 저렇게 팔팔할 수 있나.

대표가 가지고 오라고 한 것은 영업부의 계약해지를 '평화롭게' 받아들인 업체의 명단이었다. 무원은 서류를 훑더니 눈살을 찌푸렸다.

"총 스물한 곳으로 알고 있는데 열여섯 곳밖에 안 되는군요. 나머지는 어떻게 된 겁니까?"

"반발이 거센 곳들입니다. 특히 그중 두 군데는 원래 예정대로라면 보름 뒤에 오프닝행사까지 전부 준비된 곳들입니다. 외국계 브랜드고 저희 쪽에서 먼저 입점 요청을 한 곳들이라 영업부장이 애를 먹는 모양입니다."

"어느 브랜드입니까?"

"파일로와 A사입니다."

무원은 만년필을 꺼내 브랜드의 약력을 기억나는 대로 간략하게 메모했다. 둘 다 제법 큰 매장을 확보한 브랜드였다.

"퇴근 전까지 내 책상에 업체계약과 담당자 관련 서류, 전부 올려놓으세요. 영업부에서 해결 못 하겠다면 내가 직접 하겠습니다."

그 말인즉, 문제 삼을 수 있는 모든 꼬투리를 잡아내 계약해지 압력을 가하겠다는 뜻이다. 대표는 '잘라내고, 쳐내고, 제거하는' 방면의 전문가였다. 가위손이란 별명이 그냥 나온 것은 아니니까.

"그렇지 않아도 대표님께서 본사의 긴급회의로 자리를 비우셨을 때 파일로 담당자가 계약해지 건으로 대표님을 뵙고 싶다고 찾아왔습니다. 어떻게 할까요?"

지사장도 아닌, 일개 외국계 브랜드의 영업담당이 대표를 직접 만난다는 것은 상상도 할 수 없는 일이다. 그러나 무원은 비서실이 임의로 연락이나 방문을 한 상대를 누락시키는 것을 싫어했고, 상대편 영업담당자는 그 사실을 잘 알고 있었다. 그렇지 않고서야 '일개 영업사원'이 영업부의 결재를 거치지 않고 직접 비서실을 찾아올 생각은 하지 않았을 터다.

"그쪽부터 해결하죠. 스케줄 보고 약속 잡으세요."

"알겠습니다. 그럼 이유래 씨와 약속 잡겠습니다."

분주히 놀리던 펜 소리가 갑자기 멎었다.

스케줄 표를 체크하던 남 실장은 의아해하며 고개를 들었다. 대표의 반응은 전혀 예상 밖이었다.

"방금 누구라고 했습니까?"

"네?"

"지금 말한 이름이 '이유래' 맞습니까?"

생각지도 않았던 물음에 남 실장은 말을 더듬었다.

"마, 맞습니다. 파일로 담당자 이름입니다. 왜 그러시죠?"

"담당자가 한국인입니까?"

"네. 최근에 갑자기 교체된 모양입니다. 한국인이고 젊은 여성분이셨습니다."

거기에 덧붙이자면 상당한 미인.

무원의 표정이 미묘하게 변했다. 그는 어리둥절해하는 남 실장을 내보낸 뒤, 휘갈겨 쓴 메모를 바라보았다.

이유래.

이름을 쓴 글씨가 눈동자 안에 박혀들었다. 무원은 어쩐지 답답해 넥타이를 느슨하게 했다.

'아니겠지.'

동명이인일 것이다. 미국에 있다는 사람이 갑자기 여기에 나타날 리가 없고, 이런 일을 하리라는 것은 상상도 되지 않으며, 무엇보다 여기 찾아올 리가 없으니까. 그는 신경질적으로 이름을 쓴 메모지를 구겨 버렸다.

캄캄한 어둠 속, 힘들게 미간을 찌푸리던 남자가 번득 눈을 떴다. 그는 하아, 소리를 내며 무거운 숨을 내뱉었다. 아직 어둑한 새벽이었다.

"미쳤군."

무원은 몸을 일으키며 눈살을 찌푸렸다. 아랫도리가 축축했다.

사춘기도 아니고 서른넷에 몽정이라니. 미친 거 아니야? 아니지, 건

장한 남자이니 그럴 수 있다. 거기다 최근 스트레스에 계속 노출되어 있었으니 꿈에서라도 표출하고 싶은 것이 당연했다. 그는 애써 스스로를 합리화했다.

그러나 아무리 궁리해도, 합리화할 수 없는 것은 꿈의 대상이었다. 자극적이고 아찔한 꿈의 상대가 하필이면 이혼한 전처일 것은 뭔가. 아무리 속궁합이 좋았다고 해도, 세상이 멸망해서 여자가 딱 하나 남았다고 해도 이건 아니지. 아니어야지. 자존심도 없냐?

무원은 땀에 젖은 겉옷과 속옷을 모두 벗어 던지고 욕실로 향했다. 차가운 물을 머리부터 덮어쓰자 조금씩 이성이 제자리를 찾아간다. 그는 여느 때처럼 냉정하게 원인을 분석하기 시작했다.

답은 곧 나왔다. 파일로의 새 담당자라는 여자가 문제였다. 하필이면 전처와 같은 이름, 이유래. 흔한 이름은 아니지만 세상에 하나뿐인 이름도 아닐 터. 그런데도 왜 이렇게 신경이 쓰이는 걸까. 고작 이름 세 글자에 동요하는 자신이 우습다.

'아니, 어쩌면 동요가 아니라 발정인가?'

샤워를 하고 나자 잠이 싹 달아났다. 쓸데없이 시간을 낭비하기 싫어서 그대로 출근을 했다.

집무실 책상에는 남 실장에게 지시했던 파일로와 A사의 계약 관련 서류가 놓여 있었다. 무원은 직접 진한 커피를 한 잔 내린 뒤, 파일로의 서류부터 꺼냈다.

파일로. 미국 출신의 디자이너 로버트 파일로가 4년 전에 창립한 신생 SPA브랜드. Zara, H&M, 유니클로로 대변되는 1세대 SPA브랜드에서 고급화, 특성화 전략을 더한 차세대 브랜드로 남성복에 특화되어 있다는 것이 특징이었다. 중저가 라인인 데다가 실용성과 고급스러움을 동시에 잡아낸 센스 덕에 미국 현지뿐 아니라 중국과 일본에서도 빠르게 지점 수를 늘려가는 중이다.

정상적으로 절차가 진행되었다면 성원백화점이 한국 1호 매장이 되었을 터였다. 사업 가치를 따지면 이대로 계약을 날리기엔 아까운 브랜드다. 영업부장이 계약해지를 두고 난감해하는 것도 당연했다. 무원은 첨부된 담당자의 명함을 꺼낸 뒤, 서류를 덮었다.

하루 종일 바쁜 업무가 이어졌다. 다행히 문제가 된 언론기사를 대부분 차단하는 데 성공했고, 이어진 실무진 회의에서는 갑작스러운 계약해지로 리뉴얼에 들어가는 매장들의 대처방안에 대해 논의했다.

세 시간에 걸친 긴 회의를 끝내고 집무실로 돌아가자, 남 실장이 뒤따라 들어왔다. 그는 무원이 자리를 비운 동안 받은 연락과 메모에 대해 브리핑했다.

"J물산 전무께서 주말에 라운딩 스케줄이 괜찮으신지 묻는 전화가 왔었습니다. 경제지인 U저널에서 '이달의 경제인'으로 대표님을 인터뷰하고 싶다는 요청이 왔었고, 본가의 성 비서님께서 연락하셨습니다."

표정변화 없이 브리핑을 듣던 무원은 '성 비서'란 이름에 멈칫했다.

본가의 성 비서, 성선희는 20년 넘게 아버지의 개인비서로 지내며 본가 살림을 맡아 하고 있었다. 세 번의 결혼과 한 번의 사별, 두 번의 이혼을 거친 아버지가 유일하게 오랜 세월 옆에 두는 여자이기도 했다. 그런 만큼 그녀와 무원의 관계는 애매하고 조심스러웠다.

"본가에 무슨 일 있습니까?"

"특별한 문제는 아니고 한번 들러주십사 하셨습니다. 회장님께서 기다리신다고."

얼굴 본 지 오래되었으니 한번 들르라는 말이 그렇게 어려운 걸까. 직접 해도 될 말을 꼭 성 비서를 통하는 게 아버지다웠다.

그는 수면부족으로 뻑뻑한 눈가를 누르며 업무를 지시했다.

"J물산 전무에게는 다음으로 미루자고 좋게 전하세요. U저널과는 이미 성원건설 시절에 인터뷰했으니 이번에는 거절하십시오."

"알겠습니다."

"그리고 파일로 담당자와 약속 잡았습니까?"

"네. 이틀 뒤로 정했습니다."

"내일로 합시다. 시간 끌어 좋을 문제는 아니니까. 어차피 발등에 불이 떨어진 것은 그쪽 아닙니까?"

메모를 하던 남 실장의 눈이 커졌다. 평소 급박하게 약속을 정하는 것을 싫어하는 사람답지 않았다. 그러나 그는 베테랑 비서답게 내색하지 않았다.

"알겠습니다. 그럼 내일로 정하겠습니다."

"그 외에 내일 일정이 어떻게 됩니까?"

"오전에 임원회의가 있고 저녁에는 한경모직 한 회장님과 식사 약속이 있으십니다."

"한 회장님과의 약속 취소하십시오. 컨디션이 안 좋습니다."

남 실장의 눈이 더욱 커졌다. 지금까지 대표가 한경모직 한 회장과의 약속을 취소한 적은 한 번도 없었다. 그만큼 한 회장은 중요한 인물이었다. 성원백화점에 있어서나 무원 개인에게 있어서도. 남 실장은 떨떠름한 표정으로 집무실을 나갔다.

무원은 따로 빼두었던 파일로 담당자의 명함을 들여다보았다. 정확히는 이유래라는 이름을.

스스로 생각해도 좀 미친 것 같지만 빨리 확인하고 넘어가야 했다. 그렇지 않으면 분명 어젯밤 같은 이상한 꿈을 꾸거나 며칠 뜬눈으로 밤을 지새울 게 뻔했다. 뚜렷한 원인 없이 며칠씩 잠 못 드는 날이 이어지는 것. 이혼한 뒤로 가끔 나타나는 증상이었다.

평소보다 일찍 백화점을 나온 무원은 직접 차를 운전했다. 붐비는 도로, 정지신호에 멈춰 선 그의 시선이 자연스레 시계 안의 날짜로 향했다. 역시나.

무관심한 아버지가 어쩐 일이신가 했더니 시간이 참 빠르다. 생일이 일주일 앞으로 다가와 있었다. 공교롭게도 그날은 어머니의 기일이기도 했다.

무원의 생모는 그를 낳다가 죽었다. 사인은 임신중독증. 세계적으로 매년 5만 명 이상의 산모가 사망하는 요인으로 알려진 질환이지만 남자로서는 절대 알 수 없는 병이기도 했다.

평생을 알 수 없는 병에 사랑하는 아내를 잃은 무원의 아버지, 최중원 회장은 깊이 좌절했고 오래 방황했다. 두 번의 재혼을 하긴 했지만 성원그룹 내에서 불리한 제 입지를 보강하기 위한 비즈니스 차원이었고 자식도 두지 않았다. 그런 아버지를 보고 자란 무원은 결혼에 대해 어떤 기대감도 가지지 않았다.

결혼을 결정한 것도 철저하게 사업적인 계산 때문이었다. 무원이 원한 것은 후계자 경쟁에 이득을 줄 수 있는 처가였다. 그런데 차고 넘치는 혼처 중에서 원하는 조건을 만족시키는 상대를 찾기가 힘들었다. 그가 원하는 집안에서는 사촌형인 이원을 원했고, 그를 원하는 집안과는 수지타산이 안 맞았다. 회장 아들이지만 장손이 아니라는 불리한 조건과 큰어머니인 윤은미 여사의 방해공작 때문이었다.

유일하게 이원이 아닌 무원에게 관심을 보인 곳이 유성물산이었다. 당시 유성물산은 금싸라기 땅이라 불리는 P지구에 재개발 사업권을 가지고 있었다. 세계적인 불황에 따른 경제상황 악화라는 직격탄을 맞은 건설업계에서 P지구는 황금의 땅 엘도라도나 다름없었다. 어떻게든 성원건설을 키우고 싶었던 무원에게는 딱 맞는 혼처였다.

물론 딱 맞는 혼처가 그를 찾아온 덴 그럴 만한 이유가 있었다. 여자는 유성물산 이 회장이 본처인 성북동 사모가 아닌 다른 여자에게서 낳은 '혼외자'였다.

중매쟁이가 이 혼담을 가져왔던 날, 윤 여사는 우리 집안을 뭘로 보냐며 펄펄 뛰었다. 무원은 개의치 않고 혼담을 진행시켰다. 윤 여사를 제대로 엿 먹이는 혼사라는 데 뿌듯했고, 결혼식을 세 번이나 한 아버지를 둔 마당에 남의 집 가정사에 왈가왈부하고 싶지 않았다.

무엇보다 첫 만남에서 아내 될 여자가 마음에 들었다. 화장기 없는 얼굴에 수수한 검은 원피스를 입고 나온 여자는 자신의 처지와 결혼의 의미를 정확히 알았다. 표현이 적고 무덤덤한 성격이니, 양쪽 집안의 간섭에도 그를 귀찮게 하지 않고 안주인 노릇을 할 것 같았다.

결혼은 일사천리로 진행되었다. 아내의 대학교 졸업에 맞춰 네 번 만나고 식을 올렸다. 네 번의 만남도 상견례, 결혼식과 예물, 신혼집 인테리어를 결정하기 위함이었다.

늘 본가의 성 비서와 성북동 유성물산 사모가 동반했다. 대부분의 결정은 그들이 했고 아내가 될 여자는 지독할 정도로 의사표현이 없었다.

결혼한 뒤에도 마찬가지였다. 그가 생각한 대로 바라는 것도, 요구하는 것도 없는 아내였다.

「이혼해요, 우리.」

딱 하나, 빼고.

고급 주택과 카페가 늘어선 골목 몇 개를 지나 무원이 차를 세운 곳은 'Carpe diem'이란 간판 앞이다.

볼 때마다 센스 없다고 생각하는 간판의 장소는 30년 지기인 우경이 운영하는 클리닉 겸 카페였다. 우경은 2년 전 정신과 전문의 자격을 취득하자마자 클리닉을 개원했다. 거기에 무슨 바람이 불었는지 카페를 함께 열었다.

「현대인이 앓는 온갖 질환의 90퍼센트가 왜인지 알아? 다들 Carpe diem(현재를 즐겨라)을 잊었기 때문이야.」

'죽은 시인의 사회'에 나오는 키팅 선생을 롤모델로 삼은 우경은 술만 마시면 버릇처럼 그 말을 중얼거렸다.

정원이 딸린 넓은 주택의 1층은 카페로, 2층은 클리닉과 개인공간으로 사용 중이었다. 무원을 비롯한 주위 사람 전부 우경이 1년 안에 손들고 다시 아버지 병원으로 돌아갈 것이라 생각했다. 그러나 모든 예상을 뒤엎고 우경의 클리닉과 카페는 제법 성업 중이다. 본업이야 원래 잘했고 부업인 카페 쪽은 사업 수완 좋은 매니저를 영입한 덕이다.

"어서 오세요."

정원 잔디에 물을 뿌리고 있던 매니저가 밝게 인사를 했다.

그러나 무원의 모습을 확인한 그녀는 곧 입가의 미소를 거둬들였다. 큰 키에 쇼트커트가 잘 어울리는 여자의 유니폼에는 '서준희'라는 명찰이 달려 있었다.

"사장님은 2층에 계세요."

손님에게 인사할 때와는 확연히 다른 태도였다. 이런 식으로 싫은 감정을 가감 없이 드러내는 여자는 하필이면 이혼한 아내의 친구다. 그것도 그냥 친구가 아니라 유일한 친구. 결혼할 때는 친구 보쌈해가는 도둑놈 취급을 하더니 이혼한 뒤에는 조강지처 내친 냉혈한 취급이다.

무원은 잠시 눈살을 찌푸리고는 계단을 올라갔다. 짜증스럽게 현관의 초인종을 연달아 누르자 우경이 놀란 얼굴로 문을 열었다.

"초인종 망가져! 어쩐 일이야?"

곱슬머리에 동그란 안경을 낀 우경은 아무리 봐도 의사로는 보이지 않는다. 팔자 편한 한량이면 모를까, 개인 클리닉을 운영하면서 의사가운조차 걸치지 않기에 더욱 그랬다. 성큼 안으로 들어간 무원은 진료실 소파에 털썩 앉았다.

"수면제 처방해줘."

"얼마 전에 끊었잖아. 최근에 크게 스트레스 받는 일 있어?"

무원의 머릿속에 한순간 유래의 이름이 떠올랐다 지워진다.

"신문 안 봤냐? 우리 백화점 1면에 나왔어."

"그게 뭐? 예전에 성원건설 구조조정 때 생각 안 나? 그때는 매일 1면이었잖아. 매일 출근길 피켓 시위에다 차에 계란 한 판을 던져도 눈 하나 까딱 안 했던 너야. 그에 비하면 이번 백화점 사고는 스트레스 축에도 못 끼거든? 심한 거 아니면 운동이라도 하든가. 복싱 최근에도 해?"

"가끔. 오랜만에 스파링 한판 할까?"

"말이 되는 소리를 해라. 한때 선수 하란 소리까지 듣던 놈과 스파링하다가 제사 치를 일 있냐. 거기다 저 몸 좀 봐. 아주 현역 해도 되겠네."

우경은 엄살을 부리며 맞은편에 앉았다.

"수면제보다 안 그래도 너한테 연락하려던 참이었거든. 잘 왔어."

"왜?"

어쩐지 불길한데. 우경은 어느새 의사의 얼굴을 하고 묻는다.

"너 대체 창규 형한테 왜 그래?"

송창규는 요즘 제일 잘나가는 건축사무소 '창'의 대표로 어릴 때부터 알고 지낸 사람이다. 우경의 낡은 이층주택을 세련된 카페 겸 클리닉으로 탈바꿈시킨 것도 모두 그의 솜씨였다.

"내가 어쨌는데?"

"어제 상담 왔는데 사람이 아주 반쪽이 됐더라. 너 때문에 환청이 들리고 원형탈모까지 왔대. 멀쩡한 한남동 집은 왜 자꾸 뜯어고치라고 하냐고. 지금 벌써 다섯 번째라며?"

"여섯 번째야."

우경은 무원이 정정해준 숫자에 한참을 멀뚱히 있더니 조용히 되물었다.

"미친 거지?"

"무슨 정신과의사가 미쳤단 소리를 이렇게 쉽게 하나?"

"넌 좀 들어도 싸. 왜 멀쩡한 사람을 고문하고 그래?"

고문이라니! 한남동 집에 대해서는 무원이 창규보다 훨씬 할 말이 많았다. 못해도 백 마디쯤은 더.

한남동 저택은 무원이 어머니로부터 물려받은 땅에 '창'에서 심혈을 기울여 시공한 것이다. 독특하면서 고급스러운 외관과 인테리어로 세계 건축상을 두 번 탄 것은 물론 국내외 크고 작은 건축상을 거의 휩쓸다시피 했다. 무원은 그곳에서 2년의 결혼생활을 했다.

"고문은 무슨. 스트레스는 내가 더 받고 있어. 멀쩡한 집 놔두고 호텔을 전전한 지 3년이야. 돈이고 시간이고 원하는 대로 다 맞춰줬으면 원하는 결과물을 내야 할 것 아냐."

아주 대단한 일이라도 맡겼다면 모르겠다. 두바이에 발전소라도 지으라고 했나? 무원이 '창'에 맡긴 것은 고작해야 한남동 집의 리모델링이었다.

우경은 한쪽 눈썹을 치켜올렸다.

"애초에 집 문제이긴 하냐?"

"무슨 소리야?"

"자꾸 애먼 사람 잡지 말고 가슴에 손을 얹고 생각해봐. 집이 문제인지, 그 집에서 같이 살았던 사람이 문제인지. 이혼한 뒤로 너 좀 정상이 아니거든. 없던 불면증이 생기질 않나, 미친 듯이 집을 뜯어고치질 않나, 멀쩡한 건설사 두고 해보지도 않은 백화점을 한다고 고집을 부리지 않나."

무원은 미간을 구기며 반격했다.

"이혼 때문에 잘나가던 외과의 전공 때려치우고 정신과로 갈아탄 네가 할 소리는 아니지."

그렇다. 비슷한 구석이라고는 하나도 없는 30년 지기들의 공통점은 바로 이혼남이라는 것이다.

우경은 존스홉킨스에 다니던 도중 결혼을 했고, 졸업 무렵 이혼을 했다. 그러고는 갑자기 전공을 외과에서 정신과로 바꾸어버렸다. 그걸로 모자라 지금은 '심인성 기억상실'이란 써먹지도 못할 분야에 심취 중이다.

대대로 의사 집안에서 태어나 국내에서 손꼽히는 대형병원 병원장이면서 산전수전 다 겪었다고 자부하는 우경의 아버지는 아들 때문에 까무러치길 반복했다. 그런 주제에 누가 누구더러 정상 운운하는 건지.

"너하고 내가 같냐? 진지하게 충고하는데 카운슬링이라도 좀 받아봐. 내 은사님 소개해줄게. 트라우마 전문이셔. 너 이거 외상 후 스트레스 증후군일 수도 있어."

"고작 이혼이 무슨 트라우마야."

"이혼은 무조건 변호사에게 상담해야 한다고 생각하는데 그런 거 아니야. 사람 사이의 관계가 끝낸다고 끝내지는 게 아니거든. 가장 긴밀했던 연결고리 하나가 소멸하면서 크든 작든 생채기가 남는다고. 유래 씨 소식은 알고 있어?"

"몰라. 이혼하고 미국에 갔다는 것만 알아."

"거봐. 넌 유래 씨 소식이면 무조건 회피만 하잖아."

"여기가 할리우드야? 이혼한 전처가 뭐 하고 사는지 왜 알아야 하는데?"

"나는 혜원이랑 연락하고 잘 지내거든?"

우경이 말하는 혜원, 그의 영원한 뮤즈. 스물다섯 살의 우경과 주위의 온갖 반대를 무릅쓰고 스물두 살의 어린 나이에 결혼하고 이혼까지 한 여자였다.

"왜 연락만 하냐? 아예 혜원이 카운슬링도 직접 해줄 것이지."

무원의 빈정거림에 우경은 대답이 없었다.

뭐야, 이 얼굴은. 설마, 카운슬링도 해주는 건가? 무원은 30년 지기 친구를 처음 보는 외계 생명체처럼 바라보았다.

"너 설마 혜원이 만나는 건 아니지?"

"의사와 환자로 만난 거야. 요즘 새 드라마 들어갔잖아. 이런저런 소문에다 연기 고민 때문에 스트레스를 많이 받아. 그렇다고 아무 의사한

테나 갈 처지도 아니고."

무슨 오지랖일까. 전처의 스트레스까지 염려해주는 전남편이라니. 30년 지기 친구는 몸소 'We are the world'를 실천 중이셨다. 그러니 친구 전처의 친구를 매니저랍시고 데리고 있는 거겠지만.

우경은 못마땅해하는 무원의 얼굴을 살피더니 안쪽 방에서 술병과 술잔을 꺼내왔다.

"수면제보다는 이게 낫지. 약은 못 주지만 술은 같이 마셔줄 수 있어. 네 얼굴 딱 봐도 약보다는 술이 더 고픈 것 같다."

"의사 그만두고 점쟁이 하지 그래?"

우경은 웃으며 1층 카페에 인터폰을 해서 적당한 안주를 준비해달라고 했다. 무원은 잔에 술을 따르며 우경에게 단도직입적으로 물었다.

"너, 언제까지 서준희 씨 데리고 있을 거냐?"

"내가, 내 돈으로, 내 직원 쓰는데 왜 참견이야?"

"몰라서 물어? 여기 올 때마다 그 여자가 나를 어떤 눈으로 보는지 알아?"

"어떤 눈으로 보긴. 친구 인생 망친 나쁜 놈으로 보겠지."

우경은 재미있다는 듯 킬킬거렸다. 빌어먹을. 남의 속내도 모르고 놀려먹는 우경을 노려보며 술잔을 들었다.

시답잖은 이야기를 주고받으며 한 잔, 두 잔 주거니 받거니 시작한 술자리가 제법 길게 이어졌다. 두 번째 술병이 바닥을 드러낼 때 즈음, 취기가 오른 우경이 소파에 몸을 젖혔다.

"야, 최무원."

"왜."

"나, 사실 유래 씨 봤어."

술잔을 들던 무원의 손이 멈췄다.

"누구를 봐?"

"너하고 결혼했던 이유래 씨."

"어디서?"

"얼마 전에 세미나 있어서 중국에 갔다 왔거든. 워낙 미인이라 그런지 한눈에 알아봤지. 그쪽은 아마 나를 못 봤을 거야. 알아볼 상황도 아니었고. ……아이가 있더라."

"……아이가 있어?"

갑자기 술이 확 깬다. 미국에 갔다던 사람이 중국에 있다는 것도 놀라운데 아이가 있다고?

"장담하는데 최무원, 네 애는 아냐. 너희 이혼한 지 3년 넘었잖아. 그런데 아이는 아무리 잘 봐도 20개월? 그쯤 되는 갓난아이였어."

그럴 테지. 자신의 아이일 리 없다는 것. 누구보다 무원 자신이 잘 아는 사실이었다.

그날은, 무원이 처음으로 성 비서에게 개인적인 부탁을 한 날이었다. 성북동 친정에 다녀온 아내가 감기몸살을 오래 앓았다. 처음에는 가벼운 감기몸살인 줄 알았는데 일주일이 지나도 회복될 기미가 없었다. 새벽녘, 옆에서 나는 앓는 소리에 잠을 깬 무원은 아내의 얼굴을 유심히 들여다보았다.

'야위었군.'

어젯밤, 별생각 없이 끌어안았던 몸은 한 줌도 안 되게 가늘었다. 도우미들 말에 의하면 식사도 제대로 못 하고 토하기 일쑤라고 했다. 큰 문제가 생긴 것은 아닐까. 출근을 해서도 찜찜함이 사라지지 않았다. 그는 고민하다가 성 비서에게 직접 전화를 걸었다.

「집사람이 요즘 몸이 안 좋습니다. 감기몸살이 지나치게 길어지는 것 같은데 한번 들러서 봐주셨으면 합니다. 임 박사님 병원에 데려가 검사를 해보든가요. 이참에 아버지 보약 짓는 곳에서 집사람 것도 제일 좋은 걸로 해주세요. 식사도 영 못 하는 모양인데, 일산댁 시켜서 입맛 날 만한 음식도 장만해주시고요.」

가만히 무원의 이야기를 듣던 성 비서가 입을 열었다.

– 알겠습니다. 그런데 혹시 작은 사모님…… 임신하신 것 아닙니까? 이제 슬슬 아이가 들어설 때도 된 것 같아서요.

임신? 결혼한 지 2년쯤 되어가니 사방에서 아이 소식 없냐고 물어대는 것이 귀찮기는 했지만 생각도 못 한 단어였다.

「아닙니다.」

– 어떻게 단언하십니까?

「그 사람, 피임약 먹고 있습니다.」

신혼여행지였던 두바이에서 마지막 날을 보내면서 무원은 아내에게 말했다. 아이를 원하지 않으니 피임을 하라고.

정략결혼이란 이유만은 아니었다. 얼굴도 모르는 생모를 임신중독증이란 병으로 잃었던 만큼 무원에게 있어 임신이란 두려운 영역이었다.

인생에서 가장 행복해야 하는 시기에 사랑하는 아내를 잃은 아버지는 아들에게도 평생 데면데면했다. 아들은 그런 아버지의 관심을 끌어보고자 이런저런 사고를 치기 시작했고, 그의 성장과정은 아버지의 애정에 대한 갈구와 반항, 체념으로 요약된다.

그렇게 자란 아이가 제대로 된 아버지가 될 수 있을지 의구심이 따라다녔다. 후계자 문제야 장손이 알아서 할 테니 자신과는 상관없다.

– 100퍼센트 피임은 없습니다. 특히 경구피임약의 경우는 시간을 놓치는 경우도 있을 수 있고요. 제가 일단 한남동 집에 들르겠습니다.

성 비서와의 통화를 끝낸 뒤, 일이 손에 잡히지 않았다.

'임신이라…….'

100퍼센트의 피임이 없다는 것은 그도 안다. 아이가 생겼다면 낳아야겠지. 두렵다는 생각과 동시에 궁금하기도 했다. 그와 아내를 닮은 아이는 어떤 모습일지. 사내아이일지, 계집아이일지, 아버지가 된다는 것은 어떤 기분일지.

그때 아내에게서 전화가 걸려왔다. 무원은 황급히 통화버튼을 눌렀다. 휴대전화에서는 언제나처럼 침착한 목소리가 흘러나왔다.

– 저예요. 지금 통화 가능할까요?

「그래. 무슨 일이야?」

– 혹시 오늘 집에 일찍 들어올 수 있나 해서요. 할 이야기가 있어요. 중요한 이야기예요.

결혼 후 처음 있는 일이었다. 늘 지독할 정도로 말이 없는 여자가 할 이야기가 있다고 한 것은. 무원의 머릿속에서 예정된 회의와 저녁 약속이 차곡차곡 지워졌다. 비서실장은 울상을 지으며 예정된 일정을 전부 취소시켰다.

그는 집에 들어서자마자 아내를 찾았다.

「할 이야기가 뭐지?」

「일단 식사부터 하세요. 일산댁 아주머니가 해물탕 준비하고 가셨어요.」

그녀는 평소처럼 드레스룸으로 따라와 그의 옷을 받아들고 가지런히 걸었다. 중요한 이야기라더니 왜 이렇게 뜸을 들이나. 무원은 조금 불만스럽게 옷을 벗고 손을 씻었다. 식당으로 가자, 식탁에는 수저가 한 벌만 놓여 있었다.

「나 혼자 먹으라고?」

「속이 별로 안 좋아서요. 미안하지만 혼자 드세요.」

하는 수 없이 무원은 수저를 들었다. 평소에 무척 좋아하는 해물탕이지만 맛을 모르겠다. 밥을 먹으면서도 그의 신경은 자꾸만 맞은편에 앉은 유래의 배에 쏠렸다. 최근 유래는 식사 중에 헛구역질을 하거나 구토를 하는 경우가 종종 있었다. 그게 입덧이었던 모양이다.

「낮에 성 비서에게 좀 들르라고 했는데.」

「네. 그렇지 않아도 오셨기에, 같이 임 박사님 병원 다녀왔어요.」

평소와 달리 급하게 밥그릇을 비우고 수저를 내려놓자, 유래가 눈을 동그랗게 떴다.

「시장했어요? 좀 더 가져올까요?」

「아니, 됐어.」

「그럼 과일 내올까요? 오렌지가 아주 달아요.」

유래는 다시 주방으로 가려는 듯 몸을 일으켰다. 지금 밥이나 오렌지가 중요한 일인가? 무원은 남의 속도 모르고 자꾸 뭔가 내오려는 여자의 팔을 붙들었다.

「됐으니까, 하려던 이야기 해.」

「네?」

「중요한 이야기라며.」

그가 채근했다. 유래는 잠시 선 채로 무원의 얼굴을 바라보더니 잡힌 팔을 뺐다.

「알았어요. 잠시만 기다려요.」

유래는 곧장 침실로 향했다. 무엇인가를 가지러 가는 듯한 모습에 무원은 설레는 마음 반, 초조한 마음 반으로 기다렸다. 진단서? 아니면 초음파 사진?

그러나 잠시 뒤, 그녀가 내민 서류는 한 번도 생각하지 못한 것이었다.

협의이혼신청서.

유래는 담담하게 시선을 들며 입을 열었다.

「이혼해요, 우리.」

입덧이라 생각했던 증상은 스트레스성 위염이었다. 성 비서는 최근 유래가 스트레스를 많이 받은 것 같다고 설명했다. 스트레스? 당연히 받았겠지. 혼자 이혼서류를 준비할 정도면.

그때도 없었던 아이를 어디 가서 찾는단 말인가. 무원은 힘들게 입 밖으로 말을 밀어냈다.

“남편은? 남편 봤어?”

"못 봤어. 그래도 아이가 있으니 결혼하지 않았을까."

결혼을 했다, 라. 술기운이 단번에 밀어닥치는 기분에 눈을 감자, 하늘빛이 눈앞에 되살아났다. 과음을 한 모양이다. 마지막으로 이렇게 마신 것이 언제였더라? 이혼서류를 법원에 제출하고 한 달의 숙려기간이 끝날 무렵이었던 것 같다.

술이 센 편이 아니라 늘 조심하는데 그날따라 식사에서 이어진 반주에 절제를 잃어버렸다. 무원은 무작정 술기운에 기대어 준희의 집에서 지내는 유래를 찾아갔다. 그녀는 이혼서류를 내놓은 다음 날, 결혼할 때 가지고 왔던 캐리어 하나만 들고 집을 나갔다. 모든 것은 그대로인데 아내가 사라진 한남동 집이 그에게는 너무나 낯설었다. 달래든, 설득을 하든, 손목을 붙들고 끌고 가든 한남동 집으로 데려올 생각이었다. 다음 일은 그때 생각하자.

그러나 준희의 집에는 아무도 없었다. 한참을 아파트 입구가 보이는 놀이터에서 서성거리는데 익숙한 여자가 눈에 들어왔다. 하늘색 원피스를 입은 아내가 차에서 내리고 있었다.

저런 색의 옷도 있었나?

결혼생활 내내 그녀는 검은색이나 흰색 옷만 입었다. 거기에 어쩌다 회색이나 아이보리가 포인트로 더해지는 정도였다. 그런데 하늘색이라니 상상도 못 했다.

유래를 부르려던 무원은 우뚝 멈춰 섰다. 상상도 못 한 일이 하나 더 있었다. 아내의 옆에 남자가 있었다. 훤칠하게 큰 키에 다정한 인상의 남자와 유래는 차에서 내려 이야기를 나누었다.

잠시 후, 유래는 남자에게 손을 흔들었다. 2년을 남편이란 이름으로 산 무원은 한 번도 보지 못했던 웃는 얼굴로.

문제 될 건 없었다. 조건을 보고 한 정략결혼이었다. 처음 만났을 때 못 박았던 사항 아닌가. 상대의 집안이나 명예에 해를 끼치지 않는 선에서 애인을 두어도 상관없다고. 그럼에도 욕지기가 올라왔다. 무원은 더 이상 참지 못하고 도망치듯 자리를 떠났다.

머리가 지끈거린다. 모니터의 차트를 보던 무원은 관자놀이를 꾹꾹 눌렀다. 잔뜩 취해서 주량을 오버한 대가는 지독한 두통이었다. 뒤집어진 속은 옵션이었고.

「야, 최무원. 정신 차려. 아무리 한남동 집을 뜯어고치고 큰어머니를 들들 볶아도 끝난 건 끝난 거라고. 이제 그만 인정해.」

30년 지기는 정확히 무원의 속내를 꿰뚫고 있었다. 무한재생버튼을 클릭한 것처럼 우경의 말이 머릿속을 떠돌았다. 아이가 있어? 결혼을 했다고? 참다못한 무원은 서랍에서 아스피린을 꺼내 씹었다.

– 파일로 담당자인 이유래 씨 오셨습니다.

약기운이 퍼질 때까지 의자에 머리를 기대고 있던 무원은 시계를 확인했다. 어느새 약속시간이었다.

그는 들어오라고 한 뒤, 자리에서 일어섰다. 빨리 동의서에 사인이나 받고 끝내야겠다. 이 이름과 더 이상 엮이는 일은 사절이다.

집무실의 문이 열리고 막내인 정 비서가 들어왔다. 뒤를 따라 파일로의 담당자가 모습을 드러냈다. 여자가 입고 있는 연하늘색의 블라우스가 가장 먼저 시야에 들어왔다.

무원은 그녀와 눈이 마주쳤다.

꿈속에서, 아찔한 절정을 맛보며 몇 번이나 마주쳤던 눈이다. 깊고 깊게, 그를 안고 품었던 눈. 이번에는 꿈이 아니라 진짜였다. 새하얀 피부에 동그란 이마, 깊은 눈매와 가느다란 목선, 오뚝한 콧날.

무원의 얼굴이 일그러졌다. 긴 생머리가 웨이브가 들어간 세미롱으로 바뀐 것만 빼면 기억 속 그대로 아내가 돌아왔다.

하필이면 그 망할 하늘색 옷을 입고.

chapter 02

그 여자, 엑스와이프

샴페인을 터뜨리는 소리와 동시에, 사무실 안의 모든 직원들이 축배를 들었다.

"다들 고생했어."

파일로의 해외영업팀을 총괄하는 줄리아가 고생한 팀원들의 잔에 샴페인을 가득 채워주었다. 오늘은 해외영업팀에게 있어 기념할 만한 날이었다. 광저우의 타이쿠후이 백화점에 입점한 4호 매장의 오프닝행사가 성황리에 끝나면서 중국 진출 이후 최고 매출액을 기록한 것이다.

유래는 샴페인을 한 모금 마시며 같이 고생한 동료들과 담소를 나눴다. 기포가 일어나는 황금빛 액체를 보노라니 중국 영업 시작 때부터 타이쿠후이 입점을 위한 고생이 스쳐지나갔다. 상품이 통관을 못 해 쩔쩔맸던 것이나 준비했던 사은품이 모조리 사라졌던 일, 담당토관이 하룻밤 사이에 마음을 바꿔 계약을 못 하겠다고 강짜를 놓은 일 등, 두 번 다시 겪고 싶지 않은 일이 대부분이었지만.

SPA브랜드의 천국이라는 중국은 수천 개의 백화점이 존재하는 엄청난 시장이었다. 그런 만큼 수천 개의 백화점마다 독특한 입점 룰이 존재했다. 다행스럽게도 총 책임자인 줄리아가 중국계 미국인이라 양쪽의 언어와 중국 특유의 '꽌시문화'를 이해하는 데 전혀 무리가 없으며 현지에 많은 인맥을 두었다는 것이 어드밴티지로 작용했다.

덕분에 파일로는 비슷한 시기에 중국에 진출한 업체들과 달리 빠르게 매장을 확장했다. 당장 다음 달은 항저우 최고의 백화점이라 할 수 있는 항저우따샤에 5호 매장 오픈이 예정되어 있었다.

"자, 오늘만 마음껏 마셔. 내일 하루 쉬고 모레부터 항저우 매장 오프닝행사 준비 들어가야 하니까. 다들 중국 갈 준비 끝났지?"

케이터링이 준비된 사무실 안은 어느새 왁자한 파티 분위기로 바뀌었다. 오랜만에 접대나 영업이 아닌 편안한 술자리였다. 샴페인에 고량주가 섞이고, 와인에 맥주가 섞이고, 위스키에 청주가 섞였다. 대부분의 직원들이 늦게까지 술을 마셨다.

유래는 취기가 도는 것을 느끼며 사무실을 나왔다. 한창 흥이 오른 파티에서 체력이 되지 않는 자는 눈치껏 빠져주는 것이 예의였다. 택시를 잡기 위해 도로 쪽으로 손을 내미려는 순간, 차가 한 대 멈춰 섰다.

"타. 태워다 줄게."

뒷좌석의 창이 열리며 누군가 유래에게 말을 걸었다. 줄리아였다. 그녀 역시 지금 돌아가는 모양이었다. 마지막까지 남아 있을 줄 알았는데 어쩐 일일까.

유래는 일단 감사하다고 인사하고 차에 올랐다. 운전기사에게 주소를 말해주자 바로 차를 출발시켰다. 어두운 풍경이 창밖으로 스쳐지나갔다.

한동안 눈을 감고 있던 줄리아가 유래에게 입을 뗐다.

"이번에 항저우 쪽 토관과 트러블이 있었다며?"

중국 백화점 입점계약에서 특이한 점이라면 '토관'이라 불리는 중간관리상을 끼워야 한다는 것이다. 다양한 국적의 브랜드들이 입점하는 만큼, 백화점 측에서는 일일이 브랜드를 상대하지 않고 토관에게 일임한다.

그들은 적게는 백화점 입점계약 관리에서 크게는 입점 후 매장운영에까지 관여한다. 어떤 토관을 만나느냐, 그들과의 관계를 어떻게 유지하느냐가 중국 백화점에서의 성공을 판가름했다. 그만큼 절대적인 존재였고 횡포도 만만치 않다.

이번 경우처럼 정상적으로 계약을 체결한 뒤에 뒷돈을 요구하거나 수수료율 인상을 요구하는 것도 부지기수였다.

"네, 갑자기 수수료율을 5퍼센트 이상 올려달라고 요구해서요. 2퍼센트 정도로 정리했습니다."

"수고했어."

줄리아는 갑자기 유래의 얼굴을 빤히 보았다.

"내 밑에서 얼마나 있었지?"

"곧 3년 됩니다."

"3년이면…… 오래 있었네. 결혼한 전남편들도 3년을 못 버텼는데."

그녀는 약간 자조 섞인 농담을 했다. 유래가 줄리아를 상사로 모신 것은 3년이지만 알고 지낸 시간은 훨씬 길다.

패션마케팅 전공자들에게 있어 루이비통 홍보실장을 지낸 줄리아는 멘토이자 우상이었다. 가난한 중국인 이민자 가정에서 태어나 '여성, 이민자, 아시안'이라는 3대 유리천장을 뚫고 세계 최고 브랜드 중 하나의 홍보실장 자리를 꿰찬 사람.

유래 역시 루이비통 인턴시절에 줄리아를 만났다. 그녀는 최고 자리에 안주하지 않고 다시 신생 브랜드의 일선에 설 만큼 열정이 넘쳤다. 그러나 오늘만큼은 그녀는 자신만만한 평소와는 달리 무척 지쳐 보였다.

"무슨 일 있어요?"

"남편의 변호사에게서 연락이 왔는데, 그쪽에서 수의 양육권을 가지고 싶어 해. 내가 일에만 미쳐 있어서 수를 돌볼 수 없다는 게 이유야."

수는 줄리아와 세 번째 남편 사이의 딸이다. 그녀는 지금 중국인 사업가인 세 번째 남편과 이혼소송을 진행 중이었다. 유래는 줄리아와 함께 중국에 체류하는 1년 동안 수를 직접 돌보기도 했다.

"어떻게 하실 건가요?"

"양육권을 내줄까 해."

"어째서요?"

딸에 대한 애정이 얼마나 깊은지 옆에서 봐왔기에 더욱 납득하기 힘든 결정이었다. 줄리아는 어깨를 으쓱했다.

"아이의 행복을 위해서야. 일 때문에 늘 자리에 없는 엄마보다는 부자 아빠가 수에게는 더 좋지 않을까?"

어쩌면 이런 고민을 자신의 엄마도 했을까.

"그건 장담할 수 없죠."

"그런가?"

유래는 시간을 되돌려 엄마에게 말하는 기분으로 입을 열었다.

"아이의 행복을 부모가 재단할 수 있는 건 아니라고 생각해요. 바빠서 옆에 있어줄 수 없는 엄마 옆이라도 행복할 수 있고, 부자 아빠 옆이라도 얼마든지 불행할 수 있어요. 그보다 중요한 건 당신이 수와 살고 싶다는 마음 아닐까요?"

"모르겠어. 내가 수를 행복하게 해줄 수 있을까?"

"행복은 일방적인 희생이 아니라 서로 주고받는 거예요."

"서로 주고받는다……."

줄리아는 생각하는 것처럼 미간을 좁혔다. 그사이 차가 낯익은 아파트 앞에 멈춰 섰다.

"감사합니다."

유래는 깍듯하게 인사를 하며 차에서 내렸다. 줄리아는 유래가 처음 차에 올랐을 때처럼 눈을 감고 있었다. 늘 그렇듯 생각을 정리하는 그녀만의 버릇이다.

방에 돌아온 유래는 화장만 대충 지우고 그대로 침대에 고꾸라졌다. 오프닝행사를 일주일 앞두고는 하루에 두세 시간도 자지 못했던 몸에 알코올까지 들어갔으니 당연한 결과였다. 꿈 한 조각 비치지 않는 깊은 수면이었다.

푹 자고 일어나니 늦은 아침이었다. 느긋하게 샤워를 하고 밀린 집안일을 했다. 점심을 먹고 중국 출장을 대비해 몇 가지 필요한 물건을 사고 돌아오니 어느새 하루가 금방 지났다. 해가 질 무렵은 유래가 하루 중 가장 좋아하는 시간이다. 냉장고 속의 재료로 대강 샌드위치를 만들어 테라스로 나갔다.

'벌써 3년이네.'

좁은 테라스에 앉아 샌드위치를 한입 베어 물면서 문득 한 생각이었다. 이혼을 하고 쫓겨나듯 한국을 떠나 뉴욕에 온 지 3년. 처음으로 자립을 했고, 정신없이 흘러간 시간들이었다.

성북동에서 살 무렵부터 애초에 제 것은 아무것도 없다는 것은 알고 있었다. 결혼한 뒤에 살았던 한남동에서도 마찬가지였다. 그럼에도 하루아침에 삶을 채우는 것들이 사라지자 생각 이상으로 큰 상실감이 밀려들었다. 특히 남편이란 존재.

이상한 일이었다. 그들의 결혼은 철저한 비즈니스였고, 같이 사는 동안 특별히 사이가 좋았던 것도 아니었는데 한 번씩 스치는 일상에서 그가 툭툭 떠오르는 걸 보면.

특히 지금처럼 날씨가 쌀쌀해질 무렵이면 조금 높은 편이던 그의 체온이 그립기도 했다. 유래는 그때마다 고개를 저으며 생각을 지웠다. 사람에 대한 막연한 그리움을 특정 대상에 대한 애정으로 착각하지 않도록.

다음 날, 출근을 하자 부사장의 호출이 들어왔다. 부사장이 담당팀장을 통하지 않고 직접 영업팀을 호출하는 것은 드문 일이다.

부사장실에서는 중국영업팀의 팀장인 첸이 부사장과 한창 이야기를 나누는 중이었다. 두 사람은 유래를 보더니, 대화를 멈췄다.

“왔으니까 바로 본론으로 들어가지. 줄리아는 당분간 전체 업무에서 빠질 거야. 휴직을 요청했어.”

“휴직이라뇨?”

“전남편과 양육권을 두고 문제가 있는 모양인데 이혼소송에 집중하고 싶다더군.”

방금 전까지 부사장과 첸이 심각하게 나눴던 이야기가 이것인가 보다.

양육권? 유래는 줄리아와의 대화를 떠올렸다.

「내가 수를 행복하게 해줄 수 있을까?」

의문에 대한 답을 내린 모양이다. 유래는 그녀의 결정을 진심으로 응원하고 싶어졌다. 부사장은 계속 말을 이었다.

“두 사람을 부른 이유는 줄리아의 업무 때문이야. 어차피 자네들 두 사람 다 줄리아 밑에 있었으니 큰 문제가 없을 거라고 생각해. 항저우 일은 지금까지처럼 첸이 그대로 진행해. 그리고 리는 중국팀에 합류하지 말고 한국 쪽 일을 맡아.”

“한국이요?”

한국은 파일로가 진출을 우선적으로 고려한 시장은 아니다. 성공한 SPA도 있지만 현지화 전략을 철저하게 세우지 않으면 실패하는 시장인 만큼 리스크가 컸다. 그럼에도 파격적인 조건으로 러브콜을 보낸 백화점이 있어서 줄리아의 단독결정으로 입점계약을 했다고 들은 기억이 있다.

부사장은 살짝 난감한 얼굴로 책상을 두드렸다.

“계약한 백화점 쪽에서 일방적으로 계약해지를 통보한 모양이야. 줄리아가 단독으로 진행한 일이라 나도 자세한 사항은 몰라. 아무래도 리가 현지인이니 사정이 낫겠지. 바로 자료 넘길 테니 담당자와 무슨 일인지 자세히 알아보도록."

부사장과의 면담을 끝내고 사무실을 나오는데 첸이 요란스럽게 말을 걸었다.

"이거 참, 내 '애제자'인 리가 빠지면 까다로운 토관들은 누가 상대하지?"

45세의 공안담당기자 출신인 첸은 회사 내에서 '접대의 달인'으로 통한다. 접대는 '꽌시', 즉 '관계'를 무엇보다 중요시하는 중국 비즈니스 특성상 빠질 수 없는 요소다. 중국팀에 합류한 유래는 술을 마시는 법과 접대 매너를 전부 첸에게서 배웠다.

"다른 제자를 들이세요. 이번 기회에."

"오우, 노. 누누이 말했지만 '꽌시'에서 가장 중요한 건 사람에 대한 관심과 배려야. 거기에 고급 매너까지 갖춰야 하고 적응력도 좋아야 하지. 그걸 하나부터 열까지 어떻게 다 가르쳐."

아이러니하게도 성북동에서 회초리를 맞으면서 배운 고급 매너와 결혼 후 배운 중국어는 접대자리에서 빛을 발했다. 유래는 쓴웃음을 지었다.

"과찬이십니다."

첸은 소리를 내어 웃더니 목소리를 낮췄다.

"그런데 역시 '컬처'가 다른 건가? 부사장이 갑작스러운 휴직신청까지 받아줘가며 줄리아의 이혼소송에 협조할 줄은 몰랐어."

유래는 의아한 얼굴로 그에게 물었다.

"무슨 문제 있어요? 줄리아 같은 직원이라면 누구나……."

당장 그녀의 부재에 두 명이 달라붙어 업무를 분담해야 했다. 줄리아가 파일로의 얼마나 중요한 핵심인재인지 증명하는 부분이기도 했다.

"줄리아는 그냥 직원이 아니잖아."

"네?"

첸은 뜻밖이라는 표정을 지었다.

“설마 줄리아와 그렇게 오래 지냈는데, 모르는 거야? 부사장이 줄리아의 첫 번째 남편인 거.”

부사장은 사장인 로버트 파일로의 형이다. 그가 동생과 회사를 설립한 뒤, 가장 먼저 한 일이 전처인 줄리아를 스카우트한 것이라 한다. 루이비통을 나와 셀린느냐 토리버치냐를 고민하던 줄리아가 쟁쟁한 두 곳 대신 전남편의 제의를 받아들인 것은 업계의 이변이었다. 두 사람은 같은 사무실에서 얼굴을 보며 누가 봐도 평범한 직장 상사와 직원 사이로 아무렇지 않게 일했다.

할리우드의 유명 배우이자 가수인 제니퍼 로페즈가 전남편인 마크 앤서니에게 새 앨범의 프로듀싱을 맡겼다는 기사를 보며 어떻게 그럴 수 있냐고 생각했었다. 그런데 ‘어떻게 그럴 수 있느냐.’는 일이 바로 옆에도 있었다니.

사무실로 돌아온 유래는 전남편과 같은 공간에서 얼굴을 맞대며 일하는 광경을 그려보았다. 그러니까, 보자, 내가 여기서 일하고 저기에…… 도저히 이미지가 성립되지 않는다.

‘무리지, 무리고말고.’

유래는 자신의 빈약한 상상력을 비웃으며 부사장 비서가 가지고 온 서류를 들쳐보았다. 갑자기 모든 생각이 진공상태의 블랙홀로 끌려들어 가듯 사라졌다.

성원백화점.

일방적으로 계약해지를 통보했다는 백화점이었다.

성원백화점으로 말할 것 같으면 전남편 최무원의 큰어머니인 윤은미 여사가 오래 대표이사를 맡고 있는 계열사다. 유래는 유난히 엄격했던 윤 여사를 떠올리며 손을 뒤집어 보았다. 중지와 검지 안쪽에는 하얀 선에 가까운 흉터가 남아 있었다. 결혼생활 2년의 흔적이었다.

성북동 사모님은 결혼 준비 내내 남편 능력 좋지, 인물 번듯하지, 어려운 시어머니 자리도 없으니 네 주제에 그런 복이 어디 있냐며 세뇌시키듯 말했다. 그러나 유래에게는 어려운 시어머니 자리보다 더 힘든 사람이 있었으니 큰어머니인 윤 여사였다.

「네 주제를 알고 잘 처신해라.」

신혼여행 후 처음 방문한 평창동 본가에서 윤 여사가 한 첫마디였다. 성북동에서도 귀에 딱지가 앉을 정도로 듣고 산 말이라 그러려니 했지만 윤 여사의 비위를 맞추기란 보통 힘든 일이 아니었다.

성북동 사모님도 어려운 사람이었지만 신경을 거스르는 일이 없으면 기본 스탠스는 '무관심'이었다. 윤 여사는 달랐다. 못하면 화를 내었고 잘하면 조롱했으며, 잘못하면 비난을 퍼부었다. 한 달에 한두 번, 윤 여사의 호출로 평창동을 다녀온 날이면 유래는 한동안 몸살을 앓았다.

특히 그녀의 적의가 증폭된 것은 이원이 마음대로 혼인신고를 하고 집을 나간 뒤부터였다. 금쪽같은 아들이 선택한 여자가 하필이면 무시하고 조롱했던 조카며느리보다 집안이나 학벌, 어느 것도 나은 것이 없다는 사실이 견디기 힘들었으리라.

사고는 결혼 뒤, 처음 맞는 큰아버님의 제삿날에 일어났다. 한 달에 한 번은 꼭 제사가 있는 집이긴 했지만 이날은 더욱 특별했다.

제사는 10분 거리인 윤 여사의 집이 아니라 평창동 본가에서 치렀다. 회장 자리와 본가의 집은 양보해도 제사만큼은 절대 양보할 수 없다는 것이 윤 여사의 고집이었다. 시아버지의 전부인들도 이 문제로 갈등을 빚었지만 아무도 윤 여사의 고집을 꺾진 못했다.

그럴 수밖에. 그날은 이 집안에 있어야 했던, 또 다른 한 사람의 기일이기도 했다. 최호원. 최이원의 쌍둥이 형이자 이 집안의 진짜 장손이었다. 갑작스러운 교통사고는 윤 여사에게서 남편뿐 아니라 큰아들까지

앗아간 것이다.

그녀의 슬픔과 비탄을 아는 집안사람들은 이날만큼은 윤 여사의 심기를 거스르지 않으려고 노력했다. 유래 역시 마찬가지였다. 그러나 불행하게도 윤 여사의 기분은 그날 아침부터 최악이었다. 오랫동안 이원을 지원해온 이사들이 대거 무원 쪽 라인으로 이탈했다는 소식을 전해들었기 때문이다.

「근본 없는 것 같으니.」

유래는 하루 종일 윤 여사의 화풀이와 악담에 시달렸다. 보다 못한 성 비서가 몇 번이나 제지에 나섰지만 막을 도리가 없었다. 그녀는 마치 유래가 어디까지 버티나 보려는 듯 못살게 굴었다.

가뜩이나 익숙하지 않은 주방 일은 새벽부터 시작했는데도 끝날 기미가 없었다. 혼이 날 때마다 손이 더뎌졌다. 특히 질색인 생선을 만지는 일은 더했다. 왜 멀쩡한 완제품이나 일하는 도우미를 네 명이나 두고 직접 생선포를 떠야 하는지 이해도 못 한 채 정신이 혼미해졌다.

그 순간이었다. 생선포를 뜨던 칼이 손 밑을 파고든 것이.

「에고머니, 작은 사모님!」

성 비서가 놀란 얼굴로 소리를 질렀지만 이미 늦었다. 피가 뚝뚝 떨어져 기껏 장만한 생선포 위를 어지럽게 물들였다. 윤 여사는 비명에 가까운 소리를 질렀다.

「뭐 하는 거야, 이 정신없는 것! 저 생선들은 다 어쩔 거니!」

「죄송합니다, 큰어머님. 바로 정리하겠습니다.」

이건 어쩌고 처음부터 다시 준비하나 하는 생각에 아픔을 느낄 새도 없었다. 유래는 허둥대며 피가 샘솟는 손가락을 눌렀다. 그때였다.

「무슨 일입니까?」

주방 입구에 선 무원과 눈이 마주쳤다. 퇴근하고 온 길인가 보다. 그런데 어쩐 일이지? 지금까지 본가에 같이 와도 주방 근처에는 오지도 않던 사람이. 윤 여사 역시 같은 생각을 했는지 조금 놀란 얼굴이었다.

「네가 여긴 웬일이니?」

「들어오는데 하도 시끄러워서요.」

다음 순간, 무원의 시선이 유래의 손에 고정되었다. 그는 경악과 분노가 뒤섞인 얼굴로 성큼 다가섰다. 윤 여사는 변명처럼 중얼거렸다.

「별일 아니다. 네 처가 요리를 하다가 손을 좀 벴어.」

「별일 아니라고요?」

무원은 유래의 손을 홱 잡아채더니 재킷 주머니에서 손수건을 꺼내 손가락을 감쌌다. 손수건은 금방 피로 붉게 물들었다. 무원은 윤 여사를 돌아보았다.

「사람 손가락이 이 지경인데 이게 별일 아닙니까!」

「그러게 조심을 했어야지. 얼마나 변변치 못하면 생선살 대신 제 살을 떠! 이러니 제대로 된 어미도 없이 막 배워먹은 것들은 안 된다는 거야.」

「뭐라고요?」

무원의 눈매가 사나워졌다. 그는 매섭게 윤 여사를 쏘아보았다.

「큰어머니가 말하는 그 잘난 '제대로 된 어미'는 저도 없는데, 지금 저 들으라고 하시는 말씀입니까? 엄마 없는 사람은 서러워서 살겠나. 잘됐군요. 어지간히 막 배워먹은 것들이 싫으신 모양인데 이 사람과 저는 앞으로 제사에서 빠지겠습니다.」

「뭐야?」

「큰어머니, 뭔가 착각하시나 봅니다. 이 사람은 제 처고 우리 아버지 며느리지, 큰어머니 며느리가 아닙니다. 그렇게 잘난 시어머니 노릇 하면서 제사 준비시키고 싶으면 진짜 며느리를 부르세요. 아, 그쪽도 '제대로 된 어미'는 없는 것 같았습니다만.」

이원의 결혼은 윤 여사의 아킬레스건이었다.

무원은 파래진 얼굴로 부들부들 떠는 윤 여사를 무시하며 유래의 팔을 잡아끌었다.

「나와. 이런 취급 받으면서 여기 있을 필요 없어.」

엉겁결에 그에게 끌려 주방을 나가자 성 비서가 지혈포와 코트를 건네주었다. 주방에서 무엇인가 와장창 부서지는 소리가 났지만 무원은 아랑곳 않았다.

「병원부터 가자.」

막무가내인 그를 따라 대문을 나서는데 막 차에서 내리는 이원과 마주쳤다. 남편인 무원만큼이나 훤칠한 키에 섬뜩할 정도로 고요한 아름다움을 지닌 사람. 유래의 첫인상에서 이원은 깊고 깊은 호수였다. 잔물결조차 일지 않을 만큼 깊고 검은 호수.

「무슨 일이야? 제수씨 손은 왜 이래?」

이원은 지혈포로 싸인 유래의 손을 보며 물었다. 아버지의 제사이자 쌍둥이 형의 기일은 이원이 집을 나간 뒤로 유일하게 돌아올 수 있도록 허락된 날이었다. 그나마도 그의 아내는 빼고 오직 혼자만이 허락받은 시간이었다.

무원은 이원을 보자마자 화를 냈다.

「몰라서 물어? 나가겠다고 마음먹었으면 노선 똑바로 정해. 안에 있는 여자도, 여기 있는 내 여자도, 밖에 있는 형 여자도 괴롭히지 말고.」

무원의 신랄한 말에 유래는 놀랐다. 라이벌로 알려진 사촌이었지만 두 사람 사이에는 설명하기 힘든 독특한 교감이 있었다.

이원의 눈빛이 깊이 가라앉았다. 그는 무원의 어깨에 손을 올리며 담담한 목소리를 냈다.

「그래, 미안하다.」

그는 유래에게도 작게 고개를 숙인 뒤, 두 사람을 지나쳐 집 안으로 들어갔다. 무원은 허둥지둥 뛰어나온 기사에게서 차 키를 건네받은 뒤, 조수석 문을 열어주었다. 얼떨결에 무원에게 떠밀려 차에 몸을 밀어넣자 자신도 모르게 피식 웃음이 났다.

「지금 손가락 잘라먹을 뻔하고 웃어?」

옆에서 시동을 걸던 무원이 으르렁댔다. 유래는 창가에 머리를 기대며 작게 말했다.

「그냥…… 우리가 닮은 점이 있구나 싶어서요.」

엄마 없는 사람. 그의 말처럼 둘 다 '엄마'가 없었다. 있다가 없어진 것이나, 처음부터 없었던 것이나 없는 것은 같을 터.

'똑같이 불쌍하구나.'

그것을 깨닫자 불편하기만 했던 남편이 조금 친근하게 느껴졌다.

상처는 생각보다 깊어서 열일곱 바늘이나 꿰매야 했다. 그 덕에 이래도 되나 싶을 정도로 집안일에서 해방되었을 뿐 아니라 한동안 윤 여사의 개인적인 호출도 사라졌다.

이원은 그 일이 있고 이틀 뒤, 성원화학 전무를 사임하고 스위스로 떠났다. 그때부터 무원은 명실상부한 성원그룹의 후계자였다.

'그런데…….'

유래는 흉터에서 시선을 거두며 힘든 숨을 내쉬었다. 서류에 적힌 대표이사의 이름, 최무원. 이 사람, 왜 주계열사도 아닌 백화점에 있는 거지?

「죄송하지만 이미 대표님께서 확실하게 결정하신 사항이라 번복이 어렵습니다. 계약서에 명시된 위약금은 확실히 지불할 테니 계약해지에 동의해주시죠.」

위약금 문제가 아니다. 입점계약으로 준비한 상품 물량의 90퍼센트가 소용없어진다. 알량한 계약금 몇 푼으로 퉁치기엔 어마어마한 손해다.

어려울 것이라 예상은 했지만 성원백화점과의 계약상황은 최악이었다. 이쪽에서는 제시할 수 있는 어떤 카드도 없다는 것이 문제였다.

유래는 일단 본사와 의논해보겠다는 말로 이야기를 끝냈다. 대표가 결정한 일이라면 영업부장의 말대로 절대 번복은 없을 것이다. 무원의 사업방식은 무섭도록 냉정하고 정확했다.

'이제 어떻게 하지?'

한국에 오기까지 얼마나 많은 고민이 있었는지 모른다. 유래는 이 계약을 맡지 않기 위해 온갖 설득과 애원을 퍼부었으나 한 고집 한다고 소문이 자자한 부사장에게는 소용이 없었다. 어쩔 수 없는 '강제' 한국행. 어떻게든 피해보려던 성원백화점 계약이었지만 처음부터 난관에 부딪치니 입장이 곤란했다.

한숨을 쉬며 벤더회사로 돌아오자 담당자인 이 팀장이 유래를 반겼다.

"역시 안 되죠?"

벤더회사는 브랜드 본사와 의류공장 사이를 연결하는 실무를 담당하는 곳으로 파일로처럼 해외지사를 따로 두지 않은 외국계 브랜드들의 계약이나 입점을 알선하기도 했다. 해외영업팀인 이미정 팀장은 삼십 대 중반의 젊은 나이였지만 벤더업계에서는 알아주는 실력자였다.

"쉽지가 않네요."

"쉽지 않은 정도가 아닐걸요? 지금 A사도 초비상이거든요. 이런 경우가 어디 있담. 성원백화점 대표가 그렇게 성격 더럽다면서요? 한번 아니면 절대 아니고."

담당하는 브랜드가 두 개나 계약해지로 물량이 묶여버리자 이 팀장의 불만은 대단했다. 그렇다고 전남편의 험담에 동참할 수도 없는 노릇이라 유래는 애매한 고갯짓만 했다. 한참 불만을 쏟아내던 이 팀장은 생각났다는 듯 물었다.

"아, 태성백화점의 투 피츠 매장이 이번에 철수하는데 아직 계약 브랜드를 안 정했다는 말이 있어요. 굳이 성원백화점이 아니어도 상관없으면 그쪽은 어때요? 제가 태성 영업부 바이어들을 알거든요."

"그래요?"

"대신 조건은 성원보다 짤 거예요. 아마 입점비용을 요구할지도 모르고요. 지금 성원은 입점비용 따로 안 받았죠? 그래도 괜찮으면 이야기 진행해볼게요."

"비용관계는 제가 결정할 수 있는 부분이 아니라 본사에 보고한 뒤에 의견을 들어봐야 해요."

"그렇겠죠. 본사 쪽과 타진해보고 최대한 빨리 답 주세요. 태성이 성원보다야 못하단 소리가 있지만 그래도 입점하고 싶어 하는 브랜드가 없진 않으니까."

유래로서는 성원백화점만 아니라면 어디든 반가운 입장이었다. 그러나 부사장은 태성백화점의 제안이 탐탁지 않은 눈치였다.

추가비용 투입이야 그렇다 쳐도, 식품만큼이나 판매기간이 짧은 의류 특성상 입점시기가 늦어지는 것은 치명적이었다. 시즌 신상품을 매대에 올리지도 못하고 덤핑 처리하는 일은 막아야 했다.

– 현재로서는 성원백화점을 설득하는 게 최선이야.

"하지만 성원백화점 쪽의 입장은 아주 확실합니다."

– 이런 일 하루 이틀이야? 대표만 설득하면 될 것 같으니 직접 한번 만나봐.

대표를 직접 만나라는 말에 유래는 펄쩍 뛰었다.

"말도 안 됩니다. 제가 어떻게 대표를 만나요?"

– 백화점 대표를 만나는 게 어때서. 대표가 자네를 잡아먹기라도 하나?

상대는 농담이겠지만, 듣는 입장에선 그렇지 않다는 게 문제다. 유래는 다급하게 말했다.

"그러니까 제 말은…… 우리가 루이비통이나 샤넬도 아닌데 굳이 시간을 내서 만나줄까 하는 거죠."

신생 브랜드의 영업사원이 백화점 대표쯤 되는 사람을 만나려면 영업 담당자, 영업부장, 비서실 직원, 비서실장이라는 최소 네 단계 이상의 결재를 거쳐야 한다. 대부분은 영업부장의 벽을 넘지 못하고 좌절되기 일쑤였다.

그러나 부사장은 전혀 아무렇지 않아 했다.

– 그런 문제를 해결하는 게 우리 일이야.

'누가 한때 부부 아니랄까 봐, 똑같은 소리를 하네.'

유래는 원망스러운 눈으로 백화점 건물을 올려다보았다. 부사장의 말이 틀린 것은 없다. 지금으로서의 최선은 계약해지 입장을 강경하게 고수하는 대표를 설득하는 수밖에 없다.

하지만…… 그게 제일 큰 문제란 말이지.

유래는 여전히 갈피를 잡지 못하고 있었다.

터덜터덜 입구 쪽으로 걸어가자, 출입로 앞 도로에 드라마 촬영이 한창이다. 주연여배우가 두 눈 가득한 눈물을 훔치며 열띤 연기를 펼치는 중이었다.

"윤수지 진짜 끝내준다. 얼굴 작은 것 봐."

"다리는 또 어떻고."

"다리 보험 들었다더니 진짜인가 봐."

많은 사람들이 주연여배우인 윤수지의 조막만 한 얼굴과 미끈한 다리에 열광했다. 별 관심 없이 지나치려던 유래의 발길을 잡은 것은 그녀 얼굴이나 다리가 아닌 대사였다.

"그래, 자존심이 뭐가 중요해. 여기서 밀려나면 기껏 고생해서 만든 상품들 전부 쓰레기 되는데. 부탁이라도 해보자."

지금 내 이야기를 하나 싶을 정도였다. 무슨 드라마지?

곧 우렁찬 컷 소리와 함께 촬영 종료를 알리는 외침이 울려 퍼지자 스태프들이 주섬주섬 장비를 챙겼다. 조금 전까지 눈물을 흘리던 여배우는 매니저와 함께 대기 중이던 밴으로 곧장 모습을 감추었다. 구경 때문에 몰려 있던 인파가 흩어지기 시작했다.

유래는 조금 전 여배우처럼 혼잣말을 해보았다.

"그래, 전남편이 뭐가 중요해."

이해관계가 맞아떨어져 만났고, 깔끔하게 헤어졌다. 제법 성공적인 비즈니스였는지 모른다.

유래는 제니퍼 로페즈와 줄리아를 떠올리며 자기최면을 걸었다. 다들 잘 만나고 일도 잘하잖아. 이혼이 뭐 별건가. 일단 만날 방법을 강구해 보자.

개인번호는 알고 있지만 이런 일을 부탁하는 처지에 개인번호로 연락해서 다짜고짜 만나자고 할 수는 없는 노릇이었다. 그러나 영업부 결재를 통하자니 애초에 보고조차 통과되지 않을 공산이 컸다.

유래는 직접 비서실을 찾아가기로 했다. 무원이 성원건설에 있을 무렵, 수행원 없이 불쑥 방문한 해외투자자 한 명을 비서실에서 보고도 없이 돌려보낸 적이 있었다. 그 뒤로 비서실 연락에 대해서는 무조건 보고할 것을 원칙으로 삼고 있었다.

운 좋게 데스크의 연락을 받은 것은 비서실장이었다. 그는 일개 브랜드 영업사원의 호출에 떨떠름한 얼굴이었다.

"아마 직접 대표님을 만나시긴 힘들 겁니다. 워낙 바쁘신 분이라……."

"알고 있습니다."

유래는 내켜하지 않는 비서실장에게 공손하게 명함을 건넸다. 만남이 성사될 가능성이 낮다는 건 알고 있다. 무원은 시간을 허투루 쓰는 법이 없는 남자였다. 그러나 만에 하나라도 만나준다면, 상황이 잘 풀릴 가능성도 있다.

유래는 다음 날, 이 팀장과 창고에서 상품검수를 하다가 비서실장의 전화를 받았다.

– 약속을 변경하겠습니다. 내일 11시까지 성원백화점으로 오십시오.

비서실장은 거두절미하고 용건만 말한 뒤, 전화를 끊었다. 옆에 있던 이 팀장이 어이없어했다.

"완전 제멋대로네요. 괜찮으냐고도 안 물어보고."

"사정 급한 건 우리니까요."

"그래도 대단해요. 듣자하니 최 대표 그 사람, 아무나 안 만나주기로 유명하다던데."

"그래요?"

"돈 되는 사람만 만난다고 하더라고요. 말이 나와서 하는 이야기지만 A사에서 한번 만나보려고 기자까지 찔러넣었는데 성사 안 된 모양이더라고요."

이혼한 전처가 '돈 되는 사람'은 아닐 텐데. 만나주겠다는 건 고맙지만 막상 마주한다 생각하니 두렵다. 이 팀장이 생각난 듯 물었다.

"아, 그럼 태성백화점과는 약속 잡지 마요?"

"네, 일단은요. 본사 쪽에서도 최우선 순위는 성원백화점에 두고 있으니까요."

"오케이, 그럼 행운을 빕니다."

말하지 않아도 행운이 절실한 시점이었다.

다음 날, 유래는 고민하다가 하늘색 블라우스를 꺼냈다. 처음 계약을 성사시켰던 날, 큰마음 먹고 구입한 브랜드 제품이었다. 지금도 유래는 중요한 거래가 있는 날이면 이 블라우스를 입었다. 하늘색은 엄마가 가장 좋아한 색이다.

30년 양복을 만드셨다는 할아버지의 솜씨를 물려받은 엄마는 마을에서 알아주는 재단사였다. 쓸모없는 자투리 천도 엄마 손에 가기만 하면 근사한 옷이 되거나 가방이 되거나 모자가 되곤 했다.

열두 살, 엄마의 손에 이끌려 성북동 아버지 집에 갈 때 입은 옷도 하늘색 원피스였다. 엄마는 새로 만든 옷을 입혀주며 몇 번이나 옷깃을 만지작거렸다. 성북동 집 앞에서도 마찬가지였다.

「아버지 말 잘 듣고 잘 지내야 해. 알겠지?」
「그런데 엄마, 언제 데리러 와?」
「유래가 착하게 잘 지내고 있으면.」

엄마의 마지막 말이었다. 아버지의 부인인 성북동 사모님은 천성이 차고 신경질적인 사람이었다. 그녀는 싸구려는 질색이라며 유래의 짐을 전부 버리게 했다. 엄마가 만들어 입혀준 하늘색 원피스만이 겨우 봉변을 피해갔다. 그 뒤 성북동 집에서는 오직 검은색이나 흰색 옷만 입을 수 있었다. 그렇게 10년 넘게 지내다 보니 파일로에 처음 출근할 무렵 줄리아에게서 복장 지적을 많이 당했다.

「지금 장례식 가니? 영업하는 사람 옷이 이러면 어쩌겠다는 거야. 우리가 이 브랜드의 간판이다 생각하도록 해.」

보다 못한 줄리아는 브랜드 할인카드를 빌려주거나 직접 옷을 골라주기도 했다. 덕분에 지금 입는 옷들은 대부분 파스텔톤의 알록달록한 색상이었다.
유래는 하늘색 블라우스에 어울릴 법한 아이보리 스커트를 입고 거울 앞에 섰다.

「예쁘다, 우리 딸.」

목소리가 들린 것 같아서 콧등이 시큰했다. 어쩐지 엄마가 옆에 있는 듯한 느낌에 전남편을 만나야 한다는 부담감이 한결 줄어들었다.
약속시간에 맞추어 비서실에서 젊은 여직원이 마중을 나왔다.

"대표님께서 기다리고 계십니다."

단정한 매무새의 여자를 따라 비서실로 가자 비서실장이 유래를 알아보고는 가볍게 목례를 했다.

"파일로에서 이유래 씨 오셨습니다."

심장이 크게 요동쳤다. 유래는 숨을 삼키며 대표실에 들어섰다. 등 뒤로 문이 닫히고, 검은 대리석이 깔린 지나치게 넓고 화려한 대표실이 눈에 들어왔다. 그리고 가운데에는 뚫어질 듯 날카로운 시선으로 그녀를 바라보고 있는 전남편, 무원이 있었다.

"김 비서, 아까부터 거기서 뭐 해?"

남 실장은 조금 전부터 탕비실 앞 망부석이 된 김 비서에게 말을 걸었다.

수행과 의전을 담당하는 김 비서는 성원건설 시절부터 대표를 모시고 있는 베테랑이다. 눈치와 행동이 빠릿빠릿하고 입이 무거운 남자였다. 그러나 지금 그는 넋이 나가 있다. 손님에게 차를 내는 정 비서가 걸리적거린다고 투덜대도 들은 체도 않는다.

한동안 유령이라도 본 얼굴로 집무실 문을 응시하던 김 비서는 남 실장의 목소리에 정신이 든 듯 성큼 다가왔다. 그는 남 실장의 코앞에 얼굴을 들이대며 낮은 목소리로 물었다.

"실장님, 방금 대표실에 들어간 손님……."

"응? 파일로 담당자?"

"그분 성함이 뭐죠?"

김 비서의 표정은 진지하다 못해 엄숙하기까지 했다. 남 실장은 이 자식 뭐야, 생각하면서도 심각한 분위기에 눌려 대답해주었다.

"이유래 씨."

"세상에, 역시."

김 비서의 입에서 낮은 탄식이 새어나왔다. 대표실에 차를 내고 오던 정 비서도 평소와 다른 김 비서의 태도에 의아한 눈빛을 보냈다. 남 실장은 궁금함을 참지 못했다.

"왜? 아는 사람이야?"

"네. 그게……."

"예전에 만난 여자라도 되는 거야?"

김 비서는 기겁을 하며 손을 휘저었다.

"예전에 만난 여자라니, 무, 무슨 그런 망측한 소리를 하십니까."

"나 참, 뭔데 이렇게 뜸을 들여? 누구냐니까?"

김 비서는 한층 심각한 얼굴로 목소리를 더 낮게 깔았다. 남 실장과 정 비서는 그의 입만 쳐다보았다.

"대표님 전부인이십니다."

오, 마이 갓. 남 실장과 정 비서는 동시에 턱이 뚝 떨어졌다. 대표의 전부인? 토사구팽이라는 그? 남 실장은 믿기지 않는다는 듯 다급하게 되물었다.

"어떻게 대표님 전부인이 브랜드 영업사원 일을 해? 잘못 본 거 아니야?"

"그건 저도 모르죠. 제가 그때 대표님 댁을 얼마나 다녔는데 사모님을 못 알아보겠습니까? 이름도 이유래, 확실하다니까요."

어쩐지 일개 영업사원이 겁도 없이 다짜고짜 비서실에 호출을 넣는다 했다. 지사장급 아니면 상대도 안 하는 대표가 만나겠다는 것도 이상하다 했지. 그것도 모르고 뻣뻣한 태도로 못마땅하게 명함을 받았으니…….

남 실장은 하늘이 노래지는 느낌에 자신도 모르게 청심환을 찾았다. 제발 남은 것이 있어야 할 텐데.

"지금 이게 무슨 소리죠?"

날카로운 여자의 목소리에 남 실장의 뒷목이 뻣뻣하게 굳었다. 고개를 돌리자 비서실 입구에는 화려한 차림의 여자가 서 있었다. 김 비서의 충격적인 말에 정신이 팔려 방문객의 존재도 눈치채지 못했다.

"한 본부장님!"

남 실장은 자리에서 벌떡 일어서 고개를 숙였다. 한경모직 한석중 회장의 장녀이자 현 성원백화점 영업관리부 본부장인 한혜수였다.

"인사는 됐고, 방금 그 이야기는 뭐죠? 대표님 전부인이라니."

혜수의 스틸레토 힐이 또각또각 소리를 내며 남 실장에게 가까워졌다. 걸음을 옮길 때마다 웨이브 머리카락과 함께 값비싼 귀고리가 흔들렸다. 검은색의 원피스가 혜수의 트레이드마크인 버건디 립스틱과 매니큐어 색을 잘 살려주었다. 남 실장은 자신도 모르게 마른침을 삼켰다.

"안에 지금 와 있는 손님이 대표님 전부인인가요?"

남 실장은 선뜻 대답하지 못하고 도움을 구하듯 주위를 둘러보았다. 그러나 김 비서와 정 비서는 이미 어디로 내뺐는지 사라지고 없었다.

"그러니까, 그게 말입니다. 저도 잘……."

"남 실장님."

핏빛 입술이 그를 불렀다.

"제가 직접 알아볼까요? 아니면 직접 말씀해주시겠어요?"

어차피 작정하면 금방 알게 될 일이다. 남 실장은 눈을 질끈 감고 토설하기로 했다.

"그것이, 사실…… 저도 몰랐는데…… 안에 계신 분이 최 대표님 전부인이 맞는 것 같습니다."

'전부인'이란 말에 고양이를 연상시키는 혜수의 눈매가 날카로워졌다. 아니, 정정하자. 고양이가 아니라 표범으로.

"몰랐다? 하긴 남 실장은 대표님이 백화점에 오신 뒤부터 모셨으니 그럴 수도 있겠군요. 그런데 전부인이 이혼한 전남편 사무실에는 무슨 일이죠?"

"개인적인 방문이 아니라 브랜드 담당자로서 오셨습니다. 파일로라고, 지금 한창 계약해지가 진행 중인 브랜드 중 하나입니다."

"브랜드 담당자라고요? 본인이 직접 찾아왔나요?"

"네. 비서실 통해서 약속 잡고 오셨습니다."

혜수는 집무실 문을 힘껏 노려보더니 들고 있던 서류를 남 실장에게 내밀었다.

"급히 결재가 필요한 서류예요. 대표님께 전해주세요."

"알겠습니다, 본부장님."

남 실장은 혜수가 물러나자 가슴을 쓸어내렸다. 그는 몇십 년째 쓰지 않던 고향 사투리로 탄식했다.

"시방 여기가 할리우드여?"

안에는 전처, 밖에는 새로운 여자.

혜수로 말할 것 같으면 대표의 가장 유력한 재혼상대다. 태성백화점은 물론 어떤 러브콜에도 관심을 보이지 않던 한경모직이 성원백화점에 독점사업권을 줄 때 예정된 바나 마찬가지였다.

대표 쪽에서 한 회장의 제안을 어떻게 받아들였는지는 몰라도 한경모직 미국 지사장으로 나가 있던 혜수를 영업관리 본부장으로 영입할 정도면 꽤 긍정적인 반응이 아니었을까.

실제로 혜수는 무원에게 제법 호감이 있는 눈치였고, 한 회장 역시 틈나는 대로 자리를 만들었다. 대부분의 직원들이 둘의 결혼은 시간문제일 거라고 점치는 상황이었다.

'그나저나…….'

남 실장은 슬쩍 집무실 문을 바라보았다. 저 안에서는 무슨 일이 벌어지는 걸까.

3년 만에, 아니, 정확히는 3년 4개월 만에 마주한 전남편은 유래의 기억보다 좀 더 마른 것 같았다. 날카로운 선이 살아 있는 얼굴은 서릿발처럼 차가웠다. 원래 무표정하게 있으면 차가운 인상이긴 했다. 그러나 지금은 차갑다 못해 온몸이 시릴 정도로 찬기를 내뿜고 있었다.

유래는 머뭇거리며 먼저 입을 열었다.

"오랜만이네요."

입매를 끌어올려 최대한 화사한 미소를 지어 보였지만 역효과였다.

"설마 했는데…… 진짜일 줄이야."

무원은 인사 대신 소파를 가리켰다.

"일단 앉지."

"저기, 바쁠 텐데 시간 내줘서 고마워요."

"바쁜 거 알면 본론만 빨리 말해. 나도 그럴 테니까."

무원의 목소리는 쌀쌀맞기 그지없었다. 어차피 분위기가 좋을 것이란 예상은 하지 않았지만 이렇게 나쁘리라고도 생각하지 못했다.

유래는 무원과 마주 앉으며, 이런 상황에 대한 매뉴얼을 떠올리려고 애썼다. 그러나 헛수고임을 깨닫는 데 오랜 시간이 걸리지 않았다. 이혼한 전남편을 만나서 부탁을 해야 하는 경우의 매뉴얼 따위가 있을 리 없기에. 그래도 여기까지 온 이상 거절을 당해도 할 수 있는 만큼은 해봐야 했다.

유래는 자신을 다독이며 힘들게 말을 시작했다.

"그럼, 바로 말할게요. 영업부를 통해 이번 상황에 대해서는 충분히 전달받았어요. 하지만 오프닝에 맞춰 사은품까지 제작이 끝난 시점에서 계약이 해지되면 업체로서는 감당하기 힘든 손실이에요. 해지 결정을 철회해줄 수는 없을까요?"

"없다면?"

무원은 힘들게 꺼낸 말을 일언지하에 자르더니 쏘아붙였다.

"당신, 내가 우습나?"

“그게 무슨…….”

“아니면 외국 물 좀 먹더니 여기가 할리우드라도 되는 것 같아? 어떻게 여길 찾아올 생각을 해? 이혼한 사이에 상부상조라도 하자고?”

솔직히 그런 마음이 아예 없었다고는 부정하지 못하겠다. 당혹스러움과 민망함에 유래의 얼굴이 붉어졌다.

“개인적으로 온 것 아니에요. 파일로 계약담당자로, 계약해지 통보를 재고해주십사 온 겁니다.”

“나하고 비즈니스를 하시겠다? 그런데 어쩌지? 난 이 비즈니스에서 얻을 게 없는데.”

달아올랐던 유래의 얼굴이 이번에는 하얗게 질렸다. 유래는 떨리는 손끝을 들키지 않으려고 주먹을 꽉 쥐었다.

무원은 쉬이 입술을 떼지 못하는 유래를 보더니 차갑게 빈정거렸다.

“이혼한 전남편까지 찾아올 정도면 형편이 꽤 안 좋은 모양이군. 혹시 예전에 안 받은 위자료가 아쉬워?”

유래의 눈동자가 파르르 떨렸다. 내려다보는 무원의 시선에 깃든 것은 명백한 경멸이었다. 노골적인 독설에 가슴이 무너져 내렸다. 반갑다고 할 사이는 아니지만 그래도 한때는 부부였던 남자가 가슴에 비수를 꽂고 있었다.

유래는 견디지 못하고 벌떡 일어섰다.

“내가 생각이 짧았어요. 그만 가보겠습니다.”

“기다려.”

무원은 책상 쪽으로 가더니 서류 하나를 가져와 유래 앞에 내밀었다. 계약해지에 양쪽이 원만하게 합의했다는 동의서였다.

“이번은 당신이 사인할 차례거든.”

숨이 턱 막혔다. 경멸을 쏟아낸 시선 안에 무엇인가 있다. 앙금이라고도, 상처라고도 할 수 있는 어떤 잔재가.

불현듯 떠오른 기억이 머릿속을 어지럽혔다. 이혼서류를 내밀었던 날이었다.

「이거 당신 집안 결정이야? 내가 유성에 지원 끊어버린 것 때문에 이러냐고.」

무원은 식탁에 협의서를 던져놓으며 날카로운 눈으로 쳐다보았다. 유래는 고개를 저었다.

「회사나 집안일은 상관없어요. 어차피 나와는 상관없는 일이고, 알고 싶지도 않아요.」

「그럼 이유가 뭐야?」

「그냥 살기 싫어졌어요.」

「그냥이라는 게 어디 있어? 왜 이혼하려는 건데?」

그는 집요하게 추궁했다. 유래는 물끄러미 무원을 바라보았다.

성북동 집에 들어간 순간부터 지금까지 내 삶이라는 건 하나도 없었다고, 평생을 누군가의 마음에 들기 위해서만 살았다고. 이제부터는 스스로의 삶이 살고 싶다고. 이유에 대해 설명하고 싶었지만 본인도 어디서부터 어떻게 시작해야 하는지 말이 떠오르지 않았다.

그러나 이미 되돌리기에는 너무 멀리 왔다.

「이 생활이 힘들어요. 당신 큰어머니도 싫고, 이 집도 싫고…….」

「큰어머니는 이제 내가 알아서 할게. 절대 개인적으로 부르거나 찾아오지 않을 거야. 집은 마음에 안 들면 다시 인테리어 하든가 이사하면 되잖아. 그게 이혼까지 할 문제야?」

「당신 아내로 살기 싫어요. 처음 만난 자리에서 당신이 말했죠? 우리 결혼은 비즈니스일 뿐이니까 어느 한쪽이든 원하면 끝낼 수 있다고. 나는 지금이 끝낼 때예요.」

무원은 충격을 받은 듯 한동안 움직이지 않았다. 그는 완전히 가라앉은 목소리로 입을 열었다.

「마음대로 해. 위자료는 얼마나 줄까? 명색이 성원그룹 며느리였잖

아. 그렇게 하기 싫은 최무원 아내로 2년이나 살아줬으니 보상이 있어야지. 말해봐, 달라는 대로 줄 테니까.」

「주지 않아도…… 돼요.」

「잘 생각해. 지금 유성물산 꽤 힘들거든. 내가 안 도와주면 더 힘들어진다고. 집안에서 당신까지 돌봐줄 여력이 없다는 뜻이야.」

「진짜 괜찮아요. 신경 쓰지 마요.」

담담한 유래의 목소리에 무원은 내뱉듯이 말하며 돌아섰다.

「그러든지.」

그 뒤의 이혼절차는 지극히 사무적이었다.

서류를 내고 이혼의사를 확인받기 위해 법원에서 만난 날도 그랬다. 무원은 건조한 태도로 이혼에 동의했다. 대기시간까지 합쳐 30분 정도 동안, 그는 눈 한번 마주치지 않았다. 그리고 법원을 나오자마자 두바이 출장을 갔다.

지난 3년, 몇 번인가 신문이나 주간지 기사로 그의 소식을 접했다. 그는 여전히 잘나갔고 바빴다. 그래서 생각지 못했다. 아니, 생각하지 않았는지도 모른다. 이혼이 그에게 무엇인가 남겼다는 걸. 앙금이라고도, 상처라고도 할 수 있는 무엇인가를.

chapter 03

서로가 모르는 것

사인을 하는 손은 가늘게 떨리고 있었다. 무원은 무의식중에 그녀의 손에서 반지를 찾았다. 그러나 가는 손가락 어디에도 반지의 흔적은 없었다.

「미안해요.」

하얗게 질린 얼굴로 서류에 사인한 여자는 도망치듯 자리에서 일어섰다.

무원은 책상에 놓인 서류를 툭툭 쳤다. 귀찮은 일 하나가 끝났으니 홀가분해야 하는데 속이 뒤틀렸다. 두 알째 꺼낸 아스피린도 점점 심해지는 두통에는 아무런 소용도 없었다.

"대표님, 점심은 어떻게 하시겠습니까?"

이런 상태로 점심이 들어갈 리 없다. 무원은 고개를 저었다.

"나는 생각 없으니 알아서들 가요."

남 실장은 망설이더니 서류와 붉은 액체가 들어 있는 플라스틱컵을 책상에 내려놓았다.

"뭡니까?"

무원은 서류와 컵을 번갈아 가리켰다.

"서류는 한 본부장님께서 급히 결재가 필요하다고 두고 가셨습니다.

그리고 이건 조금 전, 이유래 씨께서 대표님께 전해달라고 하셨습니다. 꿀을 넣은 토마토주스라고…….”

눈살을 찌푸리자 남 실장이 움칫거렸다.

병 주고 약 주는 건가? 다른 남자의 아이까지 낳은 여자가 전남편 취향까지 기억한다고? 오지랖도 넓다.

남 실장이 나간 뒤, 무원은 붉은 액체를 힘껏 노려보았다.

결혼하고 석 달쯤 지났을 무렵이었다. 두바이에서 귀국하자마자 옷만 갈아입고 중요한 접대자리에 나가야 했다. 시차적응도 안 된 몸에 술이 들어가자 속이 완전히 뒤집어졌다. 몸살과 숙취가 겹치자 약조차 토해낼 정도로 상태가 좋지 않았다. 반나절을 위액이 나올 때까지 토하다가 나중에는 그것도 지쳐서 까무룩 잠이 들었던 것 같다.

「괜찮아요? 이것 좀 마셔봐요.」

눈을 뜨자 유래가 붉은 액체가 든 유리컵을 내밀었다.

「……뭔데?」

「토마토주스에 꿀을 넣은 거예요. 속 푸는 데 좋다고 해서…….」

무원은 눈살을 찌푸렸다. 단것을 좋아하지 않는 데다가 이미 숭늉이니, 죽이니, 녹즙이니 가져다준 것도 전부 토했던 터라 내키지는 않았다.

지치지도 않나. 어차피 비즈니스일 뿐인 결혼, 그냥 가끔 잠자리에서나 적당히 사람들 눈이 있을 때만 부부 행세하면 그만인 것을.

그러나 그를 들여다보는 걱정스러운 눈을 본 순간 컵의 액체를 마시지 않을 수 없었다. 무원은 마침 갈증도 나던 상황이라고 스스로를 합리화했다.

「곧 괜찮아질 거예요.」

이마를 짚는 손이 차가워서 기분이 좋았다. 신기하게도 출렁출렁 멋대로 요동치던 위장이 얼마 지나지 않아 가라앉았다. 무원은 처음으로 아내의 얼굴을 하나하나 뜯어보았다.

그때였던 것 같다. 점점 눈길이 가기 시작한 것이.

눈길이 가기 시작하자, 그동안 몰랐던 것들이 보였다. 예를 들어 두 번 이상 젓가락이 가면 어느새 앞으로 밀려와 있는 반찬 접시라든가, 시차적응으로 뒤척일 때 슬그머니 내오는 허브차라든가, 과음했다 싶은 다음 날이면 꼭 머리맡에 놓이는 토마토주스 같은 것.

'이까짓 게 뭐라고.'

쓰레기통에 던져버려야 마땅했다. 그러나 손에 쥔 플라스틱컵에서 전해지는 찬 기운과 곧이어 연상되는 위장의 편안함이 그의 마음을 약하게 만들었다.

'그래, 이까짓 게 뭐라고.'

그냥 주스잖아. 음식이 무슨 죄가 있나.

무원은 플라스틱컵의 액체를 들이켰다. 무엇을 먹어도 돌덩이가 들어찬 듯 꽉 막혔던 위장이 조금씩 풀리는 것이 느껴졌다. 도대체 이까짓 게 뭐라고.

강남의 노른자위를 차지한 즉석 떡볶이집의 2층 건물 입구에는 일반인뿐 아니라 중고생들 역시 긴 줄을 서 있었다.

생각보다 길어진 러시아워에 약속시간보다 늦은 준희는 서둘러 2층으로 올라갔다. 그녀는 어렵지 않게 창가에 앉은 유래를 발견했다.

"미안, 늦었지?"

심각한 얼굴로 양철냄비 안을 보고 있던 유래가 고개를 들었다.

"어서 와. 줄이 길어지는 것 같아서 먼저 주문했어."

테이블에는 끓고 있는 떡볶이뿐 아니라 김밥에 튀김, 라면사리까지 있었다. 사람은 둘인데 3, 4인분은 족히 될 법한 양이었다.

"왜 이렇게 많이 시켰어?"

"그러게. 이것저것 먹고 싶어서 시키다 보니 많아졌어."

준희가 유래를 안 것은 고등학교 1학년 때였다.

제법 산다는 집 아이들이 많은 학교에서도 유래는 유명한 편이었다. 공부도 잘하고 얼굴도 예뻤지만 누군가에게 곁을 잘 주지 않는 아이라 더욱 그랬다. 개중에는 오만하다는 둥, 집 좀 산다고 유세라는 둥 욕하는 무리도 있었다. 그때만 해도 준희에게 유래는 같은 반 아이, 그 정도 존재였다.

두 사람이 친해진 것은 고등학교 2학년 때 일본 교토로 간 수학여행에서였다. 급성 충수염으로 혼절 직전까지 간 준희의 상태를 누구보다 빨리 알아차리고 도움을 청한 것이 유래였다. 준희는 급히 응급실로 옮겨져 수술을 받았다. 부모님이 없는 타국에서 수술을 받던 내내 옆에 있어 준 것도 유래였다.

그 후로 준희는 조금씩 유래에게 말을 붙이며 다가갔다.

알면 알수록 유래는 누구보다 마음이 여리고 섬세한 아이였다. 특히 누군가 아프거나, 화가 나거나, 불편해하는 기색을 귀신같이 읽었다. 그것이 어쩔 수 없는 가정환경 탓임을 알게 된 것은 훨씬 나중 일이지만.

"일이 잘 안 된 거야?"

준희는 자리에 앉으며 조심스럽게 가스버너의 불을 줄였다. 평소 새모이 먹듯 음식을 먹는 유래가 이렇게 식탐을 부릴 때는 안 좋은 상황이라는 뜻이었다. 백화점 계약에 문제가 생겨서 귀국하게 되었다는 말은 들었는데 해결이 잘 안 되었나?

"응, 완전 망쳤어."

"그냥 공정위에 불공정계약으로 확 찌르겠다고 협박해."

분위기를 바꿔보려고 과장되게 말했다. 유래는 핏 웃으며 접시에 알

맞게 익은 떡볶이와 달걀을 덜어주었다.

"왜?"

"협박이 통할 상대가 아니야."

"어디야? 얼마나 대단한 백화점인데?"

준희는 삶은 달걀을 반으로 가르며 호호 불었다.

"성원백화점."

입으로 가져가던 계란이 툭 떨어졌다. 준희는 믿기지 않는다는 눈으로 유래를 바라보았다.

"설마, 만났어?"

주어와 목적어가 생략된 질문이었지만 상관없었다. 유래는 담담하게 대답했다.

"만났지. 그리고…… 거절당했어."

"괜찮아?"

유래는 고개를 끄덕였다.

"괜찮지. 영업하면서 이런 일 한두 번도 아니고."

"그거 말고, 최무원 그 사람 말이야. 너한테 심하게 안 해?"

미국에 있던 유래가 결혼 때문에 귀국한 것도 놀랐지만 상대가 주간지에서 떠들어대는 성원그룹 최무원이라는 것도 놀라웠다. 오만하고 차가운 재계의 언더도그. 타인에 대한 공감능력이 뛰어난 유래가 감당할 만한 남자는 아니었다. 준희는 처음부터 무원이 마음에 들지 않았다.

"반갑다고는 안 하더라."

"너 같으면 반갑겠니?"

"그건 그래."

유래는 희미하게 웃었다. 그러고는 어색한 분위기를 감추려는 듯 국자 가득 뜬 떡볶이를 내밀었다.

"배고프지? 많이 먹어."

아무래도 화제를 돌려야 할 타이밍인 모양이다. 준희는 일부러 타박하듯 말했다.

"기껏 한국 와서 먹고 싶다는 게 떡볶이야?"

"그럼. 이건 중국에 없거든. 같이 먹을 사람도 없고."

대화는 자연스럽게 중국생활의 에피소드로 넘어갔다. 걱정이 무색할 정도로 유래는 아무 일도 없는 양 잘 웃고, 잘 먹었다. 하긴 3년이나 지났으니까. 요즘처럼 이혼이 흔한 세상에 전남편과 만날 수도 있는 거지, 까짓거.

결국 둘이서 떡볶이 한 냄비에 김밥과 튀김까지 먹고 숨을 몰아쉬는데, 창밖으로 빗방울이 툭 떨어졌다. 유래는 창밖을 보며 눈을 깜박였다.

"비 온다."

"아, 맞다. 오늘 일기예보에 비 온다고 했었어. 우산 안 가져왔는데 택시 타야겠다. 기왕 이렇게 된 거, 우리 집에서 자고 갈래?"

"그래도 돼?"

"당연히 되지."

택시를 타고 아파트 단지에 들어서자 예전 생각이 났는지 유래가 후후 웃었다.

"여긴 그대로다."

방 두 개짜리 작은 아파트는 준희의 부모님이 은퇴 후 귀향하시면서 준희와 언니에게 마련해준 것이다. 언니가 결혼한 뒤에는 준희 혼자 살았고, 유래가 이혼서류를 접수하고 미국으로 가기 전까지 같이 지내기도 했던 곳이다. 한때 재벌가 사모님이었던 유래의 짐은 미국으로 갔을 때 들었던 캐리어 하나뿐이었다. 연락을 받고 기다리고 있던 준희는 말없이 유래를 꼭 안아주었었다.

그때처럼 준희가 빌려준 트레이닝복으로 갈아입은 유래는 침대에 웅크리더니 곧장 잠이 들었다.

'엄청나게 피곤했나 보네.'

피곤하긴 준희 역시 마찬가지였다. 최근 내놓은 신메뉴가 인기를 끌면서 카페는 예약을 하지 않으면 안 될 정도로 성업이었다. 며칠 연장근무를 하다가 유래를 만나기 위해 겨우 시간을 뺀 것이다. 준희는 조금씩 거세지는 빗소리를 들으며 스르륵 잠이 들었다.

탁, 탁.

새벽 무렵, 준희를 깨운 것은 빗소리와는 조금 다른 소리였다. 무엇인가 작게 두드리는 소리. 소리의 근원을 찾아 몸을 일으키던 준희는 옆자리가 비었음을 깨달았다. 조용히 방문을 열자 발코니에 서서 창밖을 보고 있는 유래의 모습이 눈에 들어왔다.

탁, 탁.

그것은 유래가 가슴을 두드리는 소리였다. 무리해서 먹는다 했더니 기어이 사달이 났나 보다. 스트레스를 받거나 힘든 일이 있으면 유래는 꼭 탈이 났다. 남의 문제는 기가 막히게 알아차리고 위로의 말을 건네면서 정작 본인은 혼자 가슴을 두드리느라 잠들지도 못했다.

이혼을 하고, 숙려기간을 보내고, 미국으로 출국할 준비를 하면서도 종종 그랬다.

준희는 그제야 유래의 속마음이 읽히는 것 같았다.

괜찮을 리가 없다. 한 번도 티를 낸 적은 없었지만 미국과 중국을 오가는 생활이 편하지 않았음은 당연했다. 거기에 계약 때문에 만나야 했던 상대가 전남편이라니.

준희는 소리가 나지 않게 방문을 닫고 자리에 누웠다. 그저 모른 척해주는 것이 약이다.

비는 계속 내리고 있었다.

불편한 속을 안고 끙끙대던 유래는 새벽 무렵에야 겨우 잠이 들었다.

눈을 뜨자, 비는 깨끗하게 그친 뒤였다.

[먼저 출근한다. 냄비에 죽 끓여놨어. 꼭 챙겨먹어.]

냉장고에는 준희의 포스트잇이 붙어 있었다. 냉장고 포스트잇은 예전에 같이 살았을 때부터 유용한 대화 창구였다.

유래는 친구의 배려가 고마웠다. 몇 년을 떨어져 있긴 했지만 준희는 유래에게 피붙이보다 친근하게 느껴지는 존재였다. 언제나 걱정해주고, 챙겨주고, 같이 아파해주는. 그런 존재가 하나 있다는 것만으로도 늘 위안을 얻었다.

죽을 데우며 휴대전화를 확인하는데 이 팀장의 문자메시지가 들어와 있었다.

[말씀하신 대로 태성백화점과 미팅 약속 잡았습니다. 보시는 대로 연락 주세요.]

어제 무원의 집무실을 나오자마자 이 팀장에게 전화를 걸어 태성과의 약속을 잡아달라고 한 일이 떠올랐다. 덧붙여 커피숍에서 토마토주스를 산 것도.

평소보다 두드러진 관자놀이의 핏줄이나 자꾸만 찡그리는 눈썹을 보아 분명 전날 과음한 것이 틀림없었다. 그래서 직원에게 특별히 꿀을 넣어달라고 부탁까지 했었지.

'왜 그랬니.'

유래는 냉장고에 가볍게 머리를 콩콩 박았다. 아마 웃기는 여자라고 생각했을 것이다. 입에 대지 않고 쓰레기통에 던져버렸을지도 모르고.

그래도 모른 체할 수 없었다. 무원의 눈을 본 순간, 미국으로 돌아가던 날 울던 수가 떠올랐으니까.

수는 정을 붙인 유래와 떨어지지 않으려고 악을 쓰며 울었다. 줄리아와 중국인 베이비시터는 수를 달래느라 땀을 줄줄 흘렸다. 그때의 배신

감 때문인지 수는 미국으로 돌아간 다음엔 유래를 보면 울음부터 터뜨렸다.

아무것도 모르는 아기도 그런데 정략이라곤 하나 2년을 부부로 살았던 사이였다. 마음의 앙금이 없을 리 없지. 토마토주스는 작은 사과의 표시였다.

그래, 그뿐이야.

유래는 어지러운 생각을 애써 지우며 이 팀장에게 전화를 걸었다. 지금은 눈앞의 일에 집중해야 한다. 성원백화점은 물 건너갔으니, 차선책을 강구해야 한다.

태성백화점과의 미팅은 순조롭게 진행되었다. 낮에는 계약조건을 조율하고, 본사의 승인을 받고 다시 전달과 조율을 반복하는 일이 이어졌다. 밤에는 접대 명목으로 술을 마셨다. 미국이든 중국이든 한국이든 접대의 공통언어는 술이었다.

그렇게 며칠을 보내고 겨우 계약서 작성을 앞둔 날이었다.

유래는 상품 오더를 의논하러 벤더회사를 찾았다. 휴대전화로 무엇인가를 유심히 보고 있던 이 팀장이 후다닥 정지버튼을 눌렀다.

"뭐 보세요?"

이 팀장은 겸연쩍게 웃었다.

"얼마 전에 시작한 드라마인데 어제 야근하느라 본방을 놓쳤지 뭐예요!"

한마디로 땡땡이구나.

정지화면을 흘깃 본 유래는 아는 얼굴을 발견하고 눈을 크게 떴다.

"윤수지예요? 얼마 전에 성원백화점 앞에서 촬영하는 걸 한번 봤는데."

"맞아요. 성원백화점이 협찬하거든요. 윤수지 실물 끝내주죠?"

"네, 정말 예쁘더라고요. 드라마 제목이 뭔데요?"

"'아내가 돌아왔다'요."

무슨 제목이 그래?

이 팀장은 눈을 반짝이며 드라마 내용을 설명하기 시작했다.

"윤수지가 디자이너인데 예전에 재벌 3세와 결혼했던 돌싱이거든요. 고생고생해서 만든 브랜드 사기당하고 어쩔 수 없이 전남편을 찾아가게 돼요. 그러면서 다시 얽히는 내용이에요. 원래 장혜원이 여주였다는데 윤수지가 하길 잘한 것 같아요. 소문이 좀 찝찝하긴 하지만."

"무슨 소문요?"

이 팀장은 새끼손가락을 까딱거렸다.

"스폰서요. 대단한 재벌이라는 말이 있어요. 사실 이번 드라마도 스폰서가 장혜원 밀어내고 꽂아줬다고 하더라고요."

연예인들의 스폰서 루머야 하루 이틀 이야기도 아니고 실제로 옆에서 보기도 한 터라 신기할 것도 없었다. 이복오빠인 유현만 해도 계절이 바뀔 때마다 여자를 갈아치웠으니까.

오더를 검토하던 이 팀장이 걱정스러운 얼굴로 물었다.

"그런데 요즘 술 많이 마셔요? 백옥 같던 얼굴이 어쩐지 까칠하네."

"티 나요? 나도 못 마시는 편은 아닌데, 그쪽 영업부 사람들 장난 아니에요."

지금까지는 접대라고 해도 전부 줄리아나 첸이 동석한 자리였다. 이렇게 혼자 접대자리를 이끄는 것은 처음이다 보니 육체적으로도, 정신적으로도 너무 힘들었다. 이 팀장은 위로하듯 어깨를 두드렸다.

"그래도 청탁방지법 생긴 후로는 업체들마다 접대가 좀 수월하다고 하더라고요. 공무원 아니라도 분위기가 분위기니까. 얼마 안 남았죠?"

"그렇지 않아도 오늘이 마지막이에요. 영업부장과 직접 만나기로 했거든요."

저녁 약속장소는 접대장소로 유명한 일식집이었다.

먼저 도착한 유래는 거울을 꺼내 화장을 점검했다. 이 팀장의 말대로 얼굴이 제법 상했다. 하는 수 없이 평소라면 하지 않을 색조화장을 짙게 했더니 어째 본인 얼굴이 가면을 덮어쓴 것처럼 낯설었다.

"괜찮아. 나쁘지 않아."

유래는 붉은 원피스와 색을 맞춘 입꼬리를 애써 들어올렸다.

초대손님은 계약담당자인 김 대리를 포함한 태성 영업부 네 명. 결재 권한을 지닌 영업부장이 참석하는 중요한 자리였다.

얼마 되지 않아 영업부장을 위시한 태성 영업부 사람들이 도착했다. 초면인 영업부장이 너무 샅샅이 훑어보는 바람에 기분이 좋지 않았다. 유래는 최대한 내색하지 않으려고 애쓰며 그들을 마주했다. 준비된 코스를 따라 술잔이 몇 번 돌자, 분위기는 금방 화기애애해졌다.

기회를 보던 유래는 조심스럽게 일 이야기를 꺼냈다. 마지막까지 태성과 좁히지 못했던 조건이 바로 입점시기였다. 오프닝 준비까지 마친 상태로 올 스톱이 된 파일로는 최대한 빠른 입점을 원했지만 태성 쪽에서는 순서를 기다려야 한다는 입장이었다.

완고하리라 생각했던 부장은 뜻밖에 호의적인 반응을 보였다.

"고려해보도록 합시다. 자, 받아요."

그는 유래의 잔을 채워주며 술잔을 부딪쳤다. 유래가 술잔을 비우자 그는 제법이라며 다시 잔을 가득 채웠다. 직원 하나가 부장에게 말을 걸었다.

"참, 부장님. 아까 한경모직 한 회장님 부녀 보셨습니까?"

"한 회장님? 아니, 못 봤는데. 여기 오셨나?"

"저희 들어올 때 차에서 내리시는 거 봤습니다."

"그래? 그럼 어느 방인지 알아서 인사 가야지. 다음 계약을 위해서라도……."

부장이 몸을 일으키려고 하자 직원이 그를 만류했다.

“안 가시는 게 좋을걸요? 성원백화점 최무원 대표도 함께 있던데요?”

마시던 술이 목에 걸렸다. 유래는 입가를 누르며 잔을 내려놓았다. 누가 있다고?

몸을 반쯤 일으킨 부장은 엉거주춤 다시 앉았다.

“에이, 그럼 가면 안 되겠네. 가족모임에 주책없이 낄 수는 없지 않나.”

“가족모임이라뇨?”

또 다른 직원이 유래의 궁금증을 해소해주었다.

“업계에 소문이 파다해요. 한경모직 한 회장님이 최무원 대표를 사윗감으로 콕 찍었다는 거. 그래서 매출 1위 투 피츠와 한경모직 산하 여섯 개 브랜드 독점판매권을 성원백화점에 줬어요. 덕분에 상위 매장 일곱 개가 빠지는 우리만 비상이죠. 그동안 투 피츠에 들인 공이 얼만데, 완전 죽 쒀서 개 줬다니까요.”

“한 회장님도 이해가 안 가는 게, 최 대표는 한번 갔다 온 사람이잖아요. 한 회장님 장녀는 아직 미혼이고요. 그렇게 사윗감으로 모셔오려고 애쓸 필요 있나?”

“이 사람아, 모르는 소리. 한번 갔다 와서 최 대표 몸값이 얼마나 올랐는데. 이제 명실상부한 성원그룹 차기 회장 아니야. 거기다 인물 훤하지, 딸린 애도 없지, 깐깐한 시어머니도 없지. 그 정도면 이혼이 흉도 아니야.”

대여섯 순배가 더 돌고 나자 분위기가 제법 무르익었다.

유래는 눈치껏 자리를 빠져나와, 매니저에게 얼음물을 룸에 가져다줄 것을 부탁했다. 취기가 오르는 탓인지 가슴이 답답했다. 유래는 잠시 바람을 쐬려고 정원으로 나갔다.

‘그 사람, 재혼하는구나.’

연예인들의 스폰서 이야기만큼이나 신기할 것도 없었다. 괜히 그를 만난 일로 마음이 심란했나 보다. 저렇게 잘 사는 사람인데.

하긴 처음부터 말하지 않았나, 결혼은 비즈니스일 뿐이라고. 수완 좋은 사업가이니 만큼 더 좋은 파트너를 찾은 것뿐이다.

잠깐 상념에 사로잡혀 있을 때였다.

"한 잔 더 하는 건 어떠세요? 아버지와는 따로요."

귓가에 들려온 여자의 목소리에서는 은근한 교태가 묻어났다.

"적당히 합시다. 내일 일찍 회의 있는 거 잊었습니까?"

반면 남자의 대답은 담백하기 그지없었다. 익숙한 목소리에 고개를 돌린 유래는 그대로 굳어버렸다.

남자는 무원이었다. 그리고 그의 옆에는 한눈에도 미인인 여자가 서 있었다. 여자는 무원의 냉정한 대꾸에 입술을 샐쭉하더니 갑자기 휘청댔다.

"잠깐만요, 대표님."

"조심해요."

무원은 여자의 팔을 잡아 바로 서게 했다.

"죄송해요. 좀 취했나 봐요."

"그만 들어갑시다. 회장님께서 기다리실 테니."

그녀는 기다렸다는 듯 무원의 팔에 매달렸다. 그뿐이 아니라 은근슬쩍 그의 팔을 쓸기도 했다. 노골적인 유혹의 몸짓이었다.

못 볼 것을 보았구나. 그런데 착각이었을까? 순간 눈이 마주친 것 같았는데.

무원은 아무렇지도 않게 여자의 손을 털어내더니 먼저 안채로 가버렸다. 남겨진 여자는 주인 좇는 강아지마냥 그를 뒤따랐다.

유래는 그들이 사라진 안채 쪽을 바라보았다. 무원과 여자의 잔상이 눈앞에 아른거렸다. 이혼을 했고 남남이 되었지만 그의 옆에 다른 여자가 있다는 사실이 이상했다.

유래는 숨을 깊게 들이쉬었다.

'무슨 상관이야.'

그보다 슬슬 들어가야 할 시간이었다. 접대자리를 오래 비우는 것은 예의가 아니었다. 일해야지, 일.

걸음을 서두르던 유래는 안채 입구에서 누군가와 부딪칠 뻔했다.

"아, 죄송합니다."

고개를 들어 상대를 확인한 유래의 심장이 쿵, 소리를 냈다. 팔짱을 끼고 내려다보고 있는 사람은 무원이었다.

"당신, 여기서 뭐 하는 거야?"

어쩌지. 유래는 잠시 망설였다. 보통 이혼한 부부는 서로 만났을 때 어떻게 하는 거지? 특히나 조금 전 다른 여자와 있는 모습까지 본 상황이라면.

대답을 해야 하는지, 인사를 해야 하는지, 그냥 모른 척 지나가야 하는지 생각이 나지 않았다.

가만히 유래의 얼굴을 보던 무원이 눈살을 찌푸렸다.

"술 마셨나?"

질책이 분명한 어투였다. 모른 척 갔으면 그냥 갈 일이지, 왜 돌아와서 아는 체하는 거야. 거기에 술을 마셨는지는 왜 묻는데. 우리가 무슨 사이라고.

유래는 사무적인 묵례를 하며 무원을 무시하려 했다.

"네. 지금 일하는 중이라……."

"일?"

"그만 가보겠습니다."

무원은 지나치려는 유래의 손목을 잡아 돌려 세웠다. 생각보다 센 힘에 몸의 중심이 흔들렸다. 놀라서 눈을 동그랗게 뜨자 지척에 무원의 얼굴이 있었다.

"이 시간까지 무슨 일로 술을 마셔?"

숨결이 닿을 정도의 거리였다. 갑자기 가슴이 꽉 죄어들었다. 붙들린 손목이 덴 것처럼 화끈거렸다. 그에게 들킨 것, 그와 마주친 것, 이렇게 추궁당하는 것, 전부 무슨 일인가 싶다.

"최 대표님."

"지금 '최 대표님'이라고 했어?"

무원은 어이없다는 듯 되물었다.

"네. 공사구분은 해야 할 것 같아서요. 여기가 할리우드도 아니고, 이혼한 사이에 그런 이야기까지 할 필요는 없을 것 같은데요. 이 시간까지 무슨 일로 술을 마시든, '누구'와 함께 있든."

여자는 확실하게 선을 그었다.

되돌려준 말일 뿐인데 거기에 붙은 이자는 생각보다 컸다.

한참 말없이 서로를 마주 보았다. 무원의 눈썹이 휘었다. 화가 났다는 뜻이다. 예전에 같이 살 무렵, 그가 이럴 때면 가슴이 철렁 내려앉고는 했었다. 그러나 어디까지나 과거의 관계일 뿐, 지금은 아니다.

유래는 슬쩍 그의 손을 풀었다.

"제가 지금 자리를 길게 비울 수 없는 상황이라, 먼저 실례하겠습니다."

유래는 가볍게 고개를 숙인 뒤 돌아섰다. 다행히 무원은 더 이상 붙잡지 않았다. 씩씩한 척했지만 사실 무원 앞에서 평정을 유지하기란 쉽지 않았다. 유래는 걸음이 흔들리지 않도록, 허리를 바로 세웠다.

최 대표님? 어이가 없다. 무원은 멀어지는 아내의, 아니, 전처의 모습을 바라보았다. 머리를 틀어 올린 탓인지 유난히 하얀 목덜미가 눈에 들어왔다.

발단은, 오랜만에 본가에 들러 최중원 회장과 한 식사였다. 부자간의 식사시간은 늘 무거운 침묵이 부유했다. 최 회장이 먼저 입을 열었다.

「우리 집에 곧 혼사가 있을 것 같은데.」

무원은 국을 뜨며 무심하게 대꾸했다.

「한 번 더 가시게요?」

아들의 어이없는 대답에 최 회장의 언성이 높아졌다.

「너 말이다, 너! 경제인 연합모임에 갔더니 그러더구나. 네가 요즘 한경 한 회장 딸과 만난다고.」

「일 때문에 만나는 겁니다. 당분간 재혼 생각 없다고 분명히 밝혔고요.」

「그쪽은 생각이 다른 것 같던데?」

「그거야 그쪽 생각이죠.」

「그러다 문제 생기면?」

「그쪽이 착각해서 생기는 문제까지 제가 책임져야 합니까?」

분위기가 차갑게 가라앉았다. 묵묵히 몇 술을 뜨던 최 회장은 생각난 것처럼 툭 말을 던졌다.

「그 애는 어떻게 지내냐?」

「누구요?」

「네 전처.」

생선살을 바르던 무원의 젓가락이 멈췄다.

「갑자기 그 사람 이야기는 왜…….」

「요즘 한 번씩, 이상하게 그 애가 눈에 밟힐 때가 있다. 그래도 그 애가 있을 때는 이 집이 제법 사람 사는 것 같지 않았냐. 뭐 하고 지내는지 소식은 좀 아느냐?」

「아버지는 전에 계셨던 어머니'들' 소식 다 아십니까?」

「그 이야기가 왜 나와!」

「같은 맥락이니까요. 이제 나이 드시나 봅니다, 그런 쓸데없는 관심도 생기시는 걸 보니.」

이혼할 때 왜냐고 이유조차 묻지 않았던 아버지였기에 지금의 질문이 달갑지 않았다. 우경도 그렇고 아버지도 그렇고, 다들 갑자기 왜 이러는 건지.

무원은 젓가락을 내려놓고 자리에서 일어섰다.

「먼저 일어나겠습니다.」

숭늉을 내오던 성 비서가 놀란 얼굴을 했지만 신경 쓰지 않았다.

혼란스러운 기억이 뒤통수를 툭 치고 달아났다.

젠장, 또야. 돌아온 아내와 하늘색, 그리고 토마토주스. 며칠째 그의 일상을 괴롭히는 것들.

처음에는 착각인 줄 알았다. 생각지도 않은 장소에서, 도마뱀 꼬리처럼 던져주고 간 토마토주스와 똑같은 빛깔의 원피스를 입은 여자를 본 것이.

무원은 짜증스러운 한숨을 내쉬었다. 그래, 우경이나 아버지가 문제가 아니었다. 정작 제일 큰 문제는 자신이었다.

「아, 죄송합니다.」

시선을 든 여자는 지금까지 본 적 없던 짙은 화장에, 술 냄새까지 풍기고 있었다. 계약 문제가 끝났으니 미국으로 돌아간 거 아니었나? 왜 여기 있는 거지? 이 차림은 뭐고? 아니, 그보다 애까지 있는 여자가 이 시간까지 뭐 하는 거야?

「여기가 할리우드도 아니고, 이혼한 사이에 그런 이야기까지 할 필요는 없을 것 같은데요. 이 시간까지 무슨 일로 술을 마시든, '누구'와 함께 있든.」

여자는 확실하게 선을 그었다. 반론할 수 없다. 그들이 이혼을 했고, 그녀가 그의 아내가 아니라는 것. 밖에서 뭘 하든, 술을 마시든, 누굴 만나든 그와는 어떤 상관도 없다.

그래, 무시하자. 무시하는 것이 옳다. 무시해야 마땅했다.

"젠장."

그는 낮게 욕지거리를 뱉었다. 이미 끝난 사이에, 본인이 직접 못질까지 했으면서도 왜 이러는지 모르겠다.

무원은 안주머니에서 휴대전화를 꺼냈다. 차에서 대기 중인 김 비서가 곧장 전화를 받았다.

– 예, 대표님.

"알아볼 일이 있어. 지금 당장."

김 비서가 충실히 지령을 수행하러 간 사이, 그는 한 회장 부녀를 배웅했다. 혜수는 같이 더 시간을 보내지 못한 것이 아쉬운 얼굴이었지만 무원은 후련한 얼굴로 주차해놓은 차에 올랐다.

백화점을 되찾기 위해 호시탐탐 기회를 노리는 윤 여사를 견제하는 데 있어서 한 회장 부녀의 영향력은 무시할 수 없다. 혜수를 영업관리부 본부장으로 받아들인 것도 윤 여사 밑에서 20년을 충성해온 영업부장을 견제하기 위함이 컸다.

그러나 혜수의 노골적인 관심은 불편했다. 그에게 한혜수는 쓸 만한 비즈니스파트너였지, 결혼상대는 아니다. 사람은 학습하는 생물이다. 그에게 결혼은 비즈니스가 될 수 없다. 한 번의 실패로 '학습하게 된' 확실한 결론이었다.

무원은 차 뒷좌석에 머리를 기대며 팔짱을 꼈다. 한 시간 정도 지나서야 김 비서가 돌아왔다.

"알아봤어?"

"네. 태성백화점 영업부와 만나고 계셨습니다."

그사이 다른 계약상대를 찾은 건가. 무원은 미간을 좁혔다.

"태성에서 몇 명 나왔지?"

"네 명입니다. 부장까지 동석한 것 같았습니다."

부장이 동석했다는 것은 계약을 땄다는 뜻인데…… 태성백화점이 한경모직을 대신할 브랜드를 찾기 위해 동분서주하는 상황이긴 했지만, 일주일도 되지 않아 계약을 따낸 것은 영업의 재량이다.

아무래도 그의 전처는 생각보다 훨씬 유능한 모양이다. 파슨스 출신이었나? 그렇다 해도 대학을 졸업하자마자 결혼했고, 결혼한 뒤에는 집에만 있었는데 의외다.

무엇인가를 고민하던 김 비서가 힘들게 입을 열었다.

"그런데 대표님, 한 가지 걸리는 것이 있습니다."

김 비서가 휴대전화를 꺼냈다. 그리고 파일을 찾더니 재생버튼을 눌렀다.

"태성 직원 둘이 흡연실로 들어가기에 따라갔습니다. 운 좋게 다른 사람들은 없었고요."

곧 녹음된 목소리가 흘러나왔다.

– 아, 그거?

– 이해가 안 되잖아요. 제가 입점날짜 당기는 이야기 꺼냈을 때만 해도 절대 안 된다고 펄펄 뛰시던 분이.

– 부장 지금 작업하는 거야. 어째 요즘 좀 잠잠하다 했지. 그 양반, 원래 협력업체나 브랜드 영업사원 중에 좀 반반한 젊은 여자만 보면 정신을 못 차리거든. '침대계약', '몸 로비' 이런 말 들어는 봤지? 부장 전문이야.

– 아이고, 그거 리베이트보다 더한 건데. 지금까지 문제 된 적 없습니까?

– 없을 리 있나. 5년 전에 브랜드 영업사원 하나 건드렸다가 난리가 났었어.

– 그런데 어떻게 아직 무사하신 거죠?

– 부장 누나가 오너 집안사람이래. 고소하겠다는 걸 겨우 합의 보고 막았지. 그때 워낙 호되게 당해서 그런가, 한 몇 년은 잠잠했는데……. 오늘 보아하니 제 버릇 개 못 주는 모양이야. 얼굴 보더니 눈을 못 떼던걸.

– 미인이긴 하죠? 이유래 씨.

– 곱게 생겼는데 은근 색기가 있는 상이야. 남자들 딱 좋아하는 스타일 아냐? 낮에는 청순한 성녀, 밤에는 요망한 마녀. 특히 목선 봤어? 완전 예술이던데, 그걸로 남자 여럿 홀렸을 거야. 게다가 그 여자, 원래 중국영업팀 소속이라며? 그런 접대 한두 번 해봤겠어? 그쪽 '꽌시'가 보통 대단해야지.

– 그러고 보니, 그래서 그런가? 오늘 화장도 그렇고 옷도 그렇고 힘이 빡 들어갔던데. 방이라도 잡은 거 아닐까요?

무원은 남자들의 낄낄대는 웃음소리를 견디지 못하고 정지버튼을 눌렀다. 녹음된 대화를 듣는 내내 붉으락푸르락했던 얼굴이 차갑게 식어 있었다.

"이것들이, 진짜……!"

침대계약이니, 몸 로비니, 그들의 입에서 나온 추접한 소리가 불쾌하기 짝이 없었다.

무원이 이를 갈며 차에서 내리려는 순간, 문제의 그들이 가게 밖으로 나왔다. 제법 취한 것으로 보이는 남자 네 명. 무원은 그들의 얼굴을 하나하나 노려보았다. 특히 부장으로 보이는 나이 든 변태의 얼굴은 스캔하듯 뇌리에 새겨놓았다.

감히 넘볼 데가 없어서 내 여자를 넘봐? 아니, 이제 그의 여자는 아니지. 그래도 늙은 변태가 감히, 멋대로, 이러쿵저러쿵 떠들 수 있는 여자가 아니다. 저것들을 어떻게 족칠까, 잠시 고민하는데 유래가 나왔다. 얼큰하게 취한 남자들과 달리 술기운 하나 없이 꼿꼿한 모습이었다.

무원은 일단 여자가 어떻게 나올지 지켜보기로 했다. 그럴 일은 없겠지만 조금이라도 이상한 낌새를 비치면 바로 난입할 태세로 차문에 손을 얹었다. 김 비서도 긴장했는지 숨을 죽였다.

여자의 대처가 능숙한 덕에 걱정은 기우에 그쳤다. 유래는 영업용 스마일을 띤 얼굴로 2차를 연발하는 남자들을 대리기사들에게 인계했다. 대리기사들에게 제법 두둑한 현금을 쥐여주는 것 또한 잊지 않았다.

"들어가십시오. 사흘 후에 뵙겠습니다."

늙은 변태는 음심이 가득한 얼굴로 여자를 훑었지만 특별히 행동은 취하지 않았다. 한번 호되게 덴 적 있다더니 몸을 사리는 것이 분명했다.

무원은 먼저 출발한 부장의 차를 바라보며 주먹을 꽉 쥐었다. 그사이 마지막 차가 떠났다. 마침내 혼자가 되자, 꼿꼿하게 허리를 펴고 생글거리던 여자가 몸을 휘청거렸다.

그럼 그렇지. 접대자리에서, 남자들이 저만큼 취했는데 저 여자라고 안 취했을 리 없다.

그가 차문을 열려던 순간, 예약표시를 띄운 택시 한 대가 골목 안으로 들어왔다. 무원은 창으로 여자가 택시에 타는 모습을 보았다.

"따라가."

그는 낮은 목소리로 말한 뒤, 다시 뒷좌석에 몸을 기댔다. 김 비서는 조용히 차를 출발시켰다.

도심을 달리던 택시가 멈춰 선 곳은 한 비즈니스호텔 앞이었다. 한눈에도 비싸 보이는 곳은 아니었다. 오며가며 출장 온 직장인들이 하루 묵기 편한 숙소였다.

택시에서 내린 여자가 향한 곳은 호텔 옆의 편의점이다. 무원은 차에서 내려 그녀를 지켜보았다. 음료 가판대에서 무엇인가를 집어든 여자는 계산을 하고 편의점 앞에 놓인 테이블에 앉았다.

겨울의 초입에 접어든 밤공기는 입김이 나올 정도로 차다. 여자는 꼼짝도 하지 않고 하늘에 시선을 고정했다. 내내 얼굴에 띠고 있던 생글거리는 미소는 오간 데 없고 창백하고 피로한 기색만 남았다.

무원의 마음 한편이 저릿해졌다.

저 남자들이 당신을 두고 무슨 더러운 소리를 해대는지 알아? 지금 남편이란 작자는 뭐 하는 놈이야? 뭐 하는 놈이기에 그딴 소리까지 듣게 만들어? 이러려고 나를…….

울컥 치미는 화를 주체할 수 없어서 한마디 쏘아붙이려 했다. 그러나 입을 열려는 순간, 가만히 있던 여자가 작게 가슴을 두드렸다. 탁, 탁.

무원은 그대로 얼어붙었다.

기묘한 기시감이 들었다. 지금처럼 밤늦은 시간, 어깨를 둥글게 말고 가슴을 두드리는 모습을 몇 번 본 적 있다. 한남동 집 정원 구석에서, 주방에서, 욕실에서. 대부분 평창동 윤 여사에게 시달리고 온 날이었다.

무원은 그럴 때마다 여자를 외면했다. 그건 여자가 감당해야 할 부분이고 그가 관여할 문제는 아니었다. 그런 주제에 지금 이 여자 남편은 탓해서 뭐하려고?

생각이 빙글빙글 그의 몸 전체를 돌았다.

잠시 뒤, 가슴을 두드리던 여자가 몸을 일으켜 호텔로 향했다. 무원은 비틀거리는 그녀의 뒷모습을 바라보았다. 무거운 숨이 흘러 하얗게 피어올랐다.

"……여보세요?"

잠결에 전화를 받은 유래는 낯선 남자의 목소리에 몸을 일으켰다. 시계를 확인하니 벌써 정오에 가까운 시각이다.

– 안녕하십니까. 저는 안현섭 변호사입니다. 성원건설 법무팀에 있을 때 뵌 적이 있는데 혹시 기억하시는지요?

유래는 그제야 안현섭이란 이름과 그의 얼굴을 기억해냈다. 이혼절차를 맡았던 변호사였다.

"네. 기억납니다, 안 변호사님. 그런데 무슨 일이시죠? 저는 이제 성원건설과 관련 있는 사람이 아닙니다."

아무리 기억을 뒤져보아도, 이혼한 지 3년이나 지난 마당에 이런 연락을 받을 만한 일은 없었다.

– 저도 지금은 성원건설을 나와 개인 사무실을 차렸습니다. 중요한 사안이라 전화로 할 이야기는 아닙니다. 직접 뵙고 싶은데 오늘 시간 어떠신지요? 계신 곳으로 찾아가겠습니다.

유래는 재차 안 변호사에게 무슨 일인지 물었지만 직접 만나서 이야기하겠다는 그의 뜻은 강경했다. 어쩔 수 없이 유래는 그의 사무실에서 만날 약속을 잡았다.

입점계약을 앞두고 준비할 서류가 산더미였다. 다른 직원도 없이 혼자 발주, 코레스(환거래 계약), 마케팅까지 맡고 있는 상황에서 시간을 빼앗기는 상황이 달갑지 않다.

사무실에 도착하자 안 변호사가 깍듯한 태도로 그녀를 맞았다. 유래는 곧장 용건을 물었다.

"중요한 일이 뭐죠?"

"짐작하시겠지만, 최 대표님 일입니다."

안 변호사는 준비해둔 서류를 건넸다.

"전해달라고 하셨습니다."

유래는 아연한 눈으로 눈앞의 종이더미를 바라보았다.

"이게 뭔가요?"

"미국 맨해튼에 있는 빌라의 권리증서와 미 연방은행에 예치된 신탁예금증서입니다. 직접 확인하시고 서류에 사인해주시면 이전에 필요한 절차를 진행하겠습니다."

"아뇨, 이게 진짜 뭔지 물은 게 아닙니다. 이걸 왜 전해주라고 하는지가 궁금한 겁니다."

안 변호사는 느릿하게 대답했다.

"위자료입니다."

"위자료……라고요?"

"최 대표님과 이혼하실 무렵, 위자료를 일절 받지 않으신 것으로 압니다만."

"서로 협의된 사항이었습니다."

"최 대표님 생각은 다른 것 같습니다. 꼭 이유래 씨가 위자료를 받길 원하셨습니다. 대신 지금 하고 계신 일을 그만두는 조건입니다."

유래는 눈을 깜빡였다. 온통 이해 가지 않는 것투성이다. 이혼 3년 만에 튀어나온 위자료의 존재도, 부득불 그걸 주겠다는 전남편도, 일을 그만두어야 한다는 조건도.

"어째서요?"

"개인적인 생각이지만, 먼저 이혼을 요구한 일이 마음에 걸리셨던 것 같습니다."

그럴 리가. 이혼을 요구한 것은 그녀였다. 그런데 그게 마음에 걸렸다고? 말도 안 돼.

순간 유래의 귓가에 무원의 빈정거림이 살아났다.

「이혼한 전남편까지 찾아올 정도면 형편이 꽤 안 좋은 모양이군. 혹시 예전에 안 받은 위자료가 아쉬워?」

왜 생각지 못했을까. 재혼을 앞둔 무원의 입장에서는 충분히 생각 가능한 일이었다. 이혼한 전처가 일을 핑계로 자신을 찾아온 목적이 돈이라는 것.

유래는 입술을 깨물었다.

"거절하겠습니다."

"액수는 얼마든지 조정이 가능하다고 하셨습니다. 원하시면 매달 생활비 지급도……."

안 변호사는 단단히 오해하고 있었다. 유래는 고개를 저으며 일어섰다.

"아니요. 저는 한 푼도 받을 생각 없어요. 받을 생각이었으면 예전에 받았겠죠. 그만 가보겠습니다."

안 변호사는 사무실을 나가는 유래를 보며 난감한 표정을 지었다. 이런 경우는 처음이었다. 주겠다는 것을 더 달라고 싸울 수는 있어도, 안 받겠다는 경우는 없다. 무엇보다 지금 이 일의 영문을 모르기는 그도 마찬가지였다.

처음 무원이 이혼을 하겠다고 필요한 절차를 진행하라고 했을 때만 해도 안 변호사는 힘든 여정을 예상했다. 양쪽 집안이 복잡한 사업 문제로 엮인 상태에 협의이혼이라니, 가당키나 한 것인가.

안 변호사는 소송까지 염두에 두고 무원의 아내를 만났다. 그러나 아내 측에서는 맥 빠질 정도로 쉽게 이혼에 동의했다. 위자료 역시 요구하지 않았다. 그런데 3년이 지나서 남편은 다시 위자료를 주겠다고 하고, 아내는 거절한다? 무슨 일이 어떻게 되어가는 걸까.

안 변호사는 한숨을 푹 내쉬었다.

"……일단 알겠습니다. 그리고 알아보라고 한 일, 서둘러주십시오."

무원은 안 변호사의 전화를 끊으며 인상을 썼다.

주겠다는 돈을 안 받겠다는 이유가 뭔데? 어젯밤 편의점 앞에 서글피 앉아 있던 여자를 보고 돌아온 뒤 도출해낸 해결책이었다. 가장 심플하면서, 가장 확실한.

무원은 신경질적으로 모니터로 시선을 돌렸다. 그러나 생각은 자꾸 가슴을 두드리던 여자의 뒷모습에 머물렀다.

모른 척하지 않았다면 달라졌을까. 여자가 가슴을 두드릴 때마다 무슨 일인지 묻고, 안아주고, 다독여주었다면.

갑자기 책상에 팽개쳐둔 휴대전화에 낯선 번호가 떠올랐다.

— 저예요. 시간 괜찮으면 지금 좀 만나요.

약속을 정한 곳은 백화점 근처의 2층 커피숍이었다. 커피숍 안에는 사람이 많지 않았다.

1층 입구에 들어서 2층으로 올라가자 창가자리에 앉은 여자가 눈에 들어왔다. 어제와는 완전히 다른 차림이었다. 화장기 없는 얼굴에 가볍게 뒤만 묶은 머리, 청바지 위에는 헐렁한 녹색 스웨터를 걸치고 있었다. 대학생이라 해도 믿을 만큼 앳되어 보이는 모습이었다.

처음은 하늘색, 다음은 붉은색이더니 오늘은 녹색이라니. 마치 흑백 TV에서 컬러 TV의 진화를 보는 느낌이다. 물론 위대한 진화의 시발점은 이혼일 테고.

기분 참 더럽다.

그가 다가서자, 창밖을 보던 여자가 시선을 들었다.

"안녕하세요."

무원이 맞은편에 앉자 아르바이트생이 다가와 주문을 받았다. 무원은 커피를 주문했고 여자는 주스를 주문했다. 아르바이트생이 돌아간 뒤, 무원이 먼저 말을 꺼냈다.

"내 제안, 거절했더군."

"그렇지 않아도 그 때문에 만나자고 했어요. 무슨 생각이죠? 갑자기 위자료라니……. 미리 말하는데 당신을 찾아간 건 일 때문이었지, 다른 생각이 있어서가 아니에요. 봐서 알겠지만 괜찮은 회사에서 일하고 있고 생활도 나쁘지 않아요."

"지금 일은 어떻게 시작한 거지?"

"대학 다닐 때 루이비통에서 인턴을 한 적이 있어요. 그때 상사였던 사람과 인연이 닿았어요. 지금은 직속상사구요."

"상사가 남자야?"

"네? 아뇨. 여자예요. 그건 왜……."

"일 그만둬."

그는 단도직입적으로 말했다.

"안 변호사에게 맡긴 신탁예금, 그 정도면 평생 일 안 해도 미국에서 지내는 데 지장 없을 거야. 원하면 매달 생활비도 줄 수 있어."

여자의 눈동자에 의문들이 떠올랐다.

"그게 중요한 게 아니에요. 어째서죠? 왜 일을 그만두라는 건데요?"

"잊었나 본데 당신 성원그룹 며느리였어. 그런데 고작 이딴 일이나 하려고 이혼하고 나갔어? 우리 집안이나 내 체면은 생각 안 해?"

'이딴 일'이란 말에 여자는 화난 표정을 짓더니 짧게 숨을 들이마셨다.

그사이 주문한 커피와 주스가 나왔다. 유래는 목이 탄 듯 주스를 들이켰다. 무원은 자신도 모르게 주스를 삼키는 하얀 목울대에 시선을 고정했다. 이게 예술이라는 목선인가? 확실히 가늘고 고운 선이 예술이긴 했다.

유래는 반쯤 마신 주스잔을 내려놓았다.

"성원그룹이나 최무원 씨 입장에서는 고작 '이딴 일'이겠지만 나는 아니에요. 미국도 대졸자 취업난 심각해요. 거기에 외국인 신분으로 비자 서포트까지 받으며 정규직으로 입사하는 건 하늘의 별 따기나 다름없다고요. 그런데 힘들게 입사한 회사를 왜 당신 말 한마디에 그만둬야 하죠? 그리고 무엇보다 나는 위자료 필요 없어요. 내 앞가림은 내가 해요. 다시는 이 문제를 거론하는 일 없었으면 좋겠어요."

이렇게 말을 잘하는 여자였나? 평창동에서든 성북동에서든 어떤 소릴 들어도 입을 꾹 다물고 있던 그 여자가 맞나? 무원은 새삼 눈앞의 여자를 신기한 눈으로 바라보았다.

"이렇게 말을 잘하는지 미처 몰랐네."

빈정거림에 유래는 태연하게 대꾸했다.

"알 필요가 없었을 테니까요."

담담하지만 파괴력이 대단한 말이었다. 무원은 가슴 한편이 푹 꺼지는 느낌을 받았다. 그녀의 지적대로 알 필요가 없었다. 어차피 비즈니스로 한 결혼인데 서로 모른다는 것이 뭐가 문제냐, 안일하게 생각했다. 어쩌면 그게 가장 큰 문제였을까.

그때, 가방 속에서 여자의 휴대전화가 울렸다. 발신인을 확인한 유래는 바로 전화를 받았다.

"아, 부장님."

무원의 눈썹이 꿈틀했다. 유래는 잠시만요 하더니 테이블에 놓인 계산서를 집어 들었다. 무원은 불쾌한 표정으로 그녀의 손에서 계산서를 낚아챘다. 유래는 가만히 무원을 보더니 자리에서 일어섰다. 더 이상 그와 시간낭비를 하고 싶지 않다는 의도가 다분히 엿보였다.

여자는 가볍게 고개를 까딱하고는 통화를 하며 계단을 내려갔다. 무원은 그녀가 떠난 자리를 노려보다가 유리창 아래를 바라보았다. 통화를 하는 여자는 영업용 미소를 그리고 있었다.

그 모습을 보는 무원의 얼굴이 일그러졌다.

"그렇게 나오시겠다."

그는 나지막하게 중얼거리며 휴대전화에서 누군가의 이름을 찾았다. 태성백화점 이태진 이사.

무원은 통화버튼을 누르며 생각했다. 당신도 나에 대해 모르는 것이 많다고.

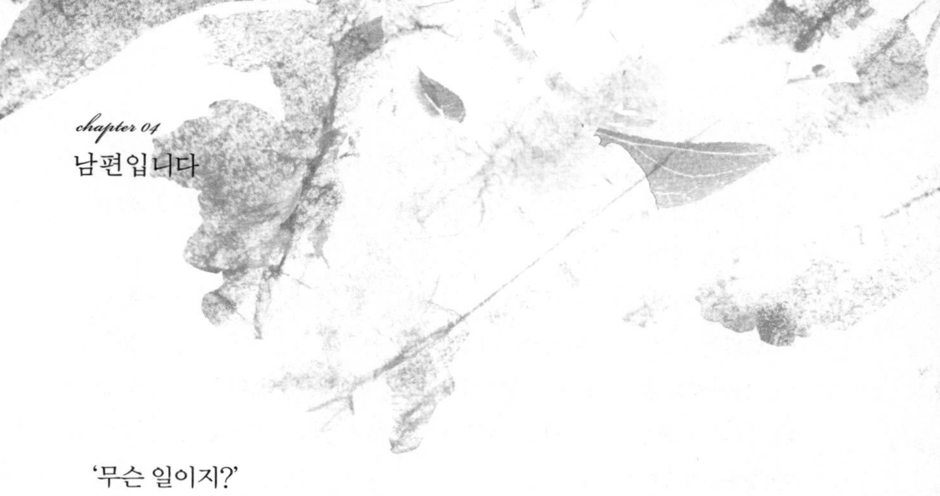

chapter 04

남편입니다

'무슨 일이지?'

유래는 시계를 보며 고개를 갸웃거렸다. 태성백화점과의 계약서 작성을 앞두고 영업부장이 불쑥 저녁식사를 청했다. 처음 만난 날, 몸을 훑던 끈적끈적한 시선을 생각하면 내키지 않았지만 입점시기를 조율해주겠다는 제안에 마음이 흔들렸다. 그가 원한 대로 W호텔의 레스토랑으로 예약을 잡았지만 약속을 정한 당사자는 한 시간이 지나도록 나타나지 않았다.

'사고라도 났나?'

휴대전화로 전화도 걸고 문자메시지도 보냈지만 아무런 답이 없다. 유래는 부장의 휴대전화에 다시 전화를 걸었다. 결국 연결음이 울리다가 안내메시지로 넘어가길 다섯 번 정도 반복한 뒤에야 자리에서 일어섰다.

예감이 좋지 않다.

유래는 불길한 마음을 추스르며 다음 날 계약시간에 맞춰 태성백화점으로 나갔다. 담당자인 김 대리가 사색이 된 얼굴로 튀어나왔다.

"죄송합니다. 계약은 없던 일로 해야 할 것 같습니다."

"갑자기 이게 무슨……."

"지금 영업부 내의 문제가 심각합니다. 부장님이 경질되셨고 과장님과 차장님도 징계를 받으셨습니다. 당분간 신규 입점계약 전체를 정지

한다는 것이 임원진의 결정입니다."

사색이 된 것은 유래도 마찬가지였다. 이미 태성백화점 입점을 염두에 두고 신상품 생산 오더를 벤더회사에 넘긴 상태였다. 그런데 계약 자체가 없는 일이라니!

유래는 어떻게든 김 대리를 설득해보려고 했다. 태성 영업부와 친분이 있다는 이 팀장도 거들어서 여기저기 전화를 돌려보았지만 소용없었다. 성원백화점의 경우는 계약서가 있었기 때문에 버텨볼 수라도 있었다. 그러나 태성백화점과는 계약서조차 쓰지 않은 상태였다. 말 그대로 마른하늘에 날벼락이었다.

파일로 본사에서는 긴급임원회의가 소집되었다. 유래는 저녁 내내 커피를 마시며 초조하게 회의 결과를 기다렸다. 회의는 한국시간으로 새벽 4시가 되어서야 끝났다.

— 오랜만이야. 얼굴이 상했네.

뜻밖에도 결과를 알려온 것은 줄리아였다. 유래는 화상 모니터를 보며 반가움에 눈을 크게 떴다.

"어쩐 일이세요? 수는 어떻게 하고요?"

— 임원회의 때문에 안 나올 수가 있어야지. 수는 베이비시터에게 맡겼어. 하루 정도야 뭐 괜찮겠지.

"결과는 어떻게 되었습니까?"

— 한국 사업을 전면 백지화하는 쪽으로 결정했어. 추가생산된 물량은 전부 중국으로 넘길 거야. 너는 다시 중국팀에 합류하면 돼. 그리고…….

줄리아는 잠시 말을 골랐다.

— 나는 영업본부장직을 사임할 거야.

"사임이라뇨?"

— 이번 일, 손해가 제법 커. 누군가는 책임을 져야지.

"그렇다면 담당자였던 제가……."

– 아니, 책임자는 나야. 무리해서 한국 사업을 추진한 것도 나고, 정작 중요한 트러블이 생겼을 때 개인적인 문제로 일에서 빠지게 된 것도 나야. 내가 책임지는 게 맞아.

"부사장님도 같은 생각이세요?"

부사장 이야기에, 줄리아는 쿡쿡 웃었다.

– 그렇지 않아도 지금 이사들을 설득하고 있는데 잘 안 되는 모양이야. 혈압 올라서 죽으려고 그래. 그 사람이 좀 그렇거든. 쓸데없는 고집이 있어.

"……죄송합니다. 제가 제대로 하지 못해서……."

– 최선을 다했을 거라고 생각해. 그러니까 죄송할 필요 없어. 너는 최고의 직원이었으니까.

마지막은 최고의 찬사였다.

3년. 엄격한 상사였지만 어떤 때는 언니, 어떤 때는 친구 같았던 줄리아였다. 비자 문제로 고생할 때 발 벗고 서포트에 나서준 것도 그녀였다.

수많은 생각과 기억들이 스치고 지나갔다.

유래는 눈시울이 붉어지는 것을 느끼며 고개를 숙였다.

하루 반나절, 꼬박 한숨도 자지 못하고 생각했다.

도저히 이 상태로 줄리아가 파일로를 떠나게 할 수는 없었다. 스타트업상태의 브랜드를 여기까지 키우는 데 그녀가 얼마나 노력했는지는 누구보다 잘 알았다.

「최선을 다했을 거라고 생각해.」

줄리아의 목소리가 하루 종일 귓가를 맴돌았다.

'정말 최선을 다했나?'

대답이 선뜻 나오지 않았다. 성원백화점에 계약해지동의서만 쉽게 내주지 않았어도 협상의 여지가 있었을 것이다.

유래는 그날, 순순히 사인을 했던 스스로가 원망스러웠다.

'이대로는 안 돼.'

휴대전화를 들고 고민했다. 안 변호사의 사무실에서 나올 때만 해도 별생각 없이 눌렀던 번호가 선뜻 손이 가지 않았다.

유래는 한참을 망설이다가 무원에게 전화를 걸었다. 통화음은 그리 길지 않았다.

"저예요."

전화를 받는 목소리는 깊게 잠겨 있었다.

– 알아.

자다 일어났나? 유래는 시각을 확인했다. 오후 8시 30분. 아무리 봐도 숙면을 취할 시간은 아니었다.

"혹시 자는데 깨웠나요?"

– 상해 출장 갔다가 몇 시간 전에 왔어. 무슨 일이지? 마음이 바뀌기라도 했나?

설마 위자료 건을 말하는 건가? 유래는 고개를 저었다.

"아뇨. 그게 아니라…… 일 때문에 할 이야기가 있어요. 혹시 만날 수 있을까요?"

– 지금?

내켜하지 않는 말투에 바짝 조바심이 났다.

"원하시는 장소를 말하시면 갈게요."

– 어디라도 상관없나? 호텔이라도?

되묻는 말의 뉘앙스가 묘했다. 그러나 지금은 이것저것 따지고 탐색할 만한 상황이 아니었다.

"네, 상관없어요."

잠시 알 수 없는 침묵이 맴돌았다. 뒤늦게 돌아온 대답은 으스스하게 가라앉아 있었다.

– J호텔 3001호.

처음 자다 일어났을 때와는 또 다른 울림으로.

J호텔에 도착한 유래는 엘리베이터가 30층에 도착할 때까지 눈을 감고 있었다. 마지막 최선을 다해볼 생각이었다. 그러나 엘리베이터의 문이 열리고 복도를 걸을 때까지 생각은 매듭이 잘못된 실타래처럼 엉키기만 했다. 지금 상황에서 확실하게 도움을 줄 수 있는 사람은 최무원뿐이다.

「이혼하고 나가서 하는 게 고작 이딴 일이냐고.」

물론 그의 독설을 생각하면 지금이라도 도망치고 싶지만 필사적으로 버텼다.

겨우 방 앞에 도착한 유래는 옷차림을 점검했다. 일부러 가지고 온 옷 중에서 가장 화사한 분홍색 실크 블라우스를 골랐다. 화장도 거기에 맞춰서 화사하게, 머리도 흐트러지지 않게 틀어 올렸다. 좋아, 문제없음.

유래는 어깨를 반듯이 펴고 벨을 눌렀다. 잠시 뒤, 문이 열렸다. 막 샤워를 끝낸 듯 무원이 가운 차림으로 서 있었다. 문이 열리기 전까지의 굳은 각오와는 달리, 저도 모르게 물러섰다.

"아, 저기, 죄송합니다. 조금 있다가 올까요?"

당황한 나머지 목소리가 갈라졌다. 무원은 피식 웃었다.

"우리가 그렇게까지 당황할 사이는 아니지 않나?"

틀린 말은 아니다. 일주일에 두세 번은 잠자리를 함께하는 부부였다. 그런데도 이런 당혹감과 긴장감이 드는 건 어떻게 설명해야 할까. 각진 어깨와 가운 틈으로 보이는 탄탄한 가슴 근육에, 유래의 시선이 방황했다.

"일단, 들어와."

무원은 자연스럽게 문에서 한 걸음 물러났다. 안으로 들어서자 자동으로 문이 닫혔다. 야경이 훤히 보이는 최고급 스위트룸이었다.

무원은 안쪽의 미니바로 가더니 냉장고를 열고 생수병을 꺼냈다.

"할 이야기가 뭐지?"

"좀 길어질 것 같은데…… 옷 입고 하면 안 될까요?"

"난 상관없는데."

그는 생수병을 입으로 가져가며 놀리듯 말했다.

"제가 불편해서요."

다행히 무원은 더 이상 고집부리지 않았다. 그가 옷을 입으러 간 사이 유래는 소파에 앉아 방 안을 둘러보았다.

'여기서 지내나?'

정리는 되어 있었지만 생활의 흔적이 있다. 그렇게 애지중지하는 한남동 집은 어쩌고? 정원의 풀, 꽃 하나까지 직접 고를 정도로 한남동 집에 대한 무원의 애정은 각별했다. 사소한 의문은 휴대전화 진동으로 멀찍이 물러났다. 이미정 팀장. 유래는 통화버튼을 누르며 목소리를 낮췄다.

"이 팀장님, 제가 지금 중요한 미팅 중이에요. 끝나고 전화 드릴게요."

– 이것도 중요한 일이에요. 짧게 할게요. 갑자기 태성 영업부가 쑥대밭이 된 일 말인데요.

"네."

– 태성 영업부 직원 구워삶아서 겨우 들은 이야기인데 비밀 꼭 지켜주세요. 그거 성원백화점 최무원 대표 쪽에서 손쓴 거래요.

"뭐라고요?"

되묻는 말에 이 팀장이 한숨을 쉬었다.

- 지금 태성 영업부 전체에 감사가 떨어졌어요. 무슨 손을 어떻게 쓴 건지는 모르겠는데 최무원 대표가 연관된 건 확실해요. 혹시, 짚이는 일 없어요?

불현듯 태성 영업부와 미팅을 가진 일식집에서 무원과 마주쳤던 게 머릿속을 스쳤다. 설마, 아니겠지?

무원이 드레스룸에서 나오는 걸 보며 유래는 급히 휴대전화를 내려놓았다. 편안한 니트에 트레이닝 바지를 입은 무원은 아까 마시던 생수병을 다시 집어 들었다. 유래는 꼼짝 않고 그를 바라보다가 입을 열었다.

"묻고 싶은 게 있어요."

"뭔데."

"태성백화점에서 딴 계약이 그쪽 영업부 내부 문제로 갑자기 취소되었어요. 그런데 그게 최무원 씨와 연관이 있다고 하네요. 맞나요?"

"할 이야기가 그거였어?"

"말해주세요. 당신이 손쓴 건가요?"

무원은 다 마신 생수병을 우그러뜨렸다. 유래는 입안이 바싹 타는 것을 느끼며 대답을 기다렸다.

"그래."

거의 지옥 같은 이틀이었다. 공들인 일을 날려버렸고, 은사나 다름없는 사람을 잃게 되었다. 유일한 도움이 되어주리란 생각에 양심도 염치도 팔고 온 건데……. 그녀는 울컥하는 감정을 참지 못하고, 소리치듯 말했다.

"왜 그랬어요?"

"왜 그랬냐고?"

그는 대답 대신 성큼 유래에게 다가섰다. 유래는 주먹을 꽉 쥐고 턱을 치켜들었다. 시선이 차갑게 맞부딪쳤다.

"지금 하는 일, 그만두라고 했을 텐데? 당신이 그만둘 생각이 없으니까 그쪽을 그만두게 했을 뿐이야. 그리고 나야말로 묻고 싶은데. 당신, 무슨 생각으로 여기 왔어?"

뜬금없는 질문의 의도를 헤아릴 수 없었다. 유래는 솔직하게 대답했다.

"기회를 얻고 싶어서요. 계약을 재고할 기회."

"전남편 상대로 접대라도 하려고?"

무원의 입에서 나온 말에 유래의 입술이 작게 벌어졌다.

"접대라고요?"

"기회를 얻고 싶다며?"

무원의 입가에 비릿한 조소가 떠올랐다.

"보통은 그걸 '몸 로비'라고 하지."

낮게 깐 말투에는 조롱이 깃들었다.

"이 시간에, 계약담당자가 호텔방까지 찾아왔다면."

못 들을 것을 들었다는 표정으로 그를 바라보던 유래의 얼굴에서 점차 핏기가 사라졌다. 꼭 다물린 입술이 바르르 떨렸다.

"날, 그런 여자로 본 거예요? 그래서 그런……."

지금까지의 의문이 단번에 풀렸다. 그거였어, 그래서 그랬어. 참으려 했지만 목이 막혔다. 솔직히 영업을 하면서 억울하고 불쾌한 경우가 한 번도 없었다고는 말 못 한다. 그렇지만 이렇게까지 누군가의 말이 가슴을 후벼 판 적은 없었다.

"한 번도 스스로 부끄러운 일 한 적 없어요. 그런데 어떻게 당신이 그런 소릴 해요? 이혼을 했어도 2년이나 같이 살았잖아요! 나는 그래도 당신이 공사구분은 제대로 하는 사람이라고 생각했는데."

결국 유래의 눈에서 눈물이 툭툭 떨어졌다. 바라보는 무원의 시선이 흔들렸다.

그때, 방문객을 알리는 벨이 길게 울렸다. 무원은 짜증스럽게 머리를 쓸어넘기며 입구로 향했다. 유래는 손등으로 눈물을 훔치며 가방을 들었다.

"연락하고 오라고 했을 텐데."

현관 입구에 선 무원은 누군가와 대화를 나누는 중이다. 거기에는 짧은 원피스를 입고 선글라스를 낀 여자가 서 있었다.

"어쩔 수 없었어. 촬영 중에 잠시 시간 뺀 거야."

얼굴의 반을 덮고 있던 선글라스를 벗자, 조막만 한 얼굴이 드러났다. 인형 같은 이목구비와 미끈한 다리.

유래는 단번에 여자가 누구인지 알아보았다. 성원백화점 앞, 드라마 촬영을 하던 윤수지였다.

"일단 돌아가."

성가시다는 표정으로 몸을 돌리던 무원이 유래와 눈이 마주쳤다. 수지 역시 유래를 보고는 놀란 얼굴로 무원에게 물었다.

"오빠, 선약 있었어?"

낯선 여자의 입에서 나온 '오빠' 소리가 그녀의 귀에 콱 틀어박혔다. 오빠? 언제부터 그녀가 모르는 여동생이 있었지?

수지는 무원과 유래를 번갈아 보더니 예쁜 얼굴만큼이나 깊은 아량을 발휘했다.

"미안해요, 그런 줄도 모르고. 나는 다음에 다시……."

"아뇨, 그러실 것 없어요."

유래는 가방을 쥔 손에 힘을 꽉 주었다.

"용건 끝났습니다. 최 대표님도 아마 그러실 거고요. 그만 돌아가겠습니다."

무원의 반듯한 이마가 찌푸려졌다. 유래는 모른 척, 빠르게 두 사람을 지나쳤다. 부르는 소리가 들렸지만 대답하지 않았다. 빨리 이 자리에서 사라지고 싶었다. 이 자리의 기억까지 깨끗하게 지울 수 있다면 더 좋고.

도망치듯 복도를 뛰어나와 엘리베이터 버튼을 눌렀다. 언젠가 이 팀장이 손가락을 까딱거리며 했던 '스폰서'란 말이 귓가에 울렸다.

「대단한 재벌이라는 말이 있어요.」

그게 제 전남편일 줄이야. 갑자기 미친 여자처럼 헛웃음이 났다. 대단한 사람이네, 최무원. 재혼할 여자에, 스폰서하는 여자까지 있다니. 나쁜 인간.

고작 이런 취급이나 당해야 하는 상황이 서럽고, 그런 눈으로 자신을 보았을 그가 야속했다. 그리고…… 머리가 과부하를 일으켰다. 다른 여자와 같이 있는 그가 싫었다. 왜? 이미 끝났는데, 끝낸 사람은 그녀인데.

호텔을 나온 유래는 무작정 준희를 찾아갔다. 청담동, 카르페 디엠. 힐링 카페와 정신과 클리닉을 겸하는 곳이라 했다.

클리닉 원장이자 카페의 사장인 우경은 무원의 오랜 친구였다. 평소라면 '감히' 찾아갈 엄두를 내지 않았겠지만 이것저것 따지기엔 머릿속이 너무 복잡했다. 늦은 시간이니 그와 볼 일은 없겠지.

그러나 낙관적인 희망은 불과 몇 분 뒤에 깨졌다.

"유래 씨? 유래 씨 맞죠?"

카페 마감을 하고 있는 남자는 우경이었다. 하필 이때 마주칠 건 뭐람. 유래는 얼떨결에 고개를 숙였다.

"안녕하세요."

"오랜만이죠? 잘 지냈어요?"

우경은 사람 좋게 웃었다. 재빨리 카페 안을 둘러보았지만 준희의 모습은 보이지 않는다. 시선을 눈치챈 우경이 입을 열었다.

"준희 씨라면 오늘 집안일 때문에 오후에 조퇴했어요. 언니가 출산을 했다고 들었는데, 몰랐어요? 연락해봐요."

가방을 열었지만 휴대전화가 보이지 않았다. 그제야 휴대전화를 호텔에 두고 왔다는 데 생각이 미쳤다. 그렇다고 당장 찾으러 갈 마음은 들지 않았다. 유래는 한숨을 삼켰다.

"휴대전화를 두고 와서 연락을 못 했어요. 그만 가볼게요."

"차라도 한잔하고 가요. 안색이 안 좋은데."

우경이 진지한 얼굴로 한 걸음 다가섰다. 그러고 보니 앞치마가 너무 잘 어울려서 한순간 잊고 있었다. 이 사람이 의사라는 걸.

"아뇨, 괜찮습니다. 실례했습니다."

유래는 재빨리 돌아섰다. 전남편에, 전남편 여자에, 전남편 친구까지. 타이밍이 나빠도 정말 나쁘다. 모든 것에서 무원이 빠지지 않는다는 것이.

유래는 종종걸음으로 카페를 나선 뒤, 걷기 시작했다. 이대로 호텔로 돌아가 잠들고 싶었다. 어서 이 혼란이 가시도록, 무원이 사라지도록.

택시를 찾던 걸음이 달콤한 냄새에 멎었다. 눈을 들자 노릇노릇 구운 붕어빵이 보였다. 엄마와 살던 시절, 엄마가 가장 좋아하던 간식이었다. 날이 쌀쌀해지는 이 즈음이면, 두 사람은 아랫목에서 이불을 덮고는 머리를 맞대고 붕어빵을 먹곤 했다.

갑자기 극심한 허기가 밀려들었다. 그러고 보니 오늘 하루 종일 먹은 것이 없다. 유래는 봉투 가득 붕어빵을 산 뒤, 한입을 베어 물었다. 기억 속 아랫목의 온기가 절실하게 필요한 밤이었다.

무원은 소파에 앉아 꼼짝도 하지 않았다. 그런 식으로 우는 모습을 본 건 처음이었다.

하긴 처음 보는 모습이 그것뿐일까. 생각 이상으로 자기 의사와 표현이 뚜렷하다는 것도, 제법 행동력이 있다는 것도, 목선이 예술이라는 것도 최근에야 알았는데.

결혼을 했고 2년이나 같이 살았지만 무원이 아내에 대해 아는 것이라곤 유성의 딸이라는 것과 파슨스를 졸업했다는 것, 그리고 출생에 좋지 못한 사연이 있다는 것 정도였다.

그는 거칠게 얼굴을 쓸어내렸다.

계약을 앞두고 브랜드 실사를 목적으로 간 상해였다. 접대자리에 나온 영업이사는 비슷한 연배의 여성이었다. 사실 그는 접대하는 자리에 동석하는 상대방의 성별에 대해서는 신경 쓴 적이 없다. 말 한마디에 수십에서 수백억이 오가는 자리인데 다른 것이 중요할 것은 또 뭔가.

그런데 이번에 처음으로 신경이 쓰였다. 아마 여자가 입고 나온 붉은색 원피스 때문이었던 것 같다. 일식집에서 보았던 유래와 똑같은 색상의 옷.

평소라면 아무렇지 않게 넘겼을 여자의 짧은 치마나 묘한 눈웃음, 술잔이 오갈 때의 태도 같은 것이 신경 쓰여 미칠 것 같았다. 그는 자신도 모르게 여자의 모습 위에 유래를 덧입혔다. 그러니 일이 될 리가 있나.

안타깝게도 여자는 무원의 의중을 단단히 오해한 모양이었다. 슬며시 분위기를 봐서 호텔방으로 찾아가도 되냐고 추파를 던질 정도면. 그는 단박에 자리를 박차고 일어섰다.

결국 상해에서의 일은 그걸로 종료. 시간낭비만 했다는 생각에 심기가 불편한 상태에서, 호텔로 찾아온 유래를 보자 그 일이 겹쳐 떠올랐다. 뒤틀린 심사가 한 번 더 꼬였다.

「보통은 그걸 '몸 로비'라고 하지.」

「날, 그런 여자로 본 거예요?」

한참 후에야 입을 연 유래의 얼굴은 창백할 정도로 굳어 있었다. 두 눈에서 뚝뚝 떨어지는 눈물을 보고 후회했지만 이미 엎질러진 물이었다.

"하아."

한숨을 쏟아내던 무원은 휴대전화 진동음에 고개를 돌렸다. 그는 중요한 회의가 있을 때 빼고는 휴대전화의 진동 설정을 애용하지 않는다. 다른 사람의 휴대전화란 뜻이다.

잠시 두리번거리던 그는 맞은편 소파에서 휴대전화를 찾았다.

'두고 간 모양이군.'

무원은 휴대전화를 집어 들었다. 끈질긴 진동이 멈추고 곧이어 문자 메시지가 들어왔다. 누가 이 새벽에 매너 없이 전화질인가 했더니 미국 본사였다. 이틀 뒤, 중국행 비행기티켓을 예약했으니 확인해보라는 내용이었다. 한국 쪽 일은 완전히 중단된 모양이었다.

무원은 멋대로 유래의 휴대전화를 뒤지기 시작했다. 손바닥 크기의 작은 기기 안에는 그가 알지 못하는 유래의 세상이 있었다. 업무 메모, 스케줄 표, 거래처 사람들의 연락처까지.

SNS 계정이 보이기에 충동적으로 눌러보았다. 심플한 화면과 파일로의 로고가 박혀 있는 프로필이 떴다. 일기처럼 간단한 신변잡기를 기록한 SNS였다.

SNS를 할 줄은 몰랐다. 같이 살 때는 컴퓨터는커녕 휴대전화도 거의 전화를 받는 용도로만 썼으니.

등록된 친구는 그리 많지 않았다. 대부분이 직장 동료였고, 꾸준히 메시지를 주고받는 상대는 '준희' 한 사람뿐이었다.

[결전의 날]

뭐야, 이 비장한 제목은.

마지막 글이 올라온 날짜는 이틀 전. 태성백화점과 계약하는 날이었던가. 바로 아래에는 지금 묵고 있는 방에서 찍은 사진이 있었다. 504호란 말이지? 별걸 다 찍는군.

무원은 계속해서 화면의 스크롤을 내렸다. 준희와 먹었다는 떡볶이

사진, 뉴욕 아파트의 야경 사진, 중국 백화점 매장 사진을 지나 시선이 한 사진에 머물렀다. 아기를 안고 있는 유래의 뒷모습이었다.

[with Sue]

수? 무원은 사진을 조금 확대해보았다. 아기의 이름이 '수'인 모양이다. 아이를 원한 적은 없었지만 모든 것이 정상이었다면 지금 이 풍경은 그의 것이어야 했다.

문득 미친 듯이 사진을 찍어준 사람이 궁금했다. 정확히는 그에게서 이 풍경을 빼앗아간 인간의 정체가.

무원은 휴대전화 배터리가 다 될 때까지 유래의 SNS를 훔쳐보았다. 뭐 하는 짓인가 가벼운 자괴감이 들긴 했지만.

그러다 어느 순간, 처음 목적을 잊어버리고 서서히 유래의 3년에 빠져들었다. 정말 열심히, 치열하게도 산 시간이었다. 지독하게, 애달플 만큼.

대학을 졸업하고 바로 결혼했으니 사회생활이란 것이 전무한 여자였다. 미국에서 대학을 나왔다곤 하나, 언어가 다른 타국에서 처음 직장을 다녔으니 고생한 건 말할 필요도 없겠지. 매순간 순간이 시행착오였을 것이다.

SNS는 그런 순간들의 기록이었다. 그럼에도 사진 속의 유래는 놀랄 정도로 생기 넘치고 밝았다. 같이 살았던 여자가 맞나 싶어, 무원은 물끄러미 사진 속의 유래를 바라보았다.

[인생에서 원하는 것을 얻기 위한 첫 번째 단계는 내가 무엇을 원하는지 결정하는 것이다.

벤 스타인]

그에게는 마지막 글, 그리고 유래에게는 처음이었을 SNS의 시작 메시지까지 읽고 나자 어느새 어스레한 새벽이었다.

무원은 굳은 몸을 풀고 일어나 창가에 기대섰다.

'이게 진짜 당신이 원하는 삶인가?'

질문에 대한 답은 아마 돌아오지 않을 것이다. 그는 한참을 더 우두커니 서 있었다.

"대표님, 안에 계시죠?"

날 선 혜수의 등장에 남 실장과 정 비서가 급히 자리에서 일어섰다.

"네."

혜수는 노크도 없이 집무실 문을 벌컥 열었다. 아이고, 이걸 어째. 남 실장은 기함하며 뒤를 따랐다. 서류를 보던 무원의 노기 찬 음성이 내려꽂혔다.

"노크할 줄 모릅니까?"

수면부족으로 아침부터 컨디션이 난조였던 대표의 역정에 남 실장은 바싹 얼어서 대답했다.

"죄송합니다. 한 본부장님께서 서두르셔서……."

무원은 혜수를 흘깃 보더니 남 실장에게 나가라는 듯 턱짓했다. 남 실장은 이때다 싶어 급히 내뺐다.

혜수는 기세등등하게 무원에게 다가섰다. 따각대는 구두 소리가 머리를 쪼아대는 것 같아 눈살이 찌푸려졌다.

"조금 전, 영업부 회의에서 뜻밖의 이야기를 들어서요. 대표님께서 파일로와 A사의 입점을 허락하셨다면서요?"

혜수가 영업부의 회의자료를 내밀었다. 무원은 무심한 어투로 대답했다.

"조건부로 허락했습니다. 3개월간 매출액이 패션관 매출 상위 20위 안에 들면 정식으로 계약을 체결하는 걸로."

"아무리 조건부라도, 갑자기 계약해지 대상이었던 브랜드의 입점을 허락하신 이유가 궁금합니다."

"이번 상해 출장에서 몇몇 업체와 미팅을 가졌지만 두 브랜드를 대체할 업체를 찾지 못했습니다."

"정말 그뿐이신가요?"

"무슨 뜻입니까?"

무원은 날카로운 시선으로 혜수를 노려보았다.

"파일로 영업담당자 이유래 씨, 대표님 전부인이라고 알고 있습니다만."

혜수가 입꼬리를 들어올렸다. 전처라는 것은 어떻게 알았을까. 특별히 비밀도 아니고 감출 일도 아니었지만 반응을 떠보는 태도가 마음에 들지 않았다.

"그게 무슨 상관입니까?"

"무슨 상관이라니요. 지금 리베이트나 접대 관련으로 바이어들 단속하고 계시는 거 압니다. 그런데 대표님께서 개인적인 관계 때문에 입점을 허락해주시는 건 충분히 문제의 소지가 있습니다."

"나는 바이어들에게 뒷돈이나 접대받지 말라고 했지, 괜찮은 브랜드를 데려오지 말라는 이야기는 한 적 없습니다. 무엇보다 내가 개인적인 관계 때문에 자격 미달 업체를 선정하기라도 했다는 겁니까?"

"공사구분을 확실하게 하시는 것이 좋다는 뜻입니다."

그놈의 공사구분. 최근 유행어인가? 무원은 싸늘하게 입가를 비틀었다.

"유감이지만 그 말, 그대로 한 본부장에게 하고 싶군요."

"그게 무슨 말씀이죠?"

"이번에 한 본부장이 영업부에 계약을 승인하게 했던 S사와 벨가는 전부 한경모직과 ODM계약을 맺은 업체더군요. 특히 벨가는 내부품평회에서 커트라인 점수를 넘지 못했음에도 입점승인을 받았고."

당당했던 혜수의 얼굴이 파랗게 변했다. 모를 거라고 생각했다면 그를 너무 핫바지 취급을 했다는 건데.

혜수는 다급하게 입을 열었다.

"대표님, 그건 제가 설명을……."

"설명은 말이 아니라 매출로 하는 겁니다. S사와 벨가 역시 팝업스토어란 입장, 잊지 마십시오. 석 달 후면 알게 되겠죠. 누가 공사구분을 제대로 못 하고 있는지."

그는 쐐기를 박았다.

"무능한 사람은 필요 없습니다. 대체할 사람은 많으니까."

그러고는 용건이 끝났으니 나가보라는 듯 까딱 고갯짓했다. 찬바람이 이는 태도에 혜수는 하는 수 없이 집무실을 나서야 했다.

남 실장의 인사를 무시한 혜수는 대리석 바닥을 힐로 매섭게 밟았다. 복도에서 마주친 직원들이 일제히 그녀의 얼굴을 힐끔거렸다. 화장실로 들어간 혜수는 파우치를 뒤집어 내용물을 쏟아냈다. 값비싼 화장품들이 사방으로 튀는데도 아랑곳없이 버건디 립스틱을 찾아들었다. 그녀는 깨무느라 지워진 입술을 그리며 중얼거렸다.

"두고 보라지."

혜수가 요란하게 등장했다 사라진 뒤, 무원은 책상 서랍을 열었다. 지금쯤이면 연락이 올 법도 한데. 그는 전원이 꺼진 유래의 휴대전화를 바라보았다.

예전에 우경과 우스갯소리로 부정, 분노, 타협, 우울, 수용으로 이어지는 죽음의 다섯 단계에 대한 이야기를 나눈 적 있다. 무원에게는 이혼이 그랬다. 그는 타협과 우울 그 중간쯤에 머물러 있던 마음상태를 최종 단계인 수용으로 바꾸기로 마음먹었다. 인정하기로 했다. 결혼이 완전히 끝났다는 것을. 그의 아내는 돌아오지 않을 거라는 걸.

못 먹는 밥이면 재라도 뿌려야 직성이 풀리는 성격이지만 생전 처음으로 누군가의 행복을 빌어보기로 했다. 그 여자가 소중하다는 '일'을 지켜주는 방법으로.

계약이 성사되었으니 유래는 중국으로 돌아갈 것이다. 거기서 다시 자신만의 새로운 삶을 살겠지. 그도 그럴 것이다.

– 점심이나 하자.

기다리는 전화 대신 연락한 사람은 우경이었다. 무원은 잠시 고민하다가 유래의 휴대전화를 다시 서랍 속에 밀어넣은 뒤, 사무실을 나섰다.

우경이 점심 약속장소로 지정한 곳은 그들이 종종 찾는 단골 일식집이었다. 유래와도 같이 온 적이 있다. 안면 있는 직원이 그를 알아보고는 안쪽의 VIP룸으로 안내했다. 우경은 먼저 도착해서 주문까지 마친 상태였다.

"그냥 B코스로 했어. C는 점심으로 너무 과하더라."

무원이 자리에 앉자, 곧장 코스요리들이 상 위에 차려졌다. 우경은 젓가락을 들면서 말을 이었다.

"밤에 잠 안 잤어? 불면증 심해졌어?"

무원은 고개를 끄덕였다. 작은 그릇에 담긴 계란찜을 보자 유래가 생각났다. 좋아하던 건데.

백화점을 나오기 전, 영업부에 확인을 하니 A사와는 바로 연락이 돼서 미팅 약속을 정했고 파일로는 담당자와 통화가 되지 않아 본사에 직접 연락을 넣었다고 했다. 지금 무얼 하고 있을지, 궁금했다.

"어제, 우리 카페에 유래 씨 왔어."

할 말이 있는 듯 타이밍을 재던 우경의 입에서 생각하고 있던 이름이 나왔다.

"무슨 소리야?"

"아무래도 서 매니저 만나러 온 모양이던데 연락이 안 되었나 봐. 어제 서 매니저 언니가 아이를 낳았다고 조퇴했거든. 내가 카페 마감을 하는데 왔었어."

"그래서?"

"뭐가 그래서야. 날 보더니 놀라서 인사만 하고 그냥 가더라. 무슨 일인지는 몰라도 안색이 안 좋던데. 아니, 그보다 너 안 놀라냐? 유래 씨 한국에 있다니까."

"알아."

"알아?"

"만났어."

우경의 눈이 휘둥그레졌다.

"뭘 그렇게 놀라? 너도 혜원이 만난다며."

"우리 경우와 같아? 나하고 혜원이, 결혼을 빼고도 20년을 알고 지낸 사이야. 게다가 너, 얼마 전까지 소식도 모른다고 했잖아. 그런데 어떻게 만났다는 거야?"

"백화점 계약 브랜드 영업담당이야. 파일로라고, 미국에 본사를 두고 중국 쪽에서 사업 중인 신생 SPA. 원래 중국 쪽에서 일했는데 이번에 우리 백화점과 트러블 생기면서 일을 맡은 모양이야."

"브랜드 영업담당이라고? 그 조용한 사람이, 중국에서?"

우경의 놀란 목소리에 무원은 고개를 끄덕였다. 알고 봤더니 조용한 사람이 아니더라는 말은 하지 않았다. 우경은 신기해했다.

"중국어는 원래 할 줄 알았어?"

"내가 개인선생 붙여서 배우게 해줬어. 결혼할 때 윤 여사가 영어밖에 못 한다고 사람을 하도 쪼아대서……."

"윤 여사님 성격이면 알 만하다, 알 만해. 전공이 패션마케팅이었던 걸로 아는데 영업일 하려면 힘들겠다. 특히 중국이면 접대가 장난 아닐 텐데.”

무원은 어이없다는 얼굴을 했다.

“어떻게 나도 모르는 대학 전공을 아는 거야?”

“물어봤으니까 알지. 인사하면서 이야기 좀 했어. 그런데 너 진짜 몰랐냐? 대학 전공이 뭐였는지?”

“파슨스 출신인 것만 알아.”

“아니, 결혼하면서 어떻게 그런 것도 몰라? 그러니 이혼을 당하지.”

“그러는 넌, 20년 알고 지낸 혜원이 몰라서 이혼했어?”

이번엔 우경이 미간을 찌푸렸다. 이혼 이야기는 해봐야 서로 남는 것이 없다. 잘 몰라서 이혼했든, 잘 알아서 이혼했든 결국 이혼은 이혼이고 그들이 홀아비라는 사실은 변하지 않으니까.

우경은 갑자기 생각난 듯 무릎을 탁 쳤다.

“이거 완전 드라마 내용인데?”

“무슨 드라마?”

무원은 심드렁하게 대꾸했다. 우경은 예전부터 드라마 광이었다.

“아내가 돌아왔다.”

“제목이야? 무슨 그딴 제목이 다 있어?”

“야, 자기 백화점에서 협찬하는 드라마 타이틀도 모르냐? 지금 시청률 20프로 넘었거든?”

“예전에 윤 여사가 한 계약이야. 장소만 협찬하는 거라 나는 크게 신경 안 써.”

“아무튼 드라마 내용이 너희처럼 이혼했던 부부가 다시 만나서 제2의 로맨스를 시작하는 거야.”

제2의 로맨스 좋아하네. 무원은 대답 대신 묵묵히 회를 먹었다. 최소한 그쪽 여주인공은 결혼도 안 하고 애도 없을 거 아닌가.

지속적으로 ‘날, 그런 여자로 본 거예요?’ 묻던, 목이 멘 목소리가 귓가를 때린다.

"혹시 서준희 씨한테서 들은 적 있어, 지금 남편에 대해?"

새벽 내내 유래의 SNS를 뒤졌지만 어디에도, 남편의 이야기나 사진은 없었다. 직장 동료로 보이는 남자들과 찍은 사진은 있었지만 무원이 기억하는 그 남자는 아니었다.

우경은 고개를 저었다.

"너나 우리 아버지가 나를 나사 열두 개쯤 빠진 인간으로 보는 건 알겠는데, 아무리 그래도 그렇지. 친구 전처의 친구와 친구 전처에 대해 수다타임이라도 가질 줄 아냐."

지금에 와서 생각을 정리하자면, 그녀가 결혼생활 중 연인을 만들기는 불가능에 가까웠다. 바깥일을 하는 것도 아니고, 대부분 집에만 있느라 사생활 자체가 없는 여자였다. 그들의 세계는 좁디좁아서, 조금만 이상한 낌새를 보여도 금방 가십이 되어 입방아에 오른다. 거기에 어떻게든 결혼을 흠집 내려고 호시탐탐 기회를 노리는 윤 여사까지 있었으니 엄두도 못 낼 일이다. 그 역시 허술한 인간이 아님은 분명했고.

그렇다면 결혼 전인가? 그럴 리가. 그는 아내에게 첫 남자였다. 깊은 관계의 연인이 있던 여자가 처녀였다고? 무원의 상식으로는 그쪽이 더 납득하기 힘들었다.

수용은 무슨. 마음은 여전히 인정을 못 한다. 쓸데없는 의문이라는 걸 알면서도 생각을 멈추지 못했다.

식사를 마치고 나오는데 업무용 휴대전화가 울렸다. 무원은 우경에게 잠시 기다리라고 한 뒤 전화를 받았다. 안현섭 변호사였다.

– 지금 통화 가능하십니까? 알아보라고 하신 일 말입니다.

"말씀하시죠."

– 알아본 바로는 이유래 씨에게는 남편도, 아이도 없습니다.

"확실합니까?"

– 네. 서류상으로는요.

무원은 휴대전화를 꽉 움켜쥐었다. 계산을 한 우경이 심각한 분위기를 느꼈는지 다가왔다.

"무슨 일 있어?"

순간, 대답 대신 멱살이 잡혔다. 무원은 단단히 화난 얼굴을 하고 있었다.

"가, 갑자기 뭐야?"

"결혼 안 했다는데. 애도 없고."

"누구? 설마 유래 씨? 너 뒷조사한 거야?"

험악해진 분위기에 주위가 술렁거렸다. 무원은 천천히 손을 풀더니 등을 돌렸다.

"먼저 간다."

우경은 무원의 뒷모습을 보며 긴 한숨을 쉬었다. 바보 같은 놈. 이럴 바에 이혼은 왜 해가지고. 이렇게 못 놓을 거였으면.

무원은 사무실에 돌아가자마자 영업부장을 호출했다. 지금 당장 유래를 만나서 확인하고 싶었다. 진짜 결혼하지 않았는지, 그렇다면 아이는 누구고 그날 같이 있던 남자는 누구인지.

"파일로와 연락 되었습니까?"

"아직 연락이 없습니다. 담당자 휴대전화도 꺼져 있고…… 본사 쪽도 시차 때문에 응답이 늦는 것 같습니다."

이상하다. 영업담당이 이렇게까지 연락을 방치할 리가 없을 텐데.

무원은 서랍에서 유래의 휴대전화를 꺼냈다. 호텔이야 지난번에 가보았고, SNS를 통해 몇 호실에 묵는지도 확인했으니 직접 찾아가는 편이 나을 것 같았다.

평일 오후라 그런지 호텔 로비는 제법 한산했다. 무원은 프런트로 가서 객실 번호와 유래의 이름을 말하고 인터폰 연결을 부탁했다. 인터폰으로 방 번호를 누르던 여직원이 생각난 듯 말했다.

"아, 이분. 구급차 타고 병원 가셨는데요."

구급차란 말에 머릿속이 멍했다. 무원은 다그치듯 물었다.

"무슨 소립니까?"

"두 시간 전쯤, 504호 객실에서 인터폰으로 복통을 호소하셨어요. 직원이 올라가서 확인했는데 상태가 무척 안 좋아서 구급차를 불렀습니다."

"복통이라고? 어느 병원으로 갔습니까?"

"서인병원 응급실입니다."

무원은 급히 서인병원으로 향했다. 피가 철철 흐르는 손가락 상처를 꿰매면서도 아프다 한마디가 없던 여자 때문에, 병원까지의 고작 10분의 시간이 견딜 수 없게 길었다.

한달음에 응급실로 달려간 무원은 정신없이 유래를 찾았다. 차례로 침상을 살피던 무원은 제일 안쪽 침대에 누워 있는 유래를 발견했다. 기절한 듯 잠들어 있었다. 얼마나 앓았는지 하루 사이 얼굴은 반쪽이 되었고 입술은 하얗게 타들어 있었다.

"보호자 되십니까?"

상태를 살피던 간호사가 말을 걸었다.

"네. 어떻게 된 겁니까?"

"급성 위경련입니다. 위장운동이 비정상적으로 증가하면서 명치끝이 조여드는 통증이 생겨나고 구토나 발열, 오한을 동반할 수 있습니다. 환자분처럼 열이 나는 경우도 있는데 자세한 건 담당선생님께서 설명하실 겁니다."

"원인이 뭡니까?"

"여러 가지가 있을 수 있죠. 대부분은 과도한 스트레스, 피로, 음주 등이 원인입니다."

스트레스, 피로, 음주. 젠장. 유감스럽게도 셋 다 해당사항이 있다. 무원의 얼굴이 딱딱하게 굳자 간호사가 조심스럽게 물었다.

"실례지만 환자분과는 어떤 관계시죠?"

"남편입니다."

남편. 스스럼없이 나간 말에 무원 본인도 놀랐다. 틀린 말도 아니지 않는가. '전'이란 사족이 빠졌을 뿐이지.

"담당선생님께 연락드리는 동안, 접수창구에서 서류 작성 좀 해주시겠습니까? 아내분께서 계속 의식이 없으셔서요."

무원은 떠밀리듯 응급실 밖 접수창구로 갔다. 간단한 신상을 쓰다 보니 그들이 더욱 부부였었던 사실이 실감나 기분이 이상했다.

응급실로 돌아오자 담당의가 기다리고 있었다. 그는 유래의 상태에 대해 위경련에 감기몸살까지 겹친 것 같다는 소견을 덧붙였다.

"보통 위경련은 짧은 시간 지속되다가 멈추는 경우가 대부분입니다. 아내분의 경우 감기몸살이 겹쳐서 열이 높은 상태고요. 열이 내릴 때까지는 상태를 봐야 할 것 같습니다."

의사가 자리를 떠난 뒤 무원은 침대 옆 의자에 앉았다. 링거 바늘이 꽂힌 손을 살피는데 눈에 들어오는 것이 있다. 하얗게 남은 손가락의 흉터. 그때 베인 상처였지.

무원은 자신도 모르게 손을 뻗어 흉터를 쓰다듬었다. 아프다는 소리도 못 하는, 이 미련한 여자야.

그는 유래의 손을 감싸 자신의 얼굴에 갖다 댔다. 목이 멘다. 가슴에서 무엇인가가 북받쳤다.

그는 이제야 자신의 상태를 정확히 알 것 같았다. 이 여자를, 유래를, 아내를 내내 그리워하고 있었다는 것을.

눈꺼풀이 느리게 올라갔다. 다급하게 누군가의 이름을 부르는 소리,

침대 바퀴가 움직이는 소리, 사람들의 발소리.

'응급실이구나.'

유래는 기억을 더듬었다.

호텔로 돌아온 순간부터 찌르르 아프기 시작한 명치의 통증이 시간이 지날수록 심해졌다. 위염인가? 보통 때면 몸을 웅크린 채로 버티다 보면 조금씩 통증이 나아지곤 했다.

그러나 하룻밤을 꼬박 새우고도 통증은 나아질 생각을 하지 않았다. 명치 부근이 뒤틀리는 것 같다. 설상가상으로 열까지 올랐다. 아무래도 길에서 먹은 붕어빵에 체한 듯했다. 근처에 약국이 어디 있는지 기억을 더듬으며 몸을 일으키려던 순간, 엄청난 격통이 엄습했다.

휴대전화…….

습관적으로 머리맡을 더듬었지만 있을 리 없었다. 유래는 가쁜 숨을 뱉었다. 이마에 땀이 송골송골 맺혔다. 힘들게 상반신을 일으킨 유래는 인터폰을 집어 들었다.

– 프런트입니다.

「504호인데 구급차 좀 불러주세요. 배가 너무 아파서 못 움직이겠어요.」

– 잠시만요. 직원이 먼저 올라갈 겁니다. 고객님?

인터폰에서 고객님을 부르는 소리가 연달아 울렸다. 암흑 속으로 빨려들었다. 직원이 올라갈 거라는 말에 안도한 나머지 기절한 모양이었다.

유래는 몸을 일으키며 자신의 상태를 점검했다. 호텔방에서 정신을 잃고 그대로 구급차에 오른 덕에 걸친 것이라곤 낡은 면 원피스. 거기에 맨발. 수중에는 휴대전화도 지갑도 없다. 그나마 푹 자고 일어난 덕에 몸이 한결 가벼운 것이 위안이었다.

데스크에 있던 간호사가 다가왔다.

"깨셨어요? 열은 거의 떨어진 것 같은데 통증은 어떠세요?"

"괜찮습니다."

"잠시만 기다려주세요. 담당선생님께서 곧 오실 거예요."

"그동안 전화 좀 쓸 수 있을까요? 보호자에게 연락하고 싶은데요."

"네, 데스크 전화 쓰시면 돼요."

유래는 난감한 얼굴로 자신의 맨발을 바라보았다. 간호사가 알겠다는 듯 고개를 끄덕이며 슬리퍼 하나를 가져다주었다.

유래는 준희에게 전화를 걸었다. 한창 일하고 있을 시간이었지만 당장 도움을 청할 상대는 준희뿐이었다. 사정을 설명하자, 준희는 싫은 기색 하나 없이 바로 달려오겠다고 했다. 미안함과 동시에 고마움이 들었다.

침대로 돌아온 유래는 슬리퍼를 빌려주었던 간호사에게 접수서류에 대해 물었다.

"남편분께서 다 작성하셨습니다."

"남편……이요?"

유래는 어리둥절해 눈을 깜빡였다. 남편이라니. 내가 남편이 어딨어? 내막을 모르는 간호사는 은근한 목소리로 속삭였다.

"열이 높아서 남편분이 걱정을 많이 하셨어요. 계속 얼굴을 쓰다듬어 주시는데, 어찌나 다정하신지. 전 사실 처음에 영화배우나 모델인 줄 알았어요. 너무 잘생기셔서."

유래의 얼굴에 당혹감이 서렸다. 그때 응급실로 들어오던 누군가와 눈이 마주쳤다. 간호사의 말대로 남편이었다. 정확히 표현하자면 '전'남편.

유래는 믿기지 않는다는 눈으로 무원을 응시했다.

"괜찮아? 위경련에 감기몸살이 겹쳤다는군."

"어떻게 된 거예요?"

"휴대전화 두고 갔잖아. 돌려주려고 호텔에 갔더니 응급실로 갔다기에 온 거야."

무원은 재킷에서 휴대전화를 꺼내 내밀었다. 전원이 꺼진 것으로 보아 배터리가 방전된 모양이었다.

"이걸 왜 직접……."

엉겁결에 받아들긴 했지만 이상한 점이 한두 개가 아니다. 그런 무례한 소리를 해놓고 이걸 직접 돌려주려고 온 것도 그렇고, 몸이 몇 개라도 모자랄 사람이 여기 있는 것도 그렇고, 지금의 걱정스러운 눈빛도 그렇다.

"급하게 연락할 일이 있어서."

더 모르겠다. 급하게 연락할 일이 뭐가 있지? 의문을 해소할 틈도 없이 곧 온다던 담당의사가 나타났다. 안경을 쓴 의사는 간단히 유래의 상태를 살폈다.

"원래 위염이 있습니까?"

"네. 심한 건 아닙니다."

"이번 기회에 위내시경을 한번 받아보는 것이 좋을 것 같습니다. 규칙적으로 식사하고 푹 쉬세요. 그리고 절대 음주금지인 거 아시죠? 남편분께서 좀 신경 써주세요."

의사는 자연스럽게 시선을 무원에게 돌렸다. 이 사람, 남편 아니에요! 소리라도 지르고 싶은 기분을 아는지, 모르는지 무원은 의사를 붙들고 주의사항에 대해 세세하게 물었다. 이혼하고 남남이 된 '전'남편이 아니라 진짜 남편처럼.

간호사의 말이 파장을 일으켰다.

「계속 얼굴을 쓰다듬어주시는데, 어찌나 다정하신지.」

자기도 모르게 얼굴에 손을 올렸다. 기억이 뒤엉켰다. 희미하지만 무원이 얼굴을 들여다보며 뭐라 말하던 것도 같았다. 미안하다, 였던가?

'말도 안 돼.'

고개를 휘휘 젓는데 의사와 이야기를 끝낸 무원이 의아한 얼굴로 손을 뻗었다.

"얼굴이 붉은데? 열이 다시 오르는 건가?"

"괜찮아요."

"뭐가 괜찮아, 아직 열이 있는데. 기다려, 다시 의사 부를 테니까."

이마에 그의 손이 닿는 감촉에 유래는 화들짝 놀라 물러났다. 무원의 손이 어색하게 공중에 떴다.

"아니라니까요. 급하게 할 연락이 뭐죠? 최무원 씨가 나한테 연락할 일이 뭐가 있다고……."

무원은 그녀를 빤히 보더니 손을 거두어들였다.

"파일로에 대한 계약해지를 철회할 거야."

"무슨 소리예요?"

"우리 쪽에서 제시하는 계약은 조건부야. 자세한 건 본사에 확인해. 당신이 연락이 안 돼서 파일로 미국 본사에 직접 통보했으니까."

그제야 전원이 꺼진 휴대전화에 생각이 미쳤다. 영업담당이 반나절 이상 연락이 두절되었으니 난리가 났을 것이다. 유래는 애꿎은 휴대전화를 만지작거렸다.

"갑자기 왜……."

"부탁하러 찾아온 거 아니었나?"

"그건 당신이 태성백화점을 날려버린 걸 모를 때 일이고요."

무원은 무엇인가 마음에 들지 않는 듯 팔짱을 끼며 그녀를 내려다보았다.

"지금 그게 중요해? 공사구분 제대로 하자며. 석 달 안에 패션관 매출 상위 20위를 달성하지 못하면 계약연장 없이 바로 퇴출이야. 일종의 팝업스토어 개념으로 보면 돼."

조건부라 해도 기사회생의 기회였다. 칼같이 끊어낼 때는 언제고 왜 이런 기회를 주겠다는 거지? 유래는 경계심을 늦추지 않고 무원과 시선을 맞추었다. 불편한 침묵을 깬 것은 준희의 목소리였다.

"어떻게 된 거야?"

응급실로 들어서던 준희가 생각지도 못한 무원의 존재에 놀란 얼굴로 우뚝 섰다. 그리고 무원과 유래를 번갈아 보았다.

"어떻게 두 사람이 같이 있어요?"

무원은 굳은 얼굴로 준희에게 묵례해 보였다. 유래는 급한 목소리로 대답했다.

"업무 때문에 연락할 일이 있어서."

"무슨 일? 태성백화점으로 넘어간 거 아니었어?"

"그게, 좀 복잡한 사정이 있어서……."

유래는 무원을 흘깃 바라보았다. 설명을 하라는 뜻이다. 무원은 마지못해 입을 열었다.

"성원백화점에서 계약해지를 철회했습니다."

준희는 여전히 이해가 가지 않는단 얼굴이었다. 그럴 테지. 유래 역시 이 상황이 이해되지 않긴 마찬가지였다. 그래도 상황은 정리해야 했다.

"저, 이만 가보세요."

"뭐?"

"전 이제 괜찮아요. 오늘 일은 감사하지만 이제 준희도 왔고…… 바쁘시잖아요. 백화점에는 직접 연락하겠습니다."

무원은 무엇인가 마음에 들지 않는 듯 눈썹을 치켜세웠다. 준희가 한마디 거들었다.

"가보세요, 유래는 제가 집으로 데려가겠습니다."

무원은 잠시 무엇인가 생각하더니 벗어둔 재킷을 집어 들었다.

"서둘러야 할 겁니다. A사는 이미 미팅 끝내고 물류 반입작업에 들어갔다고 연락 왔으니까."

그는 여느 때처럼 표정 없는, 약간의 서늘함이 깃든 얼굴로 돌아가 있었다. 유래의 눈에 돌아서는 무원의 뒷모습이 오래 머물렀다.

chapter 05

당신을 사랑해

세상에, 이게 다 얼마야?

준희는 난감한 얼굴로 거실 한쪽 벽면에 켜켜이 쌓인 상자들을 바라보았다.

오늘은 '카르페 디엠'의 정기휴일이다. 일찌감치 밀린 집안일을 끝내 놓고 핼쑥해진 유래의 몸보신거리 장이나 봐야겠다고 생각할 즈음이었다. 초인종이 울리더니 '김 비서'란 남자가 성원백화점 직원들과 들이닥쳤다. 그리고 이어진 이 상황.

성원백화점 로고가 새겨진 상자는 사골에서부터 홍삼과 온갖 과일, 초콜릿까지 가득 차 있었다. 그것도 전부 침이 꼴깍 넘어갈 만한 가격의 최고급품.

찬찬히 상자를 살피던 준희는 현관문이 열리는 소리에 고개를 내밀었다.

"잘 다녀왔어?"

구두를 벗은 유래는 대답 대신 주방으로 직행하더니 냉장고에서 생수병을 꺼냈다. 큰 컵 가득한 물을 숨 한번 쉬지 않고 마시는 것으로 보아 성원백화점 영업부와의 미팅이 순조롭지 않았던 모양이다.

"왜? 또 입점 못 하게 해?"

"입점은 문제없어."

"그럼 이제 중국으로 가는 거야?"

"아니, 못 가."

컵을 내려놓고 거실로 들어서던 유래는 상자더미를 발견하고는 우뚝 멈춰 섰다.

"뭘 이렇게 많이 샀어?"

"산 거 아냐. 네 전남편인 최무원 씨가 보낸 거지."

생각도 않은 이름이 등장하자 유래의 눈이 휘둥그레졌다.

"최무원 씨?"

"응. 그런데 최무원 씨 우리 집은 어떻게 알아?"

"원래 알려고 하면 못 할 게 없는 사람이야. 누가 가지고 왔어?"

"김 비서라는 것 같던데. 그런데 그 사람이 말이 이거 다 '토마토주스 값'이래. 너 토마토주스로 재테크하니?"

준희의 농담에도 유래는 웃음기 하나 없이 가방에서 휴대전화를 꺼냈다. 그러나 문제의 남자는 통화버튼을 거듭 눌러도 전화를 받지 않았다. 유래는 휴대전화를 내려놓으며 어이없다는 듯 중얼거렸다.

"무슨 생각이지?"

"난들 아니. 그보다 중국에 못 가다니, 그건 무슨 소리야?"

"그러니까 그게……."

유래는 성원백화점에서의 일을 설명했다.

영업부와 입점 시 세부사항을 정하는 미팅이었다. 실적에 따른 조건부라는 것이 마음에 걸리긴 했지만 매장을 맡을 직원은 다른 브랜드의 한국매장을 여럿 경험한 베테랑이었다. 승산 없는 게임은 아니라고 생각했다.

「매장은 이유래 씨가 맡으셔야 합니다.」

영업부장의 폭탄선언이 떨어지기 전까지는.

"아니, 왜?"

준희의 목소리가 커졌다.

"그쪽 말이 3개월 끝날 때까지는 계약이 된 게 아니래. 그러니 처음 계약 책임자가 끝까지 맡아야 한다는 거지."

뭐가 어떻게 되어가고 있는 건지. 딱 하나는 알겠다. 모든 문제의 근원이 최무원이라는 것. 집 안을 쓸데없는 물건으로 가득 채운 것도, 중국행을 막은 것도, 쌀쌀했다가 다정했다가 제 마음대로 구는 것도.

미국 본사와의 화상회의를 끝낸 시각은 자정이 넘어서였다. 유래는 뻐근한 어깨를 주무르며 살금살금 거실로 나갔다.

「그쪽 요구대로 진행해.」

부사장은 성원백화점의 통보에 별다른 이견을 보이지 않았다. 실제로 외국계 브랜드 계약 시, 커뮤니케이션 문제로 현지 출신 담당자를 선호하는 백화점이 적지 않다. 물론 이혼한 전부인이란 전제가 없을 때의 이야기다.

가만히 어둠 속을 응시하자니 기억의 꼬리 하나가 불쑥 떠올랐다.

「네가 싫으면 거절해도 된다.」

맞선을 보는 날이었다. 맞선장소로 향하는 차 안에는 아버지와 유래만 있었다. 스무 살이 넘으면서 온갖 소개와 맞선이 판을 쳤지만 아버지가 권한 자리는 딱 하나였다.

유래는 아버지의 얼굴을 물끄러미 바라보았다. 미국에서 돌아와 3년 만에 마주한 아버지의 얼굴에서는 고단함이 엿보였다. 늙으셨구나.

아홉 살에 처음 만난 아버지의 얼굴을 아직도 기억한다. 태어난 지 9

년이 지나서야 딸의 존재를 알게 된 아버지는 유래를 보며 눈물을 흘렸다. 반면 성북동 집에 처음 들어간 날, 성북동 사모님과 이복오빠인 유현은 마치 벌레라도 보듯 유래를 보았다.

유래는 그제야 아버지와 함께 살 수 없었던 이유를 알 수 있었다. 가난한 홀어머니 외엔 쥐뿔도 없는 데릴사위 주제에 혼외자를 들인 아버지는 평생 집안의 죄인이었다. 그리고 죄인의 딸. 그것이 성북동 집에서의 유래의 위치였다.

몇 달 눈칫밥을 먹으며 아버지의 집에서 지내던 유래는 엄마를 찾아갈 결심을 했다. 전국이 영하권으로 떨어진, 유난히도 추운 날이었다.

원인은 유현이 엄마가 유일하게 남겨준 하늘색 원피스에 가위질을 한 것 때문이었다. 처음으로 대들었다가 '도둑년이 감히!' 소리를 들으며 호되게 뺨을 얻어맞았다. 얻어맞은 충격보다 컸던 것은 처음부터 끝까지 지켜보기만 하던 성북동 사모님의 싸늘한 눈빛이었다.

유래는 그길로 강릉으로 가는 고속버스를 탔다. 혼자 고속버스를 타는 건 처음이라 겁이 나긴 했지만 엄마를 만난다는 생각에 꾹 참았다. 그러나 엄마가 일하던 의상실에는 더 이상 엄마가 없었다. 힘들게 도착한 집의 문을 열어준 것은 엄마가 아니라 낯선 아줌마였다. 그녀는 그곳이 더 이상 유래와 엄마가 살던 집이 아니라고 가르쳐주었다. 유래는 파란 대문 앞에서 나아갈 방향을 잃어버렸다.

결국 늦은 밤, 성북동에 돌아온 유래는 폐렴으로 죽기 직전까지 아팠다. 그러나 더 아픈 것은 갈 곳이 없다는 현실이었다. 죽어도 제가 비벼야 할 곳은 성북동 차가운 집과 아버지, 성북동 사모님과 유현뿐이었다.

그 후 유래는 귀에 인이 박이도록 친모에 대한 이야기를 들었다. 돈에 눈멀어서, 남자에 미쳐서, 네가 귀찮고 쓸모없어서. 틈만 나면 성북동 사모님과 유현은 상처를 헤집고 소금을 뿌렸다.

성북동 집에서 살기 위해서는 성북동 사모님이나 유현의 심기를 거슬러서는 안 되었다. 살얼음판 위를 걷는 듯 조심조심 지냈음에도 창고에

갇히거나, 밥을 굶거나, 회초리로 맞기도 여러 번이었다.

아버지만이 유일하게 기댈 곳이었지만, 새벽에 나가 밤늦게 돌아오고 며칠씩 출장으로 집을 비우기 일쑤인 사람이었다. 회사와 집안 양쪽에서 시달리는 걸 뻔히 아는데 거기다 대고 힘든 내색을 할 수도 없었다.

반복된 말과 학대는 서서히 퍼져가는 독이었다. 결국에는 눈이 멀고, 귀가 멀고, 말문이 막힌다. 성북동에서 지낸 세월은 서서히 죽어간 시간이었다.

「그래도 가급적이면 긍정적으로 생각해주면 좋겠구나.」

아버지의 말을 듣는 순간 눈앞이 깜깜했다. 유래는 애써 담담하게 대답했다.

「알아요. 회사가 지금 어렵다고 들었어요.」

안정적인 경영으로 탄탄한 자금력을 자랑했던 유성물산이 급격하게 기울어진 것은 유현이 경영에 참여하면서부터였다. 도박꾼 기질이 강했던 유현은 아버지의 경영철학에 반하는 위험한 투자를 감행했다. 그 결과로 유성물산은 오랫동안 공들여 따놓은 P지구 재개발의 첫 삽조차 뜨지 못했다.

현재의 자금상황으로는 사업권을 다른 건설사에 넘기든가, 컨소시엄 형태의 협력사를 구하는 것이 최선이었다. 그 최선을 위한 수단이 결혼이었다.

결혼상대자에 대한 소문이라면 꽤 유명했다. 태생적인 한계를 가진 언더도그라 했다. 차갑고 오만하며 난폭한 사람이라 했다. 그래서 시집보내려는 거 아니신가요? 차마 내뱉지 못한 뒷말이 씁쓸하게 입안에 감돌았다. 아버지는 고개를 저었다.

「그건 네가 신경 쓸 일이 아니다. 결혼은 네가 좋은 사람과 해야지. 대단한 놈 아니어도 너 하나만 평생 아끼고 사랑해줄 녀석이면 돼. 내가 봤을 때는 괜찮은 사람 같았다. 그래도 네가 싫으면 걱정 마라. 성북동 엄마와 유현이는 내가 어떻게든 막으마.」

아니요, 아버지는 못 막아요. 지켜지지 못할 말이라는 것은 성북동에서 산 세월을 통해 체득했다. 그들은 유래에게 길러준 값을 치러야 한다고 했다. 이번이 아니라면 다음, 그리고 또 다음 남자가 기다리겠지.

다행히 소개하는 자리에서 만난 남자는 소문처럼 무례하거나 괴팍하지는 않았다. 오히려 차갑고 무감한 쪽이었다. 최소한 유현 같은 부류는 아닌 듯했다. 그는 담담하게 결혼의 의미와 서로 지켜야 할 사항에 대해 설명했다. 그렇게 결정된 결혼이었다.

'이렇게 꼬일 줄은 생각도 못 했지만.'

잠귀가 밝은 준희를 깨우지 않으려고 거실 소파에 눕자, 벽 한구석에 여전히 쌓여 있는 상자가 눈에 들어왔다. 몇천 원짜리 토마토주스가 몇십만 원짜리 한우로 둔갑하다니, 마법이 따로 없구나. 아니, 준희 말처럼 재테크겠지.

유래는 애써 상자를 외면하며 등을 돌렸다.

촉박한 입점날짜를 두고 넘어야 할 큰 산이 두 개 있다. 매장공사와 직원섭외였다.

매장공사의 경우 중국에서도 해본 경험이 있었지만 문제는 직원. 아직 한국 내 제대로 된 지사가 없는 신생 브랜드, 거기에 3개월 조건부 매장이란 이유로 경력 있는 매니저들은 지원을 기피했다. 고용이 불안정한 데다가 실적 압박이 크다는 부담 때문이었다.

당장 일주일 뒤 오프닝을 앞두고 유래는 걱정이 태산이었다. 영업관리부 김태호 대리와 함께 시공업체 미팅을 진행하면서도 몇 번이나 휴대전화로 눈이 갔다.

미팅을 끝낸 뒤 태호가 말을 꺼냈다.

"참, 매니저는 구하셨나요? 입점교육에 대해 안내해드리려고요."

영업부가 브랜드 계약을 체결하는 곳이라면 영업관리부는 브랜드 매장을 관리, 전담하는 부서다. 유래는 곤란한 얼굴로 고개를 저었다.

"사실 아직 매니저를 구하지 못했거든요. 지원자 연락을 기다리고 있습니다."

"큰일이네요. 오프닝 준비하려면 지금부터 할 일이 많을 텐데요. 지금 일하고 있는 협력사들 쪽에 한번 물어봐드리겠습니다. 추천할 만한 사람이 있는지."

"그렇게 해주시면 정말 감사하죠."

"뭘요. 앞으로도 매장에 어려운 일 있으면 언제든 말씀해주세요. 아, 잠시만요."

태호는 휴대전화를 들고 자리에서 일어섰다. 잠시 후, 돌아온 그가 입을 열었다.

"이유래 씨, 본부장님께서 사무실에 들러달라고 하십니다."

"본부장님께서요?"

태호 역시 이유에 대해서는 짐작 가지 않는 모양이었다. 그는 애매한 미소를 지으며 간혹 있는 일이라 했다.

백화점 각 층마다 있는 관리부 사무실과 달리 본부장실은 대표실 바로 아래층이었다. 유래는 '한혜수 본부장'이란 사무실 명찰 앞에서 심호흡을 했다.

"실례합니다."

문을 연 사무실은 세련된 블랙톤으로 꾸며져 있었다. 중후한 느낌이 강했던 대표실과는 완전 다른 느낌이었다. 소파에 다리를 꼬고 앉아 있던 여자가 고개를 들었다.

"이유래 씨?"

"처음 뵙겠습니다. 파일로 담당자인 이유래입니다."

본부장이라는 직책에 줄리아와 비슷한 연배를 상상했던 유래는 젊은 여성의 등장에 조금 놀랐다. 긴 웨이브 머리카락과 붉은 입술이 인상적인 여자였다. 그런데 예전에 만난 적이 있나? 어딘가 낯익은 느낌이었다.

"반가워요. 관리부 한혜수 본부장이에요. 이야기를 몇 번 들었는데 직접 보는 건 처음이네요. 일단 앉아요. 차 마시겠어요?"

"아뇨, 괜찮습니다."

"그래요? 일단 앉으세요."

유래는 혜수가 가리킨 소파에 앉으며 조심스럽게 물었다.

"혹시 저희 브랜드에 무슨 문제라도 있습니까?"

"아, 그건 아니에요."

혜수는 재미있다는 듯 유래를 빤히 바라보았다.

"그냥 개인적인 이유로 이유래 씨가 궁금해서요. 어떤 사람인지."

"네?"

"그런데 생각보다 훨씬 평범하네요."

유래의 얼굴에 당혹이 스쳤다. 이건 대체 무슨 상황일까.

"그래도 한때 성원그룹 사람이었으니 좀 특별한 구석이 있지 않을까 기대했거든요."

혜수는 유래와 눈을 맞춘 채 붉은 입술을 살짝 올렸다.

"죄송하지만 저는 지금 본부장님께서 무슨 말씀을 하시는지 모르겠습니다."

"아, 단도직입적으로 말할게죠. 아무래도 집안에서 혼사 이야기가 나오는 상대의 '과거'니까 알아보지 않을 수가 없더군요. 이쪽 세계가 워낙 좁잖아요. 아무래도 한번 갔다 온 사람이다 보니 이것저것 신경 쓸 문제도 많네요. 지금 같은 상황도 그렇고."

어떤 기억이 섬광처럼 떠올랐다.

「한 잔 더 하는 건 어떠세요? 아버지와는 따로요.」

그날, 일식집에서 무원과 함께 있던 여자. 한경모직 한 회장의 장녀이자 무원의 재혼상대. 이제야 알 것 같다. 이 상황의 의미를.

혜수는 비웃듯이 물었다.

"혹시 드라마 봐요? 요즘 제일 시청률 높은 드라마인데, '아내가 돌아왔다'라고."

"이야기만 들었습니다."

"난 솔직히 사람들, 이혼한 부부가 재결합하는 스토리에 열광하는 거 이해가 잘 안 돼요. 주위를 봐서 아는데, 이혼이라는 게 그리 좋은 일은 아니잖아요. 이유래 씨도 해봤으니 잘 알죠?"

"죄송하지만, 드라마 이야기가 아니라 본부장님께서 진짜 하고 싶은 이야기가 궁금합니다."

혜수의 눈에 '이것 봐라?' 하는 가시가 섰다.

"좋아요. 그냥 단도직입적으로 하죠. 꼭 성원백화점이어야 했나요?"

"성원백화점과의 거래는 전임자가 진행하던 일입니다. 그분의 개인 사정으로 제가 일을 이어받게 되었고요. 이혼은 제 개인적인 문제입니다. 이 일과는 상관없습니다."

"확실해요?"

"무슨…… 뜻입니까?"

"최 대표와 재결합할 생각 없다는 거, 확실하냐구요."

재결합. 생각지도 못한 단어에 유래의 얼굴이 딱딱하게 굳었다. 혜수는 아랑곳하지 않고 제 말만 계속했다.

"유성물산 지금 어려운 상황이잖아요. 3년 전에 회장님 구속되시고 이유현 전무가 시행한 사업이 줄줄이 실패해서 자금난이 심각하다고 들었어요. 그래서 혹시나 재결합을 염두에 둔 거라면……."

"아니요."

유래는 단호하게 혜수의 말을 잘랐다.

"재결합이 제가 원한다고 될 일도 없겠지만 그럴 생각도 없습니다. 유성물산과의 관계는 이혼 무렵 전부 끝났습니다. 저에 대해 알아보신 것 같으니 저와 그 집의 관계도 아시리라 생각합니다."

"그렇다면 왜 여기 있는 거죠? 계약은 끝났을 텐데요?"

"그건……."

자신도 궁금한 이유였다.

"저도 모릅니다. 제가 성원백화점 일을 맡는 것이 불편하시다면 최무원 씨와 직접 대화하셔야 할 것 같은데요. 저를 담당자로 지목한 것은 어디까지나 최무원 씨의 결정이니까요. 용건 끝나신 것 같으니 이만 일어나겠습니다."

혜수의 얼굴이 일그러졌다. 유래는 정중하게 고개를 숙인 뒤 자리에서 일어섰다. 내색하진 않았지만 아버지의 이야기가 가슴을 후벼 팠다.

「나는 신경 쓰지 말고 네 뜻대로 하렴. 그리고 이제 그만 자유로워지려무나.」

이혼숙려기간을 하루 남긴 날이었다. 유래는 한남동 집을 나오자마자 충동적으로 산 하늘색 원피스를 입고 구치소를 찾았다. 지금이라면 이혼을 되돌릴 수 있다. 성원그룹의 도움을 받으면 구속만은 피해갈 수 있다. 수백, 수천 번을 고민하고 찾아간 것이었다.

이런 말을 들을 거라고는 예상하지 못했다. 그러나 아버지는 평온해 보였다. 그때의 씁쓸한 기분이 되살아나는 것 같아 가슴이 답답했다.

무거운 걸음으로 엘리베이터로 향하는데 맞은편에 낯익은 남자가 나타났다. 그는 유래를 보자마자 고개를 꾸벅 숙였다.

"안녕하십니까."

결혼 전부터 무원을 수행하던 김 비서였다. 유래는 놀란 얼굴로 그를 바라보았다.

"김 비서님, 여긴 어떻게……."

"관리팀에 갔더니 본부장실로 가셨다고 해서요. 대표님께서 같이 식사하길 원하십니다. 저와 함께 가시죠."

갑자기 무엇인가 불쑥 치밀었다. 겨우 자리를 잡고 새로운 생활을 시작했는데 자꾸만 현재를 휘젓는 무원에게 화가 났다. 혜수의 깔보는 시선과 말투가 떠올라 불쾌했다. 유래는 애써 감정을 누르며 힘들게 입을 열었다.

"거절하겠습니다."

"하지만 대표님께서는……."

"저는 지금 협력업체 직원으로 여기 와 있습니다. 계약 건을 재고해주신 건 감사하지만 이런 식의 관심은 불편하다고 전해주세요. 괜스레 사람들 입에 오르내려서 서로 좋을 것 없으니까요."

그러고는 재빨리 김 비서를 지나쳐 엘리베이터 버튼을 눌렀다. 손끝이 흐릿하게 떨리고 있었다.

최근 리모델링한 서인호텔 일식당의 인테리어는 바닥에서 조명까지 누가 봐도 최고였다. 그러나 화려한 외관과 달리 이상할 정도로 음식은 맵고, 짜고, 시었다. 함께 식사를 하는 상대방은 아무 이상 없이 먹고 있으니 객관적으로 음식의 문제는 아니었다.

무원은 음식에 거의 손대지 않은 채, 수저를 내려놓았다. 그 모습을 본 성원리테일 유종현 사장이 걱정스럽게 말을 걸었다.

"좋아하시는 메뉴인데, 음식이 입에 맞지 않으십니까?"

본사의 경제기획실 말단에서 시작해 계열사 사장에 오른 유 사장은 알아주는 정보통이었다. 거기에 몇 수 앞을 내다보는 혜안이 더해져, 언더도그로 평가받던 무원에게 가장 먼저 손을 내밀어준 사람이기도 했다.

언젠가 그에게 어째서 정식 후계자인 이원 대신 자신을 택했냐고 물은 적이 있다. 유 사장의 대답은 간단했다.

「최이원 전무는 언제든 떠날 준비를 하고 있는 사람이니까요. 제 눈에는 그렇게 보입니다.」

그는 이원의 본질을 꿰뚫어 본 사람 중 하나였다. 그 이후로 무원은 유 사장의 사업적인 능력을 존경하는 동시에 신뢰했다.

"컨디션이 좀 안 좋아서요."

"약속을 다른 날로 미룰 걸 그랬습니다."

"크게 신경 쓰실 일은 아닙니다. 그보다 중국 쪽 일은 어떻게 된 겁니까?"

무원은 사업 이야기를 꺼냈다. 성원리테일은 중국의 대형슈퍼마켓 체인인 U를 인수하기 위해 1년 전부터 공을 들였다. 그러나 상장철회에 대한 주주들의 지지를 이끌어내고 중국 당국의 허가절차만 남은 상태에서 돌연 인수를 포기했다.

이 일로 성원그룹 이사회에서는 유종현 사장에 대한 책임추궁이 있을 예정이었다. 그러나 유 사장은 이사회를 코앞에 두고도 여유를 잃지 않은 얼굴이었다.

"아무래도 국제정세 돌아가는 느낌이 심상치 않습니다."

"고고도 미사일 방어체계(THAAD) 때문입니까?"

"그동안의 선례를 봐도 중국이 가만있을 리 없으니까요. 저는 차라리 지금의 손해를 감수하더라도 손대지 않는 쪽이 낫다고 판단했습니다. 유통이란 살아 있는 생물 같아서, 정말 예민한 사업 아닙니까. 물론 이사회 쪽 생각은 다른 것 같습니다만."

"윤 여사님이 나선 모양이군요."

"예전부터 절 아주 눈엣가시로 여기셨으니까요. 이번에 제대로 벼르신 듯합니다."

유 사장이 무원의 편에 서면서 이원의 입지가 불리해지기 시작했으니 윤 여사가 그를 못마땅해하는 것도 당연했다.

"그 문제는 제가 해결해드리죠."

"감사합니다. 그러고 보니 예전 '스타로드' 일이 생각나는군요. 그때도 제 편을 들어주신 분이 대표님이셨죠."

유 사장은 예전 이야기를 꺼내며 웃었다.

'스타로드', 오랜만에 듣는다. 원래대로라면 복합 환승역과 대규모 재개발 사업이 줄을 잇던 Q지역에 들어설 예정이었던 대규모 쇼핑몰의 이름이었다. 유성물산 경영에 처음 뛰어든 이유현이 추진한 사업이었다.

손위처남이었던 유현은 성원건설이 협력사로 참여해주길 강하게 원했고 성원그룹 본사에서도 사업 추진을 긍정적으로 판단했다. 딱 한 사람, 당시 본사 경제기획실 실장이었던 유 사장을 제외하고는.

그는 스타로드의 준공예정 부지가 Q지역에서 30년의 전통을 이어온 재래시장이란 점을 강조했다. 거기에 대진백화점에서 불과 200미터 떨어진 곳에 쇼핑몰 건설을 착공하리란 정보도 있었다. 대진백화점에서 선점한 부지는 입지요건은 스타로드보다 나빴지만 거주민의 부지매입 협조가 압도적이었다.

무원은 세 차례의 실사를 거친 끝에 스타로드 건설 사업에 보류 판정을 내렸다. 철거가 쉽지 않으리란 판단이었다.

반면 이미 부지매입을 시작한 유성물산 쪽은 마음이 급했다. 대진백화점에서 먼저 시공에 들어가자 조폭 용역회사로 악명 높은 진성건설을 끌어들여 철거작업을 진행했다. 무원이 몇 차례, 처남인 유현을 개인적으로 만나 설득을 시도했지만 소용없었다. 당시의 유현은 브레이크가 망가진 폭주기관차였다.

결국 과격한 철거행위에 거주민 십여 명이 사망하는 대형화재사고가 발생했다. 여론의 거센 비난 속에 스타로드 건설은 책임자의 자살과 총수인 이 회장의 구속이란 형태로 파국을 맞게 되었다.

유 사장은 무엇인가 떠오른 듯 웃음을 멈췄다.

"참, 스타로드 이야기가 나와서 말인데 조금 전에 여기서 이유현 전무를 봤습니다. 아무래도 말씀드려야 할 것 같아서요. 마주치기 싫은 상대 아닙니까?"

이혼한 뒤로 껄끄러워진 탓도 있지만 무원은 예전부터 여자와 도박에 미쳐 있는 유현을 경멸했다. 처남이라도 상종하기 싫은 인간이었다. 사석에서 약에 취한 모습으로 미성년자로 보이는 모델이나 아이돌을 끼고 있는 모습을 몇 번 본 뒤로는 더했다.

"반가운 상대는 아니죠. 또 '여자애'와 함께 있습니까?"

"다행히 오늘은 투자자들과 함께 있는 것 같더군요."

"투자자라고요? 도박이 아니고?"

"도박할 상황이 아닙니다. 이 회장님 구속과 동시에 채권단이 추심에 들어갔지 않습니까. 대표님께서도 일절 원조를 끊으셨고요. 다행히 외국계 헤지펀드의 자금을 끌어들여 법정관리는 막았던 모양인데, 상환일이 얼마 남지 않은 걸로 알고 있습니다. 유감스럽게도 지금의 유성물산으로서는 그럴 능력이 전혀 없으니 투자자들의 눈치를 볼 수밖에요."

안하무인 이유현이 투자자들의 눈치를 본다니, 상황이 안 좋다는 것은 사실인가 보다. 무원은 내친김에 유 사장에게 유성물산 상황을 자세히 알아봐달라는 부탁을 했다. 재결합을 생각하면 현재 유성물산의 상태를 알 필요가 있었다.

유 사장과 헤어진 다음, 혼자 엘리베이터에 오른 무원은 미간을 찡그렸다. 재결합이라니, 정신 차려. 인간 말종인 이유현과 다시 얽히는 일이라면 질색이었다. 거기에…….

「저, 그게, 협력업체 직원으로 와 있는 자리이니 이런 관심은 불편하다고 하셨습니다.」

유래는 확고하게 선을 그었다. 재결합 따윈 안중에도 없다고. 보낸 선물을 그대로 돌려보낸 것도 같은 맥락이었을 터.

지긋지긋한 아버지와의 관계를 통해 거절당하는 것이 어떤 것인지 잘 안다. 어느 시점에서 물러서야 최대한 상처받지 않는지도. 유감스럽게도 지금이 그때라는 것도.

로비에 도착한 엘리베이터의 문이 스르륵 열렸다. 내리려던 무원은 앞에 서 있는 남자와 시선이 마주쳤다. 큰 키에 서늘한 눈매를 한 남자였다.

무원은 잠깐이지만 남자에게서 눈을 뗄 수가 없었다. 낯이 익었다. 누구지? 분명 어디선가 본 적이 있는데, 어디였지?

남자는 무원을 스쳐 엘리베이터에 올랐다. 도통 떠오르지 않던 기억은 엘리베이터에서 몇 걸음 옮긴 순간 스프링처럼 튀어 올랐다.

'그 남자다!'

인상이 날카롭게 변하긴 했지만 예전에 유래의 옆에 있던 남자가 틀림없었다. 하늘색 옷을 입은 유래와 다정하게 이야기를 나누던.

무원은 급히 몸을 돌렸다. 그러나 남자가 탄 엘리베이터는 다른 층으로 움직이기 시작한 후였다.

대체 누굴까. 인물이나 차림새, 특히 서늘하면서 사연 있어 보이는 눈매가 보통 범상한 것이 아니다.

파일로의 매장공사가 진행되는 사흘 내내 무원은 남자의 인상착의를 그렸다가, 흐트러뜨렸다가, 재조합했다. 혹시나 싶어 유래의 SNS를 뒤져보아도 특별한 것은 없었다. 매일 업데이트되는 매장공사 진행 사진 외에는.

그때 무원의 눈에 누군가의 댓글이 들어왔다.

[최근 작업한 매장 중에서 파일로 매장이 제일 예쁘게 빠진 것 같습니다. 담당하신 분이 미인이라 그런가?]

마무리는 언제나처럼 하트. 또냐? 거슬린다, 거슬려.

무원은 댓글을 쓴 'taeho-k'란 아이디를 노려보았다. 최근 유래의 SNS에서 유독 눈에 띄는 이름이다. 영업관리부의 김태호 대리. 마음 같아서는 감히 어디서 수작질이냐고 호통치고 싶은데 그럴 수도 없고. 이 여자는 주변 남자가 왜 이렇게 꼬이는 거지?

무원은 휴대전화의 종료버튼을 누른 뒤, 남 실장을 호출했다.

"주말에 오픈하는 매장들, 오프닝 준비는 잘되고 있습니까?"

"네, 벨가는 이미 진열작업에 들어갔고 파일로 공사도 오늘로 끝이라 합니다."

남 실장은 막힘없이 대답했다. 파일로 담당자가 대표의 전처라는 것을 안 순간부터 신경이 안 쓰일 수 없었다. 그는 조용히 뒷말을 덧붙였다.

"그런데 파일로는 아직 매니저를 구하지 못했다고 합니다."

대표의 눈썹이 휘었다.

"당장 오픈이 며칠 안 남았는데 매니저를 못 구했다고요?"

남 실장은 아차 싶어 말을 이었다.

"아무래도 조건부 매장이다 보니 매출 부담이 커서 지원자가 없는 모양입니다. 걱정 마십시오. 오프닝에 지장 없도록 관리부 담당에게 특별히 신경 쓰라고 지시했으니 잘할 겁니다."

오호라, 원흉이 바로 여기 있었구나. 무원의 표정이 험악해졌다.

"왜 시키지도 않은 일을 합니까?"

"아니, 저는 대표님께서 파일로 매장에 신경을 많이 쓰시는 것 같아서……."

"내가 무슨 신경을 썼다는 겁니까?"

무원의 역정에 남 실장은 말문이 막혔다. 아니, 매장공사 내내 퇴근도 안 하고 근처를 빙빙 돌던 게 누군데!

그러나 무원은 작정한 듯 말을 쏟아냈다.

"사회생활 몇 년인데 공사구분이 그렇게 안 됩니까? 파일로 담당자가 대표 엑스와이프라고 사방에 광고할 일 있습니까? 나와 개인적인 관계가 있는 것과 별개로 협력업체 직원으로 들어온 이상 다른 업체와 똑같이 대해야 하는 거 아닙니까."

"죄송합니다. 제가 생각이 짧았습니다."

"관리부 담당자한테 경고하세요. 쓸데없는 관심 보이지 말라고. 특정 업체만 편애했다는 소리 들리면 바로 시말서 올리게 할 겁니다."

남 실장은 멋쩍은 얼굴로 대표실을 나갔다.

무원은 혀를 찼다. 백화점에 부임한 때부터 손발을 맞추기 시작한 비서실장은 성실하고 책임감이 강한 대신 오지랖이 쓸데없이 넓은 게 흠이었다.

남 실장을 타박하긴 했지만 여전히 기분이 풀리지 않는다. 평소보다 이른 시간이었지만 무원은 자리에서 일어섰다. 집중도 안 되는 시간을 낭비하느니 샌드백이라도 두드리는 편이 나을 것 같았다.

그는 김 비서에게도 직접 운전할 테니 오늘은 일찍 퇴근하라고 이르고 사무실을 나섰다. 엘리베이터를 타고 로비로 내려가자 왁자한 소음이 밀려들었다. 소리 나는 곳으로 고개를 돌리는데, 직원들 사이에 유래가 있었다. 무원은 자신도 모르게 걸음을 멈췄다.

"대표님, 지금 퇴근하십니까?"

제일 앞에 선 혜수가 먼저 무원을 알아보고 인사를 건넸다. 영업관리부 직원들이 일제히 고개를 숙였다. 유래 역시 무표정하게 인사했다. 무원은 가볍게 고개만 까닥해 보였다.

"한 본부장은 어쩐 일입니까?"

"영업관리부 회식이 있는 날입니다. 이번에 새롭게 맞은 협력업체들과 인사도 하고 친목도 다질 겸 해서요."

"그렇습니까."

무원은 혜수를 지나쳐 유래에게 시선을 던졌다. 병원에서 절대 음주 금지라는 말을 들었으면서 회식? 뭐 하자는 거야? 그의 눈빛을 읽었는지 유래는 슬쩍 고개를 돌렸다.

무원은 뚫어져라 바라보던 시선을 거두며 혜수에게 말했다.

"오늘은 저도 같이 하고 싶군요."

이런 걸 '총체적 난국'이라 하는구나. 유래는 눈살을 찌푸리며 불판의 고기를 뒤집었다. 이번에는 타이밍이 좋았나 했지만 검게 탄 가장자리를 보니 절로 한숨이 나왔다.

매장공사를 끝내고 현장점검을 하는데 갑자기 회식 호출이 떨어졌다. 내키지는 않았지만 협력업체 직원들은 절대 빠지지 말라는 당부 때문에 어쩔 수 없는 상황. 관리부서와의 관계가 나빠져서 득이 될 것은 없다.

관리부 직원들과 로비를 나서는데 마주친 것은 무원이었다. 매장공사 때문에 백화점을 오가면서도 그를 제대로 마주한 것은 응급실 이후 처음이었다. 몸에 꼭 맞는 최고급 슈트를 입은 남자는 혼자 다른 세상을 사는 것만 같았다.

그래서 그가 오늘 회식에 참석하겠다고 했을 때 유래는 뭔가 잘못 들었나 했다. 대표가 이런 회식에 끼는 일은 드물뿐더러 회식 많기로 유명한 건설사에 있을 때도 무원이 직원들 회식에 참석하는 일은 한 해에 두 번 정도였다. 그것도 회사 차원의 신입사원환영회나 연말종무회가 고작이었다.

대체 무슨 바람이 분 걸까? 유래는 혜수와 이야기를 나누며 앞서 걷는 무원을 훔쳐보았다. 화려한 이목구비의 소유자들이어서인지 같이 서 있는 앵글이 제법 어울린다.

한 공간에서 전남편과 그가 지금 만난다는 여자를 보고 있노라니 지금의 제 위치가 실감되었다. 그저 많은 협력사 직원 중의 한 명일 뿐이라는.

1차 회식장소는 백화점 근처의 고깃집이었다. 자리에 앉자마자, 당연하다는 듯 협력업체 여직원들 앞으로 집게와 가위가 건네졌다. 고기 굽는 담당은 아무래도 협력업체 여직원들의 포지션인 모양이다. 다들 익숙한 분위기였지만 유래는 상당히 곤혹스러웠다.

이런 식으로 백화점 직원들과 협력업체 사이의 상하관계를 과시하는 것도 이상했지만 애초에 고기를 이런 불판에 직접 구워보는 일 자체가 처음이었다. 변명을 하자면 어릴 때는 집안 분위기가 아니었고, 나이 들어서는 일찌감치 외국생활을 한 데다가 결혼을 해서는 고기를 즐기지 않는 사람의 식성에 맞췄기 때문이다.

그 와중에 중간중간 말 거는 사람들 상대하랴, 내미는 잔에 술 따라주랴, 권하는 술 거절하랴, 몸이 열 개라도 모자랄 정도였다. 그뿐이랴, 대각선 테이블에 온 신경이 쏠리다 보니 애꿎은 고기만 태우기 일쑤다. 보다 못한 태호가 흑기사로 나섰다.

"가위와 집게, 이리 주세요. 제가 하겠습니다."

"죄송해요. 제가 서툴러서."

"뭘요. 저도 처음 들어왔을 때는 엄청 서툴렀어요. 지금은 나름대로 달인이지만. 유래 씨도 좀 들어요. 아까부터 고기 굽느라 제대로 먹지도 못하는 것 같던데."

태호는 솜씨 좋게 잘 구운 고기를 유래의 앞접시에 올려주었다.

"감사합니다."

고개를 들던 유래는 대각선 테이블에 앉은 무원과 눈이 마주쳤다. 뭐가 못마땅한지 불만이 가득한 눈빛. 고기가 문제인지 그가 문제인지 자신이 문제인지 모르겠다. 유래는 못 본 척 시선을 돌리며 술 대신 유리잔의 물을 들이켰다.

무원과 혜수가 앉은 대각선 테이블은 직원들이 잔뜩 몰린 상태였다.

"대표님, 한 잔 받으시죠."

"저도 한 잔 올리겠습니다. 제 잔도 받아주세요."

예상하지 못한 대표의 참석에 관리부 직원들은 물론 협력업체 직원들까지 난리법석이었다. 뉴욕에서도 '회식'이 있긴 했지만 다 같이 마시고 즐기는 파티에 가까웠다. 술잔이 오가고 '대표님을 위하여!'란 건배사가 오가는 왁자한 회식 광경은 유래에게 무척 낯설었다.

겨우 주변이 잠잠해져서 고기를 한 점 씹는데 누군가 옆자리에 털썩 앉았다. 관리부의 최민철 차장이다.

"자네, 어디 소속이지?"

얼큰하게 술기운이 올라온 차장은 다짜고짜 어깨에 손을 올리며 말을 낮췄다. 유래는 애써 웃으며 티 나지 않게 그의 손을 내렸다.

"파일로의 이유래입니다."

"맞아, 맞아, 이유래 씨. 그런데 잔이 비었네?"

차장은 손에 든 맥주병을 마음대로 잔에 들이댔다. 놀란 유래가 손사래를 쳤다.

"아닙니다. 지금 제가 술을 못 마셔서요."

"못 마시는 거야, 아니면 일부러 안 마시는 거야?"

"못 마십니다. 병원에서 절대 마시면 안 된다고 해서요. 대신 제가 한 잔 따라드리겠습니다."

맞은편에 앉은 태호도 거들었다.

"예, 부장님. 유래 씨 몸이 좀 안 좋답니다. 술은 저를 주시죠. 제가 마시겠습니다."

"김 대리는 빠져. 한두 잔 정도야 마실 수도 있는 거지. 거참, 사람 딱딱하게 구네."

"죄송합니다."

차장은 심기가 단단히 뒤틀린 듯 병을 세게 내려놓았다.

"협력업체 주제에 내가 주는 잔은 못 받겠다는 거야?"

협력업체 주제에. 갑도 아니고 을도 아니고 병이나 정쯤 되는 그들의 위치를 재확인시켜주는 말이다.

최 차장은 일명 '협력업체 군기반장'으로 협력업체의 모든 일에 사사건건 딴지를 걸며 못살게 구는 데 도가 텄다고 소문난 사람이다. 특히 당연시되던 본부장 승진이 혜수의 등장으로 좌절되자 아랫사람들에게 히스테리를 부리는 중이다.

여기서 이 잔을 받지 않았다가는 두고두고 시달릴지도 모를 터. 3개월 시한부 매장이란 핸디캡을 안고 있는 마당에 그의 표적이 되고 싶지는 않다. 유래는 마지못해 잔을 내밀었다.

"그럼, 조금만 주십시오."

"그래야지, 사람이 유도리가 있어야……."

순간 다시 병을 든 최 차장의 손이 누군가에게 거칠게 붙들렸다. 상대를 확인한 최 차장의 눈이 휘둥그레졌다.

"대, 대표님!"

"못 마신다고 하지 않습니까. 억지로 술 강요하는 것도 일종의 폭력이라는 것 모릅니까?"

서슬 퍼런 무원의 목소리에 최 차장은 당황한 나머지 말을 더듬었다.

"아, 아닙니다. 아랫사람이 너무 뻣뻣하게 구니까, 제가 울컥해서 그만……."

"아랫사람요?"

무원의 눈썹이 치켜올라갔다.

"협력업체가 아랫사람입니까? 착각이 대단하군요. 관리부는 지금까지 그런 생각으로 협력업체들 관리를 한 겁니까?"

"그럴 리가요. 당연히 아닙니다. 죄송합니다. 제가 실수했습니다."

"실수? 어떤 부분이 실수라는 겁니까?"

"그러니까, 제가 말실수를……."

"말실수요? 말실수가 아니라 실제로 그렇게 생각하는 것 아닙니까?

확실히 합시다. 협력업체는 아랫사람이 아니라 거래처입니다. 행동 똑바로 하시죠. 그리고 다음부터 고깃집으로 회식장소 정하려거든 고기 구워주는 사람 있는 곳으로 하세요. 협력업체 직원들 부려먹지 말고."

화기애애한 분위기가 급속도로 냉각되었다. 혜수가 급히 끼어들었다.

"최 차장님이 술이 좀 과하셨나 봅니다. 제가 나중에 따로 당부하겠습니다. 좋은 자리 아닙니까. 그만 기분 푸시죠."

혜수는 짜증스러운 표정으로 최 차장을 노려보았다. 분위기가 심상찮음을 느낀 최 차장은 머리를 조아렸다. 무원이 자리에 돌아감으로써 상황은 겨우 일단락된 듯싶었다.

유래는 작게 한숨을 쉬었다. 어떻게 이런 타이밍에 나타난 걸까? 설마 처음부터 계속 지켜보고 있었던 걸까? 그가 계속 보고 있었으리란 생각이 들자 갑자기 이 자리가 견딜 수 없이 불편해졌다.

유래가 슬쩍 일어서는데 이쪽을 보고 있는 혜수와 눈이 마주쳤다. 그녀는 딱 봐도 지금의 이 상황의 원인을 자신이라 생각하는 모양이다. 앞으로의 생활이 아무래도 평탄치는 않을 것 같다.

화장실로 들어갔더니 마침 회식에 참석한 A사 여직원들이 화장을 고치며 수다를 떨고 있었다.

"속이 다 시원하더라니까. 최 차장 망할 자식, 회식 때마다 여직원들을 꼭 접대부마냥 부려대더니."

"아까 진짜 멋지지 않았어요, 대표님?"

"멋진 건 당연하고. 이미 집안에 인물까지 빠지는 게 뭐 있다고."

"에이, 그럼 뭐해요. 그래도 이혼남인걸."

"요즘에 이혼이 뭐 대수야. 딸린 애도 없다며?"

"그렇긴 하죠. 참, 이번에 태성 영업부 변태부장 쫓겨났다는 이야기 알아요?"

"뭐? 태성? 협력업체 킬러 강 부장?"

"그래, 그 변태. 유명하잖아요. 거기에 대면 최 차장은 양반이란 소리도 있고요. 아무튼 한 몇 년 잠잠하다 싶더니 제 버릇 개 못 준다고 요번에 또 협력업체 여직원한테 눈독을 들였대요."

마침 화장실 문을 열고 나오던 유래는 태성 영업부 이야기에 머리를 한 대 얻어맞은 기분이었다. 여직원들의 이야기에 나오는 '협력업체 여직원'은 자신이 분명했다. 시선이 불쾌한 사람이라고 생각하긴 했지만 그런 꿍꿍이를 가지고 있었다니. 아직 사람을 보는 눈을 한참 더 키워야 할 듯했다.

립스틱을 바르던 여직원이 코웃음을 쳤다.

"꼴에 오너 집안사람이라고 태성에서도 완전 손 놓았다지 않아? 소송까지 갈 뻔한 것도 무마시켰다며."

"이번에 더 '빽'이 대단한 분이 있었나 봐요."

"그쪽 부장보다 더 '빽'이 대단하려면 이사급은 되어야 할 텐데?"

"그러니까요. 아무튼 까불다가 상대 잘못 고른 거죠, 뭐. 그런 인간은 혼 좀 나야 해요."

그제야 모든 것의 아귀가 맞았다. 유래는 세면대의 차가운 물에 손을 댔다. 이거였나? 위자료 이야기까지 꺼내며 일을 그만두라고 했던 이유. 무원은 이런 내막을 어떻게 알았던 걸까?

또 다른 의문이 싹텄다. 그는 대체 자신의 일에 왜 나선 걸까? 전처에게 관심을 가질 만큼 한가하지도, 재혼상대를 옆에 두고 미련을 가질 사람도 아니면서.

역시 '체면' 때문인가? 이혼한 전처가 불미스러운 일에 휘말리는 건 사양하고 싶을 테니. 이런 식으로 무원의 도움을 받았다는 것에 마음이 무거웠다.

씁쓸한 기분으로 회식자리에 돌아갔을 때, 이미 무원은 보이지 않았다. 회식 내내 그의 옆에서 입안의 혀처럼 나긋하게 굴던 혜수까지 함께 사라지자 분위기는 한풀 꺾였다.

남은 직원들은 대표와 혜수의 관계에 대해 수군거렸다.

'그럼 그렇지.'

태성백화점의 일도, 조금 전의 일도, 그에게는 어쩌면 아무것도 아니었을 일을 혼자 신경 썼다는 것이 우스웠다.

김이 빠진 탄산음료처럼 맹숭맹숭해진 회식은 얼마 지나지 않아 끝이 났다. 관리부 남자직원들이 울음을 터뜨린 최 차장을 끌고 2차로 자리를 옮긴 사이 협력업체 직원들은 작별인사를 나누었다.

마지막에 남은 유래가 택시를 잡으려고 걸음을 돌릴 때였다.

"이제 끝났나?"

익숙한 목소리가 뒷덜미를 잡아챘다. 유래는 믿기지 않는 눈으로 몸을 돌렸다. 주차장 구석, 눈에 잘 띄지 않는 곳에 주차된 차에 기대선 사람은 무원이었다.

"아까 간 것 아니었어요?"

"아, 하도 귀찮게 달라붙어서 가는 척했어."

그는 무척 지겹다는 표정이었다.

'한 본부장과 함께 간 게 아니구나.'

묘하게 안심한 순간, 걸음을 옮기던 무원의 몸이 기우뚱 기울었다. 유래는 그에게 다가서며 팔을 붙잡았다.

"괜찮아요?"

무원은 그를 잡은 손과 유래의 얼굴을 번갈아 보더니 피식 웃었다. 느른하게 풀린 눈과 느슨한 입꼬리. 이 사람, 취했다. 유래는 그제야 무원이 직원들이 따라준 술을 거의 다 마셨다는 걸 떠올렸다.

"많이 취했어요?"

"안 취했어."

그래, 취해놓고 취했다고 하는 사람은 없지. 유래는 주위를 두리번거렸다.

"김 비서님 어디 있어요?"

"김 비서? 퇴근했는데."

혀도 살짝 꼬였다. 술자리에 동행하는 김 비서가 퇴근했다는 것은 오늘 회식이 정해진 일정이 아니었단 이야기다. 생각할수록 오늘의 회식은 미스터리다.

유래는 조금 전 식당 카운터에 대리기사 명함이 색색들이 놓여 있던 것을 떠올렸다.

"대리기사 부를게요."

"가지 마."

가게 쪽으로 몸을 돌리는 순간 무원에게 손목을 붙들렸다. 당황한 유래는 서둘러 그의 손을 풀려고 했지만 어째 이번에는 만만치가 않다. 오히려 취한 탓에 힘 조절이 안 된 것인지 억 소리가 날 정도로 움켜쥔다.

"내가 얼마나 기다렸는데."

심장이 쿵, 떨어졌다.

「내가 얼마나 기다렸는데.」

그 말이 머릿속을 마구 휘젓고 지나간다.

꽉 붙들렸던 손목이 아직까지 뻐근했다. 아마 멍이 들 것이다.

한남동 집 앞에 도착한 유래는 조수석을 흘깃 바라보았다. 등받이를 젖힌 남자는 편한 얼굴로 숙면을 취하는 중이다.

술 취한 전남편을 집에 데려다주게 될 줄은 몰랐다. 그러나 직장 근처에서 계속 실랑이할 수도, 술 취한 사람을 그냥 못 본 척할 수도 없는 상황이었다.

"일어나요. 집에 다 왔어요."

슬쩍 무원의 어깨를 흔들었다. 무원은 귀찮다는 듯 몸을 움츠리며 팔짱을 꼈다. 어쩌라는 거야?

유래는 일단 차에서 내렸다. 집에 일하는 사람이 있을 테니 초인종만 눌러주면 될 것이다.

'오랜만이네, 이 집.'

2년을 살았던 집은 마지막 기억과 거의 다르지 않았다. 유래는 잠시 대문 앞에 서서 한남동 집을 바라보았다.

집은 불이 꺼진 채, 적막에 휩싸여 있었다. 그래도 누구 하나, 일하는 사람은 있겠지 싶어 초인종을 눌렀다. 그러나 몇 번을 눌러도 안에서는 아무런 반응이 없었다. 아무도 없는 걸까? 유래는 하는 수 없이 차로 돌아왔다.

"무원 씨, 최무원 씨."

거의 소리치다시피 불렀음에도 무원은 깨어날 기미가 없다. 유래는 원망스러운 눈빛으로 그를 바라보았다. 원래 수면시간이 길지 않아도 깊이 잠드는 사람인데 술이 들어가면 더했다.

어차피 집 앞이니 그냥 두고 갈까 하는 고민을 진지하게 10초쯤 해보았다. 아무리 그래도 전남편에, 거래처 사장에 대한 예우는 아닌 듯해 마음을 접긴 했지만. 그렇다고 전에 만난 호텔에 데려가고 싶지도 않았다. 어떻게 한다?

유일한 해결방법은 김 비서에게 전화를 걸어 이 남자를 떠넘기는 것뿐이었다. 유래는 한숨을 삼키며 무원의 휴대전화를 찾기로 했다.

"휴대전화 좀 꺼낼게요."

잠든 얼굴은 여전히 미동이 없다. 개인용으로 사용하는 휴대전화는 늘 재킷 안주머니에 넣어둔다는 걸 알고 있다. 가급적 신체접촉은 피하고 싶었지만 그가 팔짱을 낀 자세로 잠들었기 때문에 방법이 없었다. 에라, 모르겠다. 유래는 무원의 재킷 안주머니로 손을 넣었다.

기억하는 것보다 단단한 가슴 근육에 한 번 놀랐고 안주머니가 깊은 것에 두 번 놀랐다. 유래는 기울어진 자세를 가까스로 유지하며 힘들게 휴대전화를 집어올렸다.

"후우."

휴대전화 하나 꺼내는 데 10년은 늙는 기분이다. 그러나 아직 넘어야 할 산이 남아 있었다. 바로 휴대전화의 잠금설정. 다행히 복잡한 패턴방식은 아니고 지문인식이었다.

유래는 조심스럽게 무원의 오른손을 잡아 손가락을 액정에 가져다 댔다. 손가락을 다 뻗어도 그의 손을 감싸기는 힘들었다.

'손이 크네.'

의식하고 보니 깨닫는다. 이렇게 그의 손을 만져보는 것이 처음이라는 걸. 2년을 같이 살면서 남들이 하고 사는 건 다 하고 살았는데 손조차 잡은 적이 없는 엉터리 부부라는 것도.

유래는 잠금화면이 풀린 휴대전화로 시선을 떨어뜨렸다. 단축번호를 눌러볼까 고민하다가 바탕화면에 떠 있는 전화번호부로 손가락을 움직였다. 아무 번호나 눌렀다가 본가 사람들과 연결되는 일은 피하고 싶었다.

그런데 이건 또 뭐야. 휴대전화의 연락처목록은 특정인을 지칭하는 호칭이나 직책 없이 이름으로만 등록된 상태였다.

김 비서의 이름이…… 뭐였지? 20여 명 가까운 김씨 중에서 그의 이름이 도통 떠오르지 않았다. 혹여 아는 이름이 나올까 싶어 연락처목록을 꼼꼼히 살폈다. 개인용 휴대전화에 등록된 사람이라면 상당히 가까운 관계라는 이야기인데 그녀가 아는 이름은 하나도 없었다.

한참 스크롤을 내리다 겨우 눈길이 멈춘 이름은 성선희였다.

'안 되지, 안 돼.'

아무리 상황이 급해도 성 비서에게 연락을 한다는 것은 말이 안 된다.

다시 목록을 살피던 유래의 눈이 커졌다. 이름으로만 등록된 연락처 사이에서 단연 눈에 띄는 단어, 아내.

예전에 등록해놓은 걸 지우지 않았던 걸까. 그러나 번호는 현재 사용 중인 것이었다. 그녀 외에 호칭으로 등록되어 있던 사람은 '아버지' 한 사람밖에 없었다. 목록을 전부 뒤졌음에도 혜수나 수지가 나오지 않은 것도 이상한 일이었다.

한참 고민하던 유래가 선택한 이름은 '임우경'이었다.

– 뭐야, 이 시간에?

졸음이 묻은 목소리였다. 새벽 1시에 가까운 시각이었으니 예상한 반응이었다. 유래는 크게 숨을 들이마셨다.

"늦은 시간에 죄송합니다. 이유래입니다."

– 잠깐, 유래 씨? 유래 씨라고요?

"네."

전화 저편에서 우당탕 요란한 소리가 났다. 그러더니 곧 그는 숨가쁘게 물어왔다.

– 무슨 일이시죠? 이거 무원이 번호인데 설마 지금 같이 있는 겁니까? 어떻게 지금 이 시간에 두 사람이 같이 있어요?

예전에 준희도 병원에 같이 있는 무원과 유래를 보고는 이렇게 물었다. 어떻게 둘이 있느냐고. 이혼이란 그런 관계구나.

유래는 침착하게 지금의 상황을 설명했다.

"회식이 있었어요."

– 회식요?

"아, 제가 지금 성원백화점에서 일하는 중이거든요. 그런데 회식자리에서 무원 씨가 많이 취했습니다. 잠이 들어서 일어나질 않아서……."

– 김 비서는 뭐 하고요? 아, 아니다. 김 비서가 있었으면 이 시간에 저한테 전화할 일 없었겠죠. 그래서 지금 거기가 어딥니까?

"한남동입니다."

– 한남동이라고요? 왜 거길 갔어요?

"어디로 가야 할지를 몰라서. 그런데 집이 좀 이상해요. 일하는 사람도 없는 것 같고……."

– 한남동 집, 지금 인테리어공사 중이거든요. 무원이 호텔에서 지낸 지 제법 됩니다. 잠깐만 기다리세요. 제가 바로 그쪽으로 가겠습니다.

통화를 끝낸 유래는 무원의 휴대전화를 내려놓았다. 아무래도 그때 자신을 불러냈던 호텔이 생활하는 장소가 맞는 모양이다. 일부러 마련한 밀회장소가 아니라.

별것도 아닌 사실에 마음 한편의 응어리가 풀리는 느낌이었다.

유래는 잠든 무원의 얼굴을 물끄러미 바라보았다. 흐릿한 불빛에 음영이 진 그의 얼굴은 고집 센 소년 같았다.

'무슨 생각인 거죠?'

태성백화점 일에 나서주고, 최 차장의 시비도 막아주고, 이혼한 지 3년이나 지난 전처를 여전히 '아내'라고 저장해놓은 이유.

흘러내린 머리카락이 어쩐지 거슬려 얼굴에 손을 가져갔다. 이마에 손이 닿는 순간, 거짓말처럼 감겨 있던 무원의 눈이 뜨였다.

유래는 놀란 나머지 숨을 멈췄다. 부유하던 그의 시선이 유래의 얼굴에 잠시 머물렀다.

"무원 씨?"

깜짝 놀랄 만한 힘으로 그에게 끌어안겼다. 조금 전 크다고 생각했던 무원의 손이 그녀의 턱을 감싸 당겼다. 입술이 와 닿는다.

"아."

불쑥 파고든 혀에서 쌉쌀한 술맛이 느껴졌다. 밀어내야 하는데. 둥글게 말아쥔 주먹으로 그의 어깨를 때려보았지만 소용없었다. 무원은 능숙하게 유래의 혀를 사로잡은 뒤, 입안을 음미했다.

"무원 씨, 그만……."

힘들게 떼어낸 입술은 금방 다시 삼켜졌다. 입술을 거듭 맞대고 혀를 비벼댈 때마다 저릿한 기운이 퍼졌다. 밀어내려고 안간힘을 쓰던 유래의 몸에서 점차 힘이 빠졌다. 잠들어 있던 기억들이 깨어났다. 그와 입을 맞추고 그에게 느끼는 열기에 몸이 반응했다.

슬슬 호흡이 곤란해질 무렵, 무원의 입술이 떨어졌다. 하얘졌던 시야가 원래의 색으로 돌아왔다. 화들짝 감았던 눈을 뜨자, 젖어 있는 무원의 입술이 가장 먼저 눈에 들어왔다. 자신의 입술도 별반 다르지 않을 것이다.

놀란 유래는 후다닥 몸을 젖히며 손바닥으로 입술을 눌렀다. 미쳤어, 미쳤어. 이 남자야 술에 취했다지만 그녀는 술이라곤 한 방울도 마시지 않았다. 그런데 대체 왜?

당황한 유래와 달리 무원은 아무렇지도 않아 보였다. 오히려 태연하게 손을 뻗어 유래의 귓불을 만지작거렸다. 그러더니.

“보고 싶었어, 당신이.”

떨어뜨리듯 중얼거렸다. 유래는 커진 눈으로 무원을 바라보았다. 내가 보고 싶었다고요?

눈이 마주치자 그는 나른하게 웃었다.

“다른 남자가 있는 걸 알아도 계속 좋아했으니까.”

온몸의 피가 빠져나가는 것처럼 차가운 감각이 엄습했다.

유래는 그가 자신을 통해 누군가를 보고 있다고 생각했다. 이 사람은 지금 누구한테 말하고 있는 걸까.

유래의 머릿속에 윤수지의 얼굴이 떠올랐다. 짝사랑이라니. 이 사람, 보기보다 굉장한 순정파였구나. 어쩐지 가슴이 먹먹했다.

무원이 한 번 더 입을 열었다.

“당신을 사랑해.”

거기까지가 한계였다. 아무리 이혼을 했고 남남이 된 사이라 해도 남편이었던 사람의 사랑고백을 듣는다는 건 힘든 일이었다.

유래는 차문을 열고 밖으로 나갔다. 밤공기가 조금 전의 열기로 달아오른 뺨을 쿡 찌른다. 눈앞이 어지럽다.

고개를 숙인 채, 차에 기대서 있던 유래 앞에 천천히 택시 한 대가 멈춰 섰다.

"유래 씨."

말을 건 사람은 우경이었다. 그는 택시에서 내리며 기사에게 잠시 기다려달라고 했다. 자다가 일어난 탓인지 원래 곱슬인 머리가 자기주장을 강하게 하고 있었다. 그만큼 급했다는 이야기겠지.

유래는 미안한 표정으로 우경을 맞았다.

"안녕하세요. 늦은 시간에 이렇게 오시게 해서 정말 죄송합니다."

"뭘요, 유래 씨가 뭐가 죄송합니까. 죄송은 저 녀석이 해야죠."

우경은 차 안을 가리켰다. 무원은 그새 다시 잠든 상태였다. 우경은 어이없다는 얼굴로 혀를 끌끌 찼다.

"나 참, 술도 잘 못하는 녀석이. 대체 얼마나 마신 겁니까?"

"모르겠어요. 직원들이 따라준 술은 거의 다 마셨으니까. 그런데 무원 씨, 술 잘 못하나요?"

"네, 본인 말로 죽었다 깨도 맘대로 안 되는 게 주량이랍니다. 별로 좋아하지도 않고요."

뜻밖의 사실이었다. 일주일에 서너 번은 술자리 약속이 있는 사람이고 취하는 경우도 거의 없었으니까. 막연하게 그가 술이 세다고만 생각했다.

"그래도 본인이 조절을 잘하는 편인데 오늘 무슨 일 있었나요? 어지간해서 몸도 못 가눌 정도로는 안 마실 텐데."

무슨 일이 있기는 했다. 최 차장에게 화를 낸 것. 하지만 술이라면 회식 시작하자마자 마셨으니 그 일이 전부가 아닐지도 모른다.

"죄송해요. 잘 모르겠습니다."

"아, 미안해요. 신경 쓰지 마세요. 그냥 직업병 같은 거니까. 차 키 주세요. 무원이는 제가 잘 데리고 가겠습니다."

유래는 우경에게 차 키를 내밀었다. 우경은 키를 받아들면서 말했다.

"제가 타고 온 택시 타세요. 준희 씨와 같이 지내는 중이죠?"

일부러 기다리게 한 택시에서 우경의 배려가 느껴졌다.

차 키를 건네받은 우경은 유래를 택시에 태운 뒤, 뒷문을 닫았다. 그리고 기사에게 동네와 아파트 이름을 말한 뒤 오만 원짜리 지폐를 내밀었다.

택시가 출발하기 전, 유래는 머리를 택시 창문에 기대며 잠든 무원을 보았다.

「당신을 사랑해.」

그의 말이 귓가에 밀려들었다. 가슴 한편 어딘가를 예리한 칼로 베인 기분이었다.

머리가 깨어질 듯 아팠다. 극심한 속 쓰림이 밀어닥치는 통에 눈꺼풀이 절로 올라갔다.

눈을 뜬 무원은 잠시 멍했다. 여긴 어디지? 햇살이 통으로 비치는 밝은 방 안이 낯설다.

"깼냐?"

기세등등하게 팔짱을 낀 채 눈앞에 서 있는 것은 우경이었다. 우경의 클리닉에 딸린 방인 모양이다.

"어떻게 된 거야?"

"기억 안 나?"

우경은 말을 걸며 생수병을 따서 내밀었다.

"……필름 끊겼어. 내가 왜 여기에 있지?"

"유래 씨 연락 받고 내가 데리고 왔어."

"유래?"

이건 또 무슨 소리인가.

"자세한 건 나도 몰라. 너 많이 취해서 한남동으로 데려갔다던데 거기 지금 공사 중이잖아. 네 휴대전화로 나한테 연락했더라."

기억이 날 듯 말 듯 하는데 속에서 쓴물이 올라왔다. 빈속에 안주 하나 없이 술만 들이켰으니 당연한 결과였다. 무원은 잔뜩 찌푸린 얼굴로 위장 부근을 눌렀다.

"속 쓰려? 근처에 해장국 괜찮은 집 있는데 나가자."

"아니, 해장국은 별로야. 토마토 있어?"

"토마토? 아마 아래층 카페에 있을걸."

"토마토 좀 갈아줘. 꿀 한 스푼 넣어서."

우경은 별 괴상한 걸 찾는다는 얼굴을 하면서 카페로 내려갔다.

무원은 이마를 짚으며 기억을 더듬었다. 회식에서의 불쾌한 감정이 고대로 되살아났다.

백화점과 협력업체 사이의 갑을관계에 대해서는 모르지 않는 바다. 회식이나 환영회를 빙자한 모임에 '협력업체 길들이기'란 알력이 존재한다는 것도.

그러나 눈앞에서 유래가 곤란해하는 모습을 보자 분노가 치밀었다. 거기에 알짱대는 '김태호 대리'와 억지로 술을 먹이려던 최 차장까지 덤으로 붙자 무원의 얼굴이 구겨졌다.

그리고 어쨌더라.

마지막으로 떠오르는 것은 손목이 붙들린 유래의 당황한 얼굴이었다.

'그래도 집에 데려다줄 정도의 의리는 있다는 건가.'

슬퍼해야 할지, 기뻐해야 할지. 침대에서 몸을 일으키는데 우경이 토마토주스를 들고 왔다. 무원은 주스를 단번에 들이켰다. 유래가 만들어주던 것보다는 단맛이 강했지만 찬밥, 더운밥 가릴 처지가 아니었다.

그 모습을 보던 우경이 의미심장하게 입을 뗐다.

"그런데 너, 진짜 어제 일 아무것도 기억 안 나?"

"무슨 일?"

"차에서 키스한 거."

무원은 헛기침을 하면서 주스잔을 내려놓았다.

"무슨 헛소리야? 내가 차에서 뭘 해?"

"너, 차에서 유래 씨와 키스했다고."

순간 진공이 된 느낌이었다. 내가 차에서 키스를 했다고? 그것도 유래와? 우경은 어버버 하는 무원 앞에서 새벽의 일을 털어놓았다.

"택시 타고 너희 집 앞에 갔는데 차에서 둘이 그러고 있잖아. 얼마나 황당했는지 아냐. 유래 씨 민망할까 봐 택시로 동네를 두 바퀴나 돌았어."

소등상태였던 기억이 일제히 점등했다. 그의 팔을 붙잡던 가녀린 손의 감촉, 뜨거운 입술과 파르르 떨리던 속눈썹까지 떠올랐다.

맙소사. 무원은 입가를 눌렀다. 잠깐, 이게 끝이 아닌 것 같은데?

"우리가 아무리 30년간 서로 볼 거 안 볼 거 다 보고 지낸 사이라 해도 그런 프라이버시는 좀……."

"키 어딨어?"

"뭐?"

"내 차 키 어디 있냐고!"

무원은 소리를 버럭 지르며 우경의 말을 끊었다. 우경은 사이드테이블 위를 가리켰다. 키를 낚아챈 무원은 곧장 주차장으로 뛰어 내려갔다.

차문을 연 무원은 급히 블랙박스의 영상을 재생시켰다. 리모컨으로 어제의 영상을 찾던 그의 입에서 나지막한 신음이 새었다.

"망할……."

그와 동시에 영상에서는 안타까운 남자의 고백이 흘러나오고 있었다.

– 당신을 사랑해.

chapter 06

어쩌면, 지금도, 여전히

최근 대표가 어딘지 살짝 이상하다. 결재판을 들고 대표실에서 나오던 남 실장은 고개를 갸웃했다. 느슨하다고 할까, 멍하다고 할까. 관리부 회식에 참석한 다음 날부터 사흘 내내 이런 상태였다. 무슨 일이 있는 건가?

사내메신저를 보고 있던 정 비서가 남 실장의 곁으로 다가왔다.

"대박이에요, 대박. 지금 벨가 매장 앞에 줄 섰대요."

벨가와 파일로가 오픈한 둘째 날이었다. 공휴일을 낀 주말이라 어제보다 더 많은 인파가 몰렸다.

남 실장은 정 비서에게 파일로의 상황을 물었다.

"나쁘진 않다는데요. 일반적인 오프닝 수준. 지금 장혜원 팬 미팅 티켓 때문에 벨가에 사람이 너무 몰린 게 문제죠. 4년 만에 열리는 팬 미팅이라잖아요."

장혜원으로 말할 것 같으면 명실상부 대한민국 넘버원 여배우이자 중화권에서 떠오르는 블루칩이다. 극성팬이 팬 미팅에 칼을 들고 난입하는 사고를 겪은 뒤, 인터뷰는 물론 대중과의 접촉을 극도로 피해오다 간만에 개최한 행사라 의의가 컸다.

벨가에서는 오프닝 이벤트에 구매액 상위 300명에게 팬 미팅 티켓 상품을 내걸었다. 덕분에 어제 하루 벨가의 매출액은 패션관 전체 톱을 기록했다.

"그런데 좀 치사하지 않아요? 장혜원은 원래 투 피츠 전속모델인데 벨가 오프닝에서 티켓을 뿌리는 거. 같이 오픈한 파일로가 너무 불리해요."

짐작 가는 바가 없지 않다. 벨가는 오래도록 한경모직의 하청을 맡다가 독립한 브랜드다. 독립이라고는 하나 여전히 한경모직, 특히 투 피츠의 ODM을 맡고 있으니 한 본부장의 작품일 가능성이 컸다.

'곤란하네, 파일로.'

남 실장은 심각한 얼굴로 대표실 문을 바라보았다. 그때, 갑자기 대표실 문이 열리더니 무원이 밖으로 나왔다.

"남 실장, 잠시 매장 좀 둘러봅시다."

"네? 매장을 말입니까?"

대표가 바이어 접대를 제외하고 직접 영업 중인 매장에 행차하는 일은 드물었다. 남 실장은 떨떠름한 얼굴로 따라 나섰다.

엘리베이터에 오르던 무원의 머릿속에 또다시 그날의 기억이 떠오른다. 미치겠네, 진짜. 키스한 거? 그럴 수 있다 치자. 한두 번 한 사이도 아니지 않은가. 그런데 어쩌자고 그런 말을 했을까?

더 어이가 없는 것은 그 후 유래의 태도였다. 몇 번 마주칠 일이 있었지만 그를 제대로 쳐다보지도 않았다. 형식적인 묵례만 하고 지나쳐갈 뿐이었다.

충격이었다. 34년 만에 여자에게 처음 해본 고백에 돌아온 것이 철저한 무시라니. 그렇게까지 했으면 맞다 아니다 한마디쯤은 있어야지, 이 못된 여자야.

화가 났다가 서운했다가 오락가락을 반복하는 사이 엘리베이터가 매장 연결통로가 있는 층에 도착했다. 오프닝 매장으로 이동하던 무원은 눈살을 찌푸렸다.

통로에 사람이 너무 많았다. 시끄러운 중국인 단체관광객들이 몰리면서 여기가 백화점인지, 도떼기시장인지 분간이 가질 않았다. 벨가 쪽에서 웨이팅 라인을 설정하긴 했지만 인파가 몰리면서 줄이 반대편 파일로 매장까지 이어졌다. 어제 벨가를 제외한 패션관 전체매출이 곤두박질친 이유가 있는 셈이다.

무원은 걸음을 파일로 매장으로 돌렸다. 벨가 매장에서 늘어선 줄로 붐비는 입구와는 달리 매장 안은 상당히 한산한 편이었다. 파일로 역시 나름대로 사은품이나 이벤트 준비를 하긴 했지만 장혜원이란 특급카드를 업고 나온 벨가에는 역부족이었다. 무원도 투 피츠가 장혜원을 벨가에 투입하리란 것은 예상 못 했다. 묘수일지, 악수일지는 두고 봐야 알겠지만.

카운터에 있던 유래가 놀란 얼굴을 하더니 허리를 90도로 숙였다.

“안녕하세요, 대표님. 저희 매장에는 어쩐 일이십니까?”

어쩜 저렇게 아무렇지도 않게 ‘대표님’ 소리가 나오는 걸까.

매니저를 구하지 못한 파일로는 유래가 직접 매장에 서는 수밖에 없었다. 백화점 규정상 매니저급 관리자는 유니폼이 아닌 자체 브랜드 사복을 입을 수 있다. 예외적으로 남성복을 여성 매니저가 담당하거나 여성복을 남성 매니저가 담당할 경우에만 유니폼을 입게 되어 있다.

무원은 성원백화점 유니폼을 입은 그녀를 감상하듯 바라보았다. 같이 살 때는 본 적 없는 바지정장이 새롭게 느껴졌다.

“매장에 오는 데 이유가 필요합니까. 옷 사려는 거지.”

“옷을 구입하신다고요?”

유래는 곤란한 듯 눈을 내리깔았다.

옷을 사다니. 그가 직접 옷을 사는 일은 없을뿐더러 SPA 제품은 쳐다보지도 않는다는 걸 아는 까닭이다.

가뜩이나 키스한 날 이후 얼굴을 마주하는 것도 불편해서 열심히 피해 다니는 중인데, 다짜고짜 들이닥쳐서 옷을 사겠다니 무슨 생각이지?

가만히 있던 남 실장이 기지를 발휘했다.

"입점 브랜드 제품을 구입해주는 것이 성원백화점 관행입니다."

거짓이 아니다. 대표가 직접 매장에서 구입하는 경우가 없을 뿐, 실제로 신규 입점 브랜드가 들어오면 비서실에서 적당히 제품을 구입한 뒤 대표의 개인 판공비로 처리하곤 했다.

'관행'이란 말에 유래는 겨우 굳은 표정을 풀었다.

"원하시는 상품이 있으신지요?"

"제일 비싼 걸로 합시다. 어차피 매출액이 중요할 거 아닙니까?"

특별한 의미를 둔 말은 아니었으나 유래의 얼굴이 진지해졌다.

"물론 매출도 중요하죠. 하지만 고객이 저희 브랜드 옷을 얼마나 즐겨 입어주시느냐가 더 중요하다고 생각해서요."

제사보다 젯밥에 관심이 있는 정곡을 찔린 기분이었다.

유래는 적당한 가격대의 홈웨어와 셔츠를 추천했다. 무원이 평소 편안하게 입는 스타일 그대로였다. 이 정도라면 까다로운 그도 걸치기에 무리가 없어 보였다.

"색상이 무난해서 가지고 계신 옷과 매치하셔도 무리가 없으실 겁니다. 이 디자인의 경우는……."

무원은 조곤조곤 설명을 하는 여자의 입술을 뚫어져라 바라보았다. 연하게 립글로스를 바른 입술이 얼마나 촉촉하고 부드러웠는지 고스란히 떠올라 괴로울 지경이었다. 그러거나 말거나 열심히 설명을 하던 여자가 이상한 낌새를 느꼈는지 말을 멈췄다.

"저, 무슨 문제라도……."

문제는 심각하게 있지. 키스 나 혼자 했어? 물론 시작은 내가 했지만 중간부터는 분명히 반응이 왔잖아. 그건 뭐냐고. 무원은 질척대는 남자의 끝을 보기 전에 애꿎은 남 실장의 옆구리를 찔렀다.

"남 실장님도 하나 사시죠."

"네? 저도요? 아, 그렇죠. 저도 당연히 사야죠. 흠흠, 뭐가 좋을까요?"

"괜찮으시면 카디건을 추천해드릴게요. 이번 시즌 주력상품입니다."

유래가 디스플레이에 걸린 카디건을 가리키며 웃었다. 예쁜 눈이 반달이 된다. 아니, 왜 나한테는 안 웃어주면서 남 실장한테는 웃나? 무원의 심기가 불편해지는 것을 느낀 남 실장은 눈치만 살핀다.

"네, 그럼 그걸로……."

"사이즈가 어떻게 되시죠?"

"사실 제 옷은 전부 집사람이 구입하는지라 사이즈를 잘 모릅니다."

"줄자 가지고 와서 봐드릴게요."

유래가 줄자를 가지러 카운터 쪽으로 향했다.

그때, 파일로 매장 앞까지 늘어선 벨가의 웨이팅 줄에서 작은 소란이 일어났다. 소란이 커진다 싶더니 누군가 매장 입구에 디스플레이로 쌓아둔 사은품 선물상자들을 건드렸다.

무원의 눈에 상자의 탑이 유래 쪽으로 무너지는 광경이 슬로모션으로 보였다. 곧이어 상자들이 쏟아지는 둔탁한 소리가 매장 안 가득 울렸다.

놀란 무원은 급히 무너진 상자더미로 달려갔다. 한 박자 늦게 사고를 알아차린 남 실장과 매장 직원들도 마찬가지였다.

다행히 상자에 깔린 유래는 조금 놀란 것 외엔 멀쩡해 보였다. 사은품이 든 상자라 무겁지 않은 덕도 있지만 누군가 그녀를 감싸고 있었다. 근처에 있던 고객인 듯했다. 무원이 안도의 숨을 내쉰 순간이었다.

"괜찮으세요? 안 다치셨어요?"

자신을 구해준 남자를 살피던 유래의 눈이 커졌다. 떨리는 입술이 천천히 열렸다.

"도윤 오빠."

오빠? 대체 누가 오빠라는 거야. 무원은 의아한 시선을 던졌다. '도윤 오빠'라 불린 남자는 유래를 보호하던 팔을 풀고 몸을 일으켰다.

"오랜만이다, 유래야."

남자의 얼굴을 본 무원의 표정이 흔들렸다.

'도윤 오빠'의 정체는 얼마 전에 호텔에서 마주친 그 남자였다.

LJ파트너스 법무이사 강도윤.

유래는 낮에 받은 명함을 한 번 더 들여다보았다.

'도윤 오빠, 검사를 그만뒀구나.'

3년 전, 마지막으로 만났을 때 그는 검사였다. 경제사범을 전문으로 다루는 특수부 검사.

유래가 도윤을 처음으로 만난 것은 열두 살 무렵이었다. 도윤은 비서실장이었던 강 실장의 아들로 이복오빠인 유현의 친구이기도 했다. 그는 삭막했던 성북동에서 유일하게 온기를 내어준 사람이었다.

미국의 대학으로 유학 가기 전까지 지냈던 성북동에서 그가 없었다면 필시 말라 죽든가, 굶어 죽든가, 얼어 죽었을 것이다.

유래는 조심스럽게 명함에 적힌 번호로 문자메시지를 남겼다.

[오빠, 저 유래예요. 아까 잘 들어갔어요? 매장 정리하느라 인사를 제대로 못 해서요. 몸은 괜찮아요?]

전송버튼을 누른 지 10초도 되지 않아 답장이 도착했다.

[괜찮아. 그런데 유래 널 거기서 볼 줄은 몰랐어.]

[저도요. 어떻게 된 거예요?]

하긴 3년 전에도 구치소 앞에서 만날 줄은 몰랐다. 인상이 조금 날카로워졌나. 그럼에도 뭔가 말하는 것 같은 깊은 눈매를 본 순간 바로 알아보았다. 도윤 오빠라는 걸.

[선물할 게 있어서 백화점 갔는데 익숙한 모습이 보이길래. 미국 간다는 이야기 들어서 설마 했었지. 매장 들어가서 한참 있었는데 넌 다른 손님 보느라 못 알아보더라. 미국에선 언제 왔니? 아주 온 거니?]

[아뇨, 일 때문에 장기출장이에요.]

[백화점에서 일해?]

[파일로라는 브랜드 영업사원이에요. 백화점은 사정이 있어서 잠시 일하고 있어요.]

[그렇구나. 안 그래도 거기 대표이사란 사람, 너무 이상해서 일한다면 말리고 싶었어.]

응? 막힘없이 키패드를 누르던 손가락이 멈칫했다. 이상하다고?

사고가 났을 때 무원은 도윤을 대표실로 데려갔다. 도윤은 몇 차례나 괜찮다고 했지만 무원은 '사고처리'를 강조했다. 덕분에 유래는 제대로 된 인사도 못 하고 명함 한 장 받은 것이 다였다. 그때 무슨 일이 있었던 걸까.

"퇴근 안 하고 뭐 하고 있어?"

뭐라고 답장을 보내야 하나 고민하는데 목소리가 귀에 박혔다. 몸을 돌리자 무원이 매장으로 들어서는 중이다.

"대표님?"

"다른 사람 없을 때는 '대표님' 소리 좀 안 하면 안 되나?"

유래는 대답 대신 그에게 물었다.

"여긴 왜 왔어요?"

"내가 내 백화점 돌아다니는 것도 이유가 필요해? 그보다 뭐 하는 거냐고."

무원은 바닥에 늘어놓은 포장지와 상자, 상품들을 가리켰다.

"낮에 망가진 사은품들 다시 포장하고 있어요."

관리부에 아무리 항의를 해도 들은 체도 않던 벨가의 웨이팅 라인은 당장 이벤트를 중단하라는 대표의 한마디에 정리되었다. 다행히 오후 영업은 정상적으로 돌아갔고 매출도 제법 올랐다.

무원은 무엇인가 마음에 들지 않는지 미간을 찌푸렸다.

"어차피 돈 받고 파는 물건도 아닌데 이렇게까지 해야 하나?"

평생 사은품이라는 것에 관심도, 챙겨본 적도 없는 사람다운 말이었다.

"돈과 상관없어요. 이건 선물이고 받는 사람이 기분 좋았으면 하는 거니까. 공짜라고 엉망인 물건을 받고 싶은 사람은 없어요."

무원은 잠시 말이 없었다. 유래는 그를 무시한 채로 바닥에 앉아 다시 포장을 시작했다. 멀뚱하게 서 있던 무원이 양복 소매를 걷었다. 그의 다음 행동이 짐작가지 않은 유래가 물었다.

"뭐 하세요?"

무원은 대답 대신 옆에 털썩 앉았다.

"혼자 이걸 다 하겠다고? 포장하다가 밤새우고 싶어?"

황당한 유래는 그의 의도를 물었다.

"도와주겠다는 거예요?"

"왜? 싫어?"

됐으니까 가시라고 자존심을 내세우고 싶어도 현실은 녹록지가 않다. 실제로 포장해야 하는 상자는 이백 개가 넘었다. 유래는 그의 도움을 받아들이기로 했다.

"거기 보이는 상자에 여기 있는 물건들, 넣어주세요. 작은 상자는 양말이고, 중간 상자는 모바일전용 파우치예요. 그리고 큰 건 목베개."

무원은 목베개가 신기한 듯 만지작거렸다.

그러고 보니 저 목베개, 출장도 자주 다니는 사람이니 하나 챙겨줄걸. 엉망이 된 매장을 수습하느라 거기까지 생각을 못 했다. 유래는 조심스럽게 물었다.

"하나 줄까요?"

무원은 어이없다는 표정을 지었다.

"필요 없어. 내가 사은품 따위, 가지고 싶어 할 사람으로 보여?"

"그래요, 그럼."

유래는 담백하게 그의 거절을 받아들였다. 포장지를 자르려는데 무원이 말을 걸었다.

"그보다 낮에 그 남자, 당신과 무슨 사이야?"

낮에 그 남자?

"강도윤 씨 말하는 거예요?"

"그래, 강도윤 씨. 무슨 사인데 오빠야? 당신 오빠는 이유현 하나잖아."

무원은 유독 '오빠'라는 말에 힘을 줬다. 그래서인지 묘하게 빈정거리는 것처럼 들리기도 했다.

"예전부터 집안일 봐주시던 강 비서실장님, 아들이에요."

"비서실장 아들인데 그렇게 친근하게 굴어?"

별걸 다 묻는다고 어이없어하면서도 일단 대답은 했다.

"집에 자주 왔었어요. 유현 오빠 친구이기도 했으니까."

"오빠 친구란 말이지……."

무원은 생각하는 것처럼 중얼거렸다.

그러고 보면 두 사람은 평범한 친구 사이는 아니었던 것 같다. 전교 1등만 도맡아 하던 도윤과 학교에서도 포기할 정도였던 문제아 유현. 강 실장을 제외하면 둘 사이에는 어떤 접점도 없었으니까.

한동안 바스락바스락 종이 소리만 울렸다. 정신없이 포장을 계속하는 사이, 손가락에 따끔한 느낌이 들었다. 포장지를 자르던 커터 칼에 스쳤는지 피가 번져 있었다.

"왜 그래? 다쳤어?"

"약간 베였나 봐요."

"어디 좀 봐."

"괜찮아요."

괜찮다는 말에도 무원은 마음대로 손을 잡더니 손가락을 확인했다. 직접적으로 전해지는 그의 체온에 유래의 심장이 조금 빠르게 뛰었다. 손을 꼭 잡은 그가 알아채지 않을까 걱정될 정도로.

"다행히 깊이 베이진 않았어."

손가락 끝을 꾹 누르던 무원의 시선이 자연스럽게 흘러내린 소매 사이로 비치는 멍 자국에서 멈췄다. 그는 조심스럽게 자국을 매만졌다.

"이건 왜 이렇지?"

"아, 당신이 그날……."

별생각 없이 대답하다가 빤히 바라보는 무원과 눈이 마주쳤다. 불현듯 키스했던 기억이 떠오르면서 얼굴에 피가 몰렸다.

"내가 이랬어?"

"기억 못 하면 됐어요. 좀 세게 잡은 거예요. 별거 아니에요."

유래는 재빨리 무원의 손을 푼 다음 포장지를 집어 들었다. 그러나 무원은 심각한 표정을 풀지 않았다.

"그날 일 말인데……."

그날, 무슨 일? 난데없이 키스한 일? 아니면 다른 여자를 향한 고백? 어느 쪽이든 무원의 입을 통해 재연되는 것은 원하지 않는다. 유래는 선수 치듯 약간 큰 소리로 말했다.

"난 신경 안 써요. 무원 씨도 그랬으면 좋겠어요."

"뭐?"

"그날, 많이 취했었다는 거 알아요. 취하면 실수할 수 있다고 생각해요. 그러니까……."

고개를 들던 유래는 매섭게 쏘아보는 시선에 움찔했다. 서늘하게 변한 눈빛은 상처받은 것 같기도 했다. 무원은 가라앉은 목소리로 되물었다.

"실수일 뿐이라고?"

무슨 말을 더 해야 할지 몰라 눈을 깜빡였다. 다른 여자로 착각한 건 실수 맞잖아. 그러나 찬바람이 이는 얼굴을 보니 한마디도 나오지 않았다.

"지독한 대답이군."

"무원 씨?"

유래가 놀란 얼굴로 그를 올려다보았다.

"적당히 하고 가."

뭔가 실수한 걸까. 무원은 자리에서 일어나 등을 돌렸다.

문득 이혼을 하고 나오던 법원 앞에서 보았던 그의 '등'이 떠올랐다. 고집스럽고 쓸쓸해 보이던 등.

유래는 일을 마무리하고 돌아와서도 쉬이 잠들지 못했다.

다음 날 오후, 도윤이 매장으로 찾아왔다. 오프닝행사는 여전히 진행 중이지만 비가 내리는 탓에 어제보다 한산했다. 유래는 반가움 반, 놀라움 반으로 그를 맞았다.

"오빠, 어쩐 일이에요?"

"살 것도 있고, 어제 문자도 신경 쓰여서. 좀 애매한 데서 끊겼잖아."

그제야 무원 때문에 중단된 문자가 떠올랐다. 거기에 상처받은 남자의 뒷모습도. 유래는 기분을 바꾸려고 일부러 밝게 말했다.

"미안해요. 일하던 중이라 그랬어요."

"그렇게 늦은 시간까지 일한 거야?"

"지금 제일 바쁜 때거든요. 그러고 보니 어제도 선물할 게 있다고 했죠? 누구 선물이에요?"

"아버지."

"아버지요?"

유래가 멍해 있자 도윤이 정정했다.

"아, 미안. 새아버지야. 사실 어머니, 얼마 전에 재혼하셨어."

"그랬구나."

도윤이 성북동에 발길을 끊은 것은 사법고시를 준비하면서부터였다. 유래 역시 얼마 지나지 않아 미국으로 떠났고 한국에 돌아와서도 강 실장과 만날 일은 거의 없었다. 그의 마지막을 신문기사로 접하기 전까지는.

스타로드 건설 화재사건의 책임을 지고 스스로 목숨을 끊은 책임자, 그가 강 실장이었다.

유래는 잠시 고민하다가 카디건을 집어 들었다.

"우리 브랜드는 이삼십 대에 주력한 상품이 많아서요. 아버님께 괜찮은 선물이라면 카디건이 제일 무난할 듯싶은데. 아버님은 무슨 일 하세요?"

"동네에 오래된 약국을 하고 계셔."

"약사시구나. 그럼, 편하게 실내에서 신을 수 있는 실내화는 어때요?"

"그것도 좋겠다. 골라줄래?"

유래는 기쁜 마음으로 도윤의 새아버지를 위한 선물을 골랐다. 그래서 몰랐다. 도윤이 얼마나 깊고 부드러운 눈으로 자신을 바라보고 있는지.

차는 약간 외진 시골길을 달리고 있었다. 운전을 하는 직원이 도윤에게 물었다.

"저 모퉁이를 돌면 됩니까?"

"그래, 바로 약국이 보일 거야."

도윤은 창문을 살짝 열면서 옆 좌석에 놓아둔 성원백화점의 쇼핑백을 바라보았다. 쇼핑백 밖으로 삐죽이 튀어나온 큰 사은품 상자는 목베개였다. 쇼핑을 하면서 사은품을 챙겨보는 건 처음이었다.

갑자기 약속이 취소되는 바람에 들르게 된 백화점이었다. 그는 원래 갑작스러운 약속 취소를 세상에서 제일 싫어했다. 밥 먹듯이 약속을 어기던 어떤 남자 때문에.

그럼에도 어제만큼은 고마웠다. 나중에 한번 찾아볼까 했던 유래를 만나게 될 줄은 몰랐으니까.

처음 만난 날의 기억이 마치 어제처럼 생생하다. 중학교 2학년, 무척 추운 겨울이었다. 전국 수학경시대회에 3학년을 제치고 학교 대표로 뽑혔는데 어쩐 일로 아버지가 대회장에 데리러 오겠다는 약속을 지켰다.

늘 일에 미쳐 사는, 정확히는 유성물산 일가의 '5분 대기조'가 되어 사는 아버지 때문에 부모님 사이는 좋지 않았다. 말단 운전기사에서 시작해 대기업의 비서실장이 된 아버지는 성실함의 화신 같은 사람이었다.

도윤은 아버지를 좋아했고 존경했다. 한창 사춘기의 소년인지라 솔직히 표현 못 하고 틱틱대기 일쑤였지만. 아버지는 차문을 열어주며 그에게 물었다.

「어때? 결과 잘 나올 것 같아?」

「모르겠어요. 잘 나오겠죠.」

「엄마는 오랜만에 친구 만난다더라. 우리는 갈비 먹고 가자.」

아버지는 가족 외식으로 자주 가는 갈비집에 전화를 걸어 자리를 마련해달라고 했다. 오랜만에 아버지와 외식을 할 생각에 도윤은 설렜다.

그때였다. 여느 때처럼 휴대전화가 울리자 아버지는 난감한 표정을 지었다. 도윤은 불퉁하게 말했다.

「오늘은 전화 안 온다고 했잖아요?」

「그랬지. 그런데 무슨 중요한 일이 생겼나 보다. 잠깐만.」

아버지는 서둘러 전화를 받았다. 뭔가 심각한 이야기가 오간 뒤, 아버지는 전화를 끊으며 조심스럽게 입을 뗐다.

「도윤아, 미안한데 갈비는 다음에 먹어야겠다.」

「왜요? 뭔데요?」

「사장님 집 아이한테 문제가 생겼나 봐. 그래서 지금 가봐야 할 것 같아.」
화가 났다. 그런 게 어딨어. 내 약속이 먼저잖아. 당신은 내 아버지인데, 왜 자기 아들을 두고 남의 집 애를 보러 가는데.
도윤이 조수석에서 내릴 생각을 않자 아버지는 한숨을 쉬며 말했다.
「좀 멀긴 하지만 같이 갈까? 내일 너 학교 쉬지?」
「어디 가는데요?」
「강릉.」
도윤은 아버지 차를 타고 강릉으로 향하는 내내 속으로 '사장님 집 아이'를 저주했다. 동갑인 말썽쟁이가 있다는 이야기는 예전부터 익히 들었던 터다. 사고뭉치 자식, 보이기만 해봐. 어퍼컷 한 방을 제대로 먹여줄 테다.
아버지가 곤란해지든 말든 알 바 아니었다. 차라리 곤란해져서 그 망할 집 일은 다 때려치웠으면 좋겠다, 치기 어린 마음도 없진 않았다.
그러나 함박눈이 내리는 어떤 집 앞에서 매서운 바닷바람에 오들오들 떨고 있는 건 소문의 말썽꾼이 아니었다. 엄마를 부르며 울고 있는 계집아이였다. 온몸이 눈물로 된 양 울어대던 하얀 아이.
아버지의 차에 탄 유래는 기진한 듯 깊이 잠들어버렸다. 도윤은 뒷좌석을 흘깃 보며 말했다.
「사장님 집, 외동이라고 안 했어요?」
「이번에 동생이 생겼어.」
「동생이 하늘에서 떨어져요? 갑자기 생기게?」
아버지는 유래가 잠든 것을 확인하며 조심스럽게 말했다.
「엄마가 다른 동생이야.」
아, 그렇구나.
도윤은 그제야 여자아이가 엄마를 부르며 우는 이유를 알 것 같았다.
「그럼 재는 엄마한테서 버림받은 거예요?」
「어른에게는 어른들의 사정이 있어. 이런 이야기, 어디 가선 절대 하면 안 된다.」

납득하기 힘들었지만 어른들의 사정이란 말에 도윤은 일단 고개를 끄덕였다. 너도 참 힘든 인생이구나. 철모르는 중학생 주제에 소금에 절인 배춧속처럼 늘어진 계집아이를 동정했었다. 어쩌면, 지금도, 여전히.

"어서 와라."

모퉁이 약국 문을 밀고 들어가자 풍채 좋은 노년의 약사가 뛰어나왔다. 도윤은 고개를 숙여 인사했다.

"잘 지내셨어요?"

"그럼, 잘 지내다마다. 너는?"

"잘 지냅니다."

"저녁 안 먹었지? 네 엄마 아침부터 잡채다, 갈비찜이다 야단이야. 동네잔치라도 할 기세다."

새아버지의 말처럼 약국 2층의 주택에서는 한창 준비 중인 음식 냄새가 났다.

도윤은 새아버지가 조금 일찍 약국을 마무리하는 것을 도운 뒤, 2층으로 올라갔다. 식탁에는 온갖 음식이 푸짐하게 차려져 있었다.

가스레인지 앞에 서 있던 어머니가 반가운 얼굴로 몸을 돌렸다.

"이제 오니. 배고프지?"

눈에 띄게 쇠약해졌던 어머니는 재혼을 통해 겨우 안정을 찾았다. 원래 아버지와 어머니는 사이좋은 부부는 아니었다. 같은 집에 살면서도 서로 얼굴을 마주하거나 대화를 나누는 적이 거의 없었다.

그럼에도 아버지의 죽음에 어머니가 받은 충격은 도윤의 예상을 뛰어넘었다. 거식증으로 몸무게가 30킬로대까지 떨어져서 제대로 거동조차 하지 못했다.

요양차 고향으로 돌아갔던 어머니는 그곳에서 지금의 아버지를 만났다. 재혼한 새아버지는 어머니와 어린 시절부터 오빠 동생으로 알고 지낸 사람으로 사별 후 홀로 자식들을 출가시켰다고 한다.

도윤은 준비해온 선물과 한우 세트를 내려놓은 뒤 식탁에 앉았다. 명품코트니 구두니 다 마다하던 새아버지가 카디건과 실내화는 마음에 들어 하셔서 덩달아 기분이 좋아졌다.

바로 식사가 시작되고, 가벼운 반주가 오간 후에 새아버지가 물었다.

"절은 잘 다녀왔니?"

"네."

그가 말하는 절은 친아버지의 위패를 모신 곳이다.

얼마 전 아버지의 기일, 도윤은 혼자 절에 다녀왔다. 매년 어머니를 모시고 가던 곳이었지만 재혼을 하신 올해부터는 혼자 가기로 했다.

스타로드 사건 당시, 그는 1년간 검찰청 해외연수 예정으로 미국에 있었다. 하루하루 바쁜 나날이었는지라 일이 터진 뒤 한참 뒤에야 소식을 접했다. 아버지가 사건의 총책임자로 지목되었다는 것도 어머니의 전화를 통해서야 알았다.

아버지는 다급한 아들의 연락에 괜찮다는 말을 되풀이했다. 걱정하지 말라고, 아무 일 없을 거라고.

그러나 부고가 전해진 것은 바로 다음 날이었다. 그는 검찰의 소환조사를 앞두고 평생을 몸 바쳤던 회사에서 스스로 목을 맸다. 유가족들에게 죄송하다는 유언과 함께.

가끔 생각한다. 대체 아버지는 얼마나 궁지에 몰렸으며 그의 인생은 뭐였을까 하고. 평생을 가족도 돌보지 않고 일개미처럼 일했는데 얻은 것이라곤 억울한 누명뿐이라니.

갑자기 속이 울렁거렸다. 아무래도 당분간은 술을 마시면 안 되겠다. 절에 다녀온 다음 호되게 앓아누웠는데 아직 다 나은 게 아닌 모양이다.

어머니는 도윤의 상태가 좋지 않음을 어느 정도 눈치챈 듯했다.

"요즘 일이 많이 힘드니? 얼굴빛이 너무 안 좋다. 일 좀 편해지려고 검사 그만두고 회사로 들어간 거 아니었어?"

어머니에게는 검사를 그만둔 진짜 이유를 말하지 않았다. 도윤은 아무렇지 않게 말했다.

"지금 진행 중인 프로젝트가 막바지라서요. 신경 쓸 일이 좀 많아요."

"그래? 끝나면 좀 여유 생기는 거지? 너도 슬슬 결혼해야지. 만나는 아가씨 없어?"

"일이 정리되면요."

식사를 끝낸 도윤이 집을 나서자 새아버지가 주차한 곳까지 그를 배웅하러 나왔다.

"대리기사 불렀니?"

"아뇨, 운전할 직원이 올 겁니다."

직원을 기다리는 동안 도윤은 새아버지에게 물었다.

"어머니 다시 만나셨을 때 어떠셨어요?"

"어떻다니?"

"두 분, 어릴 때 서로 아셨잖아요."

"하하, 이런 말 하면 노인네 주책이다 하겠지만 내 눈에는 네 엄마가 양 갈래머리 옆집 소녀 그대로 보였단다."

빙그레 미소를 짓는 새아버지를 보며 도윤이 말을 꺼냈다.

"신기해요. 저도 오늘 예전에 알던 아이를 다시 만났는데 어린 시절 느낌이 남아 있어서 놀랐습니다. 제가 그 애를 좀 좋아했거든요."

친아버지였다면 유래를 좋아했었단 말은 꺼낼 수도 없었을 것이다. 유래를 모르는, 과거와 상관없는 사람이기에 할 수 있는 말이다.

"좋은 감정이 있다면 한번 만나보지 그러니?"

아마 이런 말도 들을 수 없었을 것이고.

도윤은 고개를 저었다.

"글쎄요. 지금 감정이 그냥 예전의 그리움인지, 단순한 호감인지 구분이 되지 않아서요."

"그게 그렇게 구분이 필요한 일이니?"

"……."

"사람 마음이란 게, 이거다 저거다 딱 나뉘는 게 아니잖니. 어차피 인생은 한 번뿐이고 흘러가버린 부분은 돌아오지 않는다. 그러니까 도윤아, 가끔은 네 마음이 가는 대로 그냥 놓아두렴."

얼마 지나지 않아 직원이 도착했다. 도윤은 새아버지가 한사코 거절하는 현금봉투를 주머니에 넣어드린 뒤, 차에 올랐다.

차가 움직이기 시작하자 뒷좌석에 치워둔 목베개가 눈에 들어왔다. 도윤은 손을 뻗어 베개를 목에 걸쳤다.

「이렇게 펴서 지퍼를 열면 무릎담요가 들어 있어요. 차 구석에 하나 정도 있으면 유용할 거예요.」

열심히 설명하던 모습이 떠오르자 웃음이 픽 났다. 너를 다시 만날 줄이야. 편안해서 눈이 절로 감겼다. 이런 시간이 얼마 만이지?

「가끔은 네 마음이 가는 대로 그냥 놓아두렴.」

그래볼까, 어차피 한 번뿐인 인생인데.

직원의 목소리가 조용한 차 안을 갈랐다.

"이유현 전무가 움직였답니다."

잠시나마 꿀 같은 휴식을 취하던 도윤은 눈을 번득 떴다. 그는 날카롭게 물었다.

"어디로?"

"이태원 김 사장을 만날 모양입니다."

"이유현에게 아직 돈을 빌려줄 사람이 남은 모양이지?"

"성북동 사모 인맥인 모양입니다."

김 사장이라면 기업의 돈세탁을 전문으로 하는 현금부자였다. 사정이 급한 곳이라면 어디든 융통해주지만 뒤끝이 좋지 않다는 소문이 자자하다.

굶주린 사냥감이 마지막 발악을 하는 모양이다. 전문업자들에겐 '독사'라 소문난 김 사장 돈에까지 손대려는 걸 보니.

"차 돌려. 김 사장을 직접 만나야겠어."

"알겠습니다."

이제 진짜 얼마 남지 않았구나. 2년을 공들여왔다. 마지막 피날레는 멋지게 장식해야지.

도윤은 무표정하게 목베개를 내려놓았다.

오랜만에 저녁이나 함께하자는 한 회장의 전화가 있었다.

약속장소에 도착했을 때, 방에는 선객이 있었다. 무원은 눈살을 찌푸렸다.

"선약이 있으신 줄은 몰랐군요."

"최 대표, 어서 오게. 선약은 아니고 조금 일찍 도착해서 적적하던 차에 아는 얼굴이 보이지 뭔가. 마침 이쪽도 일행이 도착 안 했다고 해서 오랜만에 사는 이야기나 들어보려고 불렀네. 서로 인사나 합세. 이쪽은……."

"알고 있습니다. 우리 구면이죠, 강도윤 씨?"

도윤이 자리에서 일어서며 묵례를 했다. 한 회장이 의아한 얼굴로 물었다.

"자네, 강 이사는 어떻게 아는 건가?"

"얼마 전에 백화점에서 만났습니다. 매장에 작은 문제가 있어서요."

"아니, 매장 문제까지 대표가 관여하나?"

옆에 있던 도윤이 대신 대답했다.

"별일 아닙니다. 작은 안전사고 정도였습니다. 사실 저도 그날 좀 놀랐습니다. 대표님께서 협력업체 일에 그렇게 신경 쓰실 줄은 몰랐거든요."

도윤의 입가는 웃고 있었지만 시선은 냉랭했다. 무원은 도윤을 무시한 채, 한 회장에게 물었다.

"저보다 한 회장님은 강도윤 씨를 어떻게 아시는 겁니까?"

"과거에 인연이 좀 있지."

"과거의 인연이요?"

"사실 강 이사 이 친구, 예전에 검사였다네. 경제사건 담당하는 형사1과 햇병아리 주제에 영장 들고 내 사무실에 와서 어찌나 당당하던지. 나중에 검찰청에서 진짜 크게 될 인물이다 생각했는데 그만뒀다니 아쉽구먼."

한 회장의 시선을 받은 도윤이 말했다.

"덕분에 검사생활 2년 차에 해외연수를 갈 수 있었죠."

"내가 좀 너그럽지. 다른 사람이었으면 어디 도서지방으로 날렸지, 경력에 도움 되는 해외연수 보내진 않았을 걸세."

한 회장이 호탕하게 웃었다. 검사였어? 무원은 조금 의외라는 눈으로 도윤을 바라보았다. 도윤은 일어나 정중하게 인사를 건넸다.

"일행이 오셨으니 전 그만 일어나겠습니다. 회장님, 오랜만에 즐거웠습니다. 인연이 닿으면 또 뵙겠습니다."

제법이군. 영장까지 가지고 만났던 사이라면 결코 좋은 끝은 아니었을 터. 담당검사를 해외연수 보내면서 억지로 사건을 무마시킨 한 회장 입장에서야 재미있는 인연이겠지만 그는 아닐 것이다. 얼굴을 마주하는 동안은 즐거운 시간도 아니었을 테고. 그런데도 일절 내색이 없었다. 속마음을 감추는 데 능한 인간이다.

한 회장과 식사를 마치고 나온 무원은 주차장에서 다시 도윤과 마주쳤다. 담배를 피우고 있던 도윤이 먼저 알은체를 했다.

"벌써 돌아가십니까?"

"일찍 끝났습니다. 강도윤 씨는요?"

"저는 차에 두고 간 물건이 있어서요."

도윤은 차를 가리켰다. 하필이면 무원과 같은 차종이었다. 차를 바꿔야 하나? 잠시 진지하게 고민하던 무원은 그에게 궁금한 것을 물었다.

"검사였다면서요? 한 회장님과는 어떤 인연입니까?"

도윤은 물고 있던 담배를 땅에 떨어뜨려 껐다.

"왜 물으시죠? 듣자하니 최무원 대표께서는 한 회장님 예비사위라는 것 같던데요."

저 늙은 구렁이는 대체 언제까지 자신을 팔고 다닐 건지.

"그건 그쪽 생각일 뿐입니다. 나와는 관계없는."

"그래요? 참 재미있는 관계군요."

"한 회장님과 무슨 일이 있었습니까?"

무원은 채근하듯 물었다. 도윤은 무원을 빤히 바라보았다.

"뭐, 어차피 예전 일이니 상관없겠죠. 한경모직이 브랜드를 인수하는 과정에서 기존 직원들에게 매출실적 강요를 했습니다. 고용승계를 빌미로요. 그리고 매출을 잔뜩 부풀린 다음에 인수작업 후 완전히 입을 씻었죠. 그 바람에 빚더미에 앉아 자살하는 사람이 있었습니다. 내가 그 사건 담당검사였어요. 나머지는 들으신 대로."

"그 일 때문에 옷을 벗은 겁니까?"

"아닙니다. 옷을 벗은 건 그냥 내 개인적인 이유였습니다."

그는 내뱉듯 말하며 차의 뒷좌석을 열었다. 익숙한 것이 시야에 잡혔다. 목베개였다. 언젠가 유래가 '하나 줄까요?' 했던 바로 그 목베개. 왜 여기 있는 거지?

서류를 꺼낸 도윤이 생각났다는 듯 무원에게 말했다.

"참, 저도 최무원 씨에게 묻고 싶은 말이 있는데요."

"뭡니까?"

도윤이 뭐라 입을 열려는 순간, 그의 안주머니에서 휴대전화가 울렸다. 도윤은 고개를 가볍게 숙이고는 전화를 받았다.

"유래야."

도윤의 입에서 흘러나온 이름에 무원은 멈칫했다.

"아니, 괜찮아. 그러지 말고, 유래야."

익숙한 이름이, 다른 남자의 입에서 다정한 목소리로 반복된다.

"내일 6시까지 백화점 앞으로 데리러 갈게. 정문 분수 앞에서 만나."

무원의 얼굴이 딱딱하게 굳었다.

입점 한 달이 지난 무렵이었다. 그간의 매출집계와 순위가 각 브랜드 매장으로 날아들었다.

집계표와 순위를 본 유래는 한숨을 폭 쉬었다.

브랜드 특성상 어느 정도 예상은 했지만 역시나. 매출액도 매출액이었지만 판매건수나 자체 인지도조사에서도 애초에 목표로 삼은 수치와 한참 동떨어진 상태였다. 어떻게 하지?

하루 종일 매출 생각에 빠져 있는 유래에게 건우가 말을 걸었다.

"매출 때문에 그러세요?"

아르바이트생인 건우는 연예인 기획사의 의상팀에서 일한 경력이 있다. 박봉과 연예인 갑질이 지긋지긋해서 일을 그만두고 지금은 편집숍을 차리기 위한 자금을 모으는 중이라 했다.

"너무 걱정 마세요. 곧 '이벤트존' 선정이 있잖아요. 지난달은 선정에서 밀렸지만 이번 달에 들어갈 수 있으면 다른 브랜드 따라잡을 수 있어요."

면세점과 별개로 중국인 단체관광객을 유치하는 이벤트존은 백화점 전체매출의 50퍼센트를 좌우하는 곳이다. 한 달간, 이벤트존에 들어간 매장과 아닌 매장의 매출차는 크게 세 배까지 벌어졌다. 실제로 상위 20위 안에 랭크된 브랜드는 전부 이벤트존의 혜택을 봤다. 매달 이벤트존 선정 매장을 정할 때면 각 브랜드에서 치열하게 눈치싸움을 벌이는 이유였다.

그러나 현재 노골적으로 파일로를 배척하는 한 본부장의 태도로 보면 이번 달도 어림없겠지. 배척하는 이유를 아니까 더 아무 말 못 하는 거고. 그렇다고 해사하게 웃는 아르바이트생을 기죽일 수는 없는 노릇이라 그래, 고개를 끄덕였다.

"그보다 매니저님, 이제 슬슬 나가셔야 할 것 같은데요."

5시 30분. 6시가 약속이니 슬슬 유니폼을 갈아입어야 했다. 한 달 꼬박 맡아오던 마감을 하지 않고 일찍 매장을 나서려니 어쩐지 걱정스럽다. 유래는 조심스럽게 건우에게 물었다.

"마감 괜찮겠어?"

건우가 웃으며 손사래를 쳤다.

"아이고, 저 혼자 하나요. 윤성이 형도 있잖아요. 사실 윤성이 형이나 저는 둘이 번갈아가며 쉬기라도 했지, 오픈부터 지금까지 매니저님은 꼬박 열두 시간씩 일하셨잖아요. 둘이서 잘할 테니 매니저님께서는 오늘 '간사남'과 식사나 잘하고 오세요."

"간사남?"

"간식 사오는 남자요. 줄여서 간사남."

도윤은 일주일에 한두 번은 꼭 매장에 들러 쇼핑을 했다. 그때마다 늘 직원들과 먹을 수 있는 간식거리를 사다 주곤 했다. 오늘은 그동안의 간식에 대한 보답 겸 유래가 저녁을 대접하기로 한 날이다.

"참, 말이 나왔으니 말인데요, 관리부 김 대리님 요즘 우리 매장에 뚱한 게 아무래도 '간사남' 때문인 것 같아요."

“도윤 오빠가 왜?”

“왜긴 왜예요. 딱 봐도 매니저님한테 관심 있어서 들이댔는데 난데없이 ‘간사남’이 등장했잖아요. 자기보다 인물도 좋고 직업도 좋고 비교가 안 되니까 심통난 거예요. 차라리 잘됐어요. 이참에 ‘간사남’ 그분, 꽉 잡으세요.”

“잡고 말고가 어딨어. 나한테는 진짜 오빠 같은 사람인데.”

“다 오빠 동생 하다가 여보 자기 되는 거래요. 화장 좀 고치시고요. 파이팅.”

카운터를 나오는데 무원이 막 매장에 들어섰다. 각이 잡힌 브리오니 슈트를 입은 무원은 특유의 아우라가 더해져 남성복 화보모델보다 근사했다. 놀란 건우가 말을 더듬었다.

“어, 어서 오십시오, 대표님.”

원래 집무실 밖으로 잘 나오지 않는 사람이라 했지만 최근 들어 매장에 자주 모습을 드러냈다. 그러나 특정 매장에 들어온 것은 오프닝행사 이후 처음이었다. 그리고 유래를 찾아온 것도 그날 이후 처음이었다. 무슨 일이지?

무원은 곧장 카운터 쪽으로 걸어왔다. 유래는 불안을 누르며 그에게 사무적인 말을 건넸다.

“어쩐 일로 오셨습니까?”

“내가 파일로에서 이 셔츠를 샀는데.”

그는 슈트 안에 입은 드레스 셔츠를 가리켰다. 회색의 스프라이트. 확실히 유래가 권해준 상품이었다. 이 셔츠를 이렇게 브리오니 슈트와 매치할 수도 있구나, 유래는 순수하게 감탄했다. 건우 역시 같은 생각이었는지 호들갑을 떨었다.

“아, 이게 저희 제품이었군요! 전 당연히 구찌나 랑방인 줄 알았죠. 그런데 제품에 무슨 문제라도?”

“제품 문제는 아니고 그때 잊은 게 있어서요.”

"잊으신 거라뇨?"

무원의 시선이 유래의 얼굴에 머물렀다. 불안감이 한층 더 커진다.

"목베개."

건우와 유래는 동시에 서로의 얼굴을 마주 보았다. 목베개? 지금 우리가 들은 거 맞아? 그렇지 않을까요? 무슨 목베개?

무원은 눈짓만 주고받는 그들에게 설명을 시작했다.

"오프닝 이벤트 때 이십만 원 이상 구입 고객에게 사은품으로 준 목베개 말입니다. 난 못 받았거든."

당황스러움의 정도를 넘어선 말에 유래는 말을 잃었다. 그러니까 지금 한 달 전에 못 받은 사은품을 내놓으라고 하는 건가?

"그래서 지금 그거 받으시겠다고요?"

무원은 당연하다는 듯 고개를 까닥했다. 무슨 이런 진상이 다 있어? 그것도 본인이 필요 없다며?

"……필요 없다고 하신 걸로 아는데요."

"내가 언제?"

세상에, 뻔뻔하기까지. 뒷목 잡겠다. 유래는 최대한 침착을 유지하려고 애썼다.

"죄송하지만 상품이 전부 소진되어 이벤트는 종료했습니다. 그때 못 받으신 건 유감이지만……."

"좀 이상하군요. 매출액 보면 도저히 다 소진시켰을 것 같진 않은데."

매출액 이야기에 할 말이 막혔다. 무원은 얄미운 입꼬리를 씩 들어올렸다.

"이유래 씨, 목베개 가지고 내 집무실로 와요. 매출 관련으로 파일로 담당자와 할 이야기도 있으니까."

"내일 가져다드리면 안 될까요? 오늘은 제가 다른 일이 있습니다."

다른 일이란 말에 무원의 눈매가 가늘어졌다.

"그래서, 협력업체 영업사원이 거래처 대표를 바람맞히시겠다, 뭐 이

건가?"

"아, 아뇨. 그건 아닙니다."

"어쨌든 나는 오늘 꼭 그 목베개가 필요하니까 가지고 오십시오. 본인이 직접. 알겠습니까?"

그는 깔끔하게 자기 할 말을 마치고 파일로를 떠났다.

유래는 망연한 표정으로 무원의 뒷모습을 바라보았다. 이게 말이 되는 일이야? 필요하다면 당장 목베개가 아니라 목베개 생산공장도 살 수 있는 사람이다. 그런데 한 달이나 지난 오프닝 사은품 달라고 떼를 쓴다고?

상황을 보고 있던 건우가 생각났다는 듯 손가락을 튕겼다.

"이거 혹시 모니터 아닐까요?"

성원백화점에는 '모니터'라 부르는 스트레스 테스트가 있다. '미스터리 쇼퍼'처럼 외부계약 직원이 각 매장에 손님으로 가장해 클레임 대처 능력을 테스트해서 점수를 매긴다. 이 점수는 매출액과 더불어 관리부의 브랜드 인지도 평가에 큰 영향을 끼쳤다.

유래는 바로 고개를 저었다.

"그럴 리 없잖아. 어느 '정신 나간' 백화점 대표가 이걸 직접 하겠어."

"뭐가 됐든 이벤트존 선정 얼마 안 남았잖아요. 괜스레 대표님에게 점수 깎여서 뭐가 좋겠습니까. 마침 윤성이 형이 물류창고 갔으니까 목베개 찾아오라고 할게요. 매니저님은 간사남에게 오늘 좀 늦어진다고 연락이나 하세요."

건우의 말이 맞다. 뭐가 됐든 당장 최무원의 심기를 거슬러서 좋을 건 없었다.

유래는 도윤에게 문자를 보냈다.

[오빠, 급한 일이 있어서 30분 정도 늦을 것 같아요. 죄송해요.]

잠시 후 답장이 도착했다.

[괜찮아. 일 끝내고 와. 기다릴게.]

어쩐지 안심이 되는 문자를 물끄러미 바라본 유래는 윤성이 가지고 온 목베개를 들고 무원의 집무실로 향했다. 그래, 기왕 주는 선물 다들 기분 좋으라고 비서실 직원 몫도 골고루 챙긴 참이다.

그러나 당장에라도 목베개가 없으면 큰일 날 사람처럼 그녀를 닦달하던 남자는 자리에 없었다.

"갑자기 급한 일이 생기셔서요."

비서실 여직원이 변명하듯 말했다. 유래는 목베개가 든 쇼핑백을 내밀었다.

"괜찮습니다. 그럼 이것만 전해드리고 갈게요."

"안 됩니다."

여직원은 펄쩍 뛰며 손사래를 쳤다.

"곧 돌아오실 테니까 직접 드리세요. 저희가 받으면 큰일 납니다."

큰일이라니…… 이게 무슨 폭탄이라도 되나?

일단 게스트용 소파에 앉으려는데 여직원이 대표실 안으로 안내했다. 하는 수 없이 대표실에 앉아 무원을 기다렸다. 5분, 10분, 15분이 지나도 곧 돌아온다는 사람은 나타날 생각을 않는다. 어떻게 된 거지? 그렇다고 자리를 박차고 일어날 처지는 아니었다. 하루 열 시간 이상 매장에 서 있는 강행군을 한 달 꼬박 한 탓인지 가만 앉아 있자니 온몸이 노곤했다.

유래는 소파에 기댄 채 눈을 감았다. 잠시만 쉴 생각이었다. 그것이 처음부터 실현 불가능한 일이었음을 안 건 사락거리는 종이 소리에 잠이 깬 다음이었지만.

"어, 언제 왔어요?"

맞은편에서는 무원이 무심한 얼굴로 서류를 넘기고 있었다. 허겁지겁 자신의 상태를 점검하는데 이상한 것이 있다. 유래는 자신이 가지고 온 목베개를 걸치고 있다는 것을 깨달았다. 보나마나 이 남자, 최무원 짓이다.

"한 시간쯤 된 것 같은데?"

한 시간? 유래는 급히 시각을 확인했다. 7시 30분. 늦어도 너무 늦었다. 반면 무원은 아주 편안한 자세로 앉아 있었다.

"이제 일어났으니 매출 이야기를 시작하지. 물어볼 것도 있고."

"왔으면 깨웠어야죠."

"피곤한 사람 깨우는 취미는 없어서."

거짓말. 출장 다녀온 날이면 꼭 자는 사람을 깨워서 파고들었으면서. 그것도 새벽까지 기본으로. 잊었어요? 눈에 잔뜩 힘을 주고 쏘아보았지만 그는 느긋한 표정을 바꾸지 않았다. 결국 유래는 사정조로 말했다.

"내일 하면 안 될까요? 아까 말했다시피 오늘 다른 일이 좀 있어서……."

"미리 말하지만 지금 성원백화점 대표로 파일로 담당자를 만나고 있는 자리야. 비즈니스 미팅에서 그런 말이 통할 거라고 생각하나?"

반론할 수 없는 말이었다. 순간 비즈니스 미팅이란 사실을 망각하고 있던 자신에게 화가 났다. 공사구분 제대로 하자고 큰소리쳐놓고는.

유래는 흐트러진 자세를 바로 했다.

"죄송합니다, 최 대표님. 뭐가 궁금하시죠?"

"파일로의 매출자료를 보니 다른 브랜드에 비해 유커의 구매율이 너무 낮은데 특별한 이유가 있나?"

"현재 본사가 중국에서 공격적으로 지점을 확장하고 있어요. 유커 입장에서는 최대의 쇼핑지라 불리는 홍콩, 북경, 상해, 광저우에 전부 매장이 있는 접근성 높은 브랜드를 외국에서 구입할 이유가 없겠죠. 항저우와 심천에도 곧 매장을 오픈할 예정이고요."

"그렇다면 어떤 마케팅 전략으로 영업할 생각이지?"

담당자와 영업전략 미팅을 하는 것이 처음은 아니었지만 묘하게 긴장이 되었다. 유래는 숨을 골랐다.

"플래그십 마케팅을 생각하고 있어요."

"주력상품 위주로 승부하겠다? SPA의 장점은 다양성인데 그런 전략이 효과가 있을까?"

"경기악화로 대부분 의류비 지출을 줄이고 있는 상황이에요. 아우터의 경우도 캐주얼과 정장 양쪽에 어울리면서 기온변화에도 대처할 수 있는 전천후 상품이 인기 있어요. 주력상품을 베이스 템으로 하되 다양한 느낌을 낼 수 있게 디피할 생각입니다."

"그렇군."

무원은 생각하는 것처럼 턱을 쓸었다. 어떤 질책이 있을지, 비웃지나 않을지, 다음 말을 기다리는 유래는 입안이 바싹 말랐다.

"나쁘진 않아. 아니, 생각보다 좋아."

"네?"

"유커에겐 어필하지 못했지만 국내 판매량만 따지면 신규 입점한 브랜드 중에서 가장 높아. 국내 반응은 제법 괜찮다는 이야기지."

"물론 3개월 조건부만 아니라면 괜찮은 반응이라고 생각해요. 하지만 전체매출 50퍼센트를 좌우하는 유커를 포기하고 경쟁해야 하는 상황이니까……."

"곧 상황이 바뀔 거야."

무원은 영문 모를 소리를 했다.

"그러니까 당신은 지금까지처럼 열심히 하면 돼."

곧 상황이 바뀐다는 건 무슨 말일까. 그의 말을 곱씹을 사이도 없이 유래는 옷을 갈아입고 분수 앞으로 달려갔다. 화장을 고칠 시간 같은 건 없었다.

8시가 넘은 시각. 폐점을 알리는 방송이 울리고 백화점 고객들이 일제히 정문을 빠져나오고 있었다. 도윤은 어디에도 보이지 않았다.

그럼 그렇지. 두 시간이나 기다리진 않았을 것이다. 적당히 연락이 되지 않는 것을 보고 돌아갔겠지. 분명 그럴 것이다.

전화나 해야겠다고 가방을 뒤지는데 누군가 유래 앞에 섰다.

"이제 끝났어?"

도윤에게서는 두 시간 기다림의 흔적은 찾아볼 수가 없었다. 유래는 놀란 얼굴로 물었다.

"오빠, 돌아간 거 아니었어요?"

"기다린다고 했잖아. 백화점 폐점이라고 방송 나오길래 다른 곳에 주차하고 왔어."

"그래도 너무 늦었는데…… 미안해요."

"괜찮아. 기다리는 거 잘하거든."

매번 그래왔으니까. 도윤은 싱긋 웃었다.

예약시간을 한참 놓친 레스토랑 대신 근처의 식당으로 들어갔다. 늦은 저녁이었지만 홀 안은 식사하는 손님들로 제법 붐볐다. 비빔밥을 전문으로 하는 집이란 말에 도윤과 유래는 비빔밥을 주문했다.

음식을 기다리는 동안 유래가 작은 소리로 말했다.

"죄송해요. 비싼 밥 샀어야 하는데."

"아니야. 비빔밥 좋아해."

비빔밥이 나오자 도윤은 자연스럽게 유래의 그릇을 가지고 갔다. 그리고 솜씨 좋게 비빈 다음, 유래 앞에 내밀었다. 고맙습니다 하고 그릇을 받던 유래는 멈칫했다. 예전에도 이런 적 있었던 것 같은데…….

도윤 역시 같은 생각이 떠오른 듯했다.

"우리 처음 만난 날 먹은 것도 비빔밥이었지."

기억났다. 열두 살 그날, 서울로 오던 길에 들렀던 허름한 백반집.

늦은 시간이라 주문할 수 있는 음식이 비빔밥밖에 없었다. 입맛을 잃은 유래는 밥을 비빌 생각도 않고 깨작거리기만 했다.

그때 손 하나가 쓱 나타나 유래의 그릇을 가지고 갔다. 맞은편에 앉아 있던 도윤이었다. 지금보다 훨씬 어리고, 교복을 입었고, 무뚝뚝했던.

유래는 피식 웃었다.

"그때 오빠랑 강 실장님 서로 계란 더 먹으라고 주거니 받거니 했잖아요. 보기 좋더라."

"항상 그러셨어. 좋은 거 있으면 하나라도 더 먹이시려고. 난 또 그게 어쩐지 싫고 쑥스러워서 늘 됐다고 했지."

잠시 예전 생각에 젖어 있는데 도윤이 진지한 얼굴로 입을 열었다.

"진지하게 묻고 싶은 게 있는데."

"뭔데요?"

"유래야, 혹시 백화점 대표가 너한테 다른 생각이 있니?"

"다른 생각요?"

유래는 눈을 깜박였다.

"단순한 비즈니스관계가 아니라 쓸데없는 수작 부리는지 묻는 거야."

"네?"

"너무 늦어지는 것 같아서 매장에 갔었어. 직원이 대표가 호출했다고 가르쳐주더라. 대표가 직접 협력업체 직원을 대표실로 부르는 게 흔한 일은 아니지. 지난번에도 느꼈지만 그 사람 널 대하는 태도가 오너로서 협력업체 직원 대하는 게 아니야. 혹시 이상한 행동 보인 적 없어?"

"아, 아니에요, 그런 거."

"말하기 힘들겠지. 나도 예전에 이런 문제를 다뤄본 적이 있어서 피해자들의 힘든 심정을 잘 알아. 하지만 이런 일일수록 쉬쉬하면 해결이 힘들어져."

도윤은 무원에 대해 단단히 오해하고 있었다. 유래는 사실을 털어놓았다.

"진짜 그런 거 아니에요."

"어떻게 확신해?"

"그 사람, 제 전남편이에요."

"뭐?"

도윤의 손에서 숟가락이 툭 떨어졌다. 챙, 소리가 날카롭게 울린다.

"전남편은 성원건설에 있지 않았어?"

"최근에 백화점으로 옮겼어요. 어차피 한곳에 있을 사람은 아니었잖아요."

"잠깐만. 그럼 넌 그 사람 소식 알았고?"

유래는 고개를 저었다.

"저도 몰랐어요. 원래 담당자가 따로 있었는데 사정이 생기는 바람에 제가 맡게 되었거든요. 안 하려고 했는데 어쩔 수 없었어요. 물론 그 사람도 몰랐고요."

"그런데 그런 식으로 마주치는 거 불편하진 않아?"

"불편이야 하죠. 그래도 일이니까 어쩔 수 없잖아요."

"……."

"진짜 괜찮아요. 계약만 성사되면 끝날 일이니까."

도윤의 표정이 흐려졌다.

그래, 괜찮다. 괜찮은 거다. 유래는 자신의 마음을 단정 지었다. 그가 누굴 좋아하든, 누구와 재혼을 하든 계약이 확정되기만 하면 자신은 여길 떠날 테니까.

식사를 마치고 집으로 돌아가는 길은 조용했다. 무엇인가 깊은 생각에 잠겨 있던 도윤은 준희의 아파트 근처에 이르러서야 입을 열었다.

"그때 같이 있었던 친구 집에서 지내는 거야? 회사에서 지원 안 해?"

"아뇨, 렌트비 지원해주고 있어요. 그런데 어차피 짧게 있을 건데 집을 구하기도 번거로워서요. 마침 친구도 부수입 생긴다고 좋아해서."

"준희였나? 고등학교 친구. 예전에도 같이 지낸 적 있지?"

"맞아요."

도윤은 딱 한 번 온 적 있는 준희의 아파트 동수를 정확히 기억했다. 유래는 안전벨트를 풀며 그에게 인사했다.

"데려다주셔서 감사해요."

"입구까지 바래다줄게."

"괜찮아요. 바로 앞인걸요. 안녕히 가세요."

차에서 내려 문을 닫는데 도윤이 황급히 차에서 내려섰다. 내릴 필요 없다고 했는데. 도윤이 그녀를 불렀다.

"유래야."

유래가 고개를 들어 도윤을 바라보았다. 그는 차를 돌아서며 유래와 마주했다.

"나하고 만날래?"

한 걸음, 다시 한 걸음. 바로 앞에서 멈춰 선 그가 유래를 향해 분명히 말했다.

"남자 여자로, 진지하게."

chapter 07

무슨 일이야?

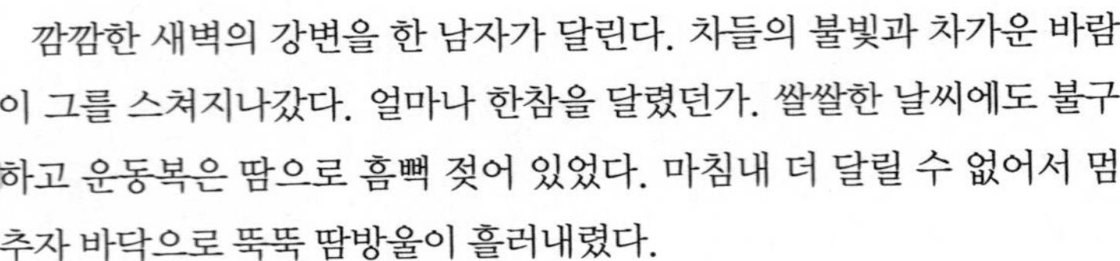

깜깜한 새벽의 강변을 한 남자가 달린다. 차들의 불빛과 차가운 바람이 그를 스쳐지나갔다. 얼마나 한참을 달렸던가. 쌀쌀한 날씨에도 불구하고 운동복은 땀으로 흠뻑 젖어 있었다. 마침내 더 달릴 수 없어서 멈추자 바닥으로 뚝뚝 땀방울이 흘러내렸다.

「나하고 만날래?」

무슨 생각으로 불쑥 그런 말을 뱉은 건지 자신도 모르겠다. 한때 수백 번, 수천 번 입 밖으로 내지도 못하고 마음속으로 되뇌던 말이라 그랬을까.

첫사랑이었다. 감히 다가설 수가 없어서 마음으로만 간직해야 했던. 한때는 이뤄지길 바랐던. 나중에는 행복해지길 바랐던.

도윤은 구치소 앞에서 유래를 만난 날을 떠올렸다.

그때 도윤은 스타로드 사건의 실행범으로 구속된 진성파 행동대장을 만나러 갔었다. 그날은 다섯 번째 만남이었다. 당시 스타로드 수사팀에서는 강 실장을 책임자로 단정 짓고 도윤을 사건에서 배제한 상태였다.

아무리 죽은 자는 말이 없다지만 이대로는 아버지의 인생이 너무 억울했다. 도윤은 어떤 도움 없이, 철저하게 혼자서 움직여야 했다.

결과는 신통찮았다. 아무런 밑천도 없는 새내기 검사에게 진실을 말해줄 정도로 순진한 인간은 어디에도 없었다. 30분 가까이 눈싸움만 하다가 자리를 파하고 밖으로 나오자마자 담배를 입에 물었다. 아버지가 평생 입에 달고 살았고, 그가 평생 경멸해왔던 '빽'이란 말이 이렇게 절실할 수 없었다.

그때였다. 위태위태한 걸음으로 앞에서 걷고 있던 여자가 픽 고꾸라졌다.

「이봐요, 괜찮아요?」

일으키려고 붙잡은 어깨가 무척이나 가늘었다. 얼마 전 눈앞에서 쓰러졌던 어머니가 떠올라 섬찟했다. 여자는 의식이 없었다. 흐트러진 머리칼을 젖히고 상대의 얼굴을 확인한 도윤은 숨을 멈췄다.

「유래?」

처음엔 자신의 착각인 줄 알았다. 유래가 왜 여기 있지?

그는 곧 이 회장 역시 구속상태라는 사실을 깨달았다. 이 회장을 만나러 왔을 테지. 유래에게는 이 회장이 유일한 가족이니까. 그렇다면 비서나 기사가 동행하지 않았을 가능성이 컸다.

도윤은 일단 유래를 근처의 응급실로 옮겼다. 안아올린 몸이 너무나 가벼워서 무서울 정도였다. 의사는 수면부족과 영양실조로 보인다고 했다.

「영양실조라고요?」

어이가 없어서 두 번을 되물었다. 영양실조라니. 국내에서 열 손가락 안에 드는 재벌가 며느리가 영양실조라니.

성원그룹 망나니와 결혼한다는 이야기는 아버지에게서 전해들었다. 어렴풋 아들의 마음을 알고 있던 아버지는 다른 말 대신 '못난 놈.' 한마디만 하셨다.

아무리 망나니로서니 이유현보다는 낫겠지, 그렇게 생각하고 행복을 빌었다. 어차피 그와는 다른 세계의 사람이었으니까.

그런데 대체 어떤 '새끼'가 애 몸을 저렇게 만들었냐 말이다. 낯짝이라도 봐야겠다는 생각에 휴대전화로 '성원건설'을 검색했더니 바로 이혼 기사가 떴다. 유성물산 몰락설, 부부 불화설, 최무원이 따로 여자를 두고 있다는 '썰'까지 이야기는 다양했다.

유래의 전남편 '최무원'과 성원백화점 대표 '최무원'을 연결하지 못했던 건 그래서였다. 백화점에서 본 남자는 너무나 뜨겁고 애달픈 시선으로 유래를 좇고 있었으니까. 도저히 밖에 여자를 두고 아내를 그 꼴로 내친 남자라고는 생각할 수 없었다. 차라리 만만한 협력업체 직원에게 수작 한번 부리려는 나쁜 놈이라면 모를까.

전남편이라 알고 보니 '그놈'이 처음부터 자신에게 보인 호기심과 적개심이 모두 이해된다. '사고처리'라는 명목으로 대표실에 불러서도 그의 관심은 딱 하나, 자신이 유래와 어떤 관계인가 하는 것뿐이었다.

아마 그도 이쪽의 감정을 눈치챈 것이 틀림없었다. 그렇지 않고서야 일부러 사은품 핑계를 대고 두 시간이나 잡아두진 않았을 터.

그런데 최무원 당신, 나를 너무 쉽게 봤어. 나는 아버지란 사람 때문에 기다리는 데 진짜 이골이 났거든.

백화점에서 다시 만난 순간부터 추억 속의 소중한 소녀는 현실의 여자로 다가왔다. 유래를 만날 때마다 생각했다. 지금이라면 괜찮지 않을까? 태초에 작은 욕심이었던 씨앗이 자꾸만 싹을 틔웠다.

가급적이면 신중히 다가가려고 했다. 진행하던 일을 전부 끝낸 뒤에, 모든 걸 훌훌 털어버린 몸으로 유래 앞에 서고 싶었다. 그전까지는 당분간 '좋은 오빠'로 지켜볼 생각이었다.

그러나 끝없이 옆을 맴도는 남자의 정체가 '전남편'이란 걸 알았을 때 더 이상 참을 수가 없었다. 로맨틱함의 리을도 없는 길가에서 불쑥 그런 고백을 할 정도로.

유래는 잠시 말없이 그를 보더니 대답했다.

「미안해요, 오빠. 나는 그러고 싶지 않아요.」

「이유를 물어봐도 돼?」

「한 번 결혼을 했고 또 실패를 했어요. 그리고 곧 여길 떠날 거고요.」

「내가 상관없다면? 과거를 내가 모르는 것도 아니고, 요즘 세상에 이혼이 딱히 문제라고 생각하지도 않아. 그리고 나도 지금 진행 중인 일만 마무리되면 여길 정리하고 떠날 생각이었어.」

유래는 고개를 저었다.

도윤은 씁쓸한 입가를 누르며 휴대전화를 꺼냈다. 지금이라면 지구 반대편에 있는 LJ파트너스의 '보스'가 한창 일할 시간이었다.

"접니다. 조사를 좀 부탁하려고요. 성원그룹 최무원."

잠시 침묵이 감돌았다. 곧 내키지 않는다는 목소리로 답이 돌아왔다.

– 지나치게 거물이군요.

"어지간한 정치가들 개인정보도 다 빼낼 수 있으면서 좀 의외네요."

– 그쪽도 여기만큼이나 대단한 분이 계셔서요. 최무원 정보를 파내려면 우리 쪽 노출도 어느 정도는 각오해야 합니다. 그만한 가치가 있을까요?

"유성물산과 성원건설이 예전에 사돈지간이었다는 것은 알고 계시죠? 성원그룹 자금이 다시 유성물산에 들어올 수도 있습니다. 우리가 생각하는 최악의 시나리오죠."

– ……좋습니다. 어떤 부분을 중점적으로 알아볼까요?

"최무원이 이혼을 한 진짜 이유가 알고 싶습니다."

"어휴, 이벤트존 웨이팅 라인, 텅 비었어요. 원래라면 오픈 전부터 바글바글하잖아요."

믿을 수 없는 일이 벌어졌다. 며칠 백화점이 어수선하다 했더니 이벤트존을 꽉꽉 채우던 유커들이 하루아침에 사라진 것이다. 한한령(한류제한령)의 위력이었다. 사드로 인해 삐걱대기 시작한 한중관계는 중국 정부의 비공식적인 '한한령'으로 관계악화의 방점을 찍었다.

당연히 유커 의존도가 큰 콘텐츠 수출과 쇼핑, 관광업계는 직격탄을 맞았다. 성원백화점도 피해갈 수 없는 상황이었다.

문득 무원이 했던 말이 떠올랐다.

「곧 상황이 바뀔 거야. 그러니까 당신은 지금까지처럼 열심히 하면 돼.」

그는 이 상황을 예측했던 걸까.

이벤트존을 보고 온 건우가 옆에서 볼멘소리를 했다.

"오늘 찍기 아주 난리 나겠네."

"찍기? 그게 무슨 말이야?"

"일명 가매출이라 하죠. 매출 떨어지면 바로 백화점에서 압박 들어오니까 본사 영업담당들이 매니저나 매장 직원들 개인카드로 물건을 산 것처럼 하도록 들들 볶아요. 그래서 그걸 전부 매출로 잡아놓고, 매출 많이 나오는 다른 날 봐서 취소나 환불조치해요."

"그거 편법 아니야?"

"편법이죠. 그런데 방법 있나요. 솔직히 매장 직원은 고객한테 시달리지, 백화점한테 시달리지, 본사한테 시달리지, 완전 극한 직업이라니까요. 그래도 경기가 좋아서 매출이 팍팍 나오면 괜찮아요. 문제는 지난번 메르스 때처럼 장기화되어버리면 그걸 돌려받을 일이 막막해지는 경우도 많다는 거죠. 본사에서 얌체처럼 외면해버리는 경우도 은근 많아요. 더 재수 없으면 윤성이 형처럼 본사가 망해서 빚지는 경우도 있고."

자신의 이야기가 나오자 클로짓을 정리 중이던 윤성이 건우를 째려보았다.

"떠들 시간 있으면 창고 가서 A3, D7 비는 것들 채워와. 100사이즈 거의 다 빠졌어."

"헐, 벌써요? 며칠 전부터 잘 나간다 싶더니. 매니저님, 우리 '대표님 룩' 성공인가 봐요!"

건우가 너스레를 떠는 '대표님 룩'은 파일로 셔츠를 입고 왔던 무원에게서 힌트를 얻은 것이다. 지금까지의 디피 스타일이 미국이나 중국에 맞춰 캐주얼에 초점을 둔 것과 달리 슈트와 믹스매치함으로써 포멀한 느낌을 채웠다.

결과는 대성공이었다. 매장을 둘러보는 사람이 늘어났고 매출도 상승했다. 디스플레이 상품에 대한 문의도 많은 편이었다.

"그런데 대표님은 그 셔츠를 초고가 브리오니랑 믹스할 생각을 어떻게 하신 걸까요."

"원래 옷 잘 입는 사람이야."

별생각 없이 대답해놓고 아차 했다. 건우는 틈을 놓치지 않고 되물었다.

"어떻게 아세요?"

어떻게 알긴. 같이 살아봤으니까 알지.

무원은 쇼핑을 전담하는 퍼스널 쇼퍼를 따로 두고 있거니와 패션센스도 뛰어난 편이었다. 실제로 유래가 남성복에 관심을 가지게 된 것은 무원의 영향이 컸다. 늘 최고급품의 옷과 최고급 모델을 옆에서 감상했으니 자연스럽게 기본 안목과 관심이 생긴 셈이다.

물론 그렇게 대답할 수는 없었다.

"가끔 매장 왔다 갔다 하는 거만 봐도 알잖아. 옷 잘 입으시는 거."

"하긴 남자가 봐도 진짜 멋지더라고요."

"그보다 빨리 창고 가서 상품 챙겨와. 곧 오픈이야."

"네에."

건우는 익살스럽게 대답하면서 매장을 나갔다.

유래는 마네킹의 재킷을 새로 입히는 윤성을 거들었다. 윤성은 백화점과 아울렛, 로드숍을 두루 거친 9년 차 베테랑 판매원이다. 애초에 매니저급으로 데려온 직원이지만 한사코 사양하는 바람에 맡길 수 없었다.

유래가 그에게 물었다.

"아까 건우가 한 이야기 말인데요, 혹시 면접 때 매니저는 맡지 않겠다고 했던 이유인가요?"

"매니저들은 매출 부담을 갖지 않을 수가 없거든요. '매출개런티'라고 하는 건데, 매니저나 직원에게 일정부분 매출에 대한 책임을 지게 하는 겁니다. 저 같은 경우는 당시 일반직원이었는데 브랜드 본사가 대형회사와 인수합병을 추진하면서 매출을 강요당했습니다. 매출이 높게 유지되어야 인수를 추진하는 쪽에게 면이 서고 직원들 고용승계도 쉽지 않겠냐고요. 틀린 말은 아닌지라 거의 모든 직원들이 떠안았어요."

윤성은 작게 한숨을 쉬었다.

"문제는 브랜드를 인수한 회사가 말을 바꿔서 기존 직원들의 매출로 인한 '부채'를 인정해주지 않았단 겁니다. 뿐만 아니라 구조조정을 이유로 고용승계 역시 거부했고…… 덕분에 큰 빚을 지고 자살한 사람이 나왔죠."

"그런 일이 있었군요."

"그게 지금의 한경모직 투 피츠예요."

윤성은 툭 던지듯 말했다. 브랜드 평가 의류업계 1위를 달리는 투 피츠의 숨겨진 이면이었다.

마네킹을 세운 뒤, 디피상품의 가격표를 정리하자 양팔 가득 상품을 안은 건우가 매장으로 돌아왔다. 진열을 끝내고 카운터를 정리하는 것으로 오픈 준비 끝. 곧이어 개점을 알리는 방송과 음악이 흘러나왔다.

오전 내내 붐비던 매장이 조금 한산해질 점심 무렵, 도윤이 찾아왔다.

"시간 괜찮으면 점심 같이 할래?"

유래가 고민할 새도 없이, 옆에 있던 건우가 냉큼 대답했다.

"그렇지 않아도 매니저님 점심 드시려던 참이었어요."

내가 언제? 건우는 이미 도윤이 가져온 마들렌에 영혼을 판 상태였다. 유래는 건우를 흘겨본 다음 도윤을 바라보았다.

"매장 오래는 못 비워요. 요즘 좀 바빠서."

"위층 식당가 정도면 괜찮지?"

유래가 고개를 끄덕이자 도윤이 앞장섰다. 평소라면 매장마다 줄이 늘어설 점심시간이었지만 백화점에 사람이 빠진 탓에 심하게 붐비지는 않았다.

잠시 고민하다가 버섯전골을 메뉴로 골랐다. 매장이 가장 한산해 보인다는 심플한 이유였다.

자리에 앉자, 도윤은 비빔밥을 먹을 때처럼 수저를 유래 앞에 놓아주었다.

「나하고 만날래?」

생각지도 못했던 그의 고백을 받고 거절한 것이 사흘 전이었다. 자칫 어색하고 불편할 수 있는 관계인데도 도윤은 예전과 달라진 점이 없었다. 자신만 어색한가?

도윤은 뜨거운 전골을 앞접시에 덜어 유래에게 내밀었다.

"천천히 먹어. 뜨거운 거 잘 못 먹잖아."

그런 것도 아직 기억하는구나. 유래가 숟가락을 드는데 도윤이 불쑥 물었다.

"내가 불편하니?"

그건 아니다. 유래는 솔직하게 대답했다.

"불편하진 않은데 어떻게 대해야 할지 모르겠어요."

"내 고백 때문에?"

"우리 굉장히 어릴 때부터 아는 사이잖아요. 그런데 갑자기 그런 말을 하니까……."

"나는 갑자기가 아니야."

"오빠……."

"나는 예전부터 너, 좋아했어."

직구로 들어온 도윤의 말에 유래의 눈동자가 흔들렸다. 그가 덧붙였다.

"성급하게 말한 감이 있긴 했지만 내 마음은 성급한 게 아니었다는 거 알아주면 좋겠다. 당장 뭔가 어떻게 하자고 안 할게. 부담되면 그냥 네가 한국에 있는 동안 편하게 만나자. 좋은 오빠 동생 사이로. 그동안 생각해봐. 그렇게 했는데도 아니면 포기할게. 그 정도면 안 될까?"

마음으로 진심이 전해졌다. 유래는 고민 끝에 대답했다.

"생각해볼게요."

아침회의는 어제 올라온 매출집계표를 던지는 것으로 시작되었다.

중국 쪽 움직임이 심상찮으니 대비를 하고 있으라는 지시를 분명히 내렸음에도 쓸데없이 이벤트존을 확장한 관리부 때문에 무원은 단단히 열받은 상태였다.

책임자인 혜수는 당황한 기색이 역력했다. 조짐이야 있었지만 설마 한 번에 돌변하겠느냐 안일했던 것이다.

각 매장의 매출은 수직으로 하향했다. 특히 유커 매출이 대부분이었던 코스메틱과 패션 쪽은 처참한 수준이었다. 당장 유커가 사라진 것도 그렇지만, 유커 영업에 치중하느라 내국인에게 소홀했던 역풍을 그대로 맞은 것도 문제였다.

일단 관리부를 다그쳐서 저 망할 이벤트존부터 처리할 방법과 내국인을 불러들일 만한 방안을 강구해 보고서를 올리라고 했다.

무원은 점심식사 후 남 실장과 직접 백화점 안을 둘러보았다. 한한령은 쉽게 해결될 문제가 아니다. 그룹 차원에서 장기전도 생각해야 했다.

차례로 매장을 둘러보던 무원은 파일로 앞에서 잠시 걸음을 멈추었다. 텅 빈 다른 매장들에 비해 제법 둘러보는 사람이 있다. 유래의 모습은 보이지 않았다.

"식사하러 가셨나 봅니다."

뒤따르던 남 실장이 눈치 빠르게 말했다. 그때 얼굴이 익은 아르바이트생이 무원과 눈을 맞추더니 깍듯하게 인사를 했다.

"어서 오십시오, 대표님. 앗, 오늘은 아르마니군요. 여전히 멋지십니다."

이십 대 초중반쯤 되었을까. 명찰에는 '이건우'라는 이름이 쓰여 있었다. 귀여운 인상과 넉살만큼은 판매직으로서 합격인 남자였다. 무원은 가볍게 대꾸했다.

"그래도 여긴 영업이 제법 괜찮군요."

"요즘 SNS를 새로 개설했는데 반응이 괜찮거든요. 아, 그리고 대표님께서 저희 상품을 입어주신 덕에 요즘 판매가 많이 늘었습니다. 감사합니다."

"무슨 말입니까?"

건우는 마네킹에 디스플레이한 의상을 가리켰다.

"전에 슈트와 같이 입으신 것 보고 저희 매니저님께서 매치하신 건데 반응이 무척 좋아서요."

컬러나 디테일이 딱 자신이 좋아하는 스타일이었다. 가족모임에 참석할 때면 간혹 유래가 그의 옷을 골라줄 때도 있었는데 센스가 괜찮았다. 정작 본인 옷은 왜 그랬는지 모르겠지만 그의 취향은 잘 파악하고 있었다. 같이 살았으니 잘 알겠지.

그래도 이건 너무 불공평하다. 분명 같이 살았는데, 그녀는 자신에 대해 잘 아는데 자신은 아는 게 없다는 것이.

무원은 건우에게 물었다.

“매니저는 어디 갔습니까?”

“손님이 오셔서 먼저 식사하러 가셨습니다.”

“손님?”

날카로운 목소리에 건우가 얼떨떨한 표정을 지었다.

“저, 그러니까, 매장에 오시는 손님이기도 하고, 개인손님이기도 하셔서…….”

무원의 표정이 더욱 심각해지는데 매장 안에서 윤성이 부르는 소리가 들렸다. 이때다 싶은 건우는 고개를 꾸벅 숙이고 가버렸다.

대체 자신과는 안 먹어주는 그 밥, 누구랑 먹는 건데.

의문은 얼마 지나지 않아 풀렸다.

“손님이 기다리십니다.”

비서실에 들어서자 정 비서가 그를 맞았다. 게스트용 소파에는 익숙한 인물이 앉아 있었다.

도윤은 무원을 보더니 자리에서 일어섰다.

“안녕하십니까, 최무원 씨.”

딱 봐도 이 남자가 오늘 유래가 점심을 같이 한 상대였다.

도윤의 셔츠를 본 무원의 표정이 와락 구겨졌다. 자신이 가지고 있는 것과 같은 파일로의 셔츠였다. 대체 이 여자는 같은 셔츠를 몇 장이나 판 거야? 자연스레 신경질적인 목소리가 흘러나왔다.

“어쩐 일이시죠?”

“간단히 할 이야기가 있는데 시간 괜찮으신지요.”

임원회의까지는 아직 여유가 있었다. 무원은 남 실장에게 아무도 들이지 말라고 지시한 다음, 도윤을 대표실로 안내했다.

“사무실이 근사하군요.”

“사무실 칭찬하러 여기까지 온 건 아닐 테니 바로 본론으로 들어가시죠. 나는 누구처럼 시간이 많은 사람이 아니라서."

"성격이 좀 급하시네요."

"그쪽 대표는 임원 월급을 제법 쉽게 주나 봅니다. 한창 근무 중일 시간에 사적인 일로 이렇게 돌아다닐 정도면."

제법 비꼬는 말이었음에도 도윤은 전혀 개의치 않아 보였다.

"네, 제 보스는 누구처럼 인정머리 없는 분은 아니라서. 물론 저도 시간낭비는 싫으니까 바로 말하겠습니다. 그동안 내가 최무원 씨를 좀 오해한 게 있더군요."

"오해요?"

"난 당신이 협력업체 여직원한테 손대려는 파렴치한인 줄 알았습니다. 그래서 내 나름대로 조치를 좀 하려고 했는데 유래가 가르쳐주더군요. 최무원 씨가 '전남편'이라고."

그걸 이제 알았나? 하긴 지금까지 도윤의 태도로 보건대 몰랐던 것이 분명했다. 자신도 그의 존재를 몰랐으니까.

"이제 알았습니까? 오빠라고 부르는 것치곤 친한 사이는 아니었나 보군."

"좋아한 여자가 결혼한 상대까지 세세하게 알고 싶진 않았으니까요."

좋아한 여자라고? 차가운 침묵이 두 사람 사이를 가로질렀다.

도윤이 먼저 침묵을 깼다.

"나는 유래를 만날 생각입니다."

"만난다?"

"말 그대로 만나서 밥도 먹고 영화도 보고 드라이브도 하겠다는 뜻입니다. 아무래도 최무원 씨에게는 말해두는 게 예의일 것 같아서요."

"그런 예의도 있나?"

"난 예의란 자고로 서로 지켜야 한다고 생각하는 주의라서요. 최무원 씨, 당신도 예의 지켜요. 아무리 요즘 이혼이 별일 아니라지만 이혼한 전처 옆에서 그렇게 맴도는 '전남편'이 좋아 보이진 않으니까."

이 인간, 지금 뭐라는 걸까. 기가 차서 말도 나오지 않았다. 예의 좋아하네. 무슨 이딴 예의가 다 있나. 이건 엄연히 선전포고다. 그렇다면 받아주지 않을 이유도 없었다.

"내가 전남편 할 생각이 없다면? 이혼이 별일 아니면 재결합도 마찬가지 아닌가?"

"설마 재결합 생각하고 있는 겁니까? 쉬운 문제가 아닐 텐데요."

"쉬운 문제든 아니든 그건 내가 판단할 테니 강도윤 씨, 당신이야말로 선 지키시죠. 좋은 사람, 오빠 친구, 딱 거기까지."

"그건 유래 선택이죠."

도윤은 끝까지 여유로웠다. 무원은 그가 닫고 나간 문을 노려보았다.

「난 신경 안 써요. 무원 씨도 그랬으면 좋겠어요.」

그게 안 되니 문제였다. 끝없이 신경이 유래에게만 쓰였다. 오죽하면 되도 않는 사은품을 핑계 삼아 붙들어놓을 생각까지 했을까. 무원은 묵묵히 잠든 유래의 얼굴을 바라보던 때를 떠올렸다.

잠이 오지 않는 새벽, 우연찮게 재방송하는 '아내가 돌아왔다'를 전편 시청했다. 뜨겁게 사랑했던 남녀가 주변 여건으로 헤어졌다 다시 만나 뜨겁게 사랑한다는 내용이었다.

우경의 말로는 그들의 이야기와 비슷하다지만 애초에 전제가 달랐다. 그들은 사랑하지 않았다. 그래, 백번 양보해서 그는 사랑했다 쳐도 유래는 아니었다.

그렇다면 그녀에게 자신은 어떤 존재일까. 좋은 남편이 아니었다는 것은 안다. 다정하지도 않았고 챙겨주지도 않았다. 그래도 같이 밥을 먹고, 잠을 자고, 일상을 나누었던 순간들이 아무것도 아니었을까.

무원은 무엇인가 꽉 죄어드는 느낌에 가슴께를 눌렀다.

– 본부장님, 어디십니까? 곧 임원회의 시작한다고 연락 왔습니다.

"머리가 아파서 참석 못 하겠어요. 최 차장에게 대신 참석하라고 해요."

– 네? 하지만…….

혜수는 뒷말을 듣지도 않고 통화종료버튼을 눌렀다. 미쳤어? 거길 가게? 내친김에 휴대전화 배터리까지 빼버렸다.

보나마나 이벤트존 확장에 대한 질책이 있을 터였다. 아침회의 때 박살난 것만 생각해도 손이 덜덜 떨렸다.

아버지한테서도 아직 그렇게 혼이 나본 적 없었다. 직원들이 엄하다, 무섭다 떠드는 말만 들었지 직접 당해본 적이 없어서 몰랐다. 최무원이 일에 있어서 얼마나 가차 없는 인간인지.

혜수가 무원을 안 것은 제법 오래전이다. 어릴 때부터 운동 좀 했다고 거들먹거리던 남동생이 누군가에게 호되게 얻어터져서 온 적이 있다. 상대가 최무원이었다. 아들 일이라면 무조건 싸고도는 한 회장도 무원의 이름을 듣더니 꼬리를 내렸다. 동생이 먼저 시비를 건 것도 있었고 성원그룹 백그라운드가 대단한 이유도 있었다.

그로부터 얼마 뒤, 그를 모임에서 볼 일이 있었다. 무리와 어울리지 않고 약간 떨어져 있었는데, 한눈에 봐도 무척 잘생긴 남자였다. 특히 눈썹에서부터 코로 이어지는 T존이 남성적이면서 섹시했다. 만약 그가 유명한 문제아이고, 회장 아들이지만 후계구도와는 상관없는 언더도그란 소문만 아니었다면 한번 유혹해봤을지도 모른다.

안타깝게도 무원은 '빛 좋은 개살구' 이상도 이하도 아니었다. 나중에 그가 성원그룹 후계자가 되었다는 것은 알았지만 큰 미련은 두지 않았다. 아버지가 돌싱이 된 그와의 만남을 추진했을 때도 시큰둥하기만 했다. 아무리 성원그룹이 대단해도 그렇지, 자신이 뭐가 아쉬워서 이혼남과…….

그러나 소개받는 자리에서 무원을 다시 보았을 때 혜수는 전류가 통하는 느낌을 받았다. 반항기가 빠지고 나이를 먹은 남자의 얼굴은 무심코 숨을 삼킬 정도로 근사했다. 거기에 큰 키와 운동으로 다져진 몸까지. 일찌감치 이런 소개라면 셀 수 없을 만큼 받아본 혜수였지만 배경으로도, 외모로도 단연 최고의 남자였다.

혜수는 무슨 일이 있어도 이 남자를 가지고 싶었다.

「당분간은 재혼할 생각이 없습니다.」

무원은 정중하긴 했지만 정확히 선을 그었다. 그녀에게는 일말의 관심도 보이지 않는 태도에 자존심이 상하긴 했지만 그럴수록 더욱 끌리는 면도 있었다.

당신이 그래봐야 결국 날 선택할걸. 아버지까지 두 팔 걷고 나서는 상황이다. 이 차가운 남자가 사랑에 빠지면 어떤 모습을 보일지 견딜 수 없게 궁금했다. 문제는 열받았을 때 오싹할 정도로 무섭고 차갑다는 걸 먼저 알았다는 거지만.

사무실을 나온 혜수는 백화점 명품관으로 걸음을 옮겼다. 기분전환에는 쇼핑이 최고였다. 한한령 탓인지 명품관 역시 평소보다 사람이 적다. 평소라면 재미있어야 할 쇼핑이 일과 연관되자 즐겁지 않았다.

명품관을 지나 차례로 매장을 둘러보던 혜수는 문득 파일로 앞에서 걸음을 멈추었다. 한한령의 직격타를 피한 몇 안 되는 매장 중 하나다. 텅 빈 남성복 매장 중 유일하게 손님이 있었다. 안에서는 매니저가 손님에게 상품에 대한 설명을 하고 있었다.

선이 가늘고 고운 여자였다. 여자가 봐도 제법 곱상하다는 것은 인정. 그러나 그뿐이다. 참, 보기와 다르게 강단진 구석도 있었지. 그녀 앞에서 주눅 드는 기색 없이 자기 할 말 다 하는 거 보면. 최무원과 살 때도 그랬을까? 냉정한 남자가 저 여자에게는 따뜻했을까?

혜수는 못마땅해 유래를 쏘아보았다. 무리하게 이벤트존을 확장한 것은 파일로 때문이 컸다. 아니, 최무원 때문인가? 어떤 유혹에도 흔들림이 없던 그가 전처에게 동정이든 관심이든 신경을 쓴다는 자체가 불쾌했다. 계약해지를 철회해준 것으로도 모자라 회식자리에서 화를 내기도 했었지.

처음에 그가 회식에 참석하겠다고 했을 때 자신 때문인 줄 알았다. 그러나 술잔이 오가는 내내 무원의 시선이 머문 곳은 저 여자였다.

내가 못한 게 뭐라고. 이번 기회에 확실하게 파일로 매출을 꺾어버릴 참이었다. 무능한 인간을 질색하는 남자에게 저 여자의 무능을 제대로 보여줄 생각이었다. 이렇게 하루아침에 유커가 사라질 것이라곤 생각도 못 했지만. 개인적인 감정에 사로잡혀서 상황을 제대로 읽지 못한 것은 실무자로서 뼈아픈 실수였다.

씁쓸함을 삼키며 돌아서려던 혜수의 눈에 뜻밖의 풍경이 보였다. 매장 안에서 손님과 대화를 하던 유래가 디스플레이 마네킹이 입고 있던 셔츠를 벗겼다. 영업시간 중 디스플레이에 손대는 것은 관리부의 벌점 요소였다.

'왜지? 재고가 없나?'

불현듯 번쩍 떠오른 생각이 있었다. 혜수는 붉은 입술을 말아올렸다.

언제나 사건사고는 예고 없이 터졌다.

– 매니저님, 큰일 났어요. 오늘 들어오기로 한 상품이 없어요!

"뭐?"

오랜만에 아침잠을 즐기던 유래는 건우의 전화에 급히 몸을 일으켰다.

"상품이 없다니?"

– 오픈 전에 창고 정리하려고 내려갔더니 다른 브랜드는 전부 상품이 들어왔는데 저희만 없어요.

"창고 상품출납부 확인해봤어?"

– 확인했는데 일단 들어온 건 맞대요. 담당직원이 분명 저희 창고에 가져다 뒀답니다. 안에서 없어진 것 같아요.

"CCTV는?"

– 그게…… 하필 어젯밤부터 관리부에서 부품 교체작업 들어갔다고…….

설상가상이었다. 급히 옷을 입고 밖으로 나가자 아침식사를 준비하고 있던 준희가 눈을 동그랗게 떴다.

"오늘 출근 늦다고 하지 않았어?"

"응, 그런데 문제가 생긴 모양이야."

"무슨 문제?"

"오늘 입고되기로 한 상품이 전부 없어졌대. 자세한 건 가봐야 알 것 같아."

백화점에 도착하자 건우와 윤성이 발을 구르고 있었다. 혹시나 근처 브랜드에서 실수로 가져간 것은 아닌지 일일이 물어보고 다녔다. 김 대리와 관리부 직원 몇이 찾는 걸 도왔지만 소용없었다. 건우는 울상을 지었다.

"당장 매장에 주력상품인 A3, D7이 재고가 없어요. 오늘 입고된다고 따로 예약 걸어놓으신 분도 있는데."

"이 팀장에게 연락해서 공장에 재고 없는지 확인할게. 급하면 재생산이라도 들어가야지. 일단 두 사람은 오픈에 문제없게 해줘."

연락을 받은 이 팀장은 난감한 얼굴로 유래를 맞았다.

"재고가 없어요. 그리고 공장에서 연락이 왔는데 지금 당장 재생산 힘들 것 같아요."

"왜죠?"

"원단이 없대요."

"원단이 없다고요?"

이해할 수 없는 소리다. 같은 원단을 사용하는 브랜드도 별로 없는데 하루아침에 원단이 없다니? 이 팀장 역시 이해할 수 없다는 반응이었다.

"원단을 전부 선점한 곳이 있어요."

"어디죠?"

"한경모직요."

이 팀장은 발주서에 붉은 줄을 죽죽 그으며 덧붙였다.

"이상한 게 이번 시즌 투 피츠 상품에는 이 원단을 사용하지 않아요. 갑자기 이렇게 선점할 이유가 없는데 왜 이러는지 모르겠어요. 원단 수급이 정상으로 돌아가려면 사흘은 걸릴 거예요. 재생산이야 공장 밤샘으로 돌리면 하루 반, 대략 닷새 후에야 입고 가능합니다."

유래는 하는 수 없이 백화점으로 돌아왔다. 최선은 사라진 상품을 찾는 것뿐이지만 각 브랜드 매장이 개별로 관리하는 창고를 일일이 뒤질 수는 없었다. 그나마 증거로 삼을 수 있는 CCTV도 없는 상황에선 불가능에 가까웠다. 매장영업이 겨우 탄력을 받기 시작한 시점인데 어떻게 하지?

이야기를 들은 윤성은 침통한 표정을 지었다.

"중국 공장 쪽에서 물건을 받는 방법은요?"

"그렇지 않아도 중국팀과 이야기했는데, 당장 있는 상품을 보낸다 해도 통관까지 합치면 사오일은 걸릴 거래요. 그 기간이면 차라리 원단 수급을 기다려서 재생산하는 게 비용이 적게 들겠죠."

윤성은 팔짱을 끼며 미간을 찡그렸다.

"원단 선점, 그거 한경모직이 자주 쓰는 수법이에요. 잘나가는 브랜드가 있으면 일단 생산라인을 막고 그다음은 유통을 막아버리죠. 투 피츠를 비롯해 지금 잘나가고 있는 여섯 개 브랜드, 그런 식으로 인수하거나 라이벌 브랜드를 처리했어요. 하지만 우리한테 이러는 이유를 모르겠어요. 어차피 외국 본사가 따로 있으니 브랜드를 탐내는 것도 아니고, 업계 라이벌이라 할 만한 것도 아닌데."

유래는 입술을 지그시 깨물었다. 어쩐지 알 것 같았다. 한경모직이, 아니, 한혜수가 이러는 이유.

'나를 라이벌로 생각한 거야.'

백화점 법무팀은 분실상품에 대해서는 적당한 보상조치를 하겠다고 했지만 경찰 신고는 반대하고 나섰다. 백화점 입장에서는 협력업체의 작은 문제로 인해 쓸데없는 이목을 끄는 것을 꺼렸다.

하루가 어떻게 지나갔는지 모르겠다. 전에도 중국에서 사은품이 통째로 사라진 일이 있었지만 그때는 직원들도 많았던 터라 회사 차원의 대응을 했다. 하지만 여기서는 유래 혼자 처리해야 했다.

없어진 상품을 찾아 하루 종일 창고를 헤집고 다녔더니 입에서 단내가 날 정도였다. 나중에는 쓰레기장까지 직접 뒤졌지만 소득이 없었다. 없어진 물건을 찾아서 쓰레기장까지 가는 건 고등학교 때로 충분할 줄 알았는데. 그때도 말도 안 되는 오해로 괴롭힘을 꽤 당했었다.

마음 같아서는 혜수에게 찾아가 해명하고 싶었다. 번지수를 잘못 짚어도 한참을 잘못 짚었다고. 그 사람, 지금 좋아하는 여자 따로 있다고. 그것도 아주 절절하게, 혼자서.

「당신을 사랑해.」

유래는 한 번씩 귓가에 되살아나는 무원의 목소리를 털어내면서 윤성과 건우를 다독였다.

"닷새만 버팁시다. 예약 거는 손님은 따로 사은품 챙겨드리고 다른 상품 위주로 파는 수밖에 없어요. 당분간 날씨가 쌀쌀할 예정이라니까 건우는 니트와 카디건 위주로 매대 정리하고 윤성 씨는 디스플레이 새로 하는 거 도와줘요. 재고 체크한 거 보니까 B3 제품도 꾸준히 팔렸던데 이번엔 이 상품을 베이스로 하는 건 어떨까 해요."

"알겠습니다."

어차피 한한령으로 모든 매장이 힘들었다. 상승세가 조금 꺾이는 것은 아깝지만 감당할 수 있는 수준이었다.

그러나 다음 날, 더 큰 일이 기다리고 있었다. 오픈 전에 매장을 둘러보던 건우가 허둥지둥 달려왔다.

"벨가에서 나온 신상 셔츠, 저희와 같은 원단이에요."

"뭐?"

유래는 실례라는 것을 알면서도 직접 벨가 매장 앞에 걸린 셔츠를 확인했다. 분명 같은 원단이었다.

한경모직이 선점한 원단이 벨가로 넘어갔다는 것은 불 보듯 뻔한 일이었다. 세상에 하나뿐인 원단까지는 아니어도 본사 디자이너들이 심혈을 기울여 골랐는데, 어떻게 이럴 수 있지? 뿐만 아니라 태그를 확인하니 가격까지 훨씬 쌌다.

"다 보셨으면 그만 가주실래요?"

이벤트 포스터를 붙이던 벨가 직원이 성가시다는 듯 말했다.

"아, 미안해요."

포스터를 보니 투 피츠와 동시에 진행하는 할인 이벤트였다. 할인 이벤트는 관리부의 승인이 없으면 브랜드에서 독자적으로 할 수 없다. 파일로는 입점 당시 딱 한 번 승인받았다. 그런데 같은 시기 입점한 벨가는 어림잡아도 대여섯 번은 이벤트를 진행했다. 관리부의 파격적인 지원이 없으면 불가능한 일이었다.

어지간히 부당한 일들은 괜찮다, 괜찮다 생각하면서 넘겨온 유래였지만 오늘만큼은 참기 힘들었다. 감정이 어떤 임계선을 넘어서 차오를 때면 숨이 막혔다.

유래는 사람이 잘 오지 않는 왼쪽 비상구 계단에 서서 한참 가슴을 두드렸다. 얼마나 지났을까, 겨우 숨이 트였다 싶은데 누군가 손목을 잡았다.

소스라치게 놀란 유래가 고개를 들었다. 무원이었다. 이 사람이 왜 여기 있지? 상황파악이 안 되는데 그가 물었다.

"무슨 일이야?"

갑자기 두드리던 가슴이 뻐근해지면서 무엇인가 복받쳤다. 아주 오래 기다렸던 것 같다. 이렇게 물어주는 사람을.

"무슨 일이냐니까."

유래는 자신도 모르게 그의 가슴에 얼굴을 묻었다.

"흐읍."

뜨거운 울음이 터져 나왔다. 무원은 가만히 흐느끼는 그녀를 끌어당겨 안았다. 눈물에 옷이 젖어가는 만큼 그의 눈빛도 무겁게 가라앉았다.

"음식이 입에 안 맞니?"

도윤의 목소리에 다른 생각에 빠져 있던 유래가 고개를 들었다.

"아뇨, 괜찮아요."

도윤은 양념이 잘 밴 불고기를 유래의 밥에 올려주었다.

원래라면 저녁을 같이 먹으려고 했는데 오늘은 오후 출근이라는 말에 일정을 바꿨다. 데이트 코스 맛집으로 유명한 한정식집이라고 해서 골랐는데 유래는 생각이 다른 데 가 있었다. 말 많은 아르바이트생이 귀띔해준 바론 최근 매장에 문제가 좀 있다는데 그 때문일까.

"일이 많이 힘들어?"

"아무래도 시기가 시기니까요. 지금 백화점 다 힘들어요."

뉴스에서 매일 한한령으로 텅 비게 된 명동 거리와 면세점 모습을 비추는 중이다. 유래는 화제를 돌리려는 듯 밝은 목소리로 물었다.

"오빠는 어때요?"

"나?"

"명함은 받았는데 정확히 무슨 일을 하는지 궁금해서."

"음."

도윤은 잠시 대답을 망설였다. '정확히 무슨 일을 하는지' 말해주면 어떤 반응을 보이려나.

"외국계 투자회사야. 주로 자금 사정이 어려운 기업에 자금을 빌려주는 일을 해. 나는 거기에 법률자문을 하는 거고."

"일은 마음에 들어요?"

"그럼."

마음에 들다마다. 도윤은 웃으며 고개를 끄덕였다.

"사실 검사를 그렇게 빨리 그만둘 줄 몰랐어요. 어릴 때부터 꿈이었잖아요."

"어릴 때는 검사가 슈퍼맨인 줄 알았거든. 나쁜 놈도 다 잡아넣고."

세상을 너무 몰랐지. 막연하게 공부 잘하고, 좋은 대학을 가고, 사법고시에 합격하고, 또 거기서 좋은 성적을 얻어 검사가 되면 되는 줄 알았으니까. 그렇게 검사가 되어봐야 잡아넣을 수 있는 놈은 나보다 힘없는 '나쁜 놈'뿐이었다. 정작 진짜 나쁜 놈들은 잘 먹고 잘 살았다.

"그런데 막상 현장에 들어가니 그렇지가 않더라. 대기업에서 후원하는 장학생들끼리 알력싸움도 심했고. 그 안에서 나는 그냥 족보도 없고 빽도 없는 아웃사이더였어."

"예전에 들었어요. 아버지 말에 의하면 오빠도 충분히 후원받을 수 있었는데 거절했다면서요. 아버지는 오빠가 나중에 유성물산 일을 맡아주길 기대하셨다던데. 강 실장님은 아무 말씀 안 하셨어요?"

"안 하실 리가. 그 문제로 얼마나 다퉜는지 몰라. 그래도 내가 밀고 나갔지."

"왜 그렇게까지 한 건데요?"

'왜'라는 울림에 도윤은 자신의 대답을 기억해냈다.

「아버지, 저는 아버지처럼 살고 싶지 않아요.」

자신을 부정하는 아들의 대답에 아버지는 어떤 표정을 지었던가. 눈동자와 입술이 경련하듯 파르르 떨리던 모습이 떠오른다.

"세상에 공짜는 없는 법이니까. 후원을 받으면 거기에 얽매일 수밖에 없어. 당시의 나는 그게 무척 싫었던 것 같아. 왜냐면…… 아, 아니다. 그냥 그런 이유였어."

도윤은 말을 삼키며 가라앉은 분위기를 환기시킬 요량으로 유래의 밥 위에 나물을 올려주었다.

"많이 먹어. 요즘 마른 것 같아."

유래는 순순히 입안에 밥을 넣었다. 오물거리며 먹는 모습이 귀여워, 도윤은 어미 새마냥 유래의 밥그릇에 반찬을 날랐다. 나중에는 유래가 손을 저었다.

"그만하고 오빠도 좀 먹어요."

이번에는 그의 밥에 좋아하는 호박나물이 올라왔다. 이까짓 밥이 뭐라고 이렇게 좋은 건지.

도윤은 오랜만에 한 그릇을 다 먹고 누룽지까지 깨끗하게 비웠다. 그가 계산을 끝내고 나가자 유래가 정원 벤치에 앉아 있었다. 정원 구석의 연못을 보고 있는 듯했다. 도윤은 유래에게 다가가며 낮은 소리로 불렀다.

"뭘 보는 거야?"

"잉어가 있네요. 여기."

유래가 가리킨 곳에서는 제법 큰 비단잉어 서너 마리가 유유히 노닐고 있었다. 예전 성북동에서도 한 마리에 수백만 원을 호가하던 고급 종을 열 마리 넘게 키웠다. 도윤은 유래가 생선반찬에는 일절 손을 대지 않았던 것을 떠올리며 안색을 어둡게 했다.

"시간 되면 좀 걸을까?"

유래는 시계를 확인하더니 고개를 끄덕였다. 나란히 주위를 한 바퀴 돌았다. 봄이나 여름이었다면 좋았을 텐데.

도윤은 옆에서 걷고 있는 유래를 보며 조금 전 삼켰던 말을 생각했다.

'왜냐면…… 알았으니까. 유성물산 후원까지 받으면 영원히 너와 대등한 관계가 될 수 없다는 걸. 당장은 아니어도 조금씩 내 자리를 만들어가면 너한테 다가갈 수 있을 줄 알았어. 그 당시에는.'

바람이 쌀쌀한 듯 유래가 살짝 어깨를 움츠렸다. 도윤은 걸치고 있던 머플러를 유래의 어깨에 둘러주었다. 유래는 조금 놀란 얼굴을 하더니 "고마워요." 작게 말했다.

손을 한번 내밀어볼까 한참을 재킷 주머니 안에서 고민하다가 그만두었다. 아직은 빠르겠지. 지금은 그저 이렇게 함께 있는 시간을 즐기고 싶었다. 한참을 에둘러 얻게 된 기회니까.

잠시 도윤을 만나 기분전환을 한 것은 좋았지만 백화점으로 돌아온 순간부터 고민이 시작되었다.

어쩌자고 그랬을까. 유래는 이틀 전, 비상구에서의 일을 떠올리며 깊은 한숨을 쉬었다.

무슨 일이냐고 묻는 무원을 본 순간 굳게 잠그기만 했던 마음의 빗장이 쑥 빠져버렸다. 그러자 눈물이 났다. 펑펑 울고 말았다. 엄마를 잃어버린 열두 살 때처럼, 하필이면 전남편 품에서.

넓은 가슴은 따뜻했고 쓰다듬는 큰 손은 다정했다. 정신이 들어서 후다닥 도망치긴 했지만 혹시나 얼굴을 마주치면 어떻게 대해야 할지 혼란스러웠다.

나중 일은 닥치면 생각하기로 하고 일이나 하자 싶어 전표를 확인했다.

하얀 전표만큼이나 머릿속이 하얘졌다. 하나도 못 팔았다니, 이럴 수가. 윤성과 건우도 곤란한 표정이었다. 가뜩이나 파이가 확 줄어든 고객 대부분이 할인 이벤트가 진행 중인 매장으로만 몰렸다.

이 상황을 어떻게 해야 할지 고심하는데 누군가 매장으로 들어섰다. 선글라스를 낀 여자였다. 선물이라도 하려는 걸까? 뭐든 간에 놓쳐서는 안 되는 고객이었다.

윤성이 그녀를 상대하는 사이 스캔을 마친 건우가 엄지를 척 들더니 소곤거렸다.

"딱 봐도 연예인이네요."

"연예인?"

"얼굴이 CD 크기잖아요. 거기에 저 비율. 운동화 신고는 절대 안 나오는 황금비율이라고요."

확실히 그랬다. 얼굴의 반을 가린 선글라스도 그랬지만 별 꾸밈 없이 입은 청바지 차림에도 숨길 수 없는 몸매가 남달랐다. 그게 끝이 아닌 듯 건우가 목소리를 한층 더 낮추고 말을 이었다.

"무엇보다 저 청바지 말인데요."

그때 무엇인가 찾는 듯 매장 안을 두리번거리던 여자가 유래를 발견하더니 손을 흔들었다. 건우가 유래에게 물었다.

"어? 매니저님, 아시는 사람이에요?"

"아니, 내가 연예인을 알 리가……."

그러나 유래에게 다가온 여자는 친근하게 손을 덥석 잡았다.

"오랜만이에요."

유래가 당황한 것을 본 여자는 선글라스를 슬쩍 올렸다.

"나 알죠?"

모를 리가 있을까. 지금 대한민국에서 가장 핫하다는 여배우 윤수지를. 거기에 최무원이 무려 짝사랑하고 있는 여자. 유래는 굳은 얼굴로 고개를 끄덕였다.

"윤수지 씨?"

선글라스 속의 얼굴을 본 건우는 호들갑스럽게 심장을 부여잡았다.

"아이고, 수지느님!"

평소 감정표현이 거의 없는 윤성도 수지의 등장에는 반색했다. 꽤 만족스러운 반응이었는지 수지는 씨익 웃으며 선글라스를 다시 내렸다.

"'아내가 돌아왔다' 잘 보고 있습니다! 요번에 20부에서 22부로 연장했다면서요? 지금 촬영하시느라 바쁘지 않으신가요?"

"지금 대본 수정 중이라 촬영이 조금 비었어요. 앞으로도 재미있게 봐주실 거죠?"

"당연하죠!"

건우는 재빨리 휴대전화를 들이댔다.

"기념으로 사진 한 장만 찍어주시면 안 될까요?"

"오늘은 사적으로 온 거라서 안 돼요. 대신 사인해드릴게요."

사인을 받아든 건우와 윤성의 입이 함지박만 해졌다.

하긴 여자가 봐도 탄성이 나올 정도로 예쁜 여자니 당연한 반응이겠지. 다른 여자의 미모를 부러워해본 것은 처음이다. 유래는 쓸데없는 생각을 하지 않으려고 애쓰며 수지에게 물었다.

"뭔가 찾으시는 상품이 있나요?"

"아, 사실 뭘 사려고 온 건 아닌데……."

그녀는 잠시 어물거리더니 곧 맞장구를 쳤다.

"그래도 매장에 왔으니까 사는 게 예의겠죠? 선물하고 싶은데 추천 좀 해주실래요?"

"어떤 분에게 선물하실 건가요?"

"음, 삼십 대 남자고 워커홀릭이고 평소에 고가 브랜드만 입어요. 적당하게 입을 수 있는 이너 종류가 좋을 것 같은데."

"요즘 이너로는 폴라가 인기 있어요."

수지는 웃으며 손가락을 흔들었다.

"폴라는 안 돼요. 목 갑갑한 것 싫어하거든요. 셔츠 위주로 보여주세요."

가슴 한편이 쿡 찔리는 기분이었다. 수지의 말에서 연상되는 남자는 한 사람이었다. 무원은 갑갑한 것을 싫어해 목도리나 스카프류는 일절 두르지 않았다.

전처에게 전남편 선물을 골라달라는 건 무슨 생각일까? 내가 누구인지 모르는 걸까? 아니면 일부러 이러나?

그러나 노골적으로 감정을 드러내는 혜수와 달리 수지에게선 어떤 악의도, 적개심도 느낄 수 없었다. 오히려 안하무인 톱스타라는 소문과 달리 소탈하고 친근하게 굴었다. 오늘 같은 날, 같은 라인의 셔츠를 색상별로 다섯 벌이나 구입해준 정말 고마운 손님이기도 했고.

네이비색 셔츠를 골똘히 보던 수지가 유래에게 말했다.

"네이비색은 따로 한 벌 더 주세요."

"다른 분에게 선물하실 건가요?"

"네. 소중한 사람에게 주려고요."

입가에 번지는 잔잔한 미소가 이미 말하고 있다. 따로 산 셔츠의 주인이 진짜라고. 아무래도 무원의 짝사랑은 길어질 모양이다.

아까와는 또 다른 의미로 기분이 이상했다.

최무원이 뭐 어때서. 솔직히 잘생겼지, 돈 많지, 유능하지. 섬세하고 다정한 성품은 아니었지만 제법 따뜻한 구석도 있는 남자인데. 비상구에서 말없이 안아준 것만 봐도…….

거기까지 생각이 미치자 흠칫했다.

'그만. 대체 왜 이러는 거야? 하다하다 전남편 변호까지 해주려는 거야?'

유래는 시도 때도 없이 떠오르는 무원이 원망스러웠다.

"오늘 즐거웠어요."

쇼핑백을 받아든 수지는 환하게 미소를 지었다. 선글라스를 꼈음에도 눈이 부신 미소에 유래는 어색하게 화답했다.

"네, 감사합니다."

수지는 유래의 귓가에 살짝 속삭였다.

"곧 다시 만나요, 언니."

언니? 내가 왜 언니야? 프로필상으로도 그쪽이 두 살이나 위인데?

유래는 어안이 벙벙해서 수지의 뒷모습을 응시했다. 건우가 입구까지 따라가 인사한 다음 돌아왔다.

"윤수지 알던 사이세요?"

이런 걸 안다고 해야 하나, 모른다고 해야 하나.

"한 번 인사한 적 있어."

"에이, 그런 것치곤 굉장히 친해 보이던걸요. 완전 천상계네요, 천상계. 제가 예전에 연예인 기획사에서 일한 적이 있어서 연예인 자주 봤는데, 그중에서도 압도적이에요. 참, 아까 뭐라던 거예요?"

"곧 다시 보자고."

"대박이네요! 다음에는 꼭 사진 찍어달라고 해야지."

콧노래까지 흥얼대는 건우와 달리 유래는 다시 만나자는 말이 반갑지 않았다. 대체 만나서 어쩌자고? 남자 하나를 두고 친목이라도 하자는 걸까. 천상계 여인은 사고 자체가 다른가?

유래는 입안이 까슬까슬해 눈살을 찌푸렸다.

수지가 말한 '다시 만나요.'의 의미는 바로 다음 날 밝혀졌다.

어제 일찍 나왔던 윤성이 오후에 출근을 하고 유래가 오픈을 맡은 날이었다. 한가한 매장에 남자 두 사람이 찾아왔다. 한 사람은 말쑥한 정장을 입었고 한 사람은 편한 청바지 차림이었다. 그들은 꽤 한참 동안 매장 안을 서성였다.

"찾으시는 상품이 있으신가요?"

"매장 책임자신가요?"

"네, 제가 파일로 매니저 이유래입니다."

정장을 입은 남자가 명함을 내밀었다.

"안녕하십니까. 저는 L프로덕션 제작지원팀 팀장입니다."

유래는 그가 내민 명함을 받아들었다. L프로덕션 제작지원팀 팀장 천영수. 프로덕션 사람이 어쩐 일일까?

"네, 그런데 어쩐 일이시죠?"

"아실지 모르겠는데 저희 프로덕션에서는 지금 최고 인기 드라마라 할 수 있는 '아내가 돌아왔다'를 제작하고 있습니다."

"아, 윤수지 씨가 나오는 드라마 말이죠? 알고는 있어요."

"본사담당자와 연락하고 싶은데 가능할까요?"

"제가 본사담당자도 겸하고 있습니다. 저한테 말씀하시면 됩니다."

"그럼 이야기가 더 간단해지겠군요. 혹시 그 드라마에 PPL을 지원해 주실 수 없을까 해서요."

PPL은 product placement의 약자로 영화제작 시 각 장면에 사용될 소품을 필요한 장소에 배치하는 것을 일컫는 말이다. 브랜드 인지도와 매출 상승에 있어 일종의 치트키나 다름없는 마케팅 수단이었다. 특히 시청률 1위를 달리는 드라마의 PPL이라면 대기표를 뽑고 기다려야 할 만큼 많은 브랜드들이 줄을 설 텐데.

유래는 의아한 얼굴로 물었다.

"'아내가 돌아왔다' 정도라면 PPL 문의가 차고 넘칠 텐데요. 저희 브랜드에 굳이 요청하시는 이유가 있습니까?"

"이번에 연장을 하게 되면서 대본에 수정이 있습니다. 윤수지 씨가 맡은 주인공이 여성복 디자이너에서 남성복 디자이너로 바뀌거든요. 아시다시피 저희는 성원백화점에서 장소협찬을 받는지라 가능하면 입점 매장 중에서 촬영장소를 찾아야 합니다. 파일로는 윤수지 씨가 강력하게 추천한 매장이고요."

"윤수지 씨요?"

"네. 수지 씨가 이 매장을 적극 추천했습니다. 거기다 저희 드라마의 경우 한한령 이전에 이미 중국에 완판을 했습니다. 완판을 했다고는 하나 반한 감정이 남아 있는 상태에서 오리지널 브랜드를 PPL 할 수는 없어서요. 듣자하니 파일로는 중국 내 인지도가 높다던데 경직된 시장을 뚫는 데 도움이 되지 않을까 합니다. 어이, 김 감독님, 어떻습니까?"

이야기를 하는 동안 열심히 매장을 둘러보던 캐주얼 차림의 남자가 오케이 사인을 보냈다.

"인테리어 새거네. 나쁘지 않아. 손댈 것 없이 바로 진행해도 되겠어."

천영수 팀장이 고개를 끄덕였다.

"저희 촬영감독님도 좋다고 하시네요. 어떻게 하시겠습니까?"

좋다, 싫다를 따질 수 있는 계약이 아니었다. 이건 신이 내려준 기회나 다름없었다.

"물론 하겠습니다. 그런데 비용 문제는 어떻게 해야 할지……."

'비용'이란 말에 촬영감독과 팀장이 얼굴을 마주 보았다. 뭔가 알 수 없는 눈짓이 그들 사이에 오가더니 천 팀장이 입을 열었다.

"비용은 파일로 쪽에서는 일절 부담하지 않으셔도 됩니다."

"네?"

"그러니까, 제작비는 충분합니다. 오히려 일정이 급박해서 저희 쪽에서 섭외비를 주고 장소를 찾아야 할 판이거든요. 성원백화점에서는 당장 오늘 밤부터 촬영하라는데 가능합니까?"

"상관없습니다."

"지금 연장 대본이 완전히 나오지 않았는데 대략 여덟 신 정도 촬영이 있을 예정입니다. 자세한 건 법무팀에서 계약서 가지고 와서 설명하겠습니다."

이야기를 전해들은 건우는 뛸 듯이 기뻐했다.

"대박이에요, 대박. 지금 거기 몇 초라도 비친 상품들은 죄다 완판이거든요. 역시 수지느님이다. 우리 행운의 여신! 매니저님, 윤수지랑 엄청 친한 거 맞네요."

"아니, 그건 진짜 아닌데."

아닌데, 아닌데. 알다가도 모를 일이다. 왜 이렇게까지 도와주는 거지?

가만히 있던 윤성이 미심쩍다는 듯 물었다.

"그런데 좀 이상하지 않습니까?"

"뭐가요?"

"아이고, 우리 윤성이 형, 또 의심병 도졌다."

윤성은 건우를 가볍게 쥐어박았다.

"네가 아직 험한 세상을 덜 살아봐서 그래."

"네에, 네에. 제가 꽃밭에서 살았다 치고 뭐가 이상한데요?"

"솔직히 엄청난 기회지 않습니까. 시청률 1위 드라마의 PPL자리. 촬영 관련이라면 분명 관리부에 먼저 기별이 갔을 텐데 한경모직이 아니라 우리한테 온 게 신기해서요."

"아, 그건 그럴 수밖에 없어요."

건우가 시원스레 의문을 해소해주었다.

"제가 한때 기획사에서 일했지 않습니까. 그래서 아직 건너건너 듣는 이야기가 많은데요, 사실 '아내가 돌아왔다' 이거 대본 처음 풀렸을 때부터 여배우들이 서로 하겠다고 줄 선 드라마더라고요. 작가 유명하지, 상대역도 지금 제일 잘나가는 지현욱이잖아요. 장혜원이 하겠다고 나서서 도장만 찍으면 되는 상황에서 윤수지가 꿰찬 거죠. 모르긴 몰라도 윤수지 빽이 대단하대요. 데뷔할 때부터 주연만 했잖아요."

데뷔부터 대단한 빽. 좋았던 기분이 살짝 꺾였다. 건우는 그런 유래의 속도 모르고 계속 말을 이었다.

“아무튼 그 바람에 장혜원과 윤수지가 앙숙 중에 앙숙이 되었단 말이죠. 둘이 협찬도 같은 데서는 안 받는대요. 우스개로 같은 브랜드 커피도 안 마시고 같은 식당도 안 간다던데요. 그런데 장혜원이 전속모델로 있는 한경모직이 윤수지 드라마에 PPL을 한다? 한마디로 장혜원과 원수 되자 하는 꼴이죠. 투 피츠가 장혜원 덕에 중국에서 벌어들이는 돈이 얼만데. 이건 한경모직이 아무리 하고 싶어도 못 하는 상황이에요.”

그랬구나. 아이러니한 일이었다. 장혜원을 앞세워 벨가 오프닝부터 톡톡히 재미를 봤던 한경모직이 이번에는 장혜원에게 발목을 잡히다니.

문득 예전에 누군가 했던 말이 떠올랐다. 세상에는 보이지 않는 거대한 저울이 있어서 좋은 일이든 나쁜 일이든 반드시 균형을 맞춘다고. 그러니까 지금이 아무리 힘들어도 꼭 참고 견디라고.

그런데 누가 했던 말이더라?

chapter 08

보이지 않는 저울

아버지가 그랬다. 낡은 식당, 비빔밥을 먹고 있는 두 아이를 앞에 둔 자리였다. 세상에는 보이지 않는 거대한 저울이 있어서 좋은 일이든, 나쁜 일이든 반드시 균형을 맞춘다고. 그러니까 지금이 아무리 힘들어도 꼭 참고 견디면 보답받을 거라고.

그런데 어째서 본인은 참고 견디지 못했을까? 최소한 아들이 검사였는데, 그 아들이 진실을 밝힐 때까지도 기다려줄 수 없었던 걸까? 나는 아버지에게 그 정도의 의지조차 되지 못했던 걸까?

– 이사님, 유성물산 이유현 전무 오셨습니다.

내선전화에서 들리는 비서의 목소리에 도윤은 상념에서 깨어났다. 올 것이 왔나. 그는 멍하니 태우고 있던 담배를 재떨이에 비벼 끄며 대답했다.

"들여보내요."

도윤은 자리에서 일어서며 허리를 꼿꼿하게 폈다. 유현이 사나운 기세로 문을 밀어젖히며 들어섰다. 그는 도윤을 보자마자 주먹부터 내질렀다.

"야, 이 개자식아!"

제법 반듯하게 생긴 얼굴에 반듯한 차림새를 하고도 손버릇이 나쁜 건 여전하다. 15년 전이나 지금이나.

그러나 어쩌나? 이미 얌전히 맞아주던 예전의 강도윤이 아닌데.

도윤은 가볍게 주먹을 피하며 유현의 손목을 움켜쥐었다. 연수원시절부터 익힌 무술만 세 종류였다. 오래오래 현장에서 일하려고 배운 기술들인데 이렇게라도 쓸 수 있어 다행이다.

"왜 이러실까. 우아하지 못하게."

어린애를 상대하듯 쉽게 제압당하자 유현의 얼굴이 벌겋게 달아올랐다. 잡힌 손목을 빼내려고 버둥대지만 꿈쩍도 않는다. 그는 매섭게 도윤을 노려보았다.

"김 사장한테 손쓴 게 너냐?"

"김 사장이라니?"

"이 새끼야, 시침 떼지 마. 지금 직접 김 사장 만나서 확인하고 오는 길이야."

도윤은 일부러 손아귀에 힘을 주며 말했다.

"아, 이태원 김 사장. 예전 검사시절에 인연이 좀 있어. 내가 예전에 돈 좀 가지신 분들을 많이 상대했거든. 그냥 오랜만에 만나서 투자 리스크에 대해 친절하게 설명해준 것뿐인데 구린 구석이 워낙 많은 양반이라 알아서 몸을 사리셨나 보네."

"미쳤어? 대체 무슨 생각이야? 돈 갚는다잖아! 그런데 대체 왜 이런……."

"돈 안 갚아도 돼."

"뭐라고?"

"안 갚아도 된다고."

열심히 눈을 굴리던 유현의 얼굴에 경악이 스며들었다. 그는 방금 깨달은 무서운 사실을 띄엄띄엄 입 밖으로 토해놓았다.

"너, 설마…… 일부러 이걸 노리고 나한테 접근했어?"

사람 좋은 얼굴로, 오랜 친구를 가장하면서.

도윤은 대답 대신 입가에 조소를 올렸다. 그는 힘껏 움켜쥐었던 유현의 손목을 내던지듯 놓아주었다. 유현은 욕지거리를 뱉었다.

"은혜도 모르는 배은망덕한 새끼."

"그거, 지금 상황에서 내가 해야 할 말 같은데. 돈 융통할 때만 해도 우리 사이 꽤 좋았잖아. 나한테 '은인'이라고 했던 건 기억 안 나?"

"대학도 못 나온 네 아버지, 운전하고 심부름만 하다가 늙어 죽을 사람 비서실장까지 올려준 게 유성물산이야! 그런데 네가 감히 어떻게 이딴 짓을……."

악에 받쳐 내뱉은 아버지 이야기에 빙글거리던 도윤의 얼굴이 무표정하게 변했다. 그는 유현에게 물었다.

"그래서 내 아버지에게 덮어씌웠어?"

"뭐?"

"그때 불 지르라고 지시 내린 사람, 너잖아. 이유현."

유현의 동공과 입이 크게 벌어졌다. 도윤은 유현의 까만 동공에 비친 자신의 얼굴이 어떤 형상인지 알고 싶었다. 사람이긴 할까.

아버지의 부고를 들은 순간부터 그는 '보이지 않는 저울'의 존재를 믿지 않았다. 대신 스스로 저울이 되고자 했다. 그래서 궁금했다. 숨겨온 진실과 이빨을 동시에 드러냈을 때, 유래에게 아직 보일 만한 얼굴일지. 아직도 좋은 사람인 척 유래에게 갈 수 있을지, 아닐지.

"시작한다, 시작해."

유래는 만들고 있던 카나페에 급하게 올리브를 올린 뒤 접시를 들고 거실로 나갔다. 거실 테이블은 이미 준희가 와인 세팅을 끝낸 상태였다.

자리에 앉자 바로 드라마가 시작되었다. 지난주, 매장에서 촬영했던 신이 나온다기에 손꼽아 기다린 날이다.

"축하해. 대박나라."

"고마워."

준희와 유래는 장난스럽게 와인잔을 부딪쳤다. 출퇴근시간이 들쑥날쑥한 덕에 준희와 한집에 살면서도 이렇게 오붓한 시간을 가지는 건 무척 오랜만이었다.

"준희 너 이 드라마 봐?"

"아니, 그래도 내용은 다 알아. 워낙 요즘 난리잖아. 카페 직원들이나 손님들도 모이면 죄다 이 드라마 이야기야. 그래서 너희 매장에서 촬영한다고 했을 때 깜짝 놀랐다니까."

"나도 그래. 촬영까지 다 했는데도 아직 믿기지 않아."

준희가 카나페를 한입 베어 물었다.

"촬영은 어땠어?"

"정신없었어. 조명도 많고, 사람도 많고."

촬영은 숨가쁘게 진행되었다. 드라마 촬영현장을 처음 보는 유래는 일사불란하게 움직이는 스태프들의 모습에 혀를 내둘렀다. 배우들의 열연도 놀라웠다. 각각 다른 의상을 입고 찍은 세 번의 신은 전부 다른 상황이었다. 주연배우인 지현욱과 수지는 웃었다가, 울었다가, 분노했다가, 자연스럽게 표정을 바꾸었다.

백화점 폐점 후 이루어지는 촬영이라고는 하나 스태프와 보조연기자까지 합치면 제법 많은 사람들이 오가는지라 상품이 분실되지 않도록 관리하느라 녹초가 되었다.

"배우나 감독도 아무나 할 직업은 아닌 것 같아. 그렇게 자정까지 촬영하고 바로 스튜디오 세트장 가서 다음 신 찍는다는 이야기 듣고 놀랐어."

"지현욱 실물, 진짜 그렇게 잘생겼어?"

잘생겼던가? 확실히 이목구비가 선명하긴 했는데. 옆에서 너무 잘생긴 사람을 보며 살아서 그런지 지현욱에 대한 감상은 그리 크지 않았다.

오히려 놀랐던 건 지현욱이 촬영장에 사복으로 입고 온 파일로 셔츠였다. 언제 구입했던 걸까? 지난주에 풀린 신상품이고 매장이라곤 여기

하나뿐인데. 지현욱쯤 되는 사람이 직접 옷을 구입하러 다니진 않겠지만 신기한 인연이었다.

"응, 그런데 너무 말랐더라. 얼굴은 정말 작은데 눈, 코, 입은 마치 그린 것처럼 또렷해. 윤수지 정도 되니까 같은 화면에 나와도 안 이상한 거야."

"하긴, 윤수지도 얼굴 정말 작더라. 얼굴에 여백이 없어."

"너 윤수지 실제로 본 적 있어?"

유래의 질문에 준희는 고개를 끄덕였다.

"2층 클리닉에 가끔 와. 카페는 안 내려오지만."

2층 클리닉이라면 우경이 운영 중인 정신과다. 준희는 윤수지 외에 연예인들 몇 명이 자주 다닌다는 이야기를 덧붙였다.

화려한 외형과 달리 연예인들도 스트레스가 큰 직업이란 말이 사실인가 보다. 촬영하는 내내 언니라 부르며 사근사근하게 굴던 수지를 떠올리는데 준희가 어어, 소리를 냈다.

"너희 매장 나온다!"

유래는 얼른 휴대전화로 개인 SNS에 올릴 사진을 찍었다. 본사나 파일로 공식계정에 업데이트할 VOD 화면과는 또 색다른 느낌이다.

"어때? 잘 나왔지?"

"응, 매장 예쁘게 나온다. 옷도 그렇고. 지현욱이 방금 입었다 벗은 니트, 저거 당분간 제법 나가겠는데?"

그렇지 않아도 지난번처럼 재고부족으로 손님을 놓치는 경우를 막기 위하여 만반의 준비를 끝냈다. 이 팀장 역시 '아내가 돌아왔다' 촬영 소식을 듣더니 벌어진 입을 다물지 못했다. 꼼꼼하게 발주 체크를 한 뒤, 다음 촬영 때는 꼭 매장에 불러달라는 신신당부도 잊지 않았다.

한창 드라마에 집중하는데 배경이 본 적 있는 장소로 바뀌었다. 도윤과 함께 갔던 한정식집이었다. 입구에서 유명 드라마 촬영장소라는 문구를 본 것 같았는데 이거였구나.

"나, 저기 가본 적 있어."

별생각 없이 말했는데 준희가 눈을 반짝이며 관심을 보였다.

"도윤 오빠와 같이 간 거야?"

고등학교 친구인 준희는 도윤에 대해 대강 알고 있었다. 우연히 도윤을 다시 만났다는 이야기를 듣고 좋아한 사람도 준희였다.

"응, 지난주에."

"뭐야, 둘이 착실하게 데이트 중인 거야?"

"데이트는 아니고 그냥 밥 먹고 산책하는 거야."

"야, 그게 데이트지! 데이트가 뭐 별거야? 얼마 전에 영화도 봤다며!"

아, 그 영화. 백화점 마치고 심야영화를 보러 갔다 꾸벅꾸벅 졸기만 했다.

그제야 생각났다는 얼굴에 준희가 답답하다는 듯 가슴을 쳤다.

때를 맞추어 테이블에 올려둔 휴대전화가 울렸다. 발신인을 확인하니 하필 지금 화제의 중심에 있는 도윤이었다.

"여보세요? 도윤 오빠."

도윤 오빠란 말에 준희는 재빨리 와인잔을 내려놓고 유래의 휴대전화에 귀를 댔다.

– 집이니? 친구와 같이 있어?

"네."

– 조금 있다가 근처로 지나갈 것 같은데 야식 사줄까?

이 밤에 무슨 야식인가 싶어 거절하려는데 준희가 휴대전화를 가로챘다.

"네, 물론 사주시면 감사하죠. 안녕하세요, 저는 지금 유래와 같이 지내고 있는 서준희라고 합니다."

도윤은 당황한 듯했지만 웃으며 대답했다.

– 아, 서준희. 유래에게서 이야기 들어서 알고 있어요. 야식 뭐 먹고 싶어요?

"뭐든 사주시면 감사히 잘 먹겠습니다."

– 그러면…….

메뉴까지 정한 준희는 통화를 끝낸 다음 휴대전화를 유래에게 내밀었다.

"삼십 분 후에 아파트 앞으로 나오래."

유래는 어이없다는 얼굴로 준희를 흘겨보았다.

"붓는 거 싫어서 야식 안 먹는 거 아니었어?"

"눈치 없긴. 누가 야식 먹자고 그러니. 야식 핑계 삼아 도윤 오빠가 너 얼굴 한번 보려는 거지."

그런가? 괜히 계면쩍어졌다.

30분 후라고 했지만 쓰레기봉투를 핑계 삼아 조금 일찍 나섰다. 오랜만에 마신 탓인지 와인 한 잔에 달아오른 얼굴도 식힐 겸 놀이터 그네에 앉았다. 아파트 입구 진입로가 잘 보이는 명당이다.

유래는 발로 그네를 슬쩍 밀어보았다. 끼익, 끼익, 작은 소리를 내며 그네가 흔들렸다. 도윤과 함께 있을 때 느끼는 기분과 비슷하다. 편안하다는 것. 만날 때면 늘 작은 부분 하나에도 마음 써주는 것이 느껴졌다.

편하게 만나자는 제안에 생각해보겠다고 한 건, 당장은 아니어도 언젠가는 이성으로 좋아하는 마음이 쌓일 거라는 믿음에서였다. 그러나 만남이 거듭될수록 마음이 혼란스러워졌다. 도윤에게 집중해야 하는데 불쑥불쑥 떠올라 혼란을 부추기는 사람이 따로 있었다.

'어쩌려고 이래.'

절레절레 머리를 흔드는데 진입로에 차가 들어섰다. 도윤의 차였다. 30분 후에 온다더니 빠르네?

유래는 움직이던 그네를 멈추고 일어섰다.

"여기……."

손을 들고 부르려던 유래는 그대로 멈췄다. 차에서 내린 사람은 도윤이 아니라, 시시때때로 혼란을 불러일으키는 무원이었다. 그제야 도윤과 무원의 차종이 같다는 것이 생각났다.

'하필 차는 왜 같은 거야?'

그의 품에서 엉망으로 울고 도망친 다음 날, 무원은 중국으로 출장을 갔다. 그가 백화점 대표가 되기 전 성원건설이 중국에서 추진했던 사업 하나가 한한령과 맞물려 말썽을 일으킨 듯했다.

중국에 있어야 할 사람이 여긴 무슨 일일까. 유래는 살금살금 미끄럼틀 뒤에 숨어 그를 훔쳐보았다.

차에서 내린 무원은 꿈쩍도 하지 않고 위를 올려다볼 뿐이었다. 마찬가지로 유래도 무원을 바라보았다. 무엇인가를 유심히 바라보는 그의 모습이 서글펐다.

대체 위에 뭐가 있다고 저러나. 그가 바라보는 곳으로 시선을 돌린 유래는 숨을 멈췄다.

눈에 들어온 것은 준희의 집, 불 꺼진 자신의 방 창문이었다.

"어쩐 일이야?"

초인종을 누르자 우경이 놀란 얼굴로 문을 열었다.

"중국에 간 거 아니었어?"

"일정 하루 당겨서 조금 전에 들어왔어."

무원은 안으로 들어서며 넥타이를 느슨하게 풀었다.

"아이고, 황송해라. 그럼 귀국하자마자 나한테 온 거냐?"

가장 먼저 간 곳은 따로 있지만 황송하다는데 굳이 찬물을 끼얹고 싶진 않았다.

중국에 있는 내내 사람을 만나고 서류를 봤지만 생각은 한곳에 매여 있었다. 그날, 그의 옷깃을 적시던 뜨거운 눈물과 떨리던 손끝, 그리고 꾹꾹 눌러 참은 듯 터져 나오던 울음소리.

그것 때문에 일정까지 하루 앞당기고, 비행기에서 내리자마자 달려갈 수밖에 없었다.

파일로 창고에 들어온 물건이 사라졌다는 이야기는 남 실장이 귀띔해 주었다. 협력업체들 사이에서 '텃세'라 부르는 흔한 장난이었다.

창고담당자를 통해 다그쳤더니 관리부 탓을 하고 관리부를 다그쳤더니 설비팀을 탓했다. 설비팀은 공교롭게 CCTV 교체를 지시한 관리부를 탓했다. 이것들이 지금 죽고 싶나? 당장 요절을 내고 싶었지만 성질대로 사고치기엔 그도 더 이상 혈기 넘치는 십 대가 아니었다. 나이가 든 만큼 좀 더 집요해지고, 세련되어지고, 교활해질 필요가 있었다. 이 분야의 최고 롤모델은 윤 여사였다.

소파에 앉은 그에게 우경이 허브차를 내놓았다. 무원은 뚱한 얼굴로 우경을 타박했다.

"뭐야? 왜 이거야?"

"접대하면서 마시지도 못하는 술 잔뜩 마셨을 거 아냐. 그거나 드셔. 잠 안 올 거 같아서 나 찾아온 거 아니야?"

이 자식은 진짜 돗자리를 깔아야 하는 거 아닐까. 진지하게 생각한 무원이 찻잔을 들었다. 두통에 좋다는 카모마일 향이 났다. 출장이나 회의 때문에 늦게 귀가할 때면 늘 유래가 끓여주던 차였다.

지금 뭐 하고 있으려나.

방의 불이 꺼진 걸 보고 자는가 했더니 조금 전 유래의 SNS가 업데이트되었다. 파일로 매장이 나온 TV 화면이었다. 상태 메시지의 하트 세 개가 뭐라고 이렇게 귀여운 건지. 입꼬리가 보이지 않게 절로 올라갔다.

한 회장이 알아주는 능구렁이이며 악질적인 수법으로 한경모직을 키웠다면 한혜수는 새끼 구렁이쯤은 되는 것 같았다. 재고를 없애고, 원단을 선점해 재생산을 막고, 선점한 원단으로 카피까지 만들어 싸게 뿌렸으니. 그것도 직접적인 비난을 피하기 위해 전혀 다른 업체를 통해서. 파일로가 자본력 탄탄하고 국내시장 의존도가 낮은 외국계 업체였기에 망정이지, 국내 영세업체였다면 바로 무너졌을 것이다.

비상구로 갔다는 건우의 말에 달려간 곳에서 무원이 본 것은 어깨를 말고 가슴을 두드리는 유래였다. 이번에는 놓치고 싶지 않아서, 가슴을 두드리는 손을 붙들고 무슨 일이냐고 물었다. 유래는 울음을 터뜨렸다.

그녀의 눈물을 보고서야 알 것 같았다. 얼마나 많은 세월을, 그렇게 저 안에 울음을 가둬왔는지. 왜 진작 그렇게 물어주지 못했는지, 절절하게 후회한 순간이었다.

우경이 툭 던지듯 말을 꺼냈다.

"유래 씨와는 어떻게 되고 있어?"

"뭐가?"

"일부러 물어본 건 아니고 어쩌다 말이 나온 건데. 준희 씨 이야기 들으니까 유래 씨는 따로 만나는 사람 있는 모양이던데."

무원은 자신을 찾아와 당당하게 만날 겁니다, 포고하던 도윤을 떠올렸다. 서준희와도 아는 사이인가? 무원은 찻잔을 내려놓으며 대답했다.

"별거 아냐. 어릴 때부터 아는 '오빠 친구'란다."

"오빠 친구? 이유현 친구?"

"그래. 거기에 어릴 때부터 집안일 봐주던 비서실장 아들."

"이유현 친구면 좀 질 나쁜 부류 아냐?"

어지간해서는 사람에 대해 나쁜 말을 하지 않는 우경도 유현과 관련됐다니 눈살을 찌푸렸다. 무원은 고개를 저었다.

"그건 아니야."

"어떻게 알아?"

"만나봤어."

속을 알 수 없는 남자였지만 유래 이야기를 할 때 드러낸 눈빛은 깊고 고요했다. 최소한 이유현과 동류는 아닌 듯했다. 그게 아니었다면 이렇게 속 쓰려 할 필요 없이 진즉에 유래 옆에서 치워버렸을 터다.

우경은 어이없다는 표정을 지었다.

"만나봤다고?"

"왜 그렇게 봐?"

"몰라서 묻냐? 내가 혜원이 상담해준다는 말에 여기가 할리우드냐고 펄쩍 뛰었던 거 기억 안 나? 너야말로 할리우드냐? 어떻게 그 남자를 만나?"

"백화점에 고객으로 온 거야. 그냥 '오빠 친구'라고."

"그냥 '오빠 친구', 그게 얼마나 위험한 포지션인데."

"경험자라 이거냐?"

우경은 어깨를 으쓱했다. 무원은 생각났다는 듯이 우경에게 물었다.

"그보다 너 혹시 'LJ파트너스'라는 회사 들어본 적 있어?"

"LJ파트너스? 뭐 하는 곳인데 나한테 물어?"

"사모펀드 같은데 이런 투자정보는 네가 많이 듣잖아. 너희 어머니도 전문가시고 무엇보다 여기, 워낙 수상한 분들이 많이 드나드는 곳이니."

"누가 들으면 오해하기 딱 좋은 소린데, 여기 신성한 클리닉이거든? 그런 일이라면 유 사장님한테 묻는 게 빠를 텐데?"

"그쪽은 지금 중국 때문에 정신이 없어."

슈퍼체인 인수에서 발을 뺀 덕에 피해를 최소화시켰지만 타격이 없는 것은 아니다. 한한령 자체는 몇 달 안에 풀릴 것이란 예상이 지배적이었다. 문제는 한한령이 풀린 다음이었다. 업계에서는 다들 L자형 장기불황을 점쳤다. 여기저기 산적해 있는 일들을 생각하면 더욱 바빠질 사람이었다. 그도 마찬가지였다.

할 일을 점검한 무원은 찻잔을 내려놓고 자리에서 일어섰다.

"벌써 가려고?"

"이제 잠 올 것 같으니 일찍 가서 쉬어야지. 앞으로 처리할 일이 많거든."

그 안에는 당연히 한경모직 부녀와 정리할 일도 포함되어 있었다.

드라마의 파급효과는 엄청났다. 드라마 방영이 끝나고 포털사이트에 각 등장인물이 착용한 PPL브랜드가 공개되자 문의가 폭발했다. 건우는 디스플레이와 매대 전면에 지현욱이 걸쳤던 니트를 배치했다. 윤성은 SNS와 매장으로 들어오는 문의를 신속하게 처리했다.

베이스 아이템인 니트가 인기를 끌면서 같이 매치할 수 있는 오버사이즈 재킷이 매출을 쌍끌이했다. 드라마 방영 이후 일주일간 올린 매출이 지난 한 달간의 매출을 넘어섰다. 드라마 종영까지 아직 두 번의 노출이 더 남은 상태에서 성원백화점이 내건 매출 20위권 내의 조건은 희망적으로 보였다.

자축하는 의미에서 건우가 노래를 불러대던 한우식당을 회식장소로 정했다. 지난번처럼 고기를 못 구워 곤란해할 필요 없이, 담당서버가 직접 고기를 구워주는 곳이었다.

"자, 오늘 본사에서 내는 거니까 많이 들어요. 드라마 때문에 중국에서도 주문이 많이 늘었대요."

고기를 집어 들던 윤성이 이상하다는 듯 물었다.

"아직 중국에는 방송 안 되지 않나요?"

"어휴, 형. 언제 적 사람이에요. 스트리밍 몰라요? 요즘 드라마 완전 실시간이에요, 실시간."

건우가 고기를 입에 욱여넣으며 대꾸했다. 윤성은 언제나 그렇듯 너 잘났다고 건우를 쥐어박으며 조심스럽게 운을 뗐다.

"윤수지 씨 말인데요."

"윤수지 씨가 왜요?"

"따지고 보면 PPL도 윤수지 씨가 추천해줘서 딴 거고, 지현욱이 우리 옷 입었다가 벗는 신도 윤수지 씨 때문에 추가된 거잖아요. 뭔가 감사의 표시라도 해야 하지 않을까 해서요."

듣고 보니 그렇다. 유래는 윤성의 말에 고개를 끄덕였다.

"윤성 씨 말이 맞아요. 윤수지 씨 덕이 컸죠. 뭔가 선물을 하는 게 좋을까요?"

"아니, 그런데 뭐 선물한다고 좋아하긴 할까요? 매일 팬들이 사다 바치고 스폰서가 사줄 텐데. 여기서만 하는 말인데 그때 우리 매장에서 계산한 카드, 블랙이더라고요. 한도 없다고 유명한 그거. 카드 주인 이름만 해도 최 뭐더라……."

"최?"

유래는 혹여나 건우의 입에서 최무원의 이름이 나올까 봐 얼른 가로막았다.

"그게 뭐가 중요해. 선물하는 사람 마음이 중요한 거지."

"그래, 팬이나 스폰서가 중요할게 뭐 있어. 우리가 고맙다는 마음이 중요한 거지."

다행히 듣고 있던 윤성이 거들고 나섰다. 건우는 못마땅하지만 납득이 된 얼굴로 물었다.

"그렇다 치고, 그럼 뭐 선물할 건데요?"

"상품권 같은 거 어때?"

"얼마짜리 하려구요. 참고로 말하는데 윤수지가 우리 매장에 왔을 때 입었던 청바지만 해도 입생로랑이거든요? 그것도 프리미엄 진. 몇백만 원 할걸요?"

세상에, 찢어진 청바지가 몇백만 원이라니. 한때 재벌 딸에 재벌 사모님으로 살긴 했지만, 청바지 하나에 몇백짜리는 입어본 적이 없었다. 기껏해야 백만 원짜리 백화점 상품권 정도를 예상했던 상상력이 미안해질 정도였다.

건우 역시 대놓고 산통을 깨버린 것이 미안했는지 "성의표시 정도면 괜찮지 않을까요?" 하며 얼버무렸다. 그러니까 대체 뭘 선물하면 좋으냐고! 유래는 회식 내내 고민했다.

"윤수지, 스트레스성 편두통이래."

뜻하지 않은 힌트는 집에 있는 준희에게서 흘러나왔다.

"그래?"

"배우면 아무래도 스트레스에 항상 노출된 직업이잖아. 클리닉에 있는 간호사 언니가 해준 말이야. 나하고 좀 친하거든."

준희의 말에 두통을 자주 느끼던 무원을 생각했다. 그의 경우 대체로 과도한 업무와 수면부족이 원인이었다. 요즘도 그럴까?

유래는 기억을 더듬어 두통에 효과가 있는 물건을 골라 선물상자를 만들었다. 그리고 준비한 상품권을 같이 넣은 다음 매니저에게 들려 보냈다.

휴대전화에 모르는 번호가 찍힌 것은 늦은 점심을 먹으러 막 매장을 나설 때였다.

'누구지?'

통화목록을 보니 부재중 전화도 하나 들어와 있었다.

"여보세요?"

– 아, 유래 언니. 나예요, 윤수지.

윤수지? 놀란 유래가 주위를 살피며 목소리를 낮췄다.

"아, 네, 수지 씨. 안녕하세요."

– 조금 전에 전화했더니 안 받던데, 지금 통화 괜찮아요?

"네, 매장에 있었거든요. 지금은 점심 먹으러 나왔어요. 통화 괜찮아요."

– 지금 시간에 점심을 먹어요? 많이 늦네요. 힘들겠다.

어째서인지는 모르겠지만 수지의 목소리에는 걱정하는 기색이 묻어났다. 고마우면서도 불편한 기분에 유래는 화제를 바꿨다.

"그런데 무슨 일이세요?"

– 아, 참. 내 정신 좀 봐, 인사부터 했어야 하는데. 매니저한테 선물 잘 받았어요. 이렇게 안 챙겨주셔도 되는데 고마워요. 특히 아로마 오일

과 디퓨저, 그렇지 않아도 새로 구입하려던 참이었는데 이렇게 선물 받아서 너무 좋아요.

"아니에요. 내가 더 고맙죠. 수지 씨 덕분에 PPL 따낸 거나 마찬가지잖아요. 덕분에 매출도 정말 많이 올랐어요."

– 후후, 사실 무원 오빠가 나한테 뭘 부탁한 건 처음 있는 일이거든요. 도움이 많이 되었다니 너무 좋네요.

무원의 이름을 듣는 순간 유래는 숨을 삼켰다.

"무원 씨가요?"

– 무원 오빠가 언니 걱정을 많이 했어요. 아, 언니. 나 곧 촬영 들어가야 해요. 다음에 언제 식사 같이 해요. 무원 오빠랑 셋이서.

통화를 끝낸 유래의 손끝이 부들부들 떨렸다. 어쩐지 이상하다 했다. 이런 기회가 그냥 왔을 리가 없는데.

그날, 무원을 붙들고 울음을 터뜨린 건 스스로도 후회하는 일이다. 그래도 그렇지, 어떻게 윤수지에게 자신의 일을 부탁한단 말인가. 그걸 또 흔쾌히 들어준 윤수지는 또 뭐냐고. 그리고 같이 식사를 하자고? 이 정도면 할리우드가 울고 갈 정도의 쿨함이다. 아주 얼어 죽겠네, 얼어 죽겠어. 머릿속이 뒤죽박죽 엉킬 만큼 화가 났다.

유래는 곧장 대표실로 향했다. 비서실에 들어서자 앉아 있던 비서들의 시선이 일제히 유래에게 쏠렸다. 유래를 알아본 남 실장이 얼른 다가왔다.

"안녕하십니까."

"대표님을 만나고 싶어요."

"알겠습니다."

협력업체 직원이 다짜고짜 대표를 만나겠다 하면 무슨 일인지 물을 만도 한데 남 실장은 가타부타 아무 말이 없었다. 그는 바로 대표실로 유래를 안내했다.

"대표님, 사모…… 아니, 이유래 씨 오셨습니다."

책상에 앉아 모니터를 보고 있던 무원이 무슨 소리냐는 얼굴로 시선을 들었다. 그러나 곧 유래를 발견하고는 자리에서 일어섰다.

"무슨 일이야?"

그날, 마치 구명줄 같았던 말이 오늘따라 듣기 싫었다. 유래는 아무 말도 하지 않고 무원을 노려보았다. 분위기의 심상찮음을 느낀 무원이 남 실장에게 말했다.

"총무부장 삼십 분 후에 올라오라고 해요."

"알겠습니다."

남 실장이 나간 뒤 유래가 입을 열었다.

"파일로가 드라마 PPL 딴 거, 최무원 씨가 한 일이에요?"

"누가 그래?"

"시침 뗄 생각 마요. 지금 윤수지 씨한테서 직접 듣고 오는 길이니까."

유래는 화를 가라앉히려고 애쓰며 말했다.

"대체 무슨 생각으로 그랬어요? 내가 언제 그런 거 해달라고 했어요?"

"무슨 소리야?"

"그날, 최무원 씨 앞에서 운 건 미안하게 생각해요. 나도 그때 감정이 많이 격해져 있던 터라 눈물이 나더라고요. 그렇지만 당신에게 뭔가 해달라는 의도는 절대 아니었어요."

"알아."

"아는 사람이 그랬어요?"

"그럼 당신이 우는데, 힘들어하는 게 보이는데 모른 척해?"

답답하다는 듯 무원의 언성이 높아졌다.

"당장에 관리부고 한경모직이고 쫓아가서 갈아엎어버리고 싶은 거 그 정도로 참은 거야. 당신이 곤란할까 봐, 당신이 내 도움 받기 싫어하는 거 아니까."

"그렇다고 윤수지 씨한테 내 부탁을 해요?"

"그게 어때서."

그게 어때서라니! 유래는 마지막까지 자존심 때문에 하지 않으려던 말을 쏟아냈다.

"윤수지, 당신이 좋아하는 여자잖아요."

격앙한 유래를 보며 무원이 멍하게 되물었다.

"내가 누굴 좋아해?"

몰라서 묻는 걸까. 진짜 싫다. 지금 이 상황도, 이런 상황을 만든 남자도, 이런 상황을 이야기해야 하는 자신도.

"그날, 술에 취해서 날 윤수지로 착각하고 고백했잖아요. 아무리 이혼했어도 전남편이 좋아하는 여자한테 부탁해서 받는 도움 싫어요."

목소리가 갈라졌다. 유래는 힘들게 호흡을 가다듬었다.

"PPL계약은 파기하는 걸로 하겠습니다."

"잠깐만!"

무원은 돌아서는 유래의 어깨를 잡으며 다급하게 말했다.

"당신이 지금 말하는 윤수지, 임우경 전처야."

급해서 나온 말이겠지만 유래의 머릿속 상황은 더 악화되었다. 아니, 그럼 우경 씨 전부인을 좋아하는 거야? 친구 부인인데?

설마. 아무리 30년 지기라도 그렇지, 사이에 누군가를 두고 그렇게 편하게 지낼 수는 없었다. 하지만 상식적으로 이혼한 친구 전처가 그를 오빠라고 부르며 친하게 굴 이유가 뭐가 있는데? 같은 친구 전처라도 그녀는 우경을 대하는 것이 불편하기만 했다.

"우경 씨 전부인이 왜 당신한테 오빠라며 친하게 굴어요?"

"내 여동생이기도 하니까."

유래는 천천히 눈을 깜빡거렸다.

"윤수지 본명은 최혜원이야. 윤 여사 딸이자 최이원 동생. 나한테는 사촌여동생이지."

사촌여동생이라고? 거기에 큰어머니 딸이라고?

"말도 안 돼."

"뭐가 말이 안 돼?"

"……그럼 그걸 나는 어떻게 지금까지 몰랐죠? 가족행사에서도 본 적이 없는데."

"난데없이 이혼하고 배우 한다고 했을 때부터 우리 집 금기어였거든. 윤 여사 성격 알잖아. 자기 기준에 못 미치면 가차 없이 없는 사람 취급하는 거."

이원의 아내에게도 그랬다. 철저하게 없는 사람 취급했다. 이원이 모든 것을 포기하고 집을 나간 순간부터 그도 없는 아들이었다. 친딸에게도 다르지 않았으리라. 그래서 개인 휴대전화에도 윤수지 이름이 없었던 거구나.

"당신이 원한다면 지금 당장 혜원이든, 우경이든, 성 비서든 연락해서 다 확인해줄 수 있어. 아니다, 그냥 윤 여사가 제일 간단하지. 그렇게 해줄까?"

말도 안 되는 소리였다. 유래는 머리를 흔들었다.

"아, 아니요."

"그래?"

"미안해요. 내가 오해했나 봐요."

머릿속에서 가닥가닥 흩어졌던 생각들이 하나로 합쳐지는 순간 유래의 얼굴이 확 달아올랐다. 그러니까 그녀는 지금 말도 안 되는 오해를 하고 무원에게 화를 낸 것이다.

잠깐, 그렇다면 그날 차에서 고백한 여자는 누구야? '다른 남자'는 또 뭐고? 머릿속이 터질 것처럼 어지러운데 무원이 잡은 어깨를 돌렸다. 훅 가까워진 얼굴에 놀라서 물러서려고 해도 뒤는 바로 책상이었다.

어찌할 바 모르는 시선과 진득하게 바라보는 시선이 서로 얽혔다.

"그럼 이제 내가 오해할 차례인가?"

"무, 무슨 오해요?"

"당신이 이렇게 화내는 이유."

"아니, 나는……."

무원의 손이 유래의 얼굴을 부드럽게 감쌌다. 시선이 깊게 파고들면서 코끝이 마주쳤다. 유래는 반사적으로 눈을 감았다. 곧이어 무원의 입술이 와 닿았다. 뜨거운 숨결이 입술을 가르고 깊숙이 들어왔다. 유래는 더듬거리며 그의 셔츠를 꽉 움켜쥐었다.

시공간이 묘하게 뒤틀린 느낌이었다. 입술이 벌어질 때마다 두 사람의 숨소리가 거칠어졌다.

유래의 몸은 어느새 책상 위로 밀려 올라갔고 허리는 무원의 팔에 감싸 안겨 있었다. 그 바람에 책상에 놓여 있는 대표이사 명찰이 바닥에 툭 떨어졌다. 러그가 깔려 있긴 했지만 제법 큰 소리였다.

소리에 놀란 유래가 입술을 떼며 무원을 밀쳤다. 무원은 아쉽다는 듯 몸을 세우며 혀로 입술을 살짝 핥았다. 그 모습이 묘하게 섹시해서 눈을 뗄 수가 없었다.

세상에, 이게 뭐라고 이렇게 야한 거지? 아니, 더 중요한 문제가 있었다. 처음이야 실수라 해도 두 번째는 변명의 여지가 없지 않은가.

"지금 이것도 오해야? 오해면 풀릴 때까지 계속하고."

무원이 손가락으로 립스틱이 지워진 유래의 입술을 지그시 눌렀다. 도망친 전적이 있어서인지 이번에는 양팔로 그녀를 꼭 가두고서 퇴로를 완전 차단했다.

심장이 너무 빠르게 뛴다. 이대로라면 심장소리 때문에 들키게 될까 봐, 고개를 저었다. 그가 만족스러운 듯 낮게 웃으며 속삭였다.

"내가 좋아하는 여자는 당신이야."

"나는 언니가 다 아는 줄 알았어요."

매장에서의 마지막 촬영을 끝내고 수지, 아니, 혜원이 유래를 밴으로 초대했다.

휴식을 핑계로 둘만이 남은 밴 안은 조용했다. 무원의 사촌동생이자 이원의 동생이라고 인지하고 보니 수지의 얼굴에서 왕년에 미스코리아였다던 윤 여사를 닮은 부분들이 제법 보였다.

"그런데 전화해서 나더러 무슨 소리를 했냐고 어찌나 짜증 내던지…… 얼마나 황당했는지 몰라요."

"윤수지가 본명이 아니었군요."

"이미 '장혜원'이란 날리는 배우가 있잖아요. 난 별로 안 좋아하지만. 엄마가 이혼하고 연예인 할 거면 인연을 끊자고 하더라고요. 어디 가서 절대 본명 쓰지 말고, 자기 딸이란 말도 절대 하지 말라고요. 시킨 대로 했죠. 그런데 스폰서니 뭐니…… 내가 재벌인데 재벌 스폰서가 왜 필요하겠냐고. 암튼 모르는 사람들이야 그렇게 떠든다 해도 우리 집 사람들조차 나에 대해 이야기한 적 없다니 충격이네요."

나도 충격이었어요. 유래는 고개를 끄덕였다.

"미안해요, 미리 못 챙겨서."

"언니가 미안할 게 뭐 있어요. 보나마나 안 물어봐서 말 안 해줬다 할걸. 그런 점에서 무원 오빠나 우리 엄마나 완전 똑같아요. 무신경하고 독선적이고 자기 멋대로고. 드라마도 얼마나 억지로 연장시켰는지 알아요? 종영 2화 남기고 PPL 때문에 여주인공 직업이 바뀌는 드라마가 어디 있냐고 작가 언니가 목에 핏대 올리면서 싸웠어요. 그래도 결국 이겨 먹더라고요. 연장제작비에 광고비 전부 무원 오빠가 내는 조건이긴 하지만."

아마 거기엔 파일로의 PPL비용 역시 포함이겠지. 무원이 만들어준 기회라는 것은 알았지만 드라마 연장까지 시키다니, 스케일이 남다르다. 놀라는 표정에 혜원은 그럴 줄 알았다는 듯 깔깔 웃었다.

"사실 무원 오빠가 그렇게까지 하는 여자가 언니라는 거 알고 굉장히 놀랐어요. 내가 우경 오빠와 만나는 거 알고 화낸 사람이 무원 오빠거든요. 기억나죠? 우리 처음 호텔에서 만났을 때. 우경 오빠 이야기 때문이었어요."

"우경 씨와 다시 만나는 건가요?"

"예전 같은 관계로 만나냐고 묻는다면 노예요. 우린 철저한 비즈니스 관계예요."

"비즈니스요?"

뭘 그렇게 놀라시나. 혜원은 동그래진 유래의 눈을 보며 웃었다.

"어감이 이상한가? 그냥 의사와 환자로 만난다는 이야기예요. 우경 오빠에게는 그게 일이니까."

"그렇군요."

"'아내가 돌아왔다'를 처음 시작할 무렵 여주인공에 이입하면서 우울증이 왔었어요. 나는 워낙 어릴 때 만나서 헤어졌고, 계속 우경 오빠와 교류가 있었기 때문에 내 안에 그런 상처가 있는지도 몰랐거든요."

혜원은 잠시 과거를 생각했다. 아빠와 쌍둥이 오빠들의 사랑을 독차지하던 막내시절은 갑작스러운 아빠의 사고로 막을 내렸다. 엄마는 하나 남은 오빠에게 잃어버린 아빠와 또 다른 오빠의 모습을 덧입히며 집착했다. 그나마 혜원을 상대해준 것이 무원이었다. 그리고 무원을 통해 만난 우경이 있었다.

집안의 모든 관심사에서 밀려난 혜원에게 우경은 친오빠인 이원이나 사촌인 무원보다 더 가까운 존재였다. 믿었었다. 이 사람이야말로 인생의 1순위를 '나'에 둘 것이라고. 아빠 대신, 엄마 대신, 오빠 대신. 그래서 기어이 미국까지 우경을 쫓아가 결혼을 했다.

그러나 우경의 사랑은 혜원이 바란 것과 달랐다. 혜원에게 사랑은 삶의 '전부'였으나 우경에게는 삶의 '일부'였다. 의대생이었던 우경은 눈코 뜰 새 없이 공부에 전념했고 혜원은 늘 뒷전이었다. 누구보다 사랑받고 싶다는 욕구가 강한 혜원은 그 시간을 견디지 못했다. 두 사람 사이의 골은 깊어졌고 결국 결혼은 3년 만에 깨졌다.

"물론 무원 오빠 입장은 이해해요. 내가 이혼할 때 제일 고생한 사람이 무원 오빠였거든요. 친구와 가족 가운데 껴서 엄마한테 욕도 많이 들었고. 아마 그즈음부터일 거예요, 엄마와 오빠 사이가 급격하게 나빠진 게."

시간이 지나서야 이해했다. 자신이 얼마나 철없고 이기적이었는지, 주변 사람들을 얼마나 힘들게 만들었는지, 우경에게 얼마나 큰 상처를 주었는지.

'아내가 돌아왔다' 초반 촬영은 과거의 '못난' 자신과 끝없이 대면해야 하는 상황이었다. 혜원은 배역을 포기하고 싶을 정도로 스트레스를 받았다.

"지금은 괜찮아요?"

"지금은 오히려 '아내가 돌아왔다'를 촬영할 수 있어서 행운이라고 생각해요. 스스로 돌아볼 수 있는 계기가 된 것 같아서. 물론 배우 커리어에도 도움이 되고요. 그래서 말인데요, 언니."

혜원은 두 살이나 어린 유래의 손을 덥석 잡으며 사근하게 언니라 불렀다. 어쩌겠는가. 그녀는 타고나길 여우였다.

혜원은 외로운 무원이 행복해지길 바랐다. 기억을 돌이켜보면 이원에게는 엄마가, 자신에게는 우경이라도 있었지만 무원은 언제나 혼자였다. 사랑을 하는 것도, 받는 것도 서투른 무원이 그토록 원하는 상대라면 누구라도 상관없었지만 실제 유래는 그녀의 마음에 쏙 들었다. 한눈에 봐도 따뜻한 이 여자라면 차갑게 말라버린 무원을 구제해주지 않을까?

"무원 오빠 참 외롭게 자랐거든요. 엄마도 없고, 숙부님은 좋은 분이시긴 하지만 좋은 아버지는 아니었어요. 오빠는 거의, 늘 혼자였어요. 그래서인지 물건이든 사람이든 그리 애착을 가지는 게 없어요. 언제든 원하기만 하면 다른 걸로 대체할 수 있다고 믿는 사람이니까. 하지만 언니에게만큼은 아닌 것 같아요. 사람들이 무원 오빠의 결혼과 이혼에 대해 말이 많았지만 난 그런 얘기들 하나도 안 믿었어요. 무원 오빠 성격을 알고 하는 말이지만, 설사 자기 잘못으로 이혼했다 해도 아니라고 얼마든지 만들어낼 수 있는 사람이에요. 그런데 이혼에 대해서는 천하의 나쁜 놈이 되어서 누가 무슨 소리를 해도 입 꾹 다물고 있었어요. 그래야 언니를 보호할 수 있으니까."

"날 보호한다고요?"

"안 그랬으면 온갖 기자고 가십이고 다 언니한테 들러붙어서 귀찮게 했을걸요."

재벌가의 이혼은 특히나 관심을 끌기 쉬운 가십거리였다. 특히 이혼 사유가 미심쩍을수록 더욱 그러했다. 그걸 무원 혼자 덮어쓴 것이다.

혜원이 조심스럽게 말했다.

"두 사람 무슨 이유로 이혼했는지는 모르겠지만 언니가 좀 봐주면 안 될까요?"

유래의 눈빛이 흔들렸다.

'그 사람이 나한텐 보이지 않는 저울이었어.'

나쁜 일이든, 좋은 일이든 균형을 맞춰준다는 저울. 성북동에 들어간 순간부터 나쁜 일뿐이었던 인생에 좋은 일을 얹어준 사람.

대답할 말이 선뜻 떠오르지 않는데 무원의 얼굴만 선명해진다. 문득 이틀 전부터 보이지 않는 그가 궁금해졌다.

"어떻게 되었습니까?"

임 박사가 수술실에서 나오자 무원은 초조하게 물었다. 다리를 꼰 채 맞은편 의자에 앉아 있던 윤 여사 역시 몸을 일으켰다.

우경의 아버지인 임원호 박사는 아버지의 죽마고우이자 신경과, 특히 뇌졸중 분야의 최고 권위자였다. 그는 한때 사돈이었던 윤 여사를 보더니 불편한 인사를 건네고는 입을 열었다.

"수술은 잘 끝났습니다."

"후유증 같은 건요? 깨어나는 건 확실한가요?"

아마 그녀에게 있어서 지금 최대의 관심사일 것이다. 임 박사는 약간 피곤한 얼굴로 대꾸했다.

"경과를 봐야겠지요. 미리 말했다시피 간단한 수술이었고 성공적이었습니다. 첫 번째 발견도 골든타임을 제대로 지켰고요."

성 비서로부터 아버지가 쓰러졌다는 연락을 받은 것은 사흘 전이었다. 성원화학의 화장품 통관불허조치를 해결하러 떠난 중국 출장 중 일어난 일이었다. 갑작스러운 소식에 그는 임 박사를 동반해 바로 중국으로 떠났다.

다행히 성 비서의 발견이 빨랐고 현지에서의 응급조치는 성공적이었다. 아버지는 바로 정신을 차렸고 무원과 함께 귀국했다. 문제는 다음이었다. 임 박사의 병원에서 정밀검사를 받다가 위험한 뇌혈관을 하나 더 찾은 것이다. 오늘은 혈관에 스텐트를 삽입하는 시술이 있었다. 언론에 새어나갈까 극비리에 진행한 일인데 소식을 들은 윤 여사가 임원들을 대동하고 찾아왔다.

'이거야 원, 사체를 먹으러 몰려드는 대머리 수리 떼도 아니고.'

무원은 역정을 내며 그들을 쫓아냈다. 꿋꿋하게 홀로 남은 윤 여사는 과거의 사돈에게 체면치레도 없이 본인의 궁금증을 쏟아냈다. 그러나 "글쎄요, 경과를 봐야……."를 반복하는 임 박사의 내공도 보통은 아니었다. 자신의 말 한마디가 지구 반대편의 나비 날갯짓처럼 성원그룹에 풍파를 던질 폭풍으로 변모하리라는 것을 잘 아는 까닭이다.

결국 원하는 대답을 얻지 못한 윤 여사가 먼저 자리를 떴다. "앞으로 백화점 때문에 고생 좀 하겠더구나." 한마디로 무원의 속을 긁어놓는 것도 잊지 않고서.

임 박사는 찡그린 미간을 꾹꾹 눌렀다.

"어째, 저 양반은 나이 들수록 더 어려워져. 사람이 좀 유해져야 하는데."

"지금 계신 갤러리 관장 자리가 한가하신가 본데 조만간 바쁜 곳으로 옮겨드리려고요."

"자네, 한때 저 양반한테 '엄마'라고 불렀던 일 기억 안 나?"

"글쎄요. 워낙 어릴 적 일이라."

"적당히 해. 자네 부친에게 무슨 일 있으면 저 양반이 그래도 제일 믿을 만한 아군이잖나. 둘이 그렇게 아웅대서 좋을 게 뭐가 있어."

"아버지 진단에 무슨 문제 있습니까."

무원의 눈매가 가늘어졌다. 임 박사는 실수했다는 듯 말을 바꾸었다.

"그냥 원론적인 이야기일세. 내가 매번 말하지? 자네 아버지한테 신경 좀 쓰라고."

"진짜 그것뿐입니까?"

"아니, 그보다 요즘 그 자식은 뭐 하고 지내? 망할 카페는 아직 안 말아먹었대?"

이상한 낌새는 있었지만 임 박사가 입을 다물 때면 도돌이표를 반복한다는 것을 알기에 일단 맞장구를 쳤다.

"말아먹기는커녕 성업 중입니다."

"속 터져 죽겠어. 막내라고 오냐오냐만 했더니 완전 제멋대로야. 전문의 따자마자 기어 나가서 카페라니. 쫄딱 망해서 돈 떨어지면 다시 기어들어올 줄 알았는데."

아무래도 임 박사님 와이프인 장 여사께서 막내아들 고생하는 거 보기 싫다고 한몫 단단히 챙겨주신 일은 모르는 모양이다. 실제로 카페 명의도 장 여사님이다.

"혹시 따로 만나는 여자 있는지 아나? 괜찮은 선자리가 제법 들어왔는데 내보내볼까 해서. 결혼이라도 하면 마음잡지 않겠어?"

"글쎄요. 저희가 여자 있다고 대놓고 떠들 나이는 아니지 않습니까?"

다른 건 모르겠고 요즘 혜원이를 만나더라는 이야기를 하면 아주 길길이 날뛰시겠지. 한번 찔러볼까 하다가 조용히 고개를 저었다. 윤 여사에게까지 연쇄반응이 이어지면 꿈자리가 시끄러워질 것은 뻔했다.

이번에는 화살이 그에게로 돌아왔다.

"자네는 아주 대놓고 하잖아. 듣자하니 한 회장 딸과 재혼 이야기도 나오고 있다며?"

"재혼할 생각은 있지만 한 회장 딸은 아닙니다."

혜원을 애인으로 오해한 덕에 유래의 진심을 알게 된 날, 지난번처럼 흐지부지 끝나는 고백은 질색이라 무슨 수를 써서라도 확답을 받을 생각을 했다.

"뭐? 진짜야? 상대가 누군데?"

"당분간은 모르시는 게 나을 겁니다."

태도로 보아하니 진짜 있는 모양이다. 재혼에 대해 내내 부정적인 태도를 보였던 무원의 입에서 나온 말에 임 박사의 놀라움은 두 배가 됐다. 부디 무원을 보고 철없는 막내아들도 자극을 받아주길. 무엇보다 병실에 누워 있는 친구가 들으면 아주 기뻐할 일이다.

최 회장의 차트를 보는 임 박사의 눈이 심각해졌다.

병실에 들어서자, 성 비서가 수심이 가득한 얼굴로 의식이 없는 아버지의 곁을 지키고 있었다. 25년을 참으로 한결같은 사람이다. 단정하게 한 갈래로 묶은 머리, 무채색의 치마정장, 굽 낮은 단화까지. 아버지가 있는 풍경에서는 한 번도 그녀가 빠지지 않는다. 특별히 위험한 수술도 아니었다는데 묵주까지 들고 있는 성 비서의 손이 심각성을 더해주었다.

무원을 본 성 비서가 몸을 일으켰다.

"오셨습니까."

"걱정할 것 없는 수술이라 하지 않았습니까."

"저는 대표님과 입장이 다르니까요."

비웃는 건지, 찌르는 건지. 무원은 싸늘하게 대꾸했다.

"걱정 마시죠, 저도 성 비서님 몫은 제대로 챙겨드릴 테니까. 아버지 유언장에도 이미 이름이 오르셨을 텐데 걱정할 필요가 있겠습니까."

성 비서는 창백하게 굳은 얼굴로 대답하지 않았다. 무원은 휴대전화로 시선을 떨어뜨렸다. 너무하네. 그렇게 헤어졌는데 어떻게 사흘 동안 연락 한 통이 없을 수가 있지?

지난 사흘 내내 그의 휴대전화는 불이 날 정도로 전화가 쏟아졌다. 각 계열사의 사장들, 임원들, 아버지의 지인들, 친척들, 거기에 그가 직접 일을 지시해야 하는 부하직원들까지.

갑작스러운 총수의 병세에 당황한 마음을 이해 못 하는 것은 아니라 하나하나 상대해주다 보니 정작 중요한 여자에겐 전화 한 통을 못 했다. 겨우 짬이 나서 전화를 했더니 휴대전화는 꺼져 있음.

이 여자는 지금 뭐 하고 있을까? 남 실장을 매장까지 보내는 수고를 했으나 돌아온 건 오늘 쉬는 날이라는 말뿐이었다. 대체 무슨 날인데 오늘 쉬어? 어디 아픈가? 가만히 날짜를 보니 뭔가 익숙한 날짜였다. 무원은 성 비서에게 물었다.

"혹시 오늘 무슨 날인지 아십니까?"

"네?"

"날짜가 눈에 익어서요. 친척 중에 생일이 있습니까?"

"글쎄요. 딱히 떠오르지가 않습니다."

성 비서가 생각하듯 눈을 감는데 아버지의 의식이 돌아왔다. 놀란 그녀가 의사를 부르러 가고, 임 박사가 달려와 몇 가지 검사가 이어졌다. 검사를 마친 아버지는 다시 깊은 잠에 빠졌다. 무원은 잠든 아버지의 얼굴을 잠시 바라보다가 자리에서 일어섰다.

"가시려고요."

"가봐야지요. 더 있어봐야 좋은 소리 못 들을 텐데요. 아버지 잘 부탁합니다."

"자주 좀 들러주세요. 내색은 안 하셔도 많이 기다리세요."

"……봐서요."

"아, 그리고 아까 물어보신 것 말인데요, 오늘 무슨 날인지."

그렇지 않아도 계속 찜찜하던 차였다. 성 비서가 고민하는 표정으로 말했다.

"제 기억이 맞다면, 대표님 예전 결혼기념일입니다."

며칠 전부터 달력에 표시해놓은 날이다. 유래는 일찍 일어나 준비를 마쳤다. 식탁에 앉아 커피를 마시고 있던 준희가 걱정스럽게 물었다.

"같이 가줄까?"

"너도 출근해야 하잖아. 가게 많이 바쁘다며."

"그래도 혼자 가는 거 힘들지 않겠어?"

사실 힘들다. 그러나 누구와 가든 힘듦이란 오롯이 자신이 짊어져야 할 감정이었다.

유래는 집을 나서며 윤성에게 전화를 걸었다. 매장이 바쁜 시기에 빠지게 된 것이 마음에 걸렸다. 윤성은 유래의 걱정을 읽었는지 믿음직한 말로 안심시켜주었다.

– 걱정 마세요. 오늘 아르바이트로 온 제 친구, SPA브랜드 점포들이랑 백화점 매장 전부 경험 있어요. 건우도 이제 한 사람 몫은 거뜬하고요. 안심하고 다녀오세요.

통화를 끝내는데 도윤으로부터 문자메시지가 도착했다.

[저녁 같이 먹자. 조금 일찍 끝낼 수 있니?]

도윤과는 야식을 사다 주었던 날이 마지막이었다. 중간에 한번 만나자는 연락이 왔지만 매장에서 촬영이 있는 날이라 거절했다.

[죄송해요. 오늘 다녀올 곳이 있어요. 다녀와서 연락드릴게요.]

전송버튼을 누른 뒤, 작게 한숨을 쉬었다. 스스로의 감정을 깨달은 이상 도윤을 계속 만날 수는 없었다. 그건 그를 기만하는 일이었다.

유래는 문자목록에서 무원의 이름을 바라보았다.

[마치고 만나. 이야기 좀 해.]

키스를 했던 날, 그가 남긴 마지막 문자였다. 그날을 기점으로 무원은 사라졌다. 혜원의 말로는 본가에 일이 있다고 하니 그 때문이겠지. 어차피 해야 하는 이야기는 하나였다. 지금 그에게 가진 감정이 무엇이든 달라질 건 아무것도 없었다.

유래는 휴대전화의 전원을 껐다. 나중 일은 나중에. 오늘은 어떤 방해도 받고 싶지 않다.

버스터미널에서 버스표를 산 뒤 목적지에서 내렸다. 한 시간에 한 대 있다는 마을버스가 굽이굽이한 길을 덜컹대며 달렸다. 초행은 아니지만 두 번째로 찾는 길은 멀고도 험했다. 유래는 시골아낙들의 수다 소리를 자장가 삼아 눈을 몇 번이나 감았다 떴다. 그러는 사이 한 시간 넘게 달린 버스기사는 정류장도 아닌 길가에 버스를 세웠다.

"이봐요, 아가씨. 여기서 내려요."

"네?"

"봉안당 가려면 여기가 지름길이라오."

"어떻게 아세요?"

놀라서 되묻자 나이가 지긋한 기사는 인자하게 웃었다.

"검은 옷 입은 사람이 갈 곳이 여러 군데 있겠소. 여기 하나지."

유래는 힘들게 버스에서 내렸다. 이유를 알 수 없는 몸의 떨림이 시작되었다. 작은 오솔길을 가로지르자 바로 봉안당 건물이 보였다. 평일이라 그런지 오가는 사람이 거의 없었다.

유래는 조용한 걸음으로 한 유골함 앞에 섰다. 임지연. 사진 속에서 딸과 함께 웃고 있는 고운 여자의 이름이었다.

"엄마."

유래는 사진 속의 엄마를 뚫어져라 바라보았다.

지연이 유래를 성북동에 보낼 결심을 한 것은 암 선고 때문이었다. 하필이면 돌아가신 아버지와 같은 위암이었다. 대대로 위가 약한 것은 어쩔 수 없는 가족력이다. 다행히 말기는 아니었으나 초기도 아니었다. 수술과 항암치료가 필요했다.

그녀는 잠든 딸을 보며 오래도록 고민을 했다. 자신이 잘못되면 이 어린 것은 어쩌지. 잘못되지 않고 수술이 성공한다 해도 거쳐야 할 긴 회복기와 항암치료도 문제였다. 아직 열두 살의 아이는 누군가의 보살핌이 필요하다. 긴 병에 효자가 없다는 건 이미 아버지의 투병을 겪은 자신이 누구보다 잘 아는 사실 아닌가.

지연은 오랜 망설임 끝에 아이의 아버지에게 연락했다. 그렇게 어린 딸을 거대한 성북동 집 대문 안에 밀어넣고 돌아서는 길, 그녀는 울고 또 울었다. 아마 본능적으로 딸의 얼굴을 보는 마지막임을 느낀 탓일 게다. 실제로도 그러했다.

'그냥 아프다고 하지 그랬어. 아파서 너를 키워줄 수 없으니까 아버지와 살라고 하지. 그랬으면 긴긴 시간 버림받았다는 원망은 하지 않았을 텐데.'

돌아서는 엄마의 심정이 떠올라 눈가가 금방 붉어졌다. 유래는 유골을 쓰다듬기라도 하듯 한참 가로막힌 유리벽을 만졌다.

눈물이 흐르고 흘러 목이 가라앉았을 때 즈음에야 봉안당을 나섰다. 어두한 실내에서 갑자기 밝은 곳으로 나가자 머리가 핑 돌았다. 휘청거리는 유래를 누군가 잡아주었다.

"……감사합니다."

고개를 든 유래의 눈에 놀람이 번졌다. 여기에 있을 거라고는 생각지도 못했던 사람이 있었다.

"여긴 어떻게 왔어요?"

검은 양복을 입은 도윤은 하얀 국화를 들고 서 있었다. 그는 창백한 유래의 낯빛과 붉은 눈을 차례로 보며 대답했다.

"준희한테서 들었어. 오늘 어머니 기일이라며. 이런 곳, 혼자 견디기 힘들어. 내가 겪어봐서 알아. 괜찮으면 네 어머니께 인사하게 해줄래?"

chapter 09

Lucid dream

꿈을 꾸었다. 루시드 드림, 자고 있는 사람이 스스로 잠든 상태임을 인지하며 꾸는 자각몽. 어린 시절 둘이 같이 살았던 파란대문 집 마당에서 엄마는 유래를 보며 웃고 있었다.

『엄마는 그 사람 너무 마음에 들더라. 강도윤이란 사람. 다정하고 따뜻할 것 같아서.』

유래는 고개를 끄덕였다.

『응, 좋은 사람이야.』

『좋아하는 사람이 아니고?』

그렇다면 얼마나 좋을까. 유래는 천천히 고개를 끄덕였다.

『내가 좋아하는 사람은 다른 사람이야. 그보다 엄마, 왜 이제야 왔어? 내가 얼마나 보고 싶었는지 알아?』

『미안해, 우리 딸.』

『이제 나 두고 안 갈 거지?』

엄마를 꿈에서 본다면 참 할 말이 많았다. 외롭지는 않았냐고, 힘들지는 않았냐고, 나 보고 싶지는 않았냐고 물으려 했다. 나는 많이 외로웠다고, 힘들었다고, 엄마가 많이 보고 싶었다고 말하려 했다. 참, 사랑한다고 해야지.

그런데 많은 말들을 날려버리고 어린애처럼 떼를 썼다. 엄마는 유래를 바라보더니 슬프게 웃었다.

『미안해, 우리 딸.』

아니야, 내가 더 미안해. 그런 말 하려던 거 아니었어. 내가 늦게 와서 미안해. 엄마는 이미 다른 가족이 생겼다고, 그래서 잘 사는 줄 알았어. 이렇게 외롭게 혼자였는지 모르고. 그러니까 가지 마.

유래는 사라지는 엄마를 보며 천천히 눈을 떴다. 차가 고속도로에 들어섰을 무렵 잠이 들었는데, 깬 곳은 휴게소 주차장이었다. 목에는 목베개가 걸려 있고 몸 위에는 도윤의 재킷이 있었다.

낯선 풍경에 두리번거리는 유래의 눈에 차에 기대서서 담배를 피우고 있는 도윤의 모습이 보였다. 만날 때면 옷에 흐릿하게 냄새가 배어 있었던 터라 담배를 피운다는 것은 알았지만 모습을 보는 건 처음이었다.

셔츠 소매를 살짝 걷은 채 담배를 피우는 모습은 예전의 강 실장을 연상시켰다. 자신에게도 엄마를 연상시키는 부분이 있을까? 그래서 아버지가 가끔 말없이 먼 곳을 보는 듯한 시선을 주었던 걸까?

유래가 깬 것을 본 도윤이 담배를 끄고 다가왔다. 그가 차창을 톡톡 두드리며 물었다.

"일어났어? 배 안 고프니?"

갑자기 아침부터 커피 한 잔 외에는 먹은 것이 없다는 것이 떠올랐다. 시간은 이미 저녁이었다. 아침의 기분으로는 영원히 먹지 않아도 살 수 있을 것 같았는데 몸은 이렇게도 솔직했다.

도윤과 함께 휴게소 식당에서 콩나물국밥을 먹었다. 적당히 따뜻한 국물에 만 밥을 먹노라니 막힌 속이 풀렸다. 도윤은 자신 몫의 수란까지 유래에게 덜어주었다. 뜨거운 것을 잘 못 먹고, 계란을 좋아하는 것도 잘 아는 사람.

오늘은 그가 함께 있어주어서 버틸 만했다. 한편으로 자신이 도윤의 호의를 이용하는 것 같아 집으로 가는 내내 마음이 무거웠다. 어느새 도윤의 차가 아파트 앞에 섰다. 두 사람은 나란히 차에서 내렸다.

"오늘 힘들었지?"

다정한 도윤의 목소리에 살짝 목이 메었다.

"그래도 오빠가 있어줘서 견딜 만했어요. 오늘 정말 고마워요."

"앞으로는 내가 계속 같이 가줄게."

도윤은 '계속 같이'라는 말에 힘을 주었다. 유래는 가만히 그의 얼굴을 바라보다가 고개를 저었다.

"그럴 수는 없어요. 오빠를 좋아하지 않으면서 이렇게 계속 만나는 건 아닌 것 같아요."

"그 문제라면 내가 충분히 기다린다고 했잖아. 나 기다리는 거, 자신 있어."

유래는 도윤을 똑바로 쳐다보며 말했다.

"미안해요. 내가 지금 흔들리는 사람이 오빠가 아니에요."

도윤의 눈동자가 흔들렸다. 잠시 후 그가 말했다.

"널 흔드는 사람, 혹시 최무원이니?"

"……그런 것 같아요."

힘든 대답이었다. 무원에게 가지는 감정의 근원은 유래 자신도 알지 못한다. 결혼을 하고 같이 살던 시절부터인지, 다시 만난 이후인지, 어쩌면 둘 다인지. 그럼에도 그가 생각나고 가슴이 뛰고 사무치게 아픈 순간들이 있다.

"재결합 생각하는 거야?"

"아뇨. 그 사람과 뭘 어떻게 해볼 생각은 없어요. 그냥 나는 여기 없는 듯 있다가 시간이 지나면 떠나고 싶어요. 사실 지금 내 마음도 잘 모르겠어요. 결혼해서 같이 살았기 때문에 헷갈리는 건지, 아니면 진짜 그 사람이 좋은 건지. 그렇다고 오빠 마음을 이용하고 싶지 않아요. 오빠는 나한테 진짜 소중한 사람이니까."

언제나 그랬다. 도윤이 친오빠였으면 하고 바랐던 적도 있다.

말없이 유래를 보던 도윤이 천천히 입을 열었다.

"유래야, 나는 네가 행복했으면 좋겠다. 네 선택이 뭐든 괜찮아."

"오빠……."

"이제 와서 하는 말이지만 난 이유현도, 성북동도 너무 싫었어. 솔직히 말이 좋아서 친구지, 이유현에게 나는 일개 종놈이었거든. 속도 모르는 아버지는 무조건 이유현과 친해져야 한다고 툭하면 나를 성북동으로 불렀지. 그때마다 꼭 도살장 끌려가는 심정이었어. 그래도 딱 하나 좋은 게 있더라. 널 볼 수 있는 거. 너 때문에 나는 좋았던 적이 많았어. 그러니까 나한테 부담 갖거나 미안해하지 않아도 돼."

봉안당에서 겨우 잠재운 눈물이 다시 터질까 봐 유래는 입술을 깨물었다. 도윤은 부드럽게 웃어 보였다.

"들어가서 푹 쉬어라. 요즘 매장 바쁘다며. 가끔 얼굴은 보여줄 수 있지?"

그가 가볍게 유래의 어깨에 손을 올린 순간이었다. 갑자기 앞에 주차되어 있던 차의 헤드라이트 불빛이 시야를 덮쳤다. 눈부신 빛 사이로 누군가 차문을 거칠게 열며 내리는 것이 보였다.

얼굴을 확인한 유래는 숨이 턱 막혔다. 한눈에 봐도 화가 나 있는 무원이었다.

'예전 결혼기념일'이란 말이지……. 휴대전화조차 꺼놓고 하루 종일 잠적해버린 여자를 아파트 앞에서 기다리며 무원은 5년 전 결혼식을 생각했다.

마지막까지 조율이 되지 않는 계약을 놓고 해외출장 일정이 완전히 꼬였다. 어느 정도 꼬였냐면 공항에서 결혼식장으로 직행할 정도였다. 하객에게 제대로 인사할 시간도 없이 옷만 갈아입고 예식시간을 맞췄다. 덕분에 신부를 본 것도 신부 입장이 시작된 버진로드 위에서였다.

마지막으로 아내 될 여자를 만난 것이 한 달 전이었던가? 이 회장의 손을 잡고 걸어오는 유래를 본 순간, 무원은 작은 충격을 받았다. 요즘도 저런 드레스가 있을 줄이야. 얼굴을 덮은 면사포부터 발끝까지 노출이라고는 하나도 없는 드레스였다. 마치 웨딩드레스가 아니라 중세의 수녀복을 연상시켰다.

드레스에 대한 충격은 이 회장이 차갑게 떨리는 딸의 손을 건넨 순간 사라졌다.

「부디 잘 부탁하네.」

이 회장의 얼굴에서는 딸에 대한 애틋함이 뚝뚝 떨어졌다. 장인인 이승조 회장은 재계에서 소문난 선비였다. 언제나 반듯하고 품위 있으며 아랫사람에게도 함부로 대하는 법이 없다고 했다. 그런 주제에 밖에서 딸을 보았으니 선비도 오욕칠정에서는 자유로울 수 없나 보다.

무원은 면사포 안의 여자를 바라보았다. 하얗게 질린 얼굴은 딱딱하게 굳어 있었다. 마음 같아서는 당신 죽으러 가는 거 아니라고, 그냥 결혼이라 불리는 거래를 한 것뿐이니 긴장하지 말라고 말해주고 싶었다. 그는 괜찮다는 뜻으로 차가운 손을 꽉 잡았다 풀어주었다.

그의 격려가 어느 정도 효과가 있었는지 맹세의 입맞춤을 나눈 입술은 손처럼 차갑지 않았다. 오히려 따뜻하고 말랑해서 깊이 맛보면 어떤 맛일지 궁금할 정도였다.

신혼여행지는 그가 일할 두바이였다. 이제 막 공식적으로 그의 아내가 된 여자는 하객과 기자들이 몰려드는 결혼식이 무척 고단했던지 비행기에 타자마자 잠이 들었다.

마지막까지 애먹인 계약서를 검토하느라 시간 가는 줄 몰랐던 무원이 고개를 들어 옆자리를 살폈다. 유래는 추위를 느끼는지 가뜩이나 마른 어깨를 잔뜩 웅크리고 있었다. 무원이 몸을 기울여 흘러내린 담요를 끌어올리려는 순간, 여자의 눈썹에 맺혀 있던 눈물이 또르르 굴러 내렸다. 바위처럼 굳어버린 그의 마음을 뚫는, 첫 낙숫물이란 걸 그때는 몰랐다.

무원은 다시 유래에게 전화를 걸었다. 여전히 꺼져 있는 휴대전화. 이쯤 되면 슬슬 무슨 일이 생긴 것은 아닌지 걱정이 된다. 조금만 더 기다리다가 우경의 카페로 가볼 생각이었다. 한집에 같이 사는 여자라면 어디 있는지 알 것이다. 물론 '당신이 싫어요.'를 얼굴에 써 붙인 서준희가 순순하게 가르쳐줄지는 의문이었지만.

고민하는 무원의 앞에 그와 같은 차가 나타났다. 국내에 몇 대뿐인 슈퍼카까진 아니어도 이런 동네에서 자주 볼 수 있는 자동차는 아니다. 무원은 자신과 같은 차를 가진, 거슬리는 남자를 알고 있었다.

차가 멈추고 내린 것은 그가 기다린 여자와 아는 남자였다. 그들은 나란히 서서 무엇인가 이야기를 나누었다. 예전에 그가 본 것과 똑같은 광경이었다. 다른 것이라면 유래가 입은 것이 하늘색이 아닌 검은색 원피스라는 것.

남자의 손이 유래의 어깨에 놓인 순간 무원은 헤드라이트를 켰다. 과거와 다른 것이 하나 더 있다. 이번에는 꼬리 내린 개처럼 도망치지 않을 것이다. 유래는 자신의 아내였고 온전히 제 여자여야 했다.

"무원 씨?"

유래가 놀란 얼굴로 그를 불렀다. 도윤 역시 무원을 바라보았다. 그러나 무원의 시선은 여전히 유래의 어깨에 놓인 손에 고정되어 있었다. 그는 그들을 향해 성큼 다가서며 물었다.

"두 사람 지금까지 함께 있었나?"

시선의 방향을 깨달은 도윤이 천천히 손을 내렸다. 난감해하는 유래의 반응을 느낀 도윤이 대답을 했다.

"오늘 유래에게 힘든 날이라…… 같이 있어주고 싶었습니다."

"그렇게 힘든 날입니까? 이 시간까지 단둘이 있을 정도로?"

무원의 이죽거림에 도윤은 눈살을 찌푸렸다. 그는 창백한 유래를 돌아보며 물었다.

"유래야, 최무원 씨는 오늘이 무슨 날인지 모르는 거니?"

유래가 작게 고개를 끄덕였다. 무슨 날이긴. 그들이 결혼한 날이지. 그게 힘든 날이야? 알 수 없는 그들만의 대화에 무원은 제대로 눈이 돌아가는 것 같았다.

연락 한번 없다가 사흘 만에 보는 여자다. 하루 종일 꺼져 있는 전화 때문에 누구는 애간장이 바싹바싹 타는데 둘이 이 시간까지 같이 있어? 거기에 세상 다정한 연인처럼 마주 보고, 이야기하고, 어깨에 손을 올리고.

무원의 눈에 서늘한 섬광이 번득였다.

"당신, 나하고 이야기 좀 하지."

무원은 도윤에게서 빼앗아오듯 유래의 팔을 거칠게 잡아챘다. 보고 있던 도윤이 무원의 손목에 손을 올렸다.

"놓으시죠, 최무원 씨."

"그쪽이야말로."

무원은 그의 손을 뿌리치면서 잽을 날렸다. 도윤은 물러서며 가볍게 잽을 피했다. 제법인데? 그래도 검사 출신이라 이건가.

복싱은 20년 가까이 무원이 꾸준히 해온 운동이다. 어린 시절 갈 곳 없는 울분을 샌드백을 두드리며 풀기 시작했는데 타고났다는 소리도 여러 번 들었다. 실제로 선수 제의까지 몇 번 받은 몸이다. 아무리 예전만 아니라 해도 일반인이 피할 수 있는 수준의 잽은 아니었다.

두 사람의 시선이 팽팽하게 맞붙었다.

무원은 몇 번 재미 삼아 나간 복싱 경기의 느낌을 떠올렸다. 상대가 어디서 손을 뻗을지 모르는 긴장감과 흡사했다.

유래는 급히 두 사람 사이에 끼어들었다. 어느 쪽이든 말려야 하는 상황이었다.

"도윤 오빠, 오늘 고마웠어요. 내가 나중에 연락할게요."

연락하긴, 무슨 연락을 해? 씩씩대는 무원에게 도윤이 폭탄을 투하했다.

"최무원 씨, 술 한잔합시다."

유래는 난감한 얼굴로 어디에 앉을까 고민했다. 도윤 옆에 앉아야 하나? 무원 옆에 앉아야 하나? 술을 마시기로 합의를 본 두 남자가 향한 곳은 아파트 앞 포장마차였다. 남남처럼 포장마차 천막을 들추고 들어간 남자는 가장 구석진 테이블에 대치하듯 앉았다.

주택가에서 난투극이라도 벌어졌다가는 당장 헤드라인 뉴스에 뜰 일인지라 따라왔다 이내 후회했다. 조금 전 주먹다짐 직전까지 갔던 두 남자는 언제 그랬냐는 듯 냉랭한 기운을 뿜고 있었다. 무원이야 어린 시절부터 워낙 싸움꾼으로 알려진 사람이라지만 도윤이 그런 반응을 보인 것은 의외였다. 유래는 한숨을 쉬며 옆 테이블의 플라스틱 의자를 끌어다 두 남자의 가운데, 모서리 자리에 앉았다.

도윤은 대강 몇 가지 안주와 술을 주문했다. 그리고 직접 소주 두 병과 유리잔을 가지고 오더니 병을 땄다. 그는 두 유리잔 가득 소주를 콸콸 붓더니 각자 앞에 놓았다. 누가 보면 물이라고 해도 무방했다. 무원은 팔짱을 낀 채로 자신 앞에 놓인 잔을 가만히 노려보았다.

"일단 한 잔씩 마시고 시작합시다."

유래는 안절부절못하며 유리잔에 찰랑한 소주를 바라보았다. 두 사람은 각자 앞에 놓인 잔을 물처럼 마셨다.

아이고, 저걸 어째? 도윤이 얼마나 마시는지는 모르지만 무원이 술이 그리 세지 않다는 것은 우경에게서 들었다. 역시나 잔을 내려놓는 무원의 미간이 한곳으로 모였다. 반면 도윤은 얼굴색 하나 변한 것이 없다. 술자리 접대를 여러 번 해봐서 아는데 전형적인 말술 타입인 것 같다. 큰일이네. 그사이 테이블 위는 주문한 안주와 술로 채워졌다. 녹색 소주

병은 어림잡아 대여섯 개는 되어 보였다.

걱정하는 유래의 눈을 본 도윤이 계란말이가 놓인 접시를 앞으로 끌어다주었다. 그 딴에는 '괜찮다.'라고 말한 행동일 텐데 무원에게는 불에 기름을 들이부은 격이었다. 이번에는 무원이 소주병을 따더니 유리잔을 가득 채웠다.

"한 잔씩 더 하죠."

도윤은 피식 웃으며 잔을 들었다. 순식간에 소주 세 병이 사라졌다. 무원은 인상을 쓰며 입가를 누르던 손을 뗐다.

"이제 말해보시죠. 용건이 뭡니까?"

"최무원 씨, 당신, 유래에 대해 얼마나 압니까?"

무원이 들으란 듯이 하, 소리를 냈다.

"강도윤 씨, 잊은 모양인데 나와 유래, 결혼해서 2년을 같이 살았어. 그 질문이 가당키나 하다고 생각해?"

술기운이 도는 것인지, 짜증이 난 것인지 무원의 말투가 더욱 날이 섰다.

"딱히 결혼에 의미를 두는 타입으로 안 보여서. 결혼했다고 상대에 대해 다 안다고 생각하는 건 아니죠? 몇십 년 같이 산 부부도 서로 잘 모르는데."

도윤은 비웃듯 내뱉더니 유리잔에 술을 채웠다. 두 사람은 경쟁이라도 하듯 연거푸 술을 마셨다. 테이블에 놓인 술병이 순식간에 비었다. 도윤은 포장마차 주인에게 빈 병을 들어 보였다.

"몇 병 드릴까?"

"열 병 주시죠."

놀란 유래가 도윤의 팔을 건드리며 말렸다.

"오빠, 안 돼요. 저 사람, 술 잘 못해요."

그 말에 무원이 테이블에 탁, 소리가 나게 빈 잔을 내려놓았다.

"누가 그래? 아니거든."

스스로 잘 조절한다는 사람은 오늘 어디로 가고 이렇게 자존심을 세우는지. 패기 넘치는 이십 대도 아니고 만고에 쓸모없는 술 자존심을 세우나.

테이블 상황이 들렸는지 주인이 한 번 더 물었다.

"진짜 열 병 줘요?"

"네, 본인이 괜찮다고 하네요."

빈 병이 치워지고 새로운 병이 테이블을 가득 채웠다. 도윤은 새 병을 따서 잔을 채웠다. 무원은 이번에도 잔을 비웠다.

도윤은 아직 가뿐해 보였지만 무원은 잔을 비우는 속도가 현저하게 느려졌다. 안주라도 좀 먹지 싶어서 어묵 국물을 내밀었지만 손도 대지 않는다. 하긴 최고급 식당이 아니면 바깥 음식에 거의 손을 안 대는 사람이었다.

안 되겠다, 숙취해소제라도 사와야겠다고 자리에서 일어서는데 무원이 팔을 잡았다.

"서로에 대한 피상적인 정보가 뭐가 중요한데? 어쨌든 내가 이 여자 남편이었고, 이 여자가 내 아내였는데…… 뭐든 내 여자라고!"

"무원 씨!"

그는 꼭 떼를 쓰는 아이처럼 굴었다. 미쳤어, 이 남자. 취해도 보통 취한 상황이 아닌 것 같았다. 도윤이 어이없다는 듯 대꾸했다.

"최무원 씨 눈에는 지금 '자기 여자'가 입은 옷이 뭔지는 안 보이나 봐요."

"도윤 오빠!"

저 사람은 또 왜 저래! 보아하니 도윤도 어느 정도 취기가 도는 듯했다. 둘이서 소주를 열 병 가까이 마시고 있는데 취기가 없다면 인간도 아니다. 도윤은 알았다는 듯 두 손을 들어 보였다.

"옷?"

이마를 짚은 무원의 시선이 유래의 옷으로 향했다. 옷이 뭐? 항상 보던 검은 옷인데. 그러고 보니 최근에는 안 입었지. 뭔가 생각하려고 애를 쓰던 무원의 눈이 술기운을 이기지 못하고 스르륵 감겼다.

"무원 씨, 최무원 씨."

놀란 유래가 푹 떨어지는 무원의 머리를 테이블에 대도록 했다. 보고 있던 도윤이 자신의 빈 잔에 술을 따랐다.

유래는 도윤의 손에서 술병을 빼앗았다.

"오빠도 그만해요. 오늘 대체 무슨 생각으로 이런 거예요?"

"술 취했을 때 술주정하는 거 보면 본성 나오는 경우가 많잖아. 이 사람은 어떤가 궁금해서. 그런데 생각 외로 깔끔하네."

테스트했다는 이야기인데, 무원이 맨정신으로 들었다면 기함할 소리다. 유래는 계산을 한 다음 주인에게서 얼음물을 얻어와 내밀었다. 도윤이 물을 마시는 동안 무원을 흔들었다.

"무원 씨, 일어나요."

무원은 일어날 기미도 보이지 않았다. 또야? 아무 곳에서나 깊이 잠드는 것이 술버릇인 모양이다. 울상이 된 유래를 본 도윤은 내키지 않는 얼굴로 무원을 업었다.

"고마워요, 오빠."

"고마울 것 없어. 내가 저지른 짓 수습하는 거니까."

자신만만하게 말하기는 했으나 자신도 취한 상태에서 장신의 덩치 큰 남자를 들쳐 업다 보니 걸음이 자꾸만 휘청거렸다. 그때마다 유래가 걱정스럽게 "괜찮아요?" 묻는다.

못 마시는 술을 끝까지 고집부린 남자나 책임진답시고 그 남자를 업고 가는 자신이나 유치하기 짝이 없다. 아니지, 거기에 좋아하는 여자를 가로채간 연적을 업어주는 자신은 호구이기까지 했다.

아파트 입구에 거의 도착한 시점에서 도윤은 힘들게 입을 열었다.

"유래야, 그런데 이 사람 어떻게 하지? 기사 부를 수 있니?"

생각지도 못한 복병이 기다리고 있었다.

결국 편안하게 얼굴에 팩을 붙이고 저녁 예능프로그램을 보고 있던 준희가 오늘 최종 희생자였다. 준희는 팔짱을 끼고 어정쩡한 자세로 현관에 서 있는 세 사람을 바라보았다. 그러고 보니 한 사람은 누워 있구나. 어찌 되었든 상상도 할 수 없는 조합이었다.

"그래서, 지금, 우리, 집으로 왔다고?"

준희는 또박또박 말을 자르며 물었다.

"미안해. 저 상태로 호텔이나 본가에 보낼 수가 없어서."

유래는 어쩔 줄 몰라 하며 준희에게 사과했다. 딱 봐도 사고는 남자 둘이 쳤고 수습은 유래가 해야 하는 판이었다. 준희는 마지못해 고개를 끄덕였다.

유래는 도윤을 도와 지금 쓰고 있는 작은 방 침대에 무원을 눕혔다. 도윤은 방 안을 둘러보며 물었다.

"여기서 지내니?"

"네. 예전에 준희 언니가 결혼하기 전에 쓰던 방이에요."

작은 침대와 화장대를 겸한 책상, 방구석에 있는 큰 캐리어 하나. 지내는 곳이 아니라 머무는 곳이란 말이 맞겠지.

유래는 능숙하게 무원의 재킷을 벗기고 넥타이와 셔츠 단추를 풀었다. 그 모습을 보는 도윤은 기분이 이상했다. 두 사람이 결혼을 했었고 함께 살았다는 사실이, 그가 끼어들 수 없는 그들만의 시간이 새삼스럽게 실감이 났다.

도윤은 태평하게 누운 남자를 바라본 뒤 거실로 나갔다. 부엌에 있던 준희가 그에게 차가운 냉수를 한 잔 내밀었다.

"고생하셨어요."

준희와는 전에 야식을 사왔을 때 정식으로 인사를 했으니 오늘이 두 번째 만남이다. 도윤은 숨 한번 쉬지 않고 물을 들이켰다.

"고마워. 이 물도, 오늘 유래 일 가르쳐준 것도."

"뭘요. 그런데 대체 최무원 씨는 어디서 만나신 거예요?"

"집 앞에서."

"기다리고 있었단 말이에요?"

도윤은 고개를 끄덕였다. 그리고 휴대전화로 늦은 시간에 자주 운전을 맡기는 대리기사를 불렀다.

"늦은 시간에 미안해. 가봐야겠다. 폐 끼친 건 다음에 갚을게."

"가시게요? 유래야, 도윤 오빠 가신대."

준희의 목소리에 유래가 방에서 나왔다.

"오빠, 대리기사 불렀어요?"

"응, 마침 근처라고 금방 도착할 거래. 이만 가볼게."

"입구까지 같이 가요."

"그럴 필요 없어. 간다. 쉬어."

도윤은 유래의 방 쪽을 흘깃 보고는 현관을 나섰다.

엘리베이터로 향하는 걸음이 위태롭다. 자꾸만 자연스럽게 무원의 옷을 벗기던 유래가 떠올랐다. 그게 자신이라면 얼마나 좋을까 하는 상상도. 어린 유래를 만나고, 유현의 친구란 명목으로 성북동을 드나들면서, 들키면 큰일 날세라 몰래 꾸었던 꿈. 이제 과감하게 안녕을 고해야 한다.

도윤은 씁쓸하게 웃었다. 차인 주제에 끝까지 버리지 못하는 미련이 어리석고, 어리석어서.

'이게 대체 무슨 상황이지?'

냉장고 앞에서 길게 한숨을 쉰 유래가 생수병을 꺼냈다. 샤워를 하고 준희 옆에 누우려던 순간이었다. 술을 마시고 잠든 밤이면 중간에 깨어나 물을 찾는 무원의 습관이 떠올랐다.

아무래도 옆에 놔두는 게 좋겠지. 조심스럽게 방문을 열자 좁은 방에 가득 찬 술 냄새가 흘러나왔다. 유래는 조용히 침대 옆 책상에 생수병을 놓으며 옆의 침대로 시선을 돌렸다. 무원은 그때까지 엎드린 채 깊은 잠에 빠져 있었다.

"이렇게 자면 안 되는데."

평소라면 모르지만 술을 많이 마신 상태로 심장을 누르는 자세는 좋지 않다. 바로 눕혀야겠다는 생각에 유래는 침대 가에 앉아 무원을 흔들었다.

"무원 씨, 일어나요."

그는 귀찮다는 듯 허공에 손을 흔든다. 유래는 끈기 있게 무원을 흔들었다. 몇 차례 뒤척임 끝에 겨우 무원의 눈이 뜨였다. 부스스한 얼굴로 눈살을 찌푸리는 얼굴은 무방비 자체였다. 유래는 이때다 싶어 말했다.

"이렇게 자면 안 돼요. 바로 자야죠."

유래는 그가 바로 눕는 것을 도와주려고 손을 뻗었다. 가만히 보고 있던 무원이 유래의 손을 잡더니 자신 쪽으로 끌어당겼다. 깜짝할 사이에 시야가 반전되고 유래는 자신이 침대에 누워 있는 것을 깨달았다.

무원이 그녀 위에서 가만히 내려다보았다. 셔츠가 벌어져 단단한 가슴팍을 드러낸 몸에서는 열기가 느껴졌다. 놀란 유래가 몸을 비틀어 빠져나가려 했지만 무원은 더 세게 그녀를 끌어안았다. 막 잠자리에 든 준희 때문에 큰소리는 낼 수 없는 상황이었다.

몇 번을 엎치락뒤치락했지만 애초에 힘으로 상대가 될 리 없다. 무원은 꿈쩍도 하지 않았다. 오히려 무원은 절대 놓아줄 생각이 없다는 듯 유래의 손을 잡아당겨 더욱 몸을 밀착했다.

"뭐 하는 거예요. 하지 마요."

들리지 않는 걸까, 못 들은 체하는 걸까. 무원은 유래의 목덜미에 입술을 파묻었다. 따끔하면서 저릿한 감각이 온몸을 관통했다.

"유래야."

잔뜩 잠긴 무원의 목소리가 귓가에 감겨들었다. 멈칫한 사이, 열기를 머금은 입술이 그녀의 입술을 눌렀다. 유래가 당황해서 몸을 움츠렸지만 무원은 그녀의 턱을 잡은 다음 입술을 열었다. 혀가 능숙하게 입안을 휘저었다. 옷 위를 방황하던 무원의 손이 안으로 들어온다.

아니, 잠깐. 지금 이게 뭐지? 정신이 번쩍 든 유래가 손으로 무원의 얼굴을 감쌌다.

"잠깐만, 무원 씨!"

그제야 키스를 멈춘 무원이 유래의 얼굴을 들여다보았다. 그리고 천천히 유래의 볼을 쓸더니 나직이 말했다.

"사랑해."

열심히 바르작대던 유래가 전지가 빠진 진동인형처럼 동작을 멈췄다. 무원은 유래의 이마와 코와 볼에 차례로 키스했다. 그는 유래를 꼭 안은 채 쓰다듬는 것 외엔 하지 않았다. 마치 품 안의 그녀를 확인이라도 하는 것처럼.

술 냄새와 뒤섞인 무원의 체취에 숨이 막히면서도 가슴이 떨렸다. 뜨거운 무엇인가가 가슴 안에서부터 온몸으로 퍼져나갔다.

같이 살았고 육체관계도 가졌지만 그의 감정이 이렇게 강하게 밀려든 적은 처음이다. 맞닿은 몸에서 누구의 것인지 모를 심장이 쿵쿵거렸다. 그에게 꼭 안겨 있는 이 순간이 마치 꿈같다. 아니, 꿈이었으면 좋겠다. 꿈인지 알면서 꾸는 루시드 드림일지라도.

밖이 어스레해질 새벽 즈음에야 무원의 품에서 빠져나온 유래는 멍한 얼굴로 거실에 앉아 있었다. 물을 마시러 나왔던 준희는 거실에 유령처럼 앉아 있는 유래를 보더니 그 자리에 굳었다.

"깜짝이야."

"왜 그렇게 놀라?"

"귀신인 줄 알았어."

준희의 호들갑에 유래는 피식 웃었다.

"귀신은 무슨. 왜 이렇게 일찍 일어났어?"

"물 마시려고. 저녁 먹은 게 좀 짰나 봐. 그런데 너 여기서 잤어?"

"응?"

"같이 잔 거 아니었어?"

준희는 작은 방을 가리켰다.

"이혼한 사이에 같이 자면 이상한 거 아냐?"

"이혼한 사이에 사랑한다고 하는 건 괜찮구?"

허점을 찔린 유래는 순간 말을 잃고 빼끔거렸다. 준희는 타들어갈 듯 붉어진 유래의 얼굴을 보더니 씨익 웃었다.

"미안. 나 잠귀 밝은 거 알지? 들으려던 건 아닌데 들리더라. 그런 건 다음부터 방문 닫고 해."

망했다. 유래는 소파에 무릎을 올려 얼굴을 파묻었다. 준희가 옆자리에 앉더니 들고 있던 물컵을 테이블에 내려놓았다.

"도대체 언제부터야? 처음 성원백화점 갔을 때만 해도 기겁하고 나왔잖아, 너."

"나도…… 모르겠어."

"모르면?"

"그냥 좋아졌어."

그를 다시 만나고, 부딪치고, 오해를 하고, 풀면서 감정이 쌓인 것 같다. 어느 정도 최무원이란 사람에 대해 다 안다고 생각했는데 요즘 그는 매일 새로운 모습으로 나타나 그녀를 흔든다.

준희는 기가 막힌다는 얼굴로 말했다.

"위자료 하나 못 받고 쫓겨나다시피 이혼당했는데 저 사람이 대체 왜 좋은 건데?"

"……준희야, 나 이혼당한 거 아니야. 내가 먼저 이혼하자고 했어. 무원 씨에게."

"뭐? 너 한 번도 그런 얘기 한 적 없었잖아."

"이혼할 때, 최무원 씨와 한 약속이었어. 이혼은 무조건 그가 요구한 걸로 하자는 거."

처음에는 그의 자존심 때문인 줄 알았다. 천하의 최무원이 아내에게 이혼당했다는 말은 어디 가서 할 수 없으니까. 무원은 그에게 쏟아진 어떤 비난이나 조롱에도 대응하지 않았다. 그것이 성원그룹 며느리란 타이틀을 벗은 그녀를 보호하기 위했음을 혜원의 말을 듣고서야 깨달았다.

준희는 목이 타는 느낌에 물컵에 남은 물을 마저 들이켰다.

"그럼 대체 왜 이혼…… 혹시 성북동 때문이야?"

유래는 입을 다문 채 있었다. 그러나 준희는 10년 넘은, 미련하고도 독한 친구의 눈빛과 태도에서 답을 읽었다. 이렇게 미련하고 독했으니 그 세월을 거기서 살아냈을 테지.

"난 네가 도윤 오빠 좋아할 줄 알았어."

"모르겠어. 나도 도윤 오빠를 좋아할 수 있을 줄 알았는데 아니더라."

배려와 다정함이 언젠가는 사랑의 불씨를 피우리라 믿었지만 아니었다. 마음은 정말 뜻대로 되지 않는다.

"그래서 어쩔 건데? 재결합할 거야?"

"아니. 난 아무것도 안 할 거야."

"아무것도 안 하다니?"

"그냥 이 상태로 계약 끝나면 여기 떠나려고."

준희는 눈살을 찌푸렸다.

"뭐가 문제야? 최무원 씨는 너 많이 좋아하는 거 같은데. 너도 좋아한다며."

"우리끼리 서로 좋은 감정이라고 해도 재결합은 훨씬 복잡한 문제야. 무원 씨 집안도 그렇지만 내 쪽도. 난 두 번 다시 성북동과 얽히고 싶지 않아."

"그래도 괜찮은 거니? 네 마음은?"

유래는 다시 대답이 없었다. 성북동. 유래가 말하지 않는 대부분은 '성북동'에 대한 것이다. 준희는 속상한 표정을 지었다.

"그럼 연애라도 해."

"뭘 하라고?"

"연애. 연애하라고."

유래는 어이없다는 듯 고개를 저었다.

"우리 결혼했다가 이혼한 사이야."

"전남편과 연애하지 말라는 법 없잖아. 결혼하고 연애도 많이 하는데 이혼하고 연애하는 것쯤이야. 드라마 히트치는 것 못 봤니?"

"그건 드라마잖아."

"편하게 생각해. 네 앞에 지금 끝내주게 잘생기고 돈 많고 네가 좋아 죽겠다는 연애하기 딱 좋은 남자가 나타난 거야. 흠이라면 돌싱이라는 건데 그건 너도 돌싱이니 상관없을 거고, 전남편이라는 게 걸리기는 한데 바람, 도박, 주사, 폭력에 해당사항도 없고."

"하지만 나하고 최무원 씨는……."

준희는 유래의 말을 가로막았다.

"너 우리 카페 이름 뭔지 알지? '카르페 디엠'이야. 현재를 즐겨라. 난 지금 네 감정에 충실했으면 좋겠어. 한 번도 그런 적 없잖아. 그놈의 성북동 때문에."

준희의 말이 차례로 마음을 때렸다. 카르페 디엠. 현재를 즐겨라. 처음으로 감정에 충실할 수 있는 유일한 기회, 연애.

유래는 고개를 흔들었다가, 끄덕였다가 끝내 두 눈을 감아버렸다.

지독한 두통이 잠을 깨웠다. 무원은 오만상을 찌푸리며 눈을 떴다. 세상이 빙글빙글 도는 중 가장 먼저 시야에 들어온 것은 낯선 천장이었다. 그가 지금 지내는 호텔도 아니고, 우경의 클리닉도 아니었다.

뭐야? 놀란 무원이 스프링 튀듯 몸을 일으켰다. 반동으로 다시 엄청난 두통이 밀려왔다.

'대체 어디야?'

술이 한계선을 넘어가 기억도 못 하는 곳에서 잠든 적은 몇 번 있으나 대부분은 그와 관련 있는 세이프티존이었다. 그런데 이렇게 생판 모르는 데라니.

작은 방, 작은 침대, 있는 것이라곤 침대 옆에 있는 책상과 캐리어. 여자 방임이 분명한데 아무리 기억을 더듬어도 떠오르는 것은 허름한 포장마차뿐이었다.

무원은 이마를 짚으며 자신의 상태를 점검했다. 아직 이런 문제로 사고를 친 적은 한 번도 없었다. 지난번 차에서의 돌발고백 외에는.

재킷과 넥타이는 옆에 있는 책상 의자에 걸려 있고 셔츠 단추는 풀려 있지만 바지 벨트는 그대로였다. 역시, 최악의 상황은 아닌 것 같다.

무원은 대강 셔츠 단추를 채우며 침대에서 내려왔다. 방문을 열고 나오자 주방 아일랜드테이블에 앉아 커피를 마시고 있던 여자와 눈이 마주쳤다.

"일어났어요?"

젠장. 서준희였다. 지금 이 상황에서는 절대 마주치고 싶지 않은 1순위.

'서준희 집이었어?'

무원은 엉거주춤하게 고개를 숙여 인사를 했다. 밖에서만 바라보던 집 안에 입성했다는 감회를 누려볼 새도 없이 주방 가득한 커피 향에 속이 울렁거렸다. 대체 출근해서 하루 종일 이 냄새를 맡을 여자가 커피는 왜 좋아하느냐고. 그런 그의 속을 모르는 준희는 마시던 커피잔을 내려놓으며 자리에서 일어섰다.

"유래는 잠시 살 게 있다고 마트에 갔어요. 저는 출근시간이라 나가봐야 하고요. 물은 냉장고에 있어요. 화장실은 저쪽이고요."

그녀는 손님을 대하듯 깔끔한 설명을 마치고 테이블 위에 둔 가방을 집어 들었다. 무원은 아무렇지 않은 그녀의 태도에 놀라 물었다.

"어제는 어떻게 된 겁니까?"

"술이 떡이 돼서 의식이 없는 최무원 씨를 유래와 도윤 오빠가 이쪽으로 데려왔습니다. 한밤에 취해서 인사불성이 된 사람을 내쫓을 수가 없어서 받아준 거고요."

빌어먹게도, 서준희의 브리핑 실력은 남 실장보다 위였다. 부인의 여지를 눈곱만큼도 주지 않은 훌륭한 상황정리다. 유래야 그렇다 쳐도 강도윤에게 도움을 받다니, 진짜 술을 끊을 때인가 보다.

"어제는 폐를 끼쳐서 미안했습니다."

"뭐, 나도 그동안 최무원 씨에게 오해한 게 있으니 서로 없던 일로 하죠. 나머지는 유래에게 사과하세요. 고생 많이 했으니까."

할 말을 끝낸 준희는 구두를 신더니 밖으로 나갔다. 오해한 일이란 게 뭘까? 아마 한두 가지가 아닐 것이다.

무원은 어지럼증이 일어 거실 소파에 주저앉았다. 얼마 지나지 않아 현관 비밀번호를 누르는 소리가 들렸다. 문이 열리고 부스럭대는 봉지를 들고 들어온 것은 유래였다. 거실에 앉아 있는 무원을 본 유래는 뜻밖이라는 얼굴이었다.

"괜찮아요?"

안 괜찮다. 대답도 못 할 정도로 머리가 아팠다. 그의 얼굴을 살핀 유래가 봉지에서 숙취해소제 하나를 꺼내 내밀었다.

"일단 이것부터 마셔요."

그러고는 주방으로 가더니 봉지에서 토마토를 꺼냈다. 준희가 말한 '살 것'의 정체인가 보다.

유래는 믹서에 토마토와 꿀을 넣어 갈았다. 숙취해소제에 토마토주스, 생수 한 병까지 마시고 나니 드릴로 머리를 파내는 듯했던 두통과 울렁거림이 둔해진 느낌이었다.

"대강 씻고 와요. 아침 준비할게요."

세수를 하고 옷매무새를 정리한 무원이 주방으로 가자 유래가 맑은 콩나물국을 끓여냈다.

"들어요. 힘들면 다 먹지 않아도 돼요."

"당신은?"

"일찍 준희와 먹었어요."

유래는 예전에 그랬던 것처럼 그가 밥을 먹을 동안 맞은편에 가만히 앉아 있었다. 콩나물국을 한 수저 뜨자 속이 조금 풀렸다. 극심했던 두통도 조금 가라앉는다.

무원은 그제야 자신이 공복이었음을 깨달았다. 병원에 있는 동안 성 비서가 그의 끼니를 챙겼지만 식욕이 없어서 제대로 먹지 않았다. 그러나 유래와 이렇게 마주하고 밥상을 받으니 그동안 입맛을 잃었던 게 거짓말 같다. 무원은 국과 밥 한 그릇을 맛있게 비웠다.

그가 식사를 마치길 기다린 유래가 입을 열었다.

"어제 대체 어떻게 된 거예요?"

"나야말로 묻고 싶은데 어떻게 된 거야? 전화도 꺼져 있고 대체 하루 종일 강도윤 그 작자와 어딜 갔다 온 거야? 어제 무슨 날이었는지 알아? 우리……."

"엄마 기일이었어요."

"무슨 소리야? 성북동에서는 아무런 기별도……."

순간 무원은 밀려온 충격에 말을 멈췄다.

「오늘 유래에게 힘든 날이라…… 같이 있어주고 싶었습니다.」

「최무원 씨, 당신, 유래에 대해 얼마나 압니까?」

「최무원 씨 눈에는 자기 여자가 입은 옷이 뭔지는 안 보이나 봐요.」

도윤이 했던 말이 하나하나 뇌리에 살아났다. 무원은 이를 사리물었다. 참 바보등신이다, 최무원.

"어떻게 된 거야? 원래 연락하고 지냈어?"

"아뇨, 나도 얼마 전에 알았어요."

"강도윤 그 사람은 어떻게 아는 거지?"

"준희가 이야기했대요. 준희는 알거든요. 솔직히 어제는 나 혼자 감당하기 힘들었는데 오빠가 있어줘서 고마웠어요."

"그런 일이라면 나한테 말했어야지."

"어떻게 말해요. 잊었어요? 무원 씨와 나, 이혼한 사이예요."

"당신이야말로 잊었어? 나는 분명 당신 좋아한다고 했어. 당신도 나한테 마음 있는 거 맞잖아. 그래서 혜원이에게 질투도 한 거고."

유래는 대답 대신 그를 바라보았다. 까만 눈동자가 너무 깊어서 움찔했다.

"무원 씨, 정확히 나에게 원하는 게 뭐예요?"

"원하다니?"

"나하고 뭐가 하고 싶으냐구요."

뭐가 하고 싶으냐. 질문의 답은 간단했다. 그는 예전의 한남동 집이 그리웠다.

"당신과 같이 살고 싶어. 예전처럼."

"미안하지만 당신이 원하는 게 재결합이라면 거절이에요."

"어째서?"

"우리 상황이 그렇게 쉽지 않잖아요."

"내가 알아서 할게."

"나는 지금 생활이 좋아요. 전에도 말했지만 일도 만족스럽고요. 그래서 지금 생활을 포기하고 예전처럼 힘들게 살고 싶지는 않아요."

짐작은 하고 있었지만 막상 유래의 입에서 힘들었다는 말을 듣자 심장이 쿵 떨어졌다. 무원은 다급해졌다.

"내가 더 잘할게. 예전처럼 힘들게 안 만들어."

"쉽게 말할 수 있는 문제가 아니에요. 이건 우리 두 사람만의 문제가 아니잖아요."

유래는 협상의 여지가 없다는 듯 입술을 앙다물었다. 키스할 때는 그렇게 촉촉하고 말랑할 수가 없는데 고집을 부릴 때는 딱딱하기 그지없다. 무원은 답답하다는 듯 물었다.

"그럼 당신이 나와 하고 싶은 건 뭔데?"

유래는 잠시 망설이더니 결심한 듯 말했다.

"우리 연애할래요?"

무원은 그녀의 입에서 나온 말이 한동안 이해가 가지 않았다. 그는 눈을 끔벅이며 되물었다.

"연애?"

말을 꺼낸 여자의 얼굴은 귀까지 붉다. 농담이나 장난으로 하는 말은 아니라는 소리인데 여전히 이해는 가지 않았다.

"당신이 말하는 연애가 내가 알고 있는 게 맞나?"

"연애가 사람마다 기준이 다른가요?"

"일반적인 기준을 적용하기에는 우린 이미 결혼도 했었고 이혼도 했잖아."

"……연애는 안 했잖아요?"

갑자기 할 말이 없었다. 연애를 안 한 건 사실이니까.

가만히 그를 보던 유래가 질문을 던졌다.

"한 가지 묻고 싶은 게 있어요. 예전에 차에서 당신이 했던 다른 남자가 있다는 말은 뭐였어요?"

"그건 내 오해였어."

"오해요?"

"나는 당신이 한남동 집을 나간 다음에야 내가 당신을 좋아했다는 걸 깨달았어. 그래서 어떻게든 설득해서 한남동 집으로 데려가려고 여길 찾아왔었어. 그러다 강도윤 그 사람과 함께 있는 당신을 봤지. 난 그 사람이 당신 애인이라고 생각했고."

"혹시 우리 법원 가기 전날이에요?"

"맞아."

유래는 작게 한숨을 쉬며 말했다.

"그날, 아버지를 만나러 구치소에 갔었어요. 도윤 오빠는 사건 때문에 와 있었다가 우연히 만난 거예요. 그런데 애인이라니……."

"그래, 아니라는 걸 최근에야 알았어."

상처받을까 봐 겁을 먹고 마지막 한 발을 내딛지 않았다. 무원은 그 순간을 후회했다. 거기서 물러서지 않고 사실을 확인했다면 이렇게 3년을 돌아오진 않았을 텐데. 이번에는 무원이 유래에게 물었다.

"당신이 굳이 연애가 하고 싶은 이유가 뭔데? 진짜 안 한 게 아쉬워서 그래?"

"난 내가 뭘 하고 싶다고 생각한 게 별로 없어요. 어차피 내 의지대로 되는 것도 별로 없었고. 그런데 당신과 연애는 해보고 싶어요. 일반적인 사람들 기준에서의 연애. 우리에게는 그런 시간이 필요해요."

마음 같아서는 당장 한남동으로 데리고 들어가고 싶을 정도다. 그러나 원하기만 한다면 하늘의 해도 달도 다 따줄 수 있을 것 같은 여자가 꼭 해보고 싶은 게 연애라는데, 그것도 자신과 하고 싶다는데 다른 선택이 있을 수 없다.

"좋아, 당신 원하는 대로 하자."

"고마워요. 받아들여줘서."

유래는 당면과제 하나를 해결했다는 표정이었다. 이건 어째 교제신청이 아니라 영업계약서에 도장 찍은 기분이긴 한데. 무원은 찜찜한 기분을 밀어내고 벼르던 이야기를 꺼냈다.

"그럼 이제 강도윤 그 사람 안 만나는 거지?"

"여기서 그 이야기가 왜 나와요?"

"연애하자며. 일반적인 사람들 기준에서의 연애. 양다리는 일반적인 기준이 아니잖아."

"양다리는 무슨. 도윤 오빠는 어릴 때부터 아는 좋은 사람이에요. 나한테는 오빠 친구이기도 하고."

망할 놈의 오빠 친구. 무원이 아는 한 '오빠 친구'란 족속이야말로 가장 위험한 라이벌이었다. 은근슬쩍 사람을 안심시키고 단번에 혼을 빼놓으니까. 뒤통수라면 이미 우경과 혜원에게 거하게 맞은 바다.

"진짜 계속 만날 생각은 아니지?"

유래는 대답 대신 무원에게 물었다.

"당신은 어떤데요?"

"뭐가?"

"당신 재혼상대라는 한혜수 본부장요."

올 것이 왔구나 싶었다. 무원은 딱 잘라 대답했다.

"그냥 비즈니스야."

"소문은 그게 아니던데요? 백화점 안에서 두 사람 꽤 유명해요. 언제 날 잡느냐로 내기하는 사람도 있을 정도로."

하라는 일은 안 하고 대체 누가 그딴 내기를 하나. 무원은 억울하다는 듯 얼굴을 쓸어내렸다.

"소문이 얼마나 엉터리인지는 우리가 겪어봐서 알잖아. 업무 외적으로 만나는 자리에는 늘 한경모직 한 회장이 동행했어."

"……."

"만난 횟수로 치면 한 회장이 훨씬 많아. 한 본부장과는 둘이서 밥 한 번 먹은 적이 없다고."

숫제 이건 믿어달라고 애걸하는 수준이다.

"알겠어요."

"그게 다야?"

대답이 뭐가 이리 담백해? 유래는 그를 보더니 천천히 대답했다.

"도윤 오빠와는 어제 이야기 끝냈어요. 아마 개인적으로 따로 만나는 일은 없을 거예요."

조련당하는 느낌이 들긴 하지만 원하던 대답을 듣는 순간 숙취의 고통이 단숨에 정리되었다. 거기에 기분까지 좋아지는 걸 보니 정상이 아니어도 한참 아니다.

무원은 밤사이 온 연락이라도 없는지 휴대전화를 확인하며 일어났다. 겨우 속은 진정시켰으나 혈액 속에는 아직 알코올이 떠다니는 기분이었다. 일단 사우나라도 한 뒤 좀 쉬어야겠다. 그리고 다음에…….

무원은 현관을 나서며 유래에게 물었다.

"오늘 뭐 할 거야?"

"바로 매장 나가봐야 해요. 어제 쉬었으니까 매출전표도 봐야 하고 재고도 체크해야 해요."

"백화점 끝나면?"

"중국에 통관 들어가는 본사 물량이 있어서 벤더 쪽과 미팅 있어요."

"그거 오늘 꼭 해야 하나?"

"매장에 나가기 전에 일찍 가서 하려고 했는데 못 했거든요."

유래가 살짝 원망 섞인 눈초리로 무원을 바라보았다.

지은 죄가 있는지라 그는 아무 말도 하지 못했다. 그래도 그렇지, 이제 막 연애하기로 한 사람들의 분위기가 이게 뭐냔 말이다.

무원은 불만스러운 얼굴로 문을 열다가 돌아섰다. 그는 성큼성큼 다가가 유래의 이마에 입을 맞췄다.

"뭐, 뭐예요?"

"일반적인 사람들 기준에서의 연애."

유래는 살짝 얼굴을 붉히며 뒤로 물러섰다. 그러고는 "잘 가요." 말만 남기고 후다닥 집 안으로 들어가버렸다.

나 참, 더 야하고 진한 것도 하고 살았는데 이게 뭐라고. 그런데 이게 뭐라고 이렇게 심장이 떨리는 거지?

chapter 10

일반적인 사람들 기준에서의 연애

"립스틱 바꾸셨어요?"

오후에 출근한 건우가 눈을 동그랗게 뜨며 다가왔다.

"와우, 겔랑이네요."

이 녀석 정체가 뭐지? 워낙에 브랜드를 좔좔 읊어대는 척척박사이긴 하지만 립스틱까지 꿰고 있을 줄은 몰랐다. 중국에서 친하게 지낸 토관에게서 선물 받긴 했지만 너무 색이 화사해 한두 번밖에 바르지 않은 립스틱이었다. 유래는 이상한가 싶어 슬쩍 거울을 보았다.

"이상해?"

"아뇨. 이상한 건 아니고, '나 오늘 데이트 있다.' 이런 느낌? 예쁘세요."

뜨끔한 유래가 고개를 돌리며 옷걸이를 만지작거렸다. 다들 하나같이 어떻게 알아차리는 걸까.

연애 사흘째, 오늘은 첫 데이트가 있는 날이다. 어차피 데이트라고 해 봤자 늦은 시간이라 식사나 산책이 전부일 것이다. 그런데도 아침부터 신경이 쓰여 침대 위에 이 옷, 저 옷 펼쳐두고 씨름을 했다.

「뭐 해?」

뒤에서 들린 소리에 유래는 깜짝 놀라 몸을 돌렸다. 방금 잠에서 깬 듯 부스스한 얼굴로 문가에 서 있는 준희였다.

「어, 어쩐 일이야?」

「어쩐 일은. 부스럭대는 소리에 깼어. 오늘 새벽 출근 아니야?」

뭐라고 대답할지 고민하는데, 유래 어깨 너머를 본 준희는 이미 다 알았다는 얼굴이다.

「하늘색 블라우스 예쁘다. 너 귀국하고 처음 우리 집에서 자고 갔을 때 입고 왔던 거. 저걸로 하면 되겠네.」

「그럴까?」

준희는 고개를 끄덕이며 블라우스를 집어 들었다. 처음 무원을 만나러 갔다가 문전박대당한 날 입었던 행운의 블라우스.

태그에 적힌 브랜드를 본 준희는 잠이 확 달아난 얼굴로 물었다.

「이거 에르메스였어?」

「응.」

「너 어떻게 이걸 입고 떡볶이 먹을 생각을…… 국물이라도 튀면 어쩌려고?」

「앞치마 했잖아. 먹을 수도 있지.」

「장난해? 그건 에르메스에 대한 모독이야. 아, 내가 잊었어. 너 부잣집 딸이었지, 남편은 재벌이었고.」

「아냐, 이건 나도 줄리아 VIP카드로 할인받고 월급 쪼개서 샀어. 그 뒤로 큰 계약 있을 때마다 입고 나간 행운의 옷이야.」

그러니까 오늘도 뭔가 행운을 주지 않을까? 유래는 뒷정리를 윤성과 건우에게 맡기고 매장을 나섰다.

만나기로 한 장소는 전에 같이 식사를 한 적 있는 일식집이었다. 무원은 백화점에서 같이 출발하길 원했지만 절대 사양이었다.

「우리가 만나는 거, 사람들이 몰랐으면 해요.」

「왜?」

「몰라서 물어요? 내가 협력업체 직원이라는 거, 우리 이혼했다가 다시 만난다는 거 사람들이 알아봐요. 아주 시끄러워진다고요.」

완전히는 아니었지만 무원 역시 후폭풍에 대해서는 어느 정도 납득한 듯했다.

유래는 탈의실에서 옷을 갈아입은 뒤 직원용 엘리베이터 버튼을 눌렀다. 아직 백화점이 영업 중인 시간이라 직원용 출입구는 한산한 편이다. 엘리베이터는 곧장 유래가 선 층에 멈춰 섰다.

문이 열리고 안으로 들어서려던 유래는 멈칫 굳었다. 엘리베이터에 타고 있는 사람은 혜수였다. 왜 임원용 엘리베이터에 안 타고 여기 있는 거지? 눈이 마주친 유래가 먼저 고개를 숙였다.

"안녕하세요, 본부장님."

혜수는 인사 대신 고개만 까딱해 보였다. 갑자기 그녀의 얼굴이 일그러진다. 무슨 문제라도 있나 싶어 방황하던 유래의 시선이 혜수의 옷에 꽂혔다. 문제는 하늘색 에르메스 블라우스였다. 하필 같은 옷이라니.

혜수는 사납게 입을 열었다.

"안 탈 건가요?"

짜증이 섞인 말투에 어쩔 수 없이 엘리베이터에 올랐다. 지하 2층 주차창 버튼에 불이 들어와 있는 것을 보며 로비를 누르자 엘리베이터가 내려가기 시작했다. 할 수 없지. 유래는 블라우스가 가려지도록 걸치고 있던 코트의 단추를 채웠다. 나란히 같은 옷을 입고 있는 모습도 웃기지 않은가. 등 뒤에서 혜수의 목소리가 울렸다.

"축하해요. 요즘 파일로, 아주 잘나가더군요."

무슨 축하한다는 말을 이렇게 기분 나쁘게 하나. 유래는 엷게 미소를 지었다.

"감사합니다."

"내가 전에 이유래 씨에게 평범하다고 했던 말 취소할게요. 이렇게 수

완 좋은 사람인 줄 미처 몰라봐서 미안해요."

"네?"

혜수는 표독스럽게 말했다.

"적당히 좀 하죠? 최 대표 흔드는 거. 이번 PPL계약도 스케일이 보통 큰 게 아니던데 욕심이 지나치면 화를 입어요. 사람이 주제를 알아야지."

뭐라고 답해야 할까. 도움을 받은 건 사실이다. 한편으로 이 여자가 이러는 이유를 알 것 같으니까 대답하지 않았다. 할퀴고 찌르는 말이라면 성북동에 사는 내내 듣지 않았던가.

"아, 하긴 그 엄마에 그 딸이겠지. 주제를 알았으면……."

그러나 혜수가 엄마에 대한 이야기를 들먹이는 것은 참을 수 없었다. 유래는 몸을 홱 돌렸다.

"말 함부로 하지 마세요."

"사실을 말한 것뿐인데?"

"사실이든 아니든 해도 될 말과 아닌 말이 있는 거예요. 진짜 주제 모르는 게 뭔지 알아요? 정작 말하고 싶은 상대에게는 못 하고 만만하다 싶은 데 화풀이하는 거. 원하는 게 있으면 당사자에게 말해요. 자꾸 이러면……."

유래는 목까지 채워놓은 코트의 단추를 도로 풀었다. 엘리베이터 벽 거울에 하늘색 블라우스를 입은 여자 둘이 나란히 비쳤다.

"난 흔드는 게 아니라 아예 움켜쥐는 수가 있으니까."

아침부터 일진이 사나웠다. 기사가 맹장염으로 직접 운전을 해야 했고, 출근해서 받은 매출집계표의 성적은 참혹했다. 어떻게든 상황을 만회해보라고 관리부 직원들을 닦달해도 시원찮은 기획서만 자꾸 올라왔다. 그 와중에 들리는 것은 파일로의 매출이 상승하는 소리뿐이었다.

이게 말이 돼? 로비를 하고 줄을 서도 따내기 힘든 시청률 30퍼센트 드라마의 PPL계약이었다. 파일로 본사가 어느 정도 자본력은 갖추었다지만 아직 한국시장에 매장 하나만 열어놓고 간보는 상태에서 파격적인 지원을 할 리 없었다. 그럼 도대체 어떻게 된 일이지? 혜수는 친하게 지내는 방송 관계자에게 상황을 알아보게 했다.

– '아내가 돌아왔다' 제작사에서 연장 투자를 받으면서 PPL 꽂아준 업체 같은데. 아마 투자한 쪽과 관련이 있겠지.

「투자를 어디서 받았는지 알 수 있어?」

– 한번 알아볼게.

그렇게 며칠이 지나는 동안 혜수는 더욱 형편없는 매출집계표를 받아보고 있었다. 월말결산이 코앞으로 다가온 시점, 투 피츠는 건재했지만 여섯 개의 브랜드가 공고하게 만든 줄 세우기가 무너지고 있었다. 거기에 원래 약체였던 벨가까지 비실거렸다. 무서운 것은 잡아먹을 듯 몰아세우던 무원이 관망세로 돌아섰단 것이다. 마치 검을 휘두르기 직전의 잠잠한 상태였다. 해볼 수 있는 데까지 해보라는 최후통첩인가? 한창 신경이 곤두서 있는데 전화가 걸려왔다.

– 어디서 투자받았는지 알았어.

「어디야?」

– 성원백화점.

혜수의 얼굴이 싸늘하게 굳었다. 최무원, 이제 신경만 쓰는 게 아니라 돈까지 쓰신단 말이지? 고작 이혼한 전처에게.

설상가상 퇴근할 무렵 임원용 엘리베이터에 문제가 생겨 긴급점검에 들어갔다. 어쩔 수 없이 직원용 엘리베이터를 탔다가 꼴 보기 싫은 상대를 만났다.

차에 시동을 걸던 혜수의 눈에 룸미러에 비친 블라우스가 들어왔다. 시즌이 바뀌면 늘 신상품으로 옷장을 갈아치우는 그녀가 드물게 오래 입는 옷이었다. 하필 같은 옷일 건 뭐람. 그 여자한테 더 잘 어울릴 것은 뭐란 말인가.

혜수는 집에 가자마자 블라우스를 버려야겠다고 생각했다. 조금 전 그녀를 똑바로 바라보며 내뱉던 여자의 말이 떠올랐다.

「난 흔드는 게 아니라 아예 움켜쥐는 수가 있으니까.」

강단진 구석이 있다고 생각은 했지만 얌전한 얼굴 밑에 단단한 발톱을 숨기고 있다니. 이걸 어떻게 뽑아버린다? 하얗고 말간 얼굴이 비통하게 일그러지는 꼴을 봐야 이 짜증이 해소될 터였다.

'3개월짜리 주제에.'

무슨 연유로 최무원이 눌러앉혔는지는 모르나 계약기간은 3개월. 마음 같아서는 지금 당장에라도 내쫓아버리고 싶지만 법무팀에서 작성한 계약서에는 어떤 빈틈도 없었다. 3개월은 이쪽에서 내칠 수도, 저쪽에서도 물러설 수도 없는 기간이었다. 혜수는 그것이 짜증스러웠다. 어떻게 해야 하지?

그러다 곧 남은 계약기간, 그러니까 계약서상으로 보호받을 수 있는 기간이 한 달 남았다는 것을 깨달았다.

'한 달 남았단 말이지.'

혜수는 숨을 내쉬며 애써 마음을 안정시켰다. 그래, 한 달. 한 달만 참자. 최무원에게 들인 공이 벌써 1년인데 그쯤이야. 그녀는 입술을 지그시 깨물며 액셀러레이터를 밟았다.

약속시간에 맞춰 일식집에 도착한 유래의 얼굴이 조금 어두웠다. 매장이 바쁜가? 일부러 영양 보충시키려고 쓸데없는 요리는 빼버리고 직접 코스를 짜서 주문했는데 먹는 것이 시원찮다. 몇 번이나 젓가락이 갔다가 멈추는 것을 본 무원이 말을 꺼냈다.

"어디 아파? 얼굴이 안 좋은데."

"아뇨, 일이 좀 많아서요."

"매장 아르바이트 직원 한 사람 더 뽑아. 지금 추세면 본사 일 하면서 매장관리까지 하는 거 무리야."

"그렇지 않아도 공고 냈어요."

신경 쓰이는 문제를 해결한 무원은 유래를 찬찬히 바라보았다. 오늘따라 이상하게 이 여자가 눈부시다. 원래도 예쁘지만 제 여자라고 생각하고 보니 더 예쁘다. 긴 속눈썹도 그렇고 뭘 발랐는지 반짝거리는 입술도 그렇고, 하늘색 블라우스가 한결 돋보이는 하얀 피부도 그렇다. 그리고 자꾸만 시선을 끄는, 길고 하얀 목.

무원은 품에서 벨벳상자를 꺼내 내밀었다.

"뭐예요?"

"선물. 열어봐."

상자에는 다이아몬드가 촘촘히 박힌 초커가 들어 있었다. 유래는 놀란 얼굴로 한참 초커에 시선을 고정했다. 화려하기로 소문난 그라프의 최고급 다이아몬드이니 당연하겠지. 무원은 전담 쇼퍼의 안목이 아주 만족스러웠다. 목선이 예쁜 여자에게 틀림없이 잘 어울릴 것이다.

"걸어줄까?"

"아뇨, 괜찮아요."

당연히 그 자리에서 걸어볼 것이란 기대와 달리 유래는 초커를 한번 만져보지도 않고 상자를 덮었다. 뒤이어 나온 "고마워요." 역시 어딘가 시큰둥했다. 이건 무원이 생각한 반응이 아니었다. 대체 뭐가 잘못된 거지? 데이트를 한 지가 하도 오래되다 보니 감도 잡히지 않는다.

무원은 살짝 눈살을 찌푸리며 자신의 몫으로 나온 계란찜 그릇을 유래 앞에 밀었다. 조금 전부터 다 먹은 그릇을 긁고 있는 모습이 신경 쓰였다.

"내 것도 먹어."

"고마워요."

유래의 고운 눈이 반달로 휘었다. 이번에는 형식이 아니라 진짜 '고마워요.'다. 나 참, 다이아몬드에도 없던 반응이 고작 계란찜 하나에 나오다니.

"더 시켜줄까?"

"괜찮아요. 충분해요."

그러면서도 회나 초밥에는 여전히 손도 대지 않는다. 무원 역시 제대로 음식 맛을 느끼지 못하는 것은 마찬가지였기 때문에 크게 개의치 않았다. 지금 당장 먹고 싶은 것은 눈앞의 여자였지, 음식이 아니다.

그의 관심은 온통 '식사 후의 코스'에 쏠려 있었다. 연애를 시작하기로 한 이후, 최대 관심사. 지금 이렇게 같은 공간에서 밥을 먹는 것만으로도 그의 몸은 폭발 직전이었다. 예전에 그랬던 것처럼 정신없이 그녀를 탐하고 싶다. 블라우스 속 하얀 피부에 붉은 자국을 새겨넣고 싶어서 몸이 단다. 먹는 둥 마는 둥 식사를 마친 그는 곧장 지내고 있는 호텔로 발을 뗐다. 로비까지 말없이 따라왔던 유래는 객실전용 엘리베이터 앞에서 굳은 얼굴로 걸음을 멈췄다.

"나, 갈래요."

뭐? 이런 법이 어디 있어? 가차 없이 몸을 돌리는 여자를 보며 무원은 당황했다. 그는 다급하게 유래의 팔을 붙잡았다.

"갑자기 왜 이래?"

"데이트하자면서요. 이게 데이트예요?"

그의 손을 뿌리치는 목소리에는 실망이 가득했다. 그럼 이게 데이트지 뭐란 말인가. 식사, 선물, 호텔. 무원이 아는 가장 완벽한 데이트였다.

그의 표정에서 대답을 읽은 유래는 어이없다는 듯 되물었다.

"무원 씨, 당신이 좋아하는 게 나예요? 내 몸이에요?"

"그런 질문이 어디 있어?"

"당신은 정작 데이트상대인 '나'에 대해서는 별로 관심이 없잖아요. 식사고 선물이고 여기 오면서도 내 의사는 일절 물어보질 않아요. 나 생선 못 먹어요. 당신이 준 선물도 지금 내 상황과 맞지도 않고요. 무엇보다 지금 당신과 자고 싶은 마음 없단 말이에요."

무원의 시선이 흔들렸다. 왜 의사를 물어보지 않았냐고? 그건 살아오면서 지금까지 생각하지 못한 문제였다. 그는 언제나 결정하고 통보하는 입장에서만 살았으니까.

"잠깐만, 데려다줄게."

일단 혼자 돌아가겠다는 여자를 겨우 달래서 차에 태웠다. 유래는 내내 한마디도 하지 않았다. 신호에 정지한 무원은 창에 비친 유래의 옆얼굴을 보며 말을 걸었다.

"생선을 못 먹는지는 몰랐어. 본가에서 식사할 때는 어떻게 했어?"

무원의 가족은 전부 생선을 좋아해서 본가에서 함께 식사하는 날에는 밥상에 탕이든, 찜이든, 구이든 꼭 빠지지 않았다. 세 가지가 같이 오르는 경우도 있었다. 유래는 창밖에 시선을 고정한 채로 대답했다.

"성 비서님이 따로 먹을 수 있는 반찬 챙겨주셨어요."

일주일에 한 번 만나는 본가의 성 비서도 아는 사실을 남편인 자신은 몰랐었구나. 갑자기 유래에게 미안해졌다.

아파트에 도착하자 유래는 가방에서 아까 무원이 건넨 벨벳상자를 꺼냈다.

"생각해봤는데 이건 못 받겠어요. 첫 데이트 선물로는 너무 과해요."

“이 정도는 예전에도 몇 번 했잖아. 뭐가 과하다는 거야?”

“내 상황이 예전과 다르잖아요. 이제 성원그룹 며느리 아니고 이런 비싼 다이아몬드 하고 나갈 자리도 없어요. 평소에 하고 싶어도 초커라서 너무 눈에 띌 거고. 마음만 고맙게 받을게요. 잘 가요.”

유래는 말과 달리 전혀 고맙지 않은 얼굴로 차문을 열었다. 급해진 무원이 따라 내렸지만 그녀는 돌아보는 기색 하나 없이 아파트 안으로 들어갔다.

솔직히 그는 ‘일반적인 사람들 기준에서의 연애’를 가볍게 생각하고 있었다. 법적인 절차만 밟지 않는 거지, 예전과 다를 게 뭐가 있겠느냐 하는.

「당신은 정작 데이트상대인 ‘나’에 대해서는 별로 관심이 없잖아요.」

실망한 여자의 눈빛이 자꾸만 가시처럼 심장에 박힌다.

“어렵네, 진짜.”

무원은 씁쓸하게 혼잣말을 내뱉었다.

시곗바늘이 10시를 가리켰다. 간판을 끄고 창문을 닫던 준희는 입구문이 열리는 소리에 고개를 돌렸다.

“죄송하지만 영업 끝났…….”

준희는 중간에 말을 끊었다. 서 있는 사람은 슈트를 갖춰 입은 우경이었다.

“사장님.”

“아, 올라가려는데 불이 켜져 있어서요. 그런데 왜 혼자 있어요? 민수 씨는 어딜 가고?”

"집에 급한 일이 생겼다고 해서요."

"참, 두 사람 선후배 사이라고 했죠?"

민수는 카르페 디엠의 음료와 다과를 책임지는 사람으로, 준희에게는 대학 호텔관광경영외식학부의 선배이기도 했다. 대학 졸업 후 호텔 컨시어지로 첫 직장을 잡은 준희를 카르페 디엠으로 불러들인 장본인이기도 했다. 거기에 민수의 아내는 준희가 대학모임에서 종종 만나는 동기였다.

"그렇다고 너무 봐주진 마요. 여자 혼자 마감하는 거 상당히 위험해요."

평소에는 마감시간에 입구를 잠그는데 오늘은 마지막 손님이 상당히 늦게 나간 탓에 잊고 있었다. 준희는 바로 우경에게 사과했다.

"죄송합니다."

우경은 동그란 안경 속의 미간을 찡그렸다.

"서 매니저에게서 사과받으려고 한 말이 아닙니다. 어쨌든 다음부터 마감에 혼자면 무조건 날 불러요. 조금이라도 일을 나누면 금방이니까. 알겠죠?"

"……네."

문득 처음 이곳에 면접을 보러 와서 우경과 마주친 일이 떠올랐다.

오픈하는 카페의 매니저 자리를 제안받았을 무렵 준희는 번 아웃 직전이었다. 치열한 경쟁률을 뚫고 입사한 호텔이었지만 고객의 모든 요구를 처리해주어야 하는 컨시어지는 준희와 잘 맞지 않았다. 사직서를 오늘 내느냐 내일 내느냐 하던 차였기에 민수의 제안은 반가울 수밖에 없었다.

면접을 보러 온 카페는 한눈에 준희의 마음에 들었다. 2층은 정신과 클리닉이라고 했던가? 사장이 클리닉을 운영하면서 카페를 여는 괴짜 의사라는 이야기는 들었다.

 아무리 의사라도 그렇지, 땅값 비싸기로 소문난 동네에 이런 규모의 카페라니. 과연 어떤 사람일지 궁금해하던 준희는 사장을 보고 깜짝 놀랐다. 유래의 결혼식장에서 옆 테이블에 앉았던 남자였다. 3년이나 지난 일이지만 준희는 그를 단번에 기억했다. 특징 있는 곱슬머리와 동그란 안경이 인상적인 탓도 있지만 그날, 남자가 슬쩍 자신에게 내밀었던 손수건 때문이다.

「화장 다 지워지겠어요.」

평소에 거의 울지 않는 편인데 드레스를 입은 유래를 본 순간 왜 그렇게 눈물이 났는지 모르겠다. 오히려 결혼하는 당사자는 '준희야, 나 괜찮아. 죽으러 가는 거 아니야. 가서 잘 살 수 있도록 노력할 거야.' 의연하게 말했는데. 아마 말로 표현하지 못하는 속내가 떨리는 손끝에서 느껴졌기 때문이겠지.

우경 역시 준희를 금방 알아본 눈치였다.

「친구 결혼식에서 그렇게 우는 사람을 본 건 처음이라서.」

아마 다른 상황이었다면 '이렇게 만난 것도 인연인데 잘해봅시다.' 할 수도 있었을 것이다. 그러나 친구의 '이혼한 배우자'의 친구라는 건 너무 불편한 관계였다. 좋은 기회였는데 어쩔 수 없지. 포기하고 돌아서는 준희에게 채용하겠다는 제안을 한 것은 우경이었다.

「우리 그냥 현재를 즐깁시다. 나는 서준희 씨가 마음에 들거든요.」

카페 이름을 카르페 디엠으로 지은 남자다운 말이었다. 같이 일한 2년 동안 우경에 대한 감상은 한결같이 '좋은 사람'이었다. 환자들에게나 직원들에게나 전부.

준희가 우경에게 물었다.

"오신 김에 차 한 잔 드릴까요?"

"차는 됐고 며칠 전에 상그리아 만든 거 맛 좀 볼 수 있을까요? 민수 씨가 자랑이 대단하던데."

신선한 과일과 레드와인, 오렌지주스와 탄산수를 섞은 상그리아는 민수가 야심차게 준비한 신메뉴다. 준희는 냉장고에서 차게 해둔 상그리아를 유리병에 따르고 와인잔을 꺼냈다. 간단히 치즈를 곁들인 크래커까지 트레이에 담아 나가자 우경이 이쪽을 등지고 통화 중이었다.

"잘되고 말고가 어디 있어요. 하도 며칠 전부터 보고 싶다 연주희, 연주희 노래를 부르셔서 나간 거지, 그런 자리인 줄 알았으면 오늘 안 나갔을 겁니다."

그의 목소리는 평소와 달리 약간 격앙된 상태였다. 그는 준희가 온 것을 눈치채지 못한 듯 통화를 계속했다.

"아니, 어머니. 제 나이가 몇인데 스물네 살짜리와 맞선을 보냐고요. 어머니 딸이면 이혼남에 열 살이나 많은 남자 만나게 하고 싶으세요?"

맞선? 아, 그래서 평소에 잘 입지 않는 슈트 차림이구나.

우경이 이혼했다는 사실을 안 건 카페 오픈식을 끝내고 직원들이 모인 회식자리에서였다. 술이 한두 잔 들어가고 편안해진 분위기에서 직원 하나가 우경의 결혼 여부를 물은 적 있다. 우경은 담담하게 대답했다.

「사실 한 번 갔다 왔습니다.」

친구들끼리 그런 것도 닮나? 한편으로 왜 이혼했는지 조금 궁금했던 기억이 났다. 엿듣는 것 같은 상황이 찜찜해진 준희가 작게 인기척을 냈다. 그제야 준희의 존재를 알아차린 우경이 통화를 마무리 지었다.

"아무튼 다시는 그런 자리 만들지 마세요. 클리닉이나 카페에 자꾸 마담뚜나 어린 아가씨들 보내지 마시고요. 제가 알아서 합니다. 일단 전화 끊겠습니다."

휴대전화를 내려놓은 우경은 후, 숨을 내쉬었다. 준희는 와인잔에 상그리아를 따라주며 무심하게 말했다.

"맞선 보셨나 봐요."

"어머니께서 오랜만에 보고 싶은 연주회가 있다고 하셔서 간 건데 그게 상대방 아가씨 연주회더라고요."

"그리고 어머니는 대기실에서 인사만 시켜준다면서 사라지셨고요?"

"와우, 혹시 나한테 CCTV 달려 있어요?"

"요즘 맞선은 그렇다고 하더라고요. 카페 오시는 손님들이."

우경은 목이 탄 듯 상그리아 한 잔을 쭉 들이켜더니 준희에게도 권했다.

"같이 한잔할래요? 이거 진짜 맛있네요."

"아뇨, 저는……."

"평소에는 민수 씨와 자주 마시는데 혼자 마시려니 쓸쓸하네요. 딱 한 잔씩만 하죠?"

준희는 잠시 고민하다가 잔을 가지고 왔다. 직원 회식 외에 둘이 술을 마시는 건 처음이다. 상그리아를 술이라 할 수 있을지는 모르겠지만. 달달하면서 상큼한 맛이 입안을 채우자 절로 미소가 떠오른다. 민수가 자신 있어 하는 이유도 알 것 같다.

우경은 편안하게 테이블에 기댄 채 상그리아를 마시는 준희를 바라보았다. 화장기가 거의 없는 얼굴에 짧은 머리, 편안한 청바지에 스니커즈를 신은 그녀의 모습은 조금 전 만나고 온 여자와는 판이하게 달랐다. 이제는 전처가 된 혜원과는 물론이고.

우경이 혜원을 처음 만난 것은 열한 살, 당시 혜원은 여덟 살이었다. 아버지와 쌍둥이 오빠 한 명을 동시에 잃고, 남은 오빠에게만 집착하는 엄마 때문에 고아 비슷한 처지가 되었던 무렵이었다. 무원의 소맷자락을 잡고 집에 놀러 온 여자아이는 고집스럽지만 예쁜 눈을 가지고 있었다.

워낙 어린 나이에 만나 지켜봐온 탓인지 우경이 여자를 대하는 기준은 전부 혜원이었다. 뭐든 해줘야 하고, 지켜줘야 하고, 보호해줘야 하는 존재. 그러나 아이에서 소녀가 되고, 소녀에서 여자가 된 혜원은 그게 사랑이 아니라고 했다.

「오빠, 나는 꽃이나 애완동물이 아니야.」

그렇다면 사랑은 뭘까. 그에게 사랑이란 언제나 그런 형태였는데. 사람의 정신을 연구하면서도 우경은 여전히 답을 찾지 못한 중이다. 특히 지금처럼 까닭 없이 준희에게 눈이 갈 때면 그의 고민은 더욱 깊어졌다.

"하실 말씀 있으세요?"

시선을 느꼈는지 준희가 고개를 들며 물었다. 눈동자가 갈색이구나. 우경은 자신도 모르게 침을 삼켰다.

"아, 무원이와 유래 씨 다시 만나는 거 알고 있습니까?"

우경은 급히 친구를 팔아 화제를 돌렸다. 준희는 고개를 끄덕였다.

"네. 알아요. 오늘 아마 데이트일걸요?"

"그것까지 압니까?"

"그럼요. 룸메이트인걸요."

아무리 봐도 외형 카테고리가 다른 두 미인이 친하다는 사실이 신기했다.

"두 사람 대체 언제부터 친구인가요?"

"고등학교 1학년 때 만났고 친해진 건 2학년 수학여행부터예요."

"둘이 여행지에서 재미있게 놀았나 봐요?"

장난스러운 질문에 준희가 손사래를 쳤다.

"놀긴커녕 일본 응급실에서 급성 충수염 수술을 했답니다."

"저런, 어쩌다?"

"며칠 전부터 배가 아프긴 했는데 수학여행 갈 생각에 그냥 참았었거든요. 그런데 비행기 타서부터 아프기 시작하는데 감당이 안 될 정도였어요. 결국 수학여행 첫날 밤, 친구들은 다들 놀러 나가고 저만 끙끙대며 료칸에 누워 있었어요. 나중에는 열까지 올라서 정신까지 혼미해졌는데 유래가 발견하고 료칸 주인을 불렀어요. 전 바로 응급실로 갈 수 있었고요."

우경은 진심을 담아 말했다.

"고생이 많았네요."

"수술 다음이 더 고생이었어요. 하필 저희 부모님 두 분 다 여권이 만기돼서 재발급 받으셔야 하는 상황이었거든요. 결국 부모님이 여권 재발급 받아서 오실 때까지 사흘을 병실에 같이 있어준 게 유래였어요."

"유래 씨 대단하네요. 그거 보통 일 아닌데."

"진짜 보통 일 아니죠. 그때 저와 유래, 그렇게 친한 사이도 아니고 어울리던 친구는 따로 있었는데."

준희는 나직하게 웃으며 상그리아를 한 모금 넘겼다. 이번에는 그녀가 물었다.

"사장님은 최무원 씨와 언제부터 친구세요?"

"우리는 그러니까, 아마 태어나기 전부터일걸요?"

"네?"

"아버지들끼리 죽마고우시라 선택권이 없더라고요. 덕분에 어릴 때는 진짜 많이 치고받고 싸웠어요. 자식, 성격이 한 까칠 하기로 유명해서."

"두 분이요?"

준희가 재미있다는 듯 흥미를 보였다. 우경은 익살스럽게 윙크를 해 보였다.

"그때는 좀 만만했거든요. 키가 자라기 전이라 덩치도 저보다 작아서.”

“누가?”

한창 좋은 분위기에 생각지 못한 목소리가 끼어들었다. 우경과 준희는 동시에 입구 쪽으로 고개를 돌렸다. 목소리의 주인공은 무원이었다. 딱 봐도 몸 전체에서 ‘기분 나쁨’이 뿜어 나오는.

우경이 놀란 얼굴로 물었다.

“너 왜 여기 있어?”

“못 올 데 왔어?”

무원은 일단 준희와 어색한 인사를 나누었다. 우경은 무원에게 다가서며 속삭였다.

“여기 있음 안 되지. 지금 한창 뜨거운 밤을 보내고 있을 시간 아니냐.”

“조용히 해.”

무원이 눈썹을 치켜세웠다. 그러나 이미 상황이 심상치 않다고 생각한 준희는 잽싸게 테이블을 정리했다.

“유래도 돌아온 것 같으니 전 이만 가보겠습니다.”

“그래요, 서 매니저.”

“2층에 뭐 필요하신 거 있으세요? 준비해드리고 갈게요.”

“괜찮아요. 내가 할게요.”

우경은 준희에게 어서 가보라 눈짓했다. 경사스러운 첫 데이트 날 무슨 일이야?

무원은 가방을 챙겨드는 준희에게 물었다.

“혹시 유래가 어떤 음식 좋아하는지 압니까?”

“음식요?”

준희가 생각하듯 눈을 굴렸다.

“생선 빼고는 거의 가리지 않고 잘 먹는 편이에요. 계란을 좋아하고 생선은 아예 못 먹어요. 혹시 유래가 그것 때문에 뭐라 그래요?”

"꼭 그것 때문은 아니지만……."

무원이 말끝을 흐리자 우경이 혀를 찼다. 뭐가 더 있구먼. 차마 아내 친구 앞에서는 말 못 할 무엇인가가.

"아무튼 생선을 아예 못 먹는 줄은 몰랐습니다."

"2년 살면서 밥 한 번도 같이 안 먹었어요?"

"그건 아니지만…… 내색한 적이 없어서 몰랐습니다."

무원은 난감한 표정으로 얼굴을 쓸었다. 말하고 보니 자신이 무심했다는 걸 깨달았다.

준희는 한숨을 쉬며 '어쩔 수 없지.'라는 얼굴로 비장의 무기를 꺼내놓았다. 계속 이 남자가 헤매게 두었다가는 제 친구 속만 까맣게 타들 것이 뻔했다.

"얼마 전에 유래가 TV에서 보고 가고 싶다고 노래 부른 식당이 있어요. 같이 가려다 시간이 안 맞아서 못 갔거든요. 최무원 씨가 같이 가주면 좋아할 거예요."

"어딥니까?"

준희는 휴대전화로 검색한 식당을 보여주었다. 식당을 본 무원의 얼굴이 심각해졌다.

"이게 맛있습니까?"

"설마 한 번도 안 드셔보신 건……."

"안 먹어봤습니다."

"그럼 이번 기회에 드셔보세요."

대체 뭐길래 저리도 심각한가 싶어 슬쩍 화면을 곁눈질한 우경은 웃음을 터뜨렸다. 확실히 사진 속의 음식은 무원이 한 번도 안 먹어본 것이긴 했다.

"그리고 요즘 같은 계절에 유래가 제일 좋아하는 간식은 붕어빵이에요."

"생선 못 먹는다면서요?"

"붕어빵에 생선 안 들어가거든요. 설마 뭔지 모르세요?"

"압니다, 생선 모양 빵이라는 거. 그런데 그거 길에서 파는 거 아닙니까?"

"네, 길에서 파는 거요."

산 넘어 산이네. 일단 준희를 보낸 뒤 무원은 우경과 함께 클리닉으로 자리를 옮겼다. 우경은 2층 현관에 들어서자마자 갑갑한지 넥타이를 풀었다.

"맞선 봤나?"

"어떻게 알아?"

"학회 아니면 정장 안 입잖아. 그보다 셔츠는 파일로 같은데."

무원은 턱으로 우경의 셔츠를 가리켰다.

"맞아. 유래 씨 브랜드지? 옷 좋더라."

"우리 백화점 매장에서 직접 샀어?"

"아니, 혜원이에게서 선물로 받았어."

무원은 갑자기 어이없다는 듯 하, 소리를 냈다.

"전처가 선물한 셔츠 입고 맞선 본 거냐?"

이야기가 그렇게 되는구나. 우경은 펄쩍 뛰었다.

"내가 맞선인 줄 알았으면 이거 입고 갔겠냐. 나도 피해자야. 더 문제가 뭔지 알아? 맞선상대가 나보다 열 살이나 어리단 거야."

"열 살? 도둑놈 소리 듣기 딱 좋네."

"그렇지? 난 도둑놈 될 생각 없다. 그러니까 이 이야기는 여기서 끝. 그보다 네 이야기나 해봐. 데이트 망친 게 단순히 생선회 문제는 아니었을 거 아냐."

우경은 냉장고에서 캔맥주를 꺼냈다. 무원이 이야기를 시작하고 테이블에 빈 캔이 늘어섰다. 반은 친구로, 반은 카운슬링 전문가로 무원의 이야기를 듣던 우경은 호텔 부분에 이르자 고개를 절레절레 흔들었다.

"차일 만하다. 아니, 차여도 싸."

"……."

"밥도 안 먹이고 선물 하나 던져준 다음 다짜고짜 호텔이라니. 그게 무슨 데이트냐?"

"남자 여자 만나면 된 거지, 데이트가 뭐 별건가."

"그렇게 생각한다면 넌 지금까지 데이트를 한 번도 한 적이 없어."

"그럼 내가 만난 여자는 뭔데?"

"그 여자들 중에 이름 제대로 기억하는 사람 있어?"

무원은 애꿎은 맥주캔만 손으로 뭉갰다. 우경은 제가 더 답답해했다.

"넌 그게 문제야. 지나치게 무심하고 너 편한 대로만 하는 거. 제대로 된 연애라면 상대방을 먼저 생각해야지."

"그렇게 다 아는 인간이 이혼은 왜 했어?"

"그렇게 다 아는데 '사랑'을 몰라서."

"무슨 헛소리야."

영문을 알 수 없는 말에 무원은 슬쩍 역정을 낸다. 우경은 쓴웃음을 지었다.

"참, 전에 나한테 물어본 LJ파트너스. 우리 장 여사님이 좀 아시더라. 서인홀딩스가 만든 페이퍼 컴퍼니래."

"서인홀딩스? 서인그룹이 뒤에 있다?"

지나치게 큰 상대가 튀어나왔다. 물고기를 잡으려 했더니 고래가 튀어나온 격이다. 무원은 눈살을 찌푸렸다.

"불법 M&A 목적으로 만든 것 같은데 교묘하게 몇 가지 장치로 가려놓은 모양이야. 서인그룹과 연관 있다는 건 아직 몇몇 사람밖에 몰라. 그런데 그건 왜?"

"아는 사람이 있어."

무원은 도윤의 얼굴을 떠올렸다. 경제부 검사 출신이 불법 M&A 회사의 법무이사라. 대체 무슨 생각이지?

* * *

준희가 현관문을 열고 들어서자 주방에 있던 유래가 고개를 내밀었다.

"어서 와. 왜 이렇게 늦었어?"

"뒷정리가 좀 늦어졌어."

무원을 만난 이야기를 할까 말까 고민하는데 식탁 위가 눈에 들어왔다. 밥을 비비려던 참인가 보다. 양푼에 던 밥과 반찬통, 고추장, 참기름이 쭈르륵 놓여 있다.

"이 시간에 밥 비비는 거야?"

"자려고 누웠는데 도저히 잠이 안 와서."

"데이트할 때 저녁 안 먹었어?"

물어놓고 아차 했다. 생선회라고 했지. 유래는 침울하게 고개를 끄덕였다.

"일진이 나빴어."

같은 옷을 입은 혜수와 엘리베이터에서 마주쳤을 때부터 느낌이 나쁘긴 했다. 데이트라고 해서 거창한 것을 바란 건 아니었다. 같이 식사하고, 차 한 잔에 짧은 드라이브나 산책 정도.

그러나 식사부터 난관에 봉착했다. 워낙 생선을 좋아하는 사람이고 식사장소를 일식집으로 정한 만큼 각오는 했지만 그렇게 젓가락 하나 댈 수 없을 줄은 몰랐다. 보통 코스에 죽이나 튀김 같은 곁가지 음식 정도는 나오지 않나?

거기에 무원이 꺼낸 선물. 한눈에도 최고급이 분명한 다이아가 박힌 초커였다. 예전부터 선물에 무척 후한 사람이었기에 안다. 이번에도 쇼핑을 전담하는 쇼퍼에게 카드를 주고 적당히 고르라 했겠지. 이브닝드레스 차림에나 어울릴 법한 디자인이었지만 그래도 선물이니까 내색하지 않았다.

하지만 식사가 어땠는지는 관심도 없고 호텔로 데려간 남자는 스리아웃이다.

대체 그게 뭐야. 밥 먹이고 선물 사주고 호텔이라니. 자기가 뭐 스폰서야? 그냥 예전처럼 편한 잠자리상대를 원하는 건가?

유래는 실망과 분노의 에너지를 밥을 비비는 데 쏟아부었다. 준희는 방으로 향하며 말했다.

"옷 갈아입고 올 테니까 같이 먹자. 기다려."

유래는 준희의 등에 대고 물었다.

"너도 먹으려고?"

"당연하지. 그거 너 다 먹으면 또 탈 나."

혼자 또 폭식할까 봐 좋아하지도 않는 야식을 같이 먹어주는 친구가 고마웠다.

준희가 식탁에 돌아왔을 때 유래는 계란프라이까지 얹은 비빔밥을 완성해놓은 상태였다. 잘 비빈 밥을 한술 뜨면서 준희가 말했다.

"사실 나 카페에서 최무원 씨 만났어. 사장님 만나러 왔더라. 그래서 대강 이야기 듣고 오는 길이야."

"그 사람이 뭐라고 그래?"

"너 생선 못 먹는지 진짜 몰랐대."

"그게 문제가 아니야."

"그럼 뭐가 또 있는데?"

유래는 잠시 대답을 망설이더니 작은 소리로 말했다.

"……호텔에 갔어."

"호텔?"

준희는 전혀 이해할 수 없다는 얼굴로 다시 물었다.

"그게 왜?"

"아니, 데이트 첫날에 호텔이라구."

"뭐 어때서. 너 뉴요커잖아. 거기선 첫 데이트에 호텔이면 드문 일도 아닐 거 아냐? 애초에 각방 쓰는 사이도 아니었다며. 오랜만이니 불붙을 수도 있는 거지."

"난 전혀 그럴 마음 없단 말이야."

"왜 없어? 아, 혹시 최무원 씨, 그쪽으로 좀 변태적인 취향이야?"

"변태적인 취향?"

"아니면 보기와 달리 좀 부실해? 그거라면 좀 실망스럽긴 하네. 다른 건 몰라도 최무원 씨 피지컬 하나는 최상급이잖아."

이야기가 이상한 방향으로 간다. 유래는 고개를 흔들었다. 의식하지 못했지만 제법 크게.

"그런 거 아니야. 변태도 아니고 부실하지도 않아. 하지만 연애한다고 꼭 육체관계를 가져야 하는 건 아니잖아."

"그건 그렇지. 성적 결정권은 자신에게 있는 거니까. 하지만 너나 최무원 씨는…… 그냥 연애하는 사이와는 다르잖아. 손잡는 것부터 abc단계 밟을 것도 아니고."

"그래서 그래. 예전과 다른 관계이고 싶어서."

자신이 없었다. 그에게 자신이 어떤 사람인지, 자신에게 그가 어떤 사람인지.

결혼해서 부부라고 느낀 순간은 육체관계를 가질 때뿐이었다. 물론 끌리는 상대에게 성적인 교감을 느끼는 것은 당연한 본능이다. 그가 자신에게 끌린다는 것이 싫지 않다. 유래 역시 무원에게 느끼는 성적인 끌림이 강하니까. 하지만 그게 전부이고 싶지는 않았다.

준희가 음, 소리를 내며 숟가락을 내려놓았다.

"그렇다면 너도 최무원 씨에게 자신을 좀 보여줘."

"그게 무슨 말이야?"

"2년이나 같이 살고도 못 먹는 음식 하나 모르는 남자도 참 무심하다 싶은데 그렇게까지 내색 안 한 너도 참 너다 싶어서. 솔직히 나도 네가 이혼 이야기 제대로 안 해준 것 좀 서운했어."

"준희야, 그건…… 미안해."

"네가 진짜 속 얘기 잘 안 하는 성격인 건 나도 알아. 그래도 예전과 다른 관계를 원한다면 너도 노력해야 하지 않을까?"

준희의 말이 틀리지 않다. 무원에게 한 번도 자신의 이야기를 한 적이 없었다.

「예전과 다른 관계를 원한다면 너도 노력해야 하지 않을까?」

방으로 돌아와 가만히 준희의 말을 곱씹는데 무원의 문자가 도착했다.

[내일 저녁 먹자. 이번에는 당신이 좋아하는 걸로.]

어제와 달리 오늘은 '당신이 좋아하는'이란 사족이 붙어 있다. 이 사람도 노력하는구나. 갑자기 마음속의 응어리가 조금 풀린다.

[내일은 마감이 있어서 늦을 거예요.]

[상관없어.]

[그래요, 그럼 내일 봐요. 잘 자요.]

전송버튼을 누른 유래는 손끝으로 휴대전화 화면을 매만졌다.

'나는 당신이 궁금해요. 결혼해서 어깨너머로 훔쳐본 당신 말고 정면으로 마주 본 최무원이란 남자가. 당신도 나에게 그랬으면 좋겠어요.'

다음 날, 무원은 유래와 함께 준희가 가르쳐준 식당으로 향했다. 학생들로 붐비는 번화가에 있는 가게였다.

가게를 본 유래가 놀란 얼굴로 그에게 물었다.

"어, 여긴 어떻게……?"

"서준희 씨가 가르쳐줬어. 당신이 여기 오고 싶어 했다고."

"맞아요. TV에서 봤는데 먹고 싶었거든요. 그런데 무원 씨는 안 좋아할 것 같은데……. 싫으면 다른 거 먹어도 돼요."

"아니, 싫은 건 아니고…… 안 먹어봤어. 이번 기회에 먹어보려고."

유래는 놀란 얼굴로 그를 보았다.

"진짜요? 그럼 한번 먹어봐요."

식당의 히트메뉴는 통오징어튀김을 얹은 양철냄비 떡볶이였다. 평소라면 30분 이상 웨이팅은 기본이라지만 피크타임을 피한 덕에 바로 자리로 안내받았다. 늦은 시간이었음에도 삼삼오오 몰려 있는 학생 무리로 가게 안이 제법 붐볐다.

무원은 신기한 눈으로 주위를 둘러보았다. 유래는 메뉴판을 꼼꼼히 보더니 튀김과 떡볶이를 주문했다. 그리고 무원에게 테이블에 비치되어 있는 앞치마를 건네주었다.

"이거 걸쳐요. 옷에 튀면 안 되니까."

주류상에서 홍보용으로 돌렸음이 분명한 앞치마는 무원의 미적감각에서 한참 벗어나 있었다. 그러나 슈트에 붉은 얼룩이 남는 일은 사양하고 싶어 앞치마를 걸쳤다.

무원은 유래의 SNS에서 본 사진을 떠올렸다.

"얼마 전에도 서준희 씨와 떡볶이 먹지 않았어?"

"어떻게 알아요?"

물을 따르던 유래가 눈을 동그랗게 뜨고 묻는다. 아차, 실수.

그때 맞은편 테이블에 앉은 교복 차림의 여학생들 사이에서 큰소리가 울렸다.

"아, 망했어! 전남친 SNS 염탐하는 거 들켰어."

"뭐? 어쩌다?"

"몰라. 나한테 디엠 보내서 염탐하지 말라더니 갑자기 전부 비공개로 돌려버렸어. 내일부터 얼굴 어떻게 보지?"

"그러게, 거긴 왜 자꾸 훔쳐봐?"

"궁금하니까 그러지! 궁금하니까."

교복 입은 소녀가 무원의 속마음을 대신 말해주었다.

머리에서 발끝까지 씹어 먹어도 모자랄 만큼 당신이 궁금해. 그런데 그걸 다 솔직하게 말할 수는 없잖아.

그는 솔직함과 거리가 먼 인간이다. 협상과 거래, 보이지 않는 주도권 경쟁에서 솔직함은 독이 든 성배였다. 있어도 없는 척, 없어도 있는 척, 아파도 안 아픈 척해야 했다. 무원은 시침을 뗐다.

"서준희 씨한테서 들은 것 같아서."

"그런 이야기도 했어요?"

"겸사겸사."

다행히 거대한 통오징어튀김이 올라간 떡볶이가 나온 덕분에 대화가 끊겼다. 유래가 들뜬 목소리로 말했다.

"와, 맛있겠다."

딱 봐도 탄수화물 덩어리인 붉은 국물과 지방 덩어리인 튀김이 어째서 맛있다는 걸까. 운동을 하면서 꾸준히 식단관리를 해온 무원이 1순위로 기피하는 음식이었다. 유래는 가위로 자른 오징어튀김과 떡볶이를 무원의 접시에 덜어주었다.

"한번 먹어봐요."

떡볶이 국물에 적신 튀김을 한입 베어 문 순간의 감상은 단순했다. 짜고 달고 느끼하다. 지켜보던 유래가 조심스럽게 물었다.

"어때요?"

솔직한 심경은 '마음에 안 들어. 못 먹겠어.'였다. 무원은 짜고 달고 느끼한 음식을 즐기지 않는다. 그러나 그가 못 먹겠다고 하면 같이 안 먹을 여자였다.

"……못 먹을 정도는 아니야."

그제야 유래는 안심한 얼굴로 떡볶이를 먹기 시작했다. 그 모습을 보던 무원도 떡볶이를 하나 입에 넣었다. 확실히 못 먹을 정도는 아니었다. 맛있게 먹는 여자를 보는 자체가 즐거우니까. 무원이 기억하는 유래는 음식을 그리 맛있게 먹은 적이 없었다. 그는 솔직하게 말했다.

"이렇게 잘 먹는 거 처음 보는 것 같아."

"같이 먹은 적이 별로 없잖아요."

무원은 한 달에 반 이상을 출장과 모임, 접대 때문에 밖에서 식사를 했다. 그리고 일주일에 한 번, 본가에서 식사를 할 때 유래는 식구들 시중을 드느라 따로 먹었다. 당시에는 당연한 일이라고 생각했던 것들이 지금에 와서 마음에 걸렸다.

"그리고 사실…… 일산댁 아주머니가 음식을 아주 잘하셨는데 나하고는 별로 맞지 않았어요. 난 약간 어린애 입맛이라 간이 센 음식을 좋아하는데 무원 씨 집은 담백하잖아요. 양념도 많이 안 쓰고."

일산댁은 본가에서 2대째 반찬을 맡고 있는 찬모였다. 유래는 결혼하고 한동안 일산댁에게서 음식을 배웠다. 그래서인지 유래가 만드는 음식은 일산댁 손맛과 아주 비슷했다.

"그런 것치곤 맛을 제대로 내던데?"

"학습능력이 좋거든요."

무원은 피식 웃었다. 이렇게 농담도 잘하는 여자였나? 매순간이 새롭고 흥미롭다. 유래는 떡볶이를 열심히 먹었다. 삶은 계란을 반으로 가르고, 붉은 떡볶이를 집어 드는 고운 손가락에 자꾸만 시선이 갔다. 앙증맞은 입술이 살짝 벌어지면서 떡볶이가 사라지는 것을 보니 입안에 침이 고인다.

어제 너무 성급해서 거사를 치르지 못했다면 오늘은 꼭 성공하고 말리라. 다행히 지금까지 분위기는 나쁘지 않았다.

"나만 먹은 것 같은데 괜찮아요? 다른 거 먹으러 갈까요?"

"됐어. 난 사무실에서 기다리다가 남 실장과 간단히 먹었어."

음식 사진을 본 순간 이렇게 될 것 같아서 미리 뭘 좀 먹어두었다. 설사 안 그랬다 해도 지금은 음식이 넘어갈 타이밍이 아니지만.

무원은 유래가 대강 다 먹은 듯하자 자리에서 일어났다. 계산대 앞에서는 순간조차 마음이 급했다. 목이 바싹바싹 타며 단전이 욱신거릴 정도였다. 당장 해갈이 필요했다. 그런 속을 모르는 여자는 진심 어린 미소를 지었다.

"고마워요. 잘 먹었어요."

그래, 잘 먹어야지. 밤은 기니까. 무원은 시계를 보며 물었다.

"내일 매장 언제 나가?"

"오픈담당이라 일찍 나가요. 왜요?"

왜긴 왜야. 지금부터 밤새 당신을 안을 거니까. 신음으로 목이 쉴 때까지, 손가락 하나 까딱할 힘도 없을 정도로 당신을 물고 빨고 핥을 거니까. 무원은 손을 뻗어 유래의 입술을 슬쩍 건드렸다.

"늦게 나간다고 해."

시선을 마주하자 긴 속눈썹이 파르르 떨렸다. 진짜 못 참겠어. 일단 차에 타면 저 입술부터 맛봐야겠다.

주차한 차 쪽으로 걸음을 재촉하는데 유래가 그를 멈춰 세웠다.

"오는 길에 보니까 괜찮은 카페가 보이더라고요. 차 마시고 가요."

지금 차가 느긋하게 넘어갈 상황이야? 무원은 유래의 팔목을 붙잡았다.

"내 방에 차 있어. 아니면 룸서비스 불러도 되고."

"할 말이 있어서 그래요."

"차에서 해."

차에 타는 순간 말할 기회가 없어진다는 것을 아는 까닭인지 유래는 고집스럽게 고개를 가로저었다.

「네 멋대로 하지 말고 유래 씨가 해달라는 대로 '무조건' 다 해줘.」

우경의 조언이 떠오른다. 무원의 입에서 낮은 신음이 흘렀다. 그래,

까짓 차 한 잔, 그게 뭐라고.

카페는 떡볶이집 근처에 있었다. 우경의 '카르페 디엠'처럼 주택을 개조해서 만든 곳이다. 늦은 시간 탓인지, 외진 위치 탓인지 손님은 많지 않았다.

무원과 유래는 허브티 한 잔씩을 앞에 두고 앉았다. 무원은 계속 시계를 흘깃거렸다. 내일 회의가 몇 시더라? 지금부터 호텔에 가면 몇 시간이나 같이 있을 수 있을까. 젠장, 아이스를 시켰어야 했는데.

"할 말이 뭐야?"

급히 차를 한 모금 마신 무원이 입을 뗐다. 직접 재배한 허브로 끓였다는 허브티 맛이 훌륭하긴 했지만 음미하고 있을 시간은 없었다.

"왜 이렇게 급해요?"

안 급하게 생겼냐고. 유래는 찻잔을 천천히 내려놓았다.

"아무래도 확실히 이야기해야 할 것 같아서요."

"뭘?"

"무원 씨, 난 '지금은' 당신과 잘 생각 없어요."

"무슨 소리야?"

"그러니까 당분간은 플라토닉 연애만 하자고요."

청천벽력 같은 소리였다. 아무리 해달라는 건 무조건 다 해주라지만 이런 것까지 수용해야 하나. 무원은 최대한 평정을 유지하기 위해 눈을 한 번 감았다가 떴다.

"이유가 뭐야?"

왜, 왜, 왜. 대체 자기 싫은 이유를 모르겠다. 솔직히 부부로 살면서 서로 엇나간 적도 많고 모르는 것도 많았지만 육체적인 합만큼은 최고였다. 결혼해서는 당연한 일이었지만 이혼해서조차 다른 여자를 안고 싶다는 욕망은 들지 않았다. 유래 역시 마찬가지일 것이다. 그건 혼자 애쓴다고 느낄 수는 있는 것과는 완전 다른 감각이니까.

"요즘 같은 세상에 좀 고루할 수 있는데 난 혼전순결을 지키자는 주의예요.”

입안이 바싹 타는 느낌에 마시던 허브티가 고스란히 목에 걸렸다. 무원은 순간 컥컥거리며 헛기침을 했다. 그 바람에 찻잔을 잘못 건드려 바지에 차를 쏟았다.

“괜찮아요?”

유래가 걱정스러운 얼굴로 손수건을 꺼냈다. 다행히 바지를 적신 차는 어느 정도 식은 상태라 뜨겁지는 않았다. 문제는 그의 허벅지에 올라와 있는 여자의 손이었다.

“어떡해. 많이 젖었어요.”

유래는 거리낌 없이 손수건으로 그의 허벅지를 문질렀다. 자신도 모르게 몸에 힘이 바싹 들어간다. 이러다 진짜 일 나지. 무원은 급히 유래의 손을 잡아 닦는 것을 멈췄다.

“그만해.”

“그래도…… 젖었는데…….”

망할. 젖었단 소리 좀 그만하라고.

“그보다 혼전순결? 그런 게 요즘 세상에 있어?”

“요즘 세상에 있다는 건 무원 씨가 알 텐데요.”

갑자기 말문이 막혔다.

그는 유래와의 서투르고 엉망이었던 첫날밤을 기억했다. 경험이 없는 것은 아니었지만, 처음이라 돌처럼 굳어 있는 여자를 달래고 녹일 정도로 인내심이 많지 않았다. 결국 다급한 몸짓을 숨기지 못했고, 유래는 힘겹게 그를 받아들였다. 아직도 그의 품에서 색색거리던 숨결이 떠오를 정도로 선명하고 황홀했던 기억.

하지만 그게 뭐? 무원은 진지하게 반론을 제기했다.

“아니, 그건 그거고 우린 이미 결혼했었잖아. 혼전순결이라니 그게 말이 돼?”

“단순히 형식적인 결혼을 말하는 게 아니에요. 관계에 대한 확신이 들기 전까지 자고 싶지 않다는 거예요."

"대체 당신이 말하는 확신이 뭔데? 재결합은 싫다며. 설마 전에 그 이야기야? 내가 당신 몸 때문에 이러는 거라고?"

목소리에 짜증이 뒤섞였다. 분노를 삭인 최대치였다. 물론 100퍼센트 아니라는 말은 못 하겠다. 그래도 그렇지, 어떻게 사람을 발정 난 짐승으로 볼 수 있지? 정작 안고 싶은 여자한테는 손도 못 대고 한번 허락해 주십사 끙끙대고 있는데.

유래가 작은 소리로 대답했다.

"반대예요."

"뭐?"

무원은 숨을 고르는 유래의 입술을 뚫어져라 응시했다. 정말 마법의 입술이다. 먹을 때 예쁘고, 키스하면 달달한데 상상도 못 한 말을 쏟아내는.

"반대라는 건 무슨 말인데? 당신이 나한테 끌린다고?"

"네. 지금 내가 무원 씨 몸 때문에 이러는 것 같다고요."

말을 마친 유래의 얼굴이 붉다. 미치겠네. 이 여자 진짜 너무 사랑스럽잖아.

"좋은 이야기 아냐? 당신이 내게 끌린다는 거니까."

바닥까진 아니어도 밑에서부터 올라온 무원은 배경에 따라 사람의 시선이 얼마나 변할 수 있는지는 지긋지긋하게 경험했다. 특히 후계구도에서 멀어져 있을 때는 사람 취급도 안 하다가 자리가 바뀌자 잘 보이려고 애쓰는 사람들이 숱했다.

무원의 반응에 유래는 되레 정색을 했다.

"난 아니에요. 이성에게 끌리는 데 육체관계가 전부는 아니잖아요."

"전부는 아니지만 중요한 문제이기도 해. 서로 안 맞아서 헤어지는 커플도 많으니까. 솔직히 왜 이게 문제지? 우리 지금 처음 만나서 손잡고 키스하고 그러는 상황 아니잖아. 나는 당신 몸, 소리, 느낌 전부 생생하게 아는데.”

그는 유래의 손을 잡으며 손바닥을 슬쩍 긁었다. 이 정도로 열심히 신호를 보내면 좀 알아들을 만도 하건만 그녀는 매정하게 손을 치웠다.

“차라리 처음 만나서 연애를 시작하는 사이면 고민 안 할 거예요. 그런 끌림 그대로 받아들이면 되니까. 하지만 우리는 생각할 것도 많고 책임져야 할 것도 많으니 신중하고 싶다고요. 나한테 이 연애는 당신에 대한 감정에 확신을 가지는 과정이에요. 나에게 시간을 좀 줘요.”

유래는 무원을 똑바로 바라보았다. 협상과 거래는 그의 일과였다. 그래서 안다. 이런 유형의 상대는 절대 설득이 안 된다는 걸. 그럴 때면 무원은 과감하게 판을 엎었다. 아쉬울 이유도, 절대 갑인 그가 끌려갈 이유도 없으니 안 되면 그만일 뿐이다. 지금도 활화산같이 끓어오르는 몸을 진정시키려면 여기서 이 이야기를 끊어야 했다. 스무 살에도 안 해본 ‘플라토닉 러브’라니. 난 절대 그렇게는 못 해, 자르고 자리에서 일어서야 했다.

그러나 무원은 그러지 못했다.

“……얼마나?”

이런 애잔한 목소리라니.

chapter 11

Platonic love

자신의 사전에 평생 없을 거라고 생각한 '플라토닉 러브'가 시작되었다. 크리스마스를 앞둔 주말, 세 번째 데이트는 영화였다.

마지막으로 영화관에 간 것이 언제였더라. 아마 십수 년 전이었을 거다. 평소 영화는커녕 TV도 잘 보지 않지만, 데이트 하면 빼놓을 수 없는 것이 영화관이었다.

적당한 시간대로 예매했던 영화는 스릴러와 추리가 적절히 혼합된 장르였다. 크리스마스에 벌어진 한 유명 화가의 살인사건의 범인과 숨겨진 유작을 찾는 내용이었는데 전체적으로 어두운 분위기였다. 특히 도입부가 충격적이었다. 술에 탄 약 때문에 의식을 잃은 남자를 누군가 들어올려서 목을 매단다.

제법 디테일하게 표현된 장면을 보는 동안 옆에 앉은 유래가 그의 손을 세게 그러쥐었다. 도입부의 충격과 달리 유작을 찾는 과정은 지루함의 연속이었지만 그 시간이 무척 즐거웠던 것은 기억한다. 깍지를 끼고 잡은 손이나 놀라는 장면이 나올 때 느껴지는 진동, 슬쩍 어깨에 기대던 감촉이 좋아서.

영화를 보고 유래를 데려다주던 길, 무원은 아파트 앞에 차를 세웠다.

"오늘 영화 재미있었어요. 특히 범인이……."

열심히 영화에 대한 이야기를 하는 유래의 눈동자가 너무 예뻐서 심장이 두근거렸다. 모든 것이 그를 자극하고 유혹하는데 이게 무슨 고문이야. 무원은 한숨을 쉬며 유래의 손을 잡아끌었다.

“영화만 재미있었나?”

“다른 게 더 재미있어야 해요?”

“이게 더 재미있을걸.”

무원은 안주머니에서 작은 상자를 꺼냈다.

“뭐예요?”

“크리스마스 선물.”

선물이란 말에 유래의 얼굴이 살짝 흐려졌다.

“아, 미안해요. 나는 준비 못 했어요.”

“괜찮아. 지난번과 다른 거야. 이번에는 내가 직접 골랐어.”

무원은 상자를 열어 보였다. 아콰마린과 블루 다이아몬드가 조화롭게 어우러진 푸른빛 펜던트 목걸이가 모습을 드러냈다. 지난번처럼 지나치게 크거나 화려하지 않아서 어느 옷에든 어울릴 것 같은 디자인이다. 유래가 놀란 듯 눈을 깜박였다.

“직접 골랐다고요?”

“그래. 마음에 들어?”

“네, 예뻐요.”

유래의 눈이 반달로 변하자 무원은 안심했다.

“걸어줄까?”

“좋아요.”

“눈 감아봐.”

유래는 머리카락을 손으로 잡으며 눈을 감았다. 역시 예술적인 목선이다. 무원이 몸을 기울이자 숨결이 느껴질 만큼 두 사람의 간격이 좁아진다.

그는 조심스럽게 목걸이의 버클을 채웠다. 하늘색 펜던트가 유래의 목에서 반짝거렸다. 미치겠네. 무원은 손을 뻗어 유래의 목덜미를 감쌌다. 원하는 것이 명확한 시선이 서로 얽혔다.

"무원 씨."

신기하기도 하지. 부르는 이름은 하나인데 거절도 되었다가 허락도 되었다가 하는 걸 보면. 무원은 천천히 유래의 볼을 어루만지며 입술을 겹쳤다. 입술을 열고 입안을 맛보자 유래의 몸이 바르르 떨렸다. 오늘 밤도 제대로 자긴 글렀구나 싶다.

크리스마스 연휴가 시작되었다. 백화점에서 일하는 사람들에게 크리스마스 연휴란 쉬는 날이 아니라 열심히 일하는 날이다.

아침 일찍 출근한 유래는 탈의실에서 유니폼을 입으며 목에 걸려 있는 목걸이를 내려다보았다. 유니폼인 브이라인 셔츠에 완벽히 어울린다. 다 알고 선물했는지는 모르겠지만 백화점 복장규정에 착용 가능한 범위다.

푸른색 펜던트는 빛에 따라서 깊은 심해와 연하늘빛 하늘을 번갈아 담아냈다.

「이번에는 내가 직접 골랐어.」

보면 볼수록 마음에 쏙 들었다. 유래는 자신의 입술을 천천히 손으로 쓸었다. 아직도 무원의 열기가 남아 있는 듯했다. 키스는 혼을 빼놓을 정도로 길었다. 무원은 다급하게 블라우스 단추를 풀어 헤치더니 안으로 손을 넣었다. 가슴을 움켜쥐는 손에 놀란 유래가 입술을 뗐다. 그녀는 옷 안으로 들어간 그의 손목을 잡았다.

「자, 잠깐만.」

「여기까지만 할게.」

그가 낮은 목소리로 달래듯 속삭였다. 손이 움직일 때마다 아찔한 감각이 몸 안에 스며들어 심장을 간질였다. 무원은 놀랄 정도의 자제력을 발휘해 약속을 지켰다.

그가 토해내던 거친 숨소리가 여전히 귓가에 생생했다. 아침부터 무슨 일이람.

유래는 캄 다운, 하고 중얼거리며 탈의실을 나섰다.

"이런 법이 어디 있습니까!"

찢어지는 것 같은 소리에 무슨 일인가 싶어 주위를 둘러보았다. 탈의실 옆에 있는 휴게공간에서 벨가의 매니저와 직원이 언성을 높이고 있었다.

"갑자기 매출개런티를 높이는 경우가 어딨냐고요!"

"어쩔 수 없어. 본사지시야."

"이번 달도 얼마나 힘들게 메웠는지 아시잖아요. 저 카드 한도예요. 뭘 더 하라고요!"

"이번 입점만 성공하면 우리도 한경모직 계열사로 들어갈 수 있어. 우리도 계속 계약직으로 팝업스토어 영업만 할 수는 없잖아."

"하지만……."

결국 직원은 머뭇거리며 고개를 떨궜다.

"매출집계표 봤지? 성원백화점에서 제시한 기간 이제 한 달 남았어. 다음 달만 어떻게든 넘기면 돼."

매니저는 어깨를 축 늘어뜨린 직원을 다독였다. 그들은 담배나 한 대 피우고 들어가자며 자리를 떠났다.

유래는 그제야 오늘이 매출집계표가 나오는 날임을 깨달았다. 매장에서 확인한 패션관 전체매출 순위 1위는 부동의 투 피츠. 그 아래로 한경모직 브랜드들이 줄을 선 가운데 파일로가 자리했다.

"여성복이 전부 10위권 안에 있는 거 감안해서 11위면 잘 나온 것 같아요. 남성복에서는 저희가 제일 잘 팔았다는 이야기니까요. 첫 달에 오프닝행사 끼고도 부진했던 거 만회하려면 이번 달 판매량이 중요할 것 같네요."

집계표를 같이 보던 윤성이 객관적인 분석을 내놓았다. 마찬가지로 집계표를 들여다보던 건우가 고개를 갸웃했다. 건우는 14위에 있는 '벨가'를 가리켰다.

"그런데 '벨가' 말인데요, 이 순위가 맞는 건가요?"

"왜?"

"A사보다 더 높은 게 아무래도 수상해서요. 솔직히 A사가 백화점 쪽에 좀 늦게 뛰어들어서 그렇지 중장년층에서는 인기 제법 있거든요. 저희 아버지만 해도 A사 옷이 몇 벌인데요. 우리처럼 유커 영향을 거의 안 받은 브랜드이기도 하고요. 아무리 생각해도 '벨가'가 A사보다 많이 팔았다는 건 말이 안 돼요. 우리가 딱 봐도 벨가 매장에 사람 없잖아요."

윤성이 생각하는 것처럼 팔짱을 꼈다.

"아마 대부분 가매출이 아닐까."

"말도 안 돼. 가매출도 앞으로 발생할 매출이 있어야 가능하지 않아요? 솔직히 지금 같은 상황에서는 가매출 만들어봐야 회수도 안 될 텐데."

건우가 펄쩍 뛰었다. 유래는 조금 전 휴게실에서 벨가 직원들이 나누던 이야기를 떠올렸다.

"그러고 보니 벨가 직원들이 매출개런티 이야기를 하더라고요."

"매출개런티요?"

윤성의 표정이 한층 더 심각해진다.

"제가 알기로는 성원백화점은 몇 년 전에 백화점 직원의 투서로 가매출 문제가 크게 이슈화된 뒤로 매출개런티를 없앤 걸로 알고 있습니다. 대신 매달 순위표를 만들어서 압박을 주죠. 그런데 어째서 매출개런티 이야기가 나온 걸까요?"

"듣자하니 입점에 성공하는 조건으로 한경모직이 벨가를 인수할 모양이에요. 매출개런티는 본사에서 계약직 사원들에게 요구하는 상황인 듯

해요."

"뭐라고요?"

건우가 두 손으로 얼굴을 감쌌다.

"헐, 대박. 말도 안 돼. 중국 때문에 골 아프기는 한경모직도 마찬가지라 당장에 자기들 브랜드도 정리해야 할 판이구먼. 또 투 피츠처럼 되는 건 아닌지 몰라."

"차라리 투 피츠면 다행이게. 당시 투 피츠의 경우는 한경모직이 주력으로 키우고 싶어 할 정도로 반응이 좋았는데, 벨가는 아니잖아. 최악의 경우 생산라인만 가로채겠지. 애초에 하청만 맡아 하던 회사이니만큼 생산라인은 확실할 테니."

"그렇죠. 특히 벨가는 잡화 쪽이 엄청 괜찮거든요."

이야기의 분위기가 한껏 무거워지는데 관리부의 방송이 흘러나왔다.

– 십 분 후, 아침조회에 한 본부장님 대신 대표님께서 참석하십니다. 각 매장에서는 청결상태와 복장에 각별히 유의해주시기 바랍니다.

사방에서 웅성거림이 시작되었다. 무슨 일이야? 한 본, 바이어 마중 갔대. 세상에. 그래도 그렇지, 무슨 대표가 직접 나와? 취임해서 지금까지 대표가 아침조회에 나온 것은 다섯 손가락으로 꼽을 정도다. 유커 사태와 더불어 모든 매장이 예상치 못한 대표의 출현에 겁을 먹었다.

윤성은 재빨리 집계표 종이를 치웠고 건우는 셔츠 깃을 바로 했다. 보통 관리부에서 하는 조회는 플로어별로 이뤄지지만 대표가 참석하는 경우는 다르다. 가뜩이나 매출 하락으로 브랜드마다 분위기가 가라앉은 상태인데 대표에게 트집이라도 잡힐까 싶어 열심히 매장을 쓸고 닦았다.

– 다음, 남성복 플로어입니다.

방송이 나오자 매장 직원들이 일제히 자신의 매장 앞으로 나가 섰다. 파일로 역시 마찬가지였다. 서둘러 매장을 정리하고 입구로 나가자 무원과 남 실장, 관리부 직원들이 에스컬레이터로 플로어에 들어서는 것이 보였다. 무원은 오늘도 완벽한 차림이다. 다시 어제의 키스가 떠올라 불현듯 얼굴이 화끈거렸다.

무원은 직원들의 인사를 받으며 매장 앞을 지나쳤다. 불호령이 떨어질 것이란 예상과 달리 조회 분위기는 나쁘지 않았다. 그는 이번 유커 사태를 협력업체와 백화점이 동등하게 힘을 합쳐 해결할 상황이라 생각하는 듯했다.

무원은 간혹 걸음을 멈추고 협력업체 직원들과 인사를 하거나 현장의 이야기에 귀를 기울였다. 파일로의 차례가 다가오자 유래는 점점 긴장하기 시작했다. 마침내 무원의 걸음이 파일로 앞에서 멈췄다.

"파일로."

그는 태연하게 입을 열었다.

"지난달 성적이 좋던데."

천천히 고개를 들자 장난기가 깃든 무원과 눈이 마주쳤다. 뭐지, 이건. 불길한 예감이 드는데 건우가 씩씩한 목소리로 대답했다.

"감사합니다! 이번 달도 열심히 팔겠습니다! 기대해주십시오."

무원은 만족스러운 듯 고개를 끄덕였고 그것이 끝인가 했다. 걸음을 옮기려던 그가 갑자기 생각난 듯 말을 떨어뜨렸다.

"목걸이가 잘 어울리는군요."

"네? 목걸이요?"

건우가 고개를 갸웃하며 물었다. 그러나 이미 무원은 다음 매장으로 넘어가버린 뒤였다. 모든 이들의 시선이 목걸이에 집중되자 유래의 얼굴이 발갛게 달아오른다.

마지막 프레젠테이션을 마친 직원은 연신 땀을 훔쳤다. 무원은 미간을 모은 채 회의자료를 넘기고 있었다. 마음에 들지 않는다는 뜻이다.

"오늘 관리부에서 마케팅 전략으로 발표한 할인행사만 네 개인데, 상황에 대한 타개책이 고작 할인행사입니까? 장사 안 되니까 싸게 팔자고? 사람들이 왜 마트나 홈쇼핑이 아닌 백화점에서 비싼 돈을 지불하면서 상품을 구입한다고 생각합니까? 할인행사 열심히 해서 당장에 매출을 끌어올린다 해도 백화점 이미지는 어떻게 될 것 같습니까?"

무원의 지적에 다들 꿀 먹은 벙어리가 되었다. 그는 손끝으로 톡톡 책상을 두드렸다.

"이미 대진백화점에서는 자체 PB상품을 강화하는 방안으로, 태성에서는 다양한 고객 요구에 맞춰 편집숍을 확대하는 방안으로 가닥을 잡았습니다. 그런데 우린 고작 할인행사라니, 이게 말이 됩니까? 한 본부장은 어떻게 생각합니까?"

"죄송합니다. 내일까지 새 기획안 작성하겠습니다."

혜수는 입술을 잘근거렸다. 내일까지라는 말에 관리부 직원들의 얼굴이 흙빛이 된다.

백화점 이미지, 말이야 좋지만 이미지를 생각하기에는 당장 굶어 죽게 생겼다. 어떻게든 당분간 유커가 빠져나간 자리를 내국인 파이로 채워 버티기 전략으로 나가야 했다.

그러나 무원은 버티기에 만족하지 않았다. 불황에서도 수익을 내야 한다는 것이 그의 경영철학이었다. 시계를 본 무원은 짜증스럽게 입을 열었다.

"점심시간도 늦어졌으니 여기까지 하죠. 내일 기획안에 '할인행사' 한 글자라도 들어가 있으면 그 자리에서 찢어버릴 겁니다."

무원은 직원들에게 먼저 일어날 것을 지시했다. 그 순간이 세상에서 제일 반가웠을 직원들은 머리를 숙이며 후다닥 회의실을 빠져나갔다. 회의 내내 '빌어먹을.'을 속으로 한 백 번쯤 외친 혜수가 이마를 짚으며 일어서는데 무원이 말을 걸었다.

"한 본부장, 저녁에 시간 잠시 낼 수 있습니까?"

"네?"

혜수는 무슨 일인가 싶어 무원을 바라보았다.

"괜찮으면 식사 같이 합시다."

지금까지 여러 번 무원과 식사를 했지만 대체로 그와 한 회장이 만나면 혜수가 동석하는 식이었다. 무원은 혜수의 동석을 크게 불편해하지도, 그렇다고 크게 신경 쓰지도 않았었다. 이번에도 으레 그러려니 했다.

"아버지께서는 지금 중국에 가셨습니다만."

한경모직 역시 사드 문제로 비상이 걸리긴 매한가지였다. 당장 중국 백화점에 들어가 있는 투 피츠가 타격을 입자 한 회장이 임원진들과 직접 중국으로 향했다.

"한 회장님 일정은 알고 있습니다. 오늘은 한 본부장과 따로 할 이야기가 있습니다. 한 회장님 동석 없이."

처음 있는 일이었다. 무원이 한 회장을 빼고 둘이 따로 만나자고 한 것은. 지금까지 어떻게든 그와 둘만 있는 자리를 만들어보려고 애썼던 쪽은 그녀였다. 그런데 이게 무슨 일이지?

무원은 재촉하듯 말했다.

"어떻습니까?"

"아, 아, 네. 괜찮아요."

"장소는 내가 정하죠. 7시쯤 보면 될 것 같군요."

무원은 남 실장을 시켜 회원제로 알려진 레스토랑에 예약을 넣었다. 아는 사람들 사이에서는 프러포즈 명당으로 이름 높은 곳이다. 한 번에 서너 팀밖에 받지 않는 데다가 각각 다른 별채에서 식사를 할 수 있어 이벤트에 최적의 장소였다. 혜수는 기대감을 누르며 물었다.

"저, 그런데 무슨 일로? 업무 연장선인가요?"

"개인적인 일입니다. 아무래도 우리 사이를 확실히 해야 할 것 같아서요."

그러면 그렇지. 계산이 빠른 남자이니만큼 지금 같은 상황에서 누구의 손을 잡아야 할지 제대로 판단이 선 모양이다. 백화점 경영이 어려워진 상황에서 경쟁자인 큰어머니는 틈틈이 대표 자리를 노릴 것이고 그렇게 되면 매출 1위의 브랜드가 더욱 아쉬울 터. 어쩌면 전처에 대한 신경 씀은 진정한 동정인지도 모르고.

「난 흔드는 게 아니라 아예 움켜쥐는 수가 있으니까.」

웃기지 마. 움켜쥐는 건 당신이 아니라 나야. 혜수는 의기양양한 미소를 머금었다. 오늘 저녁식사가 아주 기대되는 바였다.

무원은 오후에 외부일정이 있었기 때문에 약속장소에는 따로 도착했다. 주차요원에게 차 키를 맡기고 레스토랑으로 들어가자 지배인이 그녀를 알은체했다. 혜수의 어머니는 이곳의 VVIP였고 지배인과 친한 사이였다.

"어서 오십시오. 최무원 대표님께서는 아직 도착하지 않으셨습니다."

"괜찮아요."

시간을 보니 아직 약속시간 10분 전이다. 지배인은 혜수를 유럽풍으로 디자인한 별채로 안내했다.

"두 분 다 오랜만이시군요."

"최 대표님도 최근 오신 적 없나요?"

"한 회장님과 함께 오셨던 반년 전이 마지막입니다."

"그래요?"

무원이 여자와 온 적 없다는 사실에 혜수는 입술을 들어올렸다. 지배인이 그녀에게 반가운 소식을 귀띔했다.

"오늘 아무래도 좋은 소식 있으실 모양이던데요. 이벤트용 슈거케이크까지 주문하신 거 보면."

슈거케이크는 기념일이나 프러포즈 이벤트에 주로 등장하는 아이템이다. 혜수의 기대감이 더욱 고조되었다.

그녀가 자리에 앉은 지 얼마 되지 않아 무원이 도착했다. 그가 앉는 것을 본 서버가 메뉴판을 가져왔다. 두 사람 모두 서버가 추천한 특선메뉴를 주문했다. 주문을 체크하던 서버가 물었다.

"와인은 어떻게 할까요? 괜찮은 빈티지가 들어와 있습니다만."

"그럼 그걸로……."

무원은 혜수를 흘깃 보더니 고개를 저었다.

"와인은 됐어요. 다시 일하러 들어가봐야 하니까."

"알겠습니다."

서버가 물러가자 침묵이 감돌았다.

혜수는 그가 와인을 거절한 의미를 생각해보았다. 아버지의 말에 의하면 술 자체를 즐기지 않는 사람이라고 했는데 그래서인가. 그렇다고 해도 굳이 일하러 가야 한다는 걸 상기시켜줄 건 또 뭐란 말인가.

실제로 식사를 하는 동안 무원은 내내 이세탄백화점 이야기만 했다. 이세탄백화점은 일본경제 불황으로 마트와 백화점이 줄폐업을 하는 상황에서 고급화 전략으로 살아남았다. 다중의 소비자 대신 소득 상위 5퍼센트의 고객 위주로 타깃층을 재조정한 것이다.

무원은 거기에 최근 YOLO족이라 불리는, 현재의 행복을 최우선에 두는 소비 형태를 가진 젊은 층까지 타깃으로 흡수하고 싶어 했다. 그는 YOLO족의 관심사와 그들을 끌어들일 방법에 대한 보고서를 요구하면서 현재의 백화점 시설 중 고객유치에 취약하다고 생각하는 부분에 대해서도 지적했다.

'언제까지 일 이야기만 하려는 거지?'

비싼 음식이 코로 들어가는지 입으로 들어가는지 모를 정도였다. 그 순간 "디저트를 내올까요?" 하는 지배인의 말이 그렇게 반가울 수 없었다. 무원이 고개를 끄덕이자 서버가 미리 준비해놓은 슈거케이크와 샴페인을 왜건에 싣고 들어왔다. 반지 모양으로 화려하게 장식된 슈거케이크를 본 무원의 얼굴이 딱딱하게 굳었다. 그는 화가 난 목소리로 지배인에게 물었다.

"이게 뭡니까?"

뜻밖의 반응에 당황한 건 지배인이나 혜수나 마찬가지였다. 지배인은 손님 접대 노하우를 떠올리며 침착하게 대답했다.

"오늘 예약하신 비서실장님께서 특별히 따로 부탁하셨습니다만."

무원의 눈썹이 꿈틀했다. 그는 케이크와 샴페인, 난감한 얼굴의 지배인과 혜수를 번갈아 보며 말했다.

"뭔가 내 쪽에서 착오가 있었던 모양이군요. 준비한 것에 대한 요금은 지불하겠습니다. 그만 치워주시죠."

한바탕 소동 끝에 혜수와 무원은 커피잔을 사이에 두고 마주 앉았다. 혜수는 무심한 표정으로 커피잔을 응시하고 있는 무원을 훔쳐보았다. 차가운 막이 쳐진 느낌에 섣불리 말 걸기가 힘들었다. 혜수는 힘들게 입을 열었다.

"아까 그게 착오라고요?"

"물론입니다."

무원은 혜수를 똑바로 바라보았다.

"한 본부장, 아니, 한혜수 씨."

가라앉은 저음이 묘하게 섹시하다. 혜수는 본부장이 아닌, 자신의 이름에 어쩐지 두근두근했다. 물론 그의 입에서 나온 말은 들뜬 기분에 찬물을 덮어씌우는 내용이었지만.

"처음 소개받았을 때도 했던 말이지만 난 당신과 결혼할 생각이 없다고 했을 텐데요?"

"그럼 오늘 관계를 정리하자는 말은……."

"내 쪽에서는 충분히 의사표현을 했다고 생각했는데 아무래도 한 회장님 생각이 다르신 것 같아서요. 계속 이런 식의 오해가 커지는 것은 원하지 않으니 한혜수 씨 선에서 정리를 좀 해주었으면 합니다."

그가 생각한 '정리'와 혜수가 생각한 '정리'는 완전히 다른 것이었다. 혜수는 떨리는 입술로 물었다.

"어떻게 이럴 수가 있죠?"

"어떻게라니. 한 가지 물어보죠. 우리 사이에 비즈니스 말고 뭔가가 있었습니까? 내가 이성적으로 한혜수 씨에게 어떤 여지를 줬는지를 묻는 겁니다."

대답할 수가 없다. 명치를 세게 한 대 얻어맞은 느낌이었다.

"한 회장님과는 만족스러운 사업파트너관계를 유지하고 있습니다. 나도 성원백화점을 운영하는 데 있어 큰 도움을 받고 있지만 한 회장님 역시 성원백화점을 통해서 많이 벌어가고 계시니까. 이런 상황에서 서로 얼굴 붉히거나 불편해질 일 만들지 않았으면 좋겠습니다. 한혜수 씨가 중간역할을 잘하리라 생각합니다."

"혹시 그 여자 때문인가요?"

"그 여자?"

무원은 눈살을 찌푸렸다.

"최무원 씨 전처, 파일로 담당 이유래 씨요. 두 사람, 다시 만나는 건가요?"

"이 문제는 유래와는 상관없습니다. 유래가 아니어도 어차피 나는 결혼할 생각이 없었으니까."

"말이 돼요? 어떻게 이혼한 전처와……."

"안 될 건 뭡니까. 이혼한 전처와 다시 만나면 안 된다는 법이라도 있습니까."

"하지만……."

할 말은 다 했고, 할 일도 끝났겠다, 무원은 서버를 불러 계산서를 가져오게 했다. 자리에서 일어서려던 그는 생각났다는 듯 덧붙였다.

"당연히 그럴 일은 없겠지만 그래도 하나 확실히 하겠습니다. 한 회장님과의 중간역할을 어떻게 할지는 한혜수 씨 자유입니다만, 한 번 더 내 사람 눈에서 눈물 나는 일 만들면 용서 안 하겠습니다."

내 사람, 이라 말하는 무원의 목소리는 오싹할 정도로 차가웠다. 늘 차가운 기운을 몸에서 뿜어대는 사람이지만 평소의 차가움이 얼음이라면 지금은 드라이아이스다. 잘못 손을 대면 차가운 나머지 동상이 화상처럼 느껴진다는.

"내가 그 여자보다 못한 게 뭐죠? 내가 안 되는 이유가 뭐냐고요!"

드라마나 영화에서 볼 때마다 바닥을 쳤다고 생각한 이 대사를 제 입으로 하게 될 줄이야. 혜수는 스스로의 열패감에 무너졌다. 무원은 무표정한 얼굴로 대답할 뿐이다.

"글쎄요. 나에게는 그냥 당신이 유래가 아니라는 것, 그뿐입니다."

요란스럽게 그릇 깨지는 소리가 났다.

"무슨 일이야?"

거실에 있던 준희가 주방으로 뛰어 들어왔다.

"아, 미안. 잠시 딴생각했어."

유래는 급히 바닥에서 그릇 파편을 주웠다.

"너, 이거 두 개째인 거 알지? 대체 무슨 생각을 그렇게 열심히 해?"

무슨 생각을 하냐고? 유래는 조금 전의 생각을 곱씹었다.

정신없이 바쁜 하루였다. 매장이 빈 것을 보고 윤성과 건우에게 점심을 먹고 오겠다고 신호를 보냈다. 이미 점심과는 한참 동떨어진 시간이었다. 구내식당은 백화점 직원들 위주로 운영되기 때문에 지정된 시간에 자리를 비울 수 없는 협력업체 판매직 직원들은 밥을 먹기 힘들다.

유래는 편의점에 파는 김밥을 한 줄 사서 휴게실로 향했다. 자신도 모르게 목걸이의 펜던트를 만지작거리던 그녀는 휴대전화를 꺼내 문자메시지를 보냈다.

[오늘 저녁 같이 먹을래요? 내가 살게요.]

목걸이에 대한 답례도 할 겸, 데이트도 할 겸. 김밥 하나를 막 입에 넣는데 그의 답장이 도착했다.

[안 될 것 같은데. 저녁에 약속 있어.]

서운하지 않다면 거짓말이지만 저녁시간이 얼마나 바쁜 사람인지는 누구보다 잘 안다. 집에서 저녁은 거의 먹지 않는 사람이었다.

알았어요. 그럼 다음에 언제…… 문자를 썼다가 지워버렸다. 괜히 밥 한번 먹자고 바쁜 사람 조르나 싶은 마음이 반, 괜스레 저만 안달복달하는 듯해 어설픈 자존심이 반.

[알았어요.]

짧은 문자에 더 이상의 답은 돌아오지 않았다. 유래는 한참 휴대전화 화면을 바라보면서 김밥을 씹었다. 바빴던 오후와 달리 저녁시간에 접어들자 플로어 전체가 한산해졌다. 잠시 커피 한잔하고 오겠다고 휴게실에 갔던 건우가 빅뉴스를 물고 돌아왔다.

「오늘 대표님과 한 본 데이트한대요.」

「그게 무슨 빅뉴스야? 두 사람 그런 사이라는 거 모르는 사람 있어?」

「요즘 두 사람 완전 빙하기라고 소문이 좀 그랬잖아요. 회의 때마다 대표님이 한 본을 쥐 잡듯이 잡은 모양이던데.」

「그랬다 해도 사이가 틀어지면 대표 쪽이 손해 아냐? 패션관 매출을 떠받치는 게 한경모직인데.」

유래는 묵묵히 물품을 정리했다. 약속이 있다고 하더니 그게 한 본부장이었나. 딱히 무원을 못 믿거나 한 본부장과의 사이를 의심하는 것은 아니다. 비즈니스라고 했으니 정확히 선을 지킬 남자였다.

유래가 이해가 가지 않는 것은 자신의 마음이었다. 일이라는 것을 알면서도 두 사람이 따로 만난다는 데 마음이 쓰여 견딜 수 없는 이유. 결혼해서 아내로 살면서도 한 번도 의식하지 못했던 일이 이렇게 신경이 쓰이는 이유.

보다 못한 준희가 팔을 걷었다.

"설거지 내가 할게."

"아냐, 내가 할게."

"됐거든? 집에 있는 그릇 다 깨고 싶니?"

준희는 기어이 유래를 주방에서 밀어냈다. 거실에서 할 일 없이 TV 채널을 바꾸던 유래는 휴대전화의 진동에 급히 몸을 일으켰다.

[아파트 앞이야. 잠깐 나와.]

무원이었다.

무슨 일이지? 유래는 발코니 창을 내다보았다. 진입로 쪽에 서 있는 익숙한 차가 눈에 들어왔다. 급히 방으로 들어가 입고 있던 트레이닝 바지와 후드 티 위에 대강 코트를 걸쳤다.

"어디 가?"

준희의 질문에 어물거리며 "잠깐, 앞에."라고 말한 뒤 현관문을 닫았다. 꼭대기층까지 올라간 엘리베이터가 내려올 때까지 기다리지 못하고 계단을 내려갔다. 아파트 입구에 서 있던 김 비서가 숨을 쌕쌕 내쉬는 유래를 신기한 눈으로 바라보았다.

"대표님은 차에 계십니다. 저는 한 시간 뒤에 오겠습니다."

그는 정중하게 고개를 숙이고는 어디론가 사라졌다. 유래는 조심스럽게 무원의 차 쪽으로 다가갔다. 무원은 뒷좌석에서 눈을 감은 채 팔짱을 끼고 있었다. 유래는 일단 차문을 열고 옆 좌석에 올라탔다.

"어쩐 일이에요?"

조심스럽게 말을 걸자 무원이 감았던 눈을 뜬다. 보면 볼수록 잘생겼다. 차 안은 어딘지 익숙한 달짝지근한 냄새로 가득 차 있었다. 유래는 짧게 숨을 내쉬었다.

"보고 싶어서."

단순한 한마디가 가슴을 툭 치고 지나갔다. 선득하면서 간질간질한 감각에 작은 소름이 돋았다.

무원은 좌석 옆에 둔 종이봉투를 내밀었다. 노릇하게 구운 따끈한 붕어빵이 가득 들어 있었다. 차 안 가득한 냄새의 정체에 절로 입꼬리가 올라갔다. 그 모습을 본 무원이 피식 웃었다.

"그렇게 좋아?"

"예전에 엄마와 자주 먹었어요. 좋아하셨거든요. 당신이 직접 샀어요?"

"사는 건 김 비서가 했지."

"그럴 줄 알았어요. 그래도 고마워요. 잘 먹을게요."

유래는 종이봉투를 만지작거리며 무원에게 물었다.

"술은 안 마셨어요?"

"응, 저녁상대가 한 본이었거든."

솔직한 대답에 유래는 눈을 깜박거렸다. 그가 솔직하게 나온다면 그녀 역시 솔직한 것이 도리.

"알아요."

"어떻게 알아?"

"백화점은 당신 생각보다 훨씬 말이 빠른 곳이에요. 외부의 일도, 내부의 일도."

"그럼 왜 만났는지는 안 궁금해?"

"비즈니스였겠죠."

유래는 담담하게 대답했다.

"재혼 이야기 정리하고 온 거야. 일단 본인에게는 확실히 통보했는데 그쪽 아버지가 보통 사람은 아니라 완전히 정리하는 데 좀 걸릴 것 같아."

"괜찮아요?"

"뭐가?"

"당신에게 결혼은 중요한 비즈니스잖아요. 한 본부장은 당신에게 훌륭한 비즈니스상대일 테고."

의도하진 않았지만 묘하게 가시가 있는 말이었다. 유래는 지금까지 감정기복이 적고 담백하다고 생각했던, 스스로의 이런 면을 발견할 때마다 놀라웠다. 질투도 많고 뒤끝도 길다. 무원을 좋아하는 건 끝없이 새로운 자아를 발견하는 일이었다.

가만히 유래의 얼굴을 바라보던 무원이 입을 열었다. 그의 고백은 진심이었다.

"이혼을 한 뒤에야 알았어. 결혼은 절대로 비즈니스가 될 수 없다는 걸. 나는 두 번 다시 내 인생으로 비즈니스할 생각 없어. 한 번뿐인 인생이니까."

You only live once.

무원은 유래의 손목을 잡고 천천히 쓸었다. 깨지기 쉬운 것을 다루듯 조심스럽게. 손끝이 닿은 것뿐인데도 피부에 불이 나는 것 같다. 유래는 괜스레 붕어빵 봉투를 부스럭거렸다.

"하나 먹을래요?"

"아니."

아직 미지근한 붕어빵 하나를 내밀었지만 그는 고개를 저었다. 단것도, 길에서 파는 것도 전부 좋아하지 않는 사람이라 사다 준 것만 해도 고마웠다.

"잘 먹을게요."

유래는 붕어빵을 한입 베어 물었다. 달다. 무원이 사준 것이라 생각하니 유난히 맛있었다. 유래가 하나 전부 먹는 것을 가만히 지켜보던 그가 불쑥 말을 꺼냈다.

"나도 먹어볼까."

뒤늦게 먹고 싶어졌나? 유래는 고개를 갸웃하면서 맞장구쳤다.

"그래요. 맛있을 거예요."

봉투에서 붕어빵을 꺼내려 하자, 무원이 그녀의 손을 잡았다.

"그쪽 말고."

성큼 다가온 입술이 부딪쳤다. 유래는 눈을 감았다. 조금 전보다 훨씬 달콤한 맛이 입안 가득 퍼진다.

곳곳에 크리스털 장식이 들어간 몽환적인 분위기의 클럽이었다. 내로라하는 집안 자제들만 온다고 명성이 자자한 곳답게 고객들의 면면 역시 대단했다. 현직 아이돌, 배우, 재벌 2, 3세들, 한창 잘나가는 사업가들. 다들 한껏 깃을 세운 공작새처럼 몰려들었다.

"어쩐 일이야?"

"그러게, 요즘 일한다고 바쁜 거 아니었나?"

갑작스러운 초대에도 VIP룸으로 삼삼오오 몰려든 여자들은 한때 일대 클럽을 주름잡았던 파티걸들이었다. 개중에는 결혼해서 우아한 사모님 노릇을 하는 치들도 있고 독립회사를 가진 치들도 있으며 여전히 속 편하게 있는 돈을 쓰는 백수도 있다. 자신은 이들의 어디쯤일까. 술을 마시던 혜수는 픽 웃었다.

"그동안 너무 얌전히 산 것 같아서 좀 풀어주려고."

"너 요즘 성원그룹 최무원 만난다며? 어때? 올해 안에 국수 먹을 수 있어?"

"누가 그래?"

"기집애, 시치미는. 온 사방에 소문이 파다하다. 그래서 성원백화점 들어간 거 아니야?"

혜수는 대답 대신 술만 들이켰다.

아버지가 미국에서 돌아와 최무원과 함께 성원백화점에 들어갈 것을 권유했을 때만 해도 혜수는 자신의 앞날에 꽃길을 점쳤다. 본부장 자리는 차기 백화점 사장으로 가기 위한 임시직으로 생각했다. 패션도, 쇼핑도, 최무원도 모두 좋아하니 이보다 즐거운 일이 어디 있으랴.

그러나 그건 대단한 착각이었다. 무원은 직원들의 뼛골을 뽑아낼 수준의 노동강도를 요구하는 악독한 고용주였고 예외를 두지 않았다. 덕분에 혜수는 지난 몇 달간 한경모직 시절에는 상상도 못 해본 야근을 밥 먹듯이 했고 실적 때문에 머리를 쥐어뜯어야 했다. 클럽은커녕 죄다 일과 연관 있는 것만 보여서 쇼핑도 제대로 못 했다.

한 회장은 혜수에게 한경모직 시절에 이 정도로 일했더라면 지사장이 아니라 상무쯤은 달았을 거라고 우스갯소리를 했다. 그만큼 누군가의 마음에 들려고 이렇게까지 애쓴 상대는 최무원이 처음이었다.

「난 당신과 결혼할 생각이 없다고 했을 텐데요?」

「우리 사이에 비즈니스 말고 뭔가가 있었습니까? 내가 이성적으로 한 혜수 씨에게 어떤 여지를 줬는지를 묻는 겁니다.」

이렇게까지 매몰차고 냉담하게 반응한 상대도 무원이 처음이었고.

"인경이 이야기 들었어?"

몇 잔의 술이 오가자 이야기의 화제는 자연히 다른 곳으로 넘어갔다.

"개룡남이랑 결혼한 인경이? 인경이가 왜? 얼마 전에 이혼했지 않아?"

"전남편하고 재결합한댄다."

"뭐?"

"말도 안 돼. 개룡남이랑 구질한 시월드 때문에 이혼하고 그 뒤로는 죄다 금수저 전문직만 만났잖아. 그런데 개룡남하고 재결합한다고?"

"야, 솔직히 우리 중에서 인경이 개 성격 모르는 사람 있어? 이놈 저놈 다 만나봐도 개룡남만큼 걔 성격 다 받아주는 남자가 없었겠지."

“에이, 설마. 솔직히 부부 사이 일을 외부인이 어떻게 알겠어. 구질구질한 시월드 감수하고 돌아갈 정도로 뭔가 있겠지.”

취기가 올라오기 시작한 것인지 혜수는 점점 멍해졌다. 부부 사이의 일이라.

「나에게는 그냥 당신이 유래가 아니라는 것, 그뿐입니다.」

빌어먹을. 정략결혼 주제에 대단하면 얼마나 대단하다고.

사방에서 요란스럽게 깔깔대는 소리가 들렸지만 혜수의 기분은 끝없이 바닥을 치고 있었다. 누군가 큰 소리로 호들갑을 떨었다.

“아니, 언제까지 다들 술만 마실 거야? 오랜만인데 춤 안 춰? 아까 흘깃 봤는데 밑에 물이 아주 좋아요.”

“일급수야?”

“아주 바로 마셔도 된답니다.”

다들 웃으며 밖으로 나가려고 문을 여는 순간, 요란한 소리가 났다. 1층 플로어에서 붙은 작은 시비가 싸움으로 번진 모양이다. 옛말에 가장 재미있는 것이 불구경과 싸움구경이라고 했던가? 다들 자신들의 위치나 체면도 잊고 소란을 지켜보았다. 얼떨결에 이끌려 나간 혜수 역시 마찬가지였다. 마침내 가드들이 출동해, 싸움의 원인이 된 남자를 밖으로 끌어냈다. 누군가 남자의 얼굴을 알아보았다.

“어? 저 사람, 이유현 아냐?”

“이유현? 유성물산 이유현?”

혜수는 눈살을 찌푸렸다. 유성물산의 ‘유’만 들어도 지긋지긋했다.

“아이고, 어쩌다 저런 몰골이 되었다니. 한때는 클럽의 귀공자 소리 듣던 이유현이.”

“그러고 보니 인경이, 이유현과 사귀지 않았니? 우리한테 엄청 자랑했었잖아.”

“사귀기야 했지. 사귄 지 석 달 만에 깨졌고.”
“왜 깨졌대?”
“어린애한테만 눈 돌아간다더라. 제 버릇 개 못 준다고 지금도 이혼재판 중이라며? 형편이 쪼그라드니 몰골이 저럴 수밖에.”
“유성물산 쪼그라든 게 하루 이틀 일인가. 이유현 동생이 최무원과…….”
거기까지 말한 여자는 혜수의 눈치를 슬쩍 보며 말을 고쳤다.
“성원그룹과 사돈 끊긴 다음부터는 계속 하락세잖아.”
“아냐, 이번에 특히 심각하다던데. 우리 남편이 M&A 쪽 일을 하잖아. 지금 저쪽에 엄청 크게 작전 들어가 있대. 재산이 있어도 빚을 못 갚도록 묶였다던데. 조만간 분해될 거란 소문도 있어.”
“그게 가능해?”
“작정하고 물고 늘어지는데 뭔들.”
“……그래?”
잠자코 있던 혜수가 입을 열었다.
“조금 전 이야기 좀 자세히 해줄래? 유성물산 이야기.”
그래, 역시 이대로 끝내기는 아쉽지. 이건 최무원에 대한 미련과는 다르다. 혜수는 스스로를 정당화했다. 내가 못 가지면 누구도 못 가져야지. 그래야 공평하지 않은가.

남 실장은 다음 날, 자신이 어제 이룩한 업적에 대한 칭찬을 기대하며 출근했다.
그의 빛나는 센스로 프러포즈는 분명 성공했을 것이다. 며칠 전 대표의 퍼스널 쇼퍼가 물건을 가지고 드나들 때부터 심상치 않다 했다. 그러더니 며칠 뒤, 바로 까르띠에 매장에 직접 들르지 않았던가. 분명 결혼

예물을 알아보는 것이 틀림없었다.

남 실장은 어제 무원이 레스토랑 예약을 잡으라고 할 때부터 옳다구나 했다. 사드 사태 대처가 미흡했던 한 본부장에게 분노가 집중되긴 했지만 결혼은 그와 별개니까. 그는 눈치 빠르고 대처력 있는 비서의 표본을 보여주고자 특별히 이벤트용 슈거케이크와 샴페인까지 주문을 끝내놓았다. 거기에 대표가 준비한 다이아몬드와 까르띠에라면 게임이 끝났음은 자명한 일. 이제 문제는 대표가 언제 결혼식을 치르냐 하는 것이다. 가급적 아이 유치원 방학과 시기가 맞았으면 좋겠는데.

남 실장이 달력을 뒤적이자 맞은편에 있는 정 비서가 물었다.

"실장님, 저희 뭐 중요한 일정 있어요?"

아무래도 같은 비서실 직원들은 이 사실을 공유해야겠지. 그래야 언론발표가 났을 때 제대로 대처할 수 있을 테니. 조심스럽게 주위를 둘러본 남 실장은 목소리를 낮췄다.

"대표님, 곧 결혼날짜 잡으실 것 같아."

"네?"

놀란 정 비서의 목소리가 커진다. 남 실장은 손가락을 입으로 가져가며 쉿! 말했다.

"조용히. 아직 언론에도 안 나갔는데 입조심해야지."

"아, 죄송합니다. 제가 너무 놀라서."

고개를 꾸벅 숙인 정 비서가 확인하듯 물었다.

"그런데 진짜인가요? 대표님 결혼."

"그래. 내가 어제 직접 프러포즈 이벤트 예약했거든."

"세상에, 그럼 상대는 누구예요?"

"한 본부장이지. 달리 누가 있겠어."

"아니, 저는 솔직히 대표님이 한 본부장님보다는 이유래 씨에게 마음이 있으신 것 같아서."

"말도 안 돼. 이혼했는데 어떻게 다시 결혼을 해?"

남 실장이 혀를 차는데 김 비서가 비서실로 들어섰다. 그는 남 실장과 정 비서를 보더니 고개를 숙였다.

"좋은 아침입니다."

오늘 김 비서는 어쩐 일로 대표와 동행하지 않고 혼자다. 남 실장은 의아한 표정으로 물었다.

"왜 혼자야? 대표님은?"

"오늘은 직접 운전하신다고 하셔서요."

백화점으로 오는 도중 돌연 차를 멈추게 하더니 다른 곳으로 가버렸다는 이야기는 차마 할 수 없었다. 어디로 갔을지도 벌써 짐작이 간다. 어젯밤에 만난 것으론 부족했던 걸까.

김 비서는 보이지 않게 한숨을 쉬었다. 수행비서 노릇을 한 지 7년 차, 어느 정도는 상사에 대해 안다고 생각했지만 최근의 무원은 지금까지 제가 알던 사람이 아닌 것 같다. 어제만 해도 그렇다. 운전하는 길 한가운데서 붕어빵을 사오라니.

김 비서는 이제까지 무원이 주전부리나 단 음식을 먹는 것을 한 번도 본 적이 없었다. 같이 해외출장이라도 가게 되면 가장 신경 쓰이는 부분이 식사일 정도로 입맛이 까다롭고 고급인 사람이었다. 그런데 길에서 파는 붕어빵? 김 비서는 자신이 잘못 들었나 싶어 다시 물었다.

「붕어빵 말씀입니까?」

「뭔지 모르나?」

「아뇨. 모를 리가요. 저거, 말씀하시는 거 맞으시죠?」

김 비서는 길가에 붕어빵이라 써놓은 입간판을 가리켰다. 무원이 고개를 끄덕였다. 김 비서는 귀신에 홀린 표정으로 차에서 내려 붕어빵을 샀다. 나중에야 붕어빵의 주인이 따로 있다는 것을 알게 되었지만.

'이건 뭐 어린애들 연애하는 것도 아니고.'

남 실장은 한숨을 쉬는 김 비서의 옆구리를 쿡쿡 찔렀다.

"자네, 개인적인 자리에 동행하는 사람이니 알고 있었지? 요즘 대표님 분위기가 예전과 다른 거."

"아, 예. 그거야 뭐……."

"날은 언제쯤 잡으실 것 같아?"

"글쎄요. 지금 워낙 조심스럽게 만나는 중이시라."

"무슨 소리야. 어제 프러포즈도 하셨을 텐데."

남 실장의 말에 김 비서가 인상을 썼다.

"어제요? 그럴 리가."

아무리 어린애들 연애라도 붕어빵 쥐여주고 프러포즈는 안 할 텐데.

남 실장이 뭔가 이겼다는 눈빛으로 은근하게 말했다.

"내가 어제 레스토랑에 따로 프러포즈 이벤트 부탁했었거든."

"뭐라고요?"

경악에 찬 김 비서의 목소리가 비서실에 울렸다.

"남 실장님, 설마 어제 한 본부장 만나는 자리에 그거 부탁하신 겁니까."

"그, 그렇지. 왜? 무슨 문제라도?"

이 미련한 사람을 어찌하면 좋을꼬. 사람은 좋은데 그놈의 오지랖이 늘 문제였다. 어제 레스토랑에서 나온 대표의 기분이 언짢아 보였던 데는 다 이유가 있었던 것이다. 김 비서는 목소리를 가다듬고 말했다.

"남 실장님, 그쪽이 아닙니다."

"뭐가 아니야?"

"대표님이 요즘 만나시는 분, 한 본부장님 아니라고요."

"뭐?"

이번에 경악한 쪽은 남 실장이었다.

"그럼 누군데? 설마?"

"예. 아마 그 설마가 맞을 겁니다. 이유래 씨, 아니, 전 사모님요. 참고로 어제 레스토랑 나오셔서 기분 많이 안 좋으셨습니다, 대표님."

남 실장은 소리 없이 절규하면서 서랍에서 청심환을 찾았다.

가만히 두 사람의 대화를 듣던 정 비서는 문득 오 헨리의 '마녀의 빵'이라는 단편소설을 떠올렸다.

홀로 빵집을 운영하던 여주인 마사는 일주일에 몇 번 딱딱한 식빵만을 사가는 남자손님에게 마음을 빼앗긴다. 그가 가난한 화가지망생일 거라 생각한 마사는 어느 날, 빵을 사러 온 남자가 한눈을 파는 사이에 빵 안에 갓 배달된 버터를 듬뿍 발라준다. 남자가 시장기를 달래며 자신을 생각할 것이라 김칫국을 마시며. 다음 날, 마사는 감사 대신 광분한 남자를 만난다. 밝혀진 진실인즉, 남자는 사실 건축설계사였고 딱딱한 식빵은 연필 선을 지우는 데 사용했다는 것. 그리고 어제 마사가 호의로 집어넣은 버터가 남자가 몇 달을 죽어라 준비해온 공모전 작품을 망치고 말았다는 것.

남 실장의 모습에서 소설 속 마사를 보는 것 같다고 생각하는 순간, 무원이 비서실로 들어섰다. 비서실 직원들은 모두 일어서서 인사를 했다. 무원은 가볍게 묵례를 하면서 집무실로 향했다.

"남 실장, 나 좀 봅시다."

꽤나 섬뜩한 하루의 선고를 남기며.

chapter 12

Missing link

플로어의 음악이 바뀌는 것을 들으며 저녁시간임을 실감한다. 최근 남성복 플로어는 저녁이 무척 바쁘다. 무원이 대표 취임 당시부터 공을 들여온 곳이 백화점 문화센터와 헬스클럽이었는데 제법 수준 높은 강좌와 시설이 입소문을 타면서 직장인들이 몰리고 있었다. 특히 이번 달은 전달 대비 20퍼센트나 수강생이 늘면서 푸드코트와 남성복의 매출 증가가 뚜렷했다.

“잘 지냈니?”

들어서면서 다정하게 인사를 건넨 사람은 도윤이다. 생각하지 못한 그의 방문에 유래는 눈을 크게 떴다.

“도윤 오빠.”

도윤은 유래를 보며 슬쩍 웃었다. 잿빛 블레이저를 입은 그는 전에 만났을 때보다 마르고 날카로워 보였다.

“여기서 아버지께 전에 사다드린 카디건 말야, 마음에 드셨는지 약국에서 내내 그것만 입으셨나 봐. 오랜만에 봤더니 소매와 실밥이 엉망이더라. 새걸로 사드리려고.”

“전과 같은 디자인으로 할까요?”

“그래. 색상은 종류대로 줘. 하루에 하나씩 일주일 동안 돌려 입으시게.”

매일 색만 다른 카디건을 입게 될 도윤의 새아버지, 그 모습이 절로 그려져 입가에 웃음이 떠올랐다. 동시에 마음 한편에 추를 매단 듯 무거워진다. 유래는 자신이 아버지에게 했던 선물을 떠올렸다. 손수건, 머플러, 넥타이 등 여러 가지가 있었다. 그러나 아버지는 한 번도 유래의 선물을 사용한 적이 없었다. 언제나 누가 볼세라 서재 구석의 캐비닛에 쌓아두기만 할 뿐. 그걸 볼 때마다 마음이 아팠다. 누군가에게 보일 수 없는 자신의 존재를 확인받는 것 같아서.

유래가 카디건을 고르는 동안 카운터에 있던 건우가 반갑게 도윤을 맞았다.

"아니, 왜 이렇게 오랜만이세요?"

"그동안 좀 바빴습니다."

"좀 마르신 것 같은데요."

"진행 중인 프로젝트가 지금 막바지라 신경 쓸 일이 많아서요."

그래서였구나. 유래는 마음의 짐을 조금 내려놓았다. 건우는 씨익 웃으며 농담을 던졌다.

"그런 것치곤 데이트는 열심히 하시는 것 같은데요? 목걸이도 그렇고……."

"목걸이요?"

당황한 유래가 건우에게 입을 다물라는 신호를 보냈지만 늦었다. 건우는 신이 나 떠들어댔다.

"매니저님 목걸이요. 딱 봐도 까르띠에잖아요. 안목 높으신 건 진짜 인정합니다. 저희 백화점 대표님도 잘 어울린다고 칭찬하셨거든요."

도윤의 시선이 목걸이로 향하자 유래는 쥐구멍이라도 찾고 싶은 심정이었다. 그는 아콰마린과 블루 다이아몬드로 장식된 앙증맞은 목걸이를 보더니 고개를 저었다.

"안타깝지만 내가 아닙니다."

"네?"

태그를 떼던 건우의 손이 움찔했다. 도윤은 친절한 설명을 덧붙였다.

"목걸이 선물한 사람이요."

"아니, 진짜요? 그럼 대체 누가……."

유래는 건우를 째려보았다. 살벌한 눈빛에 놀란 건우는 급히 입을 다물었다. 도윤은 그런 반응이 재미있는지 끝말을 올렸다.

"글쎄요. 누굴까."

"건우 씨, 이거 브라운 컬러 창고에서 가져와요."

"아, 알겠습니다."

건우는 아쉬워하며 창고로 향했다. 건우가 사라지자 유래는 무슨 말을 꺼내야 할지 고민이 되었다. 그사이 도윤이 먼저 말을 걸었다.

"그 사람, 만나기 시작한 거야?"

"……네."

"잘 생각했어. 아무것도 하지 않고 그냥 끝내기엔 네 마음이 너무 아깝잖니."

도윤은 온화하면서 담담하게 말했다. 분명 실연을 당한 사람은 그임에도. 도윤은 흔들리는 유래의 눈을 보며 피식 웃었다.

"나는 괜찮아. 그보다……."

그가 뭔가 더 말하려는 순간 누군가 매장에 들어섰다.

"대표님, 어서 오십시오."

입구에 서 있던 윤성이 고개를 숙였다. 무원의 시선은 곧장 도윤을 향하고 있었다.

오 마이 갓. 유래의 머릿속에 불현듯 엄마 기일 때의 일이 스쳤다. 무원은 그때처럼, 아니, 그때 이상으로 심각한 얼굴을 하고 있었다. 하필 올 블랙으로 빼입은 차림새 때문에 다가오는 그의 모습은 저승사자 같다.

유래는 안절부절못하며 그의 앞을 막아섰다.

"대표님, 여기 매장……."

"알아."

안다고? 뭘? 유래는 무원의 눈을 마주 보았다. 그는 표정을 읽을 수 없는 얼굴로 도윤에게 말했다.

“강도윤 씨, 우리 이야기 좀 할까요?”

도윤은 대답 대신 무원을 바라보았다.

직감적으로 알았다. 그가 자신에 대해 알았음을.

점심 무렵, 오랜만에 유 사장에게서 연락이 왔다.

– 특별한 일정 없으시면 같이 점심이나 하시죠. 전에 부탁하신 일 관련해서 전해드릴 서류도 있는데.

“전에 부탁한 일이요?”

– 유성물산 상황에 대해 알아봐달라고 하셨지 않습니까.

그러고 보니 달달한 연애에 취해 한동안 잊고 있었다.

유 사장을 만난 무원은 그에게서 유성물산에 대한 서류를 건네받았다. 무원이 서류를 보는 동안 유 사장은 활어회 한 점을 입으로 가져갔다.

“알아봤더니 상황이 더 안 좋더군요. 단순한 헤지펀드가 아니라 전문 기업사냥꾼들이 붙었는데 이유현 전무가 함정에 빠졌어요. 아마 부친인 이 회장이었다면 시행 중인 사업을 포기하더라도 계열사 소유 주식과 토지를 묶어서 담보로 내놓는 위험천만한 짓을 하지 않았을 텐데. 아이러니하게도 부채보다 자산이 큰데도 1차 상환을 못 막을 것 같습니다.”

서류를 넘기는 무원의 표정이 어느샌가 딱딱하게 굳어 있었다. 그의 입에서 익숙한 이름이 흘러나왔다.

“LJ파트너스?”

“네, 지금 유성물산 목줄을 움켜쥔 회사죠.”

LJ파트너스, 파낼수록 놀라운 곳이다. 단순한 투자회사인 줄 알았더니 전문 기업사냥꾼에, 외국계 자본인 줄 알았더니 서인그룹의 자금을 활용하는 곳이라니. 거기에 아버지가 뼈를 묻은 유성물산을 아들이 박살내려 한다고?

"당시에 추진하던 사업이 실패한 것도 LJ파트너스 각본이겠군요."

"그렇겠죠."

"듣자하니 이 회사 뒤에 서인홀딩스가 있다던데. 맞습니까?"

"그것까지 아십니까?"

"유 사장님만큼은 아니지만 그런 쪽 정보를 제법 아시는 분이 있어서요. 어쨌든 서인홀딩스가 유성물산을 노리는 겁니까?"

"아뇨, 서인홀딩스가 처음 노렸던 것은 진성건설이었습니다. 아마 기억나실 겁니다. 스타로드 건설 때 유성물산이 시공사로 끼워들였던 조폭회사요."

기억하다마다. 재개발지역에서 철거민을 쫓아내는 일로 수입을 올리는 양아치 업체다. 무원은 눈살을 찌푸렸다.

"서인홀딩스쯤 되는 급에서 노리기엔 진성건설은 너무 잔챙이 아닙니까?"

"사업 자체는 그렇습니다만 서인에서 노린 건 진성건설이 가지고 있던 진성호텔이었습니다. 진성호수를 내려다보는 노른자위를 독차지한 곳이라 서인호텔에서 계속 탐을 냈었는데 진성건설 사장이 계속 값을 올려보란 식으로 배짱을 부렸답니다. 서인이 그 꼴을 오래 두고 볼 리 없었죠. 아시지 않습니까?"

"피라미 잡으려던 그물에 잉어가 걸렸다?"

"그런 셈입니다. 이왕지사 걸린 거 그물을 당겨야 하지 않겠습니까. 들리는 소문에 의하면 괜찮은 친구 하나가 유성물산 잡는 사냥꾼 역을 자처했나 보더라고요. 유성물산 쪽은 그 친구에게 전부 일임하고 서인에서는 한발 물러난 상태입니다. 젊은 친구 같던데 정보장악력이 대단해요. 썩어도 준치라고 그래도 유성물산인데, 외부자금줄을 전부 끊어버리다니."

유성물산 잡는 사냥꾼. 강도윤, 유성물산과 오랜 인연을 가진 그라면 충분히 가능한 일이었다.

무원은 유래가 도윤에 대해 했던 말들을 떠올렸다.

「예전부터 집안일 봐주시던 강 비서실장님, 아들이에요. 유현 오빠 친구이기도 하고요.」

「도윤 오빠는 어릴 때부터 아는 좋은 사람이에요.」

유래는 강도윤을 늘 좋은 사람이라 불렀다. 그런데 '좋은 사람'이 사냥꾼이란다.

강도윤, 설마 유성물산을 치는 데 이용할 목적으로 유래에게 접근한 건가? 유성물산 정보를 빼내려고? 하지만 그건 말이 안 되는데? 애초에 유래는 유성물산과 별 관련이 없다. 그나마 결혼할 때 받았던 얼마간의 지분은 그와 이혼하면서 전부 뺏긴 걸로 안다.

머릿속이 복잡한 무원에게 유 사장이 말을 걸었다.

"그런데 왜 갑자기 유성물산 상황에 대해 알아보라고 하신 겁니까?"

"그건……."

무원은 대답을 망설였다. 유 사장이 빙그레 웃었다.

"혹시 전 사모님 때문에 그러십니까?"

"어떻게 아셨습니까?"

"원래 사랑과 재채기는 숨겨지지 않는 법이라서요. 예전부터 그러셨잖아요."

"내가 그랬다고요? 그렇게 티가 납니까?"

"네, 제법 납니다. 예전에도, 지금도."

유 사장은 곧 웃음기를 거뒀다.

"솔직히 저는 좀 말리고 싶습니다만."

"이혼한 사람을 다시 만나는 게 이상해서요?"

무원은 혜수가 한 말을 떠올렸다.

「두 사람, 다시 만나는 건가요? 말이 돼요? 어떻게 이혼한 전처와…….」

유 사장은 고개를 저었다.

"이혼했다고 철천지원수가 되는 것도 아닌데 다시 보지 말라는 법이 어디 있습니까."

"아니면 유성물산 상황이 예전과 달라졌기 때문입니까?"

"아니요. 솔직히 대표님 이제 상황 보면서 옆자리 사람 고르실 단계는 아니지 않습니까. 성공과 출세도 좋지만, 좋은 사람 만나서 아이를 낳고 아이가 자라는 과정을 함께 보며 사는 것도 인생의 또 다른 즐거움이거든요."

8년 연애 끝에 결혼해서 슬하에 딸 셋을 둔 남자다운 말이었다.

"그렇다면 말리고 싶은 이유가 뭡니까?"

"제 집사람이 좋아하는 영화가 있는데 거기 이런 이야기가 나옵니다. 대표님, 헤어진 사람들이 다시 만날 확률이 얼마인지 아십니까?"

"글쎄요. 한 30프로쯤 됩니까?"

"무려 82프로랍니다."

무원은 생각 이상으로 높은 숫자에 놀랐다.

"그렇게 많습니까?"

"저도 놀랐지 뭡니까. 그런데 이 많은 사람들 중에서 잘되는 사람은 고작 3프로라고 합니다."

82와 3. 백 명 중 여든두 명이 다시 만나고 그중 잘되는 사람은 고작 두 명. 너무나 큰 차이가 진다.

무원은 그에게 물었다.

"나머지 여든 명은 왜 다시 헤어지는 걸까요?"

유 사장은 웃으며 대답했다.

"처음 헤어진 것과 같은 이유랍니다."

심장을 쿡 찌르는 말이었다. 처음 헤어진 것과 같은 이유라.

무원은 백화점으로 돌아와서도 내내 그 생각뿐이었다. 그러자 궁금해졌다. 우린 어째서 헤어진 걸까. 물론 유래가 말하긴 했다. 그의 아내로 살기 싫다고. 하지만 그보다 더 깊은 뿌리가 있을 것만 같았다.

저녁시간이 된 것을 확인한 무원은 유래를 보고 싶은 마음에 파일로로 향했다. 그리고 그곳에서 머릿속을 복잡하게 만든 강도윤을 마주했다.

무원이 도윤과 자리를 옮긴 곳은 비밀스러운 이야기를 나눌 때 주로 이용하는 회원제 프라이빗 바였다. 지하주차장에서부터 건물 전체출입을 통제하는 이곳은 거물급 정치인이나 기업인들이 많이 애용하는 곳이다. 그만큼 회원들의 신분과 비밀 보장 하나는 확실한 곳이었다.

룸 안에는 음악 대신 휴대전화 진동이 쉼 없이 울렸다. 무원은 휴대전화를 꺼내 들었다.

"잠시 통화 좀 하겠습니다."

도윤은 굳은 얼굴로 살짝 고개를 끄덕였다. 무원이 통화버튼을 누르자 숨가쁜 유래의 목소리가 흘러나왔다.

– 대체 어디예요?

"간단히 술 한잔하러 왔어. 신경 쓰지 않아도 돼."

– 어떻게 신경을 안 써요? 그러고 둘이 나갔는데. 도윤 오빠, 그냥 매장에 물건 사러 온 거예요. 혹시 뭔가 오해하는 거라면…….

"오해 안 했어. 그냥 이야기할 게 있어서 그래."

– 무슨 이야기인데요?

무원은 마주 앉은 남자를 흘깃 바라보았다.

"그건 나중에. 지금 강도윤 씨가 기다리고 있거든."

– 문제없는 거죠? 술 너무 많이 하지 마요.

"알았어. 나중에 연락할게."

– 꼭 연락해요. 기다릴게요.

기다릴게요, 라는 말이 간질간질 기분이 좋았다. 무원의 입가가 부드러워지는 것을 본 도윤은 눈을 찌푸렸으나 아무 말도 하지 않았다.

침묵에 싸였던 테이블에 안주와 술이 차려졌다. 무원은 새 위스키병을 열어 도윤의 잔을 채운 뒤 자신의 잔에 술을 따랐다.

"이거 마시고 시작하죠."

지난번 포장마차에서 도윤이 했던 말이었다. 어쩐지 오늘은 모든 것이 그날과 반대다. 무원은 가볍게 잔을 부딪쳤다. 도윤은 거절하지 않고 잔을 비웠다. 그리고 무원에게 물었다.

"무슨 이야기가 하고 싶습니까?"

"당신, 정체가 뭡니까?"

"무슨 뜻이죠?"

"당신이 일하는 LJ파트너스에 대해 여러 가지 이야기를 들었거든. 단순히 돈 빌려주는 투자회사가 아니라 악명 높은 기업사냥꾼이라는 것과 서인그룹 비자금을 세탁하는 중이라는 것, 그리고 당신이 타깃으로 삼은 상대가 유성물산이라는 것."

정체가 폭로되었음에도 도윤은 놀라지 않았다. 그는 속을 알 수 없는 표정으로 무원을 바라보았다.

"그래서요?"

"당신, 뭐냐고."

무원의 목소리가 거칠어졌다.

"그걸 노리고 유래에게 접근했나? 좋은 오빠 친구인 척하면서, 아무것도 모르는 여자를 이용할 생각이었어?"

그의 말의 어디가 웃겼는지 갑자기 도윤은 웃음을 터뜨렸다.

"내가 유성물산 잡는 데 유래를 이용한다고? 유래가 그 집안과 무슨 연관이 있어서?"

그건 무원 역시 답을 찾지 못한 부분이다. 도윤은 재미있다는 듯 박장대소했다. 몸을 구부리고 이마를 짚으며 어깨를 들썩이기까지 했다.

"내가 그 집안을 박살내버린다고 하면 누구보다 좋아할 사람이 유래일 텐데. 최무원 씨, 진짜 유래에 대해 아무것도 모르는군요."

"무슨 소리야?"

도윤은 대답 대신 웃음기 가신 얼굴로 몸을 일으켜 세웠다. 무원은 지금 뭐 하느냐는 눈빛으로 고개를 들었다.

"술이 너무 맛이 없어서 못 마시겠는데 자리 좀 옮기죠. 원래 이런 자리는 일하는 곳이지, 술 마시는 곳이 아니라서."

"싫다면?"

"그럼 당신은 계속 유래를 모르는 거지. 그건 그것대로 나쁘지 않은데?"

빌어먹을. 무원은 짜증스럽게 자리에서 일어났다.

호화로운 바를 두고 도윤이 부른 주소는 허름한 동네의, 내비게이션에 나오지도 않는 선술집이었다. 운전을 하는 김 비서는 몇 번이나 조수석에 앉은 도윤에게 이 비탈길이 맞는지를 물었다. 몇 번을 빙빙 돈 끝에 막다른 길에 다다르자 '경자네'란 낡은 입간판이 눈에 들어왔다. 도윤이 식당을 가리켰다.

"저깁니다."

골목을 본 김 비서는 한숨을 쉬었다.

"도저히 차는 안쪽으로 못 들어갑니다."

일부러 이런 곳만 고르는 건가? 도윤을 노려보자 그는 어깨를 으쓱했다.

"사실 나도 여기 올 때는 차를 안 가지고 옵니다."

무원은 하는 수 없이 차에서 내렸다.

"근처에서 기다리겠습니다."

두 사람을 내려준 김 비서는 어색한 분위기에서 해방된 기쁨을 감추며 차를 출발시켰다.

도윤은 식당으로 가는 골목길에 앞장섰다. 무원은 짜증을 그대로 드러냈다.

"취향 좀 업그레이드시킬 생각 없습니까? 솔직히 서인그룹 돈관리할 정도쯤 되면 받을 수 있는 보수가 적진 않을 텐데?"

"유감스럽지만 타고나길 금수저 물고 태어난 분과는 다르니까요. 난 지금도 이런 곳이 편합니다."

도윤은 드르륵 소리를 내는 문을 열었다. 열 평 남짓한 식당 안에서는 사오십 대로 보이는 남자 몇 명이 술을 마시고 있었다. 입구 쪽 플라스틱 의자에 앉아 TV를 보던 주인이 도윤을 보더니 반갑게 몸을 일으켰다.

"아이고, 우리 강 검사!"

오십 대쯤 되었을까. 간판의 '경자'로 추정되는 푸근한 인상의 여주인이 도윤의 손을 덥석 잡았다. 강 검사, 하고 부르는 소리에 안쪽에서 술을 마시던 남자들의 시선이 한순간 이쪽으로 향했다. 도윤은 웃으며 대답했다.

"강원댁 아주머니, 검사 그만둔 지가 언젠데 아직도 검사예요."

"하이고, 한번 검사 했으면 그래도 검사님이지. 얼굴 보기가 왜 이렇게 힘들어?"

"일하느라 바빠서요."

"그래도 그렇지 잠깐 와서 밥 한 그릇을 못 먹나?"

성북동에서 15년 가까이 주방 살림을 해온 경자는 도윤의 아버지 강 실장에게는 오랜 직장동료나 마찬가지였고 도윤의 어머니와도 아는 사람이었다. 한창 성북동을 드나들 무렵 도윤 역시 경자 손에 밥을 얻어먹었다.

그런 인연은 경자가 성북동을 나와 이곳에서 가게를 차려서도 계속 이어졌다. 강 실장과 도윤은 한 번씩 이곳에서 같이 밥을 먹곤 했다.

지금도 도윤은 아버지 생각이 날 때면 가끔 혼자 이곳에 와서 술을 마셨다. 그럴 때면 경자는 도윤이 좋아하는 반찬을 슬쩍 내어주곤 했다.

지난번, 마지막으로 왔을 때도 강 실장의 기일에 혼자 절에 다녀오는 길이었다. 그런데 오늘은 어쩐 일로 일행이 있다. 경자는 도윤이 데려온 무원에게로 시선을 돌렸다.

"그러고 보니 같이 오신 잘생긴 분은 친구? 친구 데려온 건 처음 아니니?"

도윤은 고개를 저었다.

"친구 아닙니다."

"친구도 아닌데 이런 누추한 데까지 왜 모시고 왔어? 보아하니 보통 잘사는 분이 아니구먼."

졸지에 강도윤과 친구 소리까지 들은 무원은 떨떠름하게 대답했다.

"저도 이유가 궁금합니다."

영문을 알 수 없는 소리에 경자가 눈살을 찌푸렸다.

"강 검사, 이건 또 무슨 소리야?"

"사실은 아주머니, 이 사람 유래 남편입니다. 최무원 씨, 인사하시죠. 이분은 예전에 성북동에서 음식을 하셨습니다."

도윤은 고맙게도 '전'남편이란 말은 하지 않았다. 무원은 경자를 찬찬히 바라보았다.

성북동에서 음식을 하던 사람이라.

도윤이 그녀에게 왜 살갑게 구는지 알 것 같았다. 그의 아버지가 성북동 집안일을 했으니 잘 아는 사이일 것이다. 어쩌면 유래와도.

"어머나, 유래 남편?"

경자, 아니, 예전 강원댁의 얼굴에는 놀라움이 번졌다. 무원을 위아래로 살피던 그녀는 자리를 권했다.

"내 정신 좀 봐. 귀한 손님을 계속 세워놓고 있네. 이쪽으로 좀 앉아요. 유래 남편이라니까 내가 다 반갑네. 아이고, 인물이 어찌나 훤한지 가게가 다 밝아지는 느낌이네. 이러니 우리 강 검사가 밀릴 수밖에."

"아주머니, 남편도 있는데 그런 이야기는 좀 하지 않으시는 게……."

"뭐 어떠니. 살다 보면 다 가슴에 품고 가는 첫사랑 하나쯤은 있는 건데. 사실 나는 유래 짝은 철석같이 강 검사일 줄 알아서 좀 아쉽더라."

도윤은 난감한 얼굴로 주머니에서 담배를 꺼냈다.

"담배 좀 태우고 오겠습니다. 이야기는 제발 저 없는 데서 끝내주세요."

"아이고, 그놈의 담배 좀 끊으라고 몇 번을 말해."

"좀 봐주세요. 이것도 많이 줄인 겁니다. 검찰청에서는 하루에 두 갑씩 피웠어요."

도윤은 웃으며 드르륵 문을 밀고 밖으로 나갔다. 경자는 혀를 차더니 관심을 무원에게로 돌렸다.

"유래 남편은 뭐 하는 사람이에요?"

"사업을 하고 있습니다."

"어쩐지. 집안혼사라는 이야기는 건너건너 들었어요. 귀티가 흐르는 걸 보니 보통 집안 사람이 아니겠네. 내가 재벌 집에 오래 있어서 이런 건 빨리 알아보거든. 결혼한 지 얼마나 됐어요?"

"5년 됐습니다."

거짓말은 아니었다. 중간에 이혼했다는 말만 빠졌을 뿐.

"아이는 있어요?"

아이 이야기가 나오자 무원은 어쩐지 씁쓸한 기분이었다.

"아니요. 아이는 없습니다."

"그래요? 조금 늦네. 하긴 요즘 젊은 사람들은 일부러 늦게 가진다고 하니까. 유래는 잘 지내나요?"

"네, 잘 지냅니다."

경자는 사람 좋은 웃음을 지어 보였다.

"다행이네. 성북동 나올 때 '아줌마, 안 가면 안 돼요?' 하고 나 붙잡고 울던 것 때문인지 한 번씩 밥은 잘 먹는지, 어쩌고 사는지 궁금할 때가 있더라고요. 성북동에서 오죽 애를 학대했어야지."

"학대했다고요?"

무원이 의아해했다. 경자가 뭔가 말하려던 순간, 술을 마시던 남자들이 술과 추가안주를 찾았다.

경자가 그들을 상대하는 사이 무원은 조금 전 말의 의미를 생각했다. 성북동에서 편한 입장이 아니었다는 것은 어느 정도 짐작하고 있었다. 그도 평창동에서 편하진 않았다. 윤 여사는 무원을 늘 집안의 우환덩어리, 또는 천덕꾸러기라 불렀다. 성북동 가족들이 함께 있을 때 유래는 유독 주눅 들어 있긴 했지만 특별한 이상은 없었다. 그런데 학대라니.

잠시 후 경자는 소주와 계란말이를 가지고 왔다. 그녀는 소주를 무원에게 한 잔 따라주고 자신도 한 잔을 마셨다.

"들어봐요. 내가 한 반찬 중에서 유래가 제일 좋아하는 거니까."

무원은 앞에 놓인 계란말이에 시선을 떨어뜨렸다. 계란을 좋아한다더니. 계란찜도 그렇고 떡볶이에 들어간 삶은 계란도 그렇고.

"집안혼사라 했으니 유래가 성북동 사모님 딸이 아니라는 건 알죠?"

"네. 알고 있습니다."

경자가 한숨을 쉬며 말했다.

"보아하니 유래가 그런 이야기는 일절 안 했나 보네. 하긴 같이 사는 친아버지한테도 내색 않고 살았으니까. 오늘 내가 하는 이야기는 그냥 나이 든 사람 푸념이라고 생각해요. 난 아직도 유래가 처음 성북동 왔던 날 기억이 생생하거든."

그녀는 긴 이야기를 시작했다.

"유래가 성북동에 처음 온 게 열두 살이었나. 딱 이맘때 날씨였을 거야. 엄마가 애 떼놓는다고 예쁘게 단장시켜서 보냈는데 유현이가 정원에서 찬물을 덮어씌우더라고. 이 추운 날씨에. 성북동 사모님은 그 꼴을 뻔히 보면서 애를 한 시간이나 밖에 세워놨어요. 어린애가 놀라서 소리도 못 내고 눈물만 뚝뚝 흘리는데 어찌나 가슴이 아프던지. 그런데 그게 시작이었지."

무원의 눈썹이 꿈틀했다. 그는 고개를 옆으로 돌려 소주 한 잔을 입에 털어넣었다. 경자가 다음에 이어갈 이야기는 도저히 맨숭맨숭한 정신에 들을 수 있는 것이 아니었다.

"집에 온 날부터 하루도 편한 날이 없었어요. 성북동 사모님은 작은 것 하나도 그냥 봐 넘기는 법 없이 애를 혼냈거든요. 밥을 먹으면 밥 먹는다, 젓가락질 하나하나 지적하고, 대답하면 대답한다고, 안 하면 안 한다고. 걸핏하면 욕을 하고 애를 굶기고 창고에 가뒀어요. 나중에는 성북동 사모님이 이름만 불러도 애가 딸꾹질을 하더라니까."

"이 회장님은 뭐 하셨습니까. 그래도 이 회장님한테는 친딸인데, 그런 꼴을 당하는데."

"늘 바쁜 양반이셨으니까. 일주일에 이틀 집에 들어오셨나? 운 좋으면 사흘이나 들어왔을까. 그런 양반 붙들고 자신이 무슨 말도 해서는 안 된다는 걸 아는 애였어요, 유래는."

무원은 자신도 모르게 소주잔을 꽉 쥐었다. 경자는 혀를 차며 무원의 잔과 자신의 잔을 채웠다.

"유현인 더했지. 그래도 성북동 사모님은 손찌검은 안 했으니까."

"손찌검을…… 했다고요?"

"그 자식은 미친놈이야."

경자는 딱 잘라 말했다.

"어릴 때부터 워낙에 사모님이 오냐오냐 키워서 그런가, 제 뜻대로 안 되면 집어 던지거나 부수는 게 버릇이었어요. 유래는 늘 유현이가 괴롭히는 대상이었지. 마치 고양이가 잡은 쥐를 가지고 놀듯이 괴롭혔어. 유래 몸에서 멍이 가실 날이 없었어요. 영악한 놈이 제 아버지는 무서웠는지 얼굴이나 보이는 데는 손을 안 대더라고. 내가 성북동 집을 나온 것도 그 망할 자식이 나한테 밥그릇을 집어 던진 일 때문이었어요. 얼굴에 맞았거든."

경자는 자신의 광대를 가리키면서 말을 이었다.

"유래가 생선 못 먹는 거 알아요?"

"네."

"그것도 유현이 짓이지."

"무슨 일이 있었습니까?"

"성북동 정원에 연못이 있거든요. 거기에 비싼 비단잉어를 키웠는데 유래가 아침저녁으로 들여다볼 정도로 좋아했어요. 넓은 집에서 마음 붙일 데가 거기밖에 없었던 거지. 그런데 어느 날, 학교 다녀온 유래가 자지러질 듯이 비명을 지르는 거야. 놀라서 뛰어나가 보니 세상에, 연못에 잉어들이 전부 허연 배를 뒤집고 둥둥 떠 있었어요. 나중에 알고 봤더니 유현이가 연못에 약을 푼 거였어. 유래가 마음 주는 그것조차 보기 싫어서. 죽은 잉어들, 연못에서 건져다가 같이 정원에 묻어준 게 지금 강 검사예요. 아무튼 그날 이후, 유래는 밥상에 생선만 봐도 구역질을 했어요."

무원의 눈에 그날의 유래가 그려지는 듯했다. 죽은 잉어들을 묻으면서 눈물을 흘렸을 것이다. 소리조차 내지 못하고 눈물만 뚝뚝 흘렸겠지. 그러다 숨을 몰아쉬며 가슴을 두드렸을 것이다.

"그게 시작이었던 것 같아요. 어느 순간부터 아무 감정도, 표현도 보이지 않게 되었어요. 사모님이 혼내면 혼내는 대로, 유현이 밀치거나 때리면 그냥 참고 있었어요. 꼭 숨만 쉬는 인형처럼."

이야기가 계속될수록 가슴이 갑갑해졌다. 유래의 감정을 보이지 않는 면과 표현하지 않는 성격은 그가 결혼을 결심한 이유이기도 했다. 그래야 잡아먹을 듯 구는 윤 여사도, 자신의 무심함도 견딜 수 있을 것 같아서. 그런데 그게 스스로를 지키기 위해 만든 보호막이었다니.

무원은 다시 소주 한 잔을 삼켰다. 경자는 다시 무원의 잔을 채워주었다.

"그런데도 참 올곧고 따뜻하게 잘 컸어요. 집에서 일하는 사람들한테도 늘 예의 발랐어. 솔직히 강 검사가 처음 데려온 사람이 유래 남편이라서 놀랐어요. 강 검사, 아니, 도윤이가 나한테 데려왔다면 무슨 이유가 있겠지 싶어서 꺼낸 이야기예요. 아까 우스개로 유래 짝이었으면 했다는 말, 진심이에요. 도윤이가 진짜 유래 아꼈으니까."

드르륵 문소리가 나며 중년남자 둘이 가게로 들어섰다. 자주 찾는 단골인지 경자는 웃음을 띠며 그들에게 인사했다. 그녀가 새 손님을 맞으러 간 뒤, 무원은 남은 잔을 비웠다. 지갑에서 수표 한 장을 꺼내놓은 그는 자리에서 일어섰다.

가게 문을 열고 나오자 담벼락 축대에 앉아 담배를 피우는 도윤이 보였다. 아주 담배 한 갑을 다 피울 작정인가? 도윤은 무원을 보더니 담배를 떨어뜨려 껐다.

"좀 도움이 되었나요?"

"지금껏 기다린 겁니까?"

"난 기다리는 걸 잘하거든요. 기억해두는 게 좋을 겁니다."

"무슨 뜻입니까?"

"당신이 다시 유래 손을 놓는다면 그때를 놓치지 않을 거란 이야기죠."

어릴 때부터 내색 없이 뒤에서 묵묵히 지켜봐온 이 남자라면 그러고도 남을 것이다. 무원은 제법 위협적인 선전포고를 날린 남자를 노려보며 입을 뗐다.

"한 가지만 물어봅시다."

"뭡니까?"

“당신 아버지, 유성물산에 오래 몸 바친 분이라 들었는데 당신이 지금 하고 있는 일에 대해 아십니까?”

“아마, 아시지 않을까요.”

“아마?”

도윤의 눈빛이 짙어졌다.

“이 세상 분이 아니시라.”

“…….”

“스타로드 건설 때 사고가 있었어요.”

도윤은 빈 담뱃갑을 구기며 몸을 일으켰다. 그는 뉴스 앵커처럼 사건을 설명했다.

“당시 진성건설에서 고용한 용역깡패들과 대대로 터를 잡고 장사해온 시장상인들의 싸움이 격렬했죠. 나중에는 상가연합에서 아예 시장을 폐쇄하고 장기농성에 들어갔는데 큰 화재가 발생했습니다. 낡은 가건물들이 많은 데다가 모든 사람들이 잠든 새벽 2시에 불이 난 바람에 농성하던 상인들이 빠져나오지 못했어요. 사상자가 열 명 이상 발생한 엄청난 사건이 경찰조사에서 방화로 밝혀지면서 유성물산과 진성건설은 여론의 뭇매를 맞았어요. 그 과정에서 불을 지르란 지시를 한 책임자가 검찰 소환 전날 자살을 했고 사건은 흐지부지되었죠.”

뜬금없이 설명을 시작한 그의 의도를 읽을 수 없었다. 무원은 도윤의 말을 가로막았다.

“그 일이라면 나도 누구보다 잘 압니다. 내가 유성물산과 완전히 갈라서게 된 사건이기도 하니까. 그런데 그 일이 왜 나오는 겁니까?”

“그 사람이 내 아버지거든요.”

“뭐라고요?”

“자살한 책임자, 강지환 실장. 아니, 정확히 말하자면 책임자라는 누명을 쓰고 억울하게 죽은 사람이 내 아버지입니다.”

도윤의 목소리는 깊게 잠겨 있었다. 그것이 미싱 링크(Missing link), 잃어버린 고리의 실체였다.

차를 타고 얼마 지나지 않아 쏟아진 빗줄기가 연신 차창을 때렸다. 운전을 하던 김 비서가 고개를 갸웃거렸다.

“비 예보는 따로 없었는데 소나기인가 봅니다.”

진저리 날 만큼 차가운 겨울의 소나기였다. 무원은 빗물로 얼룩진 차창을 바라보며 그가 들었던 이야기들을 떠올렸다. 지금까지 몰랐던 너무나 많은 진실들이 빗물처럼 그에게 스며들어왔다.

「유현이, 어릴 때부터 워낙에 사모님이 오냐오냐 키워서 그런가, 제 뜻대로 안 되면 집어 던지거나 부수는 게 버릇이었어요. 유래는 늘 유현이가 괴롭히는 대상이었지. 마치 고양이가 잡은 쥐를 가지고 놀듯이 괴롭혔어. 유래 몸에서 멍이 가실 날이 없었어요.」

한 여자의 이야기와.

「당시 나는 한경모직 한 회장 때문에 미국으로 쫓겨나간 상태였어요. 스타로드 사건이 터지고 경찰조사가 시작된 다음에야 아버지가 관계자로 소환될 거라는 걸 알았지. 경찰조사 전날, 아버지와 통화를 했어요. 아버지는 그냥 의례적인 절차일 거라고, 유성물산 고문변호사도 동행할 테니 걱정하지 말라고 했어요. 그게 내가 아는 아버지의 마지막입니다. 한국에 돌아온 나는 내 나름대로 사건을 조사했습니다. 그리고 결국 진짜 불을 지르라고 지시 내린 사람이 이유현 그놈이라는 걸 알아냈어요.」

한 남자의 이야기가.

별로 마시지도 않았는데 술기운이 도는지 머리가 어지러웠다.

김 비서에게 차를 맡기고 호텔에 들어서는데 로비에 앉아 있던 여자가 몸을 일으켰다. 걱정스러운 얼굴을 한 유래였다. 무원은 연락하기로 해놓고 잊었다는 걸 깨달았다.

"전화해볼까 하다가 마침 퇴근하는 길이라 들러봤어요."

"미안해. 전화하는 걸 잊었어."

"그런데 무슨 일 있었어요? 얼굴이 안 좋아요."

무원은 자신의 얼굴빛을 살피는 유래를 물끄러미 바라보았다.

「집에 온 날부터 하루도 편한 날이 없었어요. 성북동 사모님은 작은 것 하나도 그냥 봐 넘기는 법 없이 애를 혼냈거든요. 밥을 먹으면 밥 먹는다, 젓가락질 하나하나 지적하고, 대답하면 대답한다고, 안 하면 안 한다고. 걸핏하면 애를 굶기고 창고에 가뒀어요. 나중에는 성북동 사모님이 이름만 불러도 애가 딸꾹질을 하더라니까.」

경자의 말이 떠오르자 목구멍이 꽉 멨다. 그는 힘들게 목소리를 쥐어짰다.

"아니, 아무 일 없었어. 그보다 로비에 사람이 많은데 방에 가서 이야기하는 게 어때."

주위를 둘러보고 보는 눈이 많다고 생각했는지 유래 역시 고개를 끄덕였다.

그의 방을 유래가 방문한 것은 두 번째였다. 처음은 비즈니스였다면 오늘은 완벽하게 사적인 방문이다. 객실 문 앞에 선 유래는 확인하듯 물었다.

"무원 씨, 약속 지킬 거죠?"

순간 무슨 소린가 했다가 귀를 세운 토끼처럼 경계의 빛을 띤 눈을 보고 알아차렸다. 아니, 진짜 이 여자가. 장담하건대 오늘은 단 한 번도 생각하지 않은 문제였다.

"알았어. 지킬게."

유래는 그제야 안심한 듯 방으로 발을 들였다. 그깟 말 한마디에 이렇게 안심을 해버리면 어쩌라는 건가. 무원은 아쉬운 숨을 삼켰다.

"마실 거 줄까?"

"아뇨, 괜찮아요. 그보다 도윤 오빠와 무슨 이야기 했어요?"

"일 이야기였어."

"도윤 오빠와 무슨 일 이야기를 해요?"

"정확히는 그 사람 회사가 하는 일이지만."

도윤을 만나 과거 이야기를 알기 전까지는 무원은 할 말이 꽤 많았다. LJ파트너스가 투자회사가 아니고 악질적인 M&A를 일삼는 곳이며 지금 당신 친정이 제대로 걸려든 상태라고, 그는 진짜 좋은 사람이 아니라고.

그런데 모든 것을 알고 나자 어디서부터 어떻게 말을 꺼내야 할지 알 수가 없었다. 무원은 말을 하는 대신 유래를 끌어안았다.

"무원 씨?"

갑작스러운 포옹에 놀란 유래가 그의 가슴을 밀었다. 무원은 유래의 허리를 감싸 안으며 말했다.

"잠시만 이대로 있자."

"진짜 무슨 일 있었던 건 아니죠?"

그의 품 안에 완전히 들어오는 가녀린 몸을 안고 있노라니 가슴 한편이 저릿해진다. 당신은 혼자 얼마나 많이 참고 견디며 살았던 걸까. 심지어 결혼해서 같이 살았던 순간까지 혼자 애쓰며 버텨야 했다는 것, 자신이 알아봐주지 못했다는 것에 미안함뿐이었다.

"그냥 좋아서 그래."

"뭐가 좋아요?"

"당신이 나한테 와줘서."

"이게 뭐라고요."

유래는 피식 웃으며 무원의 등에 손을 올렸다. 아무래도 그녀는 호텔에 찾아와준 것 때문이라고 생각하는 모양이지만 상관없었다. 무원은 그녀를 끌어안은 채 머리카락을 매만졌다.

한동안 그에게 몸을 맡기고 있던 유래가 고개를 들었다.

"잠시만요."

무원이 팔을 풀어주자 유래가 코트 주머니에서 휴대전화를 꺼냈다. 발신인을 본 유래는 놀란 표정을 짓더니 무원에게 말했다.

"중요한 전화라서 좀 받을게요."

"누군데?"

"전에 이야기한 직속상사예요. 줄리아."

한국은 밤이지만 미국은 아침이었다. 무슨 일이지? 유래는 마음의 준비를 하며 전화를 받았다.

"줄리아?"

– 내가 이겼어!

줄리아의 흥분한 목소리가 전화를 넘어 전해졌다. 유래는 놀라서 되물었다.

"재판, 벌써 끝난 거예요? 반년 정도 예상하지 않았어요?"

– 변호사들 하는 소리가 다 그렇지, 저쪽이나 나나 피차 길게 끌 생각 없었으니까.

"다행이다. 축하해요. 수와 계속 살 수 있게 된 것."

– 고마워. 그쪽 일은 어때?

"잘 진행되고 있어요."

– 다행이네. 매장까지 맡아서 힘들겠지만 조금만 참아. 본사에서 후임자를 찾고 있으니까.

"후임자요?"

유래는 자신도 모르게 무원 쪽을 바라보았다. 그는 냉장고에서 뭔가를 꺼내느라 유래 쪽은 신경 쓰지 않는 눈치였다.

– 그쪽 계약도 마무리 아니야? 한한령이 계속되는 동안은 우리도 한국 쪽은 지점 확장을 하지 않을 거야. 너도 한국에서 일하는 거 내켜하지 않았잖아.

“그랬죠.”

그게 불과 두 달 전 이야기였다. 무원과 이렇게 다시 만나리라고는 상상도 못 했을 때의 일.

전화 너머로 줄리아가 수를 부르는 소리가 들린다. 마지막으로 봤을 때 제법 걸음마가 능숙했는데 지금은 어떨까. 문득 수의 안부가 궁금해졌다.

“수는 많이 컸죠? 잘 지내요?”

– 요즘 뛰어다닌다고 정신없어. 방금도 쿵쿵 뛰어다닌다고 난리인걸. 나중에 육상선수 시킬까 봐.

“보고 싶다. 최근 사진 있어요?”

– 메일로 보내줄게. 수도 아마 네가 보고 싶을 거야.

줄리아는 조만간 중국에서 보자는 인사로 통화를 끝냈다.

유래는 작게 한숨을 쉬었다. 이곳에서의 일이 끝나면 무원과는 어떻게 되는 걸까? 애초에 뒷일은 생각하지 않고 현재의 감정에만 충실한 연애, 아직은 끝의 시기나 끝의 형태를 생각하고 싶지 않았다.

“무슨 일이야?”

무원이 유래에게 탄산수가 든 잔을 건네며 물었다.

“사실 내가 성원백화점 일을 맡게 된 건 줄리아의 이혼소송 때문이었어요. 양육권분쟁을 하는 바람에 변호사가 소송이 끝날 때까지는 아이 옆에 딱 붙어 있으라고 했거든요. 소송이 길어질 줄 알았는데 다행히 빨리 끝났나 봐요.”

“혹시 당신 SNS 사진에서 안고 있던 수가 줄리아의 아이인가?”

사진? 그의 말에서 이상한 기운을 감지한 유래가 무원을 빤히 바라보았다.

"무원 씨, 내 SNS는 어떻게 알아요?"

순간 무원의 얼굴에 낭패의 빛이 떠올랐다. 그는 난감한 얼굴로 팔짱을 끼더니 이마를 눌렀다. 유래는 추궁하듯 물었다.

"혹시 내 SNS 염탐했어요?"

"염탐이라니. 전에 여기 휴대전화 두고 간 적 있었잖아? 그때 그냥 우연히 봤어."

무원은 '우연히'에 힘을 주며 말했다. 그러나 유래는 물러서지 않았다.

"수를 안고 있던 사진까지 알 정도면 그냥 우연히 본 게 아니잖아요. 그거 굉장히 예전에 업로드한 사진인데."

"그동안 당신 뭐 하고 살았는지 궁금하기도 해서 보다가 그렇게 된 거야. 애초에 SNS 자체가 보라고 올리는 거 아냐?"

"그래도 내 허락 없이 몰래 지난 일상을 보는 건 기분 나빠요. 앞으로는 안 봤으면 좋겠어요. 무원 씨도 당신 사생활을 성 비서님이나 큰어머니가 알게 되는 거 싫을 거 아니에요?"

"……."

반론의 여지가 없다. 문득 헤어지기 직전, 도윤이 했던 말이 떠올랐다.

「오늘 이야기는 유래에게 모른 척해주세요. 유래가 스스로 말하기 전까지. 아마 유래는 최무원 씨가 이런 일을 알게 되길 원하지 않을 겁니다.」

「그걸 당신이 어떻게 압니까?」

「내가 그러니까요. 만약 내 연인이라면 나는 마지막까지 내 아버지의 이야기를 유래가 모르길 바랄 겁니다. 나 때문에 유래가 속상해하거나 힘들어하는 걸 원하지 않으니까.」

그 말을 완전히 납득한 것은 아니지만 당분간은 유래가 직접 알려줄 때까지 유예해두어야 할 것 같았다. 무원은 화제를 돌렸다.

“이틀 뒤 백화점 정기휴일인 거 알지? 가고 싶은 곳 있어?”

“가고 싶은 곳이요?”

“바람이나 쐬고 오자고. 하루 종일.”

“난 괜찮은데 무원 씨는 안 바빠요?”

“바빠도 그 정도 시간은 낼 수 있어. 어디 갈까? 당신이 못 정하면 내가 정하고.”

매일 만나고 있긴 하지만 데이트라고 해봐야 하루에 한두 시간, 같이 밥을 먹거나 차를 마시거나 차에서 잠시 하루 일들을 이야기하는 것이 고작이었다. 물론 그 고작인 일들이 하루 종일 기대될 정도로 즐겁긴 하지만 아무 방해 없이 유래와 하루를 보내고 싶었다. 이 단순한 일을 어째서 결혼생활 동안 해보지 못했냐는 의문과 자괴감이 들긴 하지만 말이다.

유래는 고개를 살짝 기울였다.

“강릉, 괜찮아요?”

“강릉?”

“음, 역시 너무 멀죠?”

양평이나 대부도의 별장쯤을 생각했지, 강릉은 후보지에도 없던 곳이었다. 무원은 의아해서 되물었다.

“아니, 그건 상관없는데 왜 강릉이지?”

“어릴 때 거기 살았어요. 강릉 주문진에.”

“어릴 때면 성북동 가기 전?”

유래는 고개를 끄덕였다.

“그래서 그런가, 가끔 생각나요. 바다 소리와 냄새 같은 거. 무원 씨와 같이 가면 좋을 것 같아요."

'무원 씨와 같이'라는 말은 마치 마법주문 같다. 어김없이 그의 예스를 이끌어내니까.

"그래, 같이 가보자."

"그런데 무원 씨, 계속 호텔에서 지낼 생각이에요?"

유래가 주위를 둘러보며 물었다.

"그렇지 않아도 오피스텔로 옮기려는 중이야. 예전에는 두바이에 있는 시간이 더 길어서 불편하지 않았는데 아무래도 백화점은 그만큼 해외출장이 많지 않으니까."

"왜 한남동 집으로 가지 않고요?"

"거긴 나 혼자의 집이 아니잖아."

무원은 유래의 손을 잡아끌며 슬쩍 입을 맞추었다. 그리고 속삭이듯 말했다.

"기다릴게. '당신과 같이' 그 집에 돌아가는 날."

chapter 13
화양연화

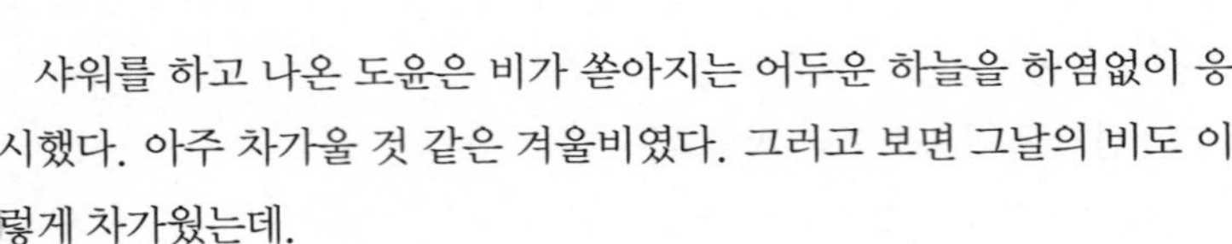

샤워를 하고 나온 도윤은 비가 쏟아지는 어두운 하늘을 하염없이 응시했다. 아주 차가울 것 같은 겨울비였다. 그러고 보면 그날의 비도 이렇게 차가웠는데.

「거참, 답답한 사람이네. 풋내기 검사양반, 아니, 영감님. 나는 불 지르라고 전화를 한 사람이 '이유현' 전무라는 걸 증언할 생각이 없다니까?」

책상을 치는 소리에 도윤은 맞은편에 앉은 진성파 행동대장을 노려보았다. 남자는 느물느물 웃었다.

「차 떼고 포 떼고 다 털어놓으라니 하는 말인데, 설령 여기서 내가 말이요, 여기서 영감님 편을 들어서 그때 전화한 사람이 영감님 죽은 애비가 아니라고 말한다 한들 뭐가 달라지지?」

「무슨 소리지?」

「아니, 생각을 해보라고. 이미 진성건설은 쫄딱 망했고 유성물산은 회장이 업무상 과실치사 혐의를 전부 진다며? 지금 상황에서 전화한 새끼 하나 물고 들어가봤자 막말로 죽은 아버지가 살아 돌아오시능가? 이미 조사한 경찰, 변호사, 담당검사까지 한편 먹고 조서 꾸리고 사건종결 치고 들어가는데 그거 다 엎으시겠다? 그 정도 빽 있으슈?」

「여기서 해결 못 보면 언론에 뿌리는 방법도 있어.」

「아이고, 기특하셔라. 옷 벗을 각오도 하시겠다? 아버지가 참 좋아하시겠소. 평생을 뼈 빠지게 검사 만들어놨을 텐데. 근데 그거 아쇼? 그렇게 해서 전화한 놈 잡아봐야 몇 년형이나 살 것 같수? 아마 친애하는 판사님 앞에서 울고불고 눈물 쥐어짜면서 자기는 그럴 줄은 몰랐다, 어쩔 수 없었다, 아랫놈들이 실수한 거다, 난리를 치겠지. 몇 년 살 것 같수? 5년? 3년? 재수 좋으면 집행유예로 끝날 텐데 그게 영감님이 원하는 결말이유? 그걸로 영감님 당신 한이 풀린다면 그렇게 하시든가. 안타깝지만 나는 영감님 한풀이에 공짜로 동참할 생각이 없소. 나도 처자식 딸린 몸인데 내 살길은 내가 알아서 찾아야지.」

남자는 동그랗게 구부린 손가락을 흔들어 보이며 유유히 접견실에서 퇴장했다.

구치소를 나서던 도윤은 어지러움에 몇 번 눈을 감았다 떴다. 길이 보이지 않았다. 결국 여기까지인가. 이곳에 오기 전, 도윤은 수사팀 부장에게서 더 이상의 관여를 좌시하지 않겠다는 경고를 받았다. 물론 경고가 무서운 것은 아니다. 진짜 무서운 건…….

도윤은 담배를 꺼내 불을 붙였다. 그 남자의 말에 반론할 수가 없다는 것이다. 설사 아버지가 전화를 건 책임자가 아니고 이유현이 진짜라고 해도 달라질 건 아무것도 없으니까.

「몇 년 살 것 같수? 5년? 3년? 재수 좋으면 집행유예로 끝날 텐데 그게 영감님이 원하는 결말이유?」

도윤은 고개를 저었다. 아니, 아니다. 그건 너무 불공평하다. 이유현이 잃을 것과 그가 잃은 것, 그리고 그의 아버지가 잃은 것의 크기는 비교도 되지 않는다.

「도윤아, 세상에는 보이지 않는 저울이 있어. 사람이 살아가면서 힘든 순간과 좋은 순간이 번갈아 오는 것도 그 때문이란다.」

거짓말이야. 그런 저울 같은 건 없어. 그런 게 있다면…… 이래서는 안 되는 거잖아. 평생을 그렇게 고생한 대가가 이건 아니어야 하잖아.

숨이 막혀 고개를 들었더니 눈가에 차가운 물방울이 느껴졌다. 눈물인가 했더니 빗물이었다. 하늘이 순식간에 어두워지더니 비가 쏟아졌다.

날씨까지 말썽이군. 갑작스러운 겨울 소나기에 놀란 사람들이 뛰기 시작했지만 도윤은 움직이지 않았다. 뼛속을 후벼 파는 것 같은 비였다. 한참을 우두커니 서 있던 그는 옷 안에서 휴대전화를 꺼냈다.

「만납시다.」

전화의 상대방은 낮은 소리로 웃었다.

– 끝난 이야기 아니었나요?

「그럼 없던 일로 하죠.」

상대는 당황한 기색으로 소리쳤다.

– Wait a minute! 사람이 조크도 모릅니까? 지금 당장 거기로 가죠. 어딥니까?

도윤은 자신이 있는 장소를 이르곤 전화를 끊었다. 흠뻑 젖은 도윤 앞에 최고급 외제차가 선 것은 비가 그친 뒤였다.

차에서 내린 것은 LJ파트너스의 '보스'였다. 그들은 자리를 옮겨 협상 테이블에 앉았다. 도윤은 가지고 있던 USB를 보스에게 건넸다. 서인그룹 자금이 해외 페이퍼 컴퍼니를 경유해 LJ파트너스란 수상쩍은 투자회사로 흘러들어갔다는 명백한 증거자료였다. 보스는 데리고 온 비서를 시켜 USB 내용을 확인하게 했다. 그는 도윤에게 물었다.

「난 당신이 절대 저걸 안 내놓을 줄 알았는데요. 기필코 사건화시키겠다고 하지 않았습니까, 강도윤 검사님?」

능글대는 것은 이 남자의 천성인가, 아니면 떠보기 위함인가.

「상황이 바뀔 수 있는 거니까.」

「갑자기 마음이 바뀐 이유라도 있습니까?」

도윤은 삐딱한 목소리로 대답했다.

「……빽이 필요해서요.」

「빽?」

「내가 원하는 일을 할 수 있도록 뒤를 받쳐줄 힘이요. 당신'들'이라면 가능하겠죠?」

「Great.」

눈앞의 남자는 씨익 입술을 비틀었다.

「지금까지 당신에게서 들어본 말 중에서 가장 마음에 드는군요.」

도윤은 파우스트 앞에 나타나 거래를 했던 악마, 메피스토펠레스를 연상했다. 메피스토펠레스와 계약한 인간은 악마의 손에 갈기갈기 찢겨 지옥으로 떨어진다고 하는데 그러할까.

냉장고에서 맥주를 꺼내던 도윤은 휴대전화가 울리는 소리에 손을 멈췄다. 호랑이도 제 말 하면 온다더니. 전화의 상대방은 조금 전까지 생각하고 있던 그의 보스였다. 도윤은 맥주캔을 따며 통화버튼을 눌렀다.

"네."

– 드디어 디데이가 30일 남았군요. 사냥은 어떻습니까?

"순조롭습니다. 손발은 제대로 끊어서 움직이지 못합니다. 1차 상환일에 즉시 어음 돌리겠습니다."

– 전에 말한 '성원그룹' 일은 어떻게 되었습니까?

경자의 가게 앞에서 헤어진 무원의 얼굴을 떠올렸다. 그의 얼굴에 떠올라 있던 분노, 연민, 슬픔의 복합적인 잔재들을.

도윤은 맥주를 마시며 대답했다.

"걱정하지 않아도 될 겁니다."

누구보다 지금 이유현을 용서 못 할 사람이 최무원일 테니까.

– 다행이군요. 사실 성원그룹과 충돌하는 일은 껄끄러워서요. 나도 그렇지만, 내 뒤에 계신 분도.

그럴 테지. '얼굴마담'인 보스의 뒤에 있는 것은 진짜 서인그룹의 실세. 알음알음 퍼진 소문이야 어쩔 수 없다 쳐도 LJ파트너스에서는 일절 서인그룹과의 관계를 부정하고 있다. 보스는 이야기를 계속했다.

– 그래도 확실한 게 좋겠죠. 말한 대로 최무원과 그의 와이프, 이유래라고 했나요? 두 사람의 이혼사유에 대해 조사해보았습니다. 솔직히 좀 의외더군요. 최무원 쪽이 너무 깨끗해서.

"어떤 의미로 깨끗하다는 겁니까?"

– 여자관계요. 사실 이런 부류에서 나올 수 있는 문제야 뻔하지 않습니까. 도박, 여자, 마약. 도박이나 마약은 아예 손댈 인간이 아니니 여자 쪽에 기대를 했습니다만 해당사항이 없습니다. 물론 결혼 전에 몇 명 만나긴 했는데…… 이거야 게이 아니면 당연한 거고. 결혼 후에는 일절 없습니다.

"……그렇겠죠."

별로 놀랍지 않다. 도윤이 본 무원은 그런 남자였다. 선을 지킬 줄 아는 데다가 마음을 정하면 흔들리지도 않는다. 한때 이유현과 비슷한 망나니쯤으로 생각했던 것이 미안해질 정도였다.

– 그래서 와이프를 조사했는데 이쪽도 별거 없었어요. 미국유학까지 가서 학교, 집만 왕복했으니. 한인모임 이런 곳도 절대 얼굴을 안 비쳤다고 합니다. 아, 그런데 한 가지 걸리는 게 있더군요.

"뭡니까?"

– 친모 사망일이 결혼식 날과 같습니다.

도윤은 자신도 모르게 맥주캔을 꽉 움켜쥐었다. 봉안당에서 본, 유래와 똑 닮은 친모의 얼굴이 떠올랐다. 동시에 그날 그렇게 화가 난 채로 유래를 기다리던 남자의 얼굴도.

"어떻게 그런……. 사고입니까?"

— 아뇨, 간암이었습니다. 처음은 위암이었는데 완치 후에 재발한 모양입니다. 투병을 아주 오래 했더군요. 딸이 있었으니 간 이식을 받았다면 아마 살 수 있었을 텐데. 뭔가 이유가 있겠죠. 워낙 콩가루 집안이다 보니. 지금으로서 짐작 가는 부분은 그뿐입니다.

어쩌면. 도윤은 눈을 감았다. 머릿속에 퍼즐이 맞춰진 가설이 있었지만 입 밖으로 내고 싶지 않았다. 그 애가 너무 가엾으니까. 그리고 가엾은 아이를 위로해줄 몫은 이제 자신의 것이 아니니까.

— 그런데 말이죠, 유성물산 일가에 대해 조사하면서 좀 재미있는 걸 알았습니다.

"재미있는 게 있습니까?"

— 뭐겠습니까. 상상력을 좀 발휘해보시죠.

또 시작인가. 이 능글맞은 남자는 가끔 이런 식으로 사람 약을 올렸다.

"비자금이 또 있습니까?"

그럴 리는 없다. 확인하고 또 확인했던 사항이다. 보스는 자못 답답하다는 투였다.

— 상상력이 빈약하군요. 모름지기 여기서 나올 만한 건 대한민국 사람들이 제일 좋아한다는 출생의 비밀 아니겠습니까.

아아, 또 뭐라고. 유래가 이 회장이 밖에서 데려온 딸이라는 건 알 만한 사람들은 다 아는 사실이었다.

"최무원 와이프가 성북동 사모의 친딸이 아니라는 건 특별한 비밀도 아닐 텐데요."

— 그 정도는 나도 압니다. 아까 친모 이야기도 했지 않습니까. 내가 말하는 건 '이유현' 쪽입니다만?

순간 도윤은 들고 있던 휴대전화를 떨어뜨릴 뻔했다. 그는 휴대전화를 신기한 물건처럼 바라보며 되물었다.

"뭐라고요?"

보스는 도윤의 반응이 흡족한지 의기양양하게 웃었다.

– 이유현이 이 회장의 친자가 아니란 말입니다.

세상이 뒤집히는 기분이 이러할까. 아니, 뒤집히기 시작했다.

백화점 정기휴일, 아침 일찍 강릉으로 향하는 차 안에서 유래는 무거운 하늘을 걱정스러운 눈으로 바라보았다. 눈이라도 오려는 것 같다.

"어제 매장 마무리 늦어지는 것 같던데 피곤할 테니 눈 좀 붙여."

"무원 씨도 어제 늦게까지 회의하지 않았어요?"

"원래 늘 그때까지 일해."

"나도 괜찮아요."

운전하는 사람을 옆에 두고 잘 수야 없지. 그러나 말이 무색하게 휴게소를 지나서부터 쏟아지기 시작한 졸음 앞에서는 장사가 없었다. 꾸벅꾸벅 졸던 유래가 눈을 뜬 것은 주문진에 도착할 무렵이었다.

"다 왔어."

차문을 열자 바다 냄새가 훅 들어온다. 유래의 얼굴이 환해졌다. 평일 낮이라 그런지, 아니면 흐린 하늘 탓인지 평소보다 관광객은 많지 않았다.

근처의 식당에서 점심을 먹은 두 사람은 파도가 치는 방파제를 걸었다. 방파제의 끝에 서자 아득한 수평선이 보인다.

"와, 좋다."

"좋아?"

무원의 시선이 유래에게 닿았다. 유래는 흩날리는 머리카락을 누르며 끄덕였다.

"어릴 때 여기 자주 왔었거든요."

"예전에 살았던 집이 근처였나?"

"아까 시장 보였죠? 초입에 해산물 파는 곳 지나서 안으로 들어가면 의상실이라고 해야 하나, 옷도 만들고 수선도 해주는 그런 집이 있어요. 엄마가 거기서 일했어요."

"어머니가 그런 쪽으로 솜씨가 있으셨나 봐. 그래서 당신이 파슨스를 선택한 건가?"

"아뇨, 그건 아니고…… 아버지가 유학을 권하셨어요. 마침 딸 가진 성북동 사모님들 사이에서 파슨스가 유행이었던 터라 성북동 사모님도 찬성하셨고요."

"어쩐지 맞선 나오는 여자들 출신학교가 죄다 파슨스더라니."

무원의 떨떠름한 목소리에 유래는 쿡쿡 웃었다.

"학교 마치면 매일 거기 가서 엄마가 옷을 만들고 수선하는 걸 구경하거나 옆에서 숙제를 했어요. 그리고 엄마가 일을 끝내면 같이 손을 잡고 집으로 갔죠. 가끔 특별한 날이면 시장에서 파는 닭강정을 사갔는데 그렇게 맛있을 수가 없더라고요."

"나중에 사갈까?"

"그럴까요? 그런데 그거 보면 엄마 생각 굉장히 많이 날 것 같아요."

"어머니와 사이가 좋았구나."

"아버지에 대해 알기 전까지 세상에 둘뿐이었으니까. 그래서 난 엄마가 사라졌다는 걸 알았을 때 내 세상의 반을 잃는 기분이었어요."

"당신 어머니는 어떤 분이셨어? 당신하고 많이 닮으셨을까."

"네, 많이 닮았어요. 특히 사진 보면 눈매가 비슷해요."

"미인이셨군."

"그거 내가 예쁘다는 이야기죠?"

"뭘 당연한 걸 물어?"

너무 당당한 말에 괜스레 수줍어진 유래가 화제를 돌렸다.

"당신은 아버님을 닮았죠?"

"그렇다는 이야기는 종종 들었어."

무원이 손을 뻗어 유래의 흐트러진 머리카락을 쓸어넘겨주었다.

"나는 내 어머니가 어떤 사람인지 몰라. 그래서 솔직히 그리워할 수 있는 어머니에 대한 기억이 있다는 거, 조금 부러워."

그렇겠구나. 그리워할 수 있는 기억의 한 조각도 없는 남자가 어쩐지 가여워졌다. 유래는 부러 밝은 목소리를 냈다.

"분명 아주 따뜻하고 좋은 분이셨을 거예요."

"어떻게 아는데?"

"아버님이 아주 오래 잊지 못하셨잖아요."

"그래서 내가 매일 싸우고 다녔지."

"그게 무슨 상관인데요?"

"지금 생각해보면 우습지만 그때는 나름 표현하는 방법이었던 것 같아. 나를 피하는 아버지한테, 나 좀 봐달라고."

무원과 시아버지인 최 회장의 관계에 대해서라면 결혼생활 내내 보아서 알고 있다. 당연하게 그들 사이에 있어야 했던 한 사람의 부재만큼 벌어진 관계. 두 사람은 물과 기름처럼 섞이기 어려워했다.

무원은 말을 이었다.

"하루아침에 사랑하는 여자의 목숨과 바꿔서 뚝 떨어진 아들 녀석을 보기 힘들다는 건 이해해. 나도 그럴지 모르니까. 하지만 나도 태어나는 순간부터 엄마를 잃었으니 힘든 건 마찬가지잖아. 아버지라면 그래도 아들을 돌봤어야지. 보기 싫다고 회피하는 게 아니라."

보기 싫다고 회피하는 것, 그가 무얼 말하는지 알 것 같았다. 아버지와 아들이 참 닮았다. 한 사람에 대한 외골수적인 사랑과 서툰 표현방식까지. 유래는 무원을 위로하듯 그의 손을 잡았다.

"우린 참 비슷하게 외로웠던 것 같아요."

어머니의 부재와 아버지의 무관심을 견뎌야 했다는 점에서. 무원은 가만히 한숨을 쉬며 속마음을 털어놓았다.

"솔직히 나는 막연하게 내 안에 있는 구멍 같은 게, 외로움인지도 몰랐어. 그리고 누군가를 사랑하는 법도 몰랐지. 당신이 내게 온 다음에야, 그리고 당신과 헤어진 다음에야 내가 가진 감정들이 명확히 보이기 시작했어. 전부 당신이 준 거야."

잡은 손에 낀 깍지가 세게 얽혀들었다.

"당신이 없으면 나는 아무것도 없어."

혼자가 아니다. 나도 그래. 당신이 아니면 없어.

파도가 부서져 날리는 하얀 파편들이 꽃잎 같다. 유래는 '화양연화'라는 말을 떠올렸다. 꽃이 피는, 인생에 가장 아름다운 시간. 지금이 아닐까 생각했다.

눈물이 고이는 바람에 앞이 흐려졌다. 무원은 유래의 볼을 부드럽게 쓸어내리며 고개를 숙였다. 뜨겁고도 고요한 입맞춤이었다.

글라스에 반사된 빛이 시야를 어지럽혔다. 유현은 눈을 몇 번인가 감았다 떴다. 이상한 일이었다. 술에 취한 것인지 약에 취한 것인지 몸의 감각은 없는데 머릿속이 또렷해진다. 기억이 그날의 반딧불이처럼 빛을 내며 감은 눈 속을 떠돌았다.

한때 유현에게 아버지는 세상에서 가장 멋진 사람이었다. 가난한 집안의 데릴사위라는 흠이 하나 있긴 했으나 친구 놈들의 아버지와는 비교도 안 되는 사람이었다. 현명했고 자상했으며 다정한 아버지였다.

그는 바쁜 와중에도 틈틈이 시간을 내서 유현을 챙겼다. 전화를 해주고 선물을 사주고 캐치볼을 해주었다. 아버지와 단둘이 1박 2일로 야외에서 즐기는 캠프나 낚시는 당시 유현이 가장 좋아하는 놀이였다.

그러나 아버지와 밖에서 시간을 보내고 돌아올 때면 어머니의 표정이 좋지 않았다. 평소에는 누구보다 아들을 아끼는 어머니인데 어째서? 그날도 예외는 아니었다. 캠핑을 끝내고 집으로 돌아오자 어머니가 거실에서 혼자 술을 마시고 있었다.

「부자지간에 아주 보기 좋네. 나만 빼고 그렇게 재미있으셨어?」

그녀는 많이 취한 상태였다. 아버지는 눈살을 찌푸리더니 유현에게 2층으로 올라가라고 눈짓했다. 유현은 아버지가 어머니를 일으키는 것을 보며 2층으로 올라갔다.

'아차, 반딧불이.'

방으로 들어가려는 순간 캠핑장에서 잡았던 반딧불이가 떠올랐다. 유현은 도로 아래층으로 내려갔다. 처음은 현관에 있는 캠핑가방에서 채집통만 꺼낼 생각이었다. 그러나 미처 닫히지 못한 안방에서 흘러나오는 소리가 호기심을 자극했다.

대체 왜 어머니와 아버지는 사이가 좋지 않은가. 집안사람들이 수군거리는 말들로 이유는 대강 알고 있었다. 아무것도 가진 것 없는 아버지에게 마음을 빼앗겨 매매혼에 가까운 결혼을 한 어머니. 그러나 결혼을 하고 아들까지 있음에도 여전히 마음을 열지 못하는 아버지. 부모가 같이 있을 때의 묘한 분위기를 감지는 했지만 아는 척하진 않았다. 할아버지께서 말씀하시지 않았던가. 그건 어른들 사이의 문제라고.

「당신이 징그러워.」

문틈으로 어머니의 찢어지는 소리가 새어나왔다. 유현은 자신도 모르게 문에 귀를 가져다 댔다.

「자기 자식도 아닌데 어떻게 얼굴 하나 안 바뀌고 애를 대할 수 있어?」

순간 유현은 들고 있던 채집통을 툭 떨어뜨렸다. 그리고 그 소리에 문을 열어젖힌 아버지와 눈이 마주쳤다.

「……유현아.」

「사실인가요?」

아버지도, 어머니도 순간 침묵했다. 오직 돈 때문에 사랑하는 여자를 버리고 어머니를 선택한 아버지나, 마음을 얻지 못한다고 싸구려 호스트와 뒹군 어머니나 오십보백보였다. 그런 줄도 모르고 지금 생활에 우쭐해 있던 그가 제일 바보등신이었고.

유현의 방황은 그때부터 시작되었다. 아버지와는 서먹해졌고 어머니는 지은 죄가 있어서인지 유현을 제지하지 않았다. 그는 점점 고삐 풀린 망아지에서 미친개가 되어갔다. 경찰서까지 가는 일도 몇 번이나 있었다. 그때마다 아버지는 유현을 데리러 와 머리를 숙였다. 그러면서도 한마디도 아들을 탓하지 않았다. 하루는 유현이 답답해서 아버지에게 대들었다.

「대체 왜 이러는 건데요! 그냥 관심 꺼요. 나하고 당신이 무슨 상관이라고…….」

「너는 내 아들이다.」

「아들은 무슨. 피 한 방울 안 섞인 거 잊었어요?」

「그래도 너는 내 아들이야.」

아버지의 진심에 유현의 마음이 흔들렸다. 피가 통하지 않았으면 어떠랴. 내가 이 사람의 아들인데.

그러나 얼마 지나지 않아 아버지에게 진짜 피를 통한 친딸이 있다는 것을 알게 되었고, 그의 세상은 무너졌다.

그는 말간 얼굴을 한 계집아이가 미워서 견딜 수 없었다. 때때로 아버지의 복잡한 시선이 그 애에게 가 있는 것을 볼 때면 더욱.

지금 상황이 초래된 것도 따지고 보면 다 그 계집애가 제 맘대로 이혼하고 성원그룹에서 기어 나왔기 때문이다. 그러지 않았다면 작정하고 달려든 위험한 돈에 손대지도 않았을 텐데.

「그때 불 지르라고 지시내린 사람, 너잖아. 이유현.」

도윤의 싸늘한 목소리가 귓가에 되살아났다. 어떻게 안 걸까? 언제부터였을까? 아니, 어디까지 알았을까?

스타로드 사건 이후 1년, 막대한 보상금을 뱉어내야 하는 시점에서 주거래 은행들이 등을 돌렸다. 시행 중인 사업이 잭팟 조짐을 보이며 추가자금 투입이 필요한 시점이었는지라 더 문제였다. 그때 구원처럼 등장해서 막대한 돈을 내민 것이 검사에서 투자회사 고문으로 변신한 강도윤이었다.

갑작스러운 등장이 수상하긴 했지만 사채라도 써야 할 정도로 상황이 급박했던 터라 유현은 도윤의 제안을, 정확히는 LJ파트너스의 투자를 받아들였다. 솔직히 강 실장의 죽음에 의혹을 가졌다면 1년이나 숨죽이고 있을 이유가 없지 않은가. 사람 좋은, 어린 시절 친구의 얼굴을 하고 그와 술을 마시고, 밥을 먹으면서.

"지독한 새끼."

뜨거운 무엇인가가 위장을 휘돌았다. 유현은 들고 있던 술잔을 바닥에 패대기쳤다. 크리스털잔이 박살나는 소리가 방 안에 울리는데 누군가 방문을 열었다.

"이유현 씨?"

유난스럽게 구두 소리가 날카로운 여자였다. 구두에 특수 징이라도 박았나? 유현은 짜증스럽게 쏘아붙였다.

"액면가 삼십 이상은 취급 안 한다고 소문났을 텐데?"

차림새로 봐서 한몫 챙겨볼 목적으로 들이댈 여자 같진 않았다. 그녀는 어이없다는 듯 붉은 입술을 내밀었다.

"반가워요. 난 한경모직 한혜수예요."

"한경모직?"

"JK식품 전인경 알죠? 예전에 두 사람 사귀었다던데, 나 인경이 친구예요."

그런 이름도 있던가. 솔직히 당장 어제 만난 스무 살짜리, 앳된 얼굴에 육감적인 몸매가 제법 마음에 들었던 여자의 이름도 기억나지 않는다. 그보다 한경모직이라면 국내 최상위의 의류업체로 손꼽히는데 무슨 일일까.

"나한테 용건은?"

혜수는 바닥의 크리스털잔 파편을 피하며 눈살을 찌푸렸다.

"일단 좀 앉아도 될까요?"

"그러시든가."

"말이 좀 짧네요?"

"인경이 친구면 나보다 어릴 텐데?"

인경이 누구인지는 모르겠지만 그가 자신보다 나이 많은 여자를 만날 리 없으니 말이다.

혜수는 짜증스럽게 맞은편 자리에 앉아 다리를 꼬았다.

유현은 혜수의 모습을 천천히 관찰했다. 제법 화려한 미인인데 안타깝게도 나이가 흠이었다.

"안하무인이라 소문은 들었는데 그래도 초면에 너무 무례하시네요?"

"억울하면 너도 까시든가."

"은인이 되어줄 수도 있는 사람한테 너무한 거 아냐?"

흐리멍덩한 유현의 눈동자에 빛이 조금 깃들었다. 그는 테이블에 놓아둔 담배를 집어 불을 붙인 뒤 길게 한 모금 빨아들였다.

"무슨 뜻이지?"

"유성물산 이야기 대강 들었거든. 꽤나 수상쩍은 회사 돈을 가져다 쓰셨다면서. 그것도 자기 손발 다 끊어가면서. 공교롭게 한 달 후에 그 돈을 갚아야 하는데 주식이나 땅 아무것도 못 건드린다지?"

빌어먹을. 이 정도면 지나가는 동네 개도 알겠다.

"그래서 그 돈을 해결해주시겠다?"

"어째 그렇게 반가운 반응이 아닌데? 급한 거 아니었어? 당장 1차 상환기일에 못 막으면……."

"멋모르는 돈을 덥석 받았다가 지금 단단히 탈이 났거든. 그런데 오늘 처음 만난 여자가 불쑥 돈 문제를 해결해준다고? 그걸 어떻게 믿는데?"

"물론 그냥 해결해주겠다는 건 아냐. 조건이 있어."

유현은 담배를 재떨이에 눌러 껐다.

"거래란 말이군. 그렇다고 해도 별반 달라질 건 없을 것 같은데. 내가 당신과 거래할 만한 게 있던가?"

"있어."

"그게 뭔데?"

"당신 배다른 여동생. 내 눈에 좀 거슬리거든."

새 담배를 꺼내 불을 붙이려던 유현의 손이 멈칫했다. 그는 믿기지 않는 눈으로 혜수를 바라보았다.

"유래가 한국에 있어?"

"있어. 그것도 전남편 옆에."

"최무원?"

유현의 눈빛이 변했다. 흐리멍덩한 눈동자에 사냥감을 앞에 둔 맹수의 살기가 깃들었다. 그는 손안의 담배를 짓이기며 혜수를 응시했다.

"자세히 말해봐."

아침부터 몸에 미열이 들끓고 목이 간질간질했다. 감기가 오려나? 유래는 힘든 걸음으로 백화점에 들어섰다. 유니폼을 갈아입는데 머리가 지끈거리는 것이 제법 지독한 감기가 올 모양인가 보다. 아무래도 어제 계속 바닷가를 걸으며 맞았던 찬 바람이 원인인 듯했다.

한참을 걷다가 시장 안을 구경했다. 예전에 엄마가 일했던 의상실은 반찬가게로 바뀌어 있었다. 많이 변했지만 다행히 닭강정을 팔던 집은 그대로 남아 있었다. 시대의 흐름에 맞춰 현대식 건물로 깔끔하게 바뀌어 있긴 했지만 맛은 그대로였다.

닭강정을 사고 시내 쪽으로 이동해 이른 저녁을 먹었다. 김 비서가 미리 알아보고 예약해둔 레스토랑은 고급스러운 분위기에 질 좋은 재료를 제대로 사용하는 곳이었다.

저녁을 먹고 서울로 오는 내내 달달한 와인에 취한 것처럼 가슴이 두근거렸다. 운전을 하는 무원을 생각해 술은 한 방울도 마시지 않았는데도 왜 이러지. 시선이 마주치는 것도, 손끝이 스치는 것도, 무원의 체취가 느껴지는 것도 떨렸다. 기분 좋은, 약간의 흥분상태.

'이런 거구나.'

처음 느끼는 감각이었지만 유래는 자연스럽게 인지하고 받아들였다. 그와 자고 싶었다. 그를 안고 만지고, 느끼고 싶었다. 강릉에서 일찍 출발했기 때문에 준희의 아파트에 도착한 건 저녁 8시였다. 평소 데이트를 생각하면 헤어지기에는 좀 이른 시간이다.

「피곤하지? 일찍 자.」

「당신도 운전하느라 피곤하죠? 오늘 즐거웠어요.」

「그래. 어서 들어가.」

이게 다야? 보통 때라면 진한 키스와 스킨십으로 이어질 작별인사가 오늘은 담백하기 그지없다.

어떡하지? 분위기가 좀 무르익으면 자연스럽게 말을 꺼내려고 했는데. 좀 더 같이 있자고 해야 할까? 자신의 집이라면 편하게 '들어왔다 갈래요?'도 가능하겠지만 준희 집이니 그럴 수도 없고.

유래는 고민을 거듭하면서 차에서 내렸다. 그때, 무원이 차에서 내리는 소리가 들렸다.

「잠깐만.」

어쩌면 서로 비슷한 생각을 했던 걸까. 유래는 떨리는 마음으로 몸을 돌렸다.

「이거, 두고 갔어.」

무원이 내민 것은 뒷좌석에 놓아두었던 닭강정 상자였다. 그는 친절하게도 데워 먹으라는 말도 잊지 않고 돌아섰다.

유래는 닭강정을 들고서 웃어야 할지, 울어야 할지 갈피를 잡지 못했다. 처음은 그렇게 감당 못 할 만큼 달려들더니 왜 이러는 건데?

한숨을 쉬던 유래는 재채기를 했다.

"에취!"

옆에 있던 건우가 걱정스러운 얼굴로 물었다.

"어디 안 좋으세요?"

"감기기운 있는 것 같아."

"그러네요. 열도 좀 있어 보이는데요. 괜찮으시겠어요?"

"괜찮아. 심한 건 아니야."

"그럴수록 초기에 잡아야 하는데. 조금 있다가 윤성이 형 나오면 일찍 퇴근하세요. 오늘 평일이고 날씨까지 흐려서 마감까지 안 계셔도 될 것 같아요."

평소 가벼운 듯한 언행을 보이다가도 이럴 때면 튀어나오는 건우의 배려가 고마웠다. 다행히 오전에는 백화점이 한산한 편이었다.

건우가 먼저 점심을 먹고 윤성이 출근할 무렵을 맞춰 유래는 점심을 먹으러 나갔다. 입안이 깔깔한 것이 입맛은 통 없었지만 약을 먹으려면 간단하게라도 끼니를 챙겨야 했다. 구내식당의 식사는 이미 끝난 시간이라 약국에 나간 김에 편의점에서 삼각김밥을 샀다.

유래는 휴게실에 앉아 삼각김밥을 먹으며 휴대전화로 메일과 메시지를 죽 훑어보았다. 특별한 본사지시나 발주가 없는 것을 확인한 뒤, 무원에게 문자메시지를 보냈다.

[점심 먹었어요? 난 이제 먹어요.]

문자가 올 줄 알았는데 바로 전화가 걸려왔다. 유래는 휴게실에 아무도 없는 것을 확인하고 전화를 받았다.

"네."

– 왜 점심을 이제 먹어?

"매장에 있으면 거의 이 시간이에요. 당신은 어딘데요? 밖이에요?"

– 차 안이야. 외부에 회의가 있어서 나왔다가 조금 전에 끝났어. 점심, 뭐 먹는데?

"삼각김밥요."

– 그거 가지고 점심이 돼? 구내식당 가서 제대로 먹어. 우리 백화점 구내식당 밥 잘 나온다고 소문이 자자하다며.

"그렇다고 들었어요."

– 그렇다고 들어? 안 먹어봤어?

"구내식당 운영시간이 안 맞아서요. 백화점 직원들이야 점심시간이 정해져 있지만 판매직들은 점심이라고 매장 닫을 수 없잖아요. 교대로 식사할 때 가급적 식당 점심은 남자직원들에게 양보하는 편이에요. 나보다 많이 먹어야 하니까."

전화 너머에서는 잠시 아무 말이 없었다. 왜 그러지? 유래는 의아한 목소리로 무원을 불렀다.

"무원 씨? 무슨 일 있어요?"

– ……식당 운영을 어떻게 하는 거야. 그래서 판매직들은 점심을 다 그렇게 먹나? 아침 일찍 나와서는?

"대부분 중간중간 휴게실에서 간단히 요기하니까 괜찮아요. 저녁은 그래도 식당시간이 긴 편이라 든든하게 먹고요. 왜 화난 거예요?"

– 당신한테 화난 거 아니야. 그 문제는 내가 해결할게. 저녁은 시간 괜찮아?

"사실 어제 찬 바람을 너무 쐬어서 그런지 감기몸살 기가 약간 있어요. 일찍 들어가서 자려고요."

– 듣고 보니 목소리가 잠겼군. 심해? 같이 병원 갈까?

"심하진 않아요. 지금 딱 초기라 더 놔두면 고생할 것 같아서 그래요."

– 그래. 푹 쉬어. 나중에 연락할게.

유래는 전화를 끊고 약국에서 사온 약을 물과 함께 삼켰다. 매장으로 돌아가는데 갑자기 심장이 쿵쾅거리면서 오한이 들었다. 약까지 먹었는데 이상하네. 감기가 얼마나 심해지려고 이러나.

걱정스럽게 매장 안으로 들어서는데 건우가 급히 다가왔다.

"매니저님, 저기……."

등을 돌린 채 옷을 구경하고 있던 남자가 몸을 돌렸다.

"여어."

남자는 반갑다는 듯 한 손을 들어 보이며 씨익 웃었다. 그의 얼굴을 본 순간, 유래는 자리에 꽁꽁 얼어붙었다. 믿을 수 없는 사람이 서 있었다.

그래, 이거였다. 심장이 쿵쿵 뛰면서 등골이 오싹해지고 머리카락이 주뼛 서는 느낌. 이유현이 옆에 올 때마다 느끼던 감각이었다.

무원이 통화를 끝내는 것을 조수석에서 룸미러로 훔쳐본 남 실장은 눈동자만 데구르르 굴렸다. 저 불똥, 틀림없이 나한테 튀겠지. 운전석의 김 비서는 야속할 정도로 운전에만 집중하는 체했다.

"남 실장."

올 것이 왔다. 남 실장은 움찔하면서 대답했다.

"네."

"지금 구내식당 운영시간이 어떻게 됩니까?"

"중식은 11시 30분부터 2시까지입니다. 석식은 5시 30분부터 8시까지고요."

"그 시간 지나면 식사 못 한 직원들은 어떻게 합니까? 매장에 있는 판매직 중에 그 시간 맞춰서 식사할 수 있는 사람이 얼마나 된다고?"

"일단 구내매점에서 간단한 분식류를 팔고 있고…… 또 판매직 대부분은 협력업체 직원이다 보니 식사 문제는 각 업체 재량으로 하고 있습니다."

"아무리 재량이라도 식당 운영을 안 한다는 건, 협력업체 직원들은 굶든 말든 상관없다 이겁니까?"

이거야 원. 절대 갑인 백화점 입장에서는 협력업체 직원들 식사야 그들이 알아서 할 문제라고 치부해버리면 그만 아닌가.

그러나 대표의 경우 계약이나 돈 문제에 있어서는 누구보다 냉정하고 칼같이 끊어버리는 사람이 직원복지나 협력업체 처우에 대해서는 관대했다. 강자에게는 강했고 약자에게는 약하다. 노블레스 오블리주를 입으로만 배운 사람이 아니다. 거기에 협력업체로 들어와 있는 전처의 영향도 없다고는 못 하겠지.

남 실장이 대답하지 못하고 머뭇거리자, 무원은 짜증스러운 목소리로 물었다.

"지금 구내식당 관리, 어느 부서가 하고 있습니까?"

"총무부입니다."

"총무부장, 내가 백화점 들어가는 대로 바로 사무실로 오라고 하세요."

"……알겠습니다."

같이 살 때도 자신의 식사시간은 제대로 챙기지 못한 여자였다. 무원은 어제 품에 안았던 유래의 가느다란 몸을 떠올렸다. 젠장, 가뜩이나 가녀린 몸으로 하루 종일 서서 일하는 여자인데 먹는 것도 시원찮으면 어쩌라고.

서로 제법 많은 대화를 나누고 감정을 공유한 시간을 보내면서 그는 유래에게 조금씩 변화가 있음을 알았다. 자신 역시 마찬가지였다.

어제만 해도 그렇다. 서울로 가는 차 안에서 그와 유래 사이의 이성적인 텐션은 최고조였다. 완벽한 유혹의 타이밍이었으나 손가락 하나 까딱할 수 없었다.

예전에는 그의 욕구가 최우선이라 전혀 고민하지 않던 문제였다. 그러나 이제 겨우 마음을 열어주기 시작한 관계를 망치고 싶지 않았다. 괜히 싫어하는 짓을 해서 미움을 사고 싶지 않았다. 그녀를 실망시키고 싶지 않았다.

온몸이 울리는 것 같은 욕망이 그를 덮친다. 평소라면 키스만으로도 만족했을 텐데 오늘처럼 하루 종일 옆에 두고 감각을 혹사시킨 날에는 제어가 되지 않을 듯했다. 무원은 애끓는 심정으로 유래를 두고 돌아설 수밖에 없었다. 혹여 실수라도 할까 봐. 닭강정 상자가 든 비닐봉투를 몇 번이나 움켜쥐는 하얀 손가락을 뇌리에 새기면서.

언젠가 그 손가락이 비닐봉투가 아닌 그의 몸을 움켜쥘 날이 오겠지. 제발 빨리 오길 바라지만.

백화점에 돌아온 무원은 바로 총무부장을 불러 구내식당 문제를 지적했다. 총무부장은 굳은 얼굴로 외주업체와 협의해야 한다고 말했고, 무원은 예산을 올리더라도 개선안을 내놓을 것을 요구했다.

총무부장 입장에서는 기가 찰 노릇이었다. 당장에 유커 때문에 줄어든 매출로 예산을 쥐어짜내도 모자랄 판국에 협력업체 직원들을 위해 돈을 쓰겠다니.

총무부장은 대표실을 나오자마자 쪼르르 입사동기인 남 실장에게 달려갔다.

"대표 미쳤어?"

남 실장은 말하지 못하는 속내 대신 고개만 끄덕였다.

'미치다마다. 이혼한 전처에게 완전 미쳤다네.'

총무부장이 나가고 몇 가지 일을 처리하고 나자 저녁시간이었다. 혹시나 하는 마음에 유래에게 전화를 걸었으나 받지 않았다. 일찍 들어가서 잔다고 하더니 많이 아픈가. 어제 차가운 바닷바람을 맞으며 많이 걷긴 했다. 오늘은 푹 쉬게 해야겠다.

요즘은 데이트 때문에 저녁시간 약속을 잡지 않은 탓에 갑자기 빈 시간이 낯설다. 오랜만에 우경과 술이나 한잔해야겠다는 생각에 사무실을 나서는데 혜수와 마주쳤다.

그녀는 닫히려는 엘리베이터 문을 도로 열었다. 레스토랑에서의 일 이후, 업무적인 회의를 제외하고 혜수를 보는 건 처음이었다. 고급스러운 블랙의 퍼 코트를 걸친 혜수는 무원을 보며 고개를 숙였다. 무원이 먼저 말을 걸었다.

“어제 잘 쉬었습니까?”

“네, 제법 성과가 괜찮았거든요. 참, 아버지께서 귀국하셨는데 저더러 언제 한번 대표님과 식사자리 잡으라고 하시네요. 어떻게 할까요? 불편하시면 제가 빠져드리고요.”

“상관없습니다. 알아서 적당한 날로 정하시죠.”

“그러죠.”

층수를 나타내는 LED 패널이 B1을 띄운 순간 혜수의 휴대전화가 울렸다. 혜수는 무원을 슬쩍 보더니 전화를 받았다.

“확인했어? 좋아. 자세한 이야기는 만나서 해.”

엘리베이터가 지하주차장에 서자 무원이 먼저 내렸다. 뒤따라 내리던 혜수가 불쑥 말을 꺼냈다.

“혹시 화양연화라는 말 아세요?”

“인생에서 가장 아름다운 시간, 그런 말 아닙니까?”

혜수는 붉은 입꼬리를 당겨 올렸다.

“그런데 그거, 의외로 참 짧고 허망하다고 하더라고요.”

“무슨 뜻입니까?”

“글쎄요. 그냥 그렇다고요. 이만 먼저 가보겠습니다.”

혜수는 요란한 구두 소리를 남기며 주차해놓은 차로 향했다. 무원은 눈매를 가늘게 하며 차에 타는 혜수의 모습을 지켜보았다.

지켜봐서 알건대 저 여자는 아버지인 한 회장과 같은 능구렁잇과다. 독이 없고 이빨이 작아서 덩치 큰 생물에게 치명타를 주진 않지만 사나운 뱀. 자신보다 작은 생물에게는 더없이 잔인하고 무서운 포식자.

무원은 혜수의 차가 주차장을 빠져나가는 것을 확인한 다음 김 비서에게 전화를 걸었다.

– 네, 대표님.

"한 본 쪽에 사람 하나 붙여서 근황 좀 알아봐."

– 한 본부장, 말씀입니까?

"그래."

– 알겠습니다.

경계해서 나쁘지는 않겠지. 저 여자가 타깃을 정한다면 그건 자신보다 약한 유래가 될 테니까.

물론 경고는 이미 했다. 내 사람 예쁜 눈에서 몹쓸 눈물을 뽑으면 용서하지 않는다고. 그녀가 경고를 무시하지 않길 바랄 뿐이다. 스스로를 위해서도.

카르페 디엠을 찾은 무원은 우경이 위스키와 함께 내오는 안주를 보며 어이없어했다.

"이게 왜 여기 있어?"

"응?"

무원은 닭강정이 든 상자를 가리키며 우경을 추궁했다.

"이거, 어제 내가 강릉에서 산 거잖아."

"무슨 소리야. 이거 준희 씨가 가져온 건데. 다 먹기 많다면서."

"다 먹기 많을 정도로 사준 게 나라고."

사는 김에 유래 것만 살 수 없어서 같이 사는 준희에게 줄 몫을 따로 사긴 했다. 그걸 어떻게 처리할지는 그녀가 알아서 할 문제였지만 여기 있을 줄이야. 그것도 우경의 개인 냉장고에.

무원은 의심쩍은 눈으로 우경을 바라보았다.

"솔직히 말해."

"뭘?"

"너 요즘 서준희 씨와 뭐 있냐?"

"있긴 뭐가 있어. 혼자 사는 홀아비가 불쌍해 보였겠지. 참, 이거 맛있던데. 상자에 주문진 어쩌고 쓰여 있길래 그냥 이름인가 했더니 강릉까지 가서 산 거였어?"

화제가 자연스럽게 바뀌었지만 무원은 의심의 눈초리를 거두지 않았다. 친구의 연애사에 관여하고 싶은 생각은 전혀 없다. 같은 이혼남 동지로서 지금이라도 우경에게 누군가가 생긴다면 쌍수를 들고 환영하고 싶다.

하지만 상대가 유래의 친구 '서준희'라면 이야기가 다르다. 사촌이긴 하지만 '여동생 남편'이었던 친구가 '아내 친구'와 다시 엮이는 꼴은 보고 싶지 않았다.

"진짜 아무것도 아닌 거, 확신해?"

"너, 지금 나 취조하냐?"

"미리 말하는데 나는 네 친구이기도 하지만 혜원이 오빠야. 그리고 서준희 씨는 내 아내의 친구고."

"걱정 마라. 나도 이런 문제로 또 너하고 얽히는 거 절대 사절이니까. 그보다 강릉은 왜 갔는데?"

"유래가 가고 싶어 해서. 예전에 거기 살았다더군."

"예전? 아, 성북동 가기 전?"

무원은 고개를 끄덕였다. 그는 조심스럽게 운을 뗐다.

"예전에 성북동 집에서 일했던 사람을 만났는데 어릴 때 많이 안 좋았던 모양이야."

"안 좋아? 하긴 편한 상황은 아니었겠지. 솔직히 성북동 입장에서 보면 그럴 수 있어. 밖에서 데려온 자식을 환영하는 집은 없을 테니까."

"그 정도가 아니야. 학대를 당했다고 했어."

"뭐? 학대?"

"걸핏하면 욕하고, 굶기고, 가뒀다고 해. 이유현은 손찌검까지 했고."

우경은 미간을 좁히며 안경을 고쳐 썼다.

"이 회장님은 뭐 하시고? 친딸이 그 꼴을 당하게 그냥 두셨단 말야?"

"워낙 바쁜 분이신 데다가 유래가 티 안 내려고 애를 쓴 모양이야."

몇 번 만나지 않았지만 우경이 무원이나 준희의 이야기를 들어서 아는 유래는 조용하고 따뜻한 사람이었다. 냉소적이고 바싹 메말라 있는 제 친구를 감싸줄 수 있을 만큼.

실습 때 아동센터에서 일한 적이 있어서 학대받은 아동들의 상태에 대해서는 어느 정도 안다. 대부분이 심리적으로 불안정하고 애착형성에 어려움을 느꼈다. 그래서 유래가 그렇게 살았을 거라는 생각은 해보지도 않았다. 그녀처럼 엇나가지 않고 자라려면 정말 많은 노력이 필요했다.

"생선을 못 먹는 것도 그것 때문이었어. 연못에 키우는 잉어를 좋아하니까 거기에 약을 풀어서 전부 죽였다는군."

"연못에 약을 풀어? 어떻게 그런 짓을……."

우경의 목소리가 파르르 떨렸다. 무원은 자조적으로 중얼거렸다.

"후회가 돼. 난 솔직히 결혼을 정할 때 그 여자 쪽도 충분히 계산하고 정한 거라고 생각했어. 서로에게 득이 되는 결혼이니까. 결혼해서도 너 알아서 살아라 하고 한남동에 데려다 놓고 필요할 때만 찾았지 제대로 봐준 적이 없어. 윤 여사가 눈에 불을 켜고 들볶을 때도 아는 척 안 했어. 그 정도는 감수해야 한다고 생각했으니까. 나나 성북동 인간들이나 같은 족속들이야. 그러니까 이혼하자고 했겠지."

"네가 왜 같은 족속이야? 유래 씨는 그렇게 생각 안 해."

"그걸 어떻게 아는데?"

"사실 지금까지 어떻게 말해야 할지 몰라서 안 했는데, 아버지 병원에서 레지던트 할 때 유래 씨 따로 만난 적 있어."

"언제?"

"너희 이혼하기 직전이었던 것 같아. 성 비서님하고 같이 왔더라."

성 비서와 같이 간 날이라면…… 그날이다. 이혼서류를 내밀던 날.

"솔직히 그때는 임신 때문에 병원에 온 줄 알았거든. 성 비서님까지 동행하셨으니. 축하인사 할 겸 차나 같이 하자고 했지. 그런데 아이는 아니고 스트레스성 위염이라고 하더라. 그래서 내가 농담 삼아 그랬어, 너하고 살기 힘드냐고, 까다로운 녀석이라 친구인 내가 미안하다고. 유래 씨가 뭐라고 대답했는지 알아?"

"……."

"너 진짜 좋은 사람이라더라. 내가 네 친구라서 하는 말이 아니라 넌 약한 사람은 절대 괴롭히지 않는 공정하고 바른 사람이라고. 그 사람, 누구보다 너를 잘 알고 있었어. 그런 사람이 이혼하자고 했다면 뭔가 다른 이유가 있을 거다."

위로인 듯 위로가 아닌 말이었다. 뭔가 다른 이유가 있다면 그게 뭘까. 무원은 황금빛 위스키를 보며 기억을 더듬었다. 불현듯 기억 하나가 떠올랐다.

「제 기억이 맞다면, 대표님 예전 결혼기념일입니다.」

「엄마 기일이었어요.」

그들의 결혼기념일과 유래 생모의 기일이 같다는 것.

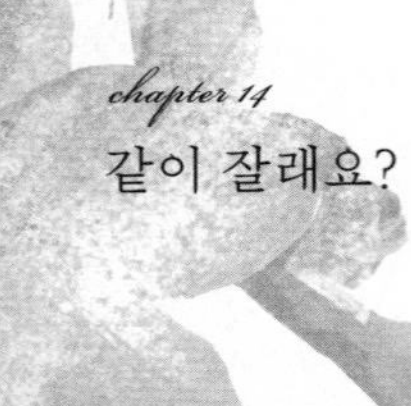

chapter 14

같이 잘래요?

춥다. 왜 이렇게 추운 거야? 유래는 몸을 움츠리며 이불 속을 파고들었다. 끝도 없이 뼛속을 후벼 파는 추위는 성북동 창고에서 느끼던 것과 비슷했다. 뭔가 하나라도 거슬리면, 예를 들어 눈이 마주친다든가, 계단을 오르는 발소리가 크다든가, 식탁에 수저 내려놓는 소리가 컸다든가 하는 일들이 있으면 바로 창고로 끌려갔다.

정원 별채에 있는 창고는 여름에는 벌레가, 겨울에는 동장군이 기승을 부렸다. 유래가 특히 참기 힘든 건 겨울이었다. 오래된 창고는 여름에도 서늘한 기운이 맴돌았는데 겨울에는 한두 시간만 안에 있어도 온몸이 꽁꽁 얼었다.

하루는 저녁식사에 잉어매운탕이 올라온 적이 있었다. 성북동 사모의 친정어른이 손수 잡아 보냈다는 귀한 잉어였지만 유래는 그걸 보자마자 구역질을 했다. 기분이 상한 성북동 사모는 그 자리에서 유래를 끌어내 창고에 가두었다. 그제 내린 눈이 채 녹지 않은 1월이었다.

공교롭게도 아버지와 강 실장은 출장으로 집을 비웠고 강원댁 역시 집안일 때문에 자리에 없었다. 성북동 사모는 늘 먹는 신경안정제를 먹고 잠들어버렸다. 유일하게 문을 열어줄 수 있는 유현은 유래를 보고도 코웃음을 치며 가버렸다.

유래는 밤새 정신이 혼미해질 것 같은 추위에 떨어야 했다. 아침이 되어서 집에 돌아온 아버지가 쓰러져 있는 유래를 발견하기 전까지. 한동안은 폐렴으로 병원에 입원해야 할 정도로 호되게 앓은 기억이 난다. 그런데 왜지? 그때의 공포, 고통, 추위가 한 번에 되살아나는 건.

이유는 알고 있다. 유현을 만났기 때문이다.

「여어. 오랜만이다?」

4년 만에 만나는 배다른 오빠는 여전히 불쾌함의 대상이었다. 4년 전과 다른 것이라면 안하무인이던 얼굴에 비열함이 배었다는 것 정도일까.

「여전하구나. 싸구려를 좋아하는 건.」

그는 진열대의 옷걸이에 걸린 옷을 몇 벌 꺼내더니 유래에게 휙 던졌다. 가슴과 어깨에 부딪힌 옷가지가 바닥에 떨어진다. 유래는 가만히 떨어진 옷을 주웠다. 건우가 욱한 표정으로 한마디 하려는 것을 유래가 말렸다.

「내가 알아서 할게.」

「하지만…….」

「아는 사람이야.」

그 소리를 들었는지 유현이 입매를 비틀었다.

「이거 섭섭하네. 여동생이 오빠를 그냥 '아는 사람'이라고 하는 기분.」

건우가 놀란 얼굴로 유래와 유현을 번갈아 보았다.

대체 왜 나타났을까? 자신에게서 얻어낼 것도 없을 텐데. 유래는 유현을 똑바로 쳐다보며 말했다.

「나가요. 여긴 영업장이에요.」

「매정도 하지. 그냥 내 여동생이 한국에 와 있다기에, 그것도 성원백화점에 있다기에 설마 했다고. 이런 대반전이 있다니.」

막 매장에 들어서던 윤성도 이상한 분위기를 느꼈는지 입구에서 멈췄다. 다른 매장 직원들도 무슨 일인가 싶어 고개를 기울이는 것이 보였다. 더 이상의 소란은 사양이다.

유래는 주워 든 옷을 건우에게 건네며 빠르게 말했다.

「나가라고요. 성북동하고는 이미 3년 전에 끝났어요. 계속 소란 피우면 가드를 부르겠어요.」

유래는 매장 천장에 설치된 CCTV를 가리켰다. 유현은 어깨를 으쓱했다.

「오늘은 그냥 간단히 인사만 하러 온 거니 그렇게 날 세울 필요 없어. 아버지는 만나봤니? 많이 늙으셨어. 하긴 거기가 좀 그렇긴 하지. 게다가 날씨도 추워서 걱정이야. 연세도 있으신데.」

아버지의 이야기에 유래의 손끝이 살짝 떨렸다. 유현은 예전부터 아프거나 약한 부분을 찾아 생채기를 내거나 소금을 뿌리는 데 탁월한 재능을 보였다. 그리고 그 악마의 재능은 유래를 향해서라면 120퍼센트 이상 발휘되곤 했다. 분명 반이나마 피가 통했을 텐데, 한 번쯤은 애틋한 마음을 가져볼 만한데도 자신을 향한 유현의 악의는 상상을 초월했다.

「그럼 다음에 보자.」

그가 건들대며 유래의 어깨를 툭툭 두드렸다.

「My sister.」

어떻게 집에 돌아왔는지 기억도 나지 않는다. 침대에 풀썩 쓰러진 유래는 열 때문에 의식이 가물가물해졌다. 귓가에 환청처럼 이야기 소리가 울렸다.

「너, 제정신이야!」

앙칼지게 갈라지는 목소리가 귀에 익숙했다. 성북동 사모님이었다.

「진정하세요, 엄마.」

「지금 진정하게 생겼어! 아버지 저러고 계시는데, 상황이 어떤 때인데 계집애랑 사고를 쳐. 세라 엄마 친정 갔다며. 가뜩이나 회사도 어려운데 처가랑 척져서 어쩌겠다고.」

「지금은 제 처가보다 성원그룹 쪽이 더 문제예요. 걔는 어떻게 애 소식 없대요?」

상대는 유현이었다. 그날, 한번 들르라는 연락을 받고 성북동을 찾았는데 어쩌다 보니 약속시간보다 훨씬 빨리 도착하고 말았다. 안방에서는 모자가 한창 이야기를 나누고 있었다.

「내가 그걸 어떻게 알아.」

「걔는 대체 결혼하고 얼만데 아직 애 하나를 못 가지나. 좀 있다가 온다고 했으니 엄마가 좀 챙기세요. 한약이라도 좀 지어주든가요. 전에 세라 엄마 먹던 거 효과 바로 나던데. 왜, 우리 세라 한 방에 생겼잖아요. 애라도 들어서야 최무원이 쥐고 있는 자금줄을 풀 거 아니에요?」

「이 상황에 애가 소용 있겠어? 애만 내주고 쫓겨나는 거나 아닌지 몰라.」

「엄마가 몰라서 그러시는데 쫓아낼 생각이었으면 최무원 성격에 우리 집 일 터지자마자 내쳤어요. 그런데도 지금 들어오는 돈만 끊었지, 별다른 내색 없는 거 보면 걔가 제법 잘하고 사나 봐요. 하긴 걔 엄마도 아버지한테 잘했다죠? 그러니까 아버지가…….」

「그 여자 이야기는 왜 꺼내! 뭐 좋은 이야기라고. 그보다 너, 그 애 엄마 이야기 언제까지 숨길 거야?」

유래는 자신도 모르게 숨을 훅 들이마셨다. 여기서부터가 클라이맥스다.

「아직은 안 되죠. 지금 당장 이혼이라도 하고 나오겠다면 우리가 손해예요. 지금 채권단이나 주주들이 가만히 있는 이유가 뭐겠어요. 그래도 우리 뒤에 성원그룹이 있다는 걸 알아서 그런 거지.」

「그렇다고 계속 숨길 거야?」

「저도 그럴 줄은 몰랐다고요. 간 이식이 필요하다는 이야기만 들었지 하필 결혼식 당일에 죽을 줄이야…….」

숨을 쉬기가 힘들었다. 심장이 뛰고 손발이 오그라들었다. 아냐, 그럴

리 없어. 순간 유래의 눈에 비친 두 사람은 인간의 형상이 아니었다.

담당의사는 차트를 보더니 엄마를 기억했다. 그는 마지막에 간 이식 수술을 권했다고 한다.

「따님이 외국에 있어서 수술이 불가능하다고 했습니다. 따로 연락받지 못했습니까?」

유래는 고개를 저었다. 모든 것을 숨겼던 유현은 뻔뻔하기 짝이 없었다.

「어차피 네 친모도 받지 않는다고 했어.」

「그래도 나한테 말은 해줬어야지! 설득할 수도 있었는데!」

「결혼식을 코앞에 두고 그딴 수술을 하겠다고? 누구 마음대로? 그게 어떤 결혼인데!」

「어떤 결혼인데? 사람이 살 수 있었다고 하잖아! 간 이식만 제때 받았으면! 당신들이 우리 엄마를 죽인 거야! 당신들이 살인자라고!」

유래는 악에 받쳐 소리를 질렀다.

한남동 집으로 돌아간 유래는 그대로 앓아누웠다. 성북동에 들어와서 지금까지 참아왔던 모든 감정들이 둑이 터진 듯 쏟아져 목을 죄었다. 숨이 막혀 가슴을 세게 쳤다. 혼절했다 깨어나길 반복하면서 유래의 머릿속이 차가워졌다.

이대로는 너무 억울했다. 엄마가 그리고 자신이 살아온 세월들이. 유래는 그들이 가장 두려워할 것을 생각했다. 죽어가는 엄마를 감추면서까지 지키려고 했던 결혼이라면 두려워할 것도 하나였다.

「이혼해요, 우리.」

문득 그 말을 하던 때가 떠오르자 뺨에 뜨거운 것이 흘렀다.

「이 생활이 힘들어요. 당신 큰어머니도 싫고, 이 집도 싫고…… 당신 아내로 사는 것이 싫어요.」

마음속 깊이 묻어둔 상처가 헤집어졌다. 꿈속인데도 괴로운 것은 언제나 똑같다. 선택할 수 있는 가장 큰 복수였는데, 어째서 상처받은 건 자신과 무원이었을까.

"유래야, 괜찮아?"

다음 날, 방문을 열어본 준희는 놀라서 말을 걸었다. 어제 늦게 회식이 있었던 탓에 닫혀 있는 방문을 보며 당연히 자겠거니 했다. 침대에 웅크리고 누워 있는 유래는 식은땀을 흘리며 신음하는 중이었다. 이마를 짚어보니 뜨거웠다.

"유래야, 많이 아파?"

울었던 건지, 아니면 열 때문인지 유래의 눈은 퉁퉁 부어 있었다. 준희는 일단 얼음주머니를 만들어 눈가에 올려주었다. 유래는 찬 기운에 겨우 정신이 드는지 입을 열었다.

"준희야, 나 아파."

"그래, 병원 가자. 너 열이 심하게 나."

유래는 힘없이 고개를 저었다.

"그 정도 아니야. 약 먹고 하루 쉬면 돼. 내 휴대전화 좀 줄래?"

준희는 유래의 가방에서 휴대전화를 꺼냈다. 유래는 더듬거리며 단축번호를 눌렀다. 짧은 신호음 뒤에 윤성의 목소리가 들렸다.

– 네, 매니저님.

"윤성 씨."

목이 잔뜩 부어서 아프다. 유래는 힘들게 말했다.

"내가 몸이 안 좋아서 오늘 매장 못 나갈 것 같아요."

– 많이 안 좋으세요?

"좀 그래요. 오늘 새 아르바이트생 오기로 했죠?"

– 걱정 마세요. 제가 잘 가르치겠습니다. 푹 쉬세요.

"고마워요. 잘 부탁할게요."

통화를 끝내자 겨우 한시름 놓을 수 있었다. 다시 눈을 감으려는데 준희가 여전히 걱정스럽게 내려다보고 있었다.

"출근 안 해?"

"좀 늦게 나가도 돼. 그보다 진짜 병원 안 가도 되겠어?"

"응."

유래가 이불을 파고든 사이 준희가 죽을 끓여 왔다. 유래는 죽을 먹고 다시 잠들었다. 하루만 더 쉬면 괜찮으리라. 과거도, 지금의 악몽도.

무원은 가만히 달력을 바라보았다. 두 개의 같은 날짜가 뇌리에 박혀 떠나지 않는다. 회의와 미팅, 저녁에 모임 약속까지 잡힌 바쁜 날이었다.

오늘따라 유래에게서는 아무런 연락이 없다. 매장에서는 휴대전화 사용을 금지하기 때문에 휴식시간에 맞춰 전화나 문자를 먼저 하는 것은 유래였다. 아무리 바빠도 하루에 한 번 정도는 뭐 하느냐, 밥을 먹었느냐 연락을 해왔는데 감감무소식인 게 이상했다.

휴대전화에 신경이 가다 보니 평소 어울리는 모임에도 집중이 되지 않았다. 무슨 일이 있나? 아니면 많이 아픈 건가?

무원은 저녁식사만 하고 일찍 자리를 나서며 유래에게 전화를 걸었다. 평소라면 퇴근했을 시간인데도 긴 신호음만 반복되었다. 무원은 계속 통화버튼을 눌렀다.

세 번째인가, 네 번째 전화를 했을 때 겨우 누군가 받았다.

– 최무원 씨.

준희였다. 무원은 준희에게 물었다.

"서준희 씨? 유래와 함께 있습니까?"

– 네. 유래가 좀 많이 아파요.

무원은 휴대전화를 꽉 움켜쥐었다.

"아프다니요? 어디가요?"

– 감기몸살인 것 같은데 열이 많이 나요.

"병원에 갔습니까?"

– 아뇨. 아침에 좀 쉬면 괜찮다고 해서 그럴 줄 알았는데 저녁에 퇴근해서 보니 더 심해졌어요. 정신을 아예 못 차려요.

"내가 지금 가겠습니다."

무원은 김 비서에게 곧장 준희의 아파트로 차를 돌리게 했다. 어제 몸 상태가 좀 이상하다고 했을 때 병원에 데려갈 걸 그랬다.

벨을 누르자 준희가 급히 문을 열어주었다. 무원은 유래가 지내는 방으로 직행했다. 유래는 침대에 축 늘어져 있었다.

"유래야."

온몸이 불덩어리였다. 무원이 안아 일으키자 그제야 겨우 눈을 떴다.

"무원 씨……?"

잔뜩 쉬어 있는 목소리였다.

"그래, 나야."

뭔가 말하려던 유래는 목이 아픈지 입술만 달싹거렸다.

"병원 가자."

유래는 힘없이 고개를 저었다.

"그냥 감기몸살이야. 지금은 병원 가서 검사받는 게 더 힘들어요."

무원은 핏기라곤 하나 없는 유래의 얼굴에 납득할 수밖에 없었다. 그는 휴대전화를 꺼내 우경에게 전화를 걸었다.

– 무슨 일이야? 나 지금 밖이거든?

"유래가 많이 아파."

– 저런, 어떻게 아픈데?

"감기몸살이라는데 열이 너무 높다."

– 알았어. 바로 갈게. 그런데 거기 어디야?

무원은 옆에 있는 준희에게 휴대전화를 넘겨주었다. 준희가 우경과 통화를 하는 동안 무원은 옆에 있던 찬 수건으로 유래의 이마를 닦아주었다. 하루 사이에 아주 반쪽이 되었구나. 무원은 안타까운 마음에 헝클어진 머리카락을 쓸어넘겼다.

유래가 잠이 들고 얼마 지나지 않아 우경이 커다란 진료가방을 들고 도착했다. 어딘가 낯익은 진료가방은 아무리 봐도 상담을 위주로 하는 우경이 가지고 있을 만한 물건이 아니다. 실제로 무원은 우경이 진료가방을 든 것도 처음 보았다.

"이 가방 뭐야? 굉장히 낯익은데."

"낯익을 수밖에. 너네 집 주치의 하셨던 우리 아버지 거니까."

"뭐?"

"아버지와 둘이 식사하는데 전화했잖아. 내가 진료가방이 있을 리가 있냐. 임상 그만둔 지가 언젠데. 마침 아버지 차에 있다기에 빌렸지. 너한테 다음에 '자세히' 이야기하자 하시더라."

임 박사는 입이 무겁긴 하지만 짓궂기도 한 사람이다. 나중에 '자세히'란 사족을 붙였으니 다음번 만남부터는 피곤해질 각오를 해야 했다.

체온을 잰 우경은 차분히 유래의 상태를 살핀 뒤, 해열제를 주사했다.

"일단 열부터 떨어뜨리고 수액 좀 맞으면 될 것 같아. 자세한 건 날 밝으면 병원에서 검사해봐야겠지만. 내가 봤을 땐 한 사흘 정도 잘 쉬면 괜찮을 것 같아."

"열이 이렇게 심한데, 괜찮은 거 맞아? 임상 그만둔 지 오래돼서 다 잊어먹은 거 아냐?"

"너 내 학부성적 무시하지 마라. 해열제 들어갔으니까 좀 지켜봐야지."

무원은 유래에게서 눈을 떼지 못했다. 그렇게 좋으냐? 우경은 수액봉지를 걸면서 기가 차 중얼거렸다.

무원이 준희를 보며 말했다.

"미안하지만 오늘 밤에 같이 좀 있어도 되겠습니까? 계속 상태를 봐야 할 것 같아서요."

준희는 유래와 무원을 번갈아 보더니 고개를 끄덕였다.

"그러세요."

"그러면 준희 씨, 나하고 심야영화라도 보러 갈래요?"

우경의 뜻밖의 제안에 무원과 준희의 시선이 동시에 쏠렸다.

"아니, 무원이도 여기 있을 거라는데 준희 씨 불편할까 봐서……."

"그럼 그럴까요?"

생각보다 선선한 준희의 승낙에 무원과 우경은 얼굴을 마주 보았다. 준희가 잠시 옷을 갈아입으러 간 사이 무원이 목소리를 낮추며 우경에게 말했다.

"내가 말한 거 잊지 않았지?"

"알았다, 알았어. 너야말로 대책 없이 여자들 사는 집에 있겠다고 하면 어떡해. 내가 구제해준 거라고, 지금."

부정할 수 없어 무원은 우경을 스윽 노려보기만 했다.

우경과 준희가 나간 뒤 무원은 재킷을 벗고 셔츠 소매를 걷었다. 준희가 꺼내놓고 간 새 수건을 다시 찬물에 적셔서 돌아오자 유래가 낮게 앓는 소리를 냈다. 분명 해열제가 들어갔다고 했는데 열은 언제 내리는 거야.

무원이 수건을 이마에 대자 유래가 추운 듯 잔뜩 움츠렸다. 보다 못한 무원이 옆자리에 누워 유래를 끌어안았다. 온기 때문인지 유래는 정신없이 무원의 품을 파고들었다. 가슴에 얼굴을 묻은 유래의 뜨거운 숨결이 셔츠 위로 고스란히 느껴지자 오소소 소름이 돋았다.

"미치겠네."

정작 열이 오른 당사자는 겨우 안정이 된 듯 쌔근쌔근 소리를 내는데 무원의 숨소리는 조금씩 거칠어졌다. 무원은 수액이 전부 들어간 것을 확인하고 바늘을 뽑았다. 다행히 어느 정도 열이 떨어지고 한기도 느끼지 않는 것 같아 겨우 한시름 놓았다.

예전에 응급실에서도 그렇고 지금도 그렇고 아플 때면 열로 고생하는 체질인 듯했다. 몸이 약하면 그렇다던데, 진짜 보약이라도 한 제 먹여야겠다, 그렇게 생각하며 일어서려고 하자 유래가 뒤척이더니 그의 옷깃을 움켜쥐었다. 핏줄이 선 하얀 손등이 안쓰럽다. 무원은 어쩔 수 없이 다시 좁은 침대에 몸을 뉘었다.

"나중에 꼭 다 갚아."

들었는지, 무의식중에 한 것인지 유래가 고개를 끄덕였다. 무원은 피식 웃으며 유래를 끌어당겨 팔베개를 해주었다. 서서히 그의 눈도 감기고 있었다.

눈을 뜨자 방의 환한 불이 눈에 들어왔다. 창밖은 아직 어두운 것으로 보아 밤인가, 새벽인가? 어쩐지 갑갑한 느낌에 몸을 일으키려던 유래는 목덜미에 느껴지는 숨결에 움찔했다.

어렴풋 무원이 찾아와 밤새도록 안아준 것이 떠올랐다. 꿈이라고 생각했는데, 아니었구나.

유래는 자신의 몸 위에 걸쳐 있는 무원의 팔을 조심스럽게 내리며 침대에서 벗어나려고 했다. 그러자 허리에 두른 팔에 힘이 들어가면서 그녀를 끌어당겼다.

"무원 씨?"

여전히 고른 숨을 쉬고 있는 남자는 대꾸도 하지 않는다. 몸을 빼기 위해 꼼지락대던 유래는 엉덩이 부근에 닿는 단단한 것에 깜짝 놀랐다. 아니, 원래 아침이면 혈기왕성해진다는 건 알고 있었지만 어쩐지 부끄러웠다.

무원이 슬쩍 목덜미에 입술을 눌렀다.

"열이 아직 있는 것 같아."

살짝 쉰 목소리가 묘한 색기를 머금었다.

"이제 괜찮아요. 그런데 당신 여기 있는 거, 준희도 알아요?"

"당연히 집주인에게서 허락받았지."

"준희에게 굉장히 폐 끼친 거 같은데."

갑자기 무원이 장난치듯 이를 세워 깨물었다. 따끔하면서 야릇한 감각에 유래는 아, 소리를 냈다. 그러나 이번에는 깨물었던 곳을 부드럽게 핥는 바람에 몸의 솜털이 곤두섰다.

"나한테는 폐 끼친 거 없어?"

"네?"

"당신 때문에 난 제대로 자지도 못했어. 침대는 좁고, 당신 열은 안 떨어지고, 그런데 자꾸 춥다면서 매달리고."

"미안해요."

"미안한 줄 알면 아프지 마."

무원은 유래의 머리카락을 헝클어놓으며 침대에서 몸을 일으켰다. 셔츠 소매 단추를 채우며 시간을 확인한다.

유래는 그에게 물었다.

"몇 시예요?"

"5시 30분. 당신은 좀 더 자. 사흘 정도 푹 쉬는 게 좋아. 열도 아직 떨어진 게 아니니까 매장도 나가지 말고 쉬어."

"오늘은 나가봐야 해요. 새 아르바이트생도 들어왔고, 매장 상황도 확인해야 하고……."

"가끔은 자기가 뽑은 직원들을 신뢰해보는 건 어때? 열심히만 한다고 뭐든 능사는 아니니까. 매장 쪽은 나중에 내가 봐줄게. 오늘부터 남성복 플로어를 집중적으로 살필 예정이거든."

"왜요?"

무원은 눈을 동그랗게 뜬 유래를 보며 침대에 걸터앉았다.

"경쟁사인 대진백화점의 경우는 식품관이 메인이고 태성백화점의 경우는 테마파크야. 우리는 윤 여사가 20년을 공들여 코스메틱과 패션에 투자했는데 중국과의 갈등이 계속된다면 매출하락은 피할 수가 없어. 타개책으로 생각하는 게 멘즈 브랜드야. 요즘은 외모에 관심 많은 남자들을 그루밍족이라 한다며? 그들을 타깃층으로 끌어들이는 거지."

"그루밍족이 트렌드이긴 해요. 그렇지 않아도 우리도 본사에서 이번에 남성용 '스몰 럭셔리'를 취급하는 라인을 독립시키려고 계획하는 중이에요."

"스몰 럭셔리?"

"비싼 명품가방이나 의류 대신에 비교적 저가의 명품, 그러니까 작은 액세서리 같은 걸 구입하며 만족을 얻는 현상이에요. 남성의 경우는 고가인 구두나 시계 대신 안경이나 선글라스, 넥타이, 커프스링크 같은 걸 구입하는데 거기에 맞춘 잡화 라인을 내놓을까 하는 거죠."

"괜찮은 생각이군."

무원은 침대에서 일어나며 재킷을 걸쳤다. 유래 역시 그를 따라 몸을 일으켰다.

"가려고요?"

"가야지. 내가 있으면 계속 서준희 씨한테 폐를 끼치는 거잖아."

그렇긴 하지만 어쩐지 아쉽다.

거실로 나오자 준희의 방문은 닫혀 있었다. 아마 잠들어 있을 것이다. 인사는 생략하기로 하고 유래는 현관까지 무원을 배웅했다.

"나오지 말고 오늘은 진짜 푹 쉬도록 해. 나중에 저녁에 데리러 올 테니까."

"저녁에요?"

"저녁 같이 먹자."

유래는 현관문을 여는 무원을 뒤에서 끌어안았다. 그리고 재빨리 속삭였다.

"고마워요, 어제 같이 있어줘서. 고생시켜서 미안하고."

사람들이 이래서 결혼을 하나 보다. 헤어지는 순간이 아쉽고 돌아서는 등이 안타까워서. 그걸 결혼하고, 이혼한 다음에야 알다니.

"가끔은 좋은데? 이런 포옹도 받고."

"그럼 앞으로 자주 안아줄게요."

무원은 픽 웃었다.

"생각해보니 안 되겠다. 감당이 안 될 것 같아."

"내가 감당이 안 된다는 이야기예요?"

"아니, 내가. 포옹만으로는 안 끝날 것 같아서."

무원은 몸을 돌리더니 유래의 입술에 가볍게 키스했다. 살짝 입술만 닿는 정도의 버드키스지만 심장이 큰 소리를 내며 두근거렸다.

그가 돌아간 뒤 유래는 물을 따끈하게 끓였다. 열에 시달리고 식은땀을 흘린 탓인지 목이 말랐다. 적당히 데운 물을 한 잔 마시고 돌아서는데 현관문이 열리는 소리가 들렸다. 놀란 유래는 주방 밖으로 고개를 내밀었다.

"준희?"

당연히 방 안에서 자겠거니 했던 준희가 외출복 차림으로 들어섰다. 아무리 봐도 잠들었다 일어난 사람으로는 보이지 않는다.

"너 외박했니?"

"어쩌다 보니. 최무원 씨는 갔어?"

"조금 전에. 아니, 대체 무슨 외박이야?"

"오해는 하지 마. 그냥 사장님과 심야영화 보고 나오는데 마침 같은 건물에 찜질방이 있잖아. 어차피 집에는 최무원 씨가 있을 테니 그냥 같이 시간이나 때우자고 해서……."

평소의 준희답지 않게 설명이 길다. 유래는 놀라서 되물었다.

"사장님? 너 우경 씨와 함께 있었어? 지금까지?"

"……최무원 씨가 아무 말도 안 했어?"

"그러고 보니 어렴풋 우경 씨가 너한테 뭐라고 한 기억은 나는데, 너 설마?"

심야영화에 찜질방이면 드라마에 자주 등장하는 데이트 코스다. 친구의 연애사에 관여할 생각은 없지만, 상대가 무원의 친구이자 혜원의 전 남편이었던 우경이라면 상황이 다르다. 유래가 심각한 표정을 짓자 준희는 손사래를 쳤다.

"아냐, 아니거든? 쓸데없는 추측 하지 마. 정말 아무 사이 아니니까."

본인이 아니라고 펄쩍 뛰는데 추궁하기도 뭐하다. 유래가 빤히 바라보자 준희는 손을 뻗어 유래의 이마를 짚었다.

"그보다 좀 괜찮아? 열이 아직 있는 것 같은데."

"이상하게 잘 안 떨어지네. 나중에 해열제 먹을게."

"될 수 있으면 오늘 하루 더 쉬어. 그런 얼굴로 매장 나가면 손님이나 직원들이나 전부 불편해."

무원도 그렇고 준희도 그렇고 다들 말리는 것을 보아하니 얼굴이 많이 상하긴 한 모양이다. 준희는 졸린 듯 하품을 하며 말했다.

"난 그럼 두 시간 정도 자고 출근할 테니까 너도 좀 더 자."

"내가 깨워줄까?"

"괜찮아. 나 알람 소리 잘 들어."

"그래, 그럼."

유래는 쌀을 씻어 전기밥솥에 넣은 뒤 취사버튼을 눌렀다. 간단히 아침식사 준비를 하고 돌아서는데 무원이 생각났다. 아침밥이라도 먹여 보낼 걸 그랬나. 그게 못내 마음에 걸렸다. 유래는 작게 한숨을 쉬었다.

밤새 뒤척이는 유래를 다독이고 열을 확인하느라 잠을 거의 못 잤음에도 신기할 정도로 피곤하지 않았다. 그가 강릉에 갔던 날, 김 비서가 백화점 근처의 최고급 오피스텔로 짐을 옮겨놓았다. 보안에 철저하게 신경 쓰고 있는 데다가 고급스러운 인테리어로 유명한 곳이라 한남동 집보다는 못해도 무원의 마음에 들었다.

샤워를 하고 나온 그는 태블릿으로 유래가 말했던 스몰 럭셔리에 대해 자세히 검토했다. 이거라면 그가 생각하는 '고급화 전략'에 어긋나지 않으면서 고소득층이 아닌 일반인들까지 고객 스펙트럼을 넓힐 수 있었다.

무원은 출근하자마자 영업부장을 호출했다. 윤 여사의 오랜 측근이긴 하지만 브랜드 옥석을 가리는 안목만은 타고난 사람이다. 무원은 그와 스몰 럭셔리 이야기를 나누며 적당한 브랜드를 추천할 것을 지시했다.

그가 돌아간 다음, 무원은 기획팀을 불러 회의를 했다. 점심식사까지 겸한 긴 회의를 끝내고는 오후 늦게 매장을 살피기 위해 대표실을 나섰다. 문을 열자 남 실장이 부리나케 일어서 뒤를 따랐다. 레스토랑 사건 이후 남 실장은 애처로울 정도로 무원의 눈치를 보는 중이다.

평일 낮의 남성복 플로어는 전체적으로 한산했다. 천천히 매장을 둘러보던 무원은 파일로 앞에서 걸음을 멈췄다. 입구에 있던 싹싹한 남자가 허리를 꾸벅 숙였다.

"대표님, 어서 오십시오."

매장 안을 살피던 남 실장이 건우에게 말을 걸었다.

"사모, 아니, 매니저님은 어디 계시지?"

"아, 어제랑 오늘 안 나오시는데요."

"왜?"

"좀 편찮으세요."

남 실장의 놀란 얼굴과 달리 무원은 담담한 표정으로 물었다.

"매장에 특별한 일은 없습니까?"

"네? 특별한 일이요? 그러고 보니 요즘 좀 이상한 손님이 오고 있어서…….”

“이상한 손님?”

무원은 눈살을 살짝 찌푸리며 되물었다. 그때 이야기를 듣고 있던 윤성이 끼어들어 재빨리 건우를 막았다.

“아, 대표님. 아무것도 아닙니다.”

그는 건우의 옆구리를 찌르며 빠르게 속삭였다.

“매장 일, 외부로 나가면 안 되는 거 몰라?”

건우는 작게 볼멘소리를 했다.

“하지만 이상한 거 맞잖아요. 아까만 해도…….”

“무슨 일입니까?”

무원은 날카롭게 물었다. 서슬에 놀란 윤성이 더듬거렸다.

“사, 사실 이틀 전에 좀 이상한 손님이 오셔서 매장을 엉망으로 한 일이 있었습니다. 조금 전에도 왔다 갔고요.”

“가드 안 불렀습니까?”

“그게, 매니저님께서 개인적으로 아는 분인 듯했습니다. 알아서 하신다고요. 오늘은 매니저님 나왔냐는 것 외에 특별한 건 묻지 않았습니다.”

“몇 시쯤입니까?”

“네?”

“이틀 전에 소란 피운 게 몇 시쯤인지 묻는 겁니다.”

“오후 3시 반쯤이었던 것 같습니다.”

그렇다면 그와 통화하고 돌아온 다음인가? 무원은 남 실장을 불렀다.

“남 실장님.”

“네, 알겠습니다. 바로 CCTV 확인하겠습니다.”

이때만큼은 그도 자신이 뭘 해야 하는지 정확히 알았다.

남 실장이 보안실로 뛰다시피 가자 윤성과 건우의 눈이 휘둥그레졌다. 무슨 대표가 이런 일까지 신경을 써?

그러고도 모자라 무원은 다음에 그런 일이 있으면 바로 가드를 호출하라고 덧붙였다. 대표실로 돌아온 무원은 보안팀에서 사내메일로 보낸 CCTV 녹화본을 확인했다.

화면에 등장한 남자는 무원도 잘 아는 사람이었다. 유래의 오빠이자 한때 처남이었던 이유현. 그가 옷을 집어 던지고, 그 옷에 유래가 맞는 모습을 본 무원은 자신도 모르게 주먹을 꽉 쥐었다. 그동안 유래가 어떤 취급을 받았는지 적나라하게 보여주는 장면이었다.

무원은 이를 악물었다. 절대 그냥 안 둬. 당장에라도 이유현을 찾아가 패대기치고 싶은 마음을 겨우 씹어 삼키는데 전화가 울렸다.

– 나예요. 바빠요?

유래였다. 무원은 자신도 모르게 자세를 고쳐 앉았다.

“아니. 괜찮아.”

– 잠시 통화할 수 있어요?

“무슨 일 있어?”

CCTV로 확인한 장면이 떠오르며 목소리에 팽팽한 긴장감이 깃들었다. 유래는 머뭇거리며 대답했다.

– 아뇨. 그런 건 아니고, 언제 올 거예요? 저녁 같이 먹자면서요.

벌써 시간이 그렇게 되었나. 영상을 돌려 보느라 시간도 잊고 있었다. 무원은 시간을 확인하며 목소리를 부드럽게 했다.

“준비하고 있어. 결재서류에 사인만 하면 되니까 한 시간 후에 도착할 거야.”

– 알았어요.

“열은 좀 떨어졌어?”

– 네, 아침에 해열제 먹고 푹 잤더니 괜찮아요. 당신은요? 나 때문에 어제 거의 못 잤잖아요.

걱정하는 기색에 무원은 피식 웃었다.

“그게 뭐 큰일이라고. 아무튼 곧 갈 테니까 기다려.”

무원은 통화를 끝내고 앞에 있는 결재서류를 집어 들었다. 유현의 일을 이야기해야 할지, 이대로 모른 체해야 할지 갈피를 잡을 수 없다. 무원은 눈을 감은 채 책상을 톡톡 두드렸다.

전화를 끊은 유래는 심플한 디자인의 원피스를 골라 입었다. 그런데 거울 안의 모습은 썩 만족스럽지가 않다. 너무 심플한가? 유래는 잠시 고민하다가 장신구를 넣어둔 책상 서랍을 열었다.

원피스와 어울리는 진주 브로치를 꺼내려던 유래는 서랍 안쪽에 밀어놓은 시계 케이스를 발견하고 잠시 손을 멈췄다. 왜 어딜 가든 이걸 떼놓지 못하는 걸까. 아무짝에도 쓸모없는데.

유래는 조심스럽게 상자를 열어보았다. 안에는 익숙한 시계가 들어있었다. 대학에서 인턴을 하면서 처음 번 돈으로 아버지에게 선물한 것이었다. 고가는 아니지만 아는 사람들 사이에 입소문이 난 공방에서 만든 수제 손목시계였다. 나름대로 고민을 거듭하며 고른 선물이었다.

그러나 아버지가 시계를 직접 착용한 적은 한 번도 없었다. 여느 때처럼 서재 캐비닛에 넣어두었을 뿐. 하필 같은 해 생신, 유현도 시계를 선물했다. 아버지의 손목에서 늘 빛나던 것은 유현이 선물한 시계였다. 그런데 이혼을 하고 미국으로 떠나던 날, 아버지의 변호사가 공항에서 시계 케이스를 건네주었다.

「자유로워지라 하셨습니다. 이게 도움이 될지도 모른다고요.」

도움이라. 어떤 의미에서는 확실히 되긴 했다. 아버지가 선택한 것이 유현이라는 사실을 확실히 알았으니까. 그럼에도 이 시계를 버리지도, 팽개치지도 못하는 자신은 어떤 미련이 남은 걸까.

한숨을 쉬며 케이스를 원래 자리에 되돌리는데 초인종이 울렸다. 벌써 도착했나? 유래는 책상 서랍을 닫고 현관으로 나가 문을 열었다.

"벌써 왔어요? 좀 빠르……."

유래는 말을 잇지 못하고 멈췄다. 문 앞에 서 있는 남자는 기다리던 무원이 아닌, 유현이었다.

"여어. 생각지도 못한 환영이네?"

"여긴 어떻게……."

"이 낡은 아파트, 좋아하는 건 여전하네. 설마 지금까지 어디 있는지 몰라서 가만 놔뒀다고 생각한 건 아니지?"

물론 아니다. 그냥 둔 이유라면 간단하다. 이용가치가 없다는 것. 그리고 다시 찾은 이유 또한 명확했다. 유래는 황급히 현관문을 당겼다. 그러나 유현은 문틈으로 발을 끼웠다.

"왜 이렇게 날을 세워? 이야기 좀 하자."

"할 이야기 없어요."

유현은 돌아서는 유래의 팔을 확 잡아당겼다.

"언제부터 그렇게 말대꾸하라고 했지?"

정면으로 유현의 얼굴을 마주 본 순간 본능적으로 소름이 끼쳤다. 유현은 손을 뿌리치려는 유래를 비웃음 가득한 얼굴로 내려다보더니 벽으로 밀쳤다. 그 바람에 벽에 머리를 부딪친 듯 충격이 느껴져 소리를 질렀다.

"아!"

"잘 들어. 지금까지 너 예뻐서 그냥 살라고 놔둔 거 아니야."

유현은 손을 뻗어 유래의 멱살을 잡았다. 핏발이 선 그의 눈에는 희한한 광기가 번들거렸다. 유래는 힘들게 목소리를 냈다.

"그럼 왜……."

"아버지와의 약속이었거든. 너는 제발 그냥 살게 두라고 당부하셨으니까. 나도 뭐, 약속이니까 지키려고 했고. 그런데 상황이 바뀌었어.

너, 다시 최무원 만난다며? 둘이 재결합하는 거지?"

역시 이런 이유였다. 유래는 눈살을 찌푸리며 유현을 쏘아보았다.

"그게 무슨 상관인데?"

"상관이 아주 많지. 너도 이미 알겠지만 회사 상황이 요즘 많이 어렵거든. 예전처럼 다시 성원그룹 도움을 좀 받고 싶은데 말이야. 물론 그냥 달라는 거 아냐. 아직 주식이고 토지고 전부 살아 있거든? 이번 상환기일만 넘기게끔 부탁 좀 해. 너도 키워주고 공부시켜준 값은 해야지."

"그 값이라면 이미 결혼했을 때 차고 넘칠 만큼 갚았어."

"그럼 네 엄마 몫은? 네 엄마 병원비 그거 전부 우리가 댄 거야."

기가 막혀 헛웃음이 나왔다. 애써 외면하고, 눌러두었던 기억들이 되살아났다. 사람이라면 어떻게 여기서 엄마 이야기를 꺼낸단 말인가.

"어떻게 그런 말을 할 수 있어? 아버지와 나를 속이고 당신들이 죽인 거나 다름없으면서."

"아버지도 알고 계셨어."

유래는 귀를 의심했다.

"뭐?"

"그 상황에서 네 엄마 보호자가 누구였을 것 같아? 네 엄마 장례는 누가 치렀을 거 같냐고!"

커다란 망치로 맞은 것만 같았다. 갑자기 발밑의 공간이 사라진 느낌이었다. 지금까지 아버지는 절대 건드릴 수 없는 '성역' 같은 존재였다. 비록 평범한 부녀지간은 아닐지라도 언제나 애틋하고 소중한 존재였다. 그런데 그 믿음이 무너져 내렸다.

유현은 의기양양한 표정으로 말했다.

"그만큼 아버지에게도 중요한 결혼이었다는 거야. 지금도 마찬가지고. 그러니까……."

유래는 분노로 몸을 덜덜 떨면서 말했다.

"절대 당신들 원하는 대로 안 해. 재결합? 꿈도 꾸지 마. 그러니까 가.

다시는 찾지 마."

순간 짝 소리를 내며 유래의 고개가 오른쪽으로 돌아갔다. 입술이 터졌는지 입안에서 비릿한 맛이 느껴졌다.

"망할 년!"

유현은 다시 손을 들었다. 유래는 눈을 질끈 감고 그의 손이 얼굴을 치길 기다렸다. 그러나 다음 순간, 유현이 바닥으로 패대기쳐졌다. 와당탕 소리에 크게 뜬 유래의 눈동자에 무원의 뒷모습이 비쳤다.

"무원 씨?"

예상치 않은 공격에 신음을 내던 유현은 그제야 무원을 발견한 듯했다.

"최무원?"

무원은 대답 대신 유현의 멱살을 잡더니 주먹을 날렸다. 유현의 고개가 퍽 소리를 내며 꺾였다.

"뭐, 뭐야! 너……."

말을 이을 새도 없이 무원의 주먹이 다시 유현을 강타했다. 유현 역시 체구가 작은 편이 아님에도 저항 한번 제대로 하지 못한다. 그 정도로 무원의 힘은 압도적이었다. 유현의 입에서 "악!" 소리와 함께 코피가 흘렀다. 놀란 유래가 급히 무원의 팔을 붙잡았다.

"무원 씨, 그만. 그만해요!"

무원은 그제야 꽉 쥐었던 주먹을 내리며 유현의 멱살을 풀었다. 유현은 컥컥거리며 피가 흐르는 코를 눌렀다.

"너 이 새끼, 미친 거 아냐?"

"요즘 딱 미치기 직전이었는데 제대로 한번 미쳐줄까? 감히 누굴 건드려."

"최무원 미친 새끼, 내가 그래도 너한테 손위처남이야!"

"너 같은 처남 필요 없으니 꺼져. 한 번 더 유래 앞에 나타나면 이렇게는 안 끝나."

간담이 서늘해지는 목소리였다. 무원의 눈에서 검붉은 빛이 뚝뚝 떨어진다. 마치 살기등등한 맹수를 앞에 둔 기분에 유현은 움찔하며 밖으로 내뺐다. 유래는 다리가 후들거려 자리에 주저앉았다.

"괜찮아?"

무원은 격앙된 감정을 누르듯 굳은 입매를 불끈거렸다.

"네, 괜찮아요."

유래는 애써 웃어 보이며 바닥을 짚었다. 그제야 터진 입술이 아프다. 일어서며 휘청거리는 몸을 무원이 꼭 끌어안았다.

"미안하다. 내가 너무 늦었지?"

그 말이 꾹꾹 눌러오던 모든 감정을 한 번에 폭발시켰다. 유래는 그의 가슴에 얼굴을 묻은 채로 엉엉 울음을 터뜨렸다. 무원은 그녀의 머리를 꼭 안은 채로 가만히 있었다. 눈물을 주체할 수 없었지만 아무래도 상관없었다. 이 마음이 사라진다면, 아픔이 덜어진다면, 기억이 희석될 수 있다면.

"당분간은 여기 말고 내 오피스텔에서 지내."

한바탕 소란이 지나간 뒤, 무원은 유래의 부은 뺨을 조심스럽게 만졌다. 생각할수록 화가 나 견딜 수 없었다. 보는 것만으로도 닳을까 아까운 여자에게 손을 대다니.

유래는 조금 전에 그랬듯이 그를 안심시키려 했다.

"그럴 것까지 없어요. 괜찮아."

"당신은 괜찮아도 준희 씨는 아닐 거 아니야. 이유현이 다시 찾아오지 않으리란 보장은 없어."

준희의 이름을 꺼내자 유래 역시 마음이 흔들리는 것 같았다. 유래는 난감한 얼굴로 무원을 마주 보았다.

"그렇다고 당신과 지내는 건……."

"나하고 있어야 이유현이 함부로 못 해. 혹시 내가 당신을 덮치기라도 할까 봐서 그래?"

"그게 아니라 당신도 주위에 보는 눈들 많을 거 아니에요. 일하는 사람들이나 성 비서님도 주기적으로 다녀가실 테고."

"프라이버시 보호 확실한 곳이야. 청소나 정리해주는 사람은 이틀에 한 번 정도만 오고 평창동과는 상관없는 사람이야. 성 비서 쪽은 요즘 아버지 때문에 나한테까지 신경 쓸 여력 없을 테고."

"아버님 무슨 일 있어요?"

"좀 편찮으셔."

"네? 얼마나요?"

나 참, 지금 그게 중요한가. 무원은 다른 방향으로 흐르는 이야기를 붙잡았다.

"지금 그게 중요한 게 아니잖아. 당신이 혼자 있으면 신경 쓰여서 내가 아무것도 못 해."

유래는 한참을 망설인 끝에 겨우 고개를 끄덕였다.

"그럼, 잠시만 신세 질게요."

유래는 방으로 들어가 대강 짐을 챙겼다. 냉장고에 퇴근 후에 연락해 달라는 포스트잇을 붙이는 것도 잊지 않는다. 아파트 현관에 서 있던 김 비서가 유래의 가방을 차에 실었다.

차를 타고 오피스텔로 가는 내내 무원은 아무 말도 하지 않았다. 오피스텔은 백화점 근처 번화가의 한가운데 자리 잡은 초고층 빌딩이었다. 유래는 잠시 오피스텔 안을 둘러보았다. 한 삼사십 정도 되는 평수에 방은 네 개였다. 혼자 지내기에는 넓은 데다가 깔끔하고 고급스러운 인테리어가 돋보이는 곳이었다.

현관에서 김 비서에게서 직접 유래의 가방을 받아든 무원은 안쪽 방으로 유래를 데려갔다.

"안에 욕실이 따로 있어. 이 방 쓰도록 해."

모노톤의 디자인으로 세련되게 꾸며놓은 침실이었다. 안쪽으로는 드레스룸과 욕실이 따로 있었다.

"짐은 나중에 정리해. 일단 저녁부터 먹고 오자."

"여기서 먹으면 안 돼요? 밖에 나가고 싶지 않아요."

"여기서?"

무원은 난감한 듯 눈살을 찌푸렸다.

"따로 식사를 안 해서 먹을 게 없어. 잠깐 쉬고 있어. 내가 사올게."

유래는 고개를 저었다.

"그렇게까지 안 해도 돼요. 당신만 먹고 와요. 난 사실 별로 먹고 싶은 생각이 없어서……."

"안 돼. 당신 지금 야위었어. 몸 생각해서 먹어야지."

무원은 휴대전화로 어디론가 전화를 걸더니 기다리란 말을 하고 밖으로 나갔다. 혼자 남은 유래는 멍하니 침대에 앉아 있었다.

「아버지도 알고 계셨어.」

울컥 뜨거운 것이 가슴을 쳤다. 그 말을 들은 순간, 성북동에서의 많은 일들이 머릿속을 스쳐지났다. 긴 시간을 얼마나 혼자 춥고, 외롭고, 서러웠는지. 얼마나 혼자 참고 또 참아왔는지. 그래도 아버지가 있어서 견딜 수 있었던 시간인데 그건 뭐였을까. 머릿속이 뒤죽박죽 혼란스럽다.

한참 무릎에 얼굴을 묻고 있다가 유래야, 부르는 소리에 겨우 고개를 들었다. 들어오는 소리도 못 들었는데 어느새 무원이 옆에 서 있었다.

"배고프지 않아?"

"아, 이제 온 거예요?"

"조금 전에. 식사할까?"

무원은 유래에게 손을 내밀었다. 유래는 그의 손을 잡으며 천천히 침대에서 일어났다.

주방 식탁에는 밥과 김치찌개, 몇 가지 반찬이 차려져 있었다. 당연히 간단한 도시락 정도를 생각했던 유래는 본격적인 집밥의 등장에 깜짝 놀랐다.

"뭔가 사온다고 하지 않았어요? 누가 다녀갔어요?"

"아니, 내가 사와서 차렸어."

무원은 찌개를 그릇에 덜어 유래 앞에 놓아주었다. 유래는 신기한 눈으로 무원을 쳐다보았다.

"왜 그렇게 봐?"

"당신이 이런 일 하는 게 신기해서요."

"많이 배웠거든. 앞으로 더 신기한 일 많이 만들어줄까?"

"심장마비 걸릴 것 같아서 사양할래요."

유래는 웃으며 숟가락을 들어 찌개를 한입 먹었다. 다음 순간 유래는 눈을 동그랗게 떴다. 너무나 익숙하고 그리웠던 맛이었다.

'말도 안 돼. 그럴 리가.'

상에 놓인 반찬들도 전부 성북동에서 좋아하던 것들이다. 가만히 유래를 보던 무원이 빙그레 웃으며 계란말이를 하나 밥 위에 올려주었다.

"천천히 먹어."

"무원 씨, 이거 어떻게……."

"예전에 성북동에서 음식 하던 분이시랬거든."

"맞아요, 강원댁 아줌마. 고향이 같아서인지 엄마와 비슷한 맛을 내던 분이셨어요. 당신이 그분을 어떻게 알아요?"

"강도윤, 그 사람이 가르쳐줬어. 예전부터 계속 연락하고 지냈나 봐. 지금은 식당을 하고 계셔."

유래는 목이 메는지 잠시 숟가락을 내려놓았다.

"그렇구나. 다행이다. 안 좋게 나가셔서 많이 걱정했는데."

"당신 보고 싶어 하셨어. 다음에 같이 가볼까?"

유래는 대답 대신 고개만 끄덕였다.

식사를 하고 뒷정리를 끝내자 이미 늦은 밤이었다. 무원은 유래의 방문이 닫힌 것을 보고 방으로 돌아왔다. 준희와 전화통화라도 하는 모양이다. 샤워를 하고 침대에 누웠지만 잠이 오지 않는다.

「절대 당신들 원하는 대로 안 해. 재결합? 꿈도 꾸지 마. 그러니까 가. 다시는 찾지 마.」

벨을 누르려고 현관 앞에 선 순간 울리던 유래의 목소리에서 뭔가 단단히 잘못되었다는 걸 깨달았다. 현관문은 마침 밀려나온 신발에 걸려 제대로 닫히지 않은 상태였다. 문을 열어젖힌 무원은 유현을 보고 오랜만에 제대로 피가 얼어붙는 듯한 감각을 느꼈다. 아마 유래가 말리지 않았다면 어떤 일이 벌어졌을지 그도 장담할 수가 없다.

절대 가만두지 않을 거다, 이유현.

무원은 주먹에 힘을 꽉 주었다. 노크가 작게 울린 건 그때였다.

"무원 씨, 자요?"

"아니."

무원이 몸을 일으키는 것과 동시에 유래가 방문을 열었다. 블라인드 틈으로 희미하게 비친 달빛이 유래의 하얀 얼굴로 떨어졌다. 어둠 속에서 서로 눈이 마주친 순간, 무원의 심장이 터질 것처럼 두근거렸다. 유래가 나지막하게 속삭였다.

"같이 잘래요?"

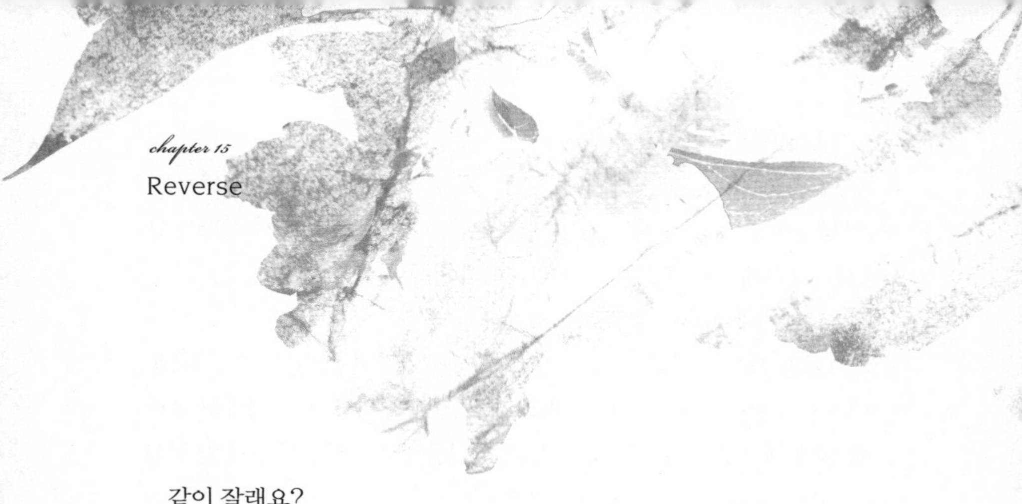

chapter 15

Reverse

같이 잘래요?

큰 충격이 머릿속을 휩쓸고 지나갔다. 무원은 숨을 고르며 유래에게 물었다.

"무슨 뜻이야?"

"무슨 뜻이요?"

"말 그대로 같은 침대에서 자자는 건지, 아니면 남녀관계를 의미하는지."

"무원 씨 원하는 대로 해요."

원하는 대로라, 이것 참. 유래의 입에서 나와주길, 그토록 학수고대한 말이건만 무원의 머릿속은 차갑게 식어내렸다. 이건 그가 원하는 형태가 아니었다. 지금 유래가 흔들리는 틈을 타서 예전처럼 감정의 교류 없이 몸만 섞고 싶지는 않았다. 무원은 침대 옆자리를 가볍게 두드렸다.

"이리 와."

유래는 조용히 다가와 무원의 옆에 누웠다. 그는 베개를 바로 잡아주더니 이불을 덮어주었다. 무원은 팔을 뻗어 가만히 유래를 안더니 이마에 입을 맞췄다.

"잘 자."

생각지 않은 담백한 반응에 당황한 것은 유래였다.

"그냥 자라고요?"

"왜, 싫어?"

"아니, 그건 아닌데……."

"당신이 그랬잖아. 지금 나에 대한 확신을 가지는 중이니까 시간을 달라고. 그런데 지금 당신은 여전히 나한테 확신이 없는 것 같아."

유래는 물끄러미 무원을 바라보았다.

그가 말하는 의미를 알겠다. 도윤을 통해 강원댁을 알았다면 성북동에서의 생활에 대해서도 어느 정도 감을 잡았을 터였다. 그럼에도 유현의 일에 대해서 일언반구 않는 것은 그 나름대로 기다린다는 뜻일 것이다. 아마도, 그녀가 직접 말해주기를.

유래는 천천히 입을 열었다.

"나는 엄마가 돈을 받고 성북동에 나를 팔았다고 생각했어요. 성북동 사모님이나 유현 오빠가 툭하면 그랬으니까. 그래서 성북동 사는 내내 엄마를 원망하고 미워했어요. 이럴 거면 낳지 말지, 생각한 적도 여러 번이었고."

"……."

"그런데 사실은 엄마가 많이 아팠대요. 나를 키울 수 없을 정도로."

"아프셨다고? 어떤 병이었지?"

"처음에는 위암이었다가 나중에 간으로 전이되었다고 들었어요. 상황이 안 좋긴 했지만 간 이식만 받았더라면 살 수 있는 상황이라 나에게 몇 번 연락했대요. 그런데 성북동에서는 그걸 나한테 철저하게 숨겼어요."

유래는 숨을 몰아쉬었다.

"우리 결혼 때문에."

무원의 시선이 굳었다. 유래는 힘들게 말을 덧붙였다.

"성북동에서 내 결혼은 꼭 필요한 비즈니스였으니까. 우리 결혼식 날이 엄마 기일이에요. 그걸 전부 알면서 그 사람들 좋을 대로 결혼을 유지해주고 싶진 않았어요. 난 성북동에 들어간 순간부터 한 번도 스스로 뭔가를 결정해본 일이 없어요. 당신과의 이혼 외에는."

역시 그랬구나. 무원은 겹친 두 날짜의 의미를 명확히 깨달았다.

"그렇게 성북동과의 인연은 다 끝났다고 생각했는데 유현 오빠가 다시 나타날 줄은 몰랐어요. 그것도 당신과의 재결합을 들먹이면서. 난 그래도 아버지는 아닌 줄 알았어. 그래도 아버지는 내가 엄마를 얼마나 그리워하고 힘들어했는지 아시는 줄 알았어. 그런데 아니었대요. 아버지가…… 아버지가……."

무원은 말을 잇지 못하는 유래의 손을 잡았다. 유래는 조용히 울고 있었다.

무원은 얼굴을 감싸며 눈물을 닦아주었다. 그녀가 겪어온 시간들이 그의 마음을 저릿하게 만들었다. 무원은 한참 유래의 머리카락과 등을 쓰다듬으며 울음이 잦아들길 기다렸다. 유래가 어느 정도 진정된 것 같아 무원이 물었다.

"내가 당신에게 뭘 해주면 좋을까?"

"당신은 충분히 잘해주고 있어요. 표현할 말이 없을 정도로."

"그런데도 당신이 재결합을 원하지 않는 건 성북동 때문인가?"

"성북동 문제도 있지만 그게 전부는 아니에요. 아까 말했죠? 나는 아무것도 스스로 결정해본 적이 없다고. 난 내가 원하는 게 뭔지 결정하고 싶어요. 열심히 내 인생을 살아보고 싶어요. 그래야 엄마에게 미안하지 않을 것 같으니까."

"그래, 당신이 원하는 대로 해."

유래는 무원의 가슴에 얼굴을 파묻었다. 익숙한 체향과 체온을 느낀 순간, 어쩌면 자신이 원하는 것을 명확히 알 것 같기도 했다. 무원과 함께 미래를 그리고 싶다는 걸.

유래는 몇 번인가 한숨을 쉬며 뒤척이다가 이내 깊이 잠들었다. 무원은 팔을 괸 채로 잠든 유래의 얼굴을 바라보았다. 최근 들어 잠든 얼굴을 보는 일이 참으로 많아졌다. 자는 유래를 한참 지켜본 무원은 서재로 들어갔다.

무원은 유 사장이 넘겨준 유성물산 상황에 대한 서류를 다시 한 번 천천히 훑었다.

이 상태로 1차 상환일에 LJ파트너스 쪽에서 가차 없이 어음을 돌리면 회사는 그대로 공중분해된다. 가만히 놔두어도 자멸할 것은 뻔했다. 그런데 이런 상황에서 이유현의 등장을 어떻게 받아들여야 하는가.

유래의 반응대로라면 이혼 후 성북동과는 어떤 접점도 없었을 터다. 그런데 유현은 어떻게 알고서 백화점과 준희 집에 나타났을까. 거기에 재결합까지 들먹일 정도였다면.

무원은 미간을 문지르며 휴대전화를 들고 누군가의 이름을 찾았다. 지금 가장 이유현의 일거수일투족에 촉각을 곤두세우고 있을 상대.

늦은 시간이었지만 통화음은 그리 길지 않았다. 전화 속에서는 제법 소란스러운 음악이 들렸다. 밖인가? 반면 전화를 받은 남자의 목소리는 이상할 정도로 낮았다.

– 여보세요?

"납니다, 최무원. 괜찮으면 좀 만납시다. 할 이야기가 있습니다만."

– 그러죠. 그렇지 않아도 나도 연락할 참이었습니다.

"연락할 참이었다고요?"

– 만나서 이야기하죠. 내일 점심 어떻습니까?

"대신 장소는 내가 정하겠습니다."

전화는 피식 웃는 소리를 남기고 끊겼다.

새벽 무렵, 일찍 출근 준비를 마친 무원은 꼼꼼하게 암막커튼을 쳤다. 빛 하나 들지 않는 어둠 속에서 유래의 숨소리가 고르게 울렸다. 무원은 이불을 끌어올려 유래의 어깨를 덮어주었다. 더 이상 당신 혼자 견디게 두지 않아.

그의 눈빛이 깊어졌다.

백화점에 도착한 무원은 남 실장에게 점심 예약을 잡으라고 한 뒤, 도윤에게 문자를 보냈다.

오전 업무는 평소처럼 흘러갔다. 회의 한 건을 마치고 약속장소로 향하려고 재킷을 입는데 김 비서가 집무실로 들어왔다.

"보고드릴 것이 있습니다. 전에 한 본부장님 근황 알아보라고 하신 것 말입니다."

"그런데?"

"방금 보고를 받았는데 요즘 만나고 있는 사람이 좀 신경 쓰여서요."

김 비서는 들고 온 태블릿을 무원에게 건넸다. 태블릿 화면을 본 무원의 표정이 심각해졌다.

"확실해?"

김 비서가 가만히 고개를 끄덕였다. 생각지도 않았던 연결고리에 무원의 턱이 굳었다. 사진에서 혜수와 나란히 차에서 내리는 사람은 얼굴이 퉁퉁 부은 유현이었다.

무원이 약속장소인 서인호텔 일식당에 도착했을 때에는 이미 도윤이 착석해 있었다. 도윤은 룸에 들어서는 무원을 보더니 어깨를 으쓱했다.

"여길 약속장소로 정할 줄은 몰랐군요."

"전에 왔을 때 마음에 들어서요. 당신에게는 익숙한 곳 아닙니까?"

처음 마주친 곳도 이곳, 서인호텔이었다. 도윤은 대답을 피했다.

"노코멘트하겠습니다. 말하기 좀 예민한 부분이라서."

예약할 때 주문을 해둔 덕에 자리에 앉자마자 요리가 나왔다. 도윤이 먼저 입을 열었다.

"쓸데없는 사족 싫어하는 분인지 아니까 바로 본론으로 들어가겠습니다. 최근에 진행하던 일에 변수가 생겼습니다. 이유현이 1차 상환에 필요한 자금줄을 찾았거든요."

"그 자금줄이 한경모직 한혜수입니까?"

무원의 시선이 도윤을 향했다. 도윤은 약간 의외라는 표정을 짓고 있었다.

"알고 있었습니까?"

"한혜수가 뭔가 일을 꾸밀 거라는 것은 어느 정도 예상했습니다만, 솔직히 이렇게까지 할 줄은 몰랐습니다."

"처음에는 왜 한경모직이 끼어드는지 이해를 못 했습니다. 한경모직 한 회장, 능구렁잇과라 자기 죽을 일은 절대 안 할 사람입니다. 의심 많은 성격이라 사업을 함부로 벌일 사람도 아니고요. 그런데 재미있는 연결고리가 있더군요."

도윤은 재킷 주머니에서 보이스 레코드를 꺼내 재생시켰다. 무원의 귀에 익숙한 목소리가 흘러나왔다. 혜수와 유현의 목소리였다.

– 꼭 그렇게까지 해야 하나?

– 나도 이렇게까진 할 생각 없었는데 내 얼굴을 이 꼴로 만들어놓은 값은 받아야지. 왜, 겁나?

– 당연하지. 이거 범죄잖아.

– 어이, 너무 심각하게 생각하지 말라구. 그냥 동물용 마취제야. 가끔 애인끼리 즐기거나 파티 여흥으로 충분히 쓰는 약이라고. 그보다 영상 찍을 '팀'은 확실한 거지? 그쪽만 문제없으면 돼.

– 그렇긴 한데…… 당신 좀 미친 것 같아. 난 그냥 최무원에게서 좀 떼어내달라고…….

– 그게 그렇게 쉬운 일이었다면 왜 굳이 날 찾아왔지? 그것도 막대한 돈까지 빌려주겠다고 하면서.

키키키긱. 손톱으로 뭔가 긁어대는 듯한 불쾌한 웃음소리가 울렸다.

– 잊지 마. 그 미친놈에게 거래를 제안한 게 본인이란 걸.

도윤은 조용히 보이스 레코드를 껐다.

무원의 표정은 보는 사람이 무서울 정도로 굳어 있었다. 무원은 입가를 지그시 눌렀다. 비명이 튀어나가든가 구역질을 할 것 같았다. 미친 새끼. 정상이 아닌 건 알고 있었지만 어떻게 이런 짓을 생각하고 꾸밀 수 있단 말인가. 그것도 자신의 여동생을 상대로.

그는 한동안 숨을 고르더니 입을 열었다.

"이거 어디서 났습니까?"

"내가 그동안 이유현과 괜히 밥 먹고 술 마신 게 아니거든요. 이유현의 행동반경에 있는 건 장소든, 사람이든 전부 장악해뒀어요. 참고로 그건 법정자료로는 못 쓸 겁니다. 불법도청이라서."

전직 검사가 불법도청이란 소리를 참 쉽게 한다.

도윤이 조용히 말을 이었다.

"어떻게 할까요? 이유현'만'이면 내가 처리해도 되는 문제지만 아무래도 한경모직은 좀 껄끄럽거든요. 내 쪽에서 손을 쓸 방법이 없는 건 아니지만 그건 내 뒤에 계신 분들이 탐탁하게 생각하지 않아서요."

그러니 당신이 처리해달라는 소리다. 무원은 냉정하게 머리를 회전시켰다.

"1차 상환금액이 얼마입니까?"

"이백억입니다."

"한혜수가 단독으로 움직이기에는 큰 액수 아닙니까. 내가 봐도 한 회장이 이 일에 개입할 성격은 아닌 것 같은데."

"맞습니다. 아무래도 한 회장 몰래 한경모직 비자금에 손을 댄 것 같습니다. 예전에 한경모직 조사를 한 적이 있어서 비자금 규모를 대강 아는데 제법 큽니다. 대부분 하청이나 협력업체에서 상납받은 돈이긴 하지만."

분명히 경고를 했다. 그런데도 듣지 않는다면 제대로 실력을 행사할 생각이다. 물론 눈에는 눈, 이에는 이. 혜수가 유현을 이용했다면 그 역시 한 회장을 이용하면 된다.

"내가 처리하죠."

무원은 보이스 레코드를 집어 들며 도윤에게 물었다.

"이유현도 내가 처리해버리고 싶은데 어떻습니까?"

마음 같아선 산 채로 파묻어버려도 모자랄 인간이었다. 도윤은 고개를 저었다.

"그건 곤란합니다. 이유현은 내가 아주 오래 공들인 사냥감이거든요."

"어떻게 할 생각입니까?"

"1차 상환일 즉시 어음을 돌릴 겁니다. 담보로 잡은 주식과 토지도 전부 헐값에 처리할 거고요. 가진 것 전부 잃게 할 겁니다. 그래봐야 내가 잃은 것엔 비하지 못하겠지만."

"고작 그겁니까? 난 솔직히 1차 상환일까지 이 개자식을 살려두는 것도 싫은데. 솔직히 이해가 안 됩니다. 아무리 배다른 여동생이라도 그렇지, 혈육 아닙니까? 어떻게 그런 짓까지 할 수 있는 겁니까?"

"아닙니다, 혈육이."

무원의 시선이 한순간 허공에 못 박혔다. 도윤은 처음 이 이야기를 들었을 때의 자신의 표정 역시 그와 별반 다르지 않았을 거라 확신했다. 무원은 확인하듯 물었다.

"뭐라고 했습니까?"

"혈육이 아니라고 했습니다. 이유현과 유래, 생판 남입니다."

무원은 헛웃음을 뱉었다.

"그게 말이 되는 소리입니까?"

"이건 내 뒤에 계신 분이 알아본 정보니까 확실합니다. 이유현은 이 회장님 핏줄이 아닙니다. 성북동 사모님이 다른 남자와의 불륜으로 가진 자식입니다. 그런 사연이 있었기 때문에 이 회장님이 데릴사위라는 불리한 입지에도 유래를 성북동에서 살게 할 수 있었던 거고."

도윤은 테이블 위에 올린 손을 천천히 깍지 꼈다.

"사실 어릴 때부터 두 사람을 봐온 나로서도 참 이해가 안 갔습니다. 어머니가 다르다곤 하나 그래도 여동생인데, 그렇게까지 잔인하게 대할 수 있는지. 이유를 들으니 어느 정도는 알 것 같더군요. 이유현은 친모인 성북동 사모님보다 이 회장님을 무척 따랐습니다. 그런 만큼 이 회장님과 피를 통한 유래가 미웠을 거고요."

그는 씁쓸한 표정으로 무원을 응시했다.

"이유현에게 유래는 여동생이 아닙니다. 자기 세계에 들어와 자기 것을 약탈한 침입자, 그뿐이에요."

눈앞에 드러난 진실은 마치 빈속에 마신 독주처럼 그를 숨차게 만든다. 어떻게 해야 할까, 당신을 지키려면.

무원은 크게 숨을 마셨다.

"많이 늦어요?"

– 아마.

한창 저녁식사를 준비 중이던 유래는 무원의 전화에 가스레인지의 불을 낮췄다. 낮에 잠깐 윤성과 통화한 뒤 벤더회사에 들러 본사의 업무를 처리했다. 나간 김에 마트에 들러 텅 빈 냉장고를 채울 만한 먹거리를 샀다. 몇 가지 밑반찬을 만들고 저녁은 무원이 좋아하는 생선구이와 탕을 할 생각이었다. 그런데 약속이 있어 늦는다니 기운이 빠졌다.

"그래요, 그럼. 술은 너무 많이 하지 마요."

– 알았어. 일찍 자. 참, 당분간 김 비서가 당신과 같이 다닐 거야.

"네? 왜요?"

– 내가 불안해서. 당신 신경 쓰이지 않게 잘 처신할 사람이니까 당분

간 백화점 밖에서는 같이 다니도록 해.

지나친 걱정이다 싶지만 한편으로 그가 걱정하는 부분이 이해되어서 그러겠다고 했다. 유현이 어떤 돌발행동을 보일지 두렵기도 했고.

통화를 끝낸 유래는 밑간을 해둔 생선과 국거리를 냉장고에 다시 넣었다. 어차피 무원이 먹지 않으면 소용없는 음식이었다.

유래는 대강 밑반찬을 꺼내 저녁을 때웠다. 윤성에게서 매장 상황에 대한 보고를 받고 본사에 보고서를 보냈다.

한창 일에 열중하던 끝에 시계를 보니 자정에 가까웠다. 유래는 샤워를 하고 머리카락을 꼼꼼하게 말린 뒤 자리에 누웠다. 무원은 그때까지도 돌아오지 않았다. 늦는다고 하더니 많이 늦어지나 보다. 내일은 일찍 매장을 나가야 했기 때문에 유래는 억지로 잠을 청했다.

다음 날, 눈을 뜨자마자 무원의 방문을 열어보았지만 밤에 들어오지 않은 듯 비어 있었다. 대신 휴대전화에는 문자메시지만 남겨져 있었다.

[당분간 처리할 일이 있어서 잘 못 들어올 것 같아. 편하게 지내.]

그의 집에 혼자 남겨진 기분이 쓸쓸했다.

유래는 한숨을 쉬며 백화점으로 나갈 출근 준비를 했다. 출근시간을 어떻게 알았는지 김 비서가 유래를 데리러 왔다. 운전대를 잡은 그는 센스 있게 직원들의 출입이 적은 입구에 유래를 내려주었다.

나흘 만의 출근에 윤성과 건우는 열렬한 환영을 보냈다. 유래는 살짝 바뀐 매장 풍경에 조금 놀랐다. CCTV가 매장 가운데뿐 아니라 입구와 카운터에도 따로 설치된 것이다. 거기에 파일로에서는 다소 멀었던 보안요원의 대기장소가 근처로 변경됐다.

유래는 건우에게 이 갑작스러운 변화에 대해 물었다. 건우는 호쾌하게 대답했다.

"아, 그거 전부 대표님께서 하셨어요."

"그래?"

"혹시라도 이상한 손님이 나타나면 언제라도 보안요원을 부르라고 하셨어요."

아마 무원이 말하는 '이상한 손님'이란 유현을 가리키는 거겠지. 백화점 밖에서는 김 비서가, 안에서는 보안요원이 지키고 있으니 마음이 든든했다. 놀랍게도 바뀐 것은 하나 더 있었다.

"참, 매니저님 안 나오시는 동안 구내식당 운영시간 바뀌었어요. 외주업체에서 파트타임 직원들을 더 고용해서 브레이크 타임 없이 계속 식사 가능하대요. 덕분에 요즘 다들 편하게 식사하고 있어요."

문득 무원이 했던 말이 떠올랐다.

「그 문제는 내가 해결할게.」

진짜 해결할 줄이야.

대체 이 남자는 왜 이렇게 사람을 감동시키는 걸까. 이혼을 했을 때도, 태성백화점과 엮였을 때도, 한경모직의 방해로 힘들었을 때도 매순간 무원이 지켜주고 도와주었다는 사실에 가슴이 벅찼다.

꼭 고맙다고 해야지. 또 당신이 너무 좋다고, 그 말도 해야겠다.

그러나 그날도 무원은 늦어진다고 연락이 왔다.

대체 무슨 일이지?

백화점은 특별한 행사 없이 평온하게 굴러가는 중이다. 본가에 무슨 일이라도 있나? 유래는 한숨을 쉬며 생선을 다시 치웠다.

결국 이틀 후 생선을 버릴 때까지 유래는 무원의 얼굴을 보지 못했다. 그는 며칠 동안 전에 지냈던 호텔에서 지낼 예정이라 했다. 퇴근길에 데려다주던 김 비서가 근황을 설명했다.

"왜 여기가 아니라 호텔에서 지내는 거죠?"

"지금 드나드는 사람이 많아서요. 저도 곧 들어가봐야 합니다."

"무슨 일을 그렇게까지 하는 건데요?"

"그건 말씀드리기 곤란한 일입니다. 죄송합니다."

유래는 곤란한 표정을 짓는 김 비서를 보며 고개를 끄덕였다. 어차피 더 이야기해봐야 그를 곤란하게 하는 것밖에 되지 않을 터.

대강 필요한 것들을 챙겨 김 비서에게 보내고 나니 문득 예전이 떠올랐다. 신혼 초만 해도 무원은 해외출장이 잦아서 집에 들어오지 않는 날이 훨씬 많았다. 길게는 한 달 정도 얼굴조차 못 본 때도 있었다. 그때는 분명 아무렇지 않았던 것 같은데 지금 마치 마음 한편에 구멍이 뚫린 것 같다.

백화점의 매출증가도 순조롭고 유현의 위협도 없는 평온한 생활이었지만 마냥 좋지만은 않았다.

'그 사람, 보고 싶어.'

무원이 보고 싶었다. 자신이 알고 느끼는 것보다 훨씬 더 무원이 보고 싶었다.

늦은 시각 잠들지 못해 한참을 뒤척이던 유래는 무원의 침실 문을 열었다. 그의 침실은 당연히 모노톤일 것이라는 예상을 뒤엎고 하늘색톤으로 꾸며져 있었다. 가볍지도 무겁지도 않은, 맑은 바다도 되었다가 하늘도 되는 색. 유래는 자신도 모르게 방으로 걸음을 들였다. 무원이 쓰는 향수와 스킨 냄새가 침구에 은은하게 배어 있었다.

유래는 베개를 몇 번 쓰다듬다가 얼굴을 파묻었다. 익숙한 향기 때문인지 조금 전까지 풍랑이 치는 바다처럼 요동치던 마음이 조금씩 안정을 찾는다. 유래는 입속으로 중얼거렸다.

"꼭 안겨 있는 것 같네……."

그제야 잠이 찾아왔다. 그러나 겨우 찾아온 잠은 누군가 이불 안을 파고드는 기척에 금세 달아났다.

유래는 감았던 눈을 번쩍 떴다.

"무원 씨?"

"깼어?"

"지금 왔어요?"

"응, 이제 끝났어."

뭐가 끝났는지는 잘 모르겠지만 일단 무원이 돌아왔다는 것이 좋았다. 유래는 그의 품을 파고들면서 중얼거렸다.

"보고 싶어서 죽는 줄 알았어."

불쑥 튀어나온 진심에, 어둠 속에서 무원이 웃는 기색이 느껴졌다. 그는 가만히 유래의 머리카락을 쓰다듬었다.

"나도. 한 사흘 통틀어서 다섯 시간도 못 잤어."

"세상에. 그렇게 바빴어요?"

"꼭 처리해야 할 일이었거든."

도윤에게서 충격적인 진실을 듣고 백화점으로 돌아온 무원은 즉시 생각한 일을 실행에 옮겼다.

가장 먼저 백화점에 들어와 있는 한경모직 협력업체들을 두루 불러 이야기를 들었다. 다들 한경모직에서 요구하는 과도한 매출개런티와 리베이트에 대한 불만이 무척 컸다. 특히 무원이 주목한 것은 인수 문제가 걸린 벨가였다. 처음에는 입을 다물려고 했던 벨가 사장도 무원의 제안에 마음을 바꾸어 사실을 털어놓았다.

무원은 벨가에게 괜찮은 협상카드를 하나 꺼내놓았다. 아마 내일이면 이야기가 나오겠지.

유래가 그의 손을 잡았다.

"일단 좀 자요."

무원은 유래를 가슴에 끌어당겨 안았다. 이렇게 유래가 그의 품에 있다는 것만으로도 며칠 동안의 피로가 눈 녹듯 사라지는 것 같다. 무원은 낮은 목소리를 흘려보냈다.

"당분간 조금 시끄러울 거야."

시끄러울 것이란 무원의 예고대로 다음 날 백화점이 발칵 뒤집혔다. '모 대기업의 갑질'이란 내용으로 SNS와 사내메신저가 도배되었다. 거기에는 모 대기업의 협력업체들에 대한 횡포가 낱낱이 적혀 있었다. 특히 회사 인수를 빌미로 직원들에게 막대한 매출개런티를 요구한 일이 과거 무혐의로 빠져나갔던 사건과 겹치면서 파장이 제법 클 것으로 보였다. 다들 모 대기업의 정확한 이름을 입 밖에 내진 않지만 충분히 짐작하는 바였다.

"너 대체 처신을 어떻게 한 거야!"

흥분한 한 회장이 성원백화점에 출근한 혜수를 한경모직 본사로 불러 노발대발했다.

"대체 누가 이런 짓을……."

"지금 그게 중요해! 너 요즘 갑질이 얼마나 민감한 문제인지 모르고 까불어! 일단 급한 대로 기사는 막았지만 이대로 SNS인가 뭔가에서 더 설치면 입막음도 못 해!"

혜수는 움찔하며 꼬리를 내렸다.

"제가 해결하겠습니다."

"네가 무슨 재주로?"

"지금 제일 문제가 되는 게 벨가잖아요. 그냥 브랜드 합병해주는 걸로 합의 보겠습니다. 애초에 저쪽에서 그 문제로 불만이 컸으니까."

예상치 못한 지출이지만 지금은 찬밥 더운밥 가릴 처지가 아니다.

혜수는 한 회장의 사무실을 나서며 벨가 사장에게 전화를 했다. 평소라면 신호음이 몇 번 울리지 않아도 될 통화가 오늘따라 어렵다.

혜수는 벨가를 직접 찾아가서야 사장을 만날 수 있었다.

"아니, 한 본부장님. 어쩐 일이십니까? 이런 누추한 곳까지 직접 찾아주시고."

"어쩐 일이냐고요? 지금 상황을 몰라서 그래요? 대체 무슨 생각으로 이런 일을 벌인 거죠?"

누구 덕에 하청받아서 지금까지 돈을 벌었는데, 그래도 오래 데리고 있었다고 브랜드 하나쯤은 맡게 해주려고 했는데 은혜도 모르는 배은망덕한 것들. 혜수는 씩씩대는 숨을 겨우 가라앉히며 말했다.

"지금이라도 늦지 않았으니 당장 SNS 폐쇄하고 직원들 입단속시키세요. 그렇지 않으면 브랜드 계약은커녕 하청계약도 전부 중단하겠습니다."

"그러십시오."

사장의 흔쾌한 말은 전혀 예상 밖이었다. 혜수는 자신도 모르게 말을 더듬었다.

"무, 무슨 소리죠? 이대로 계약이 끊겨도 좋다고요?"

"네. 더 이상 이런 식의 갑질에 끌려 다니지 않겠단 말입니다."

"갑질이라고 하셨어요? 지금?"

"솔직히 지금까지 말 안 하고 참아서 그렇지 저희 쪽 판매사원들 매출 개런티 때문에 불만이 이만저만이 아닙니다. 계약을 취소하든 끊든 마음대로 하십시오. 물론 하청계약에 대해서는 한경모직의 일방적인 파기인 만큼 위약금은 확실히 주셔야 할 겁니다."

분명 엄포를 놓고 지금까지의 일을 바로잡도록 다그치기 위해 온 자리였다. 그러나 계약을 전부 끊겠다는 말에도 겁먹은 기색 하나 없이 대꾸하는 사장을 보니 되려 할 말을 잃었다. 대체 뭐가 이렇게 당당한 거지? 혜수는 부들부들 떨리는 손을 꽉 쥐었다.

"자신 있으신가 봐요? 한경모직을 상대로 이런 짓을 벌여놓고 이 바닥에서 버틸 자신이?"

"그런 걱정이라면 안 해주셔도 될 것 같습니다. 훨씬 좋은 조건으로 계약을 해주겠다는 업체가 나타났으니까요."

혜수는 코웃음을 쳤다.

"더 좋은 조건? 허세가 지나치시네요. 벨가가 한경모직 하청을 한다는 건 업계에서 모르는 회사가 없는데 누가 우리 계약업체에 손을 댄단 말이죠?"

"성원백화점입니다."

"뭐라고요?"

"성원백화점과 PB브랜드 계약을 했습니다. 성원백화점에서 직접 디자이너를 데려와 컬래버레이션을 해서 브랜드를 만들면 저희가 생산합니다. 조건 역시 한경모직에서 지불하던 금액보다 더 높을 예정입니다."

말도 안 돼. 그럴 리가 없어. 혜수는 입술을 깨물며 자리에서 일어섰다.

그녀는 벨가를 빠져나오며 무원에게 전화를 걸었다. 벨가 사장의 말이 진실이라면 최무원이 제대로 그녀의 뒤통수를 쳤다는 이야기였다. 신호음이 얼마 가지 않아 무원이 전화를 받았다.

– 한 본부장, 무슨 일입니까?

"급히 여쭤볼 게 있는데 혹시 벨가와 PB브랜드 계약……."

– 지금 한 회장님과 함께 있습니다. 그 이야기라면 나중에 하도록 하죠.

"지금 아버지를 만나고 있다고요?"

– 상의드릴 일이 있어서요.

무원의 목소리는 놀랄 정도로 평소와 같았다.

"혜수와 통화했나?"

한 회장이 가라앉은 목소리로 물었다. 책상에 서류를 내려놓은 그의 눈 밑이 작게 떨리고 있었다.

"이게 뭔가?"

"그동안 한 본부장이 협력업체로부터 받은 리베이트입니다. 원칙대로 처리한다면 업무상 배임과 횡령입니다. 한경모직에서는 관행인 일이라 해도 제 백화점에서는 아니니까요."

한 회장은 무거운 신음을 냈다.

“이걸 대체 왜…….”

“한 본부장에게는 이미 한 차례 경고를 했었습니다. 두 번 다시 내 사람 눈에서 눈물 날 일 만들면 가만있지 않겠다고.”

“내 사람? 혜수와 자네, 좋은 관계로 만나고 있는 것 아니었나?”

“처음부터 한혜수 씨와 재혼에 뜻이 없다고 말씀드리지 않았습니까.”

물론 그렇긴 하다. 한 회장이 일방적으로 밀어붙인 혼담이었고 무원 쪽에서는 어떤 제스처도 보이지 않았다.

“혜수가 그렇게까지 마음에 안 차는 이유가 뭔가? 그래도 내 딸아이가 어디 나가서 모자란 축은 아닌데.”

“그건 한혜수 씨 문제가 아닙니다. 제가 원하는 여자가 다른 사람일 뿐이죠. 예전이나 지금이나 제가 아내로 생각하는 여자는 한 사람뿐입니다.”

한 회장은 순간 충격을 받았다. 정략결혼이었고 전처와의 사이에 아이도 없었기 때문에 무원의 이혼은 그리 큰 문제가 아니라 생각했었다. 그런데 아니었단 말인가? 판단이 틀렸다면 재빨리 몸을 돌릴 줄도 알아야 했다. 특히 지금처럼 상대가 치명적인 패를 가진 상황이라면.

한 회장은 재빨리 머리를 굴렸다.

“혹시 그 아이가 뭔가 실수한 것이 있다면 내가 대신 사과하겠네. 지금 외부에서 꽤 시끄러운 상태야. 큰 문제를 만들지 않았으면 하네만.”

“저도 바라는 바입니다. 그러나 한혜수 씨가 지금 한경모직 비자금으로 설계하는 일이라면 제 입장은 좀 다릅니다. 아무래도 예전 처가와 연관이 있는 문제이니까요.”

“무슨 소리인가? 비자금이라니? 그리고 혜수가 설계를 하다니!”

“아직 모르시는 일인가 보군요. 따님께 물으시든지, 해외 차명계좌 한번 확인해보시길 바랍니다. 이미 빠른 곳에서는 자금에 대한 소문이 파다하니까. 지금까지의 인연으로 말씀드리자면 빨리 조치하시는 것이 좋을 겁니다. 그럼 저는 먼저 일어나보겠습니다."

말이 떨어지기 무섭게 한 회장이 전화를 집어 들었다. 무원은 그 모습을 보며 회장실을 빠져나왔다.

"결국 기사 떴어요."

"당연히 뜨지. 요즘 시대가 그런 데 얼마나 예민한데. 예전 투 피츠처럼 그냥 넘어갈 수 있을 줄 알았나."

브레이크 타임이 없어지면서 매장 직원들이 구내식당을 이용하는 일도 편해졌다. 뷔페식으로 운영하는 점심시간과 달리 오후에는 한 가지 메뉴만 취급하는데 오늘 메뉴는 김치찌개와 계란말이였다. 운이 좋네. 좋아하는 메뉴다.

유래는 식판을 꺼내 반찬을 담은 뒤 빈자리를 찾았다. 그때 낯이 익은 매장 직원이 손을 흔들었다. 함께 회식한 적이 있는 A사의 여직원이었다.

"이쪽에 앉으세요."

"고마워요."

옆으로 오며 가며 서로 인사를 나누는 직원들이 몇 같이 있었다. 유래가 합류하자 그들은 잠시 중단했던 이야기를 시작했다.

"아까 한 본 얼굴 봤어요?"

"장난 아니던데. 하긴 SNS 팔로워 수가 엄청나다며. 실시간 검색어에도 뜨고. 지금 후속기사 막느라 정신없을걸."

"예전에 투 피츠 인수할 때 말 엄청 많았잖아요. 자살한 사람도 나왔다던데. 이제 그거 다 돌려받는 거죠, 뭐."

"안 그래도 투 피츠 일까지 지금 다시 거론되는 모양이더라고. 돈 떼이고 쫓겨난 계약직들이 많았으니."

유래는 묵묵히 밥을 뜨면서 다른 매장 직원들의 이야기를 들었다. 출근을 하자마자 얼굴을 마주한 건우부터 백화점은 온통 한경모직 이야기였다.

어쩐지 이 일이 무원이 며칠 열심히 매달려 있던 일과 무관하지 않다는 생각이 들었다. 확신은 없지만 느낌이 그랬다. 이유가 무엇인지에 대해서는 전혀 짐작 가지 않지만.

심드렁하게 투 피츠 이야기를 듣던 직원 하나가 화제를 돌렸다.

"그럼 이제 그거 어떻게 되는 거예요?"

"그게 뭔데?"

"한 본이랑 우리 대표님 결혼 이야기 오간다고 했잖아요."

"이 판국에 결혼은 무슨."

"맞아. 처가가 사고 쳐서 이혼까지 한 사람이 우리 대표님인데 결혼이 가당키나 해."

뜨끔. 유래는 막 삼킨 계란말이가 목에 걸리는 기분에 물잔을 들었다.

서둘러 식사를 마치고 나오는데 무원에게서 전화가 왔다.

— 어디야?

요즘은 이렇게 어디 있는지 묻는 전화가 종종 걸려온다.

"구내식당요."

— 점심 먹었어?

"지금 막 다 먹었어요. 진짜 구내식당 밥 잘 나오네요. 참, 식당시간 조절한 거 당신이 해준 일이라면서요? 협력업체 직원들 칭송이 자자해요."

— 매장 판매직 직원들은 고객과 가장 가까운 사람들이야. 그 사람들이 백화점에서 일하는 게 즐겁고 편해야 고객도 그렇겠지.

"보통은 비용 문제 때문에 실행하기 어려운 부분이에요."

— 비용은 오너가 사업으로 충당해야 하는 부분이지.

무원은 이익에 있어서는 칼같이 냉정했지만 관행이나 불법, 약한 상대에게 갑질을 하지 않는다는 확고한 신념이 있는 사람이었다. 알면 알수록 그가 좋아졌다.

"참, 오늘 저녁에 약속 있어요?"

– 아직은 없어.

"그럼 7시까지 와요. 저녁 같이 먹게."

– 난 저녁보다 다른 게 더 끌리는데.

"그럼 그것도."

갑자기 전화 저편에서 침묵이 감돌았다. 유래는 소리 없이 웃으며 덧붙였다.

"난 이제 괜찮을 것 같은데, 당신은 어때요?"

– 당연한 걸 왜 물어. 계속 기다리고 있었는데.

"일찍 와요. 이번에는 내가 기다리고 있으니까."

얼굴을 보고 말하는 것도 아닌데 쑥스러워진 유래는 재빨리 전화를 끊었다. 저녁은 뭘 하지? 대강 살 것을 떠올리며 붉어진 귀를 누른다.

「이번에는 내가 기다리고 있으니까.」

속삭이는 말을 듣는 순간 심장 안에 잠들어 있던 퍼덕거리는 생물이 일제히 깨어난 듯했다. 무원은 전화를 끊으며 잠시 심호흡을 했다. 말 한마디에 이 정도인데 실전에 들어가면 심장마비라도 걸리는 거 아니야? 실없는 생각에 입가가 풀어지는데 사무실 문이 벌컥 열렸다.

남 실장의 만류에도 다짜고짜 들이닥친 사람은 혜수였다. 독이 오를 대로 오른 그녀의 얼굴과 대조적으로 무원의 얼굴은 차게 식었다. 그는 불쾌감을 감추지 않았다.

"뭡니까?"

"저하고 이야기 좀 하시죠!"

무원은 긴장한 얼굴로 서 있는 남 실장에게 문을 닫으라고 고갯짓했다. 문이 닫히자 혜수는 곧장 독기 서린 음성을 쏟아냈다.

"어떻게 이러실 수가 있어요? 저 몰래 벨가와 PB브랜드 계약이라니."

"한 본부장이야말로 어떻게 이런 생각을 했습니까?"

"네?"

무원은 대답 대신 서랍에서 보이스 레코드를 꺼내 틀었다. 한마디, 한마디 흘러나올 때마다 혜수의 안색이 파랗게 변했다.

– 잊지 마. 그 미친놈에게 거래를 제안한 게 본인이란 걸.

유현의 말이 끝난 순간, 혜수는 비틀거리며 뒷걸음쳤다.

"이게 어떻게?"

"서로 이유라든가 알게 된 경위 같은 건 묻지 않기로 하죠. 말하지 않아도 짐작 갈 테니까. 더 파봐야 서로 좋은 소리 안 나올 테고."

"설마 이거 지금 전부……."

무원의 차가운 목소리가 혜수를 각성시켰다. 어쩌면 지금 벌어지고 있는 일 뒤에 최무원이 있을지 모른다고. 벨가가 계약으로 기세등등한 것이 아니라 처음부터 최무원이 이 상황을 만든 것이라고.

무원은 대답 없이 일어서 혜수에게 다가섰다. 그녀는 자신도 모르게 몸을 떨었다.

"내가 미리 경고했지 않습니까. 내 사람 눈에서 눈물 나는 일 있으면 그냥은 안 넘어간다고."

"……."

"이게 경찰이나 언론에 넘어가면 어떻게 될 것 같습니까?"

"사, 살려주세요."

한순간에 비굴해진 혜수의 모습에 조소가 나왔다. 그렇게 기고만장하던 모습은 어디로 간 건지.

"글쎄요. 그보다 한 회장님께 다른 연락은 받지 않았습니까?"

"무슨 소리죠?"

"한 본부장 혼자서 유성물산 상환을 막아줄 만큼 큰돈을 움직일 수는 없을 테니 분명 한 회장님 자금일 텐데. 내부에 아마 도와준 사람이 있겠지요? 지금쯤 아마 곤욕을 치르고 있을 텐데요."

파랗게 변했던 혜수의 얼굴이 이번에는 하얗게 질렸다. 때마침 그녀의 휴대전화가 울렸다. 발신인을 확인한 혜수는 눈을 질끈 감았다. 한 회장이었다.

"그만 가보시죠. 두 분이서 해결할 문제도 많을 테니까. 나하고는 그 뒤에 이야기합시다."

물론 이야기할 것이 남았을 때의 문제겠지만. 한 회장 성격으로 봐선 아무리 딸이라도 자신의 돈에 멋대로 손댄 '도둑'을 그냥 두진 않을 것이다. 그러게 경고했을 때 들었어야지. 앞으로 이 보이스 레코드는 한경모 직과의 관계에서 우위를 점하는 데 유용하게 쓰일 터였다. 그는 한쪽 입꼬리만 살짝 들어올렸다.

집으로 가는 길에 무원은 길가에 있는 붕어빵 노점을 보고 차를 세웠다. 마침 구워놓은 것이 전부 떨어져 새로 구워야 할 타이밍이었다. 무원은 붕어빵이 구워지는 모습을 보면서 장인인 이 회장을 떠올렸다.

무원은 유현의 이야기를 유래에게 해야 하는지 고민했다.

당시 스타로드 사업에 이 회장이 일절 관여하지 않았다는 것은 유성물산 내부와 검찰에서도 전부 아는 사실이다. 그럼에도 그가 총수로서 책임을 진 것은 사건 당시 팀장에서 전무로 직급이 수직상승한 아들 이유현의 입지 때문이었다.

대부분의 사람들이 그의 눈물 나는 부정에 혀를 내둘렀다. 무원 역시 그렇게 생각했다. 그런데 이유현이 친자식이 아니라고?

「난 그래도 아버지는 아닌 줄 알았어. 그래도 아버지는 내가 엄마를 얼마나 그리워하고 힘들어했는지 아시는 줄 알았어. 그런데 아니었대요. 아버지가…… 아버지가…….」

물론 피를 통한 자식만 소중하다는 건 아니지만 자신의 친혈육을 외면하면서까지 가능한 선택인지는 의문이었다. 평생 아들을 방치하고 산 자신의 아버지만큼이나.

문을 열고 집 안에 들어서는데 맛있는 냄새가 났다. 집에서 음식 냄새가 나는 것은 무척 오랜만의 일이다. 무원은 곧장 주방으로 걸음을 옮겼다. 부지런히 음식을 담아내는 유래의 뒷모습이 보였다.

"왔어요?"

무원의 얼굴에 닿았던 유래의 시선이 그의 손에 들린 붕어빵 봉투로 향했다.

"직접 산 거예요?"

"오는데 보이길래. 당신 좋아하잖아."

"고마워요."

유래는 신이 나 그에게서 봉투를 받아들었다. 무원은 식탁을 둘러보며 말했다.

"뭘 이렇게 많이 했어? 힘들게. 생선은 먹지도 못하면서."

상에는 그가 좋아하는 매운탕과 생선구이가 놓여 있었다.

"그래도 당신과 살면서 계속 접해서 그런지 많이 좋아졌어요. 성북동에 있을 때는 상에 올라오는 것만 봐도 속이 안 좋았거든요. 거의 다 됐으니까 옷 갈아입고 와요."

옷을 갈아입고 손을 씻자니 예전 한남동에서의 신혼생활이 떠올랐다. 그때는 몰랐지. 유래와 함께 있던 시간이 하루하루 소중했다는 걸. 무원은 그제야 억만금을 들여도 한남동 집의 낯섦을 채우지 못한 이유를 알 것 같았다. 그 자리에 빈 것은 사랑한 사람이었으니까.

식사를 하고 거실로 자리를 옮기자, 유래가 붕어빵과 허브차를 내왔다.

"먹을래요?"

"난 배불러. 그리고 그거 내 취향 아니야."

"무원 씨 취향은 뭔데요?"

"당신."

무원은 피식 웃더니 오물거리는 입술에 입을 맞췄다. 놀란 유래의 손에서 한입 베어 문 붕어빵이 툭 떨어졌다. 기다렸다는 듯 그가 유래의 뒷목을 끌어당겼다. 벌어진 입술 사이로 그가 파고들었다. 유래는 팔로 그의 목을 감았다. 숨결이 어지럽게 뒤섞였다.

꽤 긴 키스 뒤에 무원은 무릎 안쪽에 손을 넣어 유래를 번쩍 안아들었다. 그대로 침실로 직행할 생각이었으나 유래가 그를 밀어냈다.

"잠깐만요. 밥 먹자마자 이러는 건 좀 아닌 것 같은데요. 샤워하고 준비 좀……."

"우리가 언제부터 준비 따졌어?"

이미 그는 온몸이 터질 정도로 달아오른 상황인데 대체 무슨 준비? 유래는 고개를 저었다.

"안 돼요."

무원은 아쉬움에 입맛을 다시며 그녀를 놓아주었다.

"삼십 분 있다가 내 방으로 와요."

"무슨 샤워를 삼십 분씩이나 해? 그냥 같이 하든가."

"싫어요. 조금 있다 봐요."

유래는 후다닥 자신의 방으로 들어가버렸다.

이 여자가 진짜.

샤워를 하고 방 안을 서성여도 30분이란 시간은 참 더디게 간다. 일할 때는 있는지, 없는지도 모르는 시간인데. 초조하게 시계를 보던 무원은 30분보다 조금 일찍 유래의 방문을 두드렸다. 대답이 없다. 설마 갑자기 마음이 바뀐 건 아니겠지?

문을 연 무원은 방 안의 풍경에 슬며시 웃었다. 방은 은은하게 타오르는 향초와 생화로 장식되어 있었다. 침대 옆 사이드테이블에는 와인까지 구비되어 있었다.

무원은 새삼 유래의 센스에 감탄하면서 방 안을 둘러보았다. 자신만큼이나 유래가 이 밤을 특별히 생각하고 있다는 것이 기뻤다.

무원은 욕실의 물소리가 잦아들자 와인을 잔에 따랐다. 와인병을 내려놓는 그의 눈에 특이한 보랏빛 케이스가 들어왔다. 열어보니 안에 든 것은 시계였다. 디자인으로 보아 여성이 아니라 남성용. 빈티지한 느낌이 멋스러운 디자인이었다. 뭐지? 선물인가?

욕실 문이 열리는 소리에 뒤를 돌아본 무원은 짧은 숨을 삼켰다. 엷은 하늘색의 슬립을 입고 살짝 젖은 머리카락을 한쪽으로 늘어트린 유래는 아득하리만큼 매혹적이었다. 그녀가 무원에게 다가섰다.

"뭐 보고 있어요?"

"이 시계, 당신 건 아닌 것 같은데."

무원은 케이스를 들어 보였다. 유래의 표정이 흐려졌다.

"버리려고 꺼내놓은 건데."

"왜 버려? 새것 아냐?"

"예전에 인턴 첫 월급으로 아버지께 선물한 손목시계예요."

"장인어른께 선물했던 걸 왜 가지고 있어?"

유래는 침울한 표정으로 대답했다.

"미국으로 출국하는 날, 변호사 시켜서 돌려주시더라고요. 그냥 나와 인연을 끊고 싶으시다는 뜻으로 이해했어요. 아버지에게는 내가 짐일 테니까. 이해는 했는데, 마음 한편에서는 계속 미련이 남았나 봐요. 그게 뭐라고, 계속 가지고 다닌 거 보면. 이제는 확실하게 버리려고요."

이해가 되지 않았다. 무원이 본 장인은 누구보다 딸에 대한 애정이 깊은 사람이었다.

유래는 분위기를 바꾸려는 듯 목소리 톤을 올렸다.

"그보다 우리 와인 마셔요."

유래는 와인이 담긴 잔을 보더니 무원에게 건넸다. 무원은 잔을 받으며 케이스를 내려놓았다.

"디자인이 독특한데 개인 브랜드인가?"

"잡화류만 취급하는 1인 공방인데 제법 입소문이 난 곳이에요. 주문 제작만 하는데 예약자가 많아서 나도 몇 달이나 기다렸다가 받은 시계예요. 아버지는 한 번도 차신 적 없지만."

무원은 씁쓸한 기색이 가득한 유래의 얼굴을 바라보았다. 뭔가 위로해주고 싶었다.

"그럼 내가 가져도 될까?"

"당신이, 이 시계를요?"

유래는 예전에 그가 파일로 매장에서 옷을 사겠다고 했을 때와 비슷한 반응이다.

"당신에게는 의미 있는 물건이잖아. 거기다 디자인이 마음에 들어. 감각 좋은데?"

"그래요, 그럼. 어차피 나도 계속 가지고 있기 불편했으니까. 한번 해볼래요?"

유래는 케이스에서 시계를 꺼냈다. 그러자 시계를 꺼낸 케이스 바닥에 고정되어 있는 작은 물체가 모습을 드러냈다. 자세히 보니 USB메모리였다. 이게 왜 여기 있는 걸까? 유래 역시 같은 생각이었는지 의아한 얼굴로 무원을 바라보았다.

"선물하기 전에는 분명 없었어요. 내가 케이스에서 꺼내서 작동하나 확인해보고 다시 넣었기 때문에 알아요."

"그래?"

그렇다면 선물을 받고 돌려준 상대가 넣었다는 이야기다. 무원은 조심스럽게 고정되어 있는 USB를 꺼내 살펴보았다.

"장인어른이 넣으신 건가?"

"모르겠어요. 전해준 사람은 특별히 다른 말은 없었으니까. 나도 이걸 받은 뒤에 꺼내보는 건 처음이에요."

아무리 봐도 우연히 '그냥' 들어갔을 리는 없는 물건이다.

무원은 서재에서 바이러스나 해킹 위험이 있는 외부자료를 확인할 때 사용하는 노트북을 가지고 왔다. USB 안에는 날짜로 보이는 제목의 동영상 파일 하나밖에 없었다. 썸네일에 비치는 것은 평범한 사무실이었다.

"이게 뭘까요?"

노트북을 들여다보던 유래가 불안한 목소리로 물었다.

"보면 알겠지."

무원은 영상을 클릭했다. 영상은 아무도 없는 사무실에서 시작되었다. 영상의 상태나 촬영 각도로 보아 몰래 설치한 카메라로 찍은 영상 같다. 대체 뭐지?

그때 화면에 한 남자가 나타났다. 양복을 입고 안경을 쓴 모습이 낯설지 않다고 생각할 무렵 유래가 떨리는 소리를 냈다.

"강 실장님?"

"아는 사람이야?"

"도윤 오빠 아버지세요. 강지환 실장님."

어쩐지 닮았다 했다.

화면 속에 또 다른 남자가 나타났다. 유현이었다. 두 사람은 카메라가 비치는 자리에 앉아 한참 이야기를 나누는 듯했다. 소리는 들리지 않았지만 화면 속의 강 실장은 서류까지 던질 정도로 격앙한 상태였다.

유현은 강 실장을 진정시키는 제스처를 취하더니 자리에서 일어섰다. 그는 카메라 앞쪽으로 다가와 잔을 놓고 위스키를 따랐다. 그리고 재빨리 주머니에서 작은 튜브 같은 것을 꺼내 잔 속에 떨어뜨렸다. 강 실장은 서류를 보느라 유현의 행동에는 전혀 신경 쓰지 않고 있다.

묘한 기시감이 드는 장면. 어디서 봤더라? 그래, 무원과 함께 보았던 영화였다. 유명 화가의 죽음에 대한 진실과 유작을 찾는 영화. 도입부에서 화가는 누군가 내민 커피를 마시고 의식을 잃는다. 그리고…….

유래는 자신도 모르게 입을 틀어막았다. 유현이 건넨 술을 마신 강 실장은 어지러운 듯 머리를 몇 번 흔들더니 의자에 축 늘어졌다. 가만히 그 모습을 보던 유현이 손을 뻗었다. 어느샌가 화면 속의 그는 손에 검은 장갑을 끼고 있었다.

'말도 안 돼.'

순간 무원의 손이 유래의 눈을 덮었다. 그의 목소리도 떨리고 있었다.

"보지 마. 보면 안 돼……."

chapter 16

Apego

이곳에서의 생활은 아주 조용하다. 규칙적인 식사와 하루 한 번의 운동, 대부분의 시간은 명상과 독서로 보냈다. 난방이 제대로 되지 않는 한 평 남짓한 방은 그에게 유년시절을 떠올리게 한다.

시장에서 생선을 파는 어머니가 장사를 끝내고 돌아오기를 덜덜 떨며 기다리던 골방. 하얀 입김을 내뿜으며 추위로 곱은 손으로 책장을 넘기고 있으면 누군가 그의 방문 앞에 붕어빵을 두고 갔다.

앞집에 사는 양복점 집 딸이었다. 동그랗고 큰 눈에 양쪽으로 머리를 땋고, 늘 재단사인 아버지가 만들어준 원피스를 입고, 붕어빵을 제일 좋아하는 여자아이. 아버지가 돌아가신 뒤, 얼마 없는 돈을 털어 이 가난한 동네로 이사 왔을 때부터 그를 졸졸 따라 다니던 계집아이.

이제 막 사춘기에 접어드는 소년은 애써 소녀를 모른 척했지만 눈길이 가는 것은 막을 수 없었다. 그렇게 시간이 지나 소년은 남자가 되었고 소녀는 여자가 되었다.

두 사람은 자연스럽게 연인이 되었다. 남자가 대기업에 취직을 했을 때 여자의 아버지는 양복을 지어주었고 남자는 첫 월급으로 그에게 비싼 양주를 선물했다. 한 번씩 남자의 어머니가 양복 짓는 일을 하는 여자를 못마땅해하며 심술을 부렸지만 대부분의 사람들은 그들이 결혼할 것이라 생각했다.

남자는 여자를 사랑했다. 작은 집에서 여자와 아이를 낳고 자신의 어머니와 여자의 아버지를 모시며 살고 싶었다. 난데없이 그들 사이에 끼어든 회장 딸만 아니었다면.

남자의 어머니는 여자와의 결혼을 격렬하게 반대했다. 힘들게, 귀하게 키운 똑똑한 아들이 처가 힘을 빌어 더 높은 자리로 갔으면 하는 마음도 컸을 것이다.

남자는 어머니와 전쟁을 치렀다. 그러나 여자와 여자의 아버지 앞에서 농약을 병째 입안에 털어넣는 그녀를 막을 수 없었다. 결국 남자는 어머니의 뜻대로 여자와 헤어지고 말았다.

"변호사 접견시간입니다."

교도관의 목소리에 그는 상념에서 깨어났다. 변호사 접견? 일주일에 두 번 있는 변호사 접견이 오늘이던가. 변호사 접견이라 하지만 특별한 것은 없다. 항소를 할 생각도, 형을 줄이겠다는 의지도 없으니 그냥 세상 돌아가는 이야기나 나누는 시간이었다. 오늘도 예외 없이 그럴 것이라 접견실에 들어선 그는 변호사와 함께 있는 방문객을 보고 걸음을 멈추었다.

"자네가 여긴 어쩐 일인가."

"오랜만에 뵙습니다, 이승조 회장님."

아니, 장인어른이라고 해야 맞을까.

승조는 눈앞의 무원을 믿기지 않는 눈으로 바라보았다. 그가 마지막으로 무원을 만난 것은 구치소에 있을 때였다. 구속을 피하게 해줄 테니 이혼만은 막아달라고 했었지.

승조는 그때 처음으로 차갑고 딱딱하기만 하던 사위의 속내를 알았다. 그는 진심으로 딸을 사랑하고 있었다. 승조는 천천히 입을 열었다.

"일단 앉게나."

테이블에는 녹차와 붕어빵이 놓여 있었다. 승조는 의아한 눈으로 붕어빵을 바라보았다. 이곳과도, 방문객과도 어울리지 않는 음식이었다. 그럼에도 그리운 마음에 하나를 덥석 집어 들었다.

"자네가 가져왔나?"

"좋아하실 것 같아서요."

"좋아하지."

한입 베어 물자 입안에 달달함이 퍼졌다. 단 음식을 즐기지 않는데도 붕어빵만은 좋았다. 아마 그리움의 맛이어서 그런지 모른다. 그걸 아들도 아닌 사위가, 아니, 한때 사위였던 남자가 아는 것이 신기했다.

문득 그의 시선이 테이블에 가지런히 놓여 있는 무원의 손에 닿았다. 남자답게 크고 강인해 보이는 손. 손목에 찬 시계를 본 순간 그가 자신을 찾아온 이유를 알 것 같았다.

승조는 변호사를 보며 말했다.

"정 변호사, 잠시 자리 좀 비켜주게."

눈치 빠른 변호사는 재빨리 자리를 비워주었다. 자리를 비운 이유에 대해서는 교도관 쪽에서 적절한 핑계를 대줄 것이다. 어쩌면 이미 이야기가 끝나 있는지도 모르겠다.

승조는 천천히 입을 열었다.

"그 시계를 왜 자네가 가지고 있나?"

"유래에게서 받았습니다."

"유래를…… 다시 만나나?"

"네."

간결한 대답이었다. 간결해서 이상할 정도로 안심이 되었다. 이 남자라면 자신과 다르겠구나 하는.

승조의 시선이 창밖을 향했다. 아침부터 몸이 무겁다 했더니 눈이 내리고 있다. 창밖에 흩날리는 눈을 보노라니 지연을 다시 만난 날이 생각났다.

결혼하고 5년이 지났을 무렵이었다. 결혼 초 부평초처럼 떠돌던 마음은 2년 후 아들이 태어나고 자라는 모습을 보면서 겨우 자리를 잡았다.

그날은 아버지의 제삿날이었다. 아내는 여느 때처럼 갓 세 살이 된 아이를 데리고 해외여행을 가버렸다. 노모는 아들에게 전화를 걸어 눈물 바람을 했다.

결혼 당시만 해도 어머니는 모르셨을 것이다. 그토록 원하던 회장 딸 며느리 손으로 자신의 생일상 한번, 제사상 한번 받아보지 못할 거라는 걸. 당신이 돌아가실 때까지 손자 얼굴 한번 제대로 보지 못할 거라는 걸.

겨우 어머니와의 통화를 끝내자 비서가 임지연이란 여자가 찾아왔노라 알려왔다. 지연의 이름을 듣는 순간 그는 심장이 떨어질 뻔했다. 평생에 다시 만날 수 있는 사람이 아니라고 생각했으니까.

5년 만에 나타난 지연은 다 죽어가는 얼굴로 돈이 필요하다고 했다. 암으로 투병 중인 아버지의 병원비였다.

몇 년 전, 아버지가 쓰러졌고 위암 4기 진단을 받았다. 이미 대장과 폐까지 전이된 상태에서 수술은 불가능했고 항암치료를 받아야 했다. 몇 년에 걸친 항암치료는 저금과 집, 가게까지 전부 집어삼켰다. 급기야는 다른 여자와 결혼하겠다고 매몰차게 자신을 버린 남자에게 돈 이야기를 하지 않으면 안 될 정도로.

승조는 말없이 지연이 필요하다는 돈의 몇 배를 내주었다. 결혼해서 5년, 데릴사위라 쓰고 실상은 집안의 '지키는 개' 노릇을 한 대가였다. 그러나 지연이 돈을 가져간 그날부로 아버지는 혼수상태에 빠졌고 깨어나지 못했다.

사람 없는 빈소를 지키던 지연은 결국 발인 날 혼절했다. 하는 수 없이 승조가 영정사진을 들었다. 아버지를 보내던 날, 지연은 울다가 까무러치기를 몇 차례 반복했다. 사십구재 날, 걱정스러운 마음에 지연을 보러 갔던 승조는 갈탄을 피워놓고 의식을 잃은 그녀를 발견했다. 다행히 발견이 빨랐기에 지연은 금방 의식을 찾았다.

지연은 그에게 사랑했던, 어쩌면 영원히 사랑할 여자이자 십수 년을 함께한 자신의 일부였다. 그런 지연이 잘못되지 않았다는 생각에 그는 자신의 감정을 주체하지 못했다.

위안인지, 애욕인지 모를 한겨울의 밤 이후 지연은 그를 떠났다. 승조 역시 자신의 삶으로 돌아왔다. 평온하고, 조용한 시간이 흘렀다. 하루가 다르게 자라는 아이만이 그의 기쁨이었다. 이 아이에게는 자신과는 다른 삶을 줄 수 있다는 것이 행복이었다.

아이가 여섯 살이 되던 해, 생각지 않던 복병이 나타났다. 급성 림프성 백혈병이었다. 의사는 열 살 미만의 소아에게 나타나기 쉬운 병이며 예외적으로 조혈모세포 이식이 필요한 경우가 아니라면 약물로 완치확률도 높다고 했다. 조혈모세포 이식이란 말에 아내의 안색이 변했다. 그는 우연히 장인과 아내의 대화를 듣게 되었다.

「필요할지 모르니 아이 생부에게 연락해두어라. 애비란 게 그 정도 도움은 되어야지.」

「안 돼요. 혹시라도 그 사람이 알게 되면…….」

「이 서방이 뭐가 중요해. 어차피 네 자식이면 내 손주다. 애가 잘못되는 걸 보고 싶으냐?」

승조는 충격에 휩싸였다. 그러나 사실을 들킨 아내와 장인은 되레 당당했다. 모든 것을 버리고 싶었지만 힘든 약물치료를 받는 아이가 그를 찾을 때마다 마음이 약해졌다. 피가 통하지 않았다 해도 어쩌겠는가, 그의 아들인 것을.

아무것도 생각하지 않기로 했다. 오직 아들만, 유현만 생각하기로. 그 다짐은 오랜만에 만난 옛 친구가 '아이를 데리고 있는 지연'을 보았다는 때부터 깨어지고 말았다.

그는 무원에게 물었다.

"유래는 잘 지내나?"

"이곳에 같이 왔습니다. 만나고 싶으시면 데리고 오겠습니다."

승조는 고개를 저었다.

"아닐세. 이런 모습 보여주고 싶지 않네."

아홉 살이 될 때까지 딸의 존재조차 몰랐던 아비였다. 지연이 아이를 데리고 있더란 말에 이상할 정도로 심장이 뛰었다. 그는 지연을 찾았고 아이를 만났다. 아이를 처음 만난 순간은 그의 인생에 영원히 잊을 수 없는 시간이었다.

"왜 이걸 유래에게 주셨습니까?"

무원의 목소리에 승조는 시선을 시계에 고정했다. 시계를 준 이유는 간단했다.

"그 애를 자유롭게 해주고 싶었네."

"성북동에서 어떻게 살았는지는 아셨습니까?"

무원의 목소리에는 원망이 깃들어 있었다. 왜 그렇지 않겠는가. 입안에 씁쓸함이 감돌았다.

"나중에 알았지. 성북동 생활이 얼마나 그 애에게 가혹했는지."

"그렇다면 왜 감싸주지 않으셨습니까? 하나뿐인 자식 아닙니까."

승조는 믿기지 않는 눈으로 무원을 바라보았다.

"자네, 어떻게 그것까지…… 혹시 유래도 아나?"

"유래는 아직 모릅니다."

"그래……."

승조는 참담한 표정을 지었다. 유래를 성북동에 데려왔을 무렵, 지속적인 금리하락과 건설투자를 확대하는 정부정책 때문에 건설업이 최대 호황기를 맞았다. 말 그대로 눈코 뜰 새 없이 바빴다. 같은 집에 살면서도 아이 얼굴을 보는 건 일주일에 한 번도 힘들었다. 그래도 바뀐 환경에 잘 적응하고 사는 것 같아서 마음을 놓았다.

그러나 그건 착각이었다.

기온이 영하 10도까지 떨어졌던 추운 날, 밤새 창고에 갇혀 있던 유래를 발견하고서야 승조는 자신의 잘못을 깨달았다. 유래를 성북동으로 불러들이는 것이 아니었다. 차라리 돈을 주어 돌봐줄 사람을 구했어야 했다. 모든 것이 그의 욕심이고, 죄였다. 자라는 딸을 옆에 두고 싶다는 욕심, 자신이 유현을 가족으로 받아들였으니 그들 역시 그러할 것이라 안일했던 죄.

특히 정원 CCTV에서 유현의 모습을 본 순간 그는 절망했다. 새벽에 두 차례나 창고 앞에 나타난 유현은 분명 유래의 상태를 알면서도 방치했다. 온몸의 피가 빠져나가는 느낌이 들면서 후들거렸다. 집에서 일하는 사람들이 지금까지 쉬쉬해온 이야기들은 더했다.

대체 그의 어린 딸은 이 집에서 어떻게 살아왔던 걸까. 유현에게 불안정하고 폭력적인 면이 있다는 것은 알고 있었지만 심각하게 생각하지는 않았다. 무엇보다 그에게는 다정하고 착한 아들이었으니까. 유현이 '사고'를 칠 때마다 의무적으로 상담을 해주었던 심리센터의 상담사가 조심스럽게 이야기를 꺼냈다.

「누구에게도 하지 않은 이야기지만 솔직히 말씀드리겠습니다. 아드님은 '반사회적 인격장애'를 앓고 있습니다.」

한창 세상을 들썩이게 한 연쇄살인마의 체포로 뉴스에서 매일 등장하던 단어였다. 승조는 눈앞이 아찔해졌다.

「내 아들이 사이코패스란 말입니까?」

「꼭 그런 것은 아닙니다. 반사회적 인격장애를 앓는 환자 중에서 일부만이 사이코패스 판정을 받습니다. 아드님의 경우 특이하게도 아버지에 대한 애착이 깊습니다. 이것이 방아쇠로 작용하는 동시에 최악의 결과를 막는 마지노선이 되는 것 같습니다.」

「무슨 뜻입니까?」

「아드님의 경우 자신이 통제 가능한 세계, 자신의 것에 대한 집착이 무척 강합니다. 그것이 침해받는다고 느끼는 순간 엄청난 공격성이 튀어나옵니다. 누군가 자신을 무시했다든가, 모욕을 주었다든가, 자신의 것을 건드렸다든지 하는 부분이요. 문제는 아버지를 단순한 부모, 가족보다는 완전한 자신의 세계를 구성하는 핵이라 생각한다는 거죠. 아버지의 영순위는 무조건 자신이 되길 원합니다. 그렇지 않다고 느낀다면 어떻게 해서든 상황을 통제하길 원할 겁니다. 아마 수단과 방법을 가리지 않고요.」

피가 통하지 않아도 20년 가까이 사랑으로 키운 아들이 두려워지기 시작했다. 아직 자립할 힘을 가지지 못한 딸을 같은 집에 두어야 한다는 것도 무서웠다. 어린 양을 양 두껍을 덮어쓴 늑대와 한 우리에 두어야 할 판이었다.

승조는 그때부터 유현의 행동을 주시하기 시작했다. 집 안 곳곳에 카메라를 설치하기 시작한 것도, 유래를 외국으로 보내겠다고 마음먹은 것도 그 무렵이었다.

"유현이 '반사회적 인격장애'를 앓고 있다고 했네. 유현이 엄마와 외가에서 꽁꽁 싸고돌았지만 그 애가 벌인 사고는 입에 담기 힘들 정도로 잔인하고 집요한 것들이 많았네. 유현의 상담사가 나에게 충고를 했지. 내 관심이나 애정이 다른 곳으로 가는 것이 방아쇠가 될 거라고. 상황을 통제하려 할 테고 수단 방법을 가리지 않을 거라고. 그런 상황에서 외부로 향해 있던 유현의 비정상적인 에너지가 유래에게 쏟아지는 것은 피하고 싶었네. 내가 언제나 딸애 옆에 있을 수 있는 것도 아니니까."

딸을 사랑했지만 내색할 수는 없었다.

"그나마 자네와 결혼을 결정하게 되어 한시름을 놓았지. 아무리 유현이라도 자네 같은 사람에게는 함부로 못 할 테니까."

살얼음판 같던 생활은 유래의 결혼이 결정되고 끝나는 듯했다. 문제는 지연이었다. 항암치료를 했지만 위암이 두 번이나 재발하더니 급기야 간으로 전이되었다.

의사는 간 이식을 권했다. 지연은 단호하게 거부했다. 자신을 위해 유래의 몸에 손댈 수 없다고 했다. 승조는 지연의 결정을 받아들였다.

그러나 항암치료를 다시 시작한 지연이 결혼식 날 잘못되리라는 건 생각지도 못했다. 신혼여행을 떠나는 딸에게 소식을 전할 수도 없는 노릇이었다. 이제까지 없이도 살았으니 앞으로 없다 한들 무슨 상관일까. 결혼생활이 좀 안정되면, 아이가 생기면…… 하루하루를 미룬 것이 결국 큰 사달로 돌아왔다. 딸이 얼마나 상처를 받았는지는 짐작도 되지 않았다.

승조는 눈을 질끈 감았다.

"이곳에 들어오면서 유현이와 한 가지 약속을 했네. 앞으로 유래의 인생에는 절대 관여하지 않기로. 유래에게 준 것은 일종의 안전장치였어. 그런데 그걸 자네가 가지고 있다는 이야기는…… 유현이가 약속을 어겼다고 보면 되는 건가?"

무원은 고개를 끄덕였다. 승조는 길게 한숨을 내쉬었다.

"자네는 왜 나를 찾아왔나?"

"이걸 어떻게 해야 할지 생각하시는 바를 듣고 싶어서요."

"그건 이미 내 손을 떠난 물건이야. 어떻게 해야 할지도 내가 결정할 일이 아니네."

"후폭풍이 상당할 겁니다. 모든 것을 잃으실지도 모릅니다."

"내가 더 이상 잃을 것이 뭐 있겠나."

사랑하는 여자와 그 여자를 꼭 빼닮은 딸, 마음으로 아꼈던 아들까지 잃었다. 더 이상 어떤 것에도 미련은 없었다.

"다만 자네에게 부탁이 하나 있네. 유래는 그 후폭풍에 휩쓸리지 않게 확실하게 선을 그어주게. 더 이상 성북동이 그 애를, 그 애의 인생을 괴롭히지 않았으면 해."

무원은 고개를 숙였다. 승조는 천천히 자리에서 일어섰다.

"붕어빵, 잘 먹었네. 평생 잊지 못할 맛이 될 걸세."

면회대기실의 공기는 차가웠다. 비단 난방 문제만은 아닌 듯했다. 교도소라는 특수한 장소의 분위기인 듯했다.

유래는 면회실을 오가는 사람들의 모습을 멍하니 바라보았다. 부모로 보이는 사람, 애인으로 보이는 사람, 친구로 보이는 사람 등 여러 사람들이 있었다.

처음 USB의 영상을 보았을 때는 아무것도 실감나지 않았다. 그러나 시간이 지날수록 강 실장의 죽음이란 실체가 목을 옥죄었다.

유래는 강 실장 부자를 처음 만났을 때를 떠올렸다.

「많이 먹어라. 한창 클 나이 아니니.」

「괜찮으니까 아버지도 드세요.」

「아니다, 네가 먹어야지.」

서로 자신의 그릇에 있는 계란프라이를 상대의 그릇에 옮겨주기 바쁜 부자였다.

강 실장의 소식을 뉴스로 처음 접했을 때 유래가 가장 먼저 떠올린 사람은 도윤이었다. 영상을 본 이후에도 그랬다.

갑자기 몸 안이 꽁꽁 어는 듯했다. 유래의 손끝이 부들부들 떨렸다. 스스로도 떨림을 주체하기 힘들었을 때 누군가 그녀의 손을 잡았다.

"괜찮아?"

무원이었다. 그는 천천히 유래를 일으켰다.

"그만 가자."

"뭐라고 하세요?"

"지금은 만나고 싶지 않다고 하셨어."

어쩐지 그럴 것 같았다. 유래는 말없이 무원을 따라 면회실을 나섰다.

건물을 감싼 공기는 짓누르는 것처럼 무거웠다. 두 사람은 예전에 갔던 카페로 향했다. 따뜻한 허브티를 한 모금 마시자 몸 안을 꽁꽁 얼리던 한기가 슬쩍 물러났다. 유래가 먼저 무원에게 물었다.

"아버지는 어떠세요?"

"염색을 안 하셔서 좀 나이 들어 보이긴 하셨는데 편해 보이셨어."

"건강은……."

"일주일에 두 번 찾아뵙는 정 변호사 말이 큰 문제는 없다고 했어."

"다행이다."

유래는 손끝으로 찻잔을 문질렀다. 무원은 여전히 떨리고 있는 유래의 손을 잡으며 입을 열었다.

"그리고 USB 말인데, 그건 당신께서 결정할 문제가 아니라고 하셨어."

"솔직히 말해서 지금도 모르겠어요. 아버지가 왜 그걸 나한테 주셨는지."

무원은 혼란에 가득 찬 유래의 얼굴을 바라보았다. 영상을 본 이후부터 내내 그랬다. 무원은 조금 전 만나고 온 승조의 말을 떠올렸다.

「내 관심이나 애정이 다른 곳으로 가는 것이 방아쇠가 될 거라고. 상황을 통제하려 할 테고 수단과 방법을 가리지 않을 거라고. 그런 상황에서 외부로 향해 있던 유현의 비정상적인 에너지가 유래에게 쏟아지는 것은 피하고 싶었네.」

모든 것을 이해할 수는 없었다. 그러나 무원은 유래에게 알려줄 필요가 있었다. 지금의 혼란을 몰아내기 위해서라도.

"당신 아버지는 그분 나름대로의 방식으로 당신을 사랑했어."

"한때는…… 나도 그렇게 믿은 적이 있어요. 하지만 아버지가 선택한 건 유현 오빠예요. 밖에서 낳은 내가 아니라."

"이유현은 당신 아버지 자식이 아니야."

유래의 눈빛이 걷잡을 수 없이 떨렸다. 단 한 번도 생각해보지 못한 이야기였다.

"어떻게 그런……."

"자세한 이야기는 나도 몰라. 하지만 이유현이 당신 아버지 자식이 아니라는 건 집안사람들 전부 알고 있어."

"유현 오빠도?"

무원은 고개를 끄덕였다. 그는 충격으로 어찌할 바 모르는 유래의 눈을 보며 말을 이었다.

"이유현은 '반사회적 인격장애'를 앓고 있다더군. 그리고 아버지의 친자식인 당신을 자신의 세계에 끼어든 침입자라고 생각했던 모양이야. 그래서 그렇게 못살게 굴었던 거고. 당신 아버지는 이유현이 위험한 인간이라는 걸 알고 계셨어. 자신의 행동이 이유현을 자극할 수 있다는 것도."

감당하기 힘든 이야기들이 밀려들었다. 유래는 힘들게 눈을 감았다 떴다.

처음 만났을 때, 자신을 붙들고 울던 아버지의 얼굴이 생각난다. 한 번씩, 무슨 말이라도 할 것처럼 물끄러미 와 닿던 아버지의 시선이 생각난다. 캐비닛 한켠에 가만히 자리하던 선물이 생각난다.

「이제 그만 자유로워지려무나.」

그 말이 생각난다.

"아……."

자신 안의 무엇인가가 툭 끊어졌다. 눈물이 툭툭 손을 잡고 있는 무원의 손등으로 떨어졌다. 유래의 아픔이 고스란히 그에게 전해지고 있었다. 무원은 한동안 가만히 유래의 손을 잡았다.

뉴스 속보가 떴다. 무원은 오피스텔 거실에서 TV를 보았다. 유성물산 이유현 전무의 긴급체포 소식이 나오고 경찰서장의 브리핑이 이어졌다. 3년 전, 자살로 종결된 유성물산 강지환 실장에 대한 살인과 스타로드 사고의 과실치사 혐의였다.

화면에는 모자와 마스크로 얼굴을 감싼 유현과 피해자의 아들로 인터뷰를 하는 도윤이 비쳤다. USB의 영상을 보던 내내 한마디도, 심지어 숨조차 쉬지 않던 남자의 눈자위에는 핏발이 섰다.

「나는 아주 오랫동안 악몽 속에서 살았습니다. 그건 단순히 아버지의 죽음 때문이 아니에요. 아버지는 아들인 나를 믿지 않았나 하는. 나를 믿지 못해서 스스로 그런 길을 선택하셨나 하는. 나는 결국 아버지에게 아무것도 아니었나 하는. 물을 사람도 없고 물어서도 안 되는 질문만이 가득한 그런 악몽이었죠. 이제야 겨우 그 악몽이 끝나는 기분입니다.」

악몽에서 벗어난 남자의 눈에는 푸른빛의 선명한 전의가 비치고 있었다. 그에게는 아마 새로운 싸움의 시작일 것이다. 무원은 TV를 끄고 유 사장에게 전화를 걸었다.

"돌아가는 상황은 어떻습니까?"

– 일단 이유현이란 인간 자체에 포커스가 가고 있는 상황입니다. 그동안 제법 벌여놓은 사고가 많아서요. 괜스레 성원그룹 이름이 오르내리지 않도록 기사 단속 잘하겠습니다. 사모님은 괜찮으십니까?

"내색은 안 하는데 좋진 않은 것 같습니다. 부탁합니다. 그 사람에 대해서는 어느 것 하나도 노출되지 않도록 해주십시오."

유래는 오늘 매장에 나간 뒤에 오랜만에 준희를 만난다고 했다. 영상을 도윤에게 넘기는 결정을 한 뒤로 유래는 제대로 잠을 자지 못하는 것 같았다.

그는 유 사장에게 몇 가지 일들을 더 부탁하고 전화를 끊었다.

유래는 지금 뭘 하고 있을까.

새삼 궁금한 마음에 다시 휴대전화를 집어 들었다. 신호음이 두 번 정도 울리자 유래가 전화를 받았다.

"아직 준희 씨 만나고 있어?"

– 준희와는 헤어졌는데 잠시…… 만날 사람이 있어서요.

"만날 사람?"

누구지? 일 관련인가?

– 금방 끝날 거예요.

"알았어. 빨리 와."

– 무슨 일 있어요?

"내가 보고 싶어서."

너무나 솔직한 말에 자신도 모르게 굳었던 입가가 풀린다. 통화를 끝낸 유래는 휴대전화를 내려놓았다.

"최 서방이니?"

앞에 앉아 눈을 빛내는 사람은 성북동 사모님이다.

유래는 낮은 목소리로 네, 대답했다.

준희와 헤어질 무렵, 연락처를 어떻게 알았는지 전화가 왔다. 만나고 싶지도, 만날 이유도 없는 사람이었지만 만나주지 않으면 매장으로 찾아오겠다는 말에 만나기로 했다.

선글라스를 끼고 사방을 살피며 약속장소에 나타난 사람은 머리가 하얗게 세고 꼬챙이처럼 마른 여자였다. 3년 사이 그녀의 아름다웠던 얼굴은 팍 늙어 있었다.

"유현이 말로 둘이 다시 만난다더니 사실인가 보구나. 잘되었다. 유현이 이야기는 들었을 거다. 지금 집안 사정이 무척 안 좋아. 최 서방에게 말해서 유현이 일 좀 도와다오."

"유현 오빠 일을요?"

"그래, 너에게는 하나뿐인 오라비잖니."

구역질이 치밀었다. 단순히 혈연의 문제가 아니었다. 그들은 한 번도 유래를 자신들의 가족으로 인정한 적이 없었다. 그런데 지금에 와서 오라비라니.

"어떻게 저한테 그런 이야기를 할 수 있으세요? 제가 그 집에서 어떤 존재였는지, 유현 오빠가 나를 어떻게 대했는지, 왜 이혼하고 나왔는지 전부 아시면서."

"물론 너도 우리한테 서운한 게 많으리란 건 안다. 하지만 우리 입장을 한번 생각해보렴. 네 존재는 우리에게도 결코 편하지 않았다. 제 아버지만 세상의 전부인 줄 알고 따르던 유현이는 더했고. 그래도 너한테는 할 만큼 하지 않았니? 좋은 대학에 좋은 남편까지 만났고. 네 아버지가 우리 몰래 아픈 네 엄마 뒷바라지를 하는 것도 눈감아줬어. 그런데 너는 고작 과거의 일로 이러는 거니?"

고작 과거의 일. 당신들에게 그건 고작 과거의 일이었구나. 무릎에 올려둔 손에 힘이 들어갔다.

"마음이 아팠다면 미안했다. 내가 용서를 비마."

유래는 눈앞의 여자를 물끄러미 바라보았다. 성북동 사모님. 그 이름만으로도 어렵고 두려웠고 힘들었던 사람. 지금도 한 번씩 성북동 꿈을 꿀 때면 그녀가 나온다. 팔이나 목, 머리채를 움켜쥐던 그녀의 손이 나온다. 꿈속에서 그녀는 언제나 악귀의 형상을 하고 있었다. 그럴 때면 유래는 공포에 질려서 잠에서 깨곤 했다.

이 비쩍 말라 초라한 사람이 뭐라고, 성북동이 뭐라고 오랜 시간을 괴로워했나. 유래는 비로소 자신의 삶을 둘러싸고 있던 뿌연 안개가 한 겹

걷히는 느낌이었다.

"용서해드릴게요."

"진심이니?"

"네. 사모님 말씀대로 '과거의 일'이니까."

짙은 화장을 한 여자의 얼굴에 화색이 깃들었다.

"그래, 그러면……."

"제 용서가 필요하다면 해드린다는 말이에요. 말씀하신 것처럼 성북동 덕에 좋은 대학 나왔고 좋은 남편 만났어요. 하지만 유현 오빠가 지금 용서를 빌어야 할 사람은 제가 아니에요."

"뭐라고?"

"돌아가신 강 실장님께, 아들인 도윤 오빠에게 빌어야죠. 죄가 있다면 벌을 받아야 하고요."

여자의 얼굴이 일그러졌다.

"두 번 다시 저한테 연락하지 마세요. 유현 오빠가 아버지와 피 한 방울 통하지 않았다는 거 알고 있어요. 가뜩이나 쑥대밭인 집안에 출생의 비밀이란 폭탄 하나 더 터뜨리기 싫어서 조용히 있는 겁니다. 하지만 이런 식으로 자극하시면 저도 어쩔지 몰라요. 아니, 저보다도 최무원 그 사람이 가만히 안 있겠죠."

차가운 말을 술술 뱉으며 유래는 천천히 자리에서 일어섰다.

시계를 본다. 금방 끝내겠다 했으니 약속은 지켰다.

그럼에도 그에게로 가는 걸음이 자꾸 빨라진다. 무원이 보고 싶었다.

"오늘 시간 괜찮아? 저녁에 데이트하자."

출근 준비 중이던 유래에게 신문을 보고 있던 무원이 말을 걸었다. 유현의 체포가 세상을 떠들썩하게 만든 지 일주일이 지났다. 생각보다 유래의 주변은 고요했다. 사건의 포커스는 철저히 이유현과 그가 앓고 있는 반사회적 인격장애에 맞춰졌다. 무원 쪽에서 손쓰는 덕인 듯했다. 그 사이 유명 연예인의 현란한 애정행각이 터지는 바람에 사람들의 관심도 자연스레 옮겨갔다. 그럼에도 아직 신문이나 인터넷에는 유현의 이야기가 남아 있다.

유래는 자신 쪽에 보이지 않도록 신문을 반대쪽으로 접는 무원을 보며 물었다.

"데이트요?"

같은 집에서 매일 얼굴을 보고 밥을 먹는데 데이트라니.

"잊었어? 우리 연애 중인 거."

그렇긴 한데.

무원은 유래의 망설임에 쐐기를 박듯 말했다.

"요즘 나한테 너무 소홀한 거 아냐?"

틀린 말은 아닌지라 유래는 피식 웃었다.

"좋아요, 데이트해요. 뭐 하고 싶어요?"

"L사 브랜드 론칭파티가 있어. 같이 가자. L사에선 처음 내놓는 남성용 브랜드라 제법 기대가 돼. 당신도 좋아할 것 같은데."

"그렇긴 한데 우리 '비밀연애' 중이잖아요. 파티처럼 사람 많은 곳은 좀……."

"브랜드 관계자들 많이 참석하는 큰 파티야. 굳이 동반이라고 밝히지 않는 이상 같이 온 줄도 모를 거야."

뉴욕이나 중국에서 브랜드 론칭파티에 참석도 하고 직접 주최도 해봤기 때문에 대략적인 분위기는 알고 있다. 무원의 말대로 브랜드 관계자들이 많이 참석하는 파티라면 그리 주목은 끌지 않으리라. 유래는 고개를 끄덕였다.

무원과 처음 약속한 석 달이 이제 일주일 앞으로 다가왔다. 혜수가 본부장을 그만두고, 갑질 논란이 터진 투 피츠와 한경모직 브랜드들이 일제히 매출이 하락하면서 파일로를 포함한 중소 브랜드의 판매가 늘어났다. 지금의 판매추세로 봐선 성원백화점 계약뿐 아니라 2호점 오픈도 가능한 상황이었다.

"정식 입점계약이 체결되어도 계속 매장 일을 하실 건가요?"

전표를 정리하던 건우가 유래에게 물었다.

"정식 계약이 확정되면 윤성 씨가 매니저를 맡을 거야. 한국에서는 당분간 오프라인 매장보다는 인터넷 쇼핑몰 위주로 영업을 할 듯해. 내가 온라인 영업 쪽은 문외한이라 본사에서도 다른 적임자를 찾는 중이고."

"그럼 매니저님은요?"

"나는……."

정해져 있는 대답인데도 갑자기 말이 막혔다.

"일단 미국 본사에 돌아갔다가 중국팀에 다시 합류해야지."

"아, 본사로 돌아가시는구나. 아쉽네요."

아쉽다는 말이 심장 한편에 눌어붙는다. 계약의 끝은 정해졌지만 연애의 끝은 아직 생각조차 해보지 않았다. 유래는 작게 숨을 내쉬었다.

저녁 6시. 유래는 론칭파티 시간에 맞춰 매장을 나섰다. 드레스 코드가 정해지지 않은 파티라 따로 옷을 갈아입을 필요는 없을 듯했다. 매장에서 묶고 있었던 머리를 풀고 화장을 조금 화사하게 바꾸는 것으로 준비 완료.

파티는 L사의 플래그십 스토어에서 열렸는데 지하 1층에서 지상 2층까지 개방할 정도로 규모가 컸다. 유래는 무원이 준비해준 초대장으로 입장하다가 포토존에서 내려오고 있는 혜원과 마주쳤다. 발렌시아가의 블랙 드레스를 입은 그녀는 오늘도 반짝이는 미모를 뽐내고 있었다. 혜원은 유래를 알아보더니 반갑게 손을 흔들었다.

"어머, 언니도 여기 왔어요?"

VIP초청객인 혜원이 유래를 알은체하자 주위의 시선이 일제히 집중되었다. 유래는 부드럽게 웃으며 혜원을 맞았다.

"아, 수지 씨, 오랜만이네요. 잘 지냈어요?"

"네, 드라마 끝나고 유럽여행 갔다 왔어요. 참, 언니 선물도 사왔는데 나중에 줄게요. 엄청 좋은 거니까 기대해도 좋아요."

"고마워요."

"VIP명단에 오빠도 있던데 둘이 오늘 데이트예요? 오빠가 이유 없이 이런 자리에 올 사람이 아닌데."

유래는 대답 대신 고개를 끄덕였다. 혜원은 생긋 웃으며 소곤거렸다.

"그럼 이 방해꾼은 적당히 빠져줘야겠네요. 예전에 여기 연말파티에 한 번 왔었는데 옥상이 아주 좋아요."

"옥상요?"

"요즘 같은 날씨에 일부러 찾는 사람은 없으니까 몰래 데이트하기에는 딱 맞는 장소랄까. 2층 비상구로 나가면 올라갈 수 있어요. 참고해요."

갑자기 포토라인 쪽에서 함성이 울렸다. 어떤 대단한 인물인가 했더니 지현욱이다. 그러고 보니 L사의 메인모델이었던가. 포토존을 내려오던 지현욱은 혜원과 눈을 맞추며 인사를 했다. 혜원은 그를 향해 살짝 눈짓을 하며 고개를 끄덕였다.

어라? 유래는 고개를 갸웃했다. 뭔가 긴밀한 신호가 오고 간다. 두 사람 사이에는 비밀스러운 기류가 흐르고 있었다. 그것도 제법 설레고 간질간질한.

유래는 사람들에 둘러싸인 지현욱과 혜원을 보며 잠시 생각에 잠겼다.

「삼십 대 남자고 워커홀릭이고 평소에 고가 브랜드만 입어요.」

그제야 지현욱이 드라마 촬영현장에 입고 왔던 파일로 셔츠의 출처를 알 것 같았다. 대체 어떻게 흘러가는 거야? 최근 어딘가 들떠 보이는 준희의 얼굴도 떠오른다.

목이 타는 기분에 지나가는 샴페인잔을 들었다. 대기업에서 주최하는 큰 파티답게 케이터링은 화려하게 구성되어 있었다. 준비된 와인과 샴페인도 상급이었다.

"안녕하세요."

한 남자가 말을 걸어왔다. 지현욱만큼은 아니었지만 상당히 잘생긴 외모에 명품슈트를 빼입은 남자였다. 누구지? 배우인가? 아님 브랜드 관계자? 이런 파티는 인맥을 넓히는 것도 중요하기에 유래는 웃으며 인사했다.

"안녕하세요."

"아까 윤수지 씨와 함께 있었죠? 같은 배우신가요?"

"아뇨. 브랜드 담당자입니다. 윤수지 씨 드라마에 PPL을 했던 인연이 있습니다."

"어느 브랜드죠?"

"파일로예요."

"아, 알겠다. '아내가 돌아왔다'였죠? 드라마 재미있게 봐서 기억납니다. 저는 브랜드파티를 전문으로 하는 업체에서 일하고 있습니다. 오늘 이 파티도 저희가 준비했고요. 어떻습니까?"

"멋진데요. 케이터링도 훌륭하고요."

"감사합니다. 혹시 론칭파티나 쇼를 생각 중이시면 연락 부탁드립니다."

남자는 지갑에서 명함을 꺼냈다. 그러나 중간에 어떤 손이 명함을 가로챘다.

유래와 남자는 놀란 눈으로 '훼방꾼'을 바라보았다. 무원이었다. 그는 찡그린 표정으로 남자가 건넨 명함을 읽었다.

[파티플래너 조현수]

남자의 이름이었다. 현수는 갑자기 명함을 가로챈 인물이 언짢았지만 행색을 보고 생각을 바꿨다. 딱 봐도 2층 VIP라운지에 초대된 손님이 틀림없었다. 그렇다는 건 앞으로 고객이 될 가능성이 크다는 뜻이기도 했다.

현수는 영업용 미소를 띠며 물었다.

"실례지만 누구십니까?"

"최무원입니다."

아니, 다짜고짜 이름을 말하는 건 무슨 자신감이야? 세상 사람들이 다 자기 이름 알 거라고 생각하나. 그런데 최무원? 최무원이 누구더라? 흔한 이름은 아닌데.

기업파티를 전문으로 하는 직업답게 그의 머릿속에는 명사들의 이름이 꽤 많이 저장되어 있었다. 원하던 정보를 찾아낸 현수는 입을 쩍 벌렸다. 성원그룹 후계자이자 성원백화점 대표이사 최무원!

무원은 현수를 찬찬히 훑어보더니 명함을 도로 내밀었다.

"조현수 씨, 내가 잠깐 이 여자분과 할 이야기가 있는데."

현수는 둥그레진 눈으로 유래를 바라보았다. 유래가 슬쩍 목소리를 낮춰 말했다.

"저희 브랜드가 성원백화점 협력업체라서요."

"아, 그렇군요. 알겠습니다."

대답하고 보니 이상하긴 했다. 대체 백화점 대표와 협력업체 브랜드 담당이 무슨 할 이야기가 있는 건데? 그렇다고 꺼지라는데 물어볼 수도 없는 노릇이다.

"만나서 즐거웠습니다, 최무원 대표님. 저희 파티, 즐겨주시기 바랍니다."

그가 사람들 사이로 사라지자 무원이 입을 열었다.

"뭐 하는 거야? 그새 저런 남자나 꼬이게 하고."

"저 사람 일이잖아요. 영업 열심히 하는 사람한테 왜 심술이에요?"

심술이 안 나게 생겼나. 요 며칠 말도 없이 축 늘어져 있던 사람이 낯선 남자를 보고 생글거리는데. 무원은 짜증스럽게 머리를 쓸어올렸다.

"영업이든 일이든 안 돼. 다른 남자한테 웃지 마."

"파티에서 그럼 찡그리고 있어요?"

"그래, 차라리 그러고 있어."

유래는 어이가 없어서 입을 벙긋거렸다. 때마침 사회자가 입장해 파티 식순을 소개했다. 브랜드 소개와 모델들의 캣워크, 초대가수의 공연이 있을 예정이라 했다. 초대객들이 일제히 박수를 쳤다.

무원은 유래에게 말했다.

"난 2층에 있을게. 당신은 여기서 좀 즐겨."

"어? 나 혼자요?"

"어차피 내가 있으면 신경 쓰느라 아무것도 못 할 거 아니야."

"설마 오늘, 나 때문에 여기 온 거예요?"

"요즘 계속 기운 없었잖아. 우경이 말이 가끔 이렇게 시끌시끌하게 즐기는 것도 기분전환에 도움에 된다더군."

왜 이렇게 감동만 시킬까, 이 남자는. 유래는 엷은 미소를 지었다.

"고마워요."

"그렇다고 조금 전처럼 낯선 남자 꼬이게 하지 마. 위에서 보고 있을 거니까."

못 말려, 진짜. 유래는 고개를 설레설레 저었다.

파티는 제법 즐거웠다. L사의 경우 한한령이 풀리게 되면 중국에서 경쟁하게 될 브랜드라 신제품 발표에 저절로 집중이 되었다. 유래는 L사뿐 아니라 다른 브랜드 관계자들과도 인사를 하고 이야기를 나누었다. 다들 새해 트렌드나 앞으로 중국시장의 흐름에 대해 관심이 많았다.

이야기를 하다가 시선을 들면 한 번씩, 2층 라운지에 있는 무원과 눈이 마주쳤다. 그 역시 누군가와 이야기를 하면서 시선으로 그녀를 좇았다. 초청가수의 공연까지 모두 끝나자 사람들이 삼삼오오 흩어졌다. 대부분 마음이 맞는 사람과 술을 마시거나 담소를 이어간다.

유래는 무원을 찾았다. 그는 조금 전까지 앉아 있던 자리에 보이지 않았다. 어디로 간 걸까.

유래는 2층으로 올라가는 계단에 발을 디뎠다. 정해진 식순이 끝난 탓인지 직원은 초대객들의 이동을 제지하지 않았다.

“아까 최무원 봤어?”

“난 이야기만 들었지 실물 처음인데 장난 아니더라. 아직 혼자인 거 맞지?”

“한경모직 딸이랑 이야기가 몇 번 오간 것 같은데 흐지부지된 모양이더라. 거기 요즘 상황 안 좋잖아.”

“그래? 가서 한번 들이대봐?”

“좋지. 그런데 번호표 뽑아야겠더라. 너처럼 들이대려는 애들 한 트럭이라.”

“에이, 뭐야.”

여자들은 까르르 웃으며 유래를 스쳐지나갔다. 세상에, 번호표씩이나. 나한테는 웃지도 말고 다른 남자 꼬이게 하지도 말라더니.

보이지 않는 남자의 모습에 괜히 애가 탄다. 이러려고 나보고 아래층에서 혼자 놀라고 했나? 하는 말도 안 되는 생각까지.

유래는 복도 구석으로 가 휴대전화를 꺼냈다. 전화를 걸자 신호음이 가다가 뚝 끊겼다. 일부러 끊은 것 같았다. 왜 이러지? 당황해서 다시 통화버튼을 누르자, 근처에서 벨 소리가 울렸다. 무원이 전화를 받았다.

– 여보세요.

바로 곁에서 들리는지 휴대전화를 통해 들리는지 모를 만큼 가까이서 목소리가 울렸다. 새삼스럽게 여보세요라니. 맞장구나 쳐주자 싶어 휴대전화에 대고 말했다.

"듣자하니 오늘 밤 당신한테 들이대려면 번호표 뽑아야 한다는데, 난 대기번호 몇 번쯤 돼요?"

무원의 입에서 풋 웃음이 터졌다. 그는 통화종료버튼을 누르더니 성큼 앞에 선 여자의 어깨를 감쌌다.

"당신은 번호표 안 뽑아도 돼. 무조건 프리패스야."

"다른 말 하기 없기예요."

유래의 눈이 반달이 된다. 향수와 섞인 술 냄새가 무원의 후각을 자극했다. 캣워크를 볼 때 샴페인잔을 손에서 내려놓질 않더라니.

무원은 발그레한 유래의 볼을 쓰다듬으며 물었다.

"도대체 몇 잔을 마신 거야?"

유래는 말 대신 손바닥을 펴 보였다. 다섯 잔인가. 뭘 이렇게 많이 마셨나 하는데 다시 손가락 하나를 슬며시 더 편다. 여섯 잔? 보기와는 달리 주당이다. 무원은 혀를 찼다.

"뭘 그렇게 많이 마셨어?"

"안 취했어요. 내가 아마 술은 무원 씨보다 셀걸요?"

안 취하긴 뭘 안 취해. 온몸으로 끼를 뿌리고 다니는데.

"지금 자랑하는 거야? 나보다 술 세다고?"

무원은 어이없다는 듯 그녀의 볼을 쭉 잡아당겼다. 유래가 아, 소리를 냈다.

"당신, 앞으로 음주금지야."

무원은 유래의 팔을 잡고 어디론가 이끌었다. 비상구 문을 열자 유래가 신기한 듯 눈을 깜박였다.

"어디 가요?"

"옥상. 바람 좀 쐬자."

"옥상 이야기, 혜원 씨가 해줬는데."

"나한테도 했어."

무원은 낮은 소리로 “대체 누구랑 왔던 거야?”라며 중얼거렸다.

지현욱일 것 같다는 이야기는 하지 않는 게 낫겠지. 오늘 사랑의 큐피드를 자처해준 혜원을 위해서라도.

유래는 무원의 손을 잡고서 계단을 올라갔다. 파티장으로 화려하게 꾸며진 아래층과 달리 옥상에는 아무것도 없었다. 대신 반짝이는 네온사인이 시야에 가득 들어찼다.

“와, 예쁘다.”

무심코 감탄하자, 앞을 보던 무원이 시선을 돌렸다.

“파티는 즐거웠어?”

성북동 일도, 유현의 일도, 아버지도 내려놓을 수 있는 시간이었다. 유래는 오랜만에 진심으로 웃었다.

“네. 즐거웠어요.”

“앞으로 계속 즐겁게 해줄게.”

“굳이 뭘 해주려고 애쓰지 않아도 돼요. 당신이 있어서 나는 사는 게 그냥, 좋은 순간이 많아요. 예전의 나로서는 상상도 못 할 일이에요.”

눈이 마주쳤다. 유래는 자연스럽게 팔로 그의 목을 감았다.

“사랑해요.”

무원은 잠시 멈칫하더니 천천히 그녀를 안았다. 약속이나 한 듯 입술이 찾아들었다. 맞닿은 심장이 저려왔다.

이 시간이 영원하길, 순간의 바람은 그뿐이었다.

차를 타고 집으로 돌아오는 내내 같은 생각을 했다. 오늘이었다.

말하지 않아도 알 것 같았다. 그들이 같이 보낼 밤이라는 걸.

탕, 소리를 내며 등 뒤로 현관문이 닫혔다. 무원은 다급히 유래를 돌려 세우며 입을 맞췄다. 유래의 몸은 자연스럽게 벽으로 밀렸다.

입안을 헤집고 혀를 감는 거친 키스가 이어졌다. 이미 무원의 손은 블라우스 안을 더듬고 있었다. 그때마다 현관의 센서등이 꺼졌다가 켜졌다.

"하아."

머릿속이 몽롱하다. 무원은 그녀를 안아들었다. 유래는 재빨리 구두를 벗어 현관에 떨어뜨렸다. 거실과 복도를 지나는 그의 걸음은 다급하기만 하다.

방으로 향한 무원은 침대에 유래를 눕혔다. 그는 코트와 재킷을 단숨에 벗은 뒤 유래의 위로 올라왔다. 그의 무게를 느끼자 갑자기 걱정이 되었다. 해외출장이나 일 때문에 집을 비우는 시간이 길어질 때면 무원은 감당하기 힘들 정도로 폭주할 때가 있었다. 체력적으로 버틸 수 있을까?

그러나 침대에 눕히자마자 달려들 거란 예상과는 너무 달랐다. 무원은 말없이 그녀를 보기만 했다. 그리고 천천히 그녀의 불안을 달래듯이 얼굴을 만졌다. 가만히 내려다보는 시선과 올려다보는 시선이 얽힌다. 동그란 이마를 지나 눈썹, 눈꺼풀과 콧등으로. 마지막은 입술에 닿는다.

기분이 이상했다. 처음도 아닌데 전부 처음인 느낌.

한참 입술을 만지작거리던 손이 목을 따라 내려와 블라우스의 앞섶을 열었다. 속옷 위로 드러난 봉긋한 가슴 위에 그의 시선이 머무른다. 처음 보는 것도 아니면서 뭘 그리 유심히 보시나.

무원은 빠른 것 같으면서도 느리게, 조급한 것 같으면서도 여유롭게 그녀를 어루만졌다. 어느새 걸치고 있던 옷가지들이 사라지자 유래의 얼굴이 달아올랐다.

"읏."

마침내 그의 입술이 피부에 와 닿았을 때, 온몸에 짜릿한 전류가 흐르는 것 같았다. 이런 감각이 실재하다니, 신기했다.

예전에도 관계를 가졌지만 이런 느낌은 아니었다. 설레다 못해 가슴이 터질 것 같고, 뜨겁고, 황홀했다. 행위 자체가 당신이 좋다는 언어이고 신호였다.

유래는 숨을 삼키며 무원의 셔츠 단추에 손을 뻗었다. 단추를 푸는 동안 무원은 유래의 하얀 목덜미에 이를 세웠다. 셔츠를 벗기자 드러난 탄탄한 가슴에 입을 맞춘다.

"유래야."

낮은 신음이 그에게서 흘러나와 귓가에 감겼다. 다시 깊은 키스가 시작되었다. 깊은 밤 역시 마찬가지였다.

어쩌면 그들에게는 진정으로 처음일 밤이었다.

'심봤다!'

그 시각, 철통보안으로 소문난 오피스텔의 출입문 앞에서 뜻밖의 횡재에 기뻐하는 남자가 있었다. 파티플래너 조현수였다.

그는 자신의 휴대전화로 찍은 사진을 믿기지 않는 눈으로 확인했다. 사진에 찍힌 것은 최무원이었다. 그리고 그와 나란히 오피스텔로 들어간 여자는…… 누구였더라? 이름은 모르겠지만 파일로의 브랜드 담당자였다.

그가 여기 있는 이유에 대해서는 시간을 거슬러 올라간다.

축하공연이 끝나고 삼삼오오 사람들이 흩어지기 시작한 시간, 그는 재빨리 영업할 대상을 스캔 중이었다. 지하나 1층에 모인 브랜드 관계자들에게는 명함을 돌렸으니 2층 VIP라운지를 노려볼까? L사가 대기업인 만큼 VIP초청객들의 수준도 일반 파티와는 비교가 되지 않는다.

2층으로 올라와 적당한 '예비고객'을 찾던 현수의 앞을 익숙한 남자가 지나갔다.

'오, 최무원!'

백화점행사는 파티플래너라면 누구라도 주최하고 싶어 하는 일거리였다. 보수도 보수지만 커리어에도 도움이 된다. 조금 전 안면이라도 텄으니 인사해볼까? 그는 적당한 우연을 가장해볼 요량으로 슬쩍 무원의 뒤를 따라갔다.

'누구 만날 사람이 있나?'

사방을 살피는 무원을 보면서 그런 생각을 하는데 갑자기 그가 걸음을 멈추었다. 뒤쪽 사무실로 통하는 어두운 복도였다. 파티장과는 정반대의 위치이기도 했다.

이때다 싶어 말을 걸려던 현수는 급히 구석으로 몸을 감추었다.

'오, 대박. 여자잖아?'

이혼을 했다는 것은 알고 있다. 파티 내내 옆에서 알짱거리던 여자만 해도 한 트럭은 될 정도이니 인기가 많은 남자라는 것도 알겠다. 하긴, 남자가 봐도 인정할 외모였으니 여자가 없진 않겠지.

그런데 이렇게 몰래 만날 일인가? 소곤거리며 대화를 나누는 폼이 보통 사이좋아 보이는 게 아니다.

최무원은 여자의 팔을 잡더니 비상구 문을 열었다. 비상구 계단에서 흘러나온 빛이 여자의 얼굴을 비추었다. 현수는 상대 여자가 누구인지 한눈에 알아보았다.

'파일로?'

성원백화점 협력업체 브랜드였다. 오늘만 백여 명이 넘는 브랜드 담당자에게 명함을 뿌렸지만 그녀를 또렷하게 기억하는 이유는 간단했다. 그의 취향에 딱 맞는 여자였기 때문이다. 영업이 아니더라도, 나중에 번호 한번 따볼까 생각을 했으니까. 그런데 이미 임자가 있구나.

현수는 조심스럽게 비상구 문을 열었다. 어디론가 갔다면 아마 옥상이겠지. 이건 제법 큰 스캔들이다. 물론 최무원이 연예인도 아니고 유부남도 아니니 어디서 누굴 만나는지는 문제 될 것이 없다. 그러나 상대가 자신의 백화점에 있는 협력업체 여직원이라면 이야기가 다르다.

현수는 옷 안에서 휴대전화를 꺼내 꽉 쥐었다. 발소리를 줄이며 계단을 올라가 옥상 문을 열었다. 어두운 야외에서 최무원과 여자는 키스를 하고 있었다. 일단 휴대전화 카메라의 셔터를 눌렀지만 어두운 탓에 얼굴까지는 제대로 찍히지 않았다.

현수는 일단 파티장으로 내려와 대기했다. 두 사람의 분위기로 보아 그냥 여기서 안녕 하고 헤어지진 않을 것 같았다.

예감은 적중했다. 두 사람은 따로 파티장을 떠나긴 했으나 어디선가 나타난 최무원의 차가 늦게 나선 여자를 태웠다.

현수는 즐겨보는 액션스릴러영화의 장면을 떠올리며 택시로 그들의 뒤를 따라갔다. 그리고 마침내 원하는 사진을 건질 수 있었다.

'이건 완전 화보네, 화보야.'

직업 특성상 찍은 사진이 많지만 이건 그중에서도 혼신의 역작이었다. 그대로 잡지나 기사에 실어도 될 정도다.

현수는 '잡지 · 신문 – 고객리스트'라 이름 붙인 연락처를 쭉 살폈다. B매거진의 경우 얼마 전에 경쟁사에서 행사를 의뢰했으니 제외. C잡지는 규모가 너무 작아서 패스. D는 행사비용을 너무 짜게 책정하니 별로였다.

차례대로 고객리스트를 제하고 나니 남는 곳이 딱 하나 있었다. 시간이 늦긴 했지만 어차피 이런 일 하는 치들이 시간 따지지는 않을 터. 현수는 히죽 웃으며 통화버튼을 눌렀다.

chapter 17

스캔들

깊고 감미로운 잠이었다. 무원은 어느 때보다 가뿐하게 눈을 떴다. 옆으로 고개를 돌리자 새근거리며 잠이 든 유래의 얼굴이 있었다.

"자는 얼굴도 예쁘네."

하긴 언제는 안 예뻤나. 이렇게 예쁜 걸 결혼해서 사는 동안은 제대로 못 봤던 게 억울하지.

무원은 손을 뻗어 유래의 얼굴을 쓰다듬었다. 잠에 취해 있는 유래가 귀찮다는 듯 돌아누웠다. 그 바람에 시트가 내려가 하얀 피부에 점점이 남은 붉은 흔적을 드러냈다.

어젯밤의 기억이 떠오르자 갑자기 아랫도리가 뻐근해졌다. 그건 지금까지 경험해보지 못한 황홀한 밤이었다. 짜릿해서 숨이 넘어갈 것 같은 순간의 연속이었다.

물론 예전에도 유래와 속궁합은 잘 맞는 편이었다. 그녀를 안을 때면 언제나 본능적으로 흥분하곤 했다. 반면 유래는 잠자리에서 지독할 정도로 소극적이었다. 반응은커녕 소리조차 내지 않으려 했다.

그러나 어제는 달랐다. 두 사람이 확실하게 서로를 공유한 느낌이었다.

"유래야."

무원은 돌아누운 유래를 끌어안았다. 밤새 그를 미치게 만들었던 달달한 체향을 들이마시며 어깨에 입을 맞추었다. 이미 그의 한 손은 유래의 맨가슴을 주무르고 있었다. 귀 뒤를 잘근거리며 핥자, 드디어 잠자는 공주님이 반응을 보였다.

"……저리 가요. 나 조금 있다가 출근해야 돼요."

밤새 소리를 낸 탓인지 평소와 달리 허스키한 목소리였다. 목소리는 대체 왜 이렇게 섹시한 건데? 사람 흥분되게.

"가지 마. 오늘은 하루 종일 나하고 있어."

"안 돼요. 봄 시즌 신상품 검수하는 날이…… 앗, 저리 가라니까요."

무원은 저리 가란 말을 무시하고 더욱 들러붙었다. 이건 내 잘못이 아니라 당신 목소리 탓이야. 암, 그렇고말고.

깬 것을 확인하고는 더 본격적으로 야한 움직임을 시작하는 손 때문에 유래는 겨우 뜬 눈을 흘겼다.

"밤새 그러더니, 또……!"

무원은 얼른 유래의 입술을 삼켰다. 그리고 재빨리 그녀의 다리 사이로 제 몸을 끼워 넣었다. 어느새 단단해진 그의 몸을 느낀 유래는 몸을 비틀었다.

"아니, 우리 좀 적당히……."

"적당히가 되나. 우리 몇 년 만인지 잊었어?"

그래도 그렇지, 밤에 몇 번을 해놓고 이건 좀 아니지 않나? 그러나 이미 무원을 막기에는 늦은 것 같다. 이 똑똑한 남자는 어떻게 하면 그녀를 가질 수 있는지 너무나 잘 알고 있었다.

한 차례의 열락이 지나가자, 꼼짝할 기력도 없었다. 출근은 어쩌지? 그녀는 무원이 올려준 그대로 그의 몸 위에서 잔열을 느끼고 있었다. 그의 가슴에 뺨을 대고 있자니 나른해서 잠이 쏟아질 것 같다. 무원 역시 그녀를 쓰다듬으며 여운을 즐겼다.

한동안 그녀의 등줄기를 쓰다듬던 무원이 낮은 목소리로 물었다.

"앞으로 어떻게 되는 거지?"

"뭘요?"

"입점계약 말이야. 3개월간 매출액이 패션관 매출 상위 20위 안에 들면 정식으로 체결하기로 했던 거. 당신 일은 원래 '계약체결'까지 아니었나?"

"맞아요. 일단 미국 본사로 복귀할 것 같아요."

"그다음은? 계속 여기서 매장 일을 하는 건가?"

유래는 천천히 무원의 가슴에 묻고 있던 고개를 들었다. 그녀는 잠시 고민하다가 대답했다.

"아마…… 다시 중국팀에 합류할 것 같아요."

"뭐? 중국에 간다고?"

"확정된 건 아니고 원래 계획이 그래요."

"그럼 바뀔 수도 있어?"

"그건 잘 모르겠어요. 내가 결정할 수 있는 문제가 아니잖아요."

애매한 대답에 무원은 눈살을 찌푸렸다. 당신이 결정을 안 하면 누가 하는데? 아니, 이런 상황에서 중국에 가다니, 누구 마음대로. 좀 더 진지하게 대화를 나눠봐야 할 것 같아 몸을 일으켰다.

그때 침대 사이드테이블에 놓아둔 휴대전화가 요란하게 진동했다. 대체 이 중요한 순간에 누구야? 발신인의 이름을 보자 받지 않을 수 없는 전화였다. 그가 전화에 손을 뻗는 것을 본 유래는 시트를 몸에 감고 일어섰다. 무원은 그녀에게 기다리라고 한 뒤 통화버튼을 눌렀다.

"무슨 일입니까? 유 사장님."

전화 속의 목소리는 평소와 달리 다급했다.

"그게 사실입니까?"

심상찮은 느낌을 받았는지 유래가 걱정스러운 눈으로 무원을 바라보았다. 빌어먹을. 심장이 불규칙적으로 뛰었다. 무원은 이를 악물었다.

[모 재벌기업의 후계자이자 백화점 대표이사인 A씨가 최근 만나는 여성이 같은 백화점 협력업체의 직원이라는 것이 밝혀져 화제다. 두 사람은 모 브랜드의 론칭파티에서 사람들의 눈을 피해 데이트를 즐긴 후 A씨의 오피스텔로 들어갔다.

재벌 2세 이혼남이 '일반인 여성'을 만나는 것은 드문 일까지는 아니지만 A씨의 경우라면 이야기가 달라진다. 이미 집안에 '일반인 여성' 때문에 쫓겨난 후계자의 전적이 있기 때문이다. 당시 '일반인 여성' 덕분에 후계경쟁의 승기를 잡을 수 있었던 A씨가 이번에는 발목을 잡힐 줄 그 누가 예상이나 했을까. 더불어 찔러도 피 한 방울 나지 않을 것 같다는 냉혈한 A씨의 마음을 사로잡은 행운의 신데렐라가 누구일지 세간의 관심이 집중되고 있다.]

남 실장은 모니터에 뜬 기사를 읽으며 조용히 머리를 쥐어뜯었다. 기사 사진에는 매일 보는 대표의 잘생긴 얼굴이 고스란히 드러나 있었다. 여성의 얼굴은 다행히 모자이크 처리가 되어 있었지만 딱 봐도 전 사모님이었다. 그것도 그냥 전 사모님이 아니라 지금 한창 화제가 되고 있는 유성물산 사건 '이유현'의 여동생.

아래에 달린 수천 개의 댓글은 무서워서 클릭조차 못 하겠다. 급한 대로 홍보실이 나서서 기사를 밀어내고는 있었지만 파생글들이 끝도 없이 SNS나 블로그에 올라오는 중이었다.

사람들이 열광하는 것도 이해가 된다. 예나 지금이나 드라마에서 가장 인기 있는 소재라면 으뜸이 출생의 비밀이요 그다음이 신데렐라 탄생 스토리니까.

남 실장은 한숨을 푹푹 내쉬며 애꿎은 김 비서를 타박했다.

"대체 자네는 어제 파티까지 동행했으면서 사진 찍힐 동안 뭐 했어?"

"죄송합니다. 제 불찰입니다."

김 비서도 어찌할 바를 모르는 얼굴이었다. 때를 맞추어 무원이 유 사장과 비서실에 들어섰다. 두 사람의 표정이 제법 심각했다. 남 실장은 고래싸움에 등 터지는 새우 형국이 되지 않도록 급히 대표실 문을 열었다. 무원은 걸으며 넥타이를 잡아당겨 느슨하게 만들었다.

"어떻게 되고 있습니까?"

"기사는 오늘 안으로 전부 내려갈 겁니다. 실시간 검색어도 밀어냈고 최초 유포자와 매체도 찾았습니다. 문제는 지금 파생글이 너무 많습니다. 쉽게 잠재우기는 힘들 것 같습니다."

"파생글이 많다니…… 큰어머님 쪽에서 손을 쓴 겁니까?"

"그건 아닌 것 같습니다. 그분이 손쓰셨으면 기사를 쉽게 내릴 수 없었을 겁니다. 다행인 셈이죠. 최초 유포자가 윤 여사님 쪽을 생각 못 한 게. 그쪽으로 가지고 갔으면 모르긴 몰라도 한 살림 일구었을 텐데, 스케일하고는. 그냥 저희 생각보다 대표님 대중 인지도가 훨씬 높다는 게 맞을 겁니다."

유 사장은 이런 상황에서도 농담을 건넸다. 그의 말대로 윤 여사 쪽에서 주도한 일이라면 이런 일간지나 인터넷이 아니라 방송에 냈을 것이다.

무원은 유 사장에게 물었다.

"그냥 터뜨리는 건 어떻습니까? 솔직히 내가 못 만날 사람 만나고 있는 것도 아니지 않습니까. 이혼한 부부가 재결합하는 게 드문 일은 아닐 텐데요."

"그렇긴 합니다만 아직 이유현 사건이 끝난 게 아니니까요. 유성물산과 어떤 연관성도 만들지 않으려고 전방위로 애쓰고 있는데 사모님을 오픈하신다는 건 너무 위험합니다. 지금 조용하게 지내시는 사모님 쪽에도 결코 좋지 않고요."

반론할 수 없는 말이었다. 시간이 해결해주길 기다리자니 이미 인터넷에서는 여자의 신상에 대한 온갖 루머가 들끓었다. 이대로라면 애꿎은 피해자들이 속출할지 모른다.

"어떻게 하는 게 좋겠습니까?"

"가장 좋은 방법은 알고 계시지 않습니까?"

"……."

"이참에 그냥 사모님과의 관계를 정리하는 건 어떠신지요?"

무원은 날카로운 시선으로 유 사장을 바라보았다.

"유 사장님께서 그런 말을 하실 줄은 몰랐군요. 그때 하신 말씀과 다르지 않습니까."

"아무래도 상황이 변했으니까요. 특히 이유현과 관련한 일들이요."

무원은 단호하게 말했다.

"유 사장님, 나는 이혼 후에 한 가지 결심한 일이 있습니다. 내 인생으로 비즈니스는 안 하겠다고요. 내가 원하는 걸 희생하면서 얻어야 하고 지켜야 하는 것이라면 필요 없습니다. 우리 아버지나 큰어머니처럼 실체 없는 걸 끌어안고 사는 인생은 더욱 싫습니다."

유 사장은 턱을 쓰다듬더니 고개를 끄덕였다.

"이미 결심을 하셨다면 그 부분에 대해서는 더 드릴 말씀이 없겠군요. 뭐, 그 정도는 각오는 있으셔야 이 세찬 풍랑을 헤쳐갈 수 있지 않겠습니까. 최초 유포자와 매체에 대해서는 제가 대응하겠습니다. 대표님께서는 홍보팀과 법무팀 총가동하셔서 루머가 보이는 족족 고소하라고 하십시오. 이쪽 반응이 강경하다는 걸 알면 몸을 사리겠죠. 대표님도 당분간은 기자들이 많이 붙을 테니 조심하시는 게 좋습니다. 괜찮으시다면 사모님이 당분간 외국에 나가 계시는 걸 추천합니다."

유 사장이 돌아간 뒤 무원은 생각에 빠졌다. 유래가 당분간 외국에 나가 있는 게 좋은 방법이라는 것은 안다. 마침 계약도 마무리되는 단계고 이미 본사에서 플랜을 짜놓은 모양이니 빠지는 모양새도 자연스럽다. 중국은 가까우니까 시간만 잘 조절하면 일주일에 한두 번은 만날 수 있겠지.

하지만 내키지 않는다. 몇 년을 떨어져 있다가 만났지 않았는가. 이제 겨우 진짜 제 것이 된 사람이었다. 아무리 중국이 가까워도 같은 백화점, 같은 집에 있던 것과는 비교할 수가 없다. 매일 옆에 두고, 보고, 이야기하고, 안고 싶었다. 떨어져 지낸다는 건 생각하고 싶지도 않았다.

[나는 당분간 준희 집에서 지낼게요.]

유래 쪽에서도 이제 상황을 안 모양이다. 균열이 시작된다.

무원은 방금 전 휴대전화에 도착한 문자를 뚫어져라 바라보았다.

별생각 없이 유니폼을 갈아입으려던 유래는 흠칫하며 주위를 살폈다. 다행히 어중간한 오후시간이라 그런지 다른 사람은 없었다.

다행이다 싶으면서도 온몸에 흔적을 남겨놓은 남자에게 원망스러움이 싹텄다. 대체 어쩌라고. 유래는 누가 들어올세라 급히 유니폼을 입었다.

유니폼 단추를 채우는데, 전화를 받더니 안색이 변한 무원의 얼굴이 떠올랐다. 무슨 큰일이 생긴 걸까? 문자라도 보내볼까 휴대전화를 만지작거리는데 안내데스크 유니폼을 입은 여직원 둘이 들어왔다. 유래는 그들과 인사를 주고받았다. 두 사람은 화장을 고치려는지 거울 앞에서 파우치를 꺼냈다.

"그래서 대체 누구라는 거야?"

"그러게. 지금 그게 제일 궁금한데 말이야. 아! 저기요."

귀여운 보조개를 가진 여자가 나가려는 유래를 불러 세웠다.

"네? 저요?"

"네. 어느 매장에서 일하세요? 2층? 3층?"

"4층 남성복이요."

"아, 남성복이라서 유니폼이 바지구나."

"네. 그런데 왜 그러시죠?"

"혹시 거기 짐작 가는 사람 없어요?"

"네?"

질문을 이해하지 못한 유래가 되물었다. 두 사람의 대화를 듣고 있던 다른 여자가 고개를 저었다.

"암만 그래도 남성복은 아니지. 거기 여직원 몇 명 없잖아. 코스메에서 찾는 게 낫지 않아?"

"코스메 일하는 애들이랑 친해서 탈탈 털었는데 다들 아니라잖아."

"그럼 이 상황에 누가 나서서 나요 하고 밝히겠어?"

소곤거리는 소리에 유래는 궁금증을 참지 못하고 물었다.

"지금 누구 찾으시는 거예요?"

"어? 기사 못 봤어요? 우리 대표님 스캔들 난 거요. 인터넷에서 난리인데 세상에, 하필 상대가 우리 백화점 협력업체 직원이라지 뭐예요."

심장이 급격하게 뛰기 시작했다. 어찌나 빨리 뛰는지 어지럼증에 눈을 한 번 감았다 뜰 정도였다.

유래는 휴대전화로 기사를 검색했다. 생각보다 많이 뜨진 않는 걸로 봐선 어느 정도 손을 쓴 것 같았다. 일단 가장 먼저 뜬 기사부터 읽어보았다.

[찔러도 피 한 방울 나지 않을 것 같다는 냉혈한 A씨의 마음을 사로잡은 행운의 신데렐라가 누구일지 세간의 관심이 집중되고 있다.]

기사는 친절하게 몇 장의 사진까지 첨부했다. 유래는 파티장 옥상과 오피스텔 앞에서 찍힌 사진을 노려보았다. 일단 얼굴에 모자이크는 되어 있지만 분명 자신이었다. 당분간 오피스텔 근처로 가는 것도 피해야 할 것 같다. 유래는 준희에게 전화를 걸었다.

"준희야, 지금 통화할 수 있어?"

– 응, 지금 좀 한가해. 그보다 어떻게 된 거야? 기사 난 거. 카페 손님들이 이야기하는 바람에 알았어.

"나도 지금 출근하고 봤어. 그래서 말인데, 당분간 너희 집에 가도 될까?"

– 당연하지. 오늘 마감이라 좀 늦으니까 먼저 가 있어.

"고마워."

통화를 끝내자 저절로 무거운 한숨이 흘러나왔다. 유래는 무원에게 문자를 보냈다.

[나는 당분간 준희 집에서 지낼게요.]

지금까지 미루어오기만 했던 끝의 형태를 생각해야 할 때가 온 것 같다. 전혀 뜻밖의, 생각하지 못한 방법으로.

"그래서 어쩔 거야?"

늦은 시각, 유래는 거실에서 퇴근한 준희와 소주병을 마주하고 앉았다. 같이 맥주나 와인은 종종 마셨지만 소주를 마시는 건 오랜만이다. 마지막으로 마셨던 것이 3년 전, 법원에서 이혼판결을 받고 온 날이었나? 그날, 준희가 물었던 말도 똑같았다.

유래는 안주로 만든 계란찜을 한술 뜨며 답했다.

"본사에서 이미 후임 구했어. Mango 한국지사에서 지점과 온라인 영업관리를 전부 한 사람이야. 이번 주에 한국 온다고 연락받았어. 교포 3세인데 한국어도 네이티브 수준이래."

"그럼 너는?"

"나는…… 미국에 가야지."

유래는 쓰게 웃으며 잔을 비웠다.

"최무원 씨는 어쩌고?"

"……헤어져야지."

"뭐?"

말하고 보니 우습다. 이미 헤어졌는데, 헤어질 것이 남은 사이라니.

유래는 직접 잔을 채우더니 단숨에 비웠다. 그리고 금방이라도 물기가 배어날 것 같은 눈빛을 들었다.

"알고 있었어. 영상이 문제가 되면 무원 씨 옆에 있을 수 없다는 거."

두 가지 선택이 있었다. 영상을 공개해서 이유현을 법의 심판대에 올리는 것과 영상을 공개하지 않고 이유현의 약점을 쥐는 것. 선택에 따라 잃어야 하는 것이 무엇인지 알고 있었다. 알면서도 전자를 선택했다.

"말도 안 돼. 네가 뭘 잘못한 것도 아니잖아. 막말로 피 한 방울 안 섞였다며? 그런데 왜 그래야 해? 성북동에서 죽어라 맘고생만 하고 살았는데."

"일반 사람이면 상관없겠지. 하지만 대중에게 노출되어 있는 사람이잖아. 세상 사람들은 내가 성북동과 어떤 관계인지, 이유현과 피가 섞였는지 아닌지 관심 없어. 그냥 사이코패스 '살인자'의 여동생이라는 것만 기억할 거야. 그리고 비난하겠지. 나도, 그 사람도, 성원그룹도."

여전히 유현의 이야기는 사람들의 입에 오르내리고 그가 앓고 있다는 '반사회적 인격장애'에 대한 관심도 지대했다. 성원그룹에서는 최대한 예전의 사돈관계가 사람들의 입에 오르내리지 않도록 언론을 통제하는 중이다. 그런 상황에서 자신의 존재가 드러나는 건 무원에게나 성원그룹에나 치명적인 이미지 타격을 줄 것이다.

"그래도 이건 아니지. 너나 최무원 씨나 서로 그렇게 좋아하면서 헤어진다고?"

"내가 이런 말을 하게 될 줄은 몰랐는데, 좋아하니까 헤어져야 해. 알고 선택했으면서도 내가 끝을 미뤘어. 그냥 한국에 있는 시간만이라도 행복하고 싶어서. 욕심내다가 이렇게 된 거야."

준희는 답답하다는 듯 소주 한 잔을 털어넣었다. 둘 다 말없이 잔만 주거니 받거니 하는 사이 빈 병이 늘어났다.

준희가 잠시 화장실에 다녀온다며 자리를 비운 사이 유래는 이마를 짚었다. 빠르게 마신 탓인지 취기가 돈다. 유래는 거실 바닥에 그대로 누웠다. 눈꼬리를 타고 흐른 눈물이 바닥에 번졌다. 거실등이 눈부시다. 유래는 불빛을 핑계 삼아 눈을 감았다.

잠깐 눈을 감는다는 게 잠이 들었나 보다. 꿈속에서 누군가 그녀를 안아들었다. 눈을 감고 있어도 그 사람이 누구인지 한 번에 알 수 있었다.

"무원 씨."

잠결에 중얼거렸다. 커다란 손이 그녀를 토닥였다. 따뜻하고 기분이 좋아서 응석부리듯이 더욱 매달렸다.

하나도 빠짐없이 이 사람을 기억하고 싶다. 사랑했고, 사랑받았던 기억을. 그래서 가끔 이렇게 꿈에서나마 만날 수 있기를.

눈을 뜨자 밝은 빛이 비쳤다. 어제 제법 마신 것 같은데 몸이 무겁거나 머리가 아프지는 않았다. 좋은 꿈을 꿔서 그런가. 그러나 곧 침대에 누워 있는 자신을 발견하고 화들짝 몸을 일으켰다.

'잠깐, 나 거실에서 잤는데?'

아무리 생각해도 침대로 온 기억은 없었다. 여태까지 술을 마시고 필름이 끊겼던 적은 없었다. 준희가 데려왔나? 준희라면 아마 이불을 덮어줬을 텐데…….

유래는 잠결에 누군가 자신을 안아들었던 것을 떠올렸다. 자신이 무원 씨, 부른 것도. 그가 알았다고 한 것도. 그런데 뭘 때문에 알겠다고 한 거지?

거실로 나갔더니 주방에 있던 준희가 말을 걸었다.

"일찍 일어났네? 어제 좀 많이 마시길래 한참 잘 줄 알았는데."

"어쩌다 보니. 혹시 어제 무원 씨 왔었어?"

"너 잠들고 얼마 안 돼서. 너 방에 눕혀주고 조금 있다가 갔어."

준희는 무엇인가 끓고 있는 냄비 뚜껑을 열었다. 맛있는 냄새에 냄비 안을 들여다보자 콩나물 사이로 큼지막한 전복이 몇 개나 있다. 유래가 놀라 준희에게 물었다.

"이게 뭐야?"

"뭐긴, 전복해장국이지. 네 서방님이 너 먹이라고 아침부터 비서 시켜서 보내셨어. 덕분에 나까지 호강하게 생겼네."

아, 정말 이 남자를 어쩌면 좋아.

준희는 커다란 전복을 그릇에 세 개씩 덜었다. 유래는 상을 차리며 준희에게 물었다.

"혹시 나, 어제 무원 씨한테 무슨 소리 안 했어?"

"왜?"

"아니, 그냥 뭔지는 모르겠는데 그 사람이 알았다고 하는 것만 기억나서."

"둘이서 한 이야기 같은데 난 모르겠어. 최무원 씨에게 직접 물어봐."

중요한 이야기였을까. 일단 궁금함을 잠시 미루고 전복해장국으로 속을 달랬다.

만족스러운 식사를 마치고 설거지를 하려는데 휴대전화를 보던 준희가 급히 유래를 불렀다.

"유래야, 큰일 났어."

"무슨 일인데?"

"너, 기사 났어. 최무원이 만나던 일반인 여성은 사실 최무원 엑스와이프라고."

– 놀라운 일입니다. 드라마가 현실이 되었습니다. 어제 스캔들이 났었죠? 성원백화점 최무원 대표. 지금 교제 중으로 추측되는 여성이 백화점 협력업체에서 일하는 일반인으로 알려져 화제가 되었는데요. 오늘 충격적인 사실이 하나 더 밝혀졌죠? 그 화제의 여성이 최무원 대표의 전부인이라고 하는데 어떻게 생각하십니까?

여성 사회자가 발랄하게 화제를 던지자 남자패널 한 사람이 먼저 입을 열었다.

– 작년 하반기 최고의 히트드라마였습니다. '아내가 돌아왔다'. 재벌가와 결혼했던 여성이 상황에 적응하지 못해 이혼을 하고 몇 년 뒤 다시 전남편과 만나게 되는 로맨스물이었는데요, 당시 시청률이 20퍼센트를 훌쩍 넘을 정도로 인기를 끌었죠. 그런데 그 이야기가 실재로 재연된 겁니다.

– 알려진 바에 의하면 최무원 대표 이혼 당시에 잡음이 있었다고 하는데요. 어떤 내용이죠?

이번에는 여자패널이 입을 열었다.

– 그건 제가 설명드리죠. 사실 최무원 대표 이혼 이야기를 하려면 아내분 집안 이야기를 안 할 수가 없습니다. 왜냐면 지금 검찰조사가 진행 중인 유성물산 이유현 전무가 바로 오빠거든요.

– 배다른 오빠라고 하죠?

– 네. 그래서 사실 공식적인 자리에는 거의 얼굴이 알려지지 않았죠. 이혼의 결정적인 계기가 된 것이 바로 '스타로드' 화재사건이었습니다. 당시에 유성물산이 검찰조사를 받으며 상황이 안 좋게 되자 최무원 대표 쪽에서 일방적으로 이혼을 요구했다고 알려졌습니다. 특별히 이상하게 생각한 사람은 없었을 겁니다. 왜, 최무원 대표, '가위손'이란 별명도 유명하지 않습니까?

– 가위손이요?

– 싹둑싹둑 잘 잘라낸다고요.

스튜디오 안의 사람들이 일제히 웃음을 터뜨렸다.

– 아무튼 그렇게 알려졌는데 사실은 아니라는 거죠? 지금 두 사람이 다시 만나는 걸 보면. 거기에 전 아내분이 성원백화점 협력업체로 들어와 있는데 그동안 서로 연락을 하고 지낸 걸까요?

– 그건 아닌 것 같습니다. 백화점 관계자 말에 따르면 애초에 입점계약은 최무원 대표가 성원백화점에 오기 전에 체결된 상태였다고 하니까요. 우연히 백화점에서 다시 만나서 감정을 키웠다는 게 맞을 겁니다.

– 그런데 굉장히 뜻밖인 게 오늘 스캔들 터진 지 하루 만이죠? 성원백화점 최무원 쪽에서 직접 보도자료를 냈습니다. 보통 이런 스캔들이 나면 그냥 쉬쉬 넘어가기 마련인데요. 사실 그동안 성원그룹 쪽에서는 유성물산이나 이유현 전무와 엮이는 걸 극도로 피해오지 않았습니까? 이런 상황에서 전부인을 오픈했단 말이죠. 무슨 생각일까요?

– 글쎄요. 아마 재결합을 강행하겠다는 의지 아니겠…….

현관문을 여는 소리에 무원은 TV를 껐다. 발소리만 들어도 알겠다. 상당히 화가 난 상태라는 걸.

"대체 무슨 생각이에요?"

준희에게서 기사 이야기를 듣는 순간부터 택시를 타고 무원의 오피스텔로 오는 시간까지 유래의 머릿속은 엉망진창이었다. 억측도 아니고, 하다못해 큰어머니가 뿌린 것도 아니고 성원백화점에서, 최무원이 내놓은 보도자료라 했다.

벌써 수십 개의 기사가 올라왔고 아직 이유현의 검찰조사가 끝나지 않은 상황에서 터진 스캔들에 성원그룹에 대한 비난여론이 터져 나오기 시작했다. 대체 왜 이런 상황을 만든 걸까? 그러나 답을 줄 수 있는 남자는 아무 일도 없다는 듯 평온한 얼굴이었다.

"해장국 먹었어?"

"아니, 지금 그게 중요해요? 대체 보도자료는 왜 낸 거예요? 나는 어차피 미국에 갈 텐데. 그냥 며칠 있으면 자연스럽게 해결될 일이잖아요!"

"헤어지기 싫다고 했잖아."

"뭐라고요?"

유래는 무원에게 되물었다. 그는 자리에서 일어서 유래에게 다가왔다.

"어제 당신이 그랬어. 헤어지기 싫다고."

떠오르지 않던 기억이 불현듯 눈앞에 재생되었다. 분명 그의 품을 파고들며 말했다.

「무원 씨.」

「그래.」

「헤어지기 싫어.」

「……알았어.」

말도 안 돼. 고작 그런 말로.

유래는 목소리를 높였다.

"당신 바보예요? 그 말이 뭐라고, 내가 뭐라고 이런 짓을 해요! 나는 당신 위해서……."

"당신 어머니는 '당신을 위해서' 성북동에 보냈고 당신 아버지는 '당신을 위해서' 외면하고 사셨어. 그래서 당신은 행복했어?"

"……."

"나는 처음부터 우리 관계를 부정하거나 당신과 헤어질 생각, 없었어. 한 번 이혼했던 걸로 족하니까. 하지만 당신이 힘들까 봐, 못 견뎌낼까 봐 선뜻 결정하지 못한 거야. 하지만 당신 진심이 나와 같다는 걸 알았으니 망설일 이유가 없지. 전에 당신이 그랬지? 어머니가 사라졌을 때 당신 세상의 반이 사라지는 것 같았다고. 나는 당신이 내 세상 전부야. 나한테서 내 세상이 사라지게 하지 마."

대답할 수 없었다. 언젠가 줄리아에게 했던 말이 떠올랐다.

「아이의 행복을 부모가 재단할 수 있는 건 아니라고 생각해요. 바빠서 옆에 있어줄 수 없는 엄마 옆이라도 행복할 수 있고, 부자 아빠 옆이라도 얼마든지 불행할 수 있어요. 그보다 중요한 건 당신이 수와 살고 싶다는 마음 아닐까요?」

결국 같은 선택을 하려 했구나. 유래의 눈에 눈물이 그렁그렁 맺혔다.

"나는 당신이 필요해."

"후회할지도 몰라요."

"후회라면 이미 했어. 충분히 하고 내린 결정이야."

눈물이 흐르기 시작했다. 무원은 유래의 어깨를 감싸며 끌어안았다. 그는 눈물에 젖은 뺨에 입을 맞추고 머리카락을 쓰다듬었다. 가벼운 버드키스처럼 얼굴을 스치던 입술이 속삭였다.

"사랑해."

입을 맞추는 내내 서로의 얼굴을 확인하듯 시선을 얽었다. 침실까지 갈 시간도 없었다. 서로 걸치고 있는 옷을 벗기도 바빴다. 이전의 관계가 감미롭고 달콤했다면 지금은 뜨겁다 못해 폭발할 것 같았다.

한순간 정신을 놓게 하는 행위였다. 이대로 심장이 터질 수도 있겠다, 생각이 들었다. 몸과 몸이 한 치의 빈틈없이 맞닿았다. 열기를 띤 몸이 뒤엉켜 흔들렸다. 깊이 들어오는 무원을 유래는 세게 끌어안았다.

일어났을 때 사방이 어둑했다. 소파에서 격렬하게 사랑을 나눈 탓인지 몸이 무거웠다. 대체 어쩌려고 이런 걸까 하는 후회가 반, 이제 어쩔 수가 없구나 하는 체념이 반 뒤섞여 복잡한 심경이었다. 천천히 옷을 정리하고 몸을 일으키는데 주방 쪽에서 무원이 걸어왔다.

"목마르지 않아? 물 줄까?"

고개를 끄덕이자 그가 생수병 뚜껑을 열어주었다. 시원한 물이 들어가자 정신이 또렷해진다. 유래는 천천히 입을 열었다.

"이제 어떻게 할 거예요?"

"정면돌파 해야지."

"꼭 이런 방법이어야 했어요? 그냥 시간이 좀 지날 때까지 기다릴 수도 있는 문제였잖아요."

"시간이 얼마나 지날 때까지? 이유현 변호인단은 심신미약 주장해서 최대한 시간 끌기에 들어갈 거야. 운이 좋아 재판이 빨리 끝나도 우리 이야기가 오픈되는 순간 다시 수면 위로 떠오르는 거야. 어차피 맞아야 할 매라면 빨리 맞는 게 나아."

"하지만 이 상태로는 당신이 잃을 게 너무 커요."

"감당 못 할 정도는 아니야. 그리고 내가 최소한의 안전장치 없이 일을 벌이는 막무가내도 아니고. 아, 시간 된 것 같다."

무원은 소파에 걸터앉으며 TV를 켰다. 유래는 의아한 눈으로 물었다.

"왜요?"

"봐야 할 게 있어."

보나마나 자신과 이유현에 대한 온갖 이야기들이 떠돌아다닐 텐데.

그러나 TV 와이드쇼에 얼굴을 비친 인물은 유래가 예상하지 못한 사람이었다.

– 어린 마음에도 그 애가 참 가여웠어요. 방송에서 이야기하기로 결심을 한 것도 이유현으로 인해 그 애가 더 불행해지는 걸 원하지 않기 때문입니다. 저는 비록 이유현이란 살인자에 의해 아버지를 잃었지만 그 일은 최무원 대표의 전부인과는 어떤 연관도 없습니다.

"……도윤 오빠?"

도윤의 입을 통해 성북동에서의 생활이 밖으로 튀어나왔다. TV를 보면서도 유래는 이 상황을 믿을 수 없었다.

가만히 TV를 보던 무원이 설명해주었다.

"영상을 넘길 때 강도윤 씨와 약속을 했어."

"약속이요?"

"영상이 외부에 공개되면 당신 신변에 문제가 생길 수 있다는 걸 저쪽이나 나나 알고 있었거든. 그런 경우 그가 나서서 선을 그어주겠다고. 피해자 아들이 하는 말이라면 귀를 기울이는 사람이 많겠지."

"하지만 성북동 이야기는 도윤 오빠도 입에 올리기 싫었을 텐데……."

"당신이 행복해지길 원한다고 했어."

그건 그의 진심이었다.

유래는 말없이 TV 속의 도윤을 망막에 담았다. 그가 자신에게 전해준 소중한 감정과 함께.

두 개의 케이블 채널에서 동시에 나간 도윤의 TV 출연은 제법 긍정적인 반응을 이끌어냈다. 피해자의 아들이자 전직 검사, 거기에 반듯한 외모는 그가 팥으로 메주를 쑨다 해도 믿어주고 싶은 조합이었다. 남자들은 아버지를 향한 그의 애틋한 부정에, 나이 든 사람들은 사법고시를 통과한 검사였다는 사실에, 여자들은 그의 외모에 열광하면서 귀를 기울였다.

방송이 끝나자마자 무원은 곧장 준비해둔 기사를 쏟아내게 했다. 홍보팀에서는 신데렐라 스토리를 이용해 그들의 러브 스토리를 포장했는데 모양새가 제법 그럴듯했다. 정략결혼이라 알려져 있지만 실상은 사랑에 빠진 남자가 구박받는 여자를 구해주기 위함이었고 '상황' 때문에 어쩔 수 없이 이혼을 했지만 서로를 잊지 못했노라고.

효과는 빠르게 나타났다. 성북동에서 이유현과 지냈던 불행한 과거가 알려지면서 유래에 대한 비난여론이 줄어들었다. 방송이 나간 지 하루도 되지 않아 일제히 인터뷰와 취재요청이 쏟아졌다. 각종 커뮤니티와 포털사이트에 올라간 러브 스토리의 반응은 뜨거웠다. 그들을 응원한다는 글도 여럿 올라왔다. 혜원의 말처럼 무원은 '아니라고 얼마든지 만들어낼 수 있는 사람'이었고 그 힘을 유감없이 발휘했다.

거의 태풍이 휩쓸고 간 것 같은 이틀이 지나고 백화점으로 향하는 유래의 마음은 무거웠다.

아침에 별생각 없이 본사의 메일을 확인하려고 포털사이트에 접속하자 아직 그들의 기사가 메인을 차지하고 있었다. 그나마 다행이라면 예전 결혼식 사진이나 봉사활동 사진 같은 것은 무원 쪽에서 싹 내려주었다는 것. 일반 사람들이 알 수 있는 것은 본명 정도였다.

문제는 파일로 담당자 '이유래'를 알고 있는 사람들이었다. 특히 벤더사의 이 팀장은 어떻게 이런 엄청난 이야기들을 감쪽같이 감출 수 있었냐며 흥분했다.

이런 상황에서 출근은 자신도 말이 안 된다는 걸 알지만 후임자가 오기 전에 정리할 일이 많았다. 최대한 붐비는 출근시간은 피했지만 이미 출입카드를 찍는 곳에서부터 그녀를 알아본 직원들이 술렁이기 시작했다. 그러더니 급기야 모세가 바다를 반으로 갈랐다는 '홍해의 기적'을 만들어내는 것이 아닌가.

그리고 그 망할 홍해의 기적은 엘리베이터에서도, 탈의실에서도, 매장에서도 이어졌다. 특히 매장에 들어서자 편하게 눈인사나 목례를 나누었던 다른 매장 직원들이 일제히 그녀를 향해 허리를 숙였다. 가시방석도 이런 가시방석이 없다.

도망치듯 파일로 매장에 들어가자 건우와 윤성이 눈을 동그랗게 뜨며 유래를 맞았다. 건우는 안절부절못하더니 VIP고객을 대하듯 허리를 90도 숙였다.

"와, 매니저, 아니, 사모님. 아, 안녕하세요."

어이가 없는 건 유래 쪽이었다.

"갑자기 왜 이래?"

"아니, 그게 대표님 전부인이시라면서요. 아니다, 곧 재결합하실 거라면서요. 그럼 사모님이시잖아요."

"그건 그거고 지금은 그냥 매니저로 있는 거니까 하던 대로 해. 윤성 씨도요. 음, 나 때문에 많이 놀랐죠?"

윤성이 조심스럽게 입을 열었다.

"사실 저희가 말은 안 했지만 처음 스캔들 났을 때 매니저님인 줄 알았거든요."

"네? 어떻게요?"

건우가 얼른 말을 보탰다.

"코트요. 전에 입으신 거 봤어요. 그거 M사에서 3년 전에 나온 거잖아요."

이 못 말리는 브랜드 감정사 같으니. 유래는 새삼 건우가 존경스러워졌다.

"매니저님이라 생각하고 보니까 사실 짚이는 일이 엄청 많더라고요. 그쵸, 윤성이 형?"

윤성은 고개를 끄덕였다. 건우는 요란스럽게 말을 이었다.

"뭐, 거기까지야 그렇다 쳐요. 사실 협력업체 직원이라도 매니저님 경우는 본사 소속이고 외국에서 일하는 분이니까. 그런데 난데없이 그 분이 대표님 '전부인'이라잖아요. 인터넷 검색해보니까 매니저님 이름이 나오지 않겠습니까. 기절하는 줄 알았다니까요. 거기에 두 분 이야기가 기사로 계속 나오지…… 솔직히 매니저님이 돌싱일 줄은 다들 생각도 못 했으니까요. 거기다 전남편이 대표님이라니. 암튼 전 그것도 모르고…… 다른 분하고 데이트 잘해보라고 했으니. 이건 대표님께 꼭 비밀로 해주세요."

어차피 말하지 않아도 비밀로 할 생각이었다. 그때, 익숙한 얼굴이 매장에 들어섰다. 관리부의 최 차장이었다. 이 사람이 대체 여기 어쩐 일이지? 용건이 있다면 매장에 오는 대신 호출을 할 텐데.

일단 인사를 하려고 하자 최 차장이 먼저 깍듯이 허리를 숙였다.

"아이고, 사모님. 나오셨습니까? 인사가 늦어 죄송합니다."

"아닙니다, 최 차장님. 그런데 무슨 일이시죠?"

"제가 그동안 몰라 뵙고 무례했던 것 죄송합니다. 용서해주십시오."

용서라…… 요즘 따라 용서를 구하는 사람이 참 많다. 용서가 이렇게 편하게 쓸 수 있는 거였나? 협력업체 여직원이라 무시하고 괴롭힐 때는 언제고 신분이 바뀌자 비굴하게 굴다니.

"차장님께서 용서를 구하는 무례함이 저에 대한 것인가요? 아니면 협력업체들에 대한 것인가요?"

"아니, 그거야 당연히 사모님께……."

"그렇다면 차장님께서는 용서의 의미를 잘못 생각하시는 것 같습니다. 용서는 자신의 잘못을 빌기 위함이지 다른 누군가에게 보이기 위한 게 아니죠. 진짜 잘못했다는 것을 알고 용서를 원하신다면 앞으로 주의해주세요. 그저 말로만 하는 사과 말고요."

"사모님……."

"영업시간입니다. 직원들끼리 잡담 삼 분 넘어가면 감점사유인 거 아시죠?"

쌀쌀한 유래의 목소리에 최 차장의 얼굴이 일그러졌다. 얼굴이 사색이 된 그가 터덜터덜 매장을 나서는 것을 보며 건우와 윤성이 손가락을 치켜들었다. 관심 있게 지켜보던 다른 매장 직원들도 고소해하는 눈치였다.

"말씀 잘하셨어요."

"와우, 10년 묵은 체증이 내려가네. 저 인간, 한 본 나간 다음에 아주 기세등등했거든요."

"그보다 우리도 이제 잡담금지예요. 일합시다, 일."

유래는 겨우 분위기를 가라앉힌 다음 일을 시작했다. 무원이 기자들을 잘 정리한 덕분에 매장에서의 일과는 평소와 같았다. 비록 저녁을 먹으러 간 구내식당에서도 홍해의 기적이 계속되긴 했지만 말이다.

유래는 8인용 테이블을 혼자 차지했다. 그나마 후임자가 이틀 뒤에 올 예정인 것이 얼마나 다행인지 모른다. 자신도 그렇지만 직원들에게도.

"뭘 보고 있어?"

휴대전화로 당분간 후임자가 지낼 숙소를 검색해보던 유래는 말을 거는 목소리에 놀라 시선을 들었다. 그녀 앞에 식판을 들고 서 있는 사람은 무원과 남 실장이었다. 남 실장은 유래에게 꾸벅 인사를 했다.

"어떻게 된 거예요? 왜 여기 있어요?"

"당신 오늘 구내식당에서 저녁 먹는다며. 같이 먹으려고."

그건 저녁 먹고 퇴근이 늦다는 뜻이었지 같이 먹자는 이야기가 아니었다. 유래는 어이없다는 눈으로 맞은편에 앉는 무원과 남 실장을 바라보았다.

"거기 앉으면 어떡해요. 다 쳐다보는데."

"왜? 문제 있어?"

무원은 태연하게 대답했다.

"당신이 전에 그랬잖아. 백화점은 말이 빠른 곳이라고."

실제로 다들 식사를 멈추고 이 신기한 광경을 구경하거나 이쪽의 동향을 힐끔거리는 중이다. 구내식당 근처에도 오지 않던 대표의 출연이 신기하기도 하거니와 '세기의 러브 스토리'의 주인공들이니 흥미롭기도 할 것이다.

"당신 때문에 더 빨라질지도 몰라요."

무원은 피식 웃으며 메인메뉴인 닭볶음탕의 살을 발라 유래의 밥 위에 놓아주었다.

"그만 걱정하고 많이 먹어."

평소 구내식당 같은 곳의 음식이라면 질색할 남자는 자연스럽기만 했다. 이쯤 되니 유래로서도 될 대로 되라는 심정이었다. 그녀는 얌전히 무원이 올려준 반찬을 받아먹었다. 약간 떨어진 자리에 앉아 이쪽을 보고 있던 남 실장의 눈이 휘둥그레지더니 곧 못 볼 것을 보았다는 듯 고개를 돌렸다. 역시, 가족과 상사의 연애는 볼 것이 못 된다.

"아까 보던 거 뭐야? 집 알아보는 것 같던데."

"뒤에 오기로 한 후임자가 지낼 집이요. 본사에서 알아봐달라고 요청해서요."

"후임자는 여자야?"

"아뇨, 남자요. 아는 사람이에요. 예전에 인턴할 때 줄리아 밑에 있던 사람인데 이번에 스카우트했다기에 놀랐어요."

"남자? 지금 남자가 살 집을 알아본다고?"

무원의 목소리가 한 키 정도 낮아지는데 남 실장이 심각한 얼굴로 다가왔다.

"대표님, 사모님. 두 분 식사하시는데 죄송합니다. 좀 급한 일로 연락이 와서요."

"뭡니까?"

남 실장은 몸을 숙이더니 목소리를 낮췄다.

"본사에서 이틀 뒤, 긴급이사회가 소집된다고 합니다."

"안건은?"

"최무원 대표 재신임입니다."

무원의 눈매가 가늘어졌다.

퇴근한 무원은 집에 오자마자 서재에 틀어박혔다. 유래는 닫힌 문을 걱정스럽게 바라보았다. 이사회라는 단어가 마음에 걸렸지만 무원은 그와 관련된 이야기는 한마디도 하지 않았다.

한참 문 앞을 왔다 갔다 하던 유래는 조심스럽게 서재 문을 열었다. 무원은 서류뭉치가 쌓인 책상에 앉아 컴퓨터 모니터를 응시하고 있었다. 유래의 기척에 그가 시선을 들었다.

"무슨 일이야?"

"차나 과일 좀 내올까요?"

"아니. 신경 쓰지 마."

"이사회 이야기 말인데요, 큰어머님이 주도하시는 거죠? 나 때문이에요?"

"그렇지 않아도 호시탐탐 백화점을 다시 찾아가려고 노리던 분이시니 건수 제대로 잡았다 싶겠지. 어느 정도 예상하고 있었어."

"두 사람 꼭 이렇게까지 해야 돼요?"

"예전부터 꼬인 상태라 어디서부터 풀어야 할지 모르겠어."

유래는 걱정스러운 얼굴로 그에게 물었다.

"내가 해줄 수 있는 일이 있을까요?"

무원은 유래의 얼굴을 마주하더니 보고 있던 컴퓨터 화면을 껐다.

"있어."

"뭔데요?"

"잠깐 이쪽으로 와볼래?"

유래는 그가 손짓하는 대로 다가섰다. 그러자 무원은 그녀의 허리를 감더니 무릎 위에 앉혔다. 아니, 대체 뭘 하려는 거지? 무원은 유래를 바싹 끌어당겼다. 다음 순간 유래는 그의 의도를 알아차리고 얼굴을 발갛게 물들였다.

"뭐예요, 사람이 진지하게 말하는데."

"나도 진지해. 당신이 그런 눈을 하고 목소리를 깔면 얼마나 섹시한지 모르지?"

"몰라요."

무원은 웃으며 그녀의 정수리에 입을 맞췄다. 그리고 낮은 소리로 속삭였다.

"걱정하지 마. 당신이 내 옆에 있다는 것만으로 충분하니까."

그러고는 유래를 덥석 안아들고 침실로 향했다.

"자, 그럼 '당신이 해줄 수 있는 일'을 하러 가야지."

"이런 게 어딨어요!"

"어허, 두말하면 안 되지."

항의하려는 소리는 금세 그에게 먹히고 말았다. 무원의 등 뒤로 침실 문이 닫혔다. 닫힌 문 안에서 그들의 은밀한 밤이 지나간다.

이사회 아침, 무원은 평소와 다름없는 얼굴로 옷을 입고 아침식사를 했다. 오전에 백화점에 들러서 기자 몇 명을 만난 뒤 본사로 갈 예정이라 했다.

유래는 특별히 그의 넥타이를 매어주었다. 매장에서 일하며 고객을 상대로는 종종 매어주긴 했지만, 무원에게 해주는 것은 처음이었다. 그는 유래가 매듭 지어준 넥타이가 신기한 듯 거울 앞에서 한참을 만지작거렸다.

"이상해요?"

유래는 걱정스럽게 물었다.

"아니, 좋아서. 예전에는 한 번도 안 해줬잖아."

"그때는 지금처럼 잘하지 못했어요. 앞으로 자주 해줄게요."

무원은 웃으며 그녀의 볼에 입을 맞췄다. 예전에는 왜 몰랐을까. 그가 이렇게 귀여운 남자라는 걸.

무원을 배웅하고 돌아오자 익숙한 번호로 전화가 걸려왔다. 도윤이었다.

– 잘 지냈니?

영상을 전해주었던 날 이후로 TV가 아닌 그의 목소리를 듣는 것은 처음이었다. 모든 진실을 알고도 여전히 따뜻하고 다정한 그의 목소리에 유래는 잠시 말을 잃어버렸다.

– 혹시 통화 못 할 시간이니?

"아니에요, 오빠. 저는 잘 지내요. 오빠는요?"

– 나도 괜찮아. 혹시 오늘 시간 괜찮니? 잠깐 만날 수 있을까?

그와는 꼭 직접 만나서 감사인사를 전하고 싶었기에 약속을 정했다. 유래는 시계를 바라보았다. 이사회 시작은 오후 2시였다. 어쩐지 하루가 무척 길 것 같은 예감이 든다.

백화점에 들른 무원은 일간지와 여성지 두 곳과 인터뷰를 했다. 평소 인터뷰 자체를 좋아하지 않지만 여론을 아군으로 끌어들일 수 있는 방법이었다.

인터뷰를 끝낸 무원은 본사로 이동하는 차 안에서 이상하다는 생각을 했다. 아버지 쪽에서는 왜 아무런 반응이 없는 걸까? 서로에게 무심한 부자이긴 했다. 거기에 퇴원 무렵 최 회장은 당분간 회사 일에 나서지 않고 이경호 부회장 대행체제에 돌입할 것이라 의사를 밝혔었다. 수술 예후는 좋은 편이었지만 나이를 생각해 무리하지 않겠다고 한 것이다.

하지만 아무리 일선에서 물러났어도 이 정도 스캔들을 일으켰고 이사회까지 열릴 정도라면 진즉에 연락이 왔어야 했다. 하다못해 성 비서라도.

'무슨 일이 있나?'

무원은 이사회를 끝내고 평창동 집에 가봐야겠다고 생각하며 차에서 내렸다. 그가 로비에 들어섰을 때, 유 사장도 막 출입문을 통과하는 중이었다. 무원은 유 사장에게 먼저 인사를 건넸다.

"상황이 어떻습니까?"

"마 이사와 최 이사가 전부 윤 여사님 쪽으로 넘어갔습니다. 이번은 조금 불리할지도 모릅니다."

"이유가 뭐랍니까?"

"아시면서 왜 물으십니까."

"……."

"그러게 좀 덜 요란하게 하지 그러셨습니까. 지금 그룹 내에서 여자에 미친 놈이라고 소문이 단단히 났습니다."

무원은 쓴웃음을 지었다.

"안 요란할 문제였으면 시작도 안 했습니다. 여자에 미친놈과 같은 배를 탄 건 후회하십니까?"

"그럴 리가요. 제가 결혼할 때 들었던 말도 그건데요. 동지를 만나서 기쁩니다."

유 사장은 의미 있는 눈짓을 보냈다.

회의시간이 되자, 회의실 문이 열리고 무원과 윤 여사를 비롯한 이사들이 일제히 자신의 자리에 착석했다. 무원의 자리는 가장 안쪽의 왼편이었다. 윤 여사는 반대로 오른편에 앉았다.

무원은 앉기 전, 맞은편에 앉은 윤 여사에게 묵례했다. 윤 여사는 비웃는 어조로 말했다.

"결국 이 자리에서 또 만나는구나."

아무래도 백화점 대표이사 해임안 때 이곳에서 만난 일을 잊지 않은 모양이다.

"그러게 말입니다."

"기사 잘 봤다. 재미있더구나. 스토리가 아주 그럴듯해."

"홍보팀에 글 잘 쓰는 직원들이 많아서요."

윤 여사는 입술을 살짝 비틀었다.

"너한테 좀 실망했다. 그런 문제가 있는 아이를 다시 우리 집안에 들이겠다니. 내 아들만 바보인 줄 알았는데 너도 참 어지간하더구나. 아무튼 오늘 어떤 결과가 나오든 속상할 필요는 없을 것 같다. 바보짓을 같이 했는데 내 아들만 밀려나는 건 너무 불공평하지 않니?"

 "물론 속상해하지 않을 겁니다. 재신임 결과는 변함이 없을 테니까요."

무원은 윤 여사의 독설을 여유 있게 쳐냈다. 그는 찬찬히 윤 여사의 얼굴을 바라보았다. 이 사람도 아버지처럼 늙었구나. 평생 늙지 않을 것 같던, 견고한 벽이었던 사람에게서 세월의 흐름을 발견하는 기분은 묘했다.

무원의 감상은 오래가지 않았다. 의장을 맡은 부회장이 회장의 불참석을 밝힌 뒤, 이사회의 시작을 알렸다.

"성원백화점 최무원 대표의 재신임에 대한 이사회를 시작하겠습니다."

도윤과 만난 곳은 예전에 그와 왔던 한정식집이었다. 예약제로 운영되는 데다가 독립적인 룸으로 이루어져 있어서 편하게 대화를 나눌 수 있는 곳이었다. 먼저 나와 있던 도윤은 평소의 양복 대신 면바지에 캐주얼한 니트를 입고 있었다. 문득 예전 생각이 난다. 대학생 무렵의 그를 떠올리게 하는 모습에 유래는 입가에 미소를 지었다.

"좋아 보이네요."

"너도 그래."

두 사람은 서로를 따뜻한 눈으로 바라보았다.

"고맙……."

"고마……."

동시에 나온 말에 도윤과 유래는 잠시 말을 멈추었다. 서로 비슷한 생각을 하는 듯했다. 도윤이 먼저 입을 열었다.

"영상을 공개한다는 게 결코 쉽지 않은 결정이었다는 거 알아. 네가 감수해야 하는 게 크다는 것도. 그래서 너한테 더 미안하고 고맙다."

"나야말로 오빠에게 미안하고 고마워요. 방송에서 하고 싶지 않은 이야기였을 텐데."

"어차피 방송이란 판을 깔아준 건 최무원 그 사람이야. 전에도 말했지? 성북동에서 나는 너 때문에 싫은 것보다 좋은 게 더 많았다고. 네가 행복할 수 있다면 그걸로 충분해."

유래는 도윤의 얼굴을 물끄러미 바라보았다. 그는 싱긋 웃었다.

"그래도 떠나기 전 마지막 자리인데, 얼굴 좋아 보여서 다행이다."

"떠나다니, 무슨 말이에요? 여기서 하던 일은 어쩌고요?"

"그만뒀어."

정확히 말하자면 잘린 거지만. 영상을 검찰에 넘기고 온 날, 그의 보스는 깔끔하게 'You are fired!'라고 해고를 통보했다. 어떻게든 꼬리를 감춰야 하는 그들에게 언론의 관심을 받는 사냥꾼은 쓸모가 없었다. 다행히 그가 거래한 메피스토펠레스는 아주 너그러운 악마였다. 그를 갈기갈기 찢지도 않았고 지옥에 처박지도 않았다. 오히려 퇴직금 조로 제법 큰 금액을 차명계좌에 따로 넣어주었다. 물론 그 돈에는 비밀보장이라는 단서가 붙긴 했지만.

"왜요?"

유래의 질문에 도윤은 담담하게 말했다.

"처음부터 여기 일이 마무리되면 떠나려고 했어. 미국에서 계속하고 싶었던 공부가 있었는데 그 시간이 조금 빨리 온 것뿐이야. 거기다 방송 덕분에 여기저기서 쓸데없이 알아보는 것도 좀 불편하고. 당분간은 여유롭게 지내고 싶어. 너는 앞으로 어떻게 할 거니?"

"미국 일 정리하고 들어올까 해요."

"당장 눈에 보이는 급한 불은 껐지만 앞으로도 이유현의 재판이 진행되는 동안 잡음이 꽤 있을 거야. 괜찮겠니?"

"괜찮을 수 있도록 노력할 거예요. 그 사람과 같이."

주문한 음식이 나오기 시작하면서 이야기가 끊어졌다. 도윤은 예전에 그랬던 것처럼 불고기를 유래의 밥에 올려주었다.

"오빠……."

"오늘이 마지막이야. 이제는 해주고 싶어도 못 해줘. 최무원 씨한테

원한 사고 싶지 않거든. 어떻게 이 상황을 정면돌파 하겠다고 생각한 건지. 그렇게 물불 안 가리는 사람인지는 생각도 못 했어."

그의 농담에 유래는 웃으며 밥을 떴다. 마치 17년 전으로 돌아간 것 같은 시간이었다. 열두 살의 소녀와 열다섯 살의 소년이 나란히 있는. 마지막 식사의 끝은 눈부셨다.

"행복해라."

"오빠도요."

도윤은 유래에게 손을 내밀었다. 유래는 그의 손을 잡았다.

"잘 지내요."

"너도."

도윤과 헤어지고 돌아오는 길, 시계를 본 유래는 김 비서에게 전화를 걸었다. 이사회의 진행 상황이 궁금했다.

– 네, 사모님.

"이사회 진행 상황을 알 수 있을까요?"

– 그게…… 중단되었습니다. 회장님께서 쓰러지셨다는 연락이 왔습니다. 대표님은 지금 병원에 계십니다.

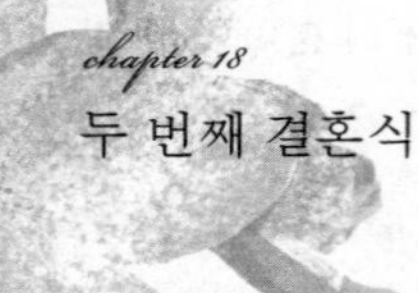

chapter 18

두 번째 결혼식

"어떻게 된 겁니까?"

연락을 받고 병원으로 갔을 때 그를 맞은 것은 여전히 의식이 없는 아버지와 성 비서였다. 성 비서는 병실로 들어서는 무원과 윤 여사를 보더니 허리를 숙였다. 그녀의 손에는 예의 묵주가 있었다.

"다행히 호흡과 뇌압은 원래대로 돌아왔습니다. 곧 의식을 차리실 겁니다."

"수술, 성공했다고 하지 않았어요?"

윤 여사는 날카로운 목소리로 물었다.

"수술은 성공했습니다만……."

성 비서는 곤란한 얼굴로 살짝 말을 흐렸다. 병실 문이 열리며 임 박사가 들어왔다. 그는 두 사람을 보고 인사를 하더니 조용히 눈짓했다.

"자네는 나와 이야기 좀 하세."

"그냥 여기서 하시죠."

윤 여사가 끼어들었다. 임 박사는 고개를 저었다.

"곤란합니다. 환자의 상태에 대해서는 보호자 외의 제삼자에게 발설할 수 없습니다."

"뭐라고요?"

임 박사는 윤 여사를 무시한 채로 병실을 나갔다. 무원은 그를 따라 나갔다. 그가 향한 곳은 원장실이 있는 별관이 아니라 진료실이 있는 병동 아래층이었다. 느낌이 심상치 않았다. 평소 손님을 접객하는 원장실이 아니라 진료실이라는 건 최 회장의 병이 결코 가볍지 않다는 방증이었다.

무원은 임 박사의 진료실에 도착하자마자 다급하게 물었다.

"대체 무슨 일입니까. 간단한 수술이라고 하지 않으셨습니까?"

"스탠트 삽입 수술 자체는 그렇네. 문제가 되는 혈관을 찾았고 해결했지. 그러나 그건 지금 상황과는 별개일세."

"무슨 뜻입니까?"

임 박사는 무원을 보며 말했다.

"간단히 설명하겠네. 사실 지난번 검사에서 뇌혈관 문제뿐 아니라 종양을 발견했어."

"종양이요?"

"그래. 다행히 발견도 빨랐고 양성인 데다가 그리 크지 않았네. 대신 위치가 위험했기 때문에 약물치료를 먼저 시도해보기로 했지. 그런데 종양이 제법 빠른 속도로 자라고 있네. 지금은 수술이 아니면 해결이 안 되는 상황일세."

"왜 그 이야기를 지금에야 하는 겁니까?"

무원의 목소리가 분노로 떨렸다. 임 박사는 한숨을 쉬며 미간을 문질렀다.

"자네 부친이 부탁했네. 종양 이야기가 나갈 경우 그룹에 미치는 영향을 걱정했어. 이미 자네 옆에 뭐든 부풀려서 들쑤시는 사람도 있지 않나. 하지만 더 이상 숨길 수 없을 것 같아서 말하는 걸세."

빌어먹을. 숨길 게 따로 있지, 아들에게까지 병을 숨겨? 그것도 뇌종양을? 무원은 입술을 꽉 깨물었다. 그러나 지금은 화를 내고 있을 때가 아니다. 문제가 생겼다면 해결해야 한다. 끓어오르는 감정과 반대로 무원은 차분하게 질문을 뱉었다.

"수술 성공률은 어떻습니까?"

"15에서 18프로 정도네."

15에서 18프로…… 생각보다 너무 낮다. 사업이라면 시도하지 않을 확률이다.

"양성인데 그렇게 낮습니까?"

"위치가 좋지 않아서 개두술이 필수인 상황이야. 우리 나이에 머리를 열어서 종양을 긁어낸다는 건, 너무 힘든 수술이지. 솔직히 지금 우리 의료진에서도 의견이 갈리고 있네."

"수술을 하지 않으면요?"

"수술로 제거하지 않으면, 아무리 약물이나 방사선을 쓴다고 해도 종양은 계속 자랄 걸세. 자네 부친의 경우 종양의 위치상 이대로 계속 자라면 간뇌를 압박하게 되네. 얼마 못 버틸 걸세."

"시한부……란 말이군요."

"환자들 중엔 무리한 수술로 남은 시간을 낭비하느니 생을 정리할 여지를 원하는 사람도 많네."

임 박사는 이런 일에 익숙한 사람답게, 평소의 장난기를 지워버리고 담담하게 무원에게 말했다.

"자네가 부친과 이야기하고 결정해주게. 나는 의사로서, 친구로서 어떤 판단도 할 수가 없어. 수술에 관련한 자세한 설명은 담당의가 할 걸세."

임 박사는 내선으로 누군가를 호출했다. 잠시 후, 차트와 진료기록을 가지고 담당의사가 들어왔다. 성공률이 낮은 수술을 여러 차례 성공해낸 유능한 의사였다. 그러나 그조차도 최 회장에 대해선 장담하지 못했다. 그는 수술을 진행할 경우 가능한 모든 경우의 수에 대해 차분히 설명했지만 무원의 귀에는 아무것도 들어오지 않았다.

한참이 지나 최 회장의 병실로 돌아갔을 때, 다행히 윤 여사는 없었다. 아버지는 여전히 의식을 차리지 못했고 성 비서만이 옆에서 기도를 하고 있었다. 무원은 성 비서에게 물었다.

"아셨습니까? 아버지 상태."

"……네."

"어떻게 나한테 단 한마디 상의도 없을 수 있습니까?"

"죄송합니다. 진단을 받았을 때만 해도 상태가 이렇게 악화되리라곤 상상도 못 했습니다. 마침 중국과의 문제로 그룹 안팎으로 좋지 않은 상황인데 총수의 병까지 알려지면 안 된다고 판단하셨습니다."

"그렇다 해도 아들인 나는 알았어야 하는 거 아닙니까?"

아버지와 얼굴을 마주한 것은 지난번 뇌혈관 수술 때가 마지막이다. 유래와의 연애에 정신이 팔려서 제대로 한번 찾아뵙지도 않았다. 언제나처럼 성 비서와 잘 지내고 계시겠거니 생각했다. 머릿속에 그런 폭탄을 키우고 있는지도 모르고.

후회와 분노가 걷잡을 수 없이 뒤섞였다. 그것들이 뜨거운 칼날이 되어 배를 가르는 것 같았다.

"그런데 지금 성공률 희박한 수술이냐, 시한부냐 나더러 결정을 하란 말입니까? 대체 아버지는 무슨 생각을 하고 계셨던 겁니까! 아니, 대체 아버지한테 나는 뭐랍니까?"

"대표님……."

"지금까지 어차피 모든 걸 혼자 판단하고 결정하셨으니 이 문제도 그러시면 되겠군요. 전 이만 가보겠습니다."

"잠시만요, 대표님. 회장님 깨어나실 때까지만……."

성 비서가 말렸지만 무원은 돌아보지 않았다. 지금은 어떤 말도 그에게 들리지 않는다.

혹시나 하는 생각에 저녁을 만들어놓고 기다렸지만 무원은 오지 않았다. 유래는 인터넷으로 성원그룹을 검색해보았다. 여전히 자신과 무원의 기사가 맨 처음에 뜰 뿐, 최 회장의 상태에 대해서는 어떤 것도 없다. 소식을 전한 김 비서도 최 회장이 어떤 병인지, 왜 쓰러졌는지에 대해서는 전혀 모르고 있었다. 외부에 말이 나가지 않도록 그룹 차원에서 철저하게 관리하는 듯했다.

하는 수 없이 만들어놓은 음식들을 냉장고에 넣은 다음 방으로 돌아왔다. 침대 옆에 놓인 탁상달력에 '마지막 날'이라고 크게 쓴 글씨가 눈에 들어왔다.

'내일이 마지막이구나.'

내일은 파일로가 성원백화점 측과 약속한 마지막 매출집계표를 받는 날이다. 계약조건을 채웠으니 한국에서의 일은 마무리다.

참으로 파란만장한 석 달이었지. 무원을 다시 만나고 성원백화점에서 일하게 된 것, 도윤을 만난 것, 연애를 시작한 것, 오랫동안 몰랐던 아버지의 진심을 알게 된 것. 아마 평생 잊지 못할 것이다.

한참 동안 생각에 잠겨 있는데 진동으로 해둔 휴대전화가 울렸다. 무원인가 싶어 봤더니 입력되지 않은 번호였다. 여기저기 기사가 나가면서 최근 낯선 기자들의 전화가 빗발쳤다. 평소처럼 무시하려는데 어쩐지 번호가 눈에 익었다. 유래는 통화버튼을 눌렀다.

"여보세요?"

– 혹시 이유래 씨 되십니까?

울어서 잠긴 것 같은 여자의 목소리였다.

"네. 누구시죠?"

– 안녕하세요, 작은 사모님. 저를 기억하실지 모르겠습니다만 성 비서입니다.

성 비서라는 말에 유래는 자신도 모르게 자리에서 벌떡 일어났다.

"성 비서님이라고요?"

– 네. 갑자기 연락드려서 죄송합니다.

"아닙니다. 오랜만입니다. 어떻게 연락하신 거예요?"

– 사모님 휴대전화 번호는 김 비서에게 물었습니다. 혹시 지금 대표님과 함께 계신지요?

"아뇨. 무원 씨는 지금 병원에 있지 않나요?"

– 아까 나가셨습니다. 김 비서 말이 차도 직접 운전하셨다고 합니다. 사용하시는 휴대전화도 전부 꺼져 있는 상태고요.

대체 무슨 일이지? 유래는 조심스럽게 물었다.

"병원에서 무슨 일 있었나요?"

– 네. 회장님 상태 문제로 대표님께서 화가 많이 나셨습니다. 그래서 나가버리셨습니다.

유래의 눈에는 무원의 등이 선했다. 무원을 알게 되면서 깨달은 사실이 있다. 그가 등을 돌릴 때는 화가 난 것이 아니라 상처받았다는 뜻이라는 걸. 가장 먼저 떠오르는 것은 우경이었다.

"우경 씨와 함께 있는 것 아닐까요?"

– 조금 전에 전화해서 확인했는데 임 선생님께서도 아니라고 하셨습니다.

우경에게도 가지 않고 자신에게도 오지 않았다면 상처받은 남자는 대체 어디로 갔을까.

– 작은 사모님, 혹시 대표님이 갈 만한 곳…… 아시나요? 특별한 장소라든가.

그에게 특별한 장소라……. 불현듯 떠오르는 곳이 있었다. 유래는 다급하게 성 비서에게 물었다.

"성 비서님, 혹시 한남동 집 마스터키 가지고 있으세요?"

한국에 돌아와 두 번째로 찾은 한남동 집은 여전히 조용했다. 여기까지 차를 운전해준 김 비서는 유래에게 한남동 집 키를 건네주었다. 진짜 그가 여기 있을지 반신반의했지만 믿어보는 수밖에 없다.

대문을 열자 익숙한 계단이 모습을 드러냈다. 계단을 올라가면 정원이 있고 정원을 가로질러 현관으로 들어가는 구조다. 통로의 센서등이 유래의 움직임에 맞추어 일제히 켜졌다.

사람이 살지 않아도 성 비서가 주기적으로 들러 꼼꼼히 관리한 덕분인지 전기며 난방, 정원의 풀과 나무까지 완벽하게 정돈된 상태라 했다. 리모델링을 몇 번 해서인지 집 내부는 그녀의 기억과 많이 달랐다. 그럼에도 이 집이 그녀에게 '어서 와.' 말하는 것 같다. 그나저나 무원은 어디 있을까?

2층 서재부터 가려던 유래는 지하실 계단을 보고 마음을 바꿨다. 지하실은 무원이 개인 운동실로 쓰던 공간이다. 무원은 집에 있을 때면 그곳에서 자주 시간을 보냈다. 계단을 내려온 유래는 지하실 문을 열었다. 샌드백을 치는 소리가 흘러 나왔다.

"무원 씨, 여기 있어요?"

유래는 소리가 난 쪽으로 걸음을 옮겼다. 인기척을 느낀 무원이 샌드백을 치던 것을 멈추고 고개를 돌렸다. 그녀를 발견한 무원은 끼고 있던 글러브를 벗었다. 유래는 그의 오른 손등에 피가 맺힌 것을 발견하고는 놀라서 다가섰다.

"손 다쳤어요?"

무원은 그제야 지신의 손등을 바라보았다. 그는 대수롭지 않게 말했다.

"크게 다친 건 아니고 글러브를 맨손에 껴서 피부가 좀 찢어진 거야."

"그래도 그렇지, 손이 이렇게 되도록 샌드백을 치는 사람이 어디 있어요."

유래는 기억을 더듬어 구급상자를 찾았다.

"손 좀 봐요."

무원은 순순히 손을 내밀었다. 과산화수소수에 적신 솜으로 상처가 난 부분을 닦은 뒤, 붕대를 감아주었다. 꽤 쓰라릴 텐데도 무원은 표정 변화가 없었다. 대체 무슨 생각을 하는 걸까.

갑자기 무원이 말을 걸었다.

"……어떻게 왔어?"

"성 비서님 전화를 받았어요. 당신을 찾던데 여기 있을 것 같아서요."

"그랬군."

"병원에서 무슨 일 있었는지 말해줄래요?"

무원은 대답이 없었다. 한참 뒤 힘든 숨을 삼킨 그는 무겁게 입술을 뗐다.

"아버지, 뇌종양이래."

구급상자를 닫던 유래의 손이 멈칫했다. 쓰러지셨다는 말에 예사로운 병은 아닐 것 같았지만 뇌종양이라니. 무원은 성마르게 말을 이었다.

"수술을 해야 하는데 성공률이 20프로가 안 된다는군. 수술을 하지 않으면 시한부로밖에 살 수 없다고 해. 그런데 그걸 나더러 아버지와 의논해서 결정을 하라는 거야."

"의논해서 결정하라고요?"

"우습지 않아? 아버지는 평생 한 번도 나와 의논해서 뭘 결정한 적이 없어. 심지어 지금 발견된 종양조차도 나에게 숨겼던 사람이야. 나는 그런 것도 모르고 당신과 만나 연애하는 데만 미쳐 있었고. 그런데 당신 생명을, 당신께 남은 시간을, 나와 의논해서 결정하겠다니 코미디가 따로 없어."

그의 눈가가 붉어졌다. 유래는 가만히 붕대를 감은 무원의 손을 감싸 쥐었다. 여러 가지 감정이 복합된 그의 혼란이 고스란히 느껴졌다.

"그래도 나는 당신이 결정할 수 있는 기회를 가졌다는 게 부러워요."

그러고 보니 잊었었구나. 자신보다 더한 상황을 견뎌온 여자가 있다는 걸.

유래는 무원의 시선을 느끼며 천천히 말을 계속했다.

"엄마가 나를 성북동에 보낸 이유가 암 때문이었다는 걸 알았을 때 나는 참 많이 괴로웠어요. 왜 나에게 말해주지 않았는지, 왜 나는 아무것도 모르고 성북동에 사는 내내 엄마를 원망했는지. 차라리 처음부터 말해주었다면, 내가 뭔가 선택할 수 있었다면, 아니면 최소한 받아들일 수만 있었더라도 긴긴 시간 괴롭진 않았을 텐데. 감당해야 하는 슬픔이나 고통에 절댓값이 있는 게 아니라는 거 알아요. 그래서 지금 당신의 괴로움에 대해 내가 함부로 말해선 안 된다는 것도 알아요. 하지만 당신에게는 기회가 있잖아. 아버지 눈을 보고, 손을 잡고, 이야기를 할 수 있는 기회. 난 당신이 그런 기회를 허비하지 않았으면 좋겠어요."

그를 똑바로 바라보는 시선은 흔들림 없이 곧고 맑았다.

오피스텔로 돌아온 무원은 곧장 욕실로 향했다. 뜨거운 욕조에 배스솔트를 풀고 몸을 담갔다.

그는 유래가 말한 기회에 대해 생각했다. 아버지 눈을 보고, 손을 잡고, 이야기를 할 수 있는 기회.

갑자기 욕실 문이 열렸다. 무원이 고개를 돌린 곳에는 목욕가운을 걸친 유래가 서 있었다.

"왜? 같이 하자고?"

유래는 잠시 어물거리며 말했다.

"무원 씨, 머리 감겨줄까요?"

머리? 무원은 곧 자신의 손을 보며 납득했다. 아까 상처가 난 곳에 물이 들어가지 않도록 비닐로 동여맨 것이다. 그는 고개를 끄덕이며 욕조 밖으로 머리를 냈다. 유래가 샴푸에 손을 뻗었다.

"예전에 당신이 머리 감겨준 거 생각나요?"

"내가?"

"나 손 다쳤을 때요."

그런 일이 있었나? 무원은 기억을 더듬었다. 자려고 누웠는데 화장대 앞에 앉은 유래가 한참을 부스럭댔다. 뭘 하는가 했더니 손에 비닐장갑을 끼는 중이었다. 왜 하냐고 물었더니 머리 감을 때 손에 물이 들어가는 걸 막기 위해서라나. 그 모습이 짜증스럽기도 하고 짠하기도 해 머리를 감겨준다 했었다. 풍성하고 부드러운 머릿결에 놀란 것과 생각보다 작고 여린 머리통에 놀란 기억이 번갈아 떠오른다.

유래가 그의 머리카락에 샴푸를 칠했다.

"어색하고 불편한데 기분이 좋았어요."

이것이 그녀 나름대로의 위로라는 걸, 알 것 같았다.

"나도 기분 좋으라고 해주는 거야?"

"그런 것도 있고…… 힘들거나 곤란한 일이 있을 때 내가 옆에 있다는 걸 알려주고 싶어서요. 당신이 그랬던 것처럼."

유래는 그의 머리카락을 조심스럽게 쓰다듬었다. 샴푸를 끝내고 샤워기로 머리를 헹궜다. 유래는 부드럽게 그의 두피를 자극했다. 무원은 그녀의 손길을 느끼며 눈을 감았다. 그는 힘들게 입술을 떼었다.

"사실은…… 두려워."

유래는 대답 대신 한참 그의 머리를 쓰다듬었다. 그녀의 손길에 위안을 받는다.

"내가 필요했던 순간에 한 번도 없었던 아버지란 존재가 영원히 사라질 수도 있다는 것. 그 결정에 내가 영향을 끼칠 수 있다는 것."

이번에는 유래가 그의 붉어진 눈가를 덮었다. 그리고 가만히 속삭였다.

"이제 당신이 필요한 순간에 내가 있어줄게요. 그러니까 혼자 두려워하지 마요."

– 조금 전에 최 회장님 깨어나셨습니다.

대체 무슨 일일까. 최 회장이 의식을 찾았다는 이야기와 함께 어제 무원이 병실에서 언성을 높였다는 보고를 들으며 은미는 골똘히 생각에 잠겼다. 생각보다 최 회장의 병이 깊은지도 모른다. 그렇다면 이쪽도 준비가 필요했다. 그녀는 이사회 며칠 전 이경호 부회장을 따로 만난 일을 떠올렸다.

「윤 여사님, 걱정 마십시오. 성원그룹의 진짜 주인이 누구인지 모르는 사람은 없습니다. 제가 힘닿는 데까지 여사님을 도울 겁니다.」

그래, 앞으로 그가 도울 일이 많을 것이다. 남편이 죽고 20여 년을 아들 하나만 바라보며 가졌던 숙원이다. 비록 모든 희망을 걸었던 아들이 없다 해도 달라질 일은 없을 것이다. 사무실 문을 열자 비서가 당황한 얼굴로 그녀를 맞았다.

"소, 손님이 와 계십니다."

"손님? 누구?"

"접니다."

안쪽에서 모습을 드러낸 사람은 무원이었다. 반갑지 않은 손님의 등장에 은미는 눈살을 찌푸렸다. 그녀는 비서에게 나가 있으라고 한 뒤, 무원에게 물었다.

"무슨 일이지? 네가 나를 다 찾아오고. 아버지 깨어나셨다는 소리 들었다. 거기 가봐야 하는 거 아니니?"

"저도 연락 받았습니다. 그렇지 않아도 이쪽 볼일 끝내고 가보려 합니다. 생각해보니 관장 취임하실 때 축하인사를 따로 못 드렸더군요."

은미는 새삼스럽게 장성한 조카를 바라보았다. 참 훤칠하게 잘생긴 얼굴이다. 한때는 태어나자마자 엄마를 잃은 아이가 불쌍해 자신의 아이처럼 거두었던 적도 있었다. 한때는 자신을 '큰엄마'가 아닌 '엄마'라고 불렀던 적도 있던 아이다.

그러나 사고로 남편과 아들 하나를 동시에 잃던 날 이후 모든 것이 바뀌어버렸다. 남편의 자리를 되찾아야 한다는 생각은 남은 아들 이원에 대한 집착으로 바뀌었다. 그 병적인 집착은 그녀로 하여금 자식처럼 품었던 조카와 친딸마저 마음에서 밀어내버렸다.

은미의 눈에 무원의 손에 감긴 붕대가 들어왔다.

"손은 또 왜 그러니? 싸움질은 예전에 졸업한 거 아니었나?"

"특별히 신경 쓰실 일은 아닙니다."

"그래. 피차 시간낭비할 필요 없으니 본론부터 말하렴. 찾아온 이유가 뭐야?"

"당분간 휴전했으면 하는데 어떻게 생각하십니까?"

"휴전?"

이것 봐라. 어이없는 얼굴로 무슨 개수작이냐고 소리치려던 찰나였다.

"아버지 상태가 많이 안 좋으십니다. 뇌종양이라고 하는데 수술 성공률이 20프로도 채 되지 않는답니다."

"뭐라고?"

은미는 놀라서 되물었다. 최 회장이 뇌종양을 앓고 있다는 사실도 놀랐지만 무원이 그것을 자신에게 털어놓았다는 것도 놀라웠다.

"왜 그런 귀한 정보를 나한테 말하는 거지? 내가 그 말 듣고 가만있을 사람으로 보이니?"

"어찌 되었든 가족이니까요. 큰어머니도 아셔야 하지 않겠습니까?"

"헛소리. 고작 가족이란 소리 들먹일 거면 너한테 실망이다."

"물론 아닙니다."

무원은 서류를 꺼냈다.

"원래라면 이사회에 내놓으려고 했는데 좀 늦었습니다."

서류를 한 장 한 장 넘길 때마다 은미의 얼굴이 심각해졌다.

"이 교활한 영감탱이 같으니."

무원이 가져온 서류는 이 부회장이 지금까지 차명으로 빼돌린 성원그룹 계열사의 주식에 관한 조사내역이었다.

"하나 더 있습니다."

무원은 재킷 안주머니에서 휴대전화를 꺼냈다. 귀에 익은 이 부회장의 목소리가 흘러나왔다.

– 최 대표님, 걱정 마십시오. 능력 위주의 세상으로 바뀌는 마당에 장손이니 정통성이니 그런 것이 다 무슨 소용이랍니까. 저는 이 한 몸 부서질 때까지 대표님을 지지할 것입니다.

녹음파일을 들은 은미는 손을 꽉 쥐었다. 주식을 빼돌린 걸로도 모자라 감히 양다리를 걸쳐?

무원은 정지버튼을 누르며 휴대전화를 다시 집어넣었다.

"요즘 이 부회장 행동이 수상쩍다 싶어서 주시했더니 큰어머니를 만나고 있더군요. 이런 상황에서 둘이 계속 싸워봤자 이런 인간들 배불리는 일밖에 더 하겠습니까?"

유감스럽지만 무원의 말이 맞다. 괜스레 '죽 쒀서 개 주는' 일을 만들 필요는 없었다. 그렇다고 사이 나쁜 조카의 제안을 넙죽 받아들이는 것은 자존심이 상했다.

그런 은미의 속을 안다는 듯 무원은 거절하기 힘든 제안을 내놓았다.

"백화점 돌려드리겠습니다."

"백화점 돌려준다고? 진심으로 하는 말이니?"

"물론입니다. 전 아버지가 자리를 비우시는 동안 본사로 옮길 겁니다. 솔직히 '가족'끼리 싸우는 게 낫지, 이 부회장 같은 인간에게 계속 회사를 맡길 순 없지 않습니까? 제가 본사에 들어가면 이 부회장이 지금 빼돌린 주식 전부 원래대로 돌려놓겠습니다."

"좋아. 그렇게 해."

"대신 조건이 있습니다."

그럼 그렇지, 최무원이 아무 조건도 내걸지 않을 리 없었다. 대체 이 녀석은 무슨 조건을 걸려는 거지? 은미는 긴장한 얼굴로 물었다.

"조건이 뭐야?"

"나중에……."

"나중에?"

은미는 자신도 모르게 침을 꼴깍 삼켰다. 무원은 한없이 진지한 표정으로 말했다.

"제 집사람 돌아오면 시집살이시키지 마세요."

그 순간, 은미의 표정은 참으로 볼 만한 것이었다.

윤 여사의 사무실을 나오는 길, 무원은 유래에게 전화를 걸었다. 오늘은 파일로가 정식 입점을 확정짓는 날이다. 일의 마무리가 잘되었는지 궁금했다.

– 무원 씨.

"백화점 일은 잘 마무리되었어?"

– 네. 새 담당자를 소개했는데 직원들 반응이 나쁘지 않았어요. 지금은 병원이에요. 아버님 깨어나신 거 알죠?

"성 비서에게 연락받았어."

– 우리 기사, 다 보신 모양이더라고요. 창피해서 혼났어.

웃음소리가 전화를 넘어왔다. 유래가 그에게 물었다.

– 이쪽으로 올 거죠?

"그래."

– 빨리 와요. 말씀은 안 하시는데 당신을 많이 기다리시는 것 같아.

"사랑해."

갑자기 재잘대던 목소리가 뚝 끊어졌다. 잠시 뒤, 그녀가 빠르게 속삭였다.

– 나도요.

전화를 끊은 뒤, 무원은 가볍게 심호흡을 했다. 어젯밤, 유래가 그에게 해준 말이 떠올랐다.

「당신에게는 기회가 있잖아. 아버지 눈을 보고, 손을 잡고, 이야기를 할 수 있는 기회. 난 당신이 그런 기회를 허비하지 않았으면 좋겠어요.」

유래의 충고대로 시간을 가져볼까 한다. 한 번에 모든 것을 결정할 수도, 해결할 수도 없을 것이다. 어쩌면 생각하고 싶지 않은 두려운 순간이 찾아올지도 모른다. 하지만 그 두려움을 같이 견뎌주겠다는 여자도 있으니까.

지금은 그저 아버지의 눈을 보고, 손을 잡고, 이야기를 해볼 생각이다. 살아온 시간들과 남은 시간들에 대하여. 그들의 관계에 대하여. 그리고 유래에 대하여. 어쩌면 한 번뿐일 수 있는 기회를 허비하지 않도록.

시간이 흐르고 계절이 한번 바뀌었다. 푸른 하늘이 높고 맑은 날이다. '임시휴일'이란 팻말을 건 '카르페 디엠'의 주방과 홀은 분주하게 돌아갔다. 오늘은 이곳에서 작은 결혼식이 열린다. 좋아하는 장소를 빌려서 친한 몇몇 사람들과 축하인사를 나누는 것, 오늘의 주인공인 신부의 바람이라 했다. 정원에는 하얀 천을 씌운 테이블과 화려한 꽃이 장식되고, 흰색 버진로드가 깔렸다.

준희는 한때 호텔에서 일했던 솜씨를 십분 발휘하여 예술적인 테이블 세팅을 했다. 우경은 식기상자를 들고 준희의 보조를 맞추었다.

"그러고 보면 우리 처음 만난 게 두 사람 결혼식이었네요."

친구의 결혼식에서 눈물을 펑펑 쏟아내던 여자와 손수건을 건넨 남자. 그리고 이혼한 친구의 전 배우자의 친구라는 복잡한 관계.

준희는 그때를 떠올리며 피식 웃었다.

"오늘은 안 울 거예요."

"왜요? 일부러 손수건 따로 준비했는데."

"부케 받아야 하거든요."

부케 이야기를 하는 준희의 얼굴이 약간 상기되었다. 우경은 그녀의 얼굴을 빨려들어갈 것처럼 바라보았다.

"오빠, 잘 지냈어?"

오묘한 분위기를 깬 것은 가장 먼저 하객으로 도착한 혜원이었다. 요즘 다시 발성연습을 시작했다더니 목소리가 어마어마했다. 우경은 당황한 얼굴로 고개를 돌렸다. 머리에서 발끝까지 샤넬로 우아하게 빼입고 커다란 선글라스를 낀 여자는 아무리 봐도 자신의 엑스와이프가 틀림없었다. 쟤는 대체 왜 여기 있는 걸까.

"너, 왜 여기 있어? 스페인에 촬영 간 거 아니었어?"

"그렇지 않아도 거의 열 시간 이상 비행기 타고 오느라 너무 힘들어. 나 탄산수 한 잔 줄래?"

대체 열 시간 이상을 비행기 타고 왜 오냐고! 우경은 옆에 있는 준희를 흘깃 살피며 목소리를 억눌렀다.

"그렇게 힘들면 안 와도 되는데. 무원이가 네 사정 모르는 것도 아니고."

"어머, 무슨 소리야. 그래도 무원 오빠 결혼식인데 내가 와야지. 전에도 나만 쏙 빼놓고 했으면서."

그러고는 한술 더 떠서 옆에 있는 준희에게 웃어 보였다.

"안녕하세요. 혹시 내가 와서 불편한 건 아니죠?"

준희는 업무용 미소로 대답했다.

"그럴 리가요. 최무원 씨 가족분이신데요. 참, 탄산수 필요하다고 하셨죠? 제가 가져다드리죠."

"아니, 준희 씨. 그건 내가……."

"아뇨. 사장님께서는 여기 계셔야죠. 손님들 오실 시간인데."

준희는 우경이 들고 있는 식기상자를 받아들더니 주방 쪽으로 성큼 걸음을 옮겼다. 혜원이 그의 전처라는 것을 알면서도 쿨하다 못해 얼어 죽을 것 같은 그녀의 태도에 우경은 어찌할 바를 모른다. 이 사달을 만든 혜원은 씨익 웃는다.

"볼 때마다 느끼는 건데 진짜 쿨하셔."

저 여우를 어쩌면 좋지. 한마디 하려던 우경은 정원에 들어서는 다음 하객을 보며 입을 다물었다. 예전 장모이자 무원의 큰어머니 윤 여사였다. 아니, 이분은 왜 또 여기에? 우경은 급히 윤 여사 쪽으로 다가가 고개를 숙였다.

"어서 오십시오. 여긴 어떻게……?"

"아무리 두 번째고 형식 안 따지는 결혼식이라지만 집안 어른 하나 없는 건 좀 아니지 않니?"

"그건 그렇습니다만……."

"그나저나 여기가 자네 클리닉이라고?"

카페 안을 훑어보던 윤 여사의 눈에 혜원이 포착되었다. 혜원이 먼저 인사를 했다. 아니, 선방을 날렸다.

"안녕하세요, 사모님?"

"사모님?"

윤 여사는 기가 차다는 듯 되물었다. 혜원은 뻔뻔하게 받아쳤다.

"아니, 그럼 엄마라고 부르지 말라는데 뭐라고 불러요? 아줌마라고 해요?"

두 사람은 정확히 시선을 맞추더니 팔짱을 끼고 서로를 마주 보았다. 외형만큼은 참으로 닮은 모녀인데 이 상황에서 두 여자는 모녀 상봉이 아니라 외나무다리에서 만난 원수였다. 엉뚱하게 그들 사이에 서 있는 우경만 죽을 맛이었다. 다행히 다음 하객이 들어오는 기척에 우경은 얼른 분위기를 바꾸며 인사를 했다.

"어서 오십시오."

"으흠, 으흠."

난감한 분위기에 나오지도 않는 헛기침을 하는 사람은 우경의 아버지, 임원호 박사였다. 전처에 전 장모님, 자신의 아버지. 꿈에 나올까 무서운 사자대면이 현실로 일어났다. 네 사람은 잠시 멀뚱히 눈만 굴렸다.

어색함의 고리를 끊은 것은 윤 여사였다. 그녀는 어색함 따윈 싹 지운 얼굴로 임 박사에게 인사를 하고 준비된 테이블로 걸어갔다. 나이스! 100점짜리 연기력이었다. 그에 반해 현역 여배우인 혜원은 '아버님'과 '아저씨'를 헤맨 덕에 70점밖에 되지 않는다. 어찌 되었든 그녀들이 자리를 떠나자 임 박사는 깊은 탄식을 뱉었다.

"내가 너무 오래 살았나 보다. 이런 꼴을 다 보다니."

"그러게 말입니다."

임 박사의 눈매가 사나워진다.

"아니, 뭐, 아버지, 사람이 살다 보면 이혼도 할 수 있고 이렇게 마주칠 수도……."

우경은 아버지의 눈이 완전히 도끼가 되기 전에 급히 화제를 돌렸다.

"그보다 여긴 어쩐 일이세요?"

"어쩐 일은. 최 회장 부탁이지. 꼭 한번 들여다봐달라고 하더라."

"그러고 보니 최 회장님 어떠세요?"

몇 달 전, 무원의 아버지 최 회장은 종양 제거 수술을 받았다. 하나뿐인 아들과 오래 상의한 결과였다. 열세 시간에 육박하는 대수술이었다. 무원과 유래는 손을 꽉 잡은 채로 내내 수술실 앞을 지켰다. 다행히 수술은 성공적이었다. 몸의 오른편에 마비가 오는 후유증이 남긴 했지만 의식을 또렷하게 유지하는 것만도 기적이었다.

"재활은 순조로운 편이야. 어눌하지만 말도 하고 손도 조금씩 움직이고 있으니까."

"잘됐군요."

무원은 유래와 함께 일주일에 두 번 이상 평창동 집을 찾는다고 했다. 같이 식사도 하고 이야기도 나누고 산책도 한다고 했다. 여전히 서먹한

부자지간이지만 조금씩 서로 다가서고 있음이 분명했다.

"오늘 나더러 대신 가보라고 어찌나 성화던지. 참, 성 비서 그 사람이 좋은 꿈을 꿨다고, 결혼선물이라고 하더라."

"좋은 꿈이요?"

우경은 고개를 갸웃했지만 이미 그의 아버지는 뒤에 등장한 사람을 반기느라 질문에는 관심이 없었다.

"아이고, 유 사장 아닌가."

"오랜만입니다. 임 박사님."

"그렇지 않아도 젊은 사람들 틈에서 싱거운 와인이나 마셔야 하나 걱정이 태산이었는데 자넬 봐서 좋네. 내 아들 방 술장에 독한 술 많거든. 나중에 그거나 거덜내세나."

"당연히 저야 좋지요."

술장 주인의 동의 없는 은밀한 합의가 이루어진 순간이었다.

"임 선생님! 도와주십시오. 사모님이 쓰러지셨어요!"

다급한 남 실장의 목소리에 두 사람의 '임 선생님'은 서로의 얼굴을 마주 보았다.

푸른 하늘 아래 잔디밭, 그리고 사랑하는 사람들. 몇 가지 신변정리 때문에 방문한 뉴욕에서 본 결혼식이었다. 지나가는 말로 부럽다고 한 것을 무원은 놓치지 않았다. 두 사람은 머리를 맞대고 결혼식 날을 정했다. 엄마의 기일이 아니라 언제 떠올려도 행복할 수 있는 날, 오늘이야말로 그들의 진짜 결혼식이었다.

하루하루 손꼽으며 기다려온 결혼식이었지만 며칠 전부터 몸상태가 좋지 않았다. 소화가 잘되지 않는 데다가 툭하면 어지럽고 속이 메슥거렸다. 위염이 심해진 걸까. 아니면 빈혈이 심해진 걸까. 둘 다 지병처럼 달고 다니는 증상이기 때문에 의아해하면서도 대수롭게 생각하지는 않았다. 피곤하거나 스트레스를 받으면 종종 있는 일이었다. 며칠 있으면 가라앉겠지, 며칠 있으면 가라앉겠지 하다 보니 어느새 결혼식이었다.

아침부터 속이 울렁거려 아무것도 먹지 못한 탓에 어지러웠다. 직접 고른 하늘색 드레스를 입고 화장을 하고 머리를 장식하는 내내 그랬다. 그러다 보니 잠시 눈을 감는다는 게 휘청한 모양이다. 눈을 뜨니 소파에 누워 있었다. 턱시도를 갖춰 입은 무원이 그녀를 들여다보고 있었다.

"괜찮아?"

"괜찮아요. 그냥 빈혈이에요."

애써 입꼬리를 들어올렸지만 무원은 심각한 표정을 풀지 않았다. 그는 유래의 뺨 위로 흘러내린 머리카락을 넘겨주었다.

"솔직하게 말해봐."

"뭘요?"

"이 결혼식, 당신한테 그렇게 스트레스야?"

유래는 무원의 말을 잠시 이해하지 못해 눈을 깜박였다.

"그게 무슨 뜻이에요?"

"지금 상태가 당신 혼자 이혼서류 준비할 무렵과 똑같잖아. 혹시 아직도 재결합이 부담이라면……."

"아니에요. 내가 하자고 했잖아요."

유래는 몸을 일으키며 힘주어 말했다. 진심이었다. 직접 드레스와 장신구를 고르고 부케와 청첩장을 만들었다. 어떤 날을 이렇게 행복하게 기다린 것은 처음이었다. 가만히 그녀의 얼굴을 보던 무원이 작게 한숨을 쉬었다.

"그러면 대체 왜……."

"임 선생님 모셔왔습니다!"

남 실장의 목소리와 함께 두 명의 임 선생이 문 안으로 고개를 내밀었다. 젊은 임 선생 우경이 무원에게 물었다.

"무슨 일이야? 유래 씨, 괜찮아?"

"본인 말로는 그냥 빈혈이라는데 요즘 계속 안 좋았어. 제대로 먹지도 못하고, 먹는 족족 토하고."

"그래? 정밀검사 한번 해봐야 하는 거 아냐?"

"아버지 수술할 때 둘 다 건강검진 받았어. 특별한 이상소견은 없다고 들었어."

"그래?"

자못 걱정스러운 얼굴을 하는 젊은 임 선생과 달리 나이 든 임 선생 쪽은 태평하기만 하다. 그는 천천히 유래에게 다가서더니 작은 소리로 물었다.

"마지막 생리일이 언제였습니까?"

"네?"

갑작스러운 질문에 얼굴을 붉히던 유래가 갑자기 입가를 눌렀다. 그러고 보니…… 임 박사는 빙그레 웃었다.

"짚이는 일도 있고?"

파일로의 업무를 정리하느라 뉴욕을 오가면서 피임약 시간을 놓친 때가 있긴 했다. 그때 일을 기억하자 유래의 얼굴이 더욱 달아올랐다.

"사실은 여기 오기 전에 평창동에 들렀는데 성 비서가 꿈을 꿨다고 하더군. 둘이 같이 산길을 걷는데 예쁜 산짐승 한 마리가 작은 사모님 품으로 뛰어들더라고. 아무래도 태몽이다 싶더니……."

임 박사는 무원을 돌아보며 말했다.

"축하하네. 자세한 건 아마 검사를 해봐야 하겠지만 임신인 것 같네."

임신이라니. 무원은 믿기지 않는 눈으로 유래를 바라보았다. 하늘색 허리를 꼭 죄는 디자인의 드레스를 입은 그녀의 몸에는 어떤 변화도 없었다.

"확실합니까? 예전에도 비슷한 증상이 있었지만 아니었습니다."

"확실한 건 검사를 해봐야지."

무원은 테스트기의 두 줄을 보고서야 겨우 유래의 임신을 실감했다. 그와 동시에 무원의 표정이 어두워졌다. 하객들을 맞으러 가기 직전까지도 그랬다.

예전에 결혼하자마자 그가 아이를 원하지 않는다고 했던 게 생각났다. 여전히 그런 걸까. 유래는 아무 말이 없는 남자의 손등을 쓰다듬으며 말을 붙였다.

"난 아이가 와줘서 좋은데 당신은 아닌가요?"

무원은 잠시 말이 없다가 대답했다.

"그런 게 아니야. 나로서는 아이의 존재를 좋다고만 받아들기는 힘들어."

"어째서요? 설마 어머니 일 때문인가요?"

"그래. 내 어머니가 나 때문에 돌아가셨잖아."

"당신 때문이 아니라 병 때문이셨던 거죠."

"예전에는 그냥 그런 병도 있나 보다 생각했는데 갑자기 당신이 임신이라니까 어떻게 해야 할지 모르겠어. 만약에 당신도……."

유래는 부드럽게 그의 말을 가로막았다.

"그런 생각 하지 않아도 돼요."

그리고 그의 손을 끌어 아직은 납작한 배에 올렸다. 이 안에 아이가 있다니 아직은 모든 것이 얼떨떨하기만 하다.

"괜찮을 거예요. 내가 잘할게요. 그리고 당신이 안 괜찮게 둘 사람도 아니잖아요. 나는 당신 믿어요. 아마 우리 아기도 그럴 거고."

우리 아기. 그 말에 실체 없는 두려움이 한 걸음 물러난다. 그래, 괜찮을 것이다. 그가 반드시 괜찮게 할 테니까. 유래도, 우리 아기도.

"이제 가요. 축하해주러 오신 분들, 기다려요."

무원이 유래를 향해 손을 내밀자 그녀가 그 손을 잡았다. 밖으로 걸어나온 무원은 손을 맞잡은 유래에게 물었다.

"준비됐어?"

함께 이 길을, 인생을, 부모의 삶을 걸어갈 준비.

하늘색 드레스를 입은 유래가 그를 보며 고개를 끄덕였다.

아내가 돌아왔다. 기적 같은 이 순간, 가장 먼저 든 생각이었다.

epilogue

두 번째 선물

자정은 되어야 끝날 것 같던 모임이 일찍 파했다. 자리에서 가장 먼저 일어난 사람은 무원이었다. 대체 언제까지 신혼이냐고, 깨 좀 그만 볶으라는 타박이 뒤통수에 따라다녔지만 상관없었다. 김 비서는 능숙하게 차의 속도를 올렸다. 무원은 룸미러를 보며 운전석에 말을 걸었다.

"둘째가 생겼다고?"

김 비서, 아니 이제 김 비서실장이 된 그가 쑥스러운 듯 웃었다.

"어쩌다 보니 그렇게 되었습니다."

김 실장은 2년 전, 속도위반으로 결혼했다. 상대는 성원백화점에 있을 당시 비서실 막내였던 정 비서. 비서실에서 서로 감정을 쌓다가 그가 무원을 따라 성원그룹 본사로 옮기면서 교제를 시작했다고 한다. 그런데 벌써 둘째라니.

"부회장님은 왜 둘째 소식이 없으십니까? 저보다 훨씬 빠르실 줄 알았는데."

두 번째 결혼식을 하던 날, 임신 5주차였던 아이가 곧 다섯 살 생일을 맞는다. 부부간의 금슬로 보면 금방 둘째, 셋째가 태어나도 이상하지 않은데, 어쩐 일인지 오래 소식이 없었다.

"난 둘째 생각 없어."

의외로 단호한 대답에 김 비서는 내심 놀랐다. 외동으로 외롭게 자란 사람이고 집안이 집안이니만큼 당연히 아이를 더 원할 것이라 생각했는데.

“아니, 왜요? 두 분 다 아직 젊으시고, 후계 생각도 하셔야 하지 않습니까?”

“장손에게 아들 쌍둥이가 있는데 무슨 후계 걱정이야.”

이원은 무원이 아이를 낳은 이듬해, 스위스에서 아들 쌍둥이를 낳았다. 윤 여사의 기쁨은 하늘을 찌를 듯했다. 대를 잇는 아들도 반가운데 한 번에 둘이라니.

마음에 안 차는 며느리는 더 이상 문제가 아니었다. 그녀는 결혼을 인정해줄 테니 당장 한국으로 돌아오라고 했지만 이원은 요지부동이었다. 덕분에 윤 여사는 손자들을 보기 위해 두 달에 한 번씩 스위스행 비행기에 몸을 실었다.

“그래도…….”

“임신이란 게, 보통 힘든 일이 아니잖아. 몸에 얼마나 무리가 가는지 아나?”

아니, 그렇긴 한데. 자기가 임신하나? 김 실장은 고개를 갸웃했다. 무원은 시선을 창밖으로 돌리며 말을 이었다.

“입덧도 힘들고, 허리 아프지, 다리 아프지, 혈액순환 안 되서 걸핏하면 저리지, 관절도 느슨해진다고. 앉는 것도 서는 것도 눕는 것도 마음대로 못 하는 게 얼마나 힘든지 알아? 호르몬 변화 때문에 당뇨니, 고혈압이니 없는 병도 생겨. 거기에 출산은? 아무리 라마즈 분만이니 무통주사니 해도 그게 얼마나 고통스러운데.”

“아니, 아니, 그렇게 말씀하시면 제가 꼭 와이프한테 못 할 짓 한 사람 같지 않습니까.”

“그러니까 와이프한테 잘하라고. 그 힘든 일을 두 번이나 겪는 사람이니. 첫째 때는 일 바뀌고 정신없어서 나도 신경을 못 썼는데 이번에는 제대로 해. 당분간 퇴근도 제시간에 하고 주말에도 나올 필요 없어. 이런 모임에 대기하는 건 신입 시키고. 이제 실장이면 운전은 졸업할 때야.”

무원의 말을 듣고 보니 아내에게 미안하기도 했다. 비서라는 업무 특징상 일하는 시간이 들쑥날쑥한 편이다. 특히 아내가 첫아이를 임신 중일 때는 해외출장도 제법 있었다. 같은 직장에서 같은 상사를 모셔봤으니 겨우 이해를 해주는 것이지, 사실은 힘들고 속상할 게 당연하다. 그는 무원을 한남동 집에 내려주며 아내가 좋아하는 야식이라도 사가야겠다고 생각했다.

“왔어요?”

현관문을 열자 부드러운 목소리가 무원을 맞았다. 소리가 난 곳으로 고개를 돌리자 소파에 앉아 있는 유래가 보였다. 그리고 그녀의 무릎을 베고 잠든 그들의 천사, 하원이도. 무원은 하원의 잠든 얼굴을 보며 유래에게 물었다.

“하원이 왜 이러고 있어? 잘 시간 아니야?”

“아까 당신 온다는 소리 듣고 아빠 기다리겠다고 얼마나 떼를 쓰던지. 이제 겨우 잠들었어요.”

무원은 피식 웃으며 잠든 하원을 안아들었다.

“우리 공주님이 아빠를 왜 기다렸을까.”

소리 때문인지, 익숙한 아빠 품 때문인지 하원이 잠결에 칭얼거렸다.

“아빠, 나, 동생…….”

또야. 무원은 눈썹을 살짝 찡그렸다. 다섯 살 생일선물로 뭐가 가지고 싶으냐는 질문에 동생이라 대답한 뒤부터, 하원은 자꾸 동생을 가지고 싶다고 보챘다.

“우리 하원이, 그만 자야지.”

그가 등을 토닥거리자 하원은 금세 잠들었다. 무원은 하원을 방으로 데리고 가 침대에 눕혔다. 그리고 머리카락을 쓸어주며 볼에 입을 맞추었다. 동그란 이마는 제 엄마를 꼭 닮았다. 어린애지만 미끄러질 듯 완벽한 콧대는 저를 닮았고.

앞으로 얼마나 많은 남자를 꼬이게 할지 벌써부터 걱정이다. 다정한 부녀의 모습을 유래가 문에 기댄 채 바라보았다.

"며칠 새 더 자란 것 같아."

"그럴 나이잖아요."

"여기서 더 안 크면 좋겠는데. 평생 내가 안고 다니게. 다른 녀석이 하원이 채간다 생각하면 벌써부터 속이 상해."

"진짜 유난인 거 알죠?"

"원래 딸 가진 아빠는 다 그런 거야."

엄숙한 목소리에 유래는 쿡쿡 웃었다.

"그런데 하원이 이 녀석, 요즘 들어 왜 이렇게 동생 타령이지?"

"유치원에서 어울리는 친구들이 다 동생이 있나 봐요. 거기에 큰어머니께서 하원이 볼 때마다 쌍둥이 자랑을 하시니까."

윤 여사의 자랑은 안 봐도 비디오였다. 무원은 작게 한숨을 쉬었다.

"보통 저 나이 때 애들은 동생 생기는 거 싫어하지 않나?"

"우리 딸은 아닌가 봐."

우리 딸, 이란 어감이 새삼스럽게 기분 좋다. 무원은 한 번 더 하원의 볼에 입을 맞춘 뒤 일어섰다.

"술은 별로 안 마셨네요."

샤워를 하고 나오자 침대에 앉아 있던 유래가 말을 건넸다. 그리 늦은 시간이 아닌데도 평소와 달리 그녀의 눈에는 잠이 그득하다.

무원은 스킨을 바르며 물었다.

"당신 피곤해?"

"오늘 큰어머니 대신 백화점 중국 바이어들 마중을 했거든요."

"윤 여사, 또 스위스 갔나?"

최근 들어 자리를 비우는 일이 잦은 윤 여사 대신 유래가 백화점 일을 처리하는 경우가 종종 있었다.

"일주일 있다가 오신대요."

"아니, 그냥 스위스에 살라니까 왜 온다는 거야. 당신, 백화점 일 하는 거 괜찮아?"

"가끔 VIP손님 접대만 하는걸요. 그것도 남 실장님이 워낙 잘 도와주셔서 할 만해요."

남 실장은 여전히 성원백화점 비서실을 굳건히 지키는 중이다. 여전히 부지런하고, 여전히 그 오지랖 때문에 윤 여사에게 혼도 나면서.

"이참에 당신이 백화점을 맡는 건 어때? 거기 원래 성원그룹 안주인 자리야."

유래는 고개를 저었다.

"됐어요. 큰어머니께서 주시지도 않겠지만 나도 사양이에요. 하원이도 아직 어리고 큰어머니와 잘 지내고 있는데 분란 일으키기 싫어요. 그보다 주말에 시간 괜찮아요? 하원이 데리고 아버지 집에 다녀올까 하는데."

유성물산은 결국 법정관리를 거쳐 파산선고를 받았다. 복역 후 출소한 승조는 얼마 지나지 않아 이혼을 했다. 처음부터 모두 준비된 수순인 것처럼 조용한 이혼이었다. 그리고 그는 예전에 자신이 살았고 지연과 유래가 살기도 했던 주문진으로 돌아가 정착했다.

유래는 한 번씩 하원을 데리고 승조의 집에 다녀왔다. 하원이 태어날 때부터 예뻐서 어쩔 줄 모르는 분이었고 하원이도 외할아버지를 무척 좋아했다. 무원은 고개를 끄덕였다.

"그렇게 해. 김 실장에게 다른 약속 잡지 말라고 할게. 그런데 장인어른, 못 뵌 지 꽤 되었는데 요즘 뭐 하고 지내시지?"

"낚시 다니시고 책 읽으시고 텃밭도 가꾸고…… 그러고 계세요."

"앞으로 계속 아무것도 안 하실까? 원하시면 성원그룹 계열사나 재단에 자리 하나 만들 수 있는데."

"그냥 지금은 쉬고 싶다고 하셨어요. 그동안 제대로 못 쉬셨으니까.

지금 생활이 무척 즐거우신 듯했어요. 그래도 신경 써줘서 고마워요."

"당연히 신경 써야지."

침대에 들어온 무원은 유래를 껴안았다. 그는 유래의 귓불을 깨물며 은근하게 속삭였다.

"피곤한데 마사지해줄까?"

마사지라면서 가슴부터 손이 올라오는 건 또 뭐람. 유래는 무원의 손을 살짝 밀어냈다.

"싫어요."

"왜?"

"몰라서 물어요?"

그제만 해도 어깨가 뭉친 것 같다고 주무르기 시작하더니 결국 그녀를 꿀꺽 삼켰다. 무원은 시치미를 뚝 뗐다.

"모르겠는데."

유래는 밉지 않게 그를 흘겨보았다. 무원은 웃으며 그녀에게 입을 맞췄다.

"좀 봐줘. 하루 종일 이러고 싶었으니까."

처음 같이 살았던 2년, 그리고 지금의 5년. 아이까지 있는데도 무원은 여전히 뜨겁게 유래를 원했다.

내가 못살아, 하면서도 유래는 매번 져줬다. 그녀 역시 그를 원하는 마음은 결코 밀리지 않으니까.

가볍게 시작한 키스는 입술을 거듭 오가는 사이 깊어지고 격렬해졌다. 어느새 유래의 잠옷과 속옷은 훌렁 벗겨져 침대 밖으로 떨어졌다.

"잠시만."

완전히 달아오른 상태였지만 무원은 상체를 일으켜 협탁 서랍을 열었다. 아이를 낳은 후 체질이 변했는지 유래가 피임약에 부작용을 보였기 때문이다.

유래는 그가 서랍에서 꺼낸 사각 비닐을 찢는 것을 보며 입을 뗐다.

"당신은 진짜 둘째 생각 없어요?"

하원을 낳고, 기르며, 커가는 과정을 보는 것은 커다란 축복이었다. 하루하루가 충만하고 벅찬 경험이었다. 유래는 임신이란 축복을 한 번 더 경험하고 싶었지만 무원은 아이에 대해서만큼은 단호했다.

"말했잖아. 하원이 하나면 충분하다고."

"나 때문이면…… 난 괜찮아요. 병원에서도 괜찮을 거라고 했고."

"내가 안 괜찮아."

하원을 임신했을 때 유래는 무척 고생했다. 입덧 때문에 몇 달을 먹는 족족 토했고 호르몬 변화로 임신 전에 없던 고혈압 증상까지 나타났다. 다행히 단백뇨가 없는 상태라 임신중독증으로 발전하지는 않았지만 안심할 수 없었다.

유래는 임신기간 내내 집 안에 앉아서 안정을 취해야 했다. 하원이 건강하게 태어나고 유래가 정상혈압으로 돌아갈 때까지 무원은 마음고생이 심했다. 밤에 자다가 유래가 조금만 불편한 기색을 비쳐도 벌떡 일어나 그녀를 살폈고, 회사에서건, 출장을 가서건 한 시간마다 전화를 해댔다.

그뿐이랴. 입주 베이비시터가 있긴 했지만 낮밤이 바뀐 하원을 밤새 안고 어르며 키운 것도 무원이었다. 그가 누구보다 고생한 것을 옆에서 봤기 때문에 유래는 지금까지 아이 욕심을 내색할 수 없었다.

곧 무원이 그녀를 가득 채웠다. 그가 움직이기 시작한 것을 느끼며 유래는 단단한 근육이 잡히는 등에 팔을 둘렀다.

"무원 씨, 부드럽게……."

"부드러운 게 또 내 전문이지."

평소 그의 스타일을 잘 아는 유래로서는 거짓말, 이라고 반론하고 싶은데 오늘따라 여유롭고 느릿한 움직임에 애가 탄다. 눈과 입을 맞추며 서로를 느끼는 시간이 꽤 길게 이어졌다.

'어떻게 하지?'

부드러운 절정의 끝, 무원은 유래를 꼭 끌어안은 채 깊은 잠에 빠졌다. 유래는 조심스럽게 그의 팔을 풀고 몸을 일으켰다. 그녀는 화장대 앞에 앉아 서랍 안쪽에 넣어둔 것을 꺼냈다. 그리고 오래도록 골똘히 그것을 바라보았다.

유래가 든 것은 임신 테스트기였다. 그것도 선명한 두 줄이 나타나 있는.

하원을 유치원에 보내고 겨우 한숨 돌리는데, 준희가 한남동 집을 방문했다.

"어쩐 일이야?"

"이 동네 들를 일이 있어서 왔다가 하원이 생각나서."

생각지도 못한 방문에 유래는 정원까지 나와서 준희를 맞았다. 준희는 웃으며 손에 들고 온 선물꾸러미를 흔들어 보였다.

"곧 생일이잖아."

"몸도 무거우면서 뭐하러 이런 것까지 준비했어?"

"그래도 이모가 하원이 생일을 챙겨야지. 그런데 몸이 무겁긴 진짜 무거워. 8킬로그램이나 늘었으니까."

제법 부푼 배를 한 준희는 임신 6개월째였다. 준희는 지난해, 긴 비밀연애 끝에 우경과 결혼했다. 그 과정에서 30년 지기인 무원과 우경은 크게 다투었다. 우경과 혜원, 준희의 관계를 전부 아는 유래도 입장이 곤란했다. 다행히 같이 보낸 30년 세월이 가벼운 것은 아니라 금방 화해했고 결혼 후에는 같이 어울리는 자리도 종종 있었다.

거실에 앉자, 집안일을 하는 도우미가 따뜻한 허브차를 내왔다. 차를 한 모금 마신 준희가 갑자기 얼굴을 찡그렸다. 유래가 놀란 얼굴로 물었다.

"왜 그래?"

"별이 찼어."

'별'은 우경과 준희가 지은 태명이다.

"그래?"

"남자아이라 그런지 기운이 넘쳐. 태동 때문에 깜짝깜짝 놀란다니까."

유래는 웃으며 준희의 배에 슬쩍 손을 대보았다.

"진짜네? 지금 또 움직였지?"

"하원이도 이랬어?"

"하원이는 얌전했지. 내가 그때 몸상태가 안 좋았잖아. 움직임이 거의 없어서 걱정 많이 했어."

그래서 정상체중의 건강한 아이가 태어나주었을 때 유래는 눈물을 펑펑 흘렸다. 아이의 탯줄을 자른 무원 역시 목이 메는지 한참 아무 말도 하지 않았다.

"아무튼 내가 별이를 가져보니까, 너 하원이 가졌을 때 얼마나 고생했는지 알겠더라. 난 그나마 입덧이라도 별로 안 해서 살 만했는데 넌 아니었잖아."

"그랬지. 입덧 안 하는 건 진짜 축복이야. 온 김에 점심 먹고 갈 거지?"

"그러지 뭐."

"재료 거의 다 있는데, 너 먹고 싶은 거 먹자. 뭐 먹고 싶어?"

준희는 고민하는 기색 없이 냉큼 대답했다.

"떡볶이."

"떡볶이?"

"임신한 다음부터는 이상하게 매운 음식이 맛있더라. 사실 아침에도 낙지볶음 먹었어."

"매운 거 많이 먹으면 안 좋은 거 아냐?"

"지나치지만 않으면 괜찮대."

유래는 고개를 끄덕이며 도우미에게 준비를 부탁했다. 유심히 유래의 얼굴을 살피고 있던 준희가 물었다.

"그런데 너는 왜 그렇게 피곤한 얼굴이야?"

"응?"

유래는 테이블 유리에 비친 자신의 얼굴을 살폈다. 준희가 장난스럽게 말했다.

"설마, 아직도 신혼이야?"

"그게 아니라 하원이 때문에. 아침에 유치원 안 가겠다고 울고 떼쓰는 거 겨우 달랬거든."

"하원이가? 그런 적 없지 않았어? 갑자기 그래?"

유래는 작게 한숨을 쉬었다. 아침식사 때 일이 떠오른다. 여느 때처럼 동생을 조르는 하원에게 무원은 진지한 얼굴로 임신이 엄마의 몸에 끼치는 부정적 영향을 설명했다. 그것도 아주 쉽고 상세하게.

설명을 듣던 하원의 얼굴이 점점 심각해지더니 급기야 '엄마가 죽을지도 모른다.'는 부분에서 울음을 터뜨렸다. 놀란 무원과 유래가 아무리 안고 달래도 소용없었다. 이야기를 들은 준희는 어이없어했다.

"진짜 애한테 그런 소릴 했다고?"

"그래."

"너무했다, 네 남편. 하원이가 얼마나 놀랐을까."

"그러니까. 그런데 또 생각해보면 자기도 오죽 힘들었으면 저럴까 싶기도 해. 솔직히 임신했을 때 나도 나지만 무원 씨가 정말 고생했으니까. 다시 하라면 나라도 싫을 것 같아."

"나도 봐서 알지. 별이 아빠도 그건 인정하더라. 자기가 아무리 열심히 해도 무원 씨만큼은 못 할 것 같다고. 난 네 남편이 '그거' 샀을 때 진짜 놀랐어."

"아, 그거? 나도 놀랐어."

오랜만의 수다는 점심을 먹기 위해 주방으로 자리를 옮긴 후에도 계속되었다.

"참, 유래야. 너 도윤 오빠 소식 아니?"

"아니, 도윤 오빠와는 재판 때 만나고 마지막이야. 왜?"

1심에서 무기징역이 선고된 유현의 재판은 여섯 번의 정신감정을 거쳐 항소심까지 3년이란 긴 시간을 끌었다.

항소심에서 감형될 것이란 의견이 지배적이었다. 그러나 항소심이 항고를 기각하고 1심대로 무기징역을 선고한 순간, 재판을 지켜보던 도윤의 눈에서 소리 없는 눈물이 흘렀다. 그것이 유래가 기억하는 도윤의 마지막이었다.

"얼마 전에 별이 아빠와 저녁 먹으러 갔다가 마주쳤어. 한국에는 잠시 들르러 온 거래."

"그래?"

"만나는 사람이 있는 것 같더라. 분위기가 좋아 보였어."

"진짜? 잘됐네. 다행이다."

유래는 작은 미소를 지었다. 누구보다 자신의 행복을 빌어주었던 사람. 이제는 그녀가 그의 행복을 빌어줄 차례다.

준희 덕에 오랜만에 떡볶이를 맛있게 먹는데 초인종이 울렸다. 방문객을 확인한 도우미가 유래에게 알렸다.

"혜원 아가씨 오셨습니다."

혜원 아가씨라고? 한남동 집에서 일하는 도우미들은 대부분 평창동에서 오래 일했던 사람들이다. 그러니 그들에게 혜원은 자연스레 혜원 아가씨였다. 유래는 난감한 얼굴로 준희를 바라보았다.

"왜?"

"혜원 씨 왔어."

"알아. 들었잖아."

"아니, 너 괜찮겠어? 안 불편해?"

"뭐가? 별이 아빠 전부인을 만나는 상황? 아니면 별이 아빠 전부인이 네 시누이인 상황?"

당연히 둘 다.

미처 대답할 새 없이 혜원이 주방으로 들이닥쳤다.

"언니, 하원이 어디 있어요? 고모 왔는데."

"하원이는 유치원 갔어요."

"그래요? 하원이 보고 싶었는데."

"안녕하세요, 혜원 씨."

보고 싶은 하원이 대신 준희를 발견한 혜원은 멈칫했지만 곧 웃어 보였다. 이제 명실상부한 톱스타인 혜원은 더 아름다워지고 화려해졌다.

"안녕하세요, 준희 씨. 배가 많이 불렀네요. 몇 개월이죠?"

"6개월이요."

"그렇구나. 우경 오빠는 잘 지내죠?"

유래는 간단한 안부를 나누는 두 여자를 신기한 눈으로 바라보았다. 엑스와이프가 현재의 와이프에게 전남편의 상태를 묻는다. 현재의 와이프는 담담하게 대답해준다. 이 정도면 할리우드도 울고 갈 진풍경 아닐까.

유래가 혜원에게 말을 걸었다.

"아가씨, 연락도 없이 어쩐 일이에요?"

"하원이 보고 싶어서요."

혜원은 스스로를 '조카 바보'라 칭하며 하원을 예뻐했고 하원도 고모를 좋아했다. 그럴 때마다 무원은 내 딸에게 그러지 말고 시집가서 네 아이 낳을 생각을 하라, 타박했다.

하지만 몸을 두 개로 쪼개고 하루가 마흔여덟 시간이라 해도 스케줄 소화가 벅차다는 그녀가 이 시간에 어슬렁거리며 한남동 집에 나타난 이유로는 미심쩍었다.

"진짜 그게 다예요?"

"그럼요."

"매니저한테 연락해도 돼요?"

혜원은 그제야 이실직고했다.

"사실은요, 지금 날 찾는 사람이 있거든요. 그런데 나는 그 사람을 별로 보고 싶지 않아요. 여기라면 그 사람이 못 찾을 것 같아서 온 거예요."

찾는 사람이 누구인지, 왜 보고 싶지 않은지는 묻지 않기로 했다. 혜원은 식사가 한창이었던 식탁을 보더니 호들갑을 떨었다.

"와아, 떡볶이다. 이거 떡볶이 맞죠? 닭가슴살 아닌 음식 보는 거 진짜 오랜만이네."

"식사 전이면 같이 들래요?"

"그래도 돼요? 아, 아니다. 며칠 뒤에 CF 촬영 있어서 지금 짠 거 먹으면 안 돼요. 붓거든요."

"아가씨가 붓는다고요?"

"그럼요. 우리 집 남자들은 안 그런데 나만 군살이 잘 붙는 체질이라서 늘 신경 써야 해요. 아, 그래도 어쩌지…… 딱 하나만 먹을까."

하나가 두 개가 되고, 세 개가 되고, 만두에 튀김까지 먹어치우기까진 30분도 걸리지 않았다. 거기에 혜원은 볶음밥까지 먹겠다고 했다.

준희가 어안이 벙벙한 얼굴로 물었다.

"혜원 씨, 며칠 굶었어요?"

"요즘 하루에 닭가슴살 한 쪽과 양배추만 먹어요. 소금, 설탕, 고춧가루, 기름 들어간 음식 먹어본 게 대체 얼마 만인지. 그런데 이렇게 먹으니까 낮술 땡기지 않아요? 언니, 와인 안 할래요? 무원 오빠 빈티지 괜찮은 거 많이 있을 텐데."

"마시는 건 상관없는데 괜찮겠어요? CF 촬영 있다면서요."

"까짓거 사흘 굶죠, 뭐. 그럼 가서 와인 고를게요."

혜원은 씩씩한 걸음으로 와인셀러로 향했다. 유래는 준희를 보며 목소리를 낮췄다.

"왜 저러지? 오늘 좀 이상한데."

"아마, 이거 때문일걸."

준희가 휴대전화로 포털사이트 메인에 뜬 기사를 보여주었다. 지현욱과 소속사 신인여배우의 스캔들 기사였다. 혜원은 제일 비싼 와인만 세 병을 끌어안고 왔다. 놀란 유래가 물었다.

"그거 다 마실 거 아니죠?"

"맛만 보려고요. 준희 씨는 임신했으니까 안 되겠고, 언니는 한잔할래요?"

"나도 하원이 때문에 안 돼요."

"하는 수 없지. 그럼 나만 마실게요."

결국 맛만 본다던 혜원은 와인을 한 병 반이나 마시고 식탁에 엎어졌다.

어떻게 사촌끼리 술버릇까지 닮은 거지? 유래는 곤히 잠든 혜원을 보며 한숨을 쉬었다.

"매니저에게 연락해봐야 하는 거 아냐?"

준희가 걱정스럽게 말했다. 유래는 고개를 끄덕였다. 보아하니 매니저 몰래 도망 나온 것이 분명한데 어디에 있는지 정도는 알려줘야 할 것 같았다.

유래의 연락을 받은 매니저는 반색했다. 그렇지 않아도 휴대전화를 끄고 사라진 혜원이 갈 만한 곳을 샅샅이 뒤지는 중이라 했다. 30분도 채 되지 않아 밴 한 대가 한남동 집 앞에 도착했다. 그런데 정작 현관에 들어선 건 매니저가 아니었다.

유래와 준희는 지현욱의 등장에 눈이 휘둥그레졌다.

"안녕하십니까. 지현욱입니다. 폐를 끼쳐서 죄송합니다. 혜원 씨에게 대강 집안 이야기는 들었습니다. 혜원 씨 오빠 부인이시죠? 예전에 드라마 촬영 때 뵈었었고요."

"네. 맞아요. 그런데 여긴 어떻게 오셨어요?"

"혜원 씨 매니저가 연락해주었습니다."

"그랬군요. 아가씨는 지금 잠들었어요. 데려가려고 오신 건가요?"

"네. 오늘은 일단 제가 혜원 씨를 데려가고 나중에 정식으로 인사드리겠습니다."

그는 깍듯한 태도로 고개를 숙인 다음 잠든 혜원을 업었다. 혜원은 잠든 중에도 지현욱의 기척을 느꼈는지 "나쁜 놈."이라며 잠꼬대했다.

"그래, 미안하다. 내가 나쁜 놈이다."

지현욱이 부드럽게 혜원을 달랬다. 그건 누군가를 지극히 사랑할 때 나오는 목소리였다. 늘 브라운관을 통해 보던 두 사람이라 그런가. 눈앞에 있는데도 마치 드라마의 장면 같다.

한차례 태풍이 휩쓸고 간 양 두 사람이 사라지고 준희도 피곤하다며 자리에서 일어섰다.

얼마 지나지 않아 하원이 유치원에서 돌아올 시간이 됐다. 유래는 대문 밖에서 하원을 기다렸다가 집 안으로 데리고 들어왔다.

하원이 집에 돌아온 순간부터는 유래의 시간은 하원에게 집중된다. 베이비시터가 있지만 숙제를 봐주고, 씻기고, 저녁을 먹이는 일을 전부 직접 했다.

무원은 오늘도 저녁 약속이 있어 밖에서 해결한다 했다. 유래는 배에 슬쩍 손바닥을 대었다. 내일은 일찍 온다고 했으니 내일 말해야겠다.

솔직히 걱정스러웠다. 그가 원치 않는, 두 번째 임신에 보일 반응이.

아침부터 아이를 달래느라 무리를 해서인지 저녁을 먹자마자 잠이 쏟아졌다. 하원 역시 아침부터 우느라 기운을 쓴 탓인지 목욕을 시키자마자 곤히 잠이 들었다. 유래 역시 침실로 돌아와 까무룩 잠이 들었던 것 같다.

"열이 있는 것 같은데."

다정하게 속삭이며 이마를 만지는 손에 반쯤 의식이 깨어났다. 눈을 감고도 알 수 있는 남편의 손이다.

"해열제 먹었어?"

유래는 고개를 저었다. 이건 약이 문제가 아니다. 하원이 가졌을 때도 이랬으니까. 다음 순간, 화장대 서랍을 부스럭거리는 소리에 남은 잠이 확 달아났다. 유래는 벌떡 몸을 일으켰다. 열려 있는 세 번째 화장대 서랍, 무원의 손에 들린 아스피린과…… 테스트기.

그가 살짝 떨리는 목소리로 유래에게 물었다.

"이거, 뭐야?"

무원의 얼굴을 딱딱하게 굳어 있었다. 그의 시선은 테스트기의 두 줄에 고정되어 있었다. 유래는 크게 심호흡을 한 뒤에 무원과 눈을 맞추었다.

"임신한 것 같아요."

무원은 잠시 말이 없었다. 하원을 임신한 걸 알았을 때와 비슷한 반응이었다. 잠시 후 그의 입에서 나지막한 소리가 새어나왔다.

"그때였구나."

매번 꼬박꼬박 피임을 하다가 딱 한 번 하지 않은 적이 있다. 욕조에서였다.

변명을 하자면 욕조에서 바라보는 비 내리는 풍경이 아름다웠고, 물은 따뜻했으며, 유래의 몸 안은 뜨거웠다. 도저히 그 상황에서 피임 때문에 침실까지 이동할 여유는 없었다. 그래도 타이밍에 맞춰 몸을 뺀다고 했는데 아이가 들어설 줄이야.

"병원에서 진단받았어?"

"아뇨, 아직. 그래도 확실할 거예요. 생리도 끊겼고, 하원이 가졌을 때와 느낌이 비슷해요."

무원은 손으로 이마를 눌렀다.

"내일 같이 병원 가보자."

하원이 때와 비슷하다고 생각했는데 무원은 그때보다 훨씬 낙담하는 것 같았다. 계획에 없던 임신이라 어느 정도 각오는 했지만 막상 무원의 반응에 속이 상했다.

솔직히 애를 뭐, 혼자 만드나?

"잠깐 나갔다 올게. 먼저 자."

마주 본 남자의 눈동자는 짙고 깊어서 무슨 생각을 하는지 읽기 어려웠다. 무원은 등을 돌리고 밖으로 나갔다.

이게 끝이야? 남겨진 유래는 배에 손을 올렸다.

아가야, 아빠가 아직 받아들일 준비가 안 되어서 그런 거야. 그러니까 너무 속상해하지 마.

그녀는 배 속의 아이에게 하는 말로 자신을 달랬다. 힘들게 감정을 추스르는데 하원의 울음소리가 들렸다. 놀란 유래가 하원의 방으로 달려갔다.

"하원아!"

"엄마, 엄마!"

침대에 앉아, 잠이 덜 깬 상태로 울고 있던 하원은 유래의 품에 와락 매달렸다. 유래는 하원의 등을 토닥거렸다.

"왜 그래? 하원아, 어디 아파?"

하원은 아기 때 밤에 열이 올라서 깨는 경우가 종종 있었다. 이번에도 그런가 싶어 유래는 하원의 이마를 짚었다. 우느라 얼굴이 빨개지긴 했지만 다행히 열은 없다. 하원은 도리질을 쳤다.

"그럼 왜?"

"무서운 꿈 꿨어."

"무서운 꿈?"

유래는 하원의 얼굴을 두 손으로 감싸며 머리를 쓰다듬었다.

"어떤 무서운 꿈인데?"

"엄마가…… 죽는 꿈."

갑자기 말문이 턱 막혔다. 차라리 귀신이나 괴물이 나오는 꿈이면 좋았을 뻔했다.

하원은 여전히 두려움이 매달린 눈으로 말을 이었다.

"엄마, 하원이 동생 필요 없어."

"왜 필요 없어? 꼭 가지고 싶다며."

"엄마 죽는 거 싫어."

유래는 품에 파고드는 딸을 꼭 끌어안았다. 아무래도 악몽의 원인은 아침에 아빠에게 들은 이야기인 듯했다.

못살아, 진짜. 왜 그런 이야기를 애한테 해서는.

원망스러운 마음이 들었다가 한편으로 측은한 마음도 들었다. 품 안에서 떨고 있는 딸만큼이나 남편이 자신의 임신과 출산에 대해 끌어안고 있는 불안과 두려움이 보이는 것 같아서.

유래는 다정한 목소리로 하원을 다독였다.

"하원아, 엄마 안 죽어."

"아니야, 선생님도 그랬어. 아기 낳는 거, 세상에서 제일 아픈 일이라고. 엄마, 하원이 낳을 때도 그랬어? 많이 아팠어?"

뭐라고 대답해야 할까. 유래는 하원의 눈을 보며 말했다.

"아팠지. 그래도 엄마는 하원이를 만난다는 생각에 행복했어."

"행복해?"

"그럼. 사실 하원이가 엄마 배 속에 있을 때 엄마가 몸이 좀 좋지 않았거든. 배 속에서 하원이도 진짜 애 많이 썼어. 하원이가 씩씩하게 자라줘서 엄마도 버틸 수 있었어. 아빠도 옆에서 애썼고. 엄마, 하원이, 아빠 셋이서 만든 행복이야."

하원을 임신해서 낳고 기르는 동안 유래는 더 이상 슬픈 과거를 떠올리지 않게 되었다. 대신 가끔 하원과 어린 시절의 자신을 겹쳐 보며 엄마 생각을 했다. 네가 있어 행복하다는 엄마의 마음이 무엇인지, 자신이 엄마가 되어서야 비로소 알았다.

"하원이 동생이 오면 엄마는 더 행복할 거야. 이번에는 넷이서 만들어갈 행복이니까. 그런데 엄마가 왜 죽어? 엄마, 오래오래 살 거야."

"진짜지? 약속하는 거지?"

"그럼. 그러니까 하원이도 동생이 오면 많이 사랑해줘야 해. 알겠지?"

"응. 약속."

고사리 같은 새끼손가락이 불쑥 내밀어진다. 유래는 하원과 새끼손가락을 걸고 도장까지 찍었다. 그리고 제 아빠가 종종 그러듯 하원의 양쪽 뺨에 입을 맞췄다.

하원은 다시 평온한 얼굴로 잠이 들었다. 가만히 잠든 아이를 지켜본 유래는 다시 침실로 돌아왔다. 무원은 아직 돌아오지 않았다. 엄마가 죽는 꿈을 꾸는 바람에 우는 하원을 보자, 무원의 생각이 와 닿는다.

하원을 임신했을 무렵, 그는 종종 악몽에 시달리곤 했었다.

「당신이 죽는 꿈을 꿨어.」

식은땀까지 흘리며 잠에서 깨는 그를 몇 번이나 안아주었던가. 아무렇지 않게 잊고 사는 듯했지만 어머니의 죽음은 무원에게 큰 상처였다. 여전히 자신의 생일을 챙기지 못하는 남자를 생각하면 마음이 아팠다.

유래는 무원이 돌아오면 차분히 이야기해봐야겠다고 생각했다. 지금의 몸상태, 앞으로의 계획, 무엇보다 나는 당신의 상처가 되지 않을 거라고, 그러니까 이번에도 같이 노력하자고. 배 속의 아이와 하원과 당신과 나의 행복을 위하여.

그나저나 이 사람은 이 시간에 어딜 간 거야?

시계를 보며 무원을 기다리는데 휴대전화가 울렸다. 무원인가 싶어 급히 발신인을 확인한 유래는 살짝 실망했다. 전화를 건 사람은 성 비서였다. 평소라면 전화하지 않을 늦은 시간인데 무슨 일이지? 유래는 고개를 갸웃하며 통화버튼을 눌렀다.

"네, 성 비서님."

– 축하드립니다, 작은 사모님. 둘째 아이 가지셨다면서요. 회장님께서도 정말 크게 기뻐하셨습니다. 사실 내색을 안 하셔서 그렇지, 하원 아가씨 동생을 많이 기다리셨거든요. 작은 사모님께서 하원 아가씨 때 워낙 고생하신 바람에 부회장님이 절대 둘째 생각 없다고 자르시긴 했지만요.

뜻밖의 축하인사에 유래의 눈이 동그래졌다. 딱 한 사람에게만 말했을 뿐인데.

"어, 어떻게 아셨어요?"

– 부회장님께서 조금 전에 오셔서 말씀하셨어요.

"그 사람 지금 평창동에 있나요?"

– 네. 창고에 있는 '그거' 찾으러 오셨어요. 제가 아침 일찍 기사 시켜서 보내드린다고 했는데도 꼭 오늘 가져가시겠대요.

갑자기 유래의 머리가 혼란스러웠다. 뭐야? 실컷 걱정하게 만들더니 평창동이라니. 그것도 창고에 있는 '그걸' 찾으러 갔다니.

원래 '그 물건'은 몇 년 전까지 한남동 집에 있다가 하원이 크면서 물건이 늘어나자 평창동 창고에 보낸 것이다. 유래는 성 비서에게 하원의 생일에 평창동을 방문하겠다고 말한 뒤 통화를 끝냈다.

무원이 한남동으로 돌아온 것은 한 시간 후였다. 본가에서 정원 일을 하는 임 씨가 트럭에 '그 물건'을 싣고 와 한남동 집 지하로 옮겼다.

하원이 태어난 후로는 손도 안 대던 물건이라 사용이 가능한지 살피는 것이 우선이었다. 무원이 '그것'을 점검하고 있는데 뒤에서 유래의 목소리가 울렸다.

"그건 대체 왜 가지고 온 거예요?"

지하 계단에 선 유래는 어이없다는 표정이었다.

"아직 안 잤어? 안 피곤해? 하원이 때는 머리만 대면 자더니."

뭐야. 아까와 달리 무원의 목소리는 어딘가 들떠 있었다.

"당신과 이야기하려고 기다렸어요. 그보다 그건 왜 가지고 왔어요?"

무원이 혼자 개인 운동실로 쓰는 지하 공간의 한편을 차지한 그것은 다름 아닌 길에서 볼 수 있는 붕어빵기계였다.

"필요할 것 같아서."

"무슨 소리예요?"

"당신 입덧 말이야. 이제 곧 시작할 텐데 이게 있어야지. 하원이 가졌을 때 붕어빵만 찾았잖아."

그랬다. 병원에서 처방해준 약도 통하지 않을 만큼 입덧이 심했던 유래가 유일하게 먹고 싶어 했고, 맛있게 먹을 수 있었던 음식이 붕어빵이었다. 우경은 자신의 누나는 입덧을 '홍어'로 했다며 붕어빵이면 얼마나 쉽냐고 했다. 그러나 얼마 지나지 않아 자신의 말을 철회했다.

입덧은 참으로 섬세하고 까다로운 증상이었다. 유래는 딱 '길거리에 파는 붕어빵'만 좋아했다. 유명 호텔 베이커리에서 사다 준 비싼 일본식 붕어빵 타이야끼는 반죽에서 버터 냄새가 난다고 거부반응을 일으켰다. 버터를 빼고 만들어달라고 특별주문했더니 이번에는 식감이 다르단다.

문제는 입덧이 한창이던 무렵이 한여름이라는 것. 한여름에 길거리 붕어빵을 대체 어디서 구한단 말인가. 제대로 먹지 못해 하루하루 말라가는 유래를 보던 무원은 결국 기계를 사버렸다. 거기에 직접 붕어빵 굽는 법을 배웠다.

그런데 문제가 하나 더 있었다. 유래가 그토록 좋아하는 붕어빵이 임산부가 먹기에는 건강한 음식이 아니라는 것이다. 혈당 문제도 있었고 특히 소로 들어간 팥의 경우 자궁의 수축을 유발할 수 있어 기피해야 할 식품이었다.

무원은 열심히 레시피를 연구했다. 입덧이 끝날 때까지 그가 만들어낸 붕어빵 종류만 쉰 가지가 넘었다. 그의 연구에 지대한 도움을 준 것이 성 비서였다. 덕분에 유래는 영양불균형 없이 힘든 입덧을 넘길 수 있었다.

그래도 그렇지, 이 밤에 저걸 가지고 오다니. 무원은 당장에라도 붕어빵을 구울 기세다. 조금 전까지 상상도 못 한 무원의 모습에 조심스럽게 묻는다.

"무원 씨, 괜찮아요?"

"뭐가?"

"둘째, 원하지 않았잖아요."

무원은 살짝 눈썹을 찡그리더니 되물었다.

"혹시 내가 드라마에 나오는 남편들처럼 방방 뛰지 않아서 그래?"

"그것도 그렇지만…… 항상 둘째 생각 없다고 했잖아요."

"그건 당신이 힘드니까 그런 거지. 임신기간 내내 얼마나 고생했는지 뻔히 아는데 어떻게 또 아이 욕심을 내."

"당신은요? 당신은 힘들지 않아요?"

무원은 수심이 가득한 유래의 얼굴을 쓰다듬었다.

"힘들어. 솔직히 나도 지금 내 상태를 설명하긴 어려워. 아이 때문에 당신을 잃을까 봐 무서운 건 그대로니까. 처음 임신했다는 이야기를 들었을 때는 걱정밖에 안 들었어. 그런데 또 믿기지 않을 정도로 행복한 것도 있어. 하원이 동생이 생긴다는 게."

"다행이다. 나는 당신이 배 속의 아이를 싫어하면 어쩌나 걱정했어요."

"말도 안 돼. 우리 아이를 내가 어떻게 싫어할 수 있겠어. 그리고 아직 다행은 아니지. 앞으로 배 속의 녀석을 만날 때까지 우리가 같이 헤쳐갈 일이 얼마나 많은데."

유래는 무원을 향해 손을 뻗었다. '우리가 같이'란 말에 그녀가 밝게 웃었다. 무원은 유래의 눈꺼풀에 입을 맞추었다.

"사랑해. 내 옆에 있어줘서. 그리고 고마워. 내 인생에 두 번째 선물을 줘서."

그는 유래의 배 위에 손을 올렸다. 몸 전체에 따뜻한 기운이 퍼져나갔다. 같이 헤쳐갈 하루, 하루의 끝이 아주 눈부실 것 같았다. 그들의 삶에 찾아온 두 번째 선물처럼.

– *fin.*

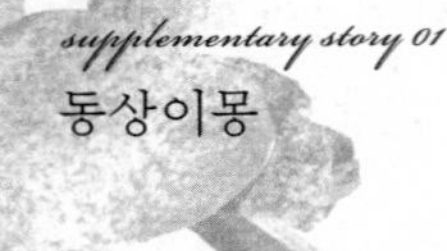

supplementary story 01

동상이몽

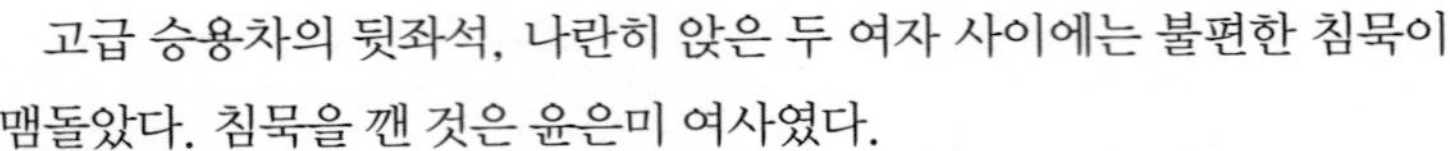

고급 승용차의 뒷좌석, 나란히 앉은 두 여자 사이에는 불편한 침묵이 맴돌았다. 침묵을 깬 것은 윤은미 여사였다.

"교양 있는 여사님들 많이 나오는 자리다. 교양 있게 처신 잘해라."

"네."

"나는 백화점 일 때문에 인사만 하고 나올 거다. 여사님들 상대 잘해드려. 나중에라도 뒷말 나오지 않게끔."

"네."

오늘은 정기적으로 있는 고아원 봉사활동에 참가하는 날이다. 말이 '봉사활동'이지, 하는 일 없는 유한마담들의 사교모임장이나 다름없었다. 그럴 때마다 은미는 유래를 불러내 비서처럼 부렸다.

오늘도 예외는 아니다. 유래는 바로 전날 밤, 오늘 봉사활동이 '김장'이라는 통보를 받았다. 집에서 밥 한번 제대로 차려본 적 없을, 교양 있는 '여사님들'이 김장이라니. 딱 봐도 그녀를 골탕 먹이기 위한 은미의 작품이다.

"조 여사한테 들었는데 네가 골프를 좀 친다며. 따로 배웠니?"

"네. 미국에서 배웠습니다."

"그래도 성북동 여사님 대단하시구나. 근본 없는 아이 데려와서 가르치실 건 다 가르쳤으니. 다행히 어디 가서 수준 떨어진다 소리는 안 듣게 해주셨잖니."

비아냥인지 칭찬인지 모를 말에 유래는 기계처럼 해오던 네, 라는 대답을 보류했다. 성북동에서 수준 떨어지지 않도록 가르치긴 했다.

「흠집 있는 물건이니 최소한 어디 내놔서 싸구려 소리는 안 듣게 해야지.」

그 소릴 귀에 딱지가 앉을 정도로 듣긴 했지만.

유래가 말없이 무릎을 보는 사이, 은미는 다른 이야기를 꺼냈다.

"제사가 얼마 남지 않은 건 알 게다. 작년은 너도 결혼한 지 얼마 안 되었고 우리 집에도 일이 있어서 따로 부르지 않았다만 올해는 달라야지. 성 비서에게 맡기지 말고 네가 직접 준비하도록 해라."

은미가 말하는 것은 다름 아닌 그녀의 남편, 큰아버님의 제사였다. 매년 평창동 본가에서 호화롭게 치르는 제사였지만 막 결혼을 한 작년에는 간단히 제만 올리고 지나갔다. 제사를 일주일 앞두고 마음대로 혼인신고를 한 이원 때문에 은미가 쓰러졌기 때문이다.

왜 멀쩡한 자신의 '며느리'를 두고 조카며느리에게 제사 준비를 시키지는 모르겠지만 유래는 순순히 네, 대답했다.

은미는 입술을 슬쩍 비틀었다. 주위에서 들리는 조카며느리의 평판은 좋은 편이었다. 출신 외에는 학벌도, 외모도, 매너나 기본적인 교양까지 흠잡을 부분이 없다는 것이 마뜩잖았다.

하긴, 그러니까 입맛 까다로운 최무원이 골랐겠지. 차라리 출신에 걸맞게 천박한 반푼이였다면 나름 예뻐해줄 수 있었을 텐데, 말간 얼굴로 '네.' 대답만 하는 유래는 빈틈이 없었다.

"그런데 너, 프랑스어 공부는 하고 있니?"

"아니요. 중국어를 배우고 있습니다. 그쪽이 더 도움이 될 거라고 해서……."

트집거리를 찾던 은미는 옳다구나 싶었다.

"중국어를 왜 네가 배워? 네가 사업하니? 다른 집 며느리들 다 하는 프랑스어를 너만 못하면 어쩌자는 거야. 그래 가지고 사교모임에서 여사님들 말 상대나 할 수 있겠어?"

"죄송합니다. 제가 빨리 배우겠습니다."

"그래야지. 안사람은 안사람답게 할 일이 있는 거다. 그래서 말인데 결혼한 지 1년이 넘었는데 아이 소식은 없니?"

"네."

"너희 무슨 문제 있니?"

"아뇨, 그건……."

유래는 대답을 흐렸다. 무원은 아이를 원하지 않는다고 했고 유래는 그의 의견을 받아들였다. 축복받지 못한 태생의 짐을 아이에게 지우고 싶진 않았다. 하지만 이런 이야기를 다른 사람과 하고 싶지는 않다. 윤 여사와는 더욱.

그러나 그녀는 한술 더 떴다.

"혹시 무원이, 밖으로 도니?"

"아니요."

직설적이다 못해 불쾌하기까지 한 질문에 유래는 담담하게 대답했다.

"그런 일 없습니다."

사실 그렇다 해도 무원을 탓할 수는 없었다. 애초에 남들의 구설에 오르지 않는다면 누굴 만나도 상관없다고 못 박은 결혼이었다. 그러나 무원을 보면 밖으로 돈다는 표현은 받아들이기 힘들었다. 그의 관심사는 무섭도록 일 하나였고 그 외에는 일절 시간을 쓰지 않았다.

출장이나 일로 집을 비울 때는 많아도, 돌아와서는 언제나 그녀를 찾았다. 그는 부부관계에 충실했다. 다른 여자를 밖에 두고 욕망을 푸는 남자라는 생각은 들지 않았다.

'그러고 보니 내일 저녁에 돌아온다고 했지.'

무원은 한 달 전, 두바이 출장을 갔다. 성원건설이 짓고 있던 쇼핑몰의 마지막 완공작업 때문이다. 결혼 후에도 출장이 잦은 편이었지만 한 달 일정은 처음이었다. 그동안 무원은 딱 두 번 전화했다. 대신 비서가 이삼일에 한 번 간단히 그의 근황을 전해주었다.

유래 역시 평창동 본가와 은미에게 불려 다니며 바빴던 터라 한 달이 어떻게 가는지도 몰랐다. 그런데 내일이 벌써 돌아올 날이라니. 유래는 창밖으로 시선을 돌렸다.

무원이 집을 비우는 시간과 비례해서 늘어나는 것이 두 가지가 있는데, 사오는 선물의 액수와 그녀를 침대에 붙들어두는 시간이었다. 2주 출장을 갔다 왔을 때도 잡아먹을 것처럼 달려드는 통에 몸살을 앓았는데 이번에는 어떨지 상상도 되지 않았다.

봉사활동이 있는 고아원은 수녀원에서 운영하는 곳으로 성원백화점에서 매년 큰 후원금을 내고 있었다. 원장수녀는 반색을 하며 은미와 유래를 맞았다. 이미 그곳에는 내로라하는 사모님들도 여럿 행차한 상태였다. 그러나 그들 중 '김장'이라는 오늘의 '봉사활동'에 적합한 복장을 한 사람은 아무도 없었다.

역시나, 그들의 봉사활동은 배추 두어 포기를 들고 사진을 찍는 것으로 끝. 뒷마당에 쌓인 이백 포기에 가까운 절임배추를 김장하는 일은 고스란히 유래 몫이었다.

유래는 가지고 온 트레이닝복으로 갈아입고 자원봉사자 몇과 소금물에 절인 배추를 씻기 시작했다. 몇 시간 동안 배추를 씻느라 찬물에 손을 담갔더니 코끝이 빨개지면서 이가 딱딱 부딪혔다.

다음 단계는 배춧속을 만드는 일이었다. 수십 개의 무를 써느라 팔이 얼얼했다. 겨우 배춧속을 만들고 나자 보다 못한 자원봉사자들이 그녀를 말렸다.

"사모님, 수고하셨어요. 나머지는 저희들이 하겠습니다. 다른 분들과 안에서 좀 쉬세요."

"괜찮습니다."

유래는 고개를 저었다. 안에서는 언제나 그렇듯 영양가 없는 온갖 품평회가 벌어지고 있을 터였다. 그 안에서 괜스레 입방아에 오르내릴 '제물'이 되고 싶진 않았다. 그럴 바엔 아이들 먹일 김장이라도 하는 것이 훨씬 낫다.

유래는 묵묵히 배추의 속을 채웠다. 그 모습을 보던 자원봉사자 한 명이 호들갑스럽게 감탄했다.

"어머, 사모님. 진짜 잘하시네요. 집에서 김장 직접 하세요?"

"아니요, 어릴 때 엄마하고 같이 해봐서……."

무심결에 튀어나온 말에 유래는 실수를 깨닫고 입을 다물었다.

"어머나, 신기해라. 사실 재벌가 사모님들은 이런 거 안 할 줄 알았어요."

다행히 주위에서는 유래의 이야기를 가볍게 받아들였다. 유래는 보이지 않게 한숨을 쉬면서, 주문진에서 살던 무렵을 떠올렸다. 김장철이 되면 마을의 아낙들과 엄마는 파란 대문집 마당에 모여 김장을 했다. 유래는 그때마다 잔심부름을 돕거나 배춧속을 집어 먹곤 했다.

그러나 그건 누구에게도 말할 수도, 말해서도 안 되는 기억이다. 성북동 사모님이 달고 살던 말처럼 '흠집 있는 물건이라 싸구려'가 되지 않으려면, 은미의 말처럼 '근본 없는 아이'가 되지 않으려면.

이백 포기의 김장이 끝난 것은 저녁시간이 훌쩍 지나서였다. 나중에는 배추가 절여지는 것인지 자신이 절여지는 것이 분간이 되지 않을 정도였다. 이미 봉사활동을 온 사모님 중에 남은 사람은 없었다.

유래는 자원봉사자들과 뒷정리를 하며 늦은 저녁을 먹었다. 모든 일을 끝내고 나자, 몸에서 젓갈 냄새가 진동했다. 빨리 집으로 돌아가 뜨거운 물에 몸을 담그고 싶은 생각뿐이었다.

집으로 돌아온 유래는 벨을 누르지 않고 직접 문을 열었다. 집안일을 하는 도우미들에게 오늘까지 쉬라고 휴가를 주었기 때문에 집은 텅 빈 상태였다. 아니, 텅 빈 상태여야 했다.

현관문을 열던 유래는 그 자리에 멈춰 섰다. 어두워야 할 집 안에서 불빛이 흘러나왔다. 현관에는 비싼 구두가 가지런히 놓여 있었다.

'설마?'

유래는 급히 안으로 들어갔다. 소리가 나는 곳은 주방이었다. 유래는 그곳에서 목욕가운 차림의 남자를 발견했다.

"무원 씨?"

냉장고에서 생수병을 꺼내던 그가 유래를 돌아보았다. 짙은 눈썹과 날카로운 콧날이 무심결에 감탄을 자아내는 남자는 확실히 그녀의 남편이 맞다. 그런데 내일 저녁에나 돌아온다던 사람이 왜, 하필, 지금, 여기에 있는 걸까?

무원이 생수병을 열면서 입을 열었다.

"전화 안 받던데."

유래는 가방에서 휴대전화를 꺼냈다. 부재중 전화가 꽤 들어와 있었다.

"아, 미안해요. 오늘 큰어머님 모임에서 봉사활동 하는 날이었어요. 일하느라 몰랐어요."

그는 이해가 가지 않는다는 듯 눈살을 찌푸렸다.

"일을 한다고? 무슨 일을 하는데?"

"김장했어요."

"김장? 윤 여사 모임에서?"

어째 더 이해가 안 된다는 투다. 이해가 되지 않기는 유래도 마찬가지인 터라 화제를 돌렸다.

"언제 도착했어요?"

"한 시간 전쯤."

"내일 온다고 알고 있었는데……."

"하루 당겼어."

"그랬군요. 평창동 들렀어요?"

"비행기 내리자마자 이쪽으로 왔어. 평창동은 내일 갈 거야. 그보다 내 트렁크, 아직 차에 있는데 일하는 사람은? 집에 아무도 없는 것 같은데."

"며칠 쉬라고 했어요. 오늘 올 거라고 생각을 못 해서. 짐은 내일 정리해놓을게요."

무원은 그녀를 빤히 보며 고개를 끄덕였다.

왜 이렇게 빤히 보지? 뭔가 이상한가? 혹시 냄새나나?

유래는 그의 시선에서 벗어나고 싶어 입을 뗐다.

"식사는요? 지금 준비할까요?"

"비행기에서 먹었어."

솔직히 손가락 하나 까딱하고 싶지 않은 상태였기 때문에 식사를 했다는 말이 반가웠다. 그래도 한 번 더 물었다.

"그럼 과일이라도 낼까요?"

"생각 없어."

무원은 거실 소파에 앉더니 뉴스 채널을 켰다.

샤워도 한 것 같으니 목욕물도 필요 없을 테고. 유래는 조용히 침실로 향했다. 땀에 전 트레이닝복을 갈아입긴 했지만 몸에는 여전히 소금기가 남은 것처럼 찝찝했다.

침실에 들어서자, 여느 때처럼 화장대에 놓인 상자와 새 가방이 눈에 띄었다. 가방은 처음 받아본다.

딱 보는 순간 낯익은 모델이다 했더니 며칠 전 참석한 다도모임에서 가장 부러움을 샀던 초고가 신상품이었다. 분명 예약을 하고 몇 달을 기다려야 살 수 있는 물건이라 했던 것 같은데.

상자에 든 것은 다이아몬드 목걸이와 귀걸이였다. 유래는 그것들을 만져볼 생각도 하지 않고 무심하게 지나쳐 드레스룸으로 들어갔다. 그가 결혼했을 때부터 사다 준 보석이라면 보석함에 차고 넘쳤다. 지금은 세상의 어떤 보석이나 가방보다 뜨거운 샤워가 간절한 타이밍이었다.

코트를 걸고 김장할 때 입었던 트레이닝복을 따로 세탁물통에 집어넣었다. 블라우스를 벗으려고 단추를 여는데 등 뒤에서 기척이 느껴졌다. 무원이 들어온 듯했다.

무슨 일이지?

유래는 거울을 통해 문에 기대선 무원과 시선을 마주했다. 욕정이 깃든 강렬한 시선에 심장이 빠르게 뛰었다. 그가 어떤 때 이런 눈빛을 하는지 알고 있었다. 주로 침대에서였다. 유래는 최대한 아무렇지 않게 입을 뗐다.

"뭔가 필요한 거……."

유래는 말을 잇지 못하고 멈칫했다. 무원이 성큼 그녀에게로 다가선 것이다.

"있어. 필요한 거."

순간이었다, 다가온 무원이 그녀를 뒤에서 끌어안은 것은. 엉덩이께에서 뭉근한 열기를 내뿜는 딱딱한 것이 느껴졌다. 반쯤 벌어진 블라우스 틈으로 그의 손이 들어가는 모습이 거울에 비쳤다. 유래는 얼굴을 붉혔다. 무원의 입술이 부드러운 귓불을 지분거렸다.

"하고 싶어."

속삭이는 소리에 유래의 몸이 살짝 떨렸다. 무원은 그녀의 고개를 옆으로 돌려 입을 맞췄다. 욕망에 들뜬 혀가 그녀의 입안을 파고들었다. 혀가 엉키면서 다급한 호흡이 흩어졌다. 그사이에도 무원의 손은 가슴의 정점을 자극하는 걸 놓치지 않았다.

그의 손끝이 단단하게 뭉치기 시작한 열매를 자극할 때마다 유래는 밭은 숨을 뱉었다. 아래로 손을 미끄러뜨린 무원은 다급하게 그녀의 스커트를 걷어 올렸다. 다리 사이를 더듬는 감각에 유래는 무원의 가슴팍을 밀어냈다.

"자, 잠깐만요."

"왜?"

"지금은 싫어요."

거부당했다고 생각해서인지 무원은 눈썹을 살짝 찡그렸다.

"생리는 아닐 텐데?"

"그게…… 김장하느라 냄새가 몸에 뱄어요."

"냄새? 안 나는데."

무원은 그녀의 목덜미에 코를 댔다. 유래는 몸을 움츠렸다.

"땀도 많이 흘렸거든요. 씻고 싶어요."

말을 하면서도 그가 짜증을 내거나 화를 낼까 봐 조마조마했다. 지금까지 같이 살면서 한 번도 무원의 말이나 행동에 토를 단 적 없었다. 그러나 오늘만큼은 제 몸의 불편함이 앞섰다. 물론, 그렇다 해도 그가 원한다면 따라야 하겠지만…….

다행히 무원은 짜증을 내거나 화내지 않고 고개를 끄덕였다. 그는 조금 전까지 흥분한 사람이라고 믿기지 않는 얼굴로 그녀에게서 물러났다.

유래는 그가 제게서 떨어지자마자 황급히 블라우스의 옷깃을 여몄다.

"씻는다면서 왜 다시 입어?"

"아."

그렇다고 그의 앞에서 옷을 벗고 싶은 생각은 없었다. 유래가 대답을 하지 못하고 어물거리자 무원이 피식 웃었다.

"편하게 씻고 와."

무원이 드레스룸을 나간 것을 확인한 유래는 욕실로 가서 욕조에 물을 받았다. 수도꼭지를 돌리자 수증기와 함께 뜨거운 물이 쏟아졌다.

옷을 벗고 입욕제를 푼 욕조에 천천히 앉았다. 따뜻한 물이 차갑고 지친 몸을 어루만지자 저절로 한숨이 나왔다. 너무 피곤했다. 육체적으로 한계였고 예정보다 빨리 돌아온 남편도 반갑기보다는 귀찮았다.

'오늘은 아무 생각 없이 그냥 자고 싶었는데…….'

그래도 잠시라도 숨 돌릴 시간을 주었으니 고맙다고 해야 할까. 유래는 꽤 오래 욕조에 몸을 담근 후 샤워했다. 로션을 바른 뒤 잠옷을 입으려던 유래는 그냥 가운만 걸쳤다. 어차피 벗길 텐데 번거로울 필요는 없겠지.

꼼꼼하게 머리를 말리고 침실로 갔지만 무원은 보이지 않았다.

기다릴 것이라 생각했는데 어디 간 거지?

유래는 무원을 기다리다가 주방으로 내려갔다. 내일 아침식사 준비를 해두는 것이 좋을 것 같았다. 서재 앞을 지나치는데 무원의 목소리가 들렸다.

"……내가 분명히 경고했는데 기어이 하겠다는 겁니까? 이유현 그 인간, 진짜 미친 거 아닙니까? 최후통첩이라 전하십시오. 스타로드에서 손 뗄 생각 아니면 앞으로 성원건설은 유성물산에 대한 일체의 자금지원을 끊어버린다고."

무원의 목소리는 무척 격앙되어 있었다. 발소리가 나지 않게 주방으로 내려온 유래는 정수기의 물을 따랐다.

이유현, 스타로드, 최후통첩, 자금지원.

조금 전의 단어들이 머릿속을 맴돌았다.

스타로드 쇼핑몰 건설이 최근 유성물산에서 이유현이 직접 추진하는 사업이라는 것은 대강 알고 있다.

복합 환승역에 건설할 쇼핑몰로 성원건설의 자금원조가 절대적으로 필요한 일이라는 것도. 쇼핑몰 건설부지인 전통시장에서 상인들의 철거 문제를 두고 이복오빠인 유현과 남편인 무원이 서로 언성을 높였다는 것도 안다.

두 사람의 사업 스타일은 아주 달랐다. 유현은 목표를 위해서라면 악질적인 수단도 거리낌이 없는 반면에 무원은 불법적이거나 약한 상대를 괴롭히는 일은 질색했다. 조폭회사를 고용해 폭력적인 방법으로 상인들을 끌어내던 유현과 무원의 충돌은 예견된 문제였다.

이 일을 두고 유현이나 성북동 사모님에게서 무원에게 말을 잘 해달라는 언질이 몇 차례 오긴 했다. 유래는 그때마다 알겠다고 했지만 실제로 무원에게 이야기한 적은 없었다.

좋게 포장하면 가족 간의 부탁, 사실로 말하면 청탁이라 부르는 것. 그것이 성북동에서 결혼시킨 이유라는 건 알고 있었지만 관여하진 않을 생각이었다.

아무리 끝을 장담할 수 없는 정략결혼이라 해도, 아무리 제 것이라곤 하나 없는 인생이라 해도, 결혼이 유지되고 있는 이상 당사자는 자신이다. 언제까지나 성북동에 끌려다니고 싶진 않았다. 그러나 무원의 동의나 도움이 없으면 유현이 그만두리라 여겼건만, 제 이복오빠는 그럴 생각이 없는 모양이다. 기어이 무원의 입에서 저런 소리가 나오는 것을 보면.

유현은 원래 수단, 방법을 가리지 않고 자기 뜻을 관철해야 속이 풀리는 성격이기에 놀랍지도 않았다. 하지만…….

유래는 단단히 화가 난 무원의 목소리를 떠올렸다. 아직 살면서 무원이 화내는 것은 보지 못했다. 결혼 전후로 들은 이야기에 따르면 굉장히 무서운 사람이라는데 아직 경험해보지 못했다.

유래가 아는 무원은 다정하거나 섬세하진 않았지만 난폭한 사람은 아니었다. 일상에서도 그랬지만 잠자리에서도 거친 행동을 보이거나 그녀를 함부로 대하지 않았다. 덕분에 유래는 그가 첫 남자였지만 무원을 받아들이는 데 빠르게 익숙해졌다.

첫날밤을 제외하면 그는 인내심 있게 유래를 이끌었다. 성적인 쾌감도 있었지만 입을 맞추고 몸을 나눌 때 드는 안도감이 좋았다. 차가운 남자가 유일하게 뜨겁다는 생각이 들 때였고, 부부라는 교감이 드는 순간이었다.

하지만 오늘은 다를지도 모르겠다. 지금까지 보지 못한 무원의 '화'를 경험할지도 모른다. 유현에 대한 화풀이가 자신을 향할지도 모른다.

'무척이나 고달픈 밤이 되겠구나.'

유래는 물컵을 개수대에 넣으며 작게 한숨을 쉬었다. 대강 아침식사거리를 준비해놓고 침실로 돌아갔지만 무원은 여전히 서재에 있는 듯했다. 유래는 휴대전화를 꺼내 부재중 전화와 문자를 확인했다. 준희에게서 문자가 와 있었다.

[생일 축하해. 오늘 하루 종일 호텔에서 연수받느라 휴대전화 사용금지였어. 연수 끝나면 다시 연락할게. 생일 밥 살게!]

생일?

날짜를 확인한 유래의 시선이 흔들렸다. 생일이었다니. 며칠 전 성 비서가 평창동에서 주는 생일선물이라며 모피와 꽤 큰 현금이 든 봉투를 전하긴 했다. 그날이 오늘이었구나.

성북동에서는 아무런 연락도 없었다. 자신의 존재가 저주나 다름없었을 유현이나 성북동 사모님의 축하 따위는 기대하지 않지만 아버지는 아실 줄 알았는데.

유래는 문자메시지가 떠 있는 액정을 쓰다듬었다. 저를 낳아준 혈육도, 자신도 기억 못 한 생일을 기억하고 축하해주는 친구가 새삼 고마웠다. 한편으로 마음이 답답하고 목이 따끔거렸다.

'엄마는 알까? 오늘 내 생일이라는 거.'

원망스럽고 미워서, 생각하지 않으려 해도 엄마에 대한 생각이 많이 나는 날이다. 생일이 되면 엄마는 유래의 머리를 곱게 빗기고 며칠 정성껏 만든 새 원피스를 입혀주었다. 소고기를 듬뿍 넣은 미역국을 끓이고 유래가 좋아하는 떡볶이와 갈비찜을 만들어주었다. 생크림이 올라간 생일케이크도 만들어주었다.

처음부터 엄마가 자신을 버렸다는 성북동의 말을 믿은 것은 아니었다. 무슨 사정인지는 모르겠지만 잘 지내고 있으면 언젠가는 데리러 오겠지. 그 믿음이 차갑고 힘들었던 성북동 생활을 버티게 해줬다. 언젠가가 며칠이 되고, 몇 달이 되고, 몇 년이 되어서야 버림받았다는 걸 깨달았을 뿐.

그럼에도 여전히, 뼛속에 사무칠 정도로 엄마가 그리운 순간들이 있었다. 지금이 딱 그랬다. 휴대전화 액정에 눈물이 툭툭 떨어졌다.

서재 문이 열리는 소리에 유래는 급히 눈물을 닦으며 휴대전화를 내려놓았다. 그리고 침대 가에 웅크린 채로 이불을 덮었다. 집에 오기 전까지 눕기만을 소망했던 침대인데 지금은 불편하기만 하다.

곧 침실 문이 열리고 무원이 돌아왔다. 그가 침대로 올라오는 것을 느끼며 유래는 자신도 모르게 마른침을 삼켰다. 무원은 곧장 팔을 뻗어 그녀의 어깨를 당겼다. 그리고 유래를 침대 중앙에 똑바로 눕게 했다.

이제 시작이구나 싶어 눈을 질끈 감았다.

어차피 열두 살 이후로 미역국도, 생일케이크도 없는 생일이지만 오늘은 해도 해도 너무했다. 새벽부터 윤 여사가 주최하는 오찬 준비를 하느라 정신없었고 오후부터 저녁 늦게까지 김장을 했다. 그런데도 아직 하루가 다 끝나지 않았다는 것이 버거웠다. 그러나 그뿐이었다.

무원은 그녀를 반듯하게 눕혀주었을 뿐 더 이상 아무 일도 벌어지지 않았다. 평소처럼 가운을 벗기거나 그녀의 위로 올라오는 일도, 어루만지거나 더듬는 것도 없었다.

무슨 일일까? 이상하게 생각한 유래가 감았던 눈을 떴다. 그리고 옆으로 누운 채 한쪽 팔을 괴고 그녀를 보고 있던 무원과 눈이 마주쳤다.

"안 잤어?"

"네."

화가 났을 거라는 예상과 달리 무원은 부드러운 눈빛을 하고 있었다. 화가 난 것이 아닌가? 혼란스러운 유래와 달리 그는 아무렇지 않아 보였다.

"선물은 봤어?"

"네. 고마워요."

"한 실장한테 당신 옷 몇 벌 보내라고 했어."

한 실장은 무원의 쇼핑을 전담하는 퍼스널 쇼퍼로 솜씨 좋기로 정평이 나 있었다. 공식적인 부부동반 자리에 참석할 때면 유래의 옷도 그녀가 준비하곤 했다. 참석할 모임이라도 있는 걸까?

"동반모임 있어요?"

"그건 아니고…… 아, 차 바꿔줄까?"

이건 또 무슨 소리인가. 차라면 이미 결혼할 때 사주지 않았나? 공적인 외출은 기사가 운전하는 차를 이용했기 때문에 제 차를 쓸 일은 거의 없었다.

"아뇨, 차는 별로 사용하질 않아서. 갑자기 왜요?"

"생일이잖아, 당신."

생각지도 못한 말에 유래는 멍한 눈으로 무원을 바라보았다.

이 사람이 내 생일을 어떻게 알지? 설마, 그래서 오늘 돌아온 건가?

"내일 아침은 평창동에서 먹을 거야. 성 비서가 미역국 준비한다는군."

"네."

"그만 자."

무원은 괴고 있던 팔을 풀더니 유래가 덮은 이불을 단단히 여며주었다. 불과 얼마 전에, 하고 싶다고 덤벼들던 사람으로는 도저히 보이지 않았다.

"아까 그건……."

"아까 그거, 뭐?"

알면서 왜 물으시나. 유래는 곤란한 듯 눈을 굴렸다. 무원은 피식 웃었다.

"피곤한 사람 붙들고 내 욕구만 해소할 생각 없어."

무원은 진짜 생각 없는 양 눈을 감았다. 날이 선 콧대와 짙은 눈썹이 음영을 이루었다. 유래는 홀린 듯 그의 얼굴을 바라보았다. 문득 무원이 그만의 방식으로 자신을 배려해주는 것인지도 모른다는 생각이 들었다.

그때였다.

"할 말 있어?"

무원은 눈을 감은 채로 입을 열었다. 유래는 놀라서 고개를 돌렸다.

"아뇨. 잘게요. 잘 자요."

유래는 혹여 그가 마음을 바꿔먹을까 황급히 눈을 감았다. 그럼에도 신경이 쓰였다. 여전히 잠들지 않은 것이 분명한 옆자리의 남자에게. 유래는 한참을 뒤척이다가 힘들게 잠이 들었다. 잠결에 속삭이는 소리가 났다.

"생일 축하해."

그 말이었던 것 같다.

쇼핑몰 완공을 기념하며 대규모로 주최한 파티였다. 각계각층의 유명 인사들뿐 아니라 그동안 고생해온 직원들까지 고루 참석한 자리였다. 무원은 파티장을 돌며 셀 수 없을 정도로 많은 축하인사를 받고 악수를 했다.

초저녁에 시작해서 자정까지 이어진 파티가 슬슬 끝이 보인다고 생각할 무렵이다. 누군가 그에게 다가와 말을 걸었다.

"오랜만이야. 잘 지냈어?"

170이 넘는 늘씬한 몸매에 남자들의 시선을 몰고 다니는 금발의 여자는 현지에서 제법 알아주는 미국인 모델이었다. 그녀와는 결혼 전에 두바이에서 일할 무렵 잠깐 만났다. 한 반년쯤 만났나?

반년이라 해도 계속 한국과 두바이를 오가며 일하던 시기라 만난 횟수가 많지 않았다. 서로 바빠지면서 자연스럽게 정리가 된 관계다. 무원은 가볍게 고개를 끄덕였다.

"바빴어. 오늘 초대받았나?"

"에이전시 사장이 여기 관심이 많아서. 같이 왔어."

"그랬군."

"그래도 쇼핑몰 짓는 동안 연락할 줄 알았는데. 우리 꽤 잘 맞았잖아."

잘 맞긴 했다. 여자는 근사한 몸매를 가지고 있었고 침대에서는 더할 나위 없이 화끈했으니. 무원은 그녀를 만날 때마다 명품백이나 보석을 선물했다. 간섭도 없고 얽매는 것도 없는 사이였다.

"결혼했으니까."

"결혼?"

여자는 아이라인 때문에 1.5배는 커 보이는 푸른 눈을 깜박였다.

"언제?"

"1년 전에."

"세상에, 몰랐어. 늦었지만 축하해. 와이프도 여기 있어?"

"아니, 한국에."

말을 하고 보니 문득 궁금했다. '아내'라는 여자가 지금 뭘 하고 있을지. 두바이와 서울의 시차는 다섯 시간. 한국은 지금 한밤중이다. 자고 있으려나? 언제나처럼 침대 가에 웅크리고서.

최근 들어 한 번씩, 일상의 중간에 아무렇지 않게 그녀가 떠오를 때가 있다. 누군가가 이유도 없이 문득문득 떠오른다는 건 지금까지 한 번도 경험해보지 못한 일이었다.

실제로 무원은 지금 눈앞에 있는 여자의 이름조차 제대로 기억하지 못했다. 니콜이었나? 니키였나? 어쨌든 적당히 돌아서려는데 여자가 도발적인 제안을 던졌다.

"오늘 당신 방에 가도 될까?"

속셈이 훤한 제안이다. 쇼핑몰 광고를 원하는 에이전시는 한두 곳이 아니다. 이런 식으로 '주고받는' 관계가 싫은 것은 아니었지만 내키지 않았다.

"말했을 텐데? 결혼했다고."

"그게 무슨 상관이야?"

여자는 요염한 눈빛으로 무원의 어깨에 슬쩍 손을 올렸다.

"와이프는 한국에 있다며. 그리고 당신쯤 되는 사람이면 밖에서 누굴 만나든 자유 아냐?"

결혼 전 작성한 혼전계약서에는 스캔들로 인해 명예를 실추시키지 않는 한 상대의 사생활에는 간섭하지 않는다는 조항이 있다. 그렇다 한들 그것과 지금 상황은 별개였다. 무원은 여자의 손을 털어냈다.

"그렇긴 하지만 당신에게는 흥미가 없어."

지금 흥미가 있는 건 한 사람뿐이다. 아내라는 이름으로 그의 옆에 있는 여자. 첫 만남에서부터 마음에 들긴 했지만 같이 살아보니 더 그랬다.

아내는 윤 여사나 성북동의 이야기는 일절 올리지 않을 정도로 입이 무거웠다. 그녀가 있는 한남동 집은 언제나 그를 편안하게 만들어주었다. 거기에 반응이 적긴 하지만 만족스러운 잠자리까지. 그녀는 제 역할을 해내며 묵묵히 그의 곁에 있다. 결혼에 부정적이었던 무원이지만 최근 한 일 중에 가장 잘한 것이 결혼이라는 생각이 들 정도였다.

파티는 자정이 넘어서야 끝이 났다. 호텔로 돌아온 무원이 파티용 턱시도를 벗는데 휴대전화가 울렸다. 성 비서였다.

"어쩐 일입니까?"

– 안녕하세요, 상무님. 귀국일정 확인하려고 연락드렸습니다.

"이 시간에, 말입니까?"

– 김 비서에게 지금 파티가 끝났다고 들어서요. 한국은 지금 아침입니다. 회장님께서는 출근하셨어요. 한국시간으로 이틀 후, 서울에 도착하는 거 맞으시죠?

"일정은 그렇습니다."

– 회장님께 그렇게 전하겠습니다. 그리고…… 내일 작은 사모님께 따

로 전화라도 한 통 하시는 게 어떨까요?

"집에 무슨 일 있습니까? 며칠 전에 통화했을 때도 별말은 없었습니다만."

아내의 전화는 언제나 '네.'로 시작해서 '네.'로 끝났다. 먼저 전화를 거는 법도, 무엇인가를 묻는 법도 없었다. 지금까지 만난 여자와 우경과 사는 당시 연락집착증을 보였던 혜원과 비교해보아도 아내는 아주 특이했다.

성 비서가 조심스럽게 대답했다.

– 작은 사모님 생일이십니다.

"생일이라고요?"

– 네. 아무래도 결혼하신 뒤 처음 집안사람으로서 맞으시는 생일이니까요. 회장님께서는 따로 선물을 보내셨습니다. 상무님께서도 조금 신경 써주세요.

생일이라. 어쩐지 기분이 이상했다. 평생을 축하받지 못한 날이라 그런가.

무원의 생일은 어머니의 기일이었다. 듣기로 그의 어머니는 원래가 건강하진 않았다고 한다. 그가 생긴 걸 알았을 때, 주치의와 주위의 모든 사람들이 출산을 반대할 정도였다. 그러나 그녀는 배 속의 아이를 포기하지 않았다. 결국 자신의 생명과 바꾼 형태로 아들을 지키게 된다.

어린 시절 무원은 한동안 생일이 다가올 때가 되면 심하게 아팠다. 집안의 무거운 분위기가 싫었던 탓일 게다. 나이가 들면서 아픈 것은 사라졌지만 그는 여전히 그날이 싫었다. 그의 생일이라기보다는 '어머니의 기일'인 날.

신혼여행 마지막 날, 무원은 아내에게 두 가지를 당부했다. 아이를 원하지 않으니 피임을 할 것, 그리고 그의 생일을 챙기지 말 것.

그 여자는 어떨까. 축복받지 못한 태생이라는 건 둘 사이의 유일한 공통점이었다. 무원은 다시 자신의 아내가 궁금해졌다. 그는 김 비서에게 전화를 걸었다.

– 네, 대표님.

"비행기 좀 알아봐. 내일 한국에 도착할 수 있는 걸로."

– 네? 원래 일정은 내일 출발하는 비행기로 모레 새벽에 도착하는 것입니다만.

"마음이 바뀌었어. 어차피 여기 일도 끝이잖아."

– 그건 그렇습니다만. 혹시 한국에 무슨 일 있습니까?

"아니."

– 그러시면 왜…… 아, 아닙니다. 알겠습니다.

김 비서는 포기가 빨랐다. 어차피 그의 상사가 입 밖에 낸 말을 바꿀 사람이 아니라는 것과 이것저것 설명해줄 정도로 친절한 성품이 아니라는 것을 알고 있다. 이제 막 파티를 끝내고 돌아와서 침대에 누우려는데 이게 무슨 재앙이란 말인가. 통화를 끝낸 김 비서는 호텔방이 내려앉을 것처럼 한숨을 내쉬었다.

집 앞에 도착해, 차에서 내린 무원은 눈살을 찌푸렸다. 불이 켜져 있어야 할 집이 어두웠다. 아무도 없나? 김 비서가 난감한 듯 말했다.

"사모님께서는 외출하신 듯합니다. 전화도 안 받으시고요."

무원은 휴대전화를 꺼내 아내에게 전화를 걸었다. 그러나 김 비서 말대로 신호음만 갈 뿐 전화를 받지 않았다. 어디 간 거지? 생일이니, 성북동에라도 간 건가? 무원은 성북동에 전화를 해볼까 하다가 그만두었다.

지금 그와 성북동의 관계는 최악이었다. 직전에 유현을 만난 자리에서는 서로 멱살을 잡을 뻔했다. 그나마 거기까지 가지 않은 것은 아내 오빠를 상대로 그렇게까진 할 수 없어서 이성을 지킨 까닭이다. 어찌 되었든 무원에게 있어 유현은 상종하기 싫은 인간이었다.

그는 준비한 선물을 꺼낸 뒤, 김 비서에게 퇴근하라고 지시하곤 대문을 들어섰다. 계단을 올라선 무원은 잠시 정원을 바라보았다. 원래 꽤 오래된 단독주택이 있던 한남동 집터는 얼굴 한번 직접 보지 못한 어머니의 유산이었다. 그녀는 나중에 아이가 태어나면 이곳으로 분가할 계획이었다고 했다. 결국 실행할 수 없는 계획이라는 것은 모르고.

무원은 MBA를 따고 한국에 돌아올 때부터 이곳에 자신의 집을 지을 생각을 했다. 설계에서부터 자재 선택까지, 그의 손이 닿지 않은 곳이 없는 공간이었다. 집 안으로 들어온 무원은 주방 쪽을 본 뒤에 2층으로 올라갔다.

침실 문을 열자 따뜻한 공기와 옅게 깔린 아내의 향기가 밀려 나왔다. 그러나 아내의 모습은 어디에도 보이지 않았다. 이 집에 자신 혼자라 생각하자 어쩐지 기운이 빠진다. 이상한 일이다. 자라면서 내내 혼자였는데, 새삼 그게 낯설다니.

무원은 언제나처럼 화장대에 한 실장이 준비한 선물을 올려두었다. 틀림없이 마음에 들어 할 것이라며 의기양양해한 선물은 신상백이었다. 이건 좋아하려나? 지금까지 제법 많은 선물을 했지만 유래가 좋아한 얼굴을 보인 적은 없다. 물끄러미 보다가 고마워요, 하고 예의 바르게 받을 뿐이지.

호들갑스러운 반응보다야 나았지만 한 번쯤은 웃는 얼굴도 보고 싶었다. 화장품이며 머리빗이 가지런히 놓인 화장대는 깔끔한 주인의 성격을 그대로 보여준다.

무원은 충동적으로 화장대 서랍을 열어보았다. 첫 번째와 두 번째 서랍에는 목걸이니 브로치니 팔찌니 하는 온갖 장신구가 깔끔하게 정리되어 있었다. 대부분이 그가 선물한 것들이다.

세 번째 서랍에는 약이 들어 있었다. 가장 먼저 눈에 띈 것은 피임약이었고 나머지는 무원이 자주 찾는 아스피린이나 소화제, 안약 등이었다. 그는 잠시 신기한 눈으로 그것들을 보다가 서랍을 닫았다.

결혼을 한 뒤에 깨닫게 된 사실이 하나 있다. 자신이 생각보다 훨씬 이런 것들에 목말라 있었다는 것이다.

예를 들면 그가 집에 돌아올 때 기다리는 사람이 있다는 것, 아플 때면 들여다보고 '괜찮아요?' 물어주는 사람이 있다는 것, 같이 밥을 먹고 일상을 공유하는 사람이 있다는 것. 그렇기에 자신에게 결혼은 비즈니스가 될 수 없다는 것.

일단 옷을 벗고 샤워를 하기 위해 드레스룸으로 향했다. 침실과 거의 같은 크기로 설계한 드레스룸의 공간은 대부분 그가 사용하고 있었다. 무원은 아내가 주로 사용하는 쪽을 바라보았다. 걸린 옷들은 대부분 비슷한 디자인의 검은색이나 흰색 원피스였다. 옷을 좀 사라고 해야겠다. 검은색이나 흰색 말고 좀 더 밝고, 화사한 색으로.

뜨거운 물에 몸을 담그며 눈을 감는다. 준공검사 전까지 계속 신경을 곤두세운 탓인지 아니면 시차 때문인지 몸이 깊게 가라앉는 느낌이었다.

물을 마시려고 냉장고 문을 여는데 그를 부르는 소리가 들렸다.

"무원 씨?"

아내가 돌아왔다. 그것만으로도 무겁던 집 안의 공기가 미묘하게 바뀌었다. 여느 때처럼 검은색 투피스를 입은 여자는 놀란 눈으로 그를 바라보고 있었다.

"전화 안 받던데."

"아, 미안해요. 오늘 큰어머님 모임에서 봉사활동 하는 날이었어요. 일하느라 몰랐어요."

"일을 한다고? 무슨 일을 하는데?"

"김장했어요."

"김장? 윤 여사 모임에서?"

 김장이라니, 지나가던 개가 비웃을 일이다. 윤 여사가 주최하는 모임의 면면을 제법 아는데 평생 '배추'라는 걸 만져본 적도 없는 부인들이 대부분이다. 그러나 창백하다 못해 쓰러질 것 같은 아내를 보면 김장을 한 게 맞는 것 같다.

무원은 거실 소파에 앉아 침실로 가는 아내를 보다가 자리에서 일어섰다. 선물은 봤을까. 그러나 화장대 위에 놓인 선물은 건드리지도 않은 채였다.

무원은 소리가 나는 드레스룸으로 들어갔다. 마침 유래는 옷을 벗고 있었다. 블라우스 단추가 열리고 하얀 피부가 내비치자 갑자기 하체가 뻐근해졌다. 그렇지 않아도 한 달이나 금욕생활을 하지 않았나.

인기척을 느낀 그녀가 거울을 통해 그를 보았다.

"뭔가 필요한 거……."

필요한 것은, 하나였다.

아내의 잠버릇은 독특하다. 늘 넓은 침대 가에 웅크린 채로 새우잠을 잔다. 처음에는 자신과 자는 것이 불편해서 그런가 생각했었다. 그러나 출장이나 일 때문에 집을 비우거나 늦어질 때도 그렇게 자고 있으니 버릇인 듯했다.

언제부터인가 무원은 아내가 저를 등진 채 웅크리고 자는 모습이 보기 싫었다. 그래서 그녀를 끌어당겨서 바로 눕혔다. 그때마다 유래의 반응은 두 가지였다. 세상모르고 자거나, 흠칫하면서 깨어나거나.

오늘은 전자인 것을 보니 어지간히 피곤한 모양이었다. 살짝 벌어진 입술은 쌕쌕거리는 숨을 뿜어낸다.

반면에 무원은 잠을 이룰 수 없었다. 1년에 반 이상을 오가는 두바이였지만 매번 시차적응이 힘든 그였다. 그럴 때면 격렬한 잠자리를 가진 후에 푹 곯아떨어지는 것이 즉효약이었다. 그러나 오늘은 그마저도 여의치 않으니 피로만 깊어지는 밤이다. 아니, 이렇게 손도 못 대고 가만히 누워 있는 상황에 짜증까지 쌓였다.

옆에서 아기처럼 새근새근 숨소리를 내던 유래가 몸을 뒤척이더니 무원 쪽으로 돌아누웠다. 그 바람에 가운이 흘러내려 희고 봉긋한 가슴이 드러났다. 잠옷을 안 입은 건가? 가뜩이나 감각이 예민해져 있는데 고문이 따로 없었다. 드레스룸에서 잠깐 접촉했던 감촉이 떠오르자 몸에 힘이 바싹 들어간다.

「지금은 싫어요.」

본능적으로 뻗었던 손이 멈칫했다. 무원은 한숨을 쉬면서 가운을 바로 여며주었다. 여느 때처럼 금방 몸을 열어줄 거라 생각했는데 밀어내는 바람에 조금 당황했다. 지금까지 그가 뭘 하건 한 번도 그런 적이 없기에 더 그랬다. 그러나 당장이라도 쓰러질 듯 파리한 얼굴을 보니 납득할 수밖에 없었다.

원흉은 윤 여사였다. 아내는 딸인 혜원이나 조카인 자신 역시 포기한 윤 여사의 히스테리를 제법 잘 받아내었다. 가만히 고개를 조아리고 손을 앞으로 모으며 호흡을 조절하면서. 어떤 말 안 되는 일을 시켜도 '네.' 대답하면서.

다년간의 숙련이 아니면 불가능한 행동이다. 그런 여자의 눈가가 퍼렇게 퀭해질 정도였으니 출장 간 사이 얼마나 볶아댄 것인지 짐작이 가지 않는다.

큰아버지 제사가 얼마 안 남긴 했다. 한 해 중 윤 여사의 히스테리가 정점을 찍는 날. 지금까지는 아내가 잘 처신하는 데다가 괜스레 집안 여자들 일에 분란을 만들고 싶지 않아 모른 체하긴 했다. 아무래도 좀 나서야 하나?

무원은 깊게 잠든 아내의 얼굴을 바라보았다. 그리고 슬쩍 손을 뻗어 쓰다듬었다. 동그란 이마와 모양이 예쁜 눈썹, 오뚝한 코, 도톰한 입술까지. 무원은 가만히 그녀를 당겨 안았다.

"생일 축하해."

그는 유래의 이마에 입술을 꾹 눌렀다. 아내 특유의 체향과 부드러운 촉감을 느끼자 신기할 정도로 마음이 안정되었다. 이건 단순한 욕정과는 확실히 다른 감정이었다. 굳이 관계를 가지지 않아도, 가벼운 신체 접촉만으로도 이런 기분이 드는 건 처음이니까. 이런 걸 뭐라고 해야 할까.

자신의 상태를 설명할 말을 찾던 무원은 어느새 잠에 빠져들었다.

아침 일찍 평창동에 들렀다 돌아오는 길, 무원은 차를 다른 곳으로 돌렸다. 당연히 회사나 한남동 집으로 갈 것이라 생각했던 유래는 놀란 눈으로 물었다.

"회사는요?"

"어차피 오늘 귀국하기로 되어 있었잖아. 내일 출근하면 돼."

"그러면 어디로……."

"가보면 알아."

도착한 곳은 성원백화점 명품관이었다. 유래의 얼굴이 한순간 어두워졌다.

"혹시 큰어머니 뵈러 온 건가요?"

"오늘 윤 여사, 백화점 나오는 날 아니야. 당신 옷 사러 온 거야."

"옷이요?"

어젯밤 드레스룸에 걸린 옷들을 보며 한 생각이었다. 한 실장이 따로 준비할 테지만 자신이 직접 사주고 싶었다. 무원은 입구에서부터 화려한 색상의 디스플레이가 눈에 띄는 매장으로 아내를 데리고 갔다. 그들은 곧장 VIP를 따로 상대하는 응접실로 안내되었다.

"생일선물이야. 원하는 대로 골라봐."

보통은 여기까지만 하면 그의 역할은 끝이다. 대부분의 여자들은 물 만난 고기처럼 매장 안을 활개 쳤고 그녀들의 손짓과 말에 따라 직원들이 일사불란하게 움직였다. 무원은 카드만 주면 되었다.

그러나 아내는 낯선 곳에서 길을 잃은 미아처럼 어찌할 바를 몰랐다. 그러더니 결국 평소 입는 것과 비슷한 검은색 원피스를 한 벌 고르고 끝이었다.

"원하는 대로 고르라고 했을 텐데?"

"네. 이거면 돼요."

"검은색 말고 다른 건 없나?"

"어른들께서 화려한 색은 안 좋아하세요."

아니, 대체 어른 누구? 기회가 되면 혜원이 옷장을 보여주고 싶다. 보는 것만으로 눈이 아픈 일곱 빛깔의 천연색이 가득 차 있을 테니.

고르는 옷의 재질이나 디자인을 보면 안목이 없는 건 아닌데 물욕이 없는 건지, 관심이 없는 건지. 무원은 혀를 차며 마네킹이 입고 있는 옷을 가리켰다.

"저거 한번 입어봐."

"저거요?"

매장에서 가장 화려한 옷을 가리킨 건 늘 '네.'를 입에 달고 사는 여자에 대한 심술이었다. 가슴 부분이 시스루로 처리된 핑크색 레이스 원피스를 본 유래는 난감한 표정을 짓더니 곧 작은 소리로 네, 대답했다. 잠시 뒤 유래는 피팅룸에서 원피스를 입고 나왔다. 그 모습을 본 무원은 잠시 말을 잃었다.

늘 펑퍼짐한 베이비돌 스타일로 숨겨놓는 유래의 몸매를 완벽하게 살리는 디자인이다. 특히 가슴 부분의 시스루는 보기 좋게 풍만한 가슴골을 살짝 드러냈다. 가는 목선과 매끈한 어깨선, 곧게 뻗은 다리까지.

우아한 관능, 그것은 눈앞의 여자를 위해 존재하는 말이었다. 무원은 당장에라도 그녀를 침대에 눕히고 키스하고 싶은 충동에 휩싸였다.

"역시 안 어울리죠?"

유래는 말이 없는 무원을 보더니 민망한 듯 입을 열었다. 그제야 정신이 들었다.

"그거 입고 가지."

"네?"

무원은 그녀의 입에서 거절이 나오기 전에 카드를 꺼냈다. 눈치 빠른 직원이 재빨리 유래가 입고 온 옷을 쇼핑백에 넣었다. 유래는 새 옷이 어색한 듯 안절부절못했다.

내친김에 다른 매장에 가볼까 하는데 휴대전화가 울렸다. 두바이에서 걸려온 국제전화였다.

"전화 좀 하고 올게. 다른 매장 보고 있어."

"네."

무원은 전화를 건 상대에게 잠시 기다리라고 말한 뒤, 라운지 쪽으로 향했다. 예상대로 통화는 길어졌다. 30분이 지나서야 매장으로 돌아온 무원의 눈에 아내의 모습은 보이지 않았다. 안쪽 VIP룸에라도 들어갔나?

전화를 걸려는 순간, 로비 벤치에 앉은 유래를 발견했다. 화려한 핑크색 레이스는 마치 피어나는 꽃 같았다. 그녀는 누군가와 이야기 중이었다. 남자였다.

누구지? 아는 사람인가?

유래는 다가오는 무원을 발견한 듯 자리에서 일어섰다. 이야기를 나누던 남자는 아쉽다는 얼굴로 자리를 떠났다.

"왜 여기 있어?"

"좀 피곤해서요. 옷은 이걸로 충분해요. 고마워요."

아직 어제의 피로가 걷히지 않은 말간 얼굴을 향해 무원이 물었다.

"조금 전에 이야기하던 남자는 누구야?"

"그냥 매장 위치를 물어본 거예요."

"그것뿐이야?"

유래는 잠시 대답을 망설이더니 말했다.

"휴대전화 번호를 묻더라고요. 일행이 있다고 했어요."

헌팅인가? 그것도 자신의 여자한테?

어이가 없었다. 곧이어 끔찍할 정도로 기분이 나빠졌다. 지나가는 남자들마다 자신의 여자를 흘깃거렸다. 뭐야, 이 불쾌함은. 뱃속에 무엇인가 뜨거운 것이 들어차는 느낌이었다.

쇼핑 같지 않은 쇼핑을 마치고 한남동 집으로 돌아오는 동안 무원은 한마디도 하지 않았다. 분위기가 이상한 것을 느낀 유래도 입을 다물었다.

집으로 돌아온 무원은 드레스룸으로 직행했다. 유래 역시 그를 따라 드레스룸으로 들어갔다. 무원은 기다렸다는 듯이 그녀의 허리를 한 팔에 감더니 드레스룸의 문을 닫았다. 그는 곧장 넥타이를 풀어내리며 입술을 겹쳤다.

"아."

갑작스러운 키스에 놀란 유래가 물러서려 했지만 뒤는 문이었다. 단단한 남자의 몸과 문 사이에 갇힌 유래는 꼼짝도 할 수 없었다. 무원은 한 손으로 그녀의 뒤통수를 고정해 입술을 누르면서 허리를 감았던 손을 올려 원피스의 지퍼를 내렸다. 원피스는 손쉽게 그녀의 몸에서 흘러, 바닥으로 떨어졌다.

"괜찮지?"

무원은 유래의 귓가에 거친 호흡을 토해냈다. 가만히 그를 보던 유래는 고개를 끄덕였다. 그는 입술이 닿는 곳마다 진하게 자신의 흔적을 남겨놓았다.

지금의 감정이 무엇인지 무원 자신도 혼란스럽다. 지금까지 그의 세상은 딱 두 가지로 나뉘어 있었다. 가질 수 없는 것과 가질 수 있는 것.

가질 수 없는 것은 애초에 가질 수 없으니 욕심낸 적이 없고 가질 수 있는 것은 가질 수 있으니 욕심내지 않았다. 후계자 자리 역시 이 집에서 나가게 해달라는 이원의 부탁이 아니었다면 욕심내지 않았을 것이다.

하지만 눈앞의 여자는 달랐다. 무엇인가에 이렇게 강한 소유욕을 품어본 것은 처음이었다. 가졌음에도 가지고 싶은 것. 계속해서 해갈되지 않는 갈증 같은 것. 이게 대체 뭔데?

얇은 슬립 위로 가슴을 베어 물자 가는 몸에 힘이 바싹 들어간다. 무원은 슬립 아래로 손을 넣어 그녀를 만졌다. 그의 손가락이 깊이 움직일 때마다 유래는 무원의 팔을 그러쥐었다.

"하아."

토해내는 숨결까지 달콤했다. 무원은 그녀의 허벅지를 들어올리며 바지버클을 풀었다. 곧 그의 단단한 몸이 유래를 파고들었다.

"미치겠군."

그는 달뜬 신음을 뱉었다. 오랜만이어서 그런가. 머리에서 발끝까지 관통하는 쾌감은 강렬하다 못해 폭발적이었다. 마치 이런 행위를 처음 한 시절로 돌아간 것처럼.

그는 본능적으로 움직였다. 아래를 꽉 채우는 움직임이 힘이 든 듯 유래는 무원의 목을 안았다. 그 가느다란 팔이, 밀착된 체온이, 뒤섞인 몸이 미치게 자극적이었다.

생각보다 빠르게 끝이 찾아왔다. 무원은 붉게 부풀어 오른 유래의 입술을 빨면서 자신을 풀어놓았다.

"혹시……."

가는 목소리가 그의 몸 아래에서 울렸다. 장소는 어느새 침대로 바뀌어 있었다. 무원은 열심히 움직이던 몸을 잠시 멈췄다.

"뭐라고 했어?"

그는 칼칼해진 목소리로 물으며 몸을 낮췄다. 엎드려 있는 유래의 등에 그의 가슴이 닿았다.

"백화점에서…… 내가 뭐 잘못했어요?"

움직임은 멈췄지만 여전히 머물러 있는 그를 느끼느라 유래의 목소리가 가늘게 떨렸다. 자신의 상태가 평소와 다르다는 걸 그녀도 느끼는 모양이다.

"아니."

사실 자신도 지금의 감정을 잘 모르겠다. 굳이 이름을 붙이자면 '질투'일까? 솔직히 결혼하기 전까지 여자가 없진 않았다. 그러나 다른 남자가 자신의 여자에게 말을 걸었다는 같잖은 이유 하나로 불쾌해지기란 처음이다. 오히려 화려한 여자들을 옆에 두고 자신을 부러워하던 다른 사내들의 시선을 즐겼다면 또 모를까.

그는 유래의 정수리에 대고 속삭였다.

"이런 건 처음이라."

"네? 아, 앗."

무원은 몸을 딱 붙인 채로 더욱 깊이 파고들었다. 이불을 움켜쥔 유래의 손이 오그라들었다. 그녀는 시트에 뺨을 대고 몸을 뒤챘다. 무원은 그녀의 허리를 꽉 붙들고 도망가지 못하게 했다.

그냥, 검은 옷이 낫겠어. 꽃처럼 피어나는 건 제 품이면 충분하니까. 부디 화려한 색깔은 남들 눈에 띄지 않게, 검은색으로 가려두길.

유치하다. 유치하다는 걸 아는데 그게 또 마음대로 안 된다. 대체 뭐가 그를 이렇게 변하게 만드는 걸까. 무원은 감정의 실체를 잡으려는 듯 품 안의 여자를 세게 끌어안았다.

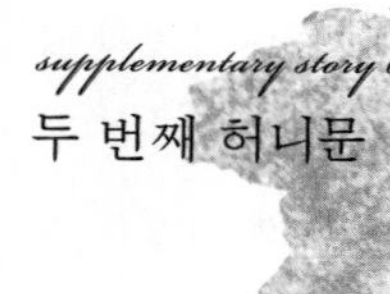

supplementary story 02

두 번째 허니문

여행의 발단은, 무원의 한마디였다.

"수술해야겠다."

여느 때와 다름없이 평화로운 한남동의 아침식사 풍경. 여덟 살이 되어 초등학교에 입학한 하원은 봄방학을 맞아 고모인 혜원과 스위스에 스키를 타러 갔다. 유래는 세 살배기 아들 서원을 유아용 의자에 앉히고 이유식을 먹이는 중이었다. 제 아빠를 그대로 빼닮아 갓난아기 때부터 완벽한 이목구비를 자랑하는 아들은 먹성도 좋은 편이었다. 새끼 새가 먹이를 받아먹듯 벌어지는 작은 입에 정신이 팔린 유래는 건성으로 물었다.

"무슨 수술요?"

얼마 전에 시력이 나빠졌다고 불평하더니 라식수술이라도 하려는 걸까?

"정관수술."

순간 이유식을 뜨던 숟가락이 바닥에 떨어졌다. 당연히 제 입으로 들어올 음식이 없자 서원이 "맘마, 맘마." 재촉을 해댄다. 식탁과 떨어진 곳에서 그 모습을 본 도우미가 재빨리 새 숟가락을 가져와 건넸다.

급한 대로 서원의 입에 이유식을 물려준 다음 폭탄선언을 한 남편 쪽으로 고개를 돌렸다. 마흔이 넘어서도 여전히 잘생기고, 탄탄하면서 날렵한 몸매를 자랑하는 남편은 어느 자리에서나 부러움의 대상이었다. 최근에는 한 가십지의 '영화배우 빰치는 로열패밀리' 톱 텐에 이름을 올릴 정도였다. 유래는 얼떨떨한 얼굴로 물었다.

"갑자기 왜요?"

"어제 같은 불상사를 막기 위해서야."

무원은 불퉁하게 대꾸했다. 어젯밤은 오랜만에 아이들 방해 없이 찾아온 천금 같은 기회였다. 그런데 하필 콘돔이 없어서 날리다니. 왜, 하필, 그 타이밍에 딱 떨어지냐고! 유래는 잠시 애잔한 눈으로 남편을 바라보았다.

"진짜 할 거예요? 그거, 많이 아프다던데."

"아무리 아파도 거기서 중단된 내 마음보다 아프겠어."

"그래도 굳이 할 필요 있어요? 우리 서원이 전까지 피임 잘했잖아요. 어차피 횟수도 갈수록 줄어들 텐데…… 지금도 많이 줄었고."

실제로 둘째 서원을 낳고는 거의 없지 않았나. 갑자기 '횟수'라는 말에 발끈한 무원이 숟가락으로 서원을 가리켰다.

"횟수 준 게 내 탓이야? 다 저 녀석, 찰떡이 때문이지."

"또, 또. 예쁜 이름 놔두고 왜 자꾸 찰떡이래요?"

"제 엄마한테서 찰떡처럼 떨어질 생각을 안 하니 그런 거잖아. 하원이는 안 그랬는데."

실제로 그랬다. 서원은 첫째인 하원과 달리 유난히 엄마에게 딱 달라붙는 녀석이다. 낮 시간 동안 깨어있을 때는 물론 잠이 들어서도 유래가 옆에 없으면 빽빽 울음을 터뜨리기 일쑤였다. 고집에 세어진다는 '마의 18개월'에 접어들면서 더 그랬다. 덕분에 두 사람만의 침실은 셋의 침실로 변했고 종종 '나도, 나도.' 조르는 하원까지 넷이 함께 자곤 했다. 그런 상황에서 횟수 생각을 어떻게 한단 말인가.

"하원이야 당신이 키우다시피 했으니 그런 거고 서원이 때는 바빴으니 할 수 없죠."

아무리 바빠서 돌볼 시간이 없었대도 그렇지, 아빠 품에서 3분도 있지 않고 엄마만 불러대는 아들이 야속하기만 했다. 무원은 자신의 어릴 적을 그대로 빼닮은 아들을 보며 특단의 조치를 내리기로 했다. 아들, 너도 이제는 엄마와 좀 떨어질 줄도 알아야지.

"여행 가자. 찰떡이 떼놓고, 둘이서만."

그리고 실행력이 발군인 남자답게 바로 사흘간의 휴가일정을 만들어 냈다. 처음에는 서원을 맡기고 여행을 간다는 것이 내키지 않던 유래였지만 무원의 기분도 이해가 되었다.

서원을 가졌을 때는 다행히 입덧도 없었고 몸상태도 나쁘지 않았다. 그러나 무슨 호르몬 변화인지 감정조절이 마음대로 되지 않았다. 불쑥불쑥 잊고 지냈던 과거 일이 떠오르면서 자신도 모르게 눈물을 뚝뚝 흘리거나 짜증이 날 때가 있었다. 한밤중에 자다가 벌떡 일어나 가슴을 치는 일도 있었다. 그럴 때마다 무원은 군말 없이 그녀를 다독이고 달래주었다.

늘 고생한 남편이 고맙다고 생각은 했지만 서원이 태어나서는 유난히 사람 낯을 가리는 아이 때문에 더욱 신경을 쓰지 못했다. 아마 그에게도 서운함이 쌓이긴 했을 것이다. 유래는 못 이긴 척 무원의 결정을 따르기로 했다. 그렇게 결정된 여행이었다.

비행기가 이륙하고 얼마 되지 않아 유래는 깊은 잠에 빠졌다. 무원은 잠든 아내를 보며 가볍게 혀를 찼다. 서원을 평창동에 맡기는 일 때문에 공항으로 오기 직전까지 신경을 곤두세웠으니 당연한 결과였다.

서원이 제 엄마 다음으로 잘 따르는 성 비서와 내로라하는 집안 아이들을 고루 거친 베테랑 베이비시터도 있건만 아이엄마 마음은 그게 아닌가 보다. 서원이 싫어하는 것, 좋아하는 것, 시간마다 챙겨줘야 하는 것까지 빽빽한 매뉴얼을 만든 것을 보면.

무원은 유래가 편하게 잠들 수 있도록 자세를 고쳐주고 담요를 덮어주었다. 목적지에 도착하려면 열 시간 가까이 걸릴 것이다.

문득 예전 신혼여행 때가 생각난다. 목적지가 같아서인가. 유래가 여행지로 결정한 곳은 두바이였다. 사실 두바이는 사흘 일정으로 추천할 만한 여행지는 아니다. 실제로 이번 여행도 2박 4일로 잡은 일정이다. 그럼에도 유래는 두바이에 꼭 가고 싶어 했다. 왜 하필 신혼여행으로 갔던 두바이냐는 물음에 유래가 답했다.

「신혼여행이라고 했지만 둘이서 어딜 가거나 뭘 한 적은 없잖아요. 나는 하루 종일 호텔에만 있었고 당신은 일하다가 밤에만 들렀으니까. 솔직히 지금 와서 하는 말이지만 첫날밤 보낸 다음 아침에 참 속상했어요. 당신은 이미 나가고 없고, 내 머리 맡에는 카드만 세 장 놓여 있었죠. 그게 앞으로의 내 결혼생활을 설명하는 모습인 것 같아서 눈물이 나더라고요. 남들은 허니문이라는데 나는 곱씹을수록 슬프고 씁쓸한 기억이 싫어요.」

생각지도 않은 말이 무원을 멍하게 만들었다. 너무나 미안하고 후회스러워서. 유래는 어찌할 바 모르는 그의 얼굴을 보며 웃었다.

「그래서 이번에는 당신과 좋은 추억 많이 만들려고요. 진짜 허니문처럼.」

눈에 넣어도 아프지 않을 만큼 사랑스러운 아내가 원하는데 어떤 선택지가 있을 수 있을까. 언제부터인가 속마음을 감추기만 하던 유래는 자신의 이야기를 조곤조곤 하곤 했다. 속상했던 것, 좋았던 것, 그리고 하고 싶은 것. 그럴 때마다 무원은 귀한 선물을 받는 기분이었다. 그는 잠든 아내의 눈꺼풀에 슬쩍 입을 맞추었다.

두바이에 도착해 간단한 수속을 마치고 호텔에 도착하자 새벽이었다. 호텔에 도착한 유래는 눈을 크게 떴다. 무원이 예약한 호텔은 그들이 신혼여행 때 묵었던 7성급 호텔의 로열스위트였다. 그는 스위트룸에 들어서면서 비장하게 말했다.

"이번에는 진짜 제대로 하자. 우리 두 번째 허니문."

어떻게 하는 것이 제대로인지는 모르겠지만 유래는 일단 고개를 끄덕였다. 뭐든 제대로가 좋은 법이니까. 긴 비행과 시차 때문에 지친 두 사람은 호텔에 짐을 정리하고 잠시 눈을 붙였다. 둘이 팔다리를 얽고 자다가 눈을 뜨니 정오였다. 무원이 먼저 샤워를 하러 간 다음 유래는 휴대전화를 집어 들었다. 다섯 시간이 빠른 한국은 지금 늦은 오후다. 서원의 안부가 궁금한 유래는 성 비서에게 전화를 걸었다. 성 비서는 반갑게 유래의 전화를 받았다.

– 조금 전까지 열심히 노시다가 지금은 회장님과 함께 주무세요. 저녁식사 준비되면 깨우려고요.

평소에도 워낙 자주 찾는 곳이고 누구보다 저를 좋아하는 할아버지가 있어서일까. 서원은 걱정과 달리 평창동에서 잘 지내는 모양이다.

"절 찾진 않나요?"

– 아침에 일어났을 때는 찾으셨는데 회장님께서 잘 달래셨어요. 워낙 잘 놀아주셔서 그런지 금방 적응하시더라고요. 저녁에는 어떨지 모르겠지만.

"죄송해요. 아버님 몸도 불편하실 텐데……."

최 회장은 여전히 수술 후유증으로 오른쪽 거동을 불편해했다. 한창 움직이는 나이인 서원과 놀아주기에는 힘에 부칠 것이다.

– 오히려 좋아하시는걸요. 종종 그러세요. 서원 도련님 보면 꼭 부회장님 어린 시절 보는 것 같다고. 왜 이렇게 예쁜 걸 진즉에 못 봤을까, 은근 후회하시는 것 같아요. 그래서 더 예뻐하시는 것 같기도 하고요. 부회장님 어린 시절에 못 해준 것들, 해주고 싶으셔서.

성 비서는 잠시 틈을 두고 한숨을 쉬며 덧붙였다.

– 그러고 보면 부자지간에 참 닮았어요. 뒤늦게 후회하는 건.

많은 것이 내포된 말이었다. 유래는 서원을 잘 부탁한다고 말한 뒤 통화를 끝냈다.

“서원이, 잘 지낸대?”

욕실에서 나온 무원이 침대에 다가와 앉았다. 유래는 무원의 목에 걸린 수건으로 아직 물기가 남은 그의 머리카락을 쓸어넘겼다.

“아버님이 잘 봐주고 계신대요. 아버님께서 워낙 서원이 예뻐하시잖아요. 잘 놀고 지금은 푹 잠든 것 같아요.”

“다행이네. 당신 한시름 덜어서. 그 녀석, 대체 누구 닮아서 그렇게 낯가림도 심하고 고집이 셀까?”

“큰어머니가 그러시는데 당신과 판박이라던데요.”

“무슨 소리야. 서원이, 얼굴 빼고 성격은 나와 안 닮았어. 내가 얼마나 순둥이였는데.”

뻔뻔하기도 하지. 최서원이 리틀 최무원이라는 건 윤 여사뿐 아니라 집안사람 모두가 인정하는 ‘오피셜’인데. 어이없는 표정을 짓는 유래의 볼에 무원의 입술이 닿았다. 그러더니 금방 시야가 반전되고 어느새 무원이 그녀의 몸에 있었다.

“잠깐, 뭐예요? 대낮부터.”

“뭐긴. 우리 부족한 횟수를 채우려는 거지.”

그는 능숙하게 유래의 옷 안으로 손을 넣었다. 아이를 낳으면서 제법 풍만해진 가슴이 그의 손에 잡혔다. 이것 봐요, 어디가 순둥이라는 거죠? 유래는 다가오는 무원의 입술을 피했다.

“지금은 안 돼요. 사막투어 예약했단 말이에요.”

사막투어? 오일머니의 힘을 제대로 과시하는, 화려함의 대명사 두바이에서 사막이라니. 무원은 살짝 눈살을 찌푸렸다.

“사막? 거기에 뭐가 있다고. 그냥 쇼핑하고 저녁에 분수쇼나 보자. 분위기 좋은 레스토랑 예약할게."

유래는 고집스럽게 고개를 저었다.

"싫어요. 사막에서 꼭 해보고 싶은 게 있단 말이에요."

대체 사막에서 뭐가 하고 싶은 건데? 아니, 사막에서 할 만한 뭔가가 있긴 한가? 명품관의 집결지라 할 수 있는 세계 최대의 쇼핑몰도 마다하고 사막을 찾는 여자의 사고회로를 이해할 수 없다.

"꼭 사막에서 해야 하는 거야?"

"네. 꼭 해보고 싶었던 거예요."

"그게 뭔데?"

"가보면 알아요."

생각해보면 결혼식 날 하원을 가진 것을 알았으니, 결혼 후 둘이 하는 여행은 처음이었다. 아내의 의견을 존중해주고 싶다는 마음과 남자의 욕망이 맹렬하게 부딪혔다. 아, 지금 딱 좋은데. 호텔 침대는 넓고 쾌적한 데다가 찰떡처럼 제 엄마 옆에 붙어 있는 방해꾼도 없지 않은가. 그는 미련을 떨치지 못하고 애원하듯 말했다.

"그럼 일단 한 번 한 뒤에……."

"안 돼요. 시작하면 절대 한 번으로 안 끝난다는 거 알거든요?"

미치겠네. 이 여자, 갈수록 보통이 아니다. 가방에는 여행을 위해 준비한 콘돔 한 상자가 있건만. 무원은 아쉬운 마음에 입맛을 다셨다. 유래는 시무룩해진 그를 달래듯 말했다.

"대신 나중에 밤에. 밤에, 많이 해요."

"진짜?"

본인 말로 안 닮았다더니 이럴 때보면 세 살 아들이나 다를 바가 없다. 하긴, 이 사람 아들인데 그 피가 어딜 가겠어. 유래는 웃으며 고개를 끄덕였다.

"진짜, 많이."

가벼운 옷으로 입고 간단히 점심식사를 마치자 투어가이드가 호텔 앞으로 찾아왔다. 가이드가 운전해 온 SUV에는 같이 투어에 참가하는 미국인 남자가 타고 있었다. 이거 믿을 만한 건가? 무원은 약간 불안한 시선으로 SUV와 가이드를 번갈아 보았다.

차는 한 시간여를 달려 사막 초입에 들어섰다. 가이드는 잠시 차량을 점검할 동안 주위를 둘러보라고 했다. 성원건설에 있는 동안 두바이에 체류하다시피 한 무원이지만 사막을 찾은 것은 처음이었다. 그는 언제나 호텔과 성원건설의 건설부지가 있는 도심을 벗어난 적이 없었다. 그뿐이랴. 어린애들 수학여행도 아니고 가이드를 동반한 투어라니. 대체 유래는 여기서 뭘 하고 싶었던 걸까?

그의 의문은 정비를 마친 SUV가 본격적으로 사막을 달리기 시작하면서 풀렸다. 정확히는 차가 전복될 듯 아슬아슬 하게 모래언덕을 드리프트할 때. 불행히도 무원은 이것이 사막투어의 꽃이라 할 수 있는 '듄 베이싱'임을 꿈에도 몰랐다. 뭔가 여기서 잘못되었구나, 생각했을 뿐.

그래서 차가 덜컹거리기 시작하자, 자신도 모르게 옆자리의 유래를 꽉 끌어안았다. 아내만큼은 보호해야겠다는 생각에서였다. 동시에 눈앞에는 책임져야 할 십만 명의 직원들과 하원이, 서원이의 얼굴이 아른거렸다. 젠장, 이대로 잘못될 수는 없어! 그러나 당황한 그와 달리 보호한답시고 꼭 끌어안은 여자는 차가 아슬아슬한 곡예를 할 때마다 눈이 초롱초롱해졌다. 아니, 눈이 초롱초롱해지는 것을 떠나 가이드에게 속도를 더 올려줄 수 없느냐고 묻기까지 했다.

그들 부부와 함께 투어에 참가한 미국인 남자가 공포에 질린 눈으로 "NO!"를 외쳤다. 무원은 절대 아내에게는 운전대를 맡기지 않겠다고 다짐했다. 몇 번의 전복위기를 아슬아슬 넘기고 한 시간을 질주한 자동차가 겨우 목적지에 멈췄다. 꼭 흔들리는 놀이기구를 한 시간 탄 것 같다. 무원은 극심한 멀미 때문에 입가를 누르며 차에서 내렸다. 그나마 꼴사납게 미국인 남자처럼 차 안에서 비닐봉지를 찾진 않았으니 자존심은 지킨 셈이다.

"무원 씨, 괜찮아요?"

그제야 남편의 심상찮은 상태를 알아챈 유래가 걱정스럽게 물었다. 무원은 진심으로 물었다.

"당신, 진짜 이게 해보고 싶었어?"

"재미있지 않아요? 난 스트레스가 확 풀리는 것 같은데."

미안한데 난 스트레스가 쌓인다. 무원은 상기된 아내의 볼을 보며 고개만 저었다. 이런 걸 좋아할 줄이야. 이제는 다 안다고 생각했는데, 아직도 아내에 대해 모르는 것이 있다는 사실이 신기할 따름이다.

힘들게 속을 가라앉히는데 해가 저무는 광경이 시야 가득 들어온다. 모래언덕 사이로 비치는 일몰은 멀미로 뒤집어진 속을 한 방에 진정시켜줄 만큼 아름다웠다. 붉은색은 시시각각 여러 가지 채도를 가지고 머리 위의 하늘을 바꾸어갔다.

무원은 하늘이 그렇게 여러 가지 빛을 가지고 있는지 처음 알았다. 아마 유래를 다시 만나지 않고 그냥 이혼한 채로 살았다면 영원히 몰랐을 것이다. 자신의 삶에도 이렇게 다양한 색이 채워질 수 있는지. 그녀가 와주어서, 또 유래와의 사이에 예쁜 하원이와 서원이를 얻음으로써 알게 된 것들이니까. 시선을 느꼈는지 일몰을 보던 유래가 고개를 돌렸다. 붉은 빛에 감싸인 그녀는 황홀할 정도로 아름다웠다.

"나한테 또 반했어요?"

"그럼, 매일매일 반하지."

유래는 웃으며 그의 어깨에 머리를 기댔다. 차분한 목소리가 무원의 귓가에 내려앉았다.

"고마워요. 매일매일 반해주는 당신 덕에 나는 매일매일 행복해요."

"나도 그래. 그러니까 앞으로 운전은 하지 마. 그냥 기사에게 맡겨."

"뭐라고요?"

"난 당신과 오래오래 살고 싶어. 하원이, 서원이 결혼해서 손주 볼 때까지."

뭐라는 거야, 이 남자가. 어쨌든 멀미가 사라지지 않은 무원의 결심은 확고해 보였다. 투어에는 쇼와 저녁식사가 포함되어 있었다. 준비된 코스를 마치고 호텔로 돌아오자 밤 10시가 넘은 시각이었다. 스위트룸에 들어서면서 무원이 물었다.

"오랜만에 같이 씻을까?"

예전에는 종종 즐겼지만 서원이 태어난 이후로는 꿈도 못 꿨던 일이다. 오랜만에 기분을 내보는 것도 나쁘지 않을 것 같다.

"그렇게 해요."

대리석으로 꾸며진 스위트룸의 욕실은 화려한 스파를 연상시켰다. 두 사람은 모래먼지를 덮어쓴 옷을 벗고 함께 샤워를 했다. 넓은 욕조에 무원과 함께 몸을 담근 유래는 여전히 탄탄한 그의 배에 손을 올리며 살짝 불평했다.

"아니, 어떻게 군살 하나가 안 붙어요? 혜원 아가씨가 예전에 불평한 이유를 알겠어."

"혜원이가 뭐라고 불평했는데?"

"최씨 집안 남자들은 붓지도 않고 군살도 안 붙는데 본인은 안 그렇다고요."

"관리하니까 그런 거지. 술도 안마시고. 내가 요즘 얼마나 열심히 운동하는지 알아? 나중에 서원이 크면 같이 등산도 하고, 축구도 하고, 복싱도 가르치려고."

내색은 하지 않았지만 하원이 어릴 때만큼 서원을 돌봐주지 못했다는 것이 무원은 늘 마음에 걸렸다. 그런 만큼 서원이 자라면 언제나 든든한 아버지가 되어주고 싶었다. 이야기를 듣던 유래가 생각났다는 듯 말했다.

"참, 당신이 하원이한테 쓸데없이 복싱 가르쳤죠?"

"그게 왜 쓸데가 없어? 요즘은 여자애들도 그런 거 하나쯤 배워야 해."

"누가 여자애, 남자애 따지자고 했어요? 하원이가 스위스에 있는 쌍둥이들 때려서 큰어머니께서 뒤집어지신 게 문제지."

"하원이 이야기 들어보니 때린 것도 아니던데. 그냥 쌍둥이들과 친해지려고 복싱 시범 보여주다가 그랬다고."

"그냥 시범 보여주는데 쌍둥이 둘 다 코피가 나요?"

아, 그랬지. 역시 그의 딸이다. 그리고 쌍둥이들도 그렇다. 사내자식들이 그런 일로 코피나 흘리고 말이야. 그러나 이 문제는 더 거론해봐야 유래의 화만 돋울 터. 무원은 화제를 돌리기로 했다.

"하원이 말야. 날 닮아서 그런지 운동신경 하나는 진짜 타고난 것 같아. 스키도 벌써 최상급자용 코스로 탄다며? 나중에 우리 집에서 올림픽 금메달리스트 하나 나올지도 모르겠다."

"하원이는 나중에 크면 변호사 하고 싶대요."

"갑자기?"

"한경모직을 상대로 한 집단소송사건에 꽤 감명받은 것 같았어요. 얼마 전까지 TV에 계속 나왔잖아요."

한경모직을 상대로 예전 '투 피츠' 계약직 직원들의 집단소송은 다윗과 골리앗의 싸움이라 하여 언론의 큰 주목을 끌었다. 2년을 끌어온 소송이 승소판결을 받고 한경모직이 계약직 직원들에 대한 보상책임을 지게 됨으로써 대기업들의 각종 갑질행위에 경종을 울린 사건이기도 했다. 그 소송의 담당변호사가 바로 강도윤이었다. 그에게는 어쩌면 결자해지나 다름없는 일일 것이다.

"아직 하원이가 이해하기는 힘든 일일 텐데?"

"갑질이 나쁘다는 건 확실히 알던걸요."

역시, 그의 딸답다. 하원은 이제 초등학교 2학년이 되는 아이답지 않게 영리하고 조숙한 편이었다. 특히 사회적으로 이슈가 되는 문제들에 관심을 많이 보이는 만큼 무원과 유래는 딸의 말이나 질문을 허투루 넘기지 않고 진지하게 대답해주려 노력했다.

"하원이, 법정에서 안 만나려면 갑질 안 하고 착하게 살아야겠군."

진지하게 하는 말에 유래가 소리를 내어 웃었다.

"지금도 잘하고 있으니 너무 걱정 말아요."

무원은 팔을 뻗어 유래의 허리를 감았다. 서로 바싹 몸을 밀착하자 심장이 뛰었다. 이상도 하지. 아이를 낳고 같이 사는 세월이 얼마인데 아직도 이렇게 가슴이 뛰는 걸 보면. 그는 유래의 귓불을 슬쩍 깨물었다.

"이제 애들 이야기 그만. 오늘은 우리 두 번째 허니문이잖아. 약속한 거, 안 잊었지?"

잊을 리가. 그를 원하는 건 유래 역시 마찬가지였다. 아이들의 엄마로, 성원그룹 부회장의 아내로 살면서 뒷전으로 물러나긴 했지만 한 남자의 여자로 사랑받고 싶은 욕구도 여전했다. 유래는 대답 대신 무원의 입술에 살짝 입을 맞추었다. 가볍게 닿은 입술은 혀가 얽히면서 금방 깊어졌다.

숨 쉴 틈 없이 서로의 입술을 탐하는 동안 몸이 점점 뜨거워졌다. 그러나 여기서는 아무리 뜨거워져도 안 될 일. 두 사람은 침대로 이동해 한참 서로를 탐닉했다. 연거푸 황홀한 절정을 느낀 뒤 무원은 유래를 꼭 끌어안고 여운을 즐겼다. 한동안 호흡을 고르던 유래가 나직하게 속삭였다.

"고마워요."

"뭐가."

"이번 여행, 사실 '얼마 전 일' 때문이죠? 내 기분 생각해서."

무원은 잠시 대답이 없었다. 역시 그랬구나. 한창 새 사업 때문에 바쁜 사람이 뜬금없이 여행 이야기를 왜 꺼냈나 했다.

얼마 전, 부부동반으로 참석한 모임에서 유래를 두고 수군거리는 일이 있었다. 원래 남 말하기 좋아하는 참새들의 입방아에 그녀의 이름이 오르는 것은 하루 이틀 일이 아니었지만 문제는 그 소리를 무원이 들었다는 것이다. 그리고 더 큰 문제는 그가 듣고 가만있을 사람이 아니라는 것. 모임은 그 자리에서 파투가 났고 입방아를 찧은 참새들은 유래에게 용서를 구하며 줄줄이 한남동을 찾아야 했다.

"나 진짜 괜찮은데. 내 인생과 어떤 연관도 없는 사람들이 떠드는 말에 상처받지 않는다고 했잖아요."

어떤 반응을 일으키는 최소한의 자극의 세기를 역치라고 한다면 고통에 대한 그녀의 역치는 상당히 높은 편이다. 100퍼센트 상처받지 않는 건 아니지만 아플 정도는 아니다. 그러나 무원은 유래의 반응이 마음에 들지 않는 듯 눈썹을 추켜세웠다.

"당신은 안 괜찮아도 괜찮다고 할 사람이잖아. 그리고 나는 안 괜찮아. 내 여자, 내 아내, 우리 아이들 엄마를 함부로 하는 인간이 있다는 거."

"어차피 그 사람들 말처럼 내가 가진 것도 없이 성원그룹 안주인 자리를 차지한 건 사실인걸요."

"왜 당신이 가진 게 없어? 내가 당신 건데."

아니, 무슨 이런 말을 이렇게 진지하게 하나. 어린애도 아니고. 그런데도 유래의 입꼬리는 자신도 모르게 올라갔다. 정말 이 남자를 어쩌면 좋지? 유래는 남편의 목을 와락 끌어안았다. 그리고 뺨을 무원의 어깨에 대며 속삭였다.

"고마워요. 당신이 있고, 우리 하원이, 서원이가 있어서 내가 얼마나 행복한지 몰라."

무원은 유래의 머리카락을 가만가만 쓰다듬으며 말했다.

"아까 사막에서 보고 느낀 건데, 나에게는 당신이 이 도시야."

유래는 무원의 어깨에서 머리를 떼며 되물었다.

"여기, 두바이를 말하는 거예요?"

"그래, 이 사막 위의 도시처럼 당신은 내 인생에서 제일 화려하고 아름답고 아찔하거든. 매일매일 반하지 않을 수 없을 만큼."

숨이 막힐 만큼 가슴이 벅찼다. 무원은 웃으며 말을 잃은 그녀의 볼을 쓰다듬었다.

"또 나한테 감동했어?"

바라보는 그의 눈에는 사랑이 넘쳤다. 유래는 고개를 끄덕였다.

"매일매일 감동하는 거 알아요?"

"알지. 그래서 내가 매일매일 행복하다는 것도."

그는 사막에서 유래가 했던 말을 그대로 돌려주었다. 무원은 지그시 입술을 겹치며 속삭였다.

"사랑해."

다시 한 번 긴 키스의 시작을 알리는 주문이었다. 어쩌면 긴 밤을, 어쩌면 긴 인생을 함께해줄 말. 유래는 마음을 담아 대답했다.

"사랑해요. 진짜, 많이."

허니문(honeymoon), 그 달콤한 달이 완성되었다.

– supplementary story fin.

author's postscript

작가 후기

안녕하세요. 이보나입니다. 작가 후기 요청에 머릿속이 새하얘져서 '예전에 어떻게 썼더라?' 책을 찾아보니 2016년이 마지막이더라고요. 오랜만에 작품을 발표하고 독자님들을 만난다는 생각에 감회가 새롭습니다. 떨리기도 하고요.

새로운 만남과 사랑도 좋아하지만 서툴러서 놓친, 잃어버리거나 실패한 사랑이 다시 이루어지는 이야기를 좋아합니다. 몰랐던 것에 대한 소중함, 애달픔, 그리움 그리고 노력에 대한 이야기요. 그래서 무원과 유래의 이야기를 쓰는 내내 행복했습니다. 이 책을 읽어주시는 독자님들께도 그런 시간이었길 바라봅니다. 기회가 된다면 준희와 우경, 혜원과 현욱 그리고 모든 것을 버리고 떠날 수밖에 없었던 이원의 이야기도 보여드리고 싶습니다.

사실 작업기간 내내 힘든 일이 참 많았습니다. 개인적으로 큰일도 있었고 슬럼프도 있었고요. 컴퓨터 화면을 띄워놓고 멍하니 있을 때도 참 많았던 것 같아요. 그럼에도 이렇게 완성된 이야기로 선보일 수 있는 건, 저를 끝까지 포기하지 않아 주셨던 가하 출판사 분들과 꾸준히 응원해주신 독자님들 덕분입니다.

언제가 될지 모르겠지만, 최대한 빠른 시일에 또 다른 이야기로 찾아 뵙고 싶습니다.

늘 감사하고, 사랑합니다.

이보나